## Das Buch

Profiler Robert Hunter wird vom FBI um Hilfe bei einem besonders grausamen Fall gebeten: Ein Serienmörder bringt mit geradezu wissenschaftlicher Präzision Menschen um. Von jedem Opfer behält er genau eine Trophäe. Nur zufällig ist ihm die Polizei
auf die Spur gekommen. Die Anzahl der Trophäen deutet auf eine
unsagbar große Menge von Opfern hin. Der Hauptverdächtige Lucien Folter schweigt. Er möchte nur mit einem sprechen: Robert
Hunter.

Der bekannte Profiler ist schockiert, denn Folter ist ein alter
Freund aus Studientagen. Eigentlich sogar Hunters einziger
Freund, denn er vertraut niemandem. Wie konnte er sich so in einem Menschen täuschen? Ist sein alter Freund überhaupt der, für
den Hunter ihn immer gehalten hat? Ein teuflisches Spiel beginnt,
denn Lucien Folter kennt Hunters verborgene Ängste und dun-
kelste Geheimnisse ...

## Der Autor

Chris Carter wurde 1965 in Brasilien als Sohn italienischer Ein-
wanderer geboren. Er studierte in Michigan forensische Psychologie und arbeitete sechs Jahre lang als Kriminalpsychologe für die
Staatsanwaltschaft. Dann zog er nach Los Angeles, wo er als Musiker Karriere machte. Gegenwärtig lebt Chris Carter in London.
Seine Thriller um Profiler Robert Hunter sind allesamt Bestseller.

Von Chris Carter sind in unserem Hause bereits erschienen:
*One Dead* (E-Book) · *Der Kruzifix-Killer*
*Der Vollstrecker* · *Der Knochenbrecher*
*Totenkünstler* · *Der Totschläger* · *Die stille Bestie*
*I Am Death. Der Totmacher* · *Death Call. Er bringt den Tod*
*Blutrausch* · *Jagd auf die Bestie* · *Bluthölle* · *Blutige Stufen*

Chris Carter

# DIE STILLE BESTIE

**THRILLER**

Aus dem Englischen
von
Sybille Uplegger

Ullstein

Besuchen Sie uns im Internet:
www.ullstein.de

**Wir verpflichten uns zu Nachhaltigkeit**
- Papiere aus nachhaltiger Waldwirtschaft
  und anderen kontrollierten Quellen
- ullstein.de/nachhaltigkeit

FSC
www.fsc.org

MIX
Papier | Fördert
gute Waldnutzung
FSC® C021394

Deutsche Erstausgabe im Ullstein Taschenbuch
1. Auflage September 2015
8. Auflage 2023
© für die deutsche Ausgabe Ullstein Buchverlage GmbH,
Berlin 2015
© Chris Carter 2014
Published by Arrangement with Luiz Montoro
Titel der englischen Originalausgabe:
*An Evil Mind* (Simon & Schuster Inc.):
Wir behalten uns die Nutzung unserer Inhalte
für Text und Data Mining im Sinne von
§ 44b UrhG ausdrücklich vor.
Umschlaggestaltung: ZERO Werbeagentur, München
Titelabbildung: © FinePic®, München
Satz: LVD GmbH, Berlin
Gesetzt aus der Scala
Druck und Bindearbeiten: ScandBook, Litauen
ISBN 978-3-548-28712-6

Dieser Roman unterscheidet sich radikal von all meinen vorangegangenen – hauptsächlich darin, dass dies der erste von mir verfasste Thriller ist, in dem große Teile der Handlung auf Tatsachen beruhen und die Figuren auf Personen, mit denen ich während meiner Zeit als forensischer Psychologe in Kontakt gekommen bin. Ihre Namen wurden aus naheliegenden Gründen geändert.

Ich möchte dieses Buch all jenen Lesern widmen, die an dem Preisausschreiben in Großbritannien teilgenommen haben, bei dem es darum ging, eins der Opfer in diesem Thriller zu werden – insbesondere der Gewinnerin Karen Simpson, die in South Wales lebt und alles gut gelaunt mitgemacht hat. Ich hoffe, die Geschichte gefällt euch.

# ERSTER TEIL

## Der falsche Mann

# 1

»Morgen, Sheriff. Morgen, Bobby«, rief die rundliche, dunkelhaarige Kellnerin mit dem kleinen Herz-Tattoo am linken Handgelenk von ihrem Platz hinter dem Tresen. Sie brauchte gar nicht erst auf die Uhr zu sehen, die rechts neben ihr an der Wand hing. Sie wusste auch so, dass es kurz nach sechs war.

Jeden Mittwochmorgen, ohne Ausnahme, betraten Sheriff Walton und sein Deputy Bobby Dale Noras Truck Stop Diner am Rande des Städtchens Wheatland im südöstlichen Wyoming, um ihren Hunger auf Süßes zu stillen. Man munkelte, dass es in Noras Diner die beste Pie von ganz Wyoming gab. Jeden Tag ein anderes Rezept. Mittwochs war Apfel-und-Zimt-Pie an der Reihe – Sheriff Waltons Lieblingssorte. Er wusste, dass die erste Ladung um Punkt sechs Uhr aus dem Ofen kam, und es gab einfach nichts Köstlicheres als den Geschmack von frisch gebackener Pie.

»Morgen, Beth«, grüßte Bobby zurück, während er sich das Regenwasser von Jacke und Hose wischte. »Ich sag's Ihnen, da draußen haben sich alle Schleusentore geöffnet«, setzte er noch hinzu und schüttelte sein Bein aus, als hätte er in die Hose gemacht.

Sommerliche Regenschauer waren im Südosten Wyomings nichts Ungewöhnliches, doch das Unwetter an diesem Morgen war das bislang heftigste der Saison.

»Morgen, Beth«, sagte nun auch Sheriff Walton. Er tupfte sich Gesicht und Stirn mit einem Taschentuch trocken und ließ dann den Blick flüchtig durch den Gastraum des Diners schweifen. Zu dieser frühen Stunde, noch dazu bei strömendem Regen, herrschte deutlich weniger Betrieb als sonst. Nur drei der fünfzehn Tische waren besetzt.

Am Tisch unmittelbar neben der Tür saßen ein Mann und eine Frau und frühstückten Pancakes. Sie mochten etwa Mitte zwanzig sein, und der Sheriff vermutete, dass ihnen der zerbeulte silberne VW Golf gehörte, der draußen auf dem Parkplatz stand.

Am Nachbartisch saß ein großer, verschwitzter Mann mit kahlrasiertem Schädel. Er brachte gut und gerne hundertsechzig Kilo auf die Waage, und die Berge an Essen, die er vor sich stehen hatte, wären ausreichend gewesen, um zwei sehr hungrige Menschen satt zu machen. Vielleicht auch drei.

Der letzte der drei Fenstertische war von einem großen, grauhaarigen Mann mit buschigem Hufeisenschnurrbart und krummer Nase belegt. Seine beiden Unterarme waren mit verblassten Tätowierungen bedeckt. Er war bereits mit dem Frühstück fertig und hing nun schlaff auf seinem Stuhl, spielte mit einer Zigarettenschachtel und sah nachdenklich vor sich hin, als habe er eine schwierige Entscheidung zu treffen.

Sheriff Walton zweifelte keine Sekunde lang daran, dass diesen beiden Männern die zwei großen Trucks draußen gehörten.

Am Ende des Tresens schließlich saß ein adrett gekleideter Mann irgendwo zwischen vierzig und fünfzig, trank schwarzen Kaffee und aß einen Donut mit Schokoladenglasur. Sein Haar war kurz geschnitten und wohlfrisiert, sein modischer Bart akkurat gestutzt. Er blätterte in einer Ausgabe der Morgenzeitung. Ihm musste der dunkelblaue Ford Taurus gehören, schätzte Sheriff Walton.

»Sie kommen gerade richtig«, sagte Beth und zwinkerte dem Sheriff zu. »Ich habe sie eben aus dem Ofen geholt.«

Sie deutete ein Schulterzucken an. »Als ob Sie das nicht ganz genau wüssten.«

Der Duft von frischer Apple Pie mit einem Hauch Zimt erfüllte das Lokal.

Sheriff Walton grinste breit. »Wir nehmen das Übliche, Beth«, sagte er und setzte sich an den Tresen.

»Kommt sofort«, antwortete Beth, ehe sie in der Küche verschwand. Sekunden später kam sie mit zwei dampfenden, extragroßen Stücken Pie garniert mit Honig und Sahne zurück. Sie versprachen Genuss in Vollendung.

»Ähm ...«, sagte der Mann am anderen Ende des Tresens und hob zaghaft den Finger wie ein Schüler, der sich im Unterricht meldet. »Gibt es davon noch mehr?«

»Reichlich«, antwortete Beth und lächelte ihn an.

»In dem Fall hätte ich auch gern ein Stück.«

»Ich auch«, rief der dicke Truckfahrer von seinem Tisch aus und winkte. Er leckte sich bereits die Lippen.

»Und ich auch«, sagte der Hufeisenschnurrbart, der seine Zigarettenschachtel wieder in der Jackentasche verschwinden ließ. »Das riecht verdammt lecker.«

»Es schmeckt auch lecker«, bekräftigte Beth.

»Lecker beschreibt es nicht mal ansatzweise«, erklärte Sheriff Walton und wandte sich zu den Tischen um. »Es ist ein Gefühl, als wären Sie gestorben und in den Himmel gekommen.« Dann riss er ganz unvermittelt die Augen auf. »Ach du heilige Scheiße«, murmelte er und rutschte von seinem Barhocker.

Das Verhalten seines Vorgesetzten ließ Bobby Dale herumfahren. Er folgte dem Blick des Sheriffs. Durch das große Fenster hinter dem Tisch, an dem das junge Pärchen saß, sah er die hellen Frontscheinwerfer eines Pick-ups, der direkt auf sie zuhielt. Der Wagen schien außer Kontrolle geraten zu sein.

»Was zum Teufel ...«, sagte Bobby und stand ebenfalls auf.

Auch die anderen Gäste drehten sich zum Fenster. Entsetzen spiegelte sich in ihren Gesichtern. Der Pick-up kam auf das Diner zugerast wie eine zielsuchende Rakete. Der Fahrer machte keinerlei Anstalten, auszuweichen oder zu bremsen. Sie hatten zwei, maximal drei Sekunden, dann würde der Wagen durch die Scheibe krachen.

»ALLES IN DECKUNG!«, brüllte Sheriff Walton – aber das hätte er sich sparen können. Die Leute waren instinktiv von ihren Plätzen in die Höhe gefahren und versuchten verzweifelt, sich in Sicherheit zu bringen. Bei seiner momentanen Geschwindigkeit würde der Pick-up die Front des Gebäudes durchbrechen und vermutlich erst vor der Küche ganz hinten im Lokal zum Stehen kommen. Dabei würde er alles zerstören oder töten, was ihm in die Quere kam.

Im Diner brach ein Tumult aus Schreien und hektischer Bewegung aus. Den Gästen dämmerte, dass die Zeit nicht reichen würde.

KRIIIIEEEETSCH-BUMMMM!

Das Geräusch des Aufpralls war ohrenbetäubend wie eine Explosion und ließ den Boden unter ihren Füßen erzittern.

Sheriff Walton war der Erste, der danach den Kopf hob. Es dauerte einige Sekunden, bis ihm klar wurde, dass der Pick-up, aus welchem Grund auch immer, nicht durch die Fensterscheibe des Diners gerast war.

Stirnrunzeln, gefolgt von Verwirrung.

»Sind alle wohlauf?«, rief er schließlich, während er sich hastig nach den anderen umsah.

Aus den Ecken des Raums drang bejahendes Murmeln.

Der Sheriff und sein Deputy verloren keine Zeit. Sie rappelten sich auf und stürzten ins Freie. Die anderen folgten einen Herzschlag später. Der Regen war in den vergangenen Minuten noch stärker geworden. Er fiel in dichten Schleiern vom Himmel und behinderte die Sicht.

Durch einen glücklichen Zufall war der Pick-up wenige

Meter vor dem Eingang des Diners durch ein tiefes Schlagloch gefahren, hatte dadurch scharf nach links abgeschwenkt und das Gebäude um einen knappen Meter verfehlt. Dabei hatte er zunächst das Heck des dunkelblauen Ford Taurus gestreift, ehe er frontal in ein kleines Nebengebäude gerast war, in dem sich die Gästetoiletten sowie ein Lagerraum befanden. Man konnte von Glück sagen, dass sich zu dem Zeitpunkt niemand darin aufgehalten hatte.

»Verdammter Mist!«, stieß Sheriff Walton hervor. Sein Herz jagte. Der Pick-up war nur noch ein zerbeultes Wrack, und das Nebengebäude sah aus wie von einer Abrissbirne getroffen.

Der Sheriff stieg über die Trümmer hinweg und war als Erster beim Truck. Darin saß nur eine Person, der Fahrer – ein grauhaariger Mann, vielleicht Ende fünfzig. Sheriff Walton kannte den Mann nicht, war sich jedoch sicher, den Truck noch nie in Wheatland oder Umgebung gesehen zu haben. Es war ein alter, rostiger Chevy 1500 aus den frühen Neunzigern, ohne Airbags, und obwohl der Fahrer einen Sicherheitsgurt getragen hatte, war der Aufprall viel zu heftig gewesen. Der vordere Teil des Trucks, einschließlich des Motorblocks, war zusammengeschoben und in die Fahrerkabine gedrückt worden. Armaturenbrett und Lenkrad hatten den Fahrer in seinem Sitz eingeklemmt. Sein Gesicht war blutüberströmt und von den Glassplittern der Windschutzscheibe zerfetzt. Eine Scherbe hatte ihm sogar die Kehle aufgeschlitzt.

»Gottverdammich!«, zischte Sheriff Walton durch zusammengebissene Zähne, als er bei der Fahrertür ankam. Er musste nicht erst nach dem Puls des Mannes fühlen, um zu erkennen, dass er den Unfall nicht überlebt hatte.

»O mein Gott!«, hörte er Beth wenige Meter hinter sich mit zitternder Stimme ausrufen. Sofort drehte er sich um und hob in einer abwehrenden Geste die Hand.

»Beth, kommen Sie nicht näher«, befahl er energisch.

»Gehen Sie wieder rein, und bleiben Sie drinnen.« Sein Blick glitt zu den Gästen, die ebenfalls auf den Truck zugeeilt kamen. »Das gilt für Sie alle. Gehen Sie zurück ins Diner. Das ist ein Befehl. Der ganze Bereich hier ist für Sie tabu, haben Sie verstanden?«

Alle blieben stehen, doch niemand kehrte um.

Der Sheriff hielt nach seinem Deputy Ausschau und sah ihn weiter hinten neben dem Ford Taurus stehen. In Bobbys Gesicht spiegelte sich eine Mischung aus Entsetzen und Furcht.

»Bobby«, rief Sheriff Walton. »Ruf einen Krankenwagen und die Feuerwehr, schnell!«

Bobby rührte sich nicht vom Fleck.

»Bobby, komm zu dir, verdammt noch mal! Hast du gehört, was ich gesagt habe? Ich will, dass du dich ans Funkgerät hängst und den Krankenwagen und die Feuerwehr rufst, und zwar ein bisschen plötzlich.«

Doch Bobby stand weiterhin da wie angewurzelt. Er sah aus, als müsse er sich jeden Moment übergeben. Erst verspätet wurde dem Sheriff klar, dass Bobby weder ihn noch den zerstörten Pick-up ansah. Stattdessen klebte sein Blick an dem Ford Taurus. Bevor der Pick-up in das Nebengebäude gerast war, hatte er den Taurus heftig genug gestreift, dass dessen Kofferraumklappe aufgesprungen war.

Da erwachte Bobby urplötzlich aus seiner Trance und griff nach seiner Dienstwaffe.

»Keiner rührt sich!«, brüllte er. Die Pistole in seinen zitternden Händen haltend, zielte er mal auf den einen, mal auf den anderen Diner-Gast. »Sheriff«, rief er mit unsteter Stimme. »Sie sollten besser mal rüberkommen und sich das hier ansehen.«

# 2

*Fünf Tage später*
*Huntington Park, Los Angeles, Kalifornien*

Die zierliche, dunkelhaarige junge Frau an der Kasse scannte den letzten Artikel ein und sah dann zu dem jungen Mann auf, der vor ihr stand.

»Das macht vierunddreißig zweiundsechzig, bitte«, sagte sie in neutralem Ton.

Der Mann packte die Einkäufe in Plastiktüten, ehe er ihr seine Kreditkarte reichte. Er konnte nicht älter sein als einundzwanzig.

Die junge Kassiererin zog die Karte durch das Lesegerät, wartete einige Zeit, dann biss sie sich auf die Unterlippe und schaute bedauernd zu dem Mann hoch.

»Tut mir leid, Sir, aber Ihre Karte wurde abgelehnt«, sagte sie und wollte sie ihm zurückgeben.

Der Mann starrte die Kassiererin an, als hätte sie in einer fremden Sprache gesprochen.

»Was?« Sein Blick ging zu der Karte, verharrte dort einen Moment und kehrte dann zur Kassiererin zurück. »Das muss ein Irrtum sein. Da müsste eigentlich noch was drauf sein. Könnten Sie es noch mal probieren?«

Die Kassiererin zuckte leicht mit den Schultern und zog die Karte ein zweites Mal durchs Lesegerät.

Einige Sekunden verstrichen in angespanntem Schweigen.

»Tut mir leid, Sir, aber sie wurde wieder nicht akzeptiert«, sagte sie schließlich und gab ihm die Karte zurück. »Möchten Sie vielleicht eine andere Karte probieren?«

Peinlich berührt nahm der Mann seine Karte und schüttelte den Kopf. »Ich hab keine andere«, murmelte er scheu.

»Coupons?«, fragte sie.

Wieder ein betretenes Kopfschütteln.

Die Kassiererin wartete, während der Mann in seinen Taschen nach Bargeld suchte. Er förderte ein paar Dollarscheine sowie mehrere Vierteldollar- und Zehncentstücke zutage. Nachdem er rasch alles Kleingeld zusammengezählt hatte, hielt er kurz inne und sah die Kassiererin entschuldigend an.

»Tut mir leid, mir fehlen ungefähr sechsundzwanzig Dollar. Ein paar von den Sachen müssen dann wohl hierbleiben.«

Der Großteil seiner Einkäufe bestand aus Babyprodukten – Windeln, mehrere Gläschen Brei, eine Dose Folgemilch, Feuchttücher und eine kleine Tube Windelsalbe. Der Rest waren alltägliche Dinge – Brot, Milch, Eier, ein bisschen Gemüse und Obst, eine Dosensuppe –, allesamt preiswerte Marken. Die Babysachen rührte der Mann nicht an, alles andere jedoch ließ er zurückgehen.

»Könnten Sie nachsehen, wie viel das jetzt kostet, bitte?«, fragte er die Kassiererin.

»Ist schon gut«, sagte der Mann, der hinter ihm an der Kasse wartete. Er war groß und athletisch gebaut, mit attraktiven, wie gemeißelten Gesichtszügen und freundlichen Augen.

Er reichte der Frau an der Kasse zwei Zwanzig-Dollar-Scheine.

Diese runzelte fragend die Stirn.

»Ich übernehme das«, erklärte er und nickte ihr zu, ehe er sich an den jungen Mann wandte. »Sie können die Sachen wieder einpacken. Ich zahle.«

Der junge Mann starrte ihn verdattert an und brachte kein Wort heraus.

»Ist kein Problem«, bekräftigte der große Mann erneut mit einem aufmunternden Lächeln. »Ich mache das gern.«

Noch immer sprachlos vor Staunen sah der junge Mann die Kassiererin, dann wieder den großen Mann an.

»Vielen, vielen Dank, Sir«, stammelte er schließlich und streckte ihm die Hand hin. Die Stimme blieb ihm dabei fast im Halse stecken, und seine Augen waren ein wenig glasig.

Der Mann schüttelte ihm die Hand und nickte ihm aufmunternd zu.

»Das war das Netteste, was ich hier je erlebt hab«, erklärte die Kassiererin, sobald der junge Mann seine Einkäufe genommen und den Supermarkt verlassen hatte. Auch in ihren Augen schimmerten Tränen.

Der große Mann lächelte sie schweigend an.

»Im Ernst«, beteuerte sie. »Ich sitze schon seit fast drei Jahren hier an der Kasse. Ich hab schon oft erlebt, dass Leute nicht genug Geld haben, um alles zu bezahlen, und dass sie Sachen zurückgehen lassen müssen. Aber ich hab noch nie gesehen, dass jemand so was gemacht hat wie Sie gerade.«

»Jeder braucht irgendwann mal Hilfe«, gab der Mann zurück. »Das ist keine Schande. Heute habe ich ihm geholfen. Eines Tages hilft er vielleicht jemand anderem.«

Die junge Frau lächelte. Wieder wurden ihre Augen feucht. »Es stimmt, dass jeder ab und zu mal Hilfe braucht. Das Problem ist nur, dass die wenigsten bereit sind, anderen Hilfe zu geben. Erst recht, wenn sie dazu in die eigene Tasche greifen müssen.«

Der Mann nickte zustimmend.

»Ich hab Sie schon öfter hier gesehen«, fuhr die Kassiererin fort und scannte die wenigen Artikel, die der Mann aufs Band gelegt hatte. Sie kamen auf insgesamt neun Dollar neunundvierzig.

»Ich wohne in der Nachbarschaft«, sagte er und reichte ihr einen Zehner.

Sie überlegte kurz, dann sah sie ihn an. »Ich bin Linda«, sagte sie, deutete mit dem Kinn auf ihr Namensschild und streckte ihm die Hand hin.

»Robert«, antwortete der Mann und schüttelte ihr die Hand. »Schön, Sie kennenzulernen.«

»Hören Sie mal«, sagte sie, als sie ihm sein Wechselgeld aushändigte. »Wie wär's ... Meine Schicht ist um sechs zu Ende. Da Sie ja in der Nachbarschaft wohnen, könnten wir danach doch vielleicht noch einen Kaffee zusammen trinken gehen.«

Der Mann zögerte einen Augenblick. »Das Angebot ist wirklich sehr verlockend«, sagte er schließlich. »Nur leider fliege ich heute Abend in den Urlaub. Mein erster Urlaub seit ...« Er verstummte und kniff die Augen zusammen. »Ich kann mich nicht mal mehr dran erinnern, wann ich das letzte Mal Urlaub hatte.«

»Das Gefühl kenne ich«, sagte sie, klang dabei allerdings ein wenig geknickt.

Der Mann nahm seine Einkäufe und sah sie an.

»Wie wär's, wenn ich Sie anrufe, sobald ich wieder da bin – so in zehn Tagen? Vielleicht können wir dann einen Kaffee trinken gehen.«

Sie begegnete seinem Blick, und ihre Lippen verzogen sich zu einem zaghaften Lächeln. »Das wäre schön«, sagte sie und schrieb ihm rasch ihre Nummer auf.

Als der Mann aus dem Supermarkt trat, klingelte das Handy in seiner Jackentasche.

»Detective Robert Hunter, Morddezernat I«, meldete er sich.

»Robert, sind Sie noch in L. A.?«

Es war die Chefin des Raub- und Morddezernats des LAPD, Captain Barbara Blake. Sie war diejenige gewesen, die Hunter und seinem Partner Detective Carlos Garcia erst vor wenigen Tagen befohlen hatte, nach sehr langen und aufreibenden Ermittlungen in einem Serienmörderfall zwei Wochen Urlaub zu nehmen.

»Momentan noch, ja«, sagte Hunter vorsichtig. »Mein Flug geht heute Abend, Captain. Wieso?«

»Ich tue das wirklich sehr ungern, Robert«, sagte Blake in aufrichtigem Bedauern. »Aber ich muss Sie in meinem Büro sprechen.«

»Wann?«

»Jetzt gleich.«

# 3

Im mittäglichen Stadtverkehr brauchte Hunter für die siebeneinhalb Meilen von Huntington Park bis zum LAPD-Hauptquartier in Downtown Los Angeles etwas mehr als eine Dreiviertelstunde.

Das Raub- und Morddezernat im fünften Stock des berühmten Police Administration Building in der West 1st Street war ein schlichter, großer, offener Raum vollgestellt mit Schreibtischen – hier gab es nirgendwo wacklige Trennwände oder Linien auf dem Fußboden, die einzelne Arbeitsplätze voneinander abgrenzten. Es ging zu wie auf einem Markt am Sonntagmorgen, überall Gewimmel, Murmeln und lautes Rufen.

Captain Blakes Büro lag ganz am Ende des großen Raums. Ihre Tür war geschlossen, was angesichts des Lärms nicht weiter bemerkenswert war – allerdings galt dasselbe für die Jalousien vor dem Panoramafenster mit Blick in den Raum. Das war definitiv ein schlechtes Zeichen.

Langsam bahnte sich Hunter einen Weg durch Menschen und Tische.

»He, was zum Geier machst du denn noch hier, Robert?«

Detective Perez sah von seinem Computerbildschirm auf, als Hunter sich an seinem und Hendersons Arbeitsplatz vorbeischlängelte.

»Ich dachte, du hast Urlaub?«

Hunter nickte. »Habe ich auch. Ich fliege heute Abend. Muss nur noch kurz was mit dem Captain besprechen.«

»Du *fliegst*?« Perez sah ihn staunend an. »Du musst es ja dicke haben. Wohin denn?«

»Hawaii. Mein erstes Mal.«

Perez lächelte. »Toll. Einen Urlaub auf Hawaii könnte ich im Moment auch ganz gut gebrauchen.«

»Soll ich dir einen Lei oder ein Hawaiihemd mitbringen?«

Perez zog eine Grimasse. »Nein, aber wenn du eine oder zwei von diesen hawaiianischen Tänzerinnen in deinem Koffer schmuggeln könntest – die würde ich nehmen. Die können dann jede Nacht in meinem Bett Hula tanzen. Wenn du verstehst, was ich meine.« Er nickte dabei, als wäre jedes Wort sein voller Ernst.

»Träumen ist nicht verboten«, entgegnete Hunter. Er musste lachen, weil Perez so nachdrücklich nickte.

»Genieß die Zeit, Mann.«

»Mache ich«, versprach Hunter, ehe er weiterging. Vor Blakes Tür blieb er stehen, und Instinkt und Neugier veranlassten ihn dazu, den Hals zu recken und einen Versuch zu unternehmen, durchs Fenster zu spähen – ohne Erfolg. Durch die Jalousien war nicht das Geringste zu sehen. Er klopfte zweimal.

»Herein«, hörte er Captain Blakes wie gewohnt leicht barsche Stimme rufen.

Hunter öffnete die Tür und trat ein.

Barbara Blakes Büro war geräumig, hell und penibel aufgeräumt. Die südliche Wand war voller Regale mit exakt nach Farben sortierten Büchern, alles Hardcover. An der Nordwand hingen, in schnurgeraden Reihen, gerahmte Fotos, Belobigungen und Auszeichnungen. Die Ostwand bestand aus einem riesigen Fenster mit Blick auf die South Main Street. Vor Blakes wuchtigem englischen Schreibtisch standen zwei Ledersessel.

Captain Blake selbst stand am Fenster. Ihre langen pechschwarzen Haare waren zu einem eleganten Knoten gedreht, der von zwei Holzstäbchen gehalten wurde. Sie trug eine weiße Bluse aus einem fließenden Material und einen eleganten marineblauen Bleistiftrock. Neben ihr stand eine schlanke, sehr attraktive Frau im konservativen Hosenanzug und mit einer Tasse dampfendem Kaffee in der Hand. Hunter hatte sie noch nie zuvor gesehen. Sie schien etwa Anfang dreißig zu sein, hatte langes blondes Haar und tiefblaue Augen. Sie sah aus wie jemand, der in so ziemlich jeder Lage die Ruhe bewahrte, und doch verriet ihre Kopfhaltung eine Spur nervöse Anspannung.

Als Hunter das Büro betrat und die Tür hinter sich schloss, drehte sich der große schlanke Mann, der in einem der beiden Sessel saß – auch er trug einen schlichten schwarzen Anzug – zu ihm herum. Er war Mitte fünfzig, doch die ausgeprägten Tränensäcke unter seinen Augen und die fleischigen Hängebacken, die ihm das Aussehen einer Dogge verliehen, ließen ihn mindestens zehn Jahre älter erscheinen. Die wenigen grauen Haare, die noch auf seinem Kopf wuchsen, waren über den Ohren säuberlich nach hinten gekämmt.

Verdutzt blieb Hunter stehen. Seine Augen wurden schmal.

»Hallo, Robert«, sagte der Mann und erhob sich. Seine von Natur aus heisere Stimme – ein Zustand, der sich durch jahrelanges Rauchen noch verschlimmert hatte – klang erstaunlich kräftig für einen Mann, der aussah, als habe er tagelang nicht geschlafen.

Hunters Blick verweilte mehrere Sekunden auf ihm, bevor er zu der blonden Frau und schließlich zu Captain Blake weiterwanderte.

»Es tut mir leid, Robert«, sagte diese mit einer leichten Neigung des Kopfes, ehe ihre Miene steinhart wurde und sie den sitzenden Mann fixierte. »Vor einer Stunde standen die zwei einfach bei mir auf der Matte. Hatten nicht mal die Manieren, vorher anzurufen«, erklärte sie.

»Ich entschuldige mich erneut«, sagte der Mann mit ruhiger, aber gebieterischer Stimme. Er war definitiv jemand, der es gewohnt war, Befehle zu erteilen, und der davon ausgehen konnte, dass sie auch befolgt wurden. »Gut sehen Sie aus.« Diese Worte waren an Hunter gerichtet. »Aber Sie sehen ja immer gut aus, Robert.«

»Sie auch, Adrian«, gab Hunter wenig überzeugend zurück. Er trat auf den Mann zu und reichte ihm die Hand.

Adrian Kennedy war der Leiter des Nationalen Zentrums für die Analyse von Gewaltverbrechen NCAVC – eine Spezialabteilung des FBI, die nationale und internationale Behörden bei der Aufklärung ungewöhnlicher Gewaltverbrechen und Serienmorde unterstützte.

Hunter wusste, dass Adrian Kennedy nicht reiste, sofern es sich irgendwie vermeiden ließ. Mittlerweile koordinierte er den Großteil der NCAVC-Operationen von seinem großen Büro in Washington, D. C., aus, aber er war kein Karriere-Bürokrat. Kennedy hatte seine Laufbahn beim FBI als junger Rekrut begonnen und bald seine Führungsqualitäten unter Beweis gestellt. Außerdem verfügte er über die natürliche Gabe, andere zu motivieren. Das war nicht lange unbemerkt geblieben, und schon sehr früh in seiner Laufbahn wurde er dem Team zugeteilt, das für den Schutz des US-Präsidenten verantwortlich war – ein prestigeträchtiger Job. Zwei Jahre später vereitelte er ein Attentat auf den Präsidenten, indem er sich der Kugel in den Weg warf, die für den mächtigsten Mann der Welt bestimmt gewesen wäre. Er erhielt eine hohe Auszeichnung und ein Dankesschreiben vom Präsidenten persönlich, und als wenige Jahre später, im Juni 1984, das Nationale Zentrum für die Analyse von Gewaltverbrechen gegründet wurde und man einen Leiter suchte, jemanden mit starker Führungspersönlichkeit, stand Adrian Kennedy ganz oben auf der Kandidatenliste.

»Das ist Special Agent Courtney Taylor«, stellte Kennedy die blonde Frau vor.

Sie trat auf Hunter zu und gab ihm die Hand. »Freut mich, Sie kennenzulernen, Detective Hunter. Ich habe schon viel über Sie gehört.«

Taylors Stimme war sehr verführerisch, eine Mischung aus mädchenhafter Sanftheit und einem fast entwaffnenden Maß an Selbstvertrauen. Trotz ihrer zartgliedrigen Finger war ihr Händedruck fest und bedeutungsvoll, wie der einer Geschäftsfrau, die gerade einen wichtigen Deal abgeschlossen hat.

Hunter erwiderte nichts, sondern wandte sich wieder an Kennedy.

»Ich bin froh, dass wir Sie noch erwischen, bevor Sie sich in den Urlaub verabschieden, Robert«, sagte Kennedy.

Von Hunter kam keine Antwort.

»Ein schönes Ziel?«

Hunter starrte Kennedy wortlos an.

»Es muss ja schlimm sein«, meinte er irgendwann. »Ich weiß nämlich, dass Sie normalerweise nicht der Typ für Small Talk sind. Ich weiß auch, dass es Sie nicht die Bohne interessiert, wohin ich in den Urlaub fliege. Wie wär's also, wenn wir den ganzen Blödsinn überspringen und gleich zur Sache kommen? Worum geht es, Adrian?«

Kennedy schwieg einen Moment, als müsse er gründlich nachdenken, ehe er eine Antwort gab.

»Um Sie, Robert. Es geht um Sie.«

# 4

Hunters Aufmerksamkeit driftete einen Moment lang zu Captain Blake. Ihre Blicke trafen sich, und sie zuckte bedauernd mit den Achseln.

»Viel haben sie mir nicht verraten, Robert, aber das bisschen, was sie gesagt haben, klingt so, als sollten Sie es sich mal anhören.« Sie ging zurück an ihren Schreibtisch. »Besser, die beiden erklären es Ihnen selber.«

Hunter sah Kennedy abwartend an.

»Warum setzen Sie sich nicht, Robert?«, sagte Kennedy und bot ihm einen der zwei Sessel an.

Hunter rührte sich nicht. »Ich bleibe lieber stehen, danke.«

»Kaffee?«, fragte Kennedy und deutete auf Captain Blakes Espressomaschine in der Ecke.

Hunters Blick wurde drohend.

»Also gut. Schon verstanden.«

Kennedy hob in einer Geste der Beschwichtigung die Hände, während er zur selben Zeit Special Agent Taylor fast unmerklich zunickte. »Kommen wir gleich zum Punkt.« Er nahm wieder Platz.

Taylor stellte ihre Kaffeetasse ab und trat vor. Unmittelbar neben Kennedys Sessel blieb sie stehen.

»Okay«, begann sie. »Vor fünf Tagen, so etwa gegen sechs Uhr früh, erlitt ein gewisser Mr John Garner einen Herzinfarkt, während er in südlicher Richtung auf der US Route 87 unterwegs war. Zum fraglichen Zeitpunkt befand er sich in der Nähe eines kleinen Ortes namens Wheatland im Südosten von Wyoming. Wie man sich unschwer vorstellen kann, verlor er die Kontrolle über seinen Pick-up-Truck.«

»Es hat an dem Morgen heftig geregnet. Mr Garner war der einzige Insasse des Wagens«, warf Kennedy dazwischen, ehe er Taylor signalisierte, sie solle weitermachen.

»Vielleicht ist Ihnen das Folgende ja bekannt«, fuhr diese fort. »Die Route 87 verläuft von Montana bis nach South Texas, und wie die meisten US-Highways hat sie keine Leitplanken, Wände, Randsteine, Mittelinseln ... nichts, was ein Fahrzeug davon abhalten würde, in irgendeine Richtung von der Fahrbahn abzukommen. Ausnahmen gibt es nur bei Streckenstücken, die durch Gebiete mit einer gewissen Bevölkerungsdichte führen oder auf denen ein erhöhtes Unfallrisiko besteht.«

»Auf das Streckenstück, von dem wir hier reden, trifft weder das eine noch das andere zu«, schob Kennedy ein.

»Durch pures Glück«, fuhr Taylor fort, »oder Pech, je nachdem, wie man's nimmt, erlitt Mr Garner den Herzinfarkt, gerade als er an einer Fernfahrer-Raststätte namens Noras Diner vorbeifuhr. Er verlor das Bewusstsein, sein Truck kam von der Straße ab und raste über ein Stück Wiese auf das Diner zu. Augenzeugenberichten zufolge befand sich der Wagen auf direktem Kollisionskurs mit dem Gebäude.«

»Zu der frühen Stunde und aufgrund der heftigen Regenfälle hielten sich nur zehn Personen im Diner auf – sieben Gäste plus drei Angestellte. Der Sheriff des Ortes und sein Deputy waren auch unter den Gästen.« Sie hielt inne, um sich zu räuspern. »Irgendetwas muss in letzter Sekunde passiert sein, denn Mr Garners Wagen hat plötzlich radikal den Kurs geändert und das Restaurant knapp verfehlt. Die Unfallermittler sind der Ansicht, dass er in ein tiefes Schlagloch geraten ist und dies dazu geführt hat, dass das Lenkrad scharf nach links gerissen wurde.«

»Der Truck ist in das angrenzende Toilettengebäude gerast«, sagte Kennedy. »Wenn Mr Garner nicht am Herzinfarkt gestorben wäre, hätte ihn der Aufprall getötet.«

»So«, sagte Taylor und hob den rechten Zeigefinger. »Das war der erste Zufall. Als Mr Garners Truck das Diner haarscharf verfehlte und auf das Nebengebäude zuraste, hat er das Heck eines blauen Ford Taurus gestreift, der draußen parkte. Das Auto gehörte einem der Diner-Gäste.«

Taylor machte eine Pause und griff nach einem Aktenkoffer, der neben Captain Blakes Schreibtisch stand.

»Mr Garners Truck hat dem Heck des Taurus einen so heftigen Stoß versetzt, dass die Kofferraumverriegelung aufgesprungen ist«, sagte Kennedy.

»Der Sheriff hat es übersehen«, ergriff Taylor wieder das Wort. »Als er nach draußen rannte, galt seine erste Sorge dem Fahrer des Trucks und etwaigen Passagieren.«

Sie langte in ihren Aktenkoffer und zog ein achtundzwanzig mal zwanzig Zentimeter großes Farbfoto hervor. »Aber sein Deputy nicht«, verkündete sie. »Als er ins Freie kam, ist ihm im Kofferraum des Taurus etwas ins Auge gesprungen.«

Hunter wartete.

Taylor trat zu ihm und reichte ihm das Foto.

»Das hier.«

# 5

*Nationales Ausbildungszentrum des FBI,*
*Quantico, Virginia*
*2632 Meilen entfernt*

Seit zehn Minuten stand Special Agent Edwin Newman nun schon im Kontrollraum des Zellentrakts im Keller eines der Gebäude, die das Nervenzentrum der FBI-Akademie bildeten. An der Wand hingen zahlreiche Monitore, allerdings galt Newmans Aufmerksamkeit lediglich einem einzigen von ihnen.

Newman war kein Neuling an der Akademie. Im Gegenteil, er war ein erfahrener und fähiger Agent in der Einheit für Verhaltensanalyse und hatte seine Ausbildung vor über zwanzig Jahren abgeschlossen. Newman hatte einen Posten in Washington D. C., war jedoch vier Tage zuvor eigens nach Virginia gekommen, um den neuen Gefangenen zu verhören.

»Hat er sich innerhalb der letzten Stunde bewegt?«,

fragte Newman den Mann, der für den Kontrollraum zuständig war und an dem großen Bedienpult vor der Monitorwand saß.

Der Angesprochene schüttelte den Kopf. »Nein, und er wird sich auch nicht bewegen, bis wir das Licht ausschalten. Ich hab's Ihnen doch gesagt, der Typ ist wie eine Maschine. So was ist mir noch nicht untergekommen. Seit sie ihn vor vier Abenden hergebracht haben, ist er nicht ein einziges Mal von seiner Routine abgewichen. Er schläft auf dem Rücken, Gesicht nach oben, Hände auf dem Bauch gefaltet – wie eine Leiche im Sarg. Hat er erst mal die Augen zugemacht, rührt er sich nicht mehr – er zuckt nicht, er wälzt sich nicht, er kratzt sich nicht, er schnarcht nicht, er steht nicht zwischendurch mal auf, um zu pinkeln – nichts. Klar, manchmal wirkt er ein bisschen verstört, als hätte er keine Ahnung, wie er hierhergeraten ist, aber die meiste Zeit schläft er wie ein Murmeltier, als läge er in dem bequemsten Bett, das man für Geld kaufen kann. Und eins sage ich Ihnen.« Er deutete auf den Monitor. »So ein Bett ist das da *nicht*. Das ist ein hartes Brett mit einer papierdünnen Matratze drauf.«

Newman kratzte seine schief gewachsene Nase, sagte jedoch nichts.

Der Mann am Bedienpult fuhr in seinem Bericht fort.

»Die innere Uhr des Typen geht so exakt wie ein Schweizer Chronograph. Kein Witz. Sie können Ihre Uhr danach stellen.«

»Wie meinen Sie das?«, erkundigte sich Newman.

Der Mann lachte nasal. »Jeden Morgen um exakt Viertel vor sechs macht er die Augen auf. Ohne Wecker, ohne irgendwelche Geräusche, ohne Licht oder eine Durchsage von uns und ohne dass jemand in seine Zelle kommt, um ihn zu wecken. Er wird von ganz alleine wach. Punkt fünf Uhr fünfundvierzig – *bing!* – öffnet er seine Augen. Keine Sekunde später, keine Sekunde früher.«

Newman wusste, dass man dem Gefangenen sämtliche

persönlichen Gegenstände abgenommen hatte. Er besaß also weder eine Uhr noch irgendein anderes Instrument zur Zeitmessung.

»Sobald er die Augen aufgemacht hat«, fuhr der Mann fort, »starrt er für genau fünfundneunzig Sekunden an die Decke. Wenn Sie wollen, können Sie sich die Bänder der letzten drei Tage ansehen.«

Newman zeigte keine Reaktion.

»Wenn diese fünfundneunzig Sekunden um sind«, sagte der Mann, »steht er auf und geht aufs Klo. Dann fängt er an, Liegestütze und Sit-ups zu machen – immer abwechselnd zehn Stück. Wenn er nicht unterbrochen wird, macht er das fünfzigmal. Er pausiert nur ganz kurz zwischen den einzelnen Durchgängen – und er stöhnt nicht dabei, er keucht nicht, zieht keine Grimassen, da ist einfach nur knallharte Entschlossenheit. Frühstück kriegt er irgendwann zwischen halb sieben und sieben. Wenn er da noch nicht mit seinem Sportprogramm durch ist, macht er es vorher zu Ende, erst dann setzt er sich hin und frühstückt in aller Seelenruhe. Und er isst immer alles auf, ohne zu murren, egal was für einen geschmacklosen Fraß wir ihm vorsetzen. Danach wird er zur Vernehmung gebracht.« Er wandte sich zu Newman um. »Ich nehme mal an, Sie sind derjenige, der ihn vernimmt.«

Newman antwortete nicht. Er nickte weder, noch schüttelte er den Kopf, sondern starrte weiterhin schweigend auf den Monitor.

Der andere Mann fuhr nach einem Achselzucken fort. »Wenn er zurück in seine Zelle gebracht wird – zu welcher Uhrzeit auch immer –, macht er noch mal Sport. Wieder fünfzig Durchgänge à zehn Liegestütze und Sit-ups im Wechsel.« Er lachte leise. »Falls Sie den Überblick verloren haben: Das macht tausend Liegestütze und tausend Sit-ups pro Tag. Wenn er damit fertig ist und kein zweites Mal zum Verhör gebracht wird, tut er exakt das, was Sie da gerade auf dem Monitor sehen – er sitzt im Schneidersitz auf seinem Bett, starrt die nackte Wand an und meditiert oder betet, oder was auch immer das sein soll. Aber er macht dabei nie die Augen zu. Im Ernst, das ist richtig unheimlich, wie er so an die Wand glotzt.«

»Wie lange geht das so?«, wollte Newman wissen.

»Kommt drauf an«, antwortete der andere Mann. »Ihm steht täglich eine Dusche zu, aber die Duschzeiten der Gefangenen verschieben sich von Tag zu Tag, Sie kennen das ja. Wenn wir ihn holen kommen, während er so dasitzt, wacht er einfach aus seiner Trance auf, steigt vom Bett, lässt sich Handschellen anlegen und geht duschen – er beschwert sich nicht, und er leistet auch keinen Widerstand. Wenn er zurückkommt, setzt er sich sofort wieder aufs Bett und macht da weiter, wo er aufgehört hat. Sofern er dabei nicht unterbrochen wird, geht das so, bis um einundzwanzig Uhr dreißig das Licht ausgeschaltet wird.«

Newman nickte.

»Gestern allerdings«, fuhr der Mann fort, »haben sie aus reiner Neugier das Licht fünf Minuten länger brennen lassen.«

»Lassen Sie mich raten«, sagte Newman. »Es hat keine Rolle gespielt. Um Punkt einundzwanzig Uhr dreißig hat er sich hingelegt, seine Leiche-im-Sarg-Stellung eingenommen und ist eingeschlafen, Licht hin oder her.«

»Richtig«, sagte der Mann. »Wie gesagt, er funktioniert wie eine Maschine mit einem Schweizer Uhrwerk im Kopf.« Er verstummte und drehte sich zu Newman um. »Ich bin ja kein Experte, aber nach allem, was ich die letzten vier Nächte und Tage so mitbekommen hab, würde ich sagen, der Typ ist eine mentale Festung.«

Newman schwieg.

»Ohne neugierig sein zu wollen ... Hat er in einem der Verhöre schon mal was gesagt?«

Newman zögerte lange mit einer Antwort.

»Weshalb ich frage – ich kenne ja das Verfahren. Wenn ein Sondergefangener wie der hier nicht innerhalb von drei Tagen den Mund aufmacht, dann geht die VIP-Behandlung los, und wie hart die sein kann, ist ja kein Geheimnis.« Der Mann warf unwillkürlich einen Blick auf seine Armbanduhr. »Also – drei Tage sind jetzt um, und wenn die VIP-Behandlung schon losgegangen *wäre*, hätte ich davon gehört. Also schließe ich mal: Er hat geredet.«

Newman beobachtete noch eine Zeitlang den Monitor, dann nickte er einmal kurz. »Gestern Abend hat er zum ersten Mal etwas gesagt.« Jetzt endlich wandte er den Blick vom Monitor ab und sah den anderen Mann scharf an. »Ganze sechs Worte.«

# 6

Hunter betrachtete das Foto, das Special Agent Courtney Taylor ihm gereicht hatte. Er konnte förmlich spüren, wie sich sein Herzschlag beschleunigte und sein Adrenalinspiegel anstieg. Mehrere Sekunden verstrichen, bis er schließlich den Kopf hob und Captain Blake ansah.

»Haben Sie das schon gesehen?«, fragte er.

Sie nickte.

Hunters Blick kehrte zu dem Foto zurück.

»Offenbar«, sagte Kennedy, wobei er sich wieder aus seinem Sessel erhob, »hat Mr Garners Pick-up das Heck des Taurus mit solcher Wucht gerammt, dass nicht nur der Kofferraumdeckel aufgesprungen, sondern auch die Kühlbox im Kofferraum umgefallen ist.«

Auf dem Foto war eine handelsübliche Kühlbox zu sehen, so wie Familien sie etwa für Picknicks benutzen. Sie lag umgekippt und mit offenem Deckel im Kofferraum des

Taurus. Eiswürfel lagen überall verstreut, die meisten von ihnen waren rötlich verfärbt von einer Substanz, bei der es sich nur um Blut handeln konnte. Doch das war es gar nicht, was Hunter so gefesselt hatte – seine Aufmerksamkeit galt den zwei abgetrennten Köpfen, die in der Kühlbox gelegen haben mussten, bis diese durch den Zusammenprall umgestürzt war. Es waren beides Frauenköpfe, der eine hatte lange, blonde Haare, der andere einen braunen Pixie-Schnitt. Beide Köpfe waren im unteren Halsbereich vom Rumpf abgetrennt worden. Soweit anhand des Fotos erkennbar, sah der Schnitt sauber aus – routiniert ausgeführt.

Der Kopf der blonden Frau lag mit der linken Wange am Kofferraumboden. Die langen Haare verdeckten einen Großteil des Gesichts. Der Kopf der Dunkelhaarigen hingegen war ein Stück von der Kühlbox weggerollt und dann durch einige Eiswürfel gestoppt worden, so dass er mit dem Gesicht nach oben zu liegen gekommen war. Bei dem Anblick stockte Hunter der Atem. Die Verstümmelungen an ihrem Gesicht waren noch ungleich schockierender als die Enthauptung selbst.

In ihrer Lippe steckten in unregelmäßigen Abständen drei kleine Vorhängeschlösser aus Eisen, die ihren Mund auf brutale Weise geschlossen hielten. Ihre von Natur aus eher schmalen Lippen waren blutverkrustet und geschwollen, was darauf hindeutete, dass sie noch gelebt hatte, als die Schlösser angebracht worden waren. Der Täter hatte ihr auch die Augäpfel entfernt. An ihrer Stelle gähnten jetzt nur noch zwei leere, mit getrocknetem Blut verschmierte Höhlen. Blut war ihr auch über die Wangen gelaufen und hatte dort ein makabres, dunkelrotes Zickzackmuster hinterlassen.

Ihre Haut war die einer jungen Frau, allerdings war es so gut wie unmöglich, allein auf Basis eines Fotos ihr Alter zu schätzen.

»Das Foto wurde von Sheriff Walton wenige Minuten

nach dem Unfall aufgenommen«, sagte Kennedy und trat zu Hunter. »Wie Agent Taylor eben erwähnte, hat er am fraglichen Morgen im Diner gefrühstückt. Es wurde nichts angerührt. Er hat sofort gehandelt, weil er wusste, dass der Regen die Spuren ziemlich schnell vernichten würde.«

Taylor langte erneut in ihren Aktenkoffer und zog ein weiteres Foto heraus. Auch dieses reichte sie Hunter.

»Das hier wurde von der Spurensicherung aufgenommen«, erklärte sie ihm. »Sie mussten extra aus Cheyenne herfahren, das liegt ungefähr eine Stunde von Wheatland entfernt. Dazu kommt noch die Zeit, die es gedauert hat, das Team zusammenzutrommeln und alle nötigen Vorbereitungen zu treffen, sie waren also schätzungsweise vier Stunden nach dem Unfall vor Ort.«

Auf dem zweiten Foto lagen beide Köpfe mit dem Gesicht nach oben nebeneinander, noch immer im Kofferraum des Taurus. Das Gesicht der Blonden wies dieselben Verstümmelungen auf wie das der Dunkelhaarigen. Auch bei ihr hätte man nicht sagen können, wie alt sie war.

»Waren die Augen auch in der Kühlbox?«, fragte Hunter, ohne von dem Bild aufzusehen.

»Nein«, antwortete Taylor. »Außer den Köpfen befand sich nichts darin.« Sie warf einen Blick zu Kennedy. »Und wir haben auch keine Ahnung, wo die Reste der Leichen sein könnten.«

»Das ist aber noch nicht alles«, warf Kennedy ein.

Hunter riss den Blick von dem Foto los und sah den Direktor durchdringend an.

»Wir haben die Schlösser entfernen lassen«, erklärte Kennedy und deutete mit einem Kopfnicken auf das Foto. »Dabei stellte sich heraus, dass beiden Opfern sämtliche Zähne gezogen worden waren.« Er machte eine effektheischende Pause. »Außerdem wurden ihnen die Zungen abgeschnitten.«

Hunter schwieg.

»Wir haben keine Leichen«, ergriff nun Taylor wieder das Wort, »folglich auch keine Fingerabdrücke. Man könnte also argumentieren, dass der Täter ihnen die Zähne und vielleicht auch die Augen entfernt hat, damit die Opfer nicht identifiziert werden können, aber die schiere Brutalität der Verstümmelungen, die der Täter beiden Opfern ...«, sie hielt inne und hob den rechten Zeigefinger, um das Folgende zu unterstreichen, »... vor ihrem Tod zugefügt hat, sagt uns etwas anderes. Wer auch immer sie getötet hat, hatte Spaß daran.« Die letzten Worte sagte sie, als würde sie ein großes Geheimnis enthüllen. Es klang ein wenig herablassend.

Kennedy verzog das Gesicht und warf Taylor gleichzeitig einen scharfen Blick zu. Sie hatte nichts gesagt, was die übrigen Anwesenden sich nicht bereits selbst zusammengereimt hätten. Obwohl er weder dem Nationalen Zentrum für die Analyse von Gewaltverbrechen noch der Abteilung für Verhaltensanalyse angehörte, war Robert Hunter der beste Profiler, dem Kennedy je begegnet war. Bereits vor vielen Jahren hatte er einen Vorstoß unternommen, Hunter für das FBI anzuwerben, kurz nachdem er dessen Dissertation mit dem Titel »Psychologische Deutungsansätze krimineller Verhaltensmuster« gelesen hatte. Hunter war zu dem Zeitpunkt erst dreiundzwanzig Jahre alt gewesen.

Die Dissertation hatte Kennedy und den FBI-Direktor so nachhaltig beeindruckt, dass sie sie zur Pflichtlektüre am NCAVC gemacht hatten, was sie nach all den Jahren immer noch war. Im Laufe der Zeit hatte Kennedy noch mehrmals versucht, Hunter einen Posten in seinem Team schmackhaft zu machen. Er fand es unsinnig, dass Hunter lieber im Raub- und Morddezernat des LAPD als Detective arbeitete, statt sich der fortschrittlichsten Ermittlungseinheit im Kampf gegen Serienmörder anzuschließen, die es in den USA gab. Sicher, er wusste, dass Hunter leitender Detective bei der Ultra-Violent-Einheit war, einer Spezialeinheit, die vom LAPD ins Leben gerufen worden war, um besonders brutale, ṣadistische Mörder und Serientäter zu überführen. Und Hunter war der Beste seines Fachs, seine Erfolgsbilanz sprach für sich. Nichtsdestotrotz hätte ihm das FBI wesentlich bessere Bedingungen bieten können als das LAPD. Hunter jedoch hatte nie auch nur einen Funken Interesse daran gezeigt, Bundesagent zu werden, und jedes Angebot, das Kennedy und seine Vorgesetzten ihm unterbreitet hatten, ausgeschlagen.

»Interessanter Fall«, meinte er nun und gab Taylor die Bilder zurück. »Aber das FBI und das NCAVC haben schon in Dutzenden ähnlicher Fälle ermittelt ... Einige davon waren sogar weitaus schlimmer. Das hier ist nicht gerade revolutionär.«

Weder Kennedy noch Taylor widersprachen ihm.

»Ich nehme mal an, Sie haben die Opfer noch nicht identifiziert?«, fragte Hunter.

»Das ist korrekt«, antwortete Kennedy.

»Und Sie sagten, ihre Köpfe wurden in Wyoming gefunden?«

»Auch das ist korrekt.«

»Dann können Sie sich ja denken, wie meine nächste Frage lauten wird, oder?«, sagte Hunter.

Sekundenlanges Zögern.

»Wenn wir nicht wissen, wer die Opfer sind«, sagte Taylor schließlich mit einem Nicken, »und ihre Köpfe in Wyoming gefunden wurden – was machen wir dann hier in Los Angeles?«

»Und vor allem: Was mache *ich* hier?«, fügte Hunter hinzu, um dann rasch auf seine Uhr zu sehen. »In ein paar Stunden geht mein Flieger. Ich muss noch packen.«

»Wir sind hier, und Sie sind hier, weil die Regierung der Vereinigten Staaten Ihre Hilfe braucht«, erklärte Taylor.

»Ich bitte Sie«, sagte Captain Blake mit einem spöttischen Grinsen. »Wollen Sie uns wirklich mit dieser patriotischen Sülze kommen? Ist das Ihr Ernst?« Sie stand auf.

»Meine Detectives setzen jeden Tag für die Stadt Los Angeles und folglich für dieses Land ihr Leben aufs Spiel. Also tun Sie uns allen den Gefallen und lassen Sie Ihre lahmen Sprüche stecken, Schätzchen.« Sie fixierte Taylor mit einem Blick, der Metall zum Schmelzen hätte bringen können. »Fällt überhaupt jemand auf diesen Käse rein?«

Taylor sah aus, als wollte sie etwas erwidern, doch Hunter kam ihr zuvor.

»Mich brauchen? Wozu?«, wandte er sich an Kennedy. »Ich bin kein FBI-Agent. Sie haben mehr Ermittler, als Sie zählen können, und eine ganze Horde von Profilern noch dazu.«

»Keiner von denen ist so gut wie Sie«, sagte Kennedy.

»Hier drinnen nützt Ihnen Schleimerei gar nichts«, teilte Captain Blake ihm mit.

»Ich bin kein Profiler, Adrian«, sagte Hunter. »Das wissen Sie.«

»Das ist auch nicht der Grund, weshalb wir Sie brauchen, Robert«, gab Kennedy zurück. Er hielt kurz inne, dann nickte er Taylor zu. »Sagen Sie's ihm.«

# 7

Kennedys Tonfall ließ Hunters rechte Augenbraue ein winziges Stück nach oben zucken. Erwartungsvoll drehte er sich zu Agent Taylor um.

Diese strich sich mit den Fingerspitzen eine lose Haarsträhne hinters Ohr, dann begann sie.

»Der Ford Taurus gehörte einem der Gäste, die an dem Morgen im Diner gefrühstückt haben. Der amtlichen Fahrerlaubnis zufolge ist der Mann Liam Shaw, geboren am 13. Februar 1968 in Madison, Tennessee.« Taylor machte eine kurze Pause, während der sie Hunter scharf beobachtete, um Anzeichen dafür zu entdecken, ob Hunter den Namen vielleicht wiedererkannte. Sie wurde enttäuscht.

»Der amtlichen Fahrerlaubnis zufolge?«, wiederholte Hunter. Sein Blick sprang zwischen Taylor und Kennedy hin und her. »Das heißt, Sie haben Zweifel?« Es war eher eine Feststellung als eine Frage.

»Es gibt eine Person mit diesem Namen«, räumte Kennedy ein. »Insoweit scheint alles seine Richtigkeit zu haben.«

»Trotzdem haben Sie Zweifel«, beharrte Hunter.

»Das Problem ist ...« Jetzt sprach wieder Taylor. »Alles hat seine Richtigkeit, *sofern* man nicht weiter als vierzehn Jahre zurückgeht. Für den Zeitraum davor ...«, sie schüttelte leicht den Kopf, »... konnten wir absolut nichts über einen Liam Shaw, geboren am 13. Februar 1968 in Madison, Tennessee, finden. Es ist, als hätte er gar nicht existiert.«

»So wie Sie mich bei der Verkündung des Namens angesehen haben«, meinte Hunter, »dachten Sie, ich könnte ihn kennen. Warum?«

Taylor war beeindruckt. Sie war immer sehr stolz auf ihr Pokerface gewesen; darauf, dass sie andere Menschen beobachten konnte, ohne dass diese etwas davon mitbekamen. Hunter jedoch hatte in ihr gelesen wie in einem offenen Buch.

Kennedy schmunzelte. »Ich habe Ihnen doch gesagt, er ist gut.«

Taylor schien diese Bemerkung zu überhören. »Mr Shaw wurde an Ort und Stelle von Sheriff Walton und seinem Deputy festgenommen«, sagte sie. »Allerdings wurde dem Sheriff ziemlich schnell klar, dass er da über einen Fall gestolpert war, den er mit seiner kleinen Dienststelle niemals würde bewältigen können. Die Nummernschilder des Taurus kamen aus Montana, das heißt, die kriminelle Handlung erstreckt sich über mindestens eine Staatengrenze. Insofern hatte das Sheriffbüro in Wyoming gar keine andere Wahl, als uns einzuschalten.«

Sie hielt inne und suchte in ihrem Aktenkoffer nach weiteren Unterlagen.

»Und jetzt kommt der zweite Haken an der Geschichte«, fuhr sie fort. »Der Taurus ist nicht auf Mr Shaw zugelassen, sondern auf einen gewissen John Williams aus New York City.«

Sie reichte Hunter ein Dokument.

Hunter besah es nur flüchtig.

»Überraschung«, sagte Kennedy. »Unter der Adresse, auf die das Fahrzeug registriert war, lebte gar kein John Williams.«

»Den Namen John Williams gibt es ziemlich häufig.«

»Zu häufig«, pflichtete Taylor ihm bei. »Allein in New York City ungefähr fünfzehnhundert Mal.«

»Aber dieser Mr Shaw befindet sich in Ihrem Gewahrsam, sehe ich das richtig?«, fragte Hunter.

»Das stimmt, ja«, bestätigte Taylor.

Hunter sah ratsuchend zu Captain Blake. Er war immer noch ein wenig irritiert. »Sie haben also einen Mr Shaw, anscheinend aus Tennessee, zwei nicht identifizierte Frauenköpfe und ein Fahrzeug mit Kennzeichen aus Montana, das auf einen Mr Williams in New York City zugelassen ist.« Er zuckte mit den Schultern. »Meine anfängliche Frage ist nach wie vor unbeantwortet: Was tun Sie in L. A.? Warum bin ich hier und nicht zu Hause beim Kofferpacken?« Er sah ein weiteres Mal auf seine Armbanduhr.

»Weil Mr Shaw nicht redet«, antwortete Taylor mit immer noch ruhiger Stimme.

Hunter sah sie ungerührt an. »Inwiefern ist das eine Antwort auf meine Frage?«

»Agent Taylors Aussage entspricht nicht zu einhundert Prozent der Wahrheit«, ergriff Kennedy nun wieder das Wort. »Wir haben Mr Shaw seit vier Tagen in Gewahrsam.

Er wurde uns einen Tag nach seiner Festnahme überstellt. Er sitzt in Quantico. Ich habe Agent Taylor und Agent Newman auf den Fall angesetzt.«

Hunters Blick glitt kurz zu Agent Taylor.

»Aber wie Agent Taylor ja sagte«, fuhr Kennedy fort, »hat sich Mr Shaw bislang geweigert zu sprechen.«

»Und?«, fragte Captain Blake in milder Belustigung. »Seit wann lässt sich das FBI durch so eine Kleinigkeit davon abhalten, an die Informationen zu gelangen, die es haben möchte?«

Kennedy ließ die spitze Bemerkung an sich abprallen.

»Während der letzten Vernehmung gestern Abend«, sagte er, »hat Mr Shaw dann zum ersten Mal etwas gesagt.« Er machte eine Pause und schritt zu dem großen Fenster an der Ostseite. »Allerdings nur sechs Worte.«

Hunter wartete.

»Er sagte: *Ich rede nur mit Robert Hunter.*«

# 8

Hunter rührte sich nicht. Zuckte mit keiner Wimper. Seine Miene blieb vollkommen unverändert. Falls Kennedys Worte irgendetwas in ihm ausgelöst hatten, sah man es ihm nicht an.

»Ich bin garantiert nicht der einzige Robert Hunter in Amerika«, meinte er schließlich.

»Garantiert nicht«, stimmte Kennedy ihm zu. »Trotzdem sind wir uns sicher, dass Mr Shaw von Ihnen gesprochen hat und von niemandem sonst.«

»Und wie kommt es, dass Sie sich da so sicher sind?«

»Sein Tonfall«, gab Kennedy zurück. »Die Bestimmtheit, mit der er es gesagt hat, seine ganze Art ... alles deutet darauf hin. Wir sind die Aufzeichnungen unzählige Male durchgegangen. Sie kennen unsere Arbeit, Robert. Sie wissen, dass ich Leute habe, die speziell dafür ausgebildet sind, die winzigsten Körpersignale wahrzunehmen – minimale Veränderungen in Tonfall, Gestik, Mimik. Der Mann war sich seiner Sache absolut sicher. Da war kein Zögern. Keine Unsicherheit. Nichts. Er hatte nicht den geringsten Zweifel, dass wir wissen, wen er meint.«

»Sie können sich die Aufzeichnungen gerne ansehen, wenn Sie möchten«, bot Taylor an. »Ich habe eine Kopie dabei.« Sie zeigte auf ihren Aktenkoffer.

Hunter blieb stumm.

»Deswegen dachten wir, der Name Liam Shaw käme Ihnen vielleicht bekannt vor«, sagte Kennedy. »Andererseits hatten wir ohnehin bereits den Verdacht, dass es sich nur um ein Alias handelt.«

»Haben Sie es schon in Tennessee versucht, wo dieser Mr Shaw angeblich herkommt?«, wollte Captain Blake wissen. »Vielleicht gibt es dort ja einen Robert Hunter.«

»Nein, haben wir nicht«, antwortete Taylor. »Das ist auch überflüssig. Wie Direktor Kennedy sagte: Dafür war sich Mr Shaw seiner Sache einfach zu sicher. Er hat gewusst, dass uns auf Anhieb klar sein würde, von wem er spricht.«

Kennedy ergriff erneut das Wort. »Ich habe den Namen gehört und wusste gleich, dass nur eine Person gemeint sein kann. Nämlich Sie, Robert.«

»Dürfte ich die Aufzeichnungen mal sehen?«, fragte Hunter.

»Ja, natürlich«, sagte Taylor. »Ich habe auch ein Foto von Mr Shaw.« Sie zog ein drittes und letztes Foto aus ihrem Aktenkoffer und gab es Hunter.

Der starrte lange und schweigend darauf. Auch diesmal gab seine Miene nichts preis. Bis er schließlich tief Luft holte, den Kopf hob und Kennedys Blick einfing.

»Das kann doch nicht wahr sein.«

# 9

Der Mann, der sich Liam Shaw nannte, saß auf dem Bett seiner kleinen Zelle tief unter der Erde – im Untergeschoss fünf eines unauffälligen Gebäudes, das zum Komplex der FBI-Akademie in Quantico, Virginia, gehörte. Er saß im Schneidersitz, die Hände locker im Schoß gefaltet. Seine Augen waren geöffnet, aber starr. Sie blickten halb ängstlich, halb ratlos auf die kahle Wand. Er rührte keinen Muskel: kein Kopfschütteln, kein Zittern der Daumen oder Finger, kein noch so leichtes Zurechtrücken der Beine, keine Veränderung der Sitzposition – nichts bis auf den Blinzelreflex, den niemand abstellen konnte.

Seit einer Stunde saß er nun schon so da und starrte, als müsse er es nur lange genug versuchen, dann würde er wie durch Zauberei an einen anderen Ort versetzt werden. Eigentlich hätte er längst einen Krampf in den Beinen, eingeschlafene Füße und einen steifen Nacken haben müssen. Und doch wirkte er so gelöst und entspannt wie ein Mann, der in seinem komfortabel ausgestatteten Wohnzimmer sitzt.

Er hatte sich diese Technik vor langer Zeit angeeignet. Es hatte Jahre gedauert, sie zu meistern, doch mittlerweile war er in der Lage, seinen Kopf nahezu vollständig von Gedanken freizumachen. Selbst mit geöffneten Augen konnte er Geräusche und alles andere, was um ihn herum geschah, ausblenden. Es war eine Art meditativer Trance, in der er seinen Geist auf eine fast außersinnliche Ebene versetzen konnte. Aber vor allem blieb er dadurch geistig stark. Und er wusste, dass er genau diese Stärke jetzt brauchen würde.

Seit dem vorigen Abend hatte kein Agent ihn mehr belästigt, aber das war zu erwarten gewesen. Man hatte ihn zum Reden bringen wollen, aber er hatte einfach nicht gewusst, was er sagen sollte. Er kannte sich mit den Verfahrensweisen der Polizei gut genug aus, um zu wissen, dass keine Erklärung, die er ihnen gab – egal welche –, sie jemals zufriedenstellen würde. Selbst dann nicht, wenn es sich um die Wahrheit handelte. In ihren Augen war er bereits schuldig, da spielte es überhaupt keine Rolle, was er sagte oder nicht sagte. Überdies bedeutete die Tatsache, dass er nicht auf einer regulären Polizeidienststelle oder in einem Sheriffbüro festgehalten wurde, sondern dem FBI überstellt worden war, eine weitere Verkomplizierung seiner Lage.

Ihm war klar gewesen, dass er ihnen etwas liefern musste, andernfalls würden sich die Befragungsmethoden ändern. Das hatte er deutlich gespürt. Am Tonfall der beiden Agenten, die ihn verhört hatten.

Die attraktive blonde Frau, die sich als Agent Taylor vorgestellt hatte, gab sich ihm gegenüber zurückhaltend, charmant und höflich, während der große Mann mit der schiefen Nase, der sich als Agent Newman vorgestellt hatte, um einiges aggressiver und unbeherrschter auftrat. Die klassische Good-Cop-/Bad-Cop-Taktik. Doch allmählich war ihr Frust über sein andauerndes Schweigen in ihrem Verhalten durchgeschlagen. Auf kurz oder lang wäre Schluss mit Charme und Höflichkeit, so viel hatte sich während des letzten Verhörs herauskristallisiert.

Doch dann war ihm eine Idee gekommen und mit der Idee ein Name.

Robert Hunter.

# 10

Irgendwann schaffte es Hunter doch noch in seine Wohnung, um zu packen, allerdings war die Maschine, die er wenige Stunden später bestieg, nicht die von ihm gebuchte nach Hawaii.

Kurz nachdem der private Hawker Jet zur Startbahn ge-rollt war, erhielten sie vom Tower des Van Nuys Airport die Starterlaubnis.

Hunter saß, eine große Tasse schwarzen Kaffee in der Hand, im hinteren Bereich der Kabine. Sein Beruf erlaubte es ihm nicht oft zu reisen, und wenn doch, nahm er nach Möglichkeit das Auto. Er war schon ein paarmal geflogen, aber noch nie in einem Privatjet, und er musste zugeben, dass er beeindruckt war. Die Innenausstattung der Ma-schine war ebenso luxuriös wie zweckmäßig.

Die Kabine war etwa acht Meter lang und zweieinhalb Meter breit. Es gab acht bequeme, cremefarbene Ledersitze, angeordnet in zwei Viergruppen und jeder mit eigener Steckdose und Mediasystem ausgestattet. Alle acht Sitze waren um dreihundertsechzig Grad schwenkbar. LED-De-ckenleuchten mit geringer Hitzeentwicklung spendeten helles, warmes Licht.

Agent Taylor saß auf dem Sitz unmittelbar vor Hunter und tippte etwas in ihren Laptop, der vor ihr auf dem Klapp-tischchen stand. Adrian Kennedy saß rechts von Hunter auf der anderen Seite des Ganges. Seit sie Captain Blakes Büro verlassen hatten, schien er die ganze Zeit am Handy zu hängen.

Das Flugzeug hob sanft vom Boden ab und stieg rasch bis auf eine Flughöhe von zehntausend Metern. Hunter schaute in den wolkenlos blauen Himmel jenseits des Kabi-nenfensters. Ihm gingen Tausende Dinge durch den Kopf.

»Also«, sagte Kennedy, der endlich sein Handy vom Ohr genommen hatte und es in seiner Sakkotasche verschwin-den ließ. Er hatte seinen Sitz herumgedreht, so dass er Hunter ansehen konnte. »Erzählen Sie mir mehr über die-sen Mann, Robert. Wer ist er?«

Taylor hörte auf zu tippen und schwang langsam zu den beiden Männern herum.

»Er ist einer der intelligentesten Menschen, denen ich je

begegnet bin«, sagte Hunter nach längerem Schweigen. »Jemand mit enormer Disziplin und Selbstkontrolle.«

Kennedy und Taylor warteten.

»Sein Name ist Lucien. Lucien Folter«, fuhr Hunter fort. »Oder wenigstens ist das der Name, unter dem ich ihn kannte. Ich habe ihn an meinem ersten Tag in Stanford kennengelernt. Damals war ich sechzehn.«

Hunter war als einziges Kind einer Arbeiterfamilie in Compton, einem sozialen Brennpunktbezirk im Süden von Los Angeles, aufgewachsen. Als er sieben war, starb seine Mutter an Krebs. Sein Vater, der nie wieder heiratete, musste zwei Jobs annehmen, um seinen Sohn durchzubringen.

Hunter war immer schon anders gewesen als seine Altersgenossen. Bereits als Kind löste er logische Probleme und Rätsel ungewöhnlich schnell. In der Schule war er oft gelangweilt und frustriert. In der sechsten Klasse brachte er sich in nicht mal zwei Monaten den Unterrichtsstoff des gesamten Schuljahres selbständig bei, und nur um etwas zu tun zu haben, nahm er sich danach gleich auch noch die Unterrichtseinheiten für die nächsten beiden Schuljahre vor und erkundigte sich beim Schulleiter, ob er die Prüfungen für die Klassen sieben und acht vorzeitig ablegen dürfe. Aus reiner Neugier gab dieser ihm die Erlaubnis. Hunter schnitt mit Bestnoten ab.

Das war der Moment, in dem sein Schulleiter beschloss, sich mit der Schulbehörde von Los Angeles in Verbindung zu setzen; nach einer Reihe von Tests und Untersuchungen wurde Robert Hunter im Alter von zwölf Jahren an der Mirman School für Hochbegabte aufgenommen.

Doch selbst der Lehrplan einer Begabtenschule war nicht anspruchsvoll genug, um seinen Lernfortschritt zu verlangsamen. Bereits mit vierzehn hatte er sämtliche Anforderungen für die Abschlussprüfungen in Englisch, Geschichte, Mathematik, Biologie und Chemie erfüllt. Vier

Jahre Highschool hatte er auf zwei komprimiert, mit gerade mal fünfzehn machte er seinen Einserabschluss. Dank Empfehlungen von all seinen Lehrern wurde Hunter danach an der Stanford University als Frühstudent zugelassen.

Mit neunzehn hatte er seinen Bachelor in Psychologie in der Tasche – summa cum laude –, mit dreiundzwanzig folgte die Doktorwürde in Kriminal- und Biopsychologie.

»War er Ihr Mitbewohner?«, fragte Taylor.

Hunter nickte. »Von Anfang an. Am ersten Tag auf dem College wurde mir ein Zimmer im Wohnheim zugewiesen.« Er zuckte die Achseln. »Lucien bekam dasselbe Zimmer.«

»Wie viele Studenten teilten sich ein Zimmer?«

»Nur wir beide. Die Zimmer waren ziemlich klein.«

»War er auch in der psychologischen Fakultät eingeschrieben?«

»Ja.« Erneut blickte Hunter in den Himmel draußen, während er tief in seine Vergangenheit eintauchte. »Er war wirklich in Ordnung. Ich hätte nie damit gerechnet, dass er so nett zu mir ist.«

Taylor runzelte die Stirn. »Wie ist das zu verstehen?«

Hunter zog die Schultern hoch. »Ich war deutlich jünger als alle anderen. Ich hatte mir bis dahin auch nie viel aus Sport gemacht, bin nie ins Fitnessstudio gegangen oder Ähnliches. Ich war ziemlich dünn und schlaksig, hatte lange Haare und habe mich auch nicht so angezogen, wie es damals Mode war. Um es kurz zu machen: Ich war das perfekte Opfer für Hänseleien. Lucien war damals schon fast neunzehn und sehr sportlich, er ging regelmäßig trainieren. Er war die Art von Typ, die jemanden wie mich normalerweise nicht mal mit dem Hintern angeschaut hätte.«

Hunters Aussehen und Statur hätten niemals vermuten lassen, dass er als Kind dünn und schlaksig gewesen war. Er sah aus wie eine ehemalige Highschool-Sportskanone, vielleicht sogar Kapitän der Football- oder Ringermannschaft.

»Aber es kam ganz anders«, fuhr Hunter fort. »Ihm hatte ich es zu verdanken, dass ich viel weniger aufs Korn genommen wurde, als es sonst garantiert der Fall gewesen wäre. Wir sind beste Freunde geworden. Als ich anfing, ins Fitnessstudio zu gehen, hat er mich beim Training und bei meiner Ernährung beraten.«

»Und wie haben Sie ihn im Alltag erlebt?«

Hunter wusste, dass Taylor etwas über Luciens Charaktereigenschaften wissen wollte.

»Er war nicht gewalttätig, falls Sie das meinen. Er war immer sehr ruhig. Beherrscht. Was auch gut so war, er wusste sich nämlich durchaus zu verteidigen.«

»Sie sagten doch gerade, dass er nicht zu Gewalt neigte«, wandte Taylor ein.

»Das stimmt auch.«

»Und jetzt deuten Sie an, dass Sie ihn schon mal bei einer Prügelei erlebt haben.«

Ein knappes Nicken. »Ja, das ist wahr.«

Taylors Blick und ihre geschürzten Lippen waren eine stumme Frage.

»Es gibt Situationen, denen man sich nicht anders entziehen kann, ganz egal wie ruhig und kontrolliert man ist«, erklärte Hunter.

»Als da wären?«, hakte Taylor nach.

»Ich kann mich nur an eine Prügelei erinnern«, sagte Hunter. »Und da hat er wirklich versucht, aus der Sache rauszukommen, ohne die Fäuste zu gebrauchen. Aber es ging eben einfach nicht.«

»Wie kam es dazu?«

Hunter zuckte die Achseln. »Am Wochenende hatte Lucien in einer Bar ein Mädchen kennengelernt und sich die halbe Nacht mit ihr unterhalten. Meines Wissens war das alles, was zwischen den beiden gelaufen ist. Kein Sex, keine

Küsse, nur ein paar Drinks, ein bisschen Geflirte und jede Menge Gelächter, alles ganz harmlos. Am Montag danach kamen wir gerade vom Lernen aus der Bibliothek, als uns vier ziemlich große Typen angehalten haben. Einer von denen war der Exfreund des Mädchens, und er war ziemlich geladen. Anscheinend hatten sie erst vor kurzem Schluss gemacht. Lucien war ziemlich gut im Reden. Wie sagt man noch so schön: Er hätte einem Eskimo einen Kühlschrank verkaufen können. Er hat versucht, sich mit Argumenten aus der Affäre zu ziehen. Gesagt, es täte ihm leid, er hätte nicht gewusst, dass sie einen Freund hat beziehungsweise frisch getrennt ist, denn wenn er es gewusst hätte, hätte er sie niemals angesprochen ... und so weiter. Aber das alles hat die Jungs überhaupt nicht interessiert. Sie haben klargemacht, dass sie gar nicht auf eine Entschuldigung aus waren. Sie wollten ihm einen Denkzettel verpassen, Punkt.«

»Und was geschah dann?«, wollte Taylor wissen.

»Nicht viel. Das war für mich das erste Mal, dass ich mich in so einer Situation befand. Vom einen auf den anderen Moment sind sie auf ihn losgegangen. Und ich? Ich war zwar schmächtig, aber ich hatte nicht vor, tatenlos zuzusehen, wie mein bester Freund von vier Neandertalern zusammengeschlagen wird. Allerdings bekam ich gar keine Gelegenheit zum Eingreifen. Das Ganze war innerhalb von zehn ... maximal fünfzehn Sekunden vorbei. Ich kann Ihnen nicht im Detail schildern, was genau passiert ist, Lucien war so schnell ... unglaublich schnell. In null Komma nichts lagen die vier am Boden. Zwei hatten eine gebrochene Nase, einer ein paar gebrochene Finger, dem vierten hatte er einen Tritt in die Weichteile verpasst, dass sie ihm fast zum Hals wieder rausgekommen sind. Hinterher habe ich ihn gefragt, wo er das gelernt hat.«

»Und was hat er geantwortet?«

»Er hat mir irgendeine Ausrede aufgetischt. Meinte, er hätte viele Martial-Arts-Filme gesehen. Eins wusste ich damals schon über Lucien. Es war vollkommen zwecklos, ihn zu einer Antwort zu drängen, wenn er einem keine geben wollte. Also habe ich es dabei belassen.«

»Sie meinten eben, er konnte gut mit Worten umgehen«, sagte Taylor in leicht singendem Tonfall. »In den letzten Tagen war er nicht besonders gesprächig.«

»Wann haben Sie ihn zuletzt gesehen?«, wollte Kennedy von Hunter wissen.

»An dem Tag, als mir mein Doktortitel verliehen wurde«, erklärte dieser. »Ich habe ein Jahr vor ihm mein Examen gemacht.«

Taylor wusste aus Hunters Lebenslauf, dass er auch das College im Eiltempo hinter sich gebracht und statt der üblichen vier Jahre lediglich drei gebraucht hatte.

»Aber ich bin danach in Stanford geblieben«, fuhr Hunter fort. »Mir wurde ein Doktoranden-Stipendium angeboten, und ich habe es angenommen. Lucien und ich haben uns noch ein weiteres Jahr ein Zimmer geteilt, bis er ebenfalls seinen Bachelor hatte. Danach ist er aus Stanford weggegangen.«

»Sind Sie in Kontakt geblieben?«

»Ja, allerdings nicht mehr lange«, sagte Hunter. »Nach dem Abschluss hat er sich ein paar Monate freigenommen. Er ist ein bisschen rumgereist und hat sich dann entschieden, zurück an die Uni zu gehen. Er wollte auch promovieren.«

»Ist er nach Stanford zurückgekommen?«

»Nein. Er ist nach Yale gegangen.«

»In Connecticut?«, staunte Taylor. »Das ist am anderen Ende des Landes, an der Ostküste. Wieso wollte er so weit weg, wo er doch Stanford, Berkeley, Caltech und die UCLA direkt vor der Haustür hatte – vier der besten Universitäten des Landes?«

»Yale ist auch eine hervorragende Universität«, hielt Hunter dagegen.

»Schon klar. Aber Sie wissen doch, was ich meine: Connecticut ist so weit weg von Kalifornien, wie es überhaupt nur geht. Nachdem er so lange dort gelebt hat, hatte er doch bestimmt viele Freunde und seinen Lebensmittelpunkt in L. A. Wieso plötzlich der Umzug? Stammt seine Familie aus Connecticut?«

Hunter versuchte sich zu erinnern. »Keine Ahnung, woher seine Familie stammt«, sagte er schließlich. »Er hat nie über sie gesprochen.«

Taylors Blick wanderte langsam zu Kennedy und dann wieder zu Hunter.

»Finden Sie das nicht ein bisschen merkwürdig?«, fragte sie. »Sie haben mehrere Jahre als Zimmergenossen im Wohnheim zusammengelebt. Wie Sie eben selber sagten, waren Sie beste Freunde. Und da hat er nie von seiner Familie erzählt?«

Hunter zuckte gleichmütig mit den Schultern. »Nein, und im Übrigen finde ich das kein bisschen merkwürdig. Ich habe ihm – oder sonst jemandem – auch nie von meiner Familie erzählt. Manche Menschen sind eben verschlossener als andere.«

»Das heißt, Sie haben ihn zuletzt bei der Verleihung Ihrer Doktorwürde gesehen«, fasste Kennedy zusammen.

Hunter nickte. »Er ist für die Zeremonie nach L. A. gekommen, einen Tag geblieben und am nächsten Morgen zurückgeflogen. Danach habe ich nichts mehr von ihm gehört.«

»Er ist einfach wieder zurück nach Connecticut geflogen und hat sich nie wieder gemeldet?«, fragte Taylor. »Ich dachte, Sie wären beste Freunde gewesen.«

»Vielleicht war ich auch derjenige, der sich nicht gemeldet hat«, räumte Hunter ein.

Taylor zögerte einen Moment.

»Warum sagen Sie das? Hat er versucht, Kontakt mit Ihnen aufzunehmen?«

»Nicht dass ich wüsste«, antwortete Hunter. »Aber ich habe es auch nicht versucht.« Er verstummte und wandte den Blick ab. »Nach meiner Promotion bin ich mit niemandem in Kontakt geblieben.«

# 11

Fast auf die Minute genau fünf Stunden nachdem sie vom Van Nuys Airport in Los Angeles gestartet waren, setzte der Hawker Jet auf einer Landebahn des Turner Field in Quantico, Virginia, auf.

Nach Hunters Gespräch mit Kennedy und Taylor über seine Erinnerungen an seinen ehemaligen besten Freund hatten sie den Rest des Fluges schweigend verbracht. Kennedy schlief ein paar Stunden, während Hunter und Taylor die ganze Zeit über wach blieben und ihren jeweiligen Gedanken nachhingen. Aus unerfindlichen Gründen kamen in Taylor Erinnerungen an ihre Kindheit hoch. Sie hatte schon früh lernen müssen, für sich selbst zu sorgen.

Sie war vierzehn gewesen, als ihr nach außen hin gesund wirkender Vater völlig unerwartet an einem Herzinfarkt, ausgelöst durch ein koronares Aneurysma, gestorben war. Für Taylor war sein Tod ein schwerer Schlag, genau wie für ihre noch junge Mutter. Die nächsten Jahre waren emotional wie finanziell ein harter Kampf, denn Taylors Mutter – die die letzten fünfzehn Jahre über Hausfrau gewesen war – musste sich in verschiedenen schlecht bezahlten Jobs abrackern und litt unter der Doppelbelastung, Witwe und alleinerziehende berufstätige Mutter sein zu müssen.

Taylors Mutter war eine zarte Frau mit freundlichem Wesen, gehörte jedoch zu den Menschen, die nicht gut alleine zurechtkamen. Was folgte, war eine Reihe Beziehungen zu Versagern, von denen einige sogar gewalttätig waren. Taylor stand kurz vor ihrem Highschool-Abschluss, als ihre Mutter schwanger wurde. Ihr damaliger Lebensgefährte teilte ihr unumwunden mit, dass er keine Verantwortung für ein Kind übernehmen wolle, weil er für die Rolle als Familienvater noch nicht bereit sei, und dass er schon gar nicht die Absicht habe, für die Tochter eines anderen Mannes – ein Mädchen, zu dem er keinerlei Beziehung hatte – den Ersatzvater zu spielen. Als Taylors Mutter sich weigerte, den Termin in der Abtreibungsklinik wahrzunehmen, den er für sie vereinbart hatte, ließ er sie kurzerhand sitzen und verschwand aus der Stadt. Sie hörten nie wieder von ihm.

Da ihre Mutter hochschwanger war und nicht mehr arbeiten konnte, gab Taylor ihre Pläne, aufs College zu gehen, auf und begann stattdessen, Vollzeit im örtlichen Einkaufszentrum zu arbeiten. Einen Monat später brachte ihre Mutter einen kleinen Jungen zur Welt – Adam. Leider wurde Adam mit Trisomie 18 geboren. Als Folge davon hatte er eine leichte geistige Behinderung, litt an Muskelatrophie, einer Deformation des Schädels sowie motorischen Entwicklungsstörungen. Statt ihr Freude zu bereiten, stürzte der kleine Adam Taylors Mutter in eine tiefe Depression, die sich immer weiter verschlimmerte. Weil sie nicht wusste, wie sie mit der zusätzlichen Bürde umgehen sollte, suchte sie Trost in Schlaftabletten, Antidepressiva und Alkohol. Im Alter von siebzehn Jahren musste Taylor die Rolle der erwachsenen Tochter, der großen Schwester und die des »Mannes im Haus« übernehmen.

Die Unterstützung vom Amt reichte bei weitem nicht aus, also nahm Taylor in den darauffolgenden drei Jahren jeden Job an, den sie kriegen konnte. Nebenbei kümmerte sie sich um ihren kleinen Bruder und ihre Mutter, doch trotz aller ärztlichen Hilfe verschlechterte sich Adams Zustand zusehends, bis er schließlich zwei Monate nach seinem dritten Geburtstag starb. Die Depressionen ihrer Mutter wurden daraufhin noch schlimmer, doch ohne Krankenversicherung war es so gut wie unmöglich, therapeutische Hilfe zu bekommen.

Eines regnerischen Abends, als Taylor von ihrer Spätschicht als Kellnerin in einem Restaurant in der Stadt zurückkam, fand sie auf dem Küchentisch einen Zettel von ihrer Mutter:

*Es tut mir leid, dass ich Dir und Adam keine bessere Mutter war, mein Liebling. Es tut mir leid, dass ich so viele Fehler gemacht habe. Du bist die beste Tochter, die eine Mutter sich nur wünschen kann. Ich liebe Dich von ganzem Herzen. Ich hoffe nur, Du kannst mir eines Tages verzeihen, dass ich so schwach und dumm gewesen bin und Dir so viel aufgebürdet habe. Bitte werd glücklich, mein Schatz. Du hast es verdient.*

Beim Lesen dieser Nachricht hatte Taylor eine schreckliche Ahnung überkommen. Sie war ins Schlafzimmer ihrer Mutter gestürzt … aber zu spät. Auf dem Nachttisch hatten drei leere Flaschen gestanden – eine für Schlaftabletten, eine für Antidepressiva und eine Wodkaflasche. Noch heute träumte Taylor von jenem Abend.

Ein schwarzes GMC-SUV mit getönten Scheiben – typisch FBI – wartete bereits auf dem Rollfeld auf sie, als sie landeten.

Hunter stieg aus dem Flugzeug und streckte sich im Wind des frühen Morgens. Es tat gut, endlich wieder saubere, frische Luft zu atmen und der beengten Kabine zu entkommen. So komfortabel der Jet auch gewesen war, nach fünf Stunden war er sich darin vorgekommen wie in einem fliegenden Knast.

Hunter warf einen Blick auf seine Uhr. Die Sonne würde erst in zwei Stunden aufgehen, doch erstaunlicherweise war die Nachtluft in Virginia um diese Jahreszeit ebenso mild wie zu Hause in Los Angeles.

»Wir brauchen alle ein bisschen Schlaf«, sagte Kennedy, nachdem er schon wieder auf seinem Handy telefoniert hatte. Die drei stiegen in das wartende SUV. »Und danach ein anständiges Frühstück. Ihr Zimmer ist schon vorbereitet«, wandte er sich an Hunter. »Ich hoffe, es macht Ihnen nichts aus, in einem der Rekrutenzimmer der Akademie zu übernachten.«

Hunter schüttelte den Kopf.

»Agent Taylor wird Sie um zehn abholen.« Kennedy sah auf seine Uhr. »Das gibt uns allen ungefähr sechs Stunden zum Ausruhen. Legen Sie sich ein bisschen hin.«

»Können wir nicht früher anfangen?«, fragte Hunter. »Wie wär's mit jetzt gleich? Ich sehe nicht ein, was es bringen soll, die Sache länger als unbedingt nötig hinauszuschieben.«

Kennedy begegnete Hunters Blick. »Wir müssen uns etwas ausruhen, Robert. Es war ein langer Tag und ein langer Flug. Mir ist bekannt, dass Sie mit sehr wenig Schlaf auskommen, aber das bedeutet nicht, dass nicht auch Ihr Gehirn irgendwann Ermüdungserscheinungen zeigt, so wie die Gehirne anderer Menschen. Sie müssen hellwach sein, wenn Sie mit Ihrem alten Freund sprechen.«

Hunter entgegnete nichts. Er sah einfach zu, wie die Laternenpfähle an ihnen vorbeiglitten, als das SUV losfuhr.

# 12

Um exakt zehn Uhr klopfte Special Agent Courtney Taylor an die Tür zu Hunters Wohnheimzimmer. Sie hatte es auf fünf Stunden Schlaf gebracht, hatte geduscht und trug nun einen eleganten schwarzen Business-Anzug mit Nadelstreifen. Ihre blonden Haare hatte sie zu einem glatten Pferdeschwanz zurückgebunden.

Hunter öffnete die Tür, schaute auf die Uhr und lächelte.

»Wow, Sie sind ja auf die Sekunde pünktlich.«

Hunters Haar war noch nass von der Dusche. Er trug schwarze Jeans, ein dunkelblaues T-Shirt, wie immer seine leichte schwarze Lederjacke und schwarze Stiefel.

Er hatte eine unruhige Nacht gehabt und war zwischendurch immer wieder aufgewacht. Dadurch hatte er insgesamt nur etwa zweieinhalb Stunden Schlaf gehabt.

»Wären Sie dann so weit, Detective Hunter?«, fragte Taylor.

»Und ob«, antwortete Hunter und zog die Tür hinter sich zu.

»Ich hoffe, Ihr Frühstück war in Ordnung?«, sagte sie, als sie den Korridor entlang in Richtung Treppe gingen.

Um Punkt neun Uhr hatte ein FBI-Kadett ihm ein gesundes Frühstück bestehend aus Obst, Cornflakes, Joghurt, Rührei, Kaffee, Milch und Toast gebracht.

»War es«, sagte Hunter mit einem verwunderten Schmunzeln. »Ich wusste gar nicht, dass es beim FBI Zimmerservice gibt.«

»Gibt's normalerweise auch nicht, das war eine Ausnahme. Sie können sich dafür bei Direktor Kennedy bedanken.«

Hunter nickte. »Das werde ich auf jeden Fall tun.«

Unten wartete ein weiteres schwarzes SUV, um sie zum anderen Ende des Geländes zu bringen. Hunter saß schweigend auf der Rückbank, Taylor hatte vorn neben dem Fahrer Platz genommen.

Die FBI-Akademie lag auf einer zweihundertzwanzig Hektar großen Basis des US Marine Corps, vierzig Meilen südlich von Washington, D. C. Das Nervenzentrum war ein Komplex aus mehreren miteinander verbundenen Gebäuden, der viel eher nach einem ausufernden Firmensitz aussah als nach einer Trainingsakademie der Regierung. Es wimmelte nur so von Kadetten in dunkelblauen Jogginganzügen mit dem Emblem der Bundespolizei auf der Brust und dem Schriftzug »FBI« in großen goldenen Buchstaben auf dem Rücken. US-Marines mit leistungsstarken Gewehren waren an jeder Kreuzung und vor sämtlichen Gebäudeeingängen postiert. Das Rattern von Rotorblättern war allgegenwärtig, und das ganze Gelände strahlte eine Aura von Mission und Geheimnis aus, der man nicht entfliehen konnte.

Nach scheinbar endloser Fahrt hielt das SUV vor dem schwer bewachten Tor einer Gebäudegruppe, die einen eigenen, vollständig abgeschotteten Bereich innerhalb des Gesamtkomplexes bildete. Nachdem sie die Sicherheitsschleuse passiert hatten, parkte das SUV vor einem dreigeschossigen Backsteinbau mit abgedunkelten Fenstern aus schusssicherem Glas.

Sie stiegen aus, und Taylor lotste Hunter an den bewaffneten Marines am Eingang vorbei ins Gebäude. Drinnen gingen sie durch zwei Sicherheitstüren, einen langen Gang entlang, dann durch zwei weitere Sicherheitstüren und schließlich in einen Fahrstuhl, der drei Stockwerke nach unten bis zu den Räumlichkeiten der Einheit für Verhaltensforschung, kurz BSU, fuhr. Die Fahrstuhltüren öffneten sich und gaben den Blick auf einen langen, glänzenden, hell erleuchteten Gang mit Parkettboden frei, an dessen Wänden Porträts in vergoldeten Rahmen hingen.

Ein großer Mann mit rundem Gesicht und schief gewachsener Nase tauchte vor den geöffneten Fahrstuhltüren auf.

»Detective Robert Hunter?«, sagte er mit scharfer, leicht unwirsch klingender Stimme. »Ich bin Agent Edwin Newman. Willkommen bei der BSU.«

Hunter trat aus dem Lift und gab Newman die Hand.

Newman war Anfang fünfzig, mit zurückgekämmtem, grau meliertem Haar und leuchtend grünen Augen. Er trug einen schwarzen Anzug mit einem blütenweißen Hemd und roter Seidenkrawatte. Beim Lächeln entblößte er strahlend weiße Zähne.

»Ich dachte, wir könnten uns kurz im Konferenzraum zusammensetzen, bevor wir Sie zu ...«, Newman verstummte und sah zu Taylor, »... Ihrem alten Freund bringen, so wie ich es verstanden habe.«

Hunter nickte stumm und folgte Newman und Taylor durch den Gang.

Das Konferenzzimmer war groß und auf eine angenehme Temperatur klimatisiert. In der Mitte stand ein langer, blank polierter Mahagonitisch. Ein großer Monitor, auf dem eine detaillierte Karte der Vereinigten Staaten zu sehen war, hing an der Wand.

Newman nahm am Kopf des Tisches Platz und bedeutete Hunter, sich neben ihn zu setzen.

»Ich weiß, dass Sie über die etwas delikate Situation aufgeklärt wurden«, begann Newman, kaum dass Hunter sich gesetzt hatte.

Hunter nickte zustimmend.

Newman schlug eine Mappe auf, die er vor sich auf dem Tisch liegen hatte. »Den Informationen zufolge, die Sie Direktor Kennedy und Agent Taylor gegeben haben, lautet der bürgerliche Name des Mannes, den wir hier in Gewahrsam haben, Lucien Folter – nicht Liam Shaw, wie in seiner amtlichen Fahrerlaubnis angegeben.«

»Unter dem Namen kannte ich ihn«, bestätigte Hunter.

Newman nickte zum Zeichen, dass er verstanden hatte. »Sie glauben also, dass Lucien Folter möglicherweise auch ein falscher Name war?«

»Das habe ich nicht gesagt«, erwiderte Hunter ruhig.

Newman wartete.

»Ich sehe keinen Grund, weshalb er damals auf dem College einen falschen Namen hätte benutzen sollen«, führte Hunter aus. »Zudem dürfen Sie nicht vergessen, dass wir hier über die Stanford University reden – und über eine Person, die zur fraglichen Zeit erst neunzehn Jahre alt war.«

Newman runzelte leicht die Stirn. Er konnte Hunters Gedankengang nicht ganz folgen.

Hunter merkte dies und setzte zu einer Erläuterung an. »Damit meine ich, dass ein neunzehnjähriger Junge, um von dieser renommierten Universität angenommen zu werden, gleich mehrere persönliche Unterlagen hätte fachmännisch fälschen müssen, und das in einer Zeit, als es noch keine PCs gab.« Er wiegte skeptisch den Kopf. »Keine leichte Aufgabe.«

»Leicht nicht«, räumte Newman ein. »Aber machbar.«

Dazu sagte Hunter nichts.

»Der Grund, weshalb ich frage, ist die geheime Bedeutung hinter seinem Namen«, sagte Newman.

»Geheime Bedeutung?« Hunter machte ein erstauntes Gesicht.

Newman nickte. »Wussten Sie, dass ›Folter‹ ein deutsches Wort ist?«

Hunter nickte. »Ja, Lucien hat es mir erzählt.«

Newman warf ihm einen vielsagenden Blick zu.

Hunter schien davon nicht sehr beeindruckt. »Meinen Sie das etwa mit ›geheimer Bedeutung‹?« Er sah kurz zu Taylor, dann wieder zu Newman. »Wussten Sie dann auch, dass der Name Lucien aus dem Französischen kommt und ›Licht‹ oder ›Erleuchtung‹ bedeutet? Außerdem ist es der Name eines Dorfs in Polen und der Name eines Heiligen. Die meisten Namen haben irgendeine Geschichte, Agent Newman. Mein Familienname bedeutet ›Jäger‹, trotzdem ist mein Vater nie jagen gegangen. Unzählige amerikanische Familiennamen haben Ähnlichkeiten mit Wörtern in irgendeiner fremden Sprache. Das ist reiner Zufall und hat nichts mit ›geheimer Bedeutung‹ zu tun.«

Newman zog es vor, nichts zu erwidern.

Hunter wartete einen Moment, dann glitt sein Blick zu der Mappe auf dem Tisch.

Newman verstand den Wink und begann vorzutragen. »Also gut, Lucien Folter, geboren am 25. Oktober 1966 in Monte Vista, Colorado. Seine Eltern – Charles und Mary-Ann Folter – sind beide verstorben. 1985 hat er seinen Schulabschluss an der Monte Vista Highschool gemacht, mit exzellenten Noten. Keine Jugendstrafen, nie Ärger mit der Polizei. Nach dem Schulabschluss wurde er gleich an der Stanford University angenommen.« Newman hielt inne und sah zu Hunter auf. »Was in den Jahren auf dem College passiert ist, wissen Sie ja vermutlich am besten.«

Hunter schwieg.

»Nachdem er in Stanford sein Examen in Psychologie gemacht hatte«, fuhr Newman fort, »hat er sich in Yale um einen Doktorandenplatz in Kriminalpsychologie beworben. Er wurde angenommen, hat drei Jahre lang an seiner Dissertation gearbeitet und ist dann von der Bildfläche verschwunden. Er hat die Promotion nicht vollendet.«

Hunters Blick ruhte nach wie vor auf Newman. Dass sein alter Freund mit seiner Dissertation nie fertig geworden war, hatte er nicht gewusst.

»Und wenn ich sage ›von der Bildfläche verschwunden‹«, sagte Newman, »dann *meine* ich ›von der Bildfläche verschwunden‹. Nach seinem dritten Jahr in Yale verliert sich jede Spur von Lucien Folter. Keine Arbeitgeber, kein Reisepass, keine Meldeadresse, keine Rechnungen ... nichts. Es ist, als hätte er aufgehört zu existieren.« Newman klappte die Mappe zu. »Mehr haben wir nicht über ihn.«

»Vielleicht war das die Zeit, in der er sich entschlossen hat, eine neue Identität anzunehmen«, mutmaßte Taylor, die Hunter gegenübersaß. »Vielleicht war er es leid, Lucien Folter zu sein, und wurde zu einer anderen Person. Vielleicht zu Liam Shaw, vielleicht auch zu jemand anderem, von dem wir nichts wissen.«

Schweigen senkte sich über den Raum, bis Newman es nach einigen Sekunden brach.

»Die Wahrheit sieht doch so aus: Wer auch immer dieser Kerl ist, er ist ein wandelndes Geheimnis. Jemand, der vielleicht sein ganzes Leben lang alle belogen hat.«

An diesem Gedanken hatte Hunter eine Zeitlang zu kauen.

»Mir ist nur wichtig, dass Sie sich dessen bewusst sind, bevor Sie da reingehen und mit ihm reden«, setzte Newman hinzu, »denn ich weiß, dass viele Emotionen im Spiel sind, wenn man plötzlich mit Menschen aus der eigenen Vergangenheit konfrontiert wird. Ich will Ihnen nicht vorschreiben, was Sie tun sollen. Ich habe Ihre Akte durchgesehen, und ich habe Ihre Dissertation über kriminelle Verhaltensmuster gelesen. Das gilt für alle in der BSU, sie ist Pflichtlektüre, insofern weiß ich, dass Sie sich besser als viele andere auf Ihren Job verstehen. Trotzdem sind auch Sie nur ein Mensch und als solcher anfällig für Gefühle. Es spielt keine Rolle, wie vernünftig und besonnen man ist, Gefühle können selbst die nüchternsten Urteile beeinflussen, das ist praktisch unausweichlich. Behalten Sie das bei der Begegnung bitte immer im Hinterkopf.«

Hunter schwieg.

Im Folgenden schilderte Newman das ungewöhnliche und rätselhafte Verhalten, das Lucien Folter seit seiner Ankunft in Quantico an den Tag legte – sein hartnäckiges Schweigen, die sekundengenaue innere Uhr, die langen Übungseinheiten, das Starren, der außerordentliche mentale Fokus und Ähnliches mehr.

Hunter, der seinen alten Freund kannte, wunderte sich nicht allzu sehr darüber, dass Lucien mental so stark war.

»Er wartet«, sagte Newman zu guter Letzt. »Wir sollten uns langsam auf den Weg machen.«

# 13

Newman und Taylor führten Hunter aus dem Konferenzraum, zurück durch den Gang und wieder in den Fahrstuhl, der noch zwei Stockwerke tiefer bis ins fünfte Untergeschoss fuhr. Dieses Stockwerk war denkbar anders als das, in dem die Büros der Einheit für Verhaltensforschung lagen. Hier gab es keine glänzenden Flure, keine edlen Bilder an den Wänden, keine angenehm klimatisierte Atmosphäre.

Der Fahrstuhl öffnete sich in einen kleinen Vorraum mit Betonfußboden. Auf der rechten Seite, hinter einer großen Scheibe aus Sicherheitsglas, sah Hunter einen Kontrollraum mit mehreren Monitoren an den Wänden. Ein Mann saß dort vor einem ausladenden Bedienpult.

»Willkommen im Zellentrakt der BSU«, sagte Taylor.

»Warum sitzt er hier?«, wollte Hunter wissen.

»Das hat mehrere Gründe«, antwortete Taylor. »Erstens hatte das Sheriffbüro in Wheatland, wie Sie ja bereits wissen, keine Ahnung, wie es mit einem Fall dieser Größenordnung umgehen soll; zweitens deutet alles darauf hin, dass es sich um einen Doppelmord handelt, bei dem sich das Tatgeschehen auf mehrere Bundesstaaten erstreckt. Bis wir also ermittelt haben, wo genau Ihr alter Freund rechtmäßig in Haft sitzen sollte, bleibt er hier.«

»Zumal die potentiell psychopathischen Tendenzen Ihres Freundes in unserer Einheit diverse Alarmglocken zum Schrillen gebracht haben«, setzte Newman hinzu. »Vor allem seine unglaubliche mentale Stärke und seine Fähigkeit, dem Druck standzuhalten. Keiner in unserer Einheit hatte bis jetzt mit jemandem wie ihm zu tun. Falls er wirklich ein Killer ist – und man bedenke, wie brutal die Köpfe der Opfer aus dem Kofferraum zugerichtet waren –, dann haben wir vielleicht die Büchse der Pandora geöffnet.«

Taylor gab dem Wachmann im Kontrollraum ein Signal, woraufhin dieser einen Drucktaster zur Türentriegelung betätigte. Der neben der Tür postierte US-Marine trat einen Schritt beiseite, um sie passieren zu lassen.

Durch die Tür gelangten sie in einen langen Gang mit Wänden aus Betonziegeln. Ein deutlich wahrnehmbarer Geruch von Desinfektionsmitteln hing in der Luft. Er kitzelte in der Nase wie der Geruch in Krankenhäusern, wenngleich er nicht ganz so beißend war. Der Gang führte sie zu einer zweiten massiven, einbruchs- und beschusshemmenden Stahltür. Als sie diese erreicht hatten, blickten Taylor und Newman in Richtung der Überwachungskamera an der Decke. Eine Sekunde später öffnete sich die Tür mit einem Summen. Sie gingen noch durch zwei weitere, kürzere Flure und passierten zwei weitere Hochsicherheitstüren, ehe sie den Vernehmungsraum erreicht hatten. Er lag etwa auf der Mitte eines Ganges, der sich optisch in nichts von den vorherigen Gängen unterschied.

Das Vernehmungszimmer war ein kleiner nackter Würfel von einem Raum: fünf mal fünf Meter groß, Wände aus hellgrauem Waschbeton, weißer PVC-Boden. In der Mitte stand ein quadratischer, fest im Boden verankerter Metalltisch mit zwei Stühlen, ebenfalls aus Metall und so platziert, dass man einander gegenübersitzen konnte. Neben den Stühlen waren jeweils zwei stabile Eisenringe in den Boden eingelassen. An der Decke direkt über dem Tisch hingen, durch ein Drahtgitter geschützt, zwei Leuchtstoffröhren, die den Raum in kaltes Licht tauchten. Hunter fielen auch die vier Überwachungskameras an der Decke auf, eine in jeder Ecke. An einer Wand stand ein Wasserspender, die Nordwand dominierte ein großes verspiegeltes Fenster.

»Setzen Sie sich«, sagte Taylor zu Hunter. »Machen Sie es sich schon mal bequem. Ihr Freund wird gleich hergebracht.« Sie machte eine Geste mit dem Kopf. »Wir sind nebenan, können aber alles hören und sehen, was hier drin vor sich geht.«

Ohne ein weiteres Wort verließen Taylor und Newman das Vernehmungszimmer. Die schwere Stahltür fiel hinter ihnen ins Schloss, und Hunter blieb allein in dem kleinen Betonwürfel zurück. An der Innenseite hatte die Tür keinen Griff.

Hunter atmete tief durch und lehnte sich mit Blick zur Tür gegen die Tischkante. Er war schon unzählige Male in Verhörzellen wie dieser gewesen, und oft hatte er dabei Menschen gegenübergesessen, die sich als brutale, sadistische Mörder entpuppt hatten. Einige von ihnen waren sogar Serientäter gewesen. Doch nicht seit seinen allerersten Verhören hatte er mit dieser kribbelnden Nervosität zu kämpfen gehabt, die ihn jetzt überkam und ihm die Kehle zuschnürte. Er mochte das Gefühl nicht. Ganz und gar nicht.

Kurz darauf ertönte ein Summen, und die Tür ging auf.

# 14

Zu seinem eigenen Erstaunen merkte Hunter, wie er den Atem anhielt, als die Tür sich öffnete.

Als Erster betrat ein großer, breitschultriger US-Marine den Raum. Er hatte ein speziell für den Gebrauch auf nächste Entfernung entwickeltes Gewehr im Anschlag, machte zwei Schritte in den Raum hinein, blieb stehen und trat dann einen Schritt nach links, um den Weg freizugeben.

Vor lauter Anspannung stand Hunter kerzengerade.

Der zweite Mann, der durch die Tür kam, war etwa drei Zentimeter größer als Hunter. Er hatte sehr kurzes, braunes Haar und einen Bart, der ausgewachsen war und schon ein klein wenig struppig aussah. Er trug den typischen orangefarbenen Häftlingsoverall. Seine Hände waren gefesselt und wurden von einer knapp dreißig Zentimeter langen Metallstange auseinandergehalten. Die Kette, die mit dieser Metallstange verbunden war, ging einmal um seine Taille herum und dann bis nach unten zu seinen Füßen, wo sie in dicken, schweren Fußfesseln endete, die seine Bewegungsfreiheit so stark einschränkten, dass er nicht mehr richtig gehen, sondern lediglich kleine, schlurfende Schritte machen konnte – wie eine Geisha.

Er hielt den Kopf gesenkt, das Kinn fast auf der Brust. Sein Blick war starr zu Boden geheftet. Hunter konnte sein Gesicht kaum sehen, trotzdem erkannte er seinen früheren Freund auf Anhieb wieder.

Direkt hinter dem Gefangenen folgte ein weiterer Marine, der genauso bewaffnet war wie der erste.

Hunter machte einen Schritt nach rechts, sagte jedoch kein Wort.

Die Wachen führten den Gefangenen zum Metalltisch. Dort drückten sie ihn auf einen der Stühle, und der zweite Marine befestigte die Fußfesseln des Gefangenen an dem Eisenring im Boden. Während der ganzen Zeit hob der Gefangene nicht den Kopf. Sobald alles fertig war, verließen die Wachen den Raum, ohne ein Wort gesagt oder Hunter eines Blickes gewürdigt zu haben. Die Tür fiel mit einem metallischen Dröhnen hinter ihnen ins Schloss.

Die angespannten Sekunden, die folgten, schienen sich ins Endlose zu dehnen, bis der Gefangene schließlich aufblickte.

Hunter stand auf der anderen Seite des Tischs, regungslos ... wie gelähmt. Die Blicke der zwei Männer trafen sich, und einen Moment lang starrten sie einander einfach nur an. Dann verzogen sich die Lippen des Gefangenen zu einem dünnen, nervösen Lächeln.

»Hallo, Robert«, sagte er mit vor Gefühlen unsicherer Stimme.

Seit ihrer letzten Begegnung hatte Lucien einige Kilo zugenommen, allerdings schien es sich dabei ausschließlich um Muskelmasse zu handeln. Sein Gesicht wirkte älter, hagerer. Seine Haut hatte immer noch dieselbe gesunde Farbe wie vor all den Jahren, doch der Blick seiner dunkelbraunen Augen war ein anderer geworden. Er hatte nun etwas Durchdringendes, wie man es bei den Großen der Welt oft sieht, als würde er alles mit ungeheurer Aufmerksamkeit und Entschlossenheit betrachten. Mit seinen hohen Wangenknochen, den vollen, kräftigen Lippen und dem kantigen Kinn fanden ihn Frauen sicher nach wie vor attraktiv. Die diagonale, knapp drei Zentimeter lange Narbe dicht unterhalb seines Auges an der linken Wange verlieh seinem Äußeren etwas Raues, Verwegenes, von dem Hunter sicher war, dass es viele faszinierte.

»Lucien«, sagte Hunter, als könnte er es trotz allem immer noch nicht fassen.

Sie starrten einander weiterhin an.

»Ganz schön lange her«, meinte Lucien irgendwann und blickte auf seine gefesselten Hände. »Wenn ich könnte, würde ich dich umarmen. Du hast mir gefehlt, Robert.«

Hunter schwieg aus dem einfachen Grund, dass er nicht wusste, was er sagen sollte. Er hatte stets gehofft, seinen alten Studienfreund eines Tages wiederzusehen, aber nie im Leben hätte er sich träumen lassen, dass es unter solchen Umständen passieren würde.

»Gut siehst du aus, alter Freund«, meinte Lucien und lächelte erneut, während er Hunter aufmerksam musterte. »Man kann sehen, dass du mit dem Training weitergemacht hast. Du siehst aus wie ...«, er hielt inne, als suche er nach den richtigen Worten, »... ein durchtrainierter Boxer kurz vor seinem Meisterschaftskampf. Und du bist kaum gealtert. Das Leben hat es anscheinend gut mit dir gemeint.«

Jetzt endlich kam wieder Leben in Hunter, und er schüttelte den Kopf. Es war eine reflexartige Geste, als erwache er aus einer Trance.

»Lucien, was um alles in der Welt geht hier vor?« Sein Ton war ruhig und gefasst, aber in seinen Augen spiegelte sich nach wie vor ungläubiges Staunen.

Lucien holte tief Luft, und Hunter sah, wie sich sein Freund vor Unbehagen versteifte.

»Ich weiß auch nicht genau, Robert«, sagte er. Seine Stimme klang jetzt ein wenig leiser.

»Du weißt nicht genau?«

Luciens Blick wanderte zurück zu seinen gefesselten Händen, und er rutschte auf dem Stuhl hin und her, wie um eine bequemere Sitzposition zu finden – ein klares Indiz dafür, dass er gerade einen inneren Kampf ausfocht.

»Sag«, wobei er den Blickkontakt zu Hunter mied. »Hast du mal wieder was von Susan gehört?« Dann machte er ein Gesicht, als hätte er sich mit dieser Frage selbst verblüfft.

Hunter zog die Brauen zusammen. »Was?«

»Susan. Du erinnerst dich doch noch an sie, oder? Susan Richards?«

Bilder aus der Vergangenheit flackerten in Hunters Kopf auf. Ja, er konnte sich noch gut an Susan erinnern. Kein Wunder, waren sie drei doch während ihrer Zeit an der Universität praktisch unzertrennlich gewesen. Susan hatte ebenfalls Psychologie studiert wie Lucien und Hunter, sie hatte einen sehr wachen Geist gehabt. Ursprünglich kam sie aus Nevada, war aber wegen des Studienplatzes in Stanford nach Kalifornien gezogen. Susan Richards war ein fröhliches, unbeschwertes Mädchen gewesen, eine von denen, die immer lachten, alles positiv sahen und die nur selten etwas aus der Bahn warf. Und attraktiv noch dazu – groß und schlank mit kastanienbraunem Haar, wunderhübschen Mandelaugen, einer kleinen Stupsnase und vollen Lippen. Susan hatte die feinen Gesichtszüge größtenteils von ihrer indianischen Mutter geerbt. Die Leute hatten ihr immer gesagt, sie sehe aus wie ein Hollywoodstar, nicht wie eine Psychologiestudentin.

»Ja, natürlich kann ich mich noch an Susan erinnern«, sagte Hunter.

»Hast du in all den Jahren mal wieder was von ihr gehört?«, fragte Lucien.

Hunter besann sich auf seine psychologische Ausbildung, und ihm wurde klar, was gerade passierte. Luciens psychologische Schutzmechanismen waren angesprungen. Manchmal, wenn ein Mensch zu viel Angst hat oder zu nervös ist, um sich einem heiklen Thema zu stellen, versucht er unwillkürlich, die Unterhaltung in eine andere Richtung zu lenken, um nicht über besagtes Thema sprechen zu müssen – oder wenigstens den Zeitpunkt, an dem es sich nicht mehr vermeiden lässt, möglichst lange hinauszuschieben, damit seine Nerven sich ein wenig beruhigen können. Genau das tat Lucien jetzt auch.

Als studierter Psychologe wusste Hunter, dass es das Beste war, sich vorerst darauf einzulassen. Luciens Unruhe würde sich mit der Zeit schon legen.

»Nein«, antwortete er. »Nach dem Abschluss habe ich nie wieder von ihr gehört. Du?«

Lucien schüttelte den Kopf. »Ich auch nicht. Keine einzige Silbe.«

»Ich weiß noch, wie sie gesagt hat, dass sie reisen wollte. Nach Europa oder so. Vielleicht hat sie ihr Vorhaben wahr gemacht und ist dann aus irgendeinem Grund drüben geblieben. Könnte doch sein, dass sie dort jemanden kennengelernt und geheiratet hat. Oder sie hat ein gutes Jobangebot bekommen.«

»Ja, ich weiß noch, wie sie von ihren Reiseplänen geredet hat. Vielleicht ist es so, wie du sagst«, stimmte Lucien ihm zu. »Trotzdem, Robert – wir waren praktisch rund um die Uhr zusammen. Wir waren Freunde ... beste Freunde.«

»So was kommt vor, Lucien«, sagte Hunter. »Du und ich, wir waren auch beste Freunde und sind nach dem College nicht in Kontakt geblieben.«

Lucien sah zu Hunter auf. »Das stimmt nicht ganz, Robert. Wir hatten noch eine Weile Kontakt. Bis du mit deiner Promotion fertig warst. Ich bin zur Feier gekommen, weißt du nicht mehr?«

Hunter nickte.

»Ich dachte, vielleicht hat sie sich bei dir gemeldet.« Lucien zuckte mit den Schultern. »War ja kein Geheimnis, dass sie auf dich stand.«

Hunter sagte nichts.

Lucien schenkte Hunter ein freundliches Lächeln. »Ich weiß, dass du nie was mit ihr angefangen hättest, weil du wusstest, dass ich sie gern mochte. Das war anständig von dir. Sehr ... rücksichtsvoll – wobei ich nicht glaube, dass es mir was ausgemacht hätte. Ihr zwei wärt ein hübsches Paar gewesen.«

Lucien sah Hunter einen Moment lang aus schmalen Augen an.

»Weißt du noch, wie wir mit ihr ins Tattoo-Studio gegangen sind, weil sie sich unbedingt dieses grauenhafte Motiv auf den Arm stechen lassen wollte?«

Hunter erinnerte sich. Susan hatte irgendwann den Entschluss gefasst, sich eine rote Rose tätowieren zu lassen, deren dorniger Stiel sich um ein blutendes Herz rankte, als wollte sie es erdrosseln.

»Ja, ich weiß noch«, sagte Hunter mit einem wehmütigen Lächeln.

»Was war das noch mal? Eine Rose, die sich um ein Herz schlingt?«

»Ich mochte das Tattoo«, gestand Hunter. »Es war irgendwie anders, und bestimmt hatte es für sie eine besondere Bedeutung. Ich fand, es stand ihr richtig gut. Der Tätowierer hat seine Sache hervorragend gemacht.«

Lucien verzog das Gesicht. »Ich bin kein Fan von Tattoos. Nie gewesen.« Er hielt inne, und sein Blick ging zu einer Stelle an der Betonwand. »Irgendwie fehlt sie mir. Sie konnte einen immer zum Lachen bringen, selbst in den unangenehmsten Situationen.«

»Ja, mir fehlt sie auch«, sagte Hunter.

Schweigen senkte sich über den Raum. Hunter füllte einen Pappbecher mit Wasser aus dem Wasserspender und stellte ihn vor Lucien auf den Tisch.

»Danke«, sagte dieser und trank einen kleinen Schluck.

Hunter holte sich selbst ebenfalls einen Becher Wasser.

»Sie haben den Falschen, Robert«, sagte Lucien unvermittelt.

Hunter musterte seinen alten Freund. Wie es schien, hatten sich Luciens Nerven ein wenig beruhigt, und er war bereit zu reden. Hunter sah ihn abwartend an.

»Ich habe es nicht getan«, beteuerte Lucien eindringlich und mit zitternder Stimme. »Ich habe nicht getan, was man mir vorwirft. Das musst du mir glauben, Robert. Ich bin kein Monster. Ich habe es nicht getan.«

Hunter erwiderte nichts.

»Aber ich weiß, wer es getan hat.«


# 15


Agent Taylor und Agent Newman, die im Beobachtungsraum nebenan hinter der großen verspiegelten Scheibe standen, verfolgten aufmerksam jede von Lucien Folters Bewegungen und lauschten jedem Wort aus seinem Mund. Dr. Patrick Lambert, forensischer Psychiater bei der Einheit für Verhaltensforschung, war gleichfalls anwesend.

Auf einem Tisch an der Ostseite des Beobachtungsraums

standen zwei Monitore, die hochauflösende Aufnahmen von Lucien aus unterschiedlichen Perspektiven zeigten. Anhand dieser Aufnahmen studierte Dr. Lambert akribisch jede mimische Regung des Gefangenen und achtete auf jede noch so kleine Veränderung in dessen Tonfall. Aber das war noch nicht alles. Beide Monitore waren außerdem an einen Rechner mit modernster Gesichtsanalyse-Software angeschlossen, die selbst kaum wahrnehmbare Gesichts- oder Augenbewegungen registrierte und auswertete. Bewegungen, die der Verhörte nicht steuern konnte, weil sie unbewusst geschahen, sobald sein Gefühlszustand umschlug – wenn er plötzlich nervös wurde, ängstlich, wütend oder dergleichen. Sie waren sich ganz sicher: Wenn Lucien Folter log, egal in welchem Zusammenhang, würden sie es merken.

Weder Dr. Lambert noch die beiden Agenten brauchten das Programm zur Gesichtsanalyse, um die Furcht und Nervosität in Luciens Tonfall, seinen Blicken und seiner Mimik zu erkennen. Mit solchen Gefühlen war zu rechnen gewesen, schließlich redete er nun zum ersten Mal, seit er wegen eines extrem brutalen Doppelmordes verhaftet worden war. Wenn man dann noch den Umstand mit einbezog, dass er einem alten Freund gegenübersaß, den er seit Collegetagen nicht gesehen hatte, kam Luciens ängstliche Unruhe in keiner Weise überraschend. Sie war eine vollkommen normale psychische Reaktion, genau wie das anfängliche Umschiffen des Gesprächsthemas. Über etwas zu reden, was er und sein Freund gemeinsam hatten, war ein einfacher und effektiver Weg, seine Unruhe in den Griff zu bekommen. Daher hatten sie alle geduldig abgewartet, im Vertrauen darauf, dass Detective Hunter früher oder später die Unterredung schon auf das eigentliche Thema lenken würde.

Dann allerdings stellte sich heraus, dass dies gar nicht nötig war, weil Lucien ganz von selbst darauf zu sprechen kam. Mit dem, was er sagte, hatte allerdings keiner gerechnet.

*»Sie haben den Falschen, Robert.«*

Sofort kletterte die Anspannung im Beobachtungsraum merklich in die Höhe. Instinktiv reckten alle die Hälse in Richtung der Monitore, als könnten sie so besser hören und sehen.

*»Ich habe es nicht getan. Ich habe nicht getan, was man mir vorwirft. Das musst du mir glauben ...«*

»Klar hat er's nicht getan«, sagte Newman mit einem höhnischen Auflachen und warf Taylor einen Blick zu. »Das haben sie nie. Unsere Gefängnisse sind voll von unschuldig Verurteilten, ist ja allgemein bekannt.«

Taylor erwiderte nichts. Sie war ganz auf die Bildschirme fixiert, so auch Dr. Lambert.

*»Aber ich weiß, wer es getan hat.«*

Diese sieben Worte hatte niemand aus Luciens Mund erwartet, waren sie doch de facto ein Eingeständnis seiner Mittäterschaft. Denn selbst wenn Lucien Folter die zwei Frauen nicht eigenhändig ermordet und enthauptet hatte, so gab er doch zu, den Täter zu kennen. Und er hatte es nicht nur versäumt, deswegen die Polizei zu verständigen, sondern war sogar dabei aufgegriffen worden, wie er versuchte, die beiden abgetrennten Köpfe über die Staatsgrenze zu transportieren. Das machte ihn zum Komplizen eines Mordes mit gleich mehreren erschwerenden Begleitumständen. In Wyoming, wo man ihn festgenommen hatte, wurde noch die Todesstrafe vollstreckt. Zweifellos würde der Bezirksstaatsanwalt genau darauf plädieren.

# 16

Trotz seines Erstaunens bemühte Hunter sich nach Kräften, nach außen hin ruhig zu bleiben. Er konnte sich denken, dass Luciens Eingeständnis die Spannung nebenan im Beobachtungsraum gleich um mehrere Grad in die Höhe getrieben hatte, doch für ihn war es jetzt vor allem wichtig, das Gespräch am Laufen zu halten. Das Reden konnte er dabei seinem alten Freund überlassen; seine Aufgabe bestand lediglich darin, dessen Antworten in die richtigen Bahnen zu lenken.

Hunter rückte sich einen Stuhl zurecht und setzte sich Lucien gegenüber an den Tisch. »Du weißt, wer es getan hat?«, fragte er mit der Beiläufigkeit eines Mannes, der sich nach der Uhrzeit erkundigt.

Normalerweise bevorzugen es Befrager, während eines Verhörs zu stehen, weil ihnen diese Position mehr Autorität verleiht. Der Verhörte hingegen wird gezwungen zu sitzen. Dahinter steht die Theorie, dass der Höhenunterschied als eine Art Einschüchterung funktioniert: Derjenige, der die Fragen stellt, überragt denjenigen, der sie beantworten muss – er blickt im wahrsten Sinne des Wortes auf ihn hinab. In vielen Menschen ruft diese Situation Kindheitserinnerungen daran wach, wie es war, von den Eltern wegen eines Fehlverhaltens zurechtgewiesen zu werden.

Das Letzte, was Hunter zum gegenwärtigen Zeitpunkt wollte, war, dass Lucien sich noch eingeschüchterter fühlte als ohnehin schon. Indem er sich zu ihm an den Tisch setzte, begab er sich bewusst auf seine Ebene. Aus psychologischer Sicht vermittelte Hunter Lucien damit – so zumindest seine Absicht –, dass keine Bedrohung von ihm ausging. Dadurch hoffte er die Nervosität im Raum auf ein Mindestmaß zu senken.

»Also«, sagte Lucien, wobei er sich vorbeugte und die Ellbogen auf den Tisch stellte. »Ich weiß nicht *genau*, wer es war, aber es lässt sich logisch erschließen. Entweder es war derjenige, dem ich den Wagen übergeben sollte, oder derjenige, von dem ich den Wagen bekommen habe. Und wenn keiner dieser beiden es getan hat, dann wissen sie auf alle Fälle, wer es war. Das sind die Leute, nach denen ihr suchen müsst.« Lucien verstummte und stieß lange und tief den Atem aus. »Du musst mir helfen, Robert. Ich bin nicht der, den das FBI will. Ich habe das alles nicht getan. Ich war bloß der Lieferant.«

Zum ersten Mal fiel Hunter ein leichtes Zittern in Luciens Stimme auf. Er wusste, dass der Wagen nicht auf Luciens Namen zugelassen war, das hatte ihm das FBI mitgeteilt. Allerdings hatte er bislang nichts davon gehört, dass Lucien den Wagen bei einer dritten Person hatte abliefern wollen.

»Du wolltest den blauen Taurus jemandem übergeben?«, hakte er nach.

Auch diesmal wich Lucien seinen Blicken aus. Als er schließlich antwortete, war sein Tonfall wieder ruhig und beherrscht. Diesmal schwang sogar eine Spur von Wut darin mit.

»Es ist nun mal Fakt, dass das Leben nicht jeden gleich behandelt, mein Freund. Ich bin mir sicher, das ist dir bewusst.«

Hunter war nicht ganz klar, was Lucien damit andeuten wollte, also wartete er schweigend.

Luciens Blick huschte zu den Kameras an der Decke, dann zu der großen Scheibe hinter Hunter. Er wusste natürlich, dass das Verhör aufgezeichnet wurde. Er wusste, dass nichts von dem, was er Hunter sagte, vertraulich bleiben würde, und den Bruchteil eines Augenblicks lang schien er sich zu schämen.

Hunter entging das plötzliche Unbehagen seines Freundes nicht. Er folgte seinem Blick, aber gegen die unsichtbaren Zuhörer konnte er natürlich nichts unternehmen. Das hier war nicht seine Veranstaltung, sondern die des FBI. Er gab Lucien einen Moment Zeit, sich zu sammeln.

»Nach Stanford habe ich ein paar dumme Sachen gemacht«, sagte Lucien. Verstummte. Dachte nochmals über seine Worte nach. »Na ja, ich habe ziemlich *viele* dumme

Sachen gemacht. Einige davon waren sogar sehr dumm.«
Jetzt endlich sah er Hunter wieder ins Gesicht. »Ich sollte
wohl alles von Anfang an erzählen.«

## 17

Aus unerfindlichen Gründen kühlte sich nach diesen
Worten die Atmosphäre im Vernehmungsraum merklich
ab, als hätte jemand von einem auf den anderen Moment die
Klimaanlage heruntergedreht.

Hunter spürte, wie ihm das unangenehme Kältegefühl
den Nacken hinabkroch, blieb aber ruhig sitzen.

Lucien nippte erneut an seinem Wasser, und während er
das tat, wurde sein Blick melancholisch.

»In meinem zweiten Jahr in Yale habe ich eine Frau kennengelernt«, begann er. »Ihr Name war Karen. Sie war Bri-
tin, aus einem Ort namens Gravesend im Südosten von
England. Sagt dir das was?«

Hunter nickte.

»Mir hat es damals nichts gesagt«, meinte Lucien. »Ich
musste ihn erst nachschlagen. Wie auch immer, Karen
war ...« Er überlegte kurz. »... anders, als sich die meisten
Menschen eine Yale-Doktorandin vorstellen würden ...«

»Anders?«, hakte Hunter nach.

»In jeder Hinsicht. Sie war ein Freigeist – wenn man
glaubt, dass es so was überhaupt gibt. Du weißt noch, auf
was für Mädchen ich früher stand, oder?«

Wieder nickte Hunter, sagte jedoch nichts, sondern erlaubte seinem Freund, von sich aus weiterzureden.

»Karen war das krasse Gegenteil.« Ein scheues Lächeln
umspielte seine Lippen. »Als wir uns kennenlernten, war
sie zweiundvierzig. Ich war fünfundzwanzig.«

Hunter hatte begonnen, sich im Kopf Notizen zu machen.

»Sie war eins fünfundfünfzig groß, ganze dreißig Zentimeter kleiner als ich ... Und sie hatte Kurven.«

Hunter erinnerte sich, dass Lucien früher ausschließlich an schlanken, sportlichen und großen Frauen interessiert gewesen war – eins fünfundsiebzig aufwärts.

»Und sie hatte jede Menge Tattoos«, fuhr Lucien fort. »Ein Lippenpiercing, ein Nasenpiercing, einen Ein-Zentimeter-Tunnel im linken Ohr und einen Betty-Page-Pony.«

Diesmal fiel es Hunter schwer, mit seinem Erstaunen hinterm Berg zu halten.

»Ich dachte, du magst keine Tattoos.«

»Mag ich auch nicht. Und aus Gesichtspiercings mache ich mir auch nichts. Aber sie hatte einfach etwas an sich. Ich kann es nicht genau beschreiben, aber es hat mich sofort gepackt und nicht mehr losgelassen.« Noch ein Schluck Wasser. »Schon ein paar Monate nachdem wir uns kennengelernt hatten, waren wir fest zusammen. Irgendwie komisch. Tja, das Leben steckt eben voller Überraschungen, oder? Karen war völlig anders als die Frauen, die mich früher interessiert hatten, und trotzdem habe ich mich Hals über Kopf in sie verliebt.« Lucien hielt inne und wandte den Blick ab. »Ich war so was von hin und weg.«

Hunter sah in der Wange seines Freundes einen Muskel zucken.

»Sie war wirklich eine tolle Frau«, fuhr Lucien fort. »Und wir haben uns großartig verstanden. Wir haben alles zusammen gemacht, sind überall zusammen hingegangen, haben jede Sekunde miteinander verbracht. Sie wurde zu meiner Zuflucht, meinem Himmel, meinem Ein und Alles. Es war wie ein Traum, nur leider gab es da ein Problem.«

Hunter wartete.

»Karen hatte sich mit ein paar ziemlich finsteren Typen eingelassen.«

»Finster inwiefern?«, fragte Hunter.

»Drogen«, sagte Lucien. »Typen, mit denen man es sich lieber nicht verscherzt, es sei denn, man ist seines Lebens überdrüssig und verspürt das dringende Bedürfnis, auf sehr gewalttätige Art und Weise aus ihm zu scheiden.« Er leerte seinen Wasserbecher in drei großen Schlucken und zerknüllte ihn in der rechten Faust.

Hunter spürte den stummen Zorn seines Freundes, stand auf, schenkte ihm einen neuen Becher voll und stellte ihn vor ihm auf den Tisch.

»Danke dir.« Lucien starrte den Becher an. »So ungern ich es sage, aber ich war nicht stark genug, Robert«, fuhr Lucien fort. »Ich weiß nicht genau, ob es daran lag, dass ich zu verliebt war, oder ob für mich nur noch der Moment gezählt hat, aber statt zu versuchen, sie davon abzubringen, habe ich angefangen, einige von den Sachen, die sie genommen hat, selber auszuprobieren.«

Es folgte eine drückende, peinliche Pause.

Hunter beobachtete seinen Freund.

»Das Problem ist«, nahm Lucien den Faden wieder auf, »und ich bin mir sicher, das weißt du selbst: Einige von diesen Sachen kann man nicht einfach nur mal *ausprobieren*.« Er schaute auf seine Hände. »Das Ende vom Lied: Irgendwann war ich abhängig.«

»Von was für Drogen sprechen wir denn hier?«

Lucien zuckte die Achseln. »Von harten Drogen. Zeug, von dem man schon nach einem Mal abhängig wird ... und Alkohol. Ich habe angefangen, ziemlich viel zu trinken.«

Hunter konnte schon gar nicht mehr zählen, wie viele scheinbar gefestigte Menschen er gesehen hatte, die Drogen zum Opfer gefallen waren.

»Von da an ging es steil bergab mit mir. Ich habe mein ganzes Geld ausgegeben, um meine und Karens Sucht zu befriedigen. Innerhalb kürzester Zeit waren alle meine Ersparnisse aufgebraucht. Mein ganzes Leben litt darunter.

Im dritten Jahr habe ich das Studium geschmissen. Zu dem Zeitpunkt hätte ich alles getan, um an meine tägliche Dosis zu kommen. Ich hatte einen Haufen Schulden, und zwar bei den falschen Leuten – denselben Leute, mit denen Karen mich bekannt gemacht hatte. Richtig üble Gestalten.«

»Und du hattest niemanden, den du um Hilfe bitten konntest?«, fragte Hunter. »Ich rede nicht von finanzieller Hilfe, sondern von jemandem, der dich dabei hätte unterstützen können, clean zu werden und dein Leben wieder auf die Reihe zu kriegen?«

Lucien sah Hunter ins Gesicht und lachte wegwerfend. »Du kennst mich doch, Robert. Ich hatte nie viele gute Freunde. Und zu den wenigen hatte ich den Kontakt abgebrochen.«

Hunter verstand die Andeutung. »Du hättest dich trotzdem an mich wenden können, Lucien. Du wusstest, wo ich war. Wir waren einmal beste Freunde. Ich hätte dir geholfen.« Hunter stutzte, und sein Blick wurde hart, als ihm sein Fehler aufging. »Scheiße. Du warst schon abhängig, als du mich bei meiner Promotionsfeier besucht hast, stimmt's? Deswegen bist du nicht mal vierundzwanzig Stunden in L. A. geblieben. Aber ich war so mit mir selbst beschäftigt, dass ich nichts gemerkt habe. Das war dein Hilferuf.«

Lucien sah weg.

Hunter spürte einen scharfen Stich der Schuld wie ein Messer im Fleisch. »Du hättest was sagen sollen. Ich hätte dir doch geholfen. Du weißt, dass ich dir geholfen hätte. Es tut mir leid, dass ich nichts gemerkt habe.«

»Kann schon sein, vielleicht hätte ich was sagen sollen. Vielleicht war das einer von vielen Fehlern, die ich gemacht habe. Aber ich will mich nicht über Dinge beklagen, die lange her sind, Robert. Dinge, an denen niemand mehr was ändern kann. Alles, was mir passiert ist, habe ich selbst zu verantworten. Es war meine eigene Schuld, nicht die von anderen. Das weiß ich, und das akzeptiere ich. Und ja, ich weiß, dass jeder ab und zu mal Hilfe braucht. Ich wusste nur nicht, wie ich darum bitten soll.«

Jetzt war Hunter derjenige, der einen Schluck Wasser trank. »Als du nach L. A. gekommen bist, warst du da noch mit Karen zusammen?«, fragte er.

Lucien nickte. »Sie hatte auch ihre Promotion geschmissen und hat ein paar … sehr, sehr dumme Sachen gemacht, um an Bares zu kommen.« Er zögerte, holte tief Luft, und sein Blick trübte sich. »Wir waren drei Jahre zusammen. Bis sie irgendwann eine Überdosis genommen hat.« Eine lange Pause. »Sie ist in meinen Armen gestorben.«

Lucien wandte sich ab. Seine undurchdringliche Fassade zeigte erste Risse. Tränen schimmerten in seinen Augen, doch er riss sich zusammen.

Lange Zeit herrschte Schweigen.

»Das tut mir leid«, sagte Hunter schließlich.

Lucien nickte und rieb sich mit den gefesselten Händen das Gesicht.

»Was geschah dann?«, fragte Hunter.

»Dann ging es erst so richtig bergab mit mir. Ich bin total abgerutscht. Habe schwere Depressionen bekommen. Ich hätte aus dem, was Karen passiert ist, meine Lehre ziehen und clean werden sollen, stattdessen habe ich immer mehr Drogen eingeworfen.« Lucien schaute kurz in Richtung Spiegel. »Nach allem Ermessen müsste ich jetzt tot sein, und in vielerlei Hinsicht wünschte ich mir, ich wäre es. Mich zurück ins Leben zu kämpfen hat lange gedauert, und es war ein sehr harter und schmerzhafter Prozess. Ich habe Jahre gebraucht, um meine Sucht halbwegs in den Griff zu kriegen, und noch mal Jahre, um sie loszuwerden. Die ganze Zeit habe ich mehr und mehr Schulden angehäuft und hatte mit den schlimmsten Typen zu tun, die unsere Gesellschaft zu bieten hat.«

Bluttests des FBI hatten ergeben, dass Lucien Folter frei von Drogen war, erinnerte sich Hunter.

»Wann hast du es endlich geschafft?«, fragte er.

»Vor ein paar Jahren«, antwortete Lucien bewusst vage. »Zu dem Zeitpunkt bestand für mich keine Hoffnung mehr auf eine Karriere in der Psychologie oder überhaupt auf irgendeinen halbwegs anständigen Beruf. Ich habe mich mit verschiedenen Jobs über Wasser gehalten, die meisten waren ziemlich mies, einige auch nicht ganz legal. Irgendwann habe ich gehasst, was aus mir geworden war. Ich war zwar wieder clean, aber ich war nicht mehr der, der ich früher gewesen war. Ich war zu jemand völlig anderem geworden. Jemand, den ich nicht wiedererkannte. Jemand, den *keiner* wiedererkannte. Jemand, den ich nicht ausstehen konnte.«

Hunter ahnte, was als Nächstes kommen würde.

»Also hast du beschlossen, dir eine neue Identität zuzulegen«, sagte er.

Lucien sah Hunter offen an und nickte.

»Stimmt«, sagte er. »Weißt du, wenn man so lange ein Junkie war wie ich und ganz unten gelebt hat, kommt man mit allen möglichen schillernden Persönlichkeiten in Berührung. Leute, die einem besorgen können, was immer man braucht ... sofern der Preis stimmt, versteht sich. Mir eine neue Identität zu verschaffen war so simpel, wie eine Zeitung zu kaufen.«

Hunter wusste, dass Lucien damit nicht übertrieb. Er kannte die Realität der Welt, in der sie lebten. Um an gefälschte Dokumente zu kommen, muss man nur die richtigen Leute kennen – oder die falschen, je nachdem, wie man es betrachtet. Und diese Leute sind nicht besonders schwer zu finden.

»Sobald ich Liam Shaw war«, fuhr Lucien fort, »habe ich mich ganz darauf konzentriert, wieder gesund zu werden. Ich habe lange gebraucht, um Gewicht zuzulegen ... mich wieder aufs Wesentliche zu besinnen. Durch die Drogen hatte ich einen Körper wie ein Magersüchtiger. Mein Magen war geschrumpft, ich hatte den Mund voller Geschwüre.

Ich war gesundheitlich so am Ende, dass ich praktisch schon mit einem Bein im Grab stand. Ich musste mich zum Essen zwingen.« Er hielt inne, um seine Arme und seinen Körper zu betrachten. »Nach außen hin sehe ich vielleicht normal aus, aber innerlich bin ich ein Wrack, Robert. Ich habe meinem Körper erheblichen Schaden zugefügt, und der ist zum Großteil dauerhaft. Die meisten meiner Organe sind so schwer in Mitleidenschaft gezogen, dass ich gar nicht weiß, wieso sie überhaupt noch funktionieren.«

Trotz der drastischen Worte nahm Hunter keinerlei Selbstmitleid in Luciens Tonfall oder seinen Blicken wahr. Offenbar hatte er akzeptiert, was er sich angetan hatte. Er hatte seine Fehler eingesehen und schien damit im Reinen zu sein, dass er für sie bezahlen musste.

»Erzähl mir von der Sache mit der Autolieferung«, sagte Hunter.

# 18

Luciens Augenbrauen zuckten einmal kurz in die Höhe, während er den Blick seines früheren Freundes erwiderte.

»Das Dumme an Leuten wie denen, auf die ich mich eingelassen habe, ist, dass sie gleich zu Anfang ihre Krallen in dich schlagen. Und wenn sie dich erst mal gepackt haben, lassen sie dich nicht wieder los. Du gehörst für den Rest deines Lebens ihnen. Diese Leute haben, wie du dir sicher vorstellen kannst, ihre Mittel und Wege, dafür zu sorgen, dass man ihnen nicht einfach den Rücken kehrt.«

Hunter schwieg.

»Vor ungefähr anderthalb Jahren hat es angefangen«, erzählte Lucien weiter. »Es läuft so: Ich bekomme einen Anruf auf meinem Handy, in dem wird mir mitgeteilt, wo ich den Wagen abholen soll. Ich kriege eine Lieferadresse und einen Zeitrahmen. Keine Namen. Wenn ich am Ziel ankomme, wartet dort jemand, um den Wagen in Empfang zu nehmen. Ich gebe ihm die Schlüssel, er gibt mir Geld für eine Rückfahrkarte ... manchmal auch ein bisschen mehr, und das war's dann. Bis der nächste Anruf kommt.«

»Ich nehme mal an, du lieferst die Autos nicht immer an dieselbe Adresse?«, fragte Hunter.

»Bislang nicht, nein«, sagte Lucien. »Es war jedes Mal ein anderer Abhol- und Lieferort.« Er machte eine Pause, in der er Hunter scharf ansah. »Aber ich habe bis jetzt immer an dieselbe *Person* geliefert.«

Das kam überraschend.

»Kannst du diese Person beschreiben?«, fragte Hunter.

Lucien verzog das Gesicht. »Etwa eins fünfundachtzig groß, breitschultrig – aber die Übergabe fand immer nachts auf irgendeinem dunklen Feld statt. Der, der das Auto von mir entgegengenommen hat, trug immer einen langen Mantel mit hochgeklapptem Kragen, Baseballkappe und Sonnenbrille.« Er zuckte mit den Achseln. »Genauer kann ich ihn dir nicht beschreiben.«

»Woher weißt du dann, dass es jedes Mal derselbe war?«

»Dieselbe Stimme, dieselbe Körperhaltung, dieselben Verhaltensweisen.« Lucien ließ sich gegen die Lehne seines Stuhls sinken. »Das war nicht schwer zu erkennen, Robert. Du kannst mir glauben, es war jedes Mal derselbe.«

Hunter sah keine Veranlassung, Lucien zu misstrauen. »Was ist mit dem, von dem du den Wagen in Empfang nimmst?«, wollte er wissen.

»Wie gesagt, die Anweisungen bekomme ich immer übers Telefon. Der Wagen steht irgendwo auf einem Parkplatz. Schlüssel, Parkhauskarte und Lieferadresse befinden sich in einem Umschlag in einem sicheren Versteck, wo ich sie einsammeln kann. Es gibt keinen persönlichen Kontakt.«

»Und du hattest nie eine Ahnung, was du da auslieferst?«, fragte Hunter. »Ich meine – du wusstest nicht, was sich im Kofferraum befindet?«

Lucien schüttelte den Kopf. »Das war Teil der Abmachung – *niemals in den Kofferraum schauen.*«

Hunter überlegte eine Weile, doch er kam nicht dazu, seine nächste Frage zu stellen. Lucien hatte sie bereits vorausgeahnt.

»Klar war ich neugierig. Klar habe ich darüber nachgedacht, mal kurz einen Blick reinzuwerfen, aber wie gesagt: Mit diesen Typen legt man sich besser nicht an. Wenn ich den Kofferraum geöffnet hätte, hätten sie es irgendwie gemerkt, da bin ich mir sicher. Und Neugier hin oder her – so ein dummes Risiko wollte ich dann lieber doch nicht eingehen.«

Hunter trank rasch etwas von seinem Wasser.

»Du hast gesagt, das Ganze hat vor etwa anderthalb Jahren angefangen?«

Lucien nickte.

»Wie viele Autos hast du bis jetzt ausgeliefert?«

»Dies hier wäre mein fünftes gewesen.«

Hunter blieb äußerlich gefasst, doch in seinem Kopf schrillten die Alarmglocken los. *Fünf* Lieferungen. Wenn Lucien die Wahrheit sagte und er jedes Mal die gleiche oder ähnliche Fracht transportiert hatte, dann war die Sache soeben zu einem Serienmordfall geworden. Und nach allem, was er bis jetzt gesehen hatte, handelte es sich um einen extrem brutalen und sadistischen Täter.

Lucien sah Hunter schweigend an. Sein Blick hatte sich verändert – jetzt sah er aus wie ein unerfahrener Pokerspieler, der ein gutes Blatt auf der Hand hat und seine Freude darüber nicht verbergen kann. »Mein Trumpf ist nur, dass ich weiß, wer die Person am Telefon war.«

Hunters Augenbrauen schossen in die Höhe.

Lucien wartete einen Moment, ehe er weitersprach.

»Fürs Erste werde ich diese Information aber für mich behalten, genau wie die bisherigen Abhol- und Lieferadressen.«

Mit dieser Aussage brachte er Hunter völlig aus dem Konzept. Verständnislos runzelte er die Stirn.

»Ich weiß genau, dass du die Show hier nicht leitest, Robert«, erklärte Lucien. »Das FBI zieht die Fäden. Du bist nur hier, weil ich nach dir verlangt habe. Wahrscheinlich haben sie dir gesagt, dass du ausschließlich als Gast hier bist ... als Zuhörer. Du hast keinerlei Befugnisse. Du kannst keinen Deal mit mir aushandeln, weil du nicht berechtigt bist, mir irgendwas anzubieten. Und das Einzige, was *ich* anbieten kann, sind Informationen.«

»Das verstehe ich schon«, sagte Hunter. »Was ich nicht verstehe, ist, inwiefern du glaubst, es könnte dir weiterhelfen, wenn du etwas verschweigst, Lucien. Wenn du unschuldig bist, dann musst du dem FBI helfen, das zu beweisen, statt irgendwelche Spielchen mit ihnen zu spielen.«

»Das will ich ja, Robert, aber ich habe Angst. Jedes Kind sieht doch, dass die Beweislast gegen mich erdrückend ist. Ich muss mit der Todesstrafe rechnen, was meinst du, wie man sich damit fühlt? Ist es ein Wunder, dass ich hier drinnen vielleicht ein bisschen paranoid geworden bin?« Lucien hob seine gefesselten Fäuste und schlug sich damit einige Male gegen die Stirn, ehe er Hunter in die Augen sah. »Ich habe bis jetzt nichts gesagt, weil ich sicher war, dass mir sowieso keiner glauben würde.«

Es war leicht nachzuvollziehen, wie Paranoia und Furcht Luciens Blick auf die Realität verstellt hatten. Hunter musste ihn unbedingt beruhigen. »Ganz so läuft es nun auch wieder nicht, Lucien. Warum sollte das FBI dir nicht glauben? Sie haben doch kein Interesse daran, dich – oder sonst jemanden – unschuldig ins Gefängnis zu bringen. Sie wollen den finden, der für die Morde verantwortlich ist, und wenn du ihnen dabei helfen kannst, werden sie dich selbstverständlich anhören. *Selbstverständlich* werden sie den Informationen, die du ihnen gibst, nachgehen.«

»Okay, das mag sein. Ich bin eben in Panik geraten.« Lucien atmete tief durch. »Dann bist du mir eingefallen. Ich habe keine Familie mehr, Robert, sie sind alle tot. Es gibt niemanden auf dieser Welt, den es kümmert, ob ich lebe oder sterbe. Ich bin in meinem Leben vielen Menschen begegnet, aber du bist der einzige echte Freund, den ich je hatte. Der Einzige, der mein wahres Ich kannte. Und du bist bei der Polizei. Deswegen dachte ich, vielleicht ...« Von Gefühlen überwältigt, brach Lucien ab. Seine harte Fassade begann endgültig zu bröckeln. »Ich habe es nicht getan, Robert. Du musst mir glauben.«

Früher auf dem College hatte Hunter praktisch immer gewusst, wann Lucien log, denn es gab ein untrügliches, wenngleich unauffälliges Anzeichen dafür. Hunter war es im zweiten Semester aufgefallen. Wenn Lucien log, wurde sein Blick schärfer, stechender, als wollte er sein Gegenüber hypnotisieren, ihm zu glauben. Dabei spannte sich für den Bruchteil einer Sekunde sein linkes Unterlid an. Es war nicht direkt ein Blinzeln, mehr ein kaum wahrnehmbares Zucken. Er konnte es nicht unterdrücken, weil es ihm gar nicht bewusst war. Inzwischen waren mehr als zwanzig Jahre vergangen, doch Hunter hoffte, dass es ihm immer noch auffallen würde, zumal er wusste, worauf er achten musste.

Doch Luciens Blick hatte sich während seines emotionalen Appells kein bisschen verändert. Es war keine noch so kleine Bewegung des linken Augenlids zu erkennen gewesen.

»Erinnerst du dich, wie ich eben gesagt habe, dass ich nicht wusste, wie ich um Hilfe bitten soll – um *deine* Hilfe?« Lucien hielt inne und schöpfte Atem. »Jetzt weiß ich es. Bitte hilf mir, Robert.«

Zum zweiten Mal spürte Hunter einen schmerzhaften Stich der Schuld.

»Wie soll ich dir helfen, Lucien?«, fragte er. »Du hast es eben selber gesagt: Ich bin als Zuhörer hier. Ich habe keinerlei Einfluss auf das, was hier geschieht. Ich gehöre nicht mal dem FBI an. Ich bin Detective beim LAPD.«

Lucien sah Hunter lange in die Augen, dann wurde sein Blick urplötzlich weich.

»Um brutal ehrlich zu sein, Robert: Inzwischen ist es mir fast egal, ob ich lebe oder sterbe. Ich habe vor langer Zeit Mist gebaut. Ich habe zu viele Fehler gemacht, und seitdem führe ich ein Leben im Dreck. Ich habe alles verloren, einschließlich meiner Würde und des einen Menschen auf dieser Welt, den ich aufrichtig geliebt habe. Es ist keine Übertreibung zu sagen, dass ich mich eines Großteils meines Lebens schäme. Aber ich bin kein Mörder. Ich weiß, das klingt vielleicht dumm, aber es interessiert mich nicht, was andere über mich denken – außer bei dir, Robert. Ganz gleich, was mit mir geschieht, ich will, dass du weißt, dass ich kein Monster bin.«

Hunter wollte etwas entgegnen, aber Lucien kam ihm zuvor.

»Bitte sag jetzt nicht, dass du das weißt oder dass du mich ohnehin nicht für ein Monster hältst. Ich will kein Mitleid von dir, Robert. Ich will nur, dass du es weißt. *Wirklich weißt*. Deswegen bin ich auch bereit, dir alles zu sagen – weil ich weiß, dass du dem, was ich dir sage, in jedem Fall nachgehen wirst, mit oder ohne Unterstützung des FBI.«

Noch immer keine Spur von Luciens verräterischem Augenzucken.

Und er hatte recht: Hunter würde niemals einfach den Verhörraum verlassen und vergessen, was Lucien ihm gesagt hatte, völlig gleich, wie viel Druck das FBI auf ihn ausübte.

»Also, was willst du mir denn sagen?«, fragte er. »Welchen Informationen soll ich nachgehen?«

Lucien betrachtete kurz seine Hände, dann begegnete er Hunters forschendem Blick ... und begann zu reden.

# 19

Dreißig Sekunden nachdem Lucien in seine Zelle zurückgebracht worden war, betraten Agent Taylor, Agent Newman und Dr. Lambert den Verhörraum. Hunter stand gegen den Metalltisch gelehnt und blickte nachdenklich auf die kahle Wand.

»Detective Hunter«, sagte Taylor, um seine Aufmerksamkeit zu erregen. »Das hier ist Dr. Patrick Lambert, er ist forensischer Psychiater in der BSU und hat die gesamte Vernehmung mit uns zusammen von nebenan aus verfolgt.«

»Freut mich, Ihre Bekanntschaft zu machen, Detective Hunter«, sagte Lambert und schüttelte Hunter die Hand. »Beeindruckende Arbeit.«

Hunter runzelte leicht die Stirn.

»Ihre Dissertation. Beeindruckend. Noch dazu in dem Alter.«

Hunter nahm das Kompliment mit einem Nicken hin.

»Für jemanden, der in fünf Tagen nur sechs Worte geredet hat, war er bei Ihnen ja ganz schön gesprächig«, meinte Taylor.

Hunter sah sie an, ohne etwas zu sagen.

»Wir haben keine Auffälligkeiten bemerkt«, sagte Newman und goss sich einen Becher Wasser aus dem Spender ein.

»Wie ist das gemeint?«, fragte Hunter.

Newman berichtete Hunter von der Gesichtsanalyse-Software, die sie im Beobachtungsraum benutzt hatten.

»Es gab einige nervöse Augen-, Kopf- und Handbewegungen«, führte Dr. Lambert aus. »Hin und wieder auch Anzeichen von erhöhter Emotionalität in der Stimme – aber nichts, was man als übertrieben ängstlich oder übertrieben nervös deuten müsste. Unterm Strich gibt es keine klaren Indizien dafür, dass er zu irgendeinem Zeitpunkt gelogen hat.« Er machte eine effektvolle Pause. »Allerdings haben wir auch keine klaren Indizien dafür, dass er zu irgendeinem Zeitpunkt die Wahrheit gesagt hat.«

*So viel zu Ihrer teuren Gesichtsanalyse-Software*, dachte Hunter.

»Und das schließt die Informationen mit ein, die er Ihnen während der letzten Minuten Ihres Gesprächs gegeben hat«, setzte Dr. Lambert hinzu.

Lucien hatte versucht, möglichst leise zu reden – leiser als zuvor; die starken Richtmikrofone an der Decke unmittelbar über dem Metalltisch jedoch hatten jedes seiner Worte aufgefangen.

*»Ich gebe dir ein Rätsel auf, Robert. Ein Rätsel, das nur du lösen kannst.«* Lucien hatte beide Ellbogen auf den Tisch gestützt, sich vorgebeugt und über Hunters Schulter hinweg in den Spiegel geschaut. *»Ich traue diesen Schweinen nicht.«*

Seine Stimme war fast nur noch ein Flüstern gewesen.

*»Die letzten paar Jahre habe ich in North Carolina gelebt, oder besser gesagt: mich dort verkrochen. Ich habe ein Haus von einem alten Ehepaar gemietet. Die Miete zahle ich bar und im Voraus, es führt also keine Spur zu mir.«* Eine Pause, dann ein Schluck Wasser. *»In unserem Zimmer in Stanford hatte ich an der Wand neben meinem Bett mehrere Poster hängen. Ich meine ein ganz bestimmtes, das größte von allen. Das, das dir auch gefallen hat … mit dem Sonnenuntergang. Wenn du nachdenkst, fällt es dir bestimmt wieder ein. Das County in North Carolina hat denselben Namen wie die Person auf dem Poster.«*

Bei diesen Worten hatte Hunter ein nachdenkliches Gesicht gemacht.

»*Bestimmt erinnerst du dich auch noch an Professor Hot Sauce.*« Luciens rechter Mundwinkel war in einem fast diebischen Lächeln nach oben gezuckt. »*Susans Mutprobe? An Halloween?*« Gleich darauf war es Hunter wieder eingefallen, und seine Miene hatte sich aufgehellt. »*Durch puren Zufall heißt der Ort, in dem ich wohne, genauso wie er.*«

Hunter hatte geschwiegen.

»*Schon als ich den ersten Anruf für eine Autolieferung bekommen habe, hatte ich so eine Ahnung, dass die ganze Sache vermutlich ein böses Ende nehmen würde. Deshalb habe ich als Vorsichtsmaßnahme eine Art Tagebuch geführt. Eigentlich war es eher ein Notizbuch – ich habe alles aufgeschrieben, woran ich mich erinnern konnte: Daten, Uhrzeiten und Dauer der Telefonate, Einzelheiten über die Gespräche, Termine und Orte für die Abholung, Modelle und Kennzeichen, Zwischenstopps, die ich unterwegs gemacht habe ... jedes Detail. Ich bewahre das Notizbuch in meinem Haus auf, unten im Keller.*«

Hunter hatte ein Funkeln in den Augen seines alten Freundes bemerkt, das zuvor noch nicht da gewesen war.

»*Das Haus liegt am Ende vom Waldrand. Der Schlüssel steckt in meiner Jackentasche, die hat das FBI vermutlich beschlagnahmt. Du hast meine Erlaubnis, ihn zu benutzen, Robert. Im Haus wirst du jede Menge Sachen finden. Sachen, die dir dabei helfen können, Ordnung in dieses schreckliche Chaos zu bringen.*«

Mehr hatte Lucien nicht gesagt.

»Also, was ist?«, wandte sich Newman nun an Hunter. »Wissen Sie, was mit den Sachen gemeint war, die er ganz am Ende gesagt hat?«

Hunter antwortete nicht, doch Newman schien sein Schweigen als ein Ja zu deuten.

»Ausgezeichnet. Wenn Sie uns das County und den Ort in North Carolina verraten, wo sein Haus steht, ist Ihre Arbeit hier erledigt.« Er leerte seinen Wasserbecher. »Wie ich gehört habe, waren Sie auf dem Weg nach Hawaii in den wohlverdienten Urlaub.« Ohne ersichtlichen Grund schaute Newman auf die Uhr. »Sie haben nur einen Tag verloren. Morgen früh können Sie dort sein.«

Hunter hielt Newmans Blick einige Sekunden stand, bevor er kurz zu Taylor hinüberschaute. Schließlich wandte er sich wieder an Newman.

»Genau aus dem Grund hat Lucien den Standort seines Hauses als Rätsel formuliert, dessen Lösung nur ich kenne«, sagte er, stieß sich von der Tischkante ab und zog den Kragen seiner Lederjacke zurecht. »Für Sie gibt es nur eine Möglichkeit, dorthin zu gelangen: Wenn ich Sie hinführe.«

## 20

Weder Newman noch Taylor besaßen die Autorität, eine solche Entscheidung zu treffen. Sie wussten nur, dass der Mann in ihrem Gewahrsam jede Aussage verweigert und einen gewissen Detective Robert Hunter zu sprechen verlangt hatte. Hunter war hergebracht worden, doch in ihren Augen hatte er lediglich einen Beobachterstatus. Seine Aufgabe bestand darin, Lucien Folter zum Reden zu bringen, er sollte sich nicht in die Ermittlungen einmischen, und er war ganz sicher nicht Mitglied des Teams. Das hier war kein Gemeinschaftsprojekt von LAPD und FBI.

»Ich dachte, Sie wollten unbedingt in den Urlaub, Robert«, sagte Adrian Kennedy, während er etwas steif geradeaus in die Webcam blickte.

Hunter, Taylor und Newman hatten den Aufzug zurück ins BSU-Stockwerk genommen. Nun saßen sie in einem geräumigen Büro vor einem großen, wandmontierten Flachbildschirm. Der grüne Lichtpunkt am oberen Rand zeigte an, dass die integrierte Kamera lief.

Obwohl er weniger als eine Stunde entfernt war, erlaubte Direktor Kennedys übervoller Terminplan ihm nicht, zurück nach Quantico zu kommen. Er kommunizierte mit ihnen über einen Videolink von seinem Büro in Washington, D. C., aus.

»Tja, der Plan wurde zunichtegemacht, als Sie gestern in L. A. aufgekreuzt sind, Adrian«, gab Hunter gelassen zurück.

»Ich bin sicher, das lässt sich regeln, Robert«, sagte Kennedy. »Wenn Sie Agent Taylor und Agent Newman einfach die Informationen geben, die sie benötigen, um mit den Ermittlungen fortzufahren, kann ich arrangieren, dass eine Maschine Sie noch heute Abend nach Hawaii bringt.«

Hunter gab sich beeindruckt. »Wow. Ist der Etat des FBI so großzügig bemessen, dass Sie einen Flug von Virginia nach Hawaii springen lassen können? Beim LAPD haben wir nicht mal Geld für genügend schusssichere Westen.«

»Robert, es ist mein Ernst. Wir brauchen die Informationen.«

»Meiner auch, Adrian.« Mit einem Mal war Hunters Stimme sehr energisch, und sein Blick wurde hart. »Ich habe mich nicht darum gerissen, bei der Sache mitzumachen. *Sie* sind zu *mir* gekommen, schon vergessen? Sie haben mich um Hilfe gebeten. Jetzt gehöre ich dazu, ob es Ihnen passt oder nicht. Wenn Sie glauben, ich würde Ihnen einfach die Informationen aushändigen und mich dann verziehen wie ein artiger kleiner Junge, dann kennen Sie mich wirklich schlecht.«

»Es kennt Sie doch sowieso niemand, Robert«, schoss Kennedy zurück. Noch war sein Ton beherrscht. »Seit ich Sie kenne, sind Sie mir ein Rätsel. Aber Sie spielen hier ein sehr riskantes Spiel. Ist Ihnen klar, dass Sie wichtige Informationen zurückhalten, die für einen Mordfall von zentraler Bedeutung sind? Dafür könnte ich Sie drankriegen.«

Die Drohung ließ Hunter kalt.

»Wenn Sie darauf bestehen«, gab er gleichmütig zurück. »Allerdings habe ich nie ausdrücklich gesagt, dass ich die Bedeutung von Luciens kleinem Rätsel verstanden habe. Ich kann keine Informationen zurückhalten, die ich nicht *habe*, Adrian, und ehrlich gesagt kann ich mich nicht an irgendwelche Poster in unserem alten Wohnheimzimmer erinnern. Und wer dieser Professor Hot Sauce gewesen sein soll – keine Ahnung.« Hunter hielt inne. Aus dem Augenwinkel nahm er wahr, wie Agent Newman vor Ärger rot anlief. »Sie sind nicht der Einzige hier, der mit harten Bandagen kämpfen kann, Adrian. Ich bin keine Ihrer Marionetten.«

Kennedy schien weder verärgert noch beleidigt. Im Grunde hatte er von Hunter gar keine andere Reaktion erwartet – nicht nachdem er die Aufzeichnungen aus dem Verhörraum gesehen hatte. Hunter war um Hilfe gebeten worden, einerseits vom FBI, aber andererseits auch von seinem ehemaligen besten Freund.

»Entschuldigen Sie, wenn ich mich einmische, Direktor Kennedy«, sagte Newman und beugte sich auf seinem Stuhl nach vorn. »Aber wir haben den Verdächtigen nach wie vor in unserem Gewahrsam. Wenn Detective Hunter sich weigert zu kooperieren, Entschuldigung, aber dann kann er mich mal. Zurück mit ihm nach L. A.« Er sah Hunter an. »Ist nicht persönlich gemeint.«

Hunter zeigte keinerlei Reaktion.

»Wir können die Info auch direkt vom Verdächtigen bekommen«, fuhr Newman fort. »Geben Sie mir bloß noch ein paar Sitzungen mit ihm.«

»Aber sicher«, sagte Kennedy. »Weil das bisher ja so ausgezeichnet geklappt hat, nicht wahr, Special Agent Newman?«

Newman wollte etwas entgegnen, aber Kennedy hob einen Finger zum Zeichen, dass er genug gehört hatte. Sein Gesichtsausdruck war ein klares Indiz dafür, dass er gerade die verschiedenen Möglichkeiten im Kopf durchspielte.

»Also gut, Robert«, sagte er nach einer längeren Stille. »Ich bin nett, wenn Sie nett sind. Sie und Agent Taylor machen sich auf den Weg nach North Carolina und sehen sich das Haus an. Agent Newman, Sie werden hier in Washington gebraucht ... heute noch. Ich habe eine andere Aufgabe für Sie.«

Newman machte ein Gesicht, als hätte man ihn geohrfeigt. Er öffnete den Mund, um etwas zu sagen, doch auch diesmal ließ Kennedy es nicht dazu kommen.

»Noch heute, Agent Newman. Haben wir uns verstanden?«

Newman atmete einmal tief durch. »Ja, Sir.«

Kennedy wandte sich wieder an Hunter. »Robert. Keine Spielchen mehr. Sie wissen, was dieser Lucien mit seinem Rätsel gemeint hat, oder? Sie kennen die Antwort auf die Fragen?«

Hunter nickte knapp.

»In Ordnung.« Kennedy konsultierte seine Uhr. »Wir haben Glück. North Carolina ist nicht weit, wir können also sofort loslegen. Agent Taylor, Sie organisieren alles. Ich will, dass Sie und Robert spätestens heute Abend vor Ort sind. Wir müssen das Tagebuch oder Notizbuch, oder was auch immer es ist, holen und dieses ganze Durcheinander irgendwie entwirren. Rufen Sie mich an, sobald Sie das Buch in Ihrem Besitz haben, egal zu welcher Uhrzeit. Habe ich mich klar ausgedrückt?«

»Ja, Sir«, sagte Taylor, während sie gleichzeitig zu Hunter hinüberschielte.

Kennedy beendete die Verbindung.

# 21

»Also«, sagte Agent Taylor und tippte über die drahtlose Tastatur einen neuen Befehl in den Desktop-Computer ein.

Taylor und Hunter waren in denselben Konferenzraum zurückgekehrt, in dem sie ganz zu Anfang gesessen hatten – in den mit der detaillierten Karte der Vereinigten Staaten auf einem riesigen Monitor an der hinteren Wand. Als sie auf »Return« drückte, verschwand die Karte, und an ihrer Stelle erschien eine Karte des Bundesstaates North Carolina mit allen seinen Countys.

»Was war das für ein Poster, das Lucien Folter an der Wand hängen hatte?«, fragte Taylor. »Das, das Ihnen so gefallen hat. Mit dem Sonnenuntergang.«

Hunter hob leicht die Schultern, trat näher an die Karte heran und studierte sie aufmerksam.

»Es war ein Poster von einer Berglandschaft«, sagte er. »Die Sonne ging gerade unter, und der Himmel war flammend rot. Das hat mir so an dem Poster gefallen – die Farbe des Himmels. Da war auch noch ein Lagerfeuer.«

»Ein Lagerfeuer?«

»Ganz genau«, sagte Hunter.

»Mehr nicht?«, fragte Taylor.

»Doch, da war noch eine einsame Gestalt, die am Lagerfeuer saß und in den Sonnenuntergang geschaut hat.«

»Was für eine Gestalt?«

Hunter hatte aufgehört, auf der Karte zu suchen.

»Ein alter Mann.«

Taylor runzelte die Stirn. »Ein alter Mann?«, wiederholte sie. »Wonach suchen wir dann? Oldman County? Granddad County? Oder hatte dieser alte Mann zufällig einen Namen? Lucien Folter hat doch behauptet, das County hätte denselben Namen wie die Person auf dem Poster.«

»Keinen Namen«, sagte Hunter. »Aber der alte Mann war ein Indianer. Genauer gesagt ein ...« Er deutete auf ein County ganz links am Kartenrand. Cherokee County.

Der Staat North Carolina ist in drei Regionen unterteilt – Ost, Piedmont und West. Cherokee County ist das westlichste County in der Region West. Es grenzt sowohl an Georgia als auch an Tennessee.

»Cherokee.« Taylors Tonfall klang plötzlich ganz verändert. »Na, großartig.«

Hunter sah sie verdutzt an.

Taylor legte den Kopf schief. »Mein Exmann war halb Cherokee. Wir haben gerade eine ziemlich schmutzige Scheidung hinter uns. Blöder Zufall, das ist alles.«

Hunter nickte.

Taylors Aufmerksamkeit richtete sich wieder auf die Karte. Sie überdachte die Lage des Countys im Verhältnis zu ihrem gegenwärtigen Aufenthaltsort. »Mist«, sagte sie schließlich und kehrte zum Computer zurück. »Das wird eine verdammt lange Fahrt.«

»Mindestens acht Stunden hin und acht Stunden zurück«, pflichtete Hunter ihr bei.

Taylor gab erneut einen Befehl ein, woraufhin auf dem Bildschirm eine Route von der FBI-Akademie in Quantico bis zur östlichen Grenze von Cherokee County erschien. Am linken Rand wurde eine ausführliche Wegbeschreibung angezeigt, der zufolge sie bei null Zwischenstopps für die fünfhundertfünfunddreißig Meilen lange Strecke schätzungsweise acht Stunden und fünfundzwanzig Minuten benötigen würden.

Hunter warf einen Blick auf seine Armbanduhr – zwölf Uhr zweiundfünfzig. Er hatte weiß Gott keine Lust darauf, siebzehn Stunden im Auto zu sitzen.

»Können wir hinfliegen?«, fragte er.

Taylor zog eine Grimasse. »Ich kriege doch kein Flugzeug genehmigt«, sagte sie.

»Adrian aber schon«, wandte Hunter ein.

Taylor nickte. »Direktor Kennedy kriegt alles genehmigt.«

»Dann sorgen wir dafür, dass er es auch tut«, sagte Hunter. »Noch vor ein paar Minuten wollte er mich in einem Privatjet nach Hawaii ausfliegen lassen, dabei gehöre ich nicht mal zum FBI.«

Taylor fiel kein Gegenargument ein.

»Gut, ich rufe ihn an. Also, wo genau liegt unser Ziel?« Hunter sah sie an.

»Der zweite Teil des Rätsels«, stellte sie klar. »Der Name der Ortschaft. Wer war dieser Professor Hot Sauce? Susans Mutprobe? An Halloween?«

Hunter war noch nicht bereit, sämtliche Karten auf den Tisch zu legen – zumindest nicht, solange sie sich noch in der FBI-Akademie befanden. Er sah erneut auf die Uhr. »Ein Schritt nach dem anderen, Agent Taylor. Machen wir uns erst mal auf den Weg. Den Rest sage ich Ihnen, wenn wir in der Luft sind.«

Taylor musterte ihn kurz. »Was macht das für einen Unterschied?«

»Eben. Wenn es keinen Unterschied macht, kann ich es Ihnen entweder jetzt sagen oder später. Mir wäre später lieber. Wir müssen los.«

Taylor hob in einer Geste der Kapitulation die Hände. »Also schön, wir spielen nach Ihren Regeln. Ich rufe Direktor Kennedy an.«

## 22

Taylors Telefonat mit Direktor Adrian Kennedy dauerte weniger als drei Minuten. Sie musste nicht viel Überzeugungsarbeit leisten.

Lucien Folter war sechs Tage zuvor festgenommen worden. Das FBI hatte zwei entstellte Frauenköpfe – keine dazugehörigen Leichen, keine Identitäten. Die Fragen türmten sich wie schmutziges Geschirr, und bis jetzt hatten sie absolut nichts in der Hand. Kennedy wollte Antworten, und er wollte sie schnell. Geld spielte dabei keine Rolle.

Innerhalb von neunzig Minuten war alles arrangiert, und am Turner Airfield wartete ein Phenom 100 Light Jet auf Hunter und Taylor. Die Maschine war etwa halb so groß wie die, in der sie von Los Angeles nach Quantico geflogen waren, aber nicht minder komfortabel.

Die Lichter in der Kabine erloschen für einen kurzen Moment, als die Maschine vom Boden abhob. Hunter saß mit einem großen Becher starken schwarzen Kaffee in der Hand auf seinem Platz, während er sich jedes Wort ins Gedächtnis zu rufen versuchte, das im Verhörraum zwischen ihm und Lucien gefallen war.

Taylor saß in dem schwarzledernen Drehsessel unmittelbar vor Hunter, den Laptop auf dem Schoß; der Bildschirm zeigte eine Karte von Cherokee County mit allen Städten und Gemeinden. »Gut, jetzt sind wir in der Luft. Also: Wo genau müssen wir hin? Wer ist Professor Hot Sauce?«

Die Erinnerung trieb Hunter ein Lächeln ins Gesicht.

»Lucien, Susan und ich waren auf einer Halloweenparty in einem Irish Pub in Los Altos. Dort sind wir zufällig unserem Neuropsychologie-Professor begegnet. Netter Typ, großartiger Professor, und er trank gerne mal ein Gläschen. An dem Abend waren wir alle schon ein bisschen angeheitert, aber dann hat er uns plötzlich zu einem Wetttrinken aufgefordert. Lucien und ich haben abgelehnt, aber zu unserer Überraschung war Susan gleich dabei.«

»Wieso hat Sie das überrascht?«

»Susan war nicht besonders trinkfest«, sagte Hunter mit einem leichten Kopfschütteln. »Vier, fünf Schnäpse, und bei ihr gingen die Lichter aus. Was wir allerdings nicht wussten, war, dass sie einen Trick auf Lager hatte.«

Taylors Miene drückte Neugier aus. »Was für einen Trick?«

»Susans Großeltern kamen aus Lettland, deshalb kannte sie ein paar lettische Wörter, unter anderem das Wort für Wasser – *udens*. Die Regeln für das Wetttrinken sahen so aus, dass beide jeweils abwechselnd ein Glas von ihrem Lieblingsschnaps auf ex trinken mussten. Susan kannte den Barkeeper, der zufälligerweise auch Lette war. Der Professor trank Tequila, aber Susan bestellte die ganze Zeit immer nur *udens*. Vierzehn Gläser später hat der Professor das Handtuch geworfen. Seine Strafe war, dass er eine Fünfzig-Milliliter-Flasche scharfe Soße austrinken musste, was er auch getan hat. Danach ist er drei Tage lang nicht zu seinen Vorlesungen erschienen. Von dem Tag an haben wir ihn nur noch Professor Hot Sauce genannt.«

Hunter suchte rasch die Karte auf Taylors Computer ab. Nach einer Sekunde hatte er es gefunden.

»Und wie hieß Ihr Neuropsychologie-Professor nun mit richtigem Namen?«, wollte Taylor wissen.

Hunter zeigte auf den Bildschirm. »Murphy. Sein Name war Steward Murphy.«

Die Stadt Murphy war die größte Ortschaft in Cherokee County und lag am Zusammenfluss des Hiwassee River und des Valley River.

»Sieht nicht so aus, als gäbe es in Murphy einen Flugplatz«, meinte Taylor, die die Karte studierte, bevor sie etwas eintippte. Eine Sekunde später hatte sie eine endgültige Antwort. »Okay, der nächstgelegene Flughafen ist der Western Carolina Regional Airport, etwa dreizehneinhalb Meilen entfernt.«

»Das reicht doch«, sagte Hunter. »Sie können dem Piloten sagen, dass er dort landen soll.«

Über die Gegensprechanlage an der Wand rechts neben ihrem Platz gab Taylor die Instruktionen an den Piloten weiter.

»Grob geschätzt, müssten wir in einer Stunde und zehn Minuten da sein«, teilte sie Hunter mit.

»Um Längen besser als achteinhalb Stunden Autofahrt«, meinte dieser.

»Dürfte ich Sie was fragen, Detective Hunter?«, sagte Taylor, als sie eine Weile geflogen waren.

Hunter riss den Blick vom blauen Himmel los und drehte sich zu ihr herum.

»Nur wenn Sie aufhören, mich Detective Hunter zu nennen. Bitte sagen Sie Robert zu mir.«

Taylor wirkte einen Augenblick lang unschlüssig. »Abgemacht, Robert, wenn Sie Courtney zu mir sagen.«

»In Ordnung. Also, was möchten Sie mich gerne fragen, Courtney?«

»Sie hatten Schuldgefühle, oder?« Sie wartete einige Zeit ab, dann beschloss sie, ihre Frage näher zu erläutern. »Als Lucien Ihnen von seinem Drogenproblem erzählt hat und wie er da reingeraten ist.«

Hunter schwieg.

»Alle im Beobachtungsraum waren nur auf Lucien fixiert, aber ich habe Sie beobachtet. Sie hatten ein schlechtes Gewissen. Sie dachten, es war Ihre Schuld.«

»Ich habe nicht gedacht, dass es meine Schuld war«, widersprach Hunter nach einer Pause. »Aber ich weiß, ich hätte ihm helfen können. Ich hätte merken müssen, dass er auf Drogen war, als er mich in L. A. besucht hat. Keine Ahnung, wieso mir das nicht aufgefallen ist.«

Taylor biss sich auf die Unterlippe und wandte den Blick ab. Offenbar rang sie mit sich, ob sie das, was ihr gerade durch den Kopf ging, wirklich laut aussprechen sollte. Schließlich kam sie zu dem Schluss, dass es keinen Grund für falsche Zurückhaltung gab. »Ich weiß, er war Ihr

Freund, und es tut mir leid, dass ich das jetzt sage, aber ich habe kein Mitleid mit Drogensüchtigen. Dafür habe ich zu oft gesehen, wie jemand, der high war oder Geld für den nächsten Schuss brauchte, die abscheulichsten Gewalttaten verübt hat.« Sie hielt inne, um Luft zu holen. »Es wäre möglich, dass er lügt, ist Ihnen das klar? Es könnte doch sein, dass er immer noch abhängig ist. Vielleicht hat er die beiden Frauen getötet, während er auf irgendeinem Trip war.«

Hunter nahm gewisse Schwingungen in Taylors Tonfall wahr, vielleicht war es unterschwellige Wut.

»Ihre Labortests haben doch gezeigt, dass er clean ist«, gab er zu bedenken.

»Es gibt Drogen, die sich nach wenigen Stunden schon nicht mehr im Blut nachweisen lassen, das wissen Sie genau«, hielt Taylor dagegen. »Außerdem lagen diese zwei Köpfe schon Ewigkeiten in der Kühlbox. Er hätte sie vor Monaten getötet haben können.«

»Das stimmt.« Dagegen konnte Hunter keine Einwände vorbringen. »Und gewisse Drogen sind wirklich nur wenige Stunden lang nachweisbar, aber Sie haben doch bestimmt schon mal einen Junkie gesehen, oder? Die können nicht lange ohne ihre Drogen auskommen, und alle zeigen die typischen Symptome seelischer und körperlicher Abhängigkeit – Haut, Augen, Haare, Lippen ... Paranoia, Angstzustände ... Sie wissen, worauf man schauen muss, und bei Lucien war absolut nichts davon zu sehen.« Hunter schüttelte den Kopf. »Er ist nicht mehr auf Drogen.«

Diesmal war Taylor diejenige, der kein Gegenargument einfiel. Bei Lucien waren wirklich keinerlei Symptome einer psychischen oder physischen Drogenabhängigkeit erkennbar. Trotzdem wollte sie die Sache noch nicht auf sich beruhen lassen.

»Also gut, meinetwegen. Er scheint clean zu sein. Trotzdem habe ich kein Mitleid mit ihm. Seiner Schilderung nach hat ihn ja niemand gezwungen, Drogen zu nehmen.

Er hat sich aus freien Stücken dazu entschieden. Genauso gut hätte er nein sagen können. Jeden Tag werden Menschen jeden Alters irgendwo mit Drogen konfrontiert. Das wissen Sie besser als die meisten Menschen, Robert. Einige nehmen sie, andere nicht. Es ist ihre freie Entscheidung. Und so war es auch bei Lucien, er wurde zu nichts gezwungen. Niemand außer ihm selbst sollte sich dafür verantwortlich fühlen, dass er abhängig geworden ist.«

Lange Zeit sagte Hunter nichts. Das Flugzeug geriet in Turbulenzen, und er wartete, bis es wieder ruhig in der Luft lag, ehe er antwortete.

»Ganz so einfach ist das nicht, Courtney.«

»Ach nein?«

»Nein.« Hunter lehnte sich in seinem Sitz zurück.

»Mir wurden oft Drogen angeboten«, sagte Taylor. »In der Schule, an der Uni, auf der Straße, in meiner Nachbarschaft, auf Partys, im Urlaub, überall – und ich habe es trotzdem geschafft, die Finger von dem Zeug zu lassen.«

»Das ist großartig. Aber ich wette, Sie kennen auch Leute, die nicht so stark waren wie Sie, stimmt's? Leute, die das eben nicht geschafft haben. Leute, die abhängig geworden sind?«

Etwas in Taylors Blick veränderte sich. »Ja, das ist wahr.« Hunter sah ihr an, dass sie um Fassung rang. »Aber ich habe deswegen keine Schuldgefühle.«

Aus irgendeinem Grund klang das wie eine Lüge.

»Die Menschen sind verschieden, Courtney, und deswegen verhalten sie sich auch unterschiedlich in ähnlichen Situationen«, sagte Hunter. »Unsere Reaktion auf ein Ereignis hängt unmittelbar mit den Begleitumständen zusammen und mit unserem seelischen Zustand.«

Das wusste Taylor natürlich. Sie hatte es selbst erlebt: Jemandem, der durch und durch zufrieden ist – zu Hause und auf der Arbeit läuft alles bestens –, wird auf einer Party oder anderswo eine stark süchtig machende Droge angeboten. Dieser Jemand wird sie vermutlich ablehnen, weil er sie schlichtweg nicht braucht. Er oder sie ist bereits glücklich, schwebt gewissermaßen auf einem natürlichen High. Wird dieselbe Person allerdings am nächsten Tag entlassen, hat sie einen heftigen Streit zu Hause, oder gibt es etwas anderes, das ihre Stimmung stark negativ beeinflusst, und bekommt diese Person daraufhin noch einmal dieselbe Droge angeboten, so sagt sie diesmal vielleicht ja, weil ihre Grundstimmung und die Begleitumstände sich geändert haben – die Person ist seelisch und möglicherweise auch körperlich angreifbar. Drogendealer haben einen sechsten Sinn, wenn es darum geht, solche Menschen zu erkennen, und sie verstehen sich ausgezeichnet darin, so lange auf einen potenziellen Kunden einzureden, bis dieser glaubt, die ihm angebotene Droge könne tatsächlich all seine Probleme auf einen Schlag verschwinden lassen und ihn schnurstracks ins Paradies katapultieren.

Taylor biss auf ihre Unterlippe.

»Sie wissen, dass da draußen jede Menge Drogen kursieren, bei denen eine einzige Dosis ausreicht, oder?«, fuhr Hunter fort. »Wie Lucien gesagt hat: ›Zeug, das sofort süchtig macht‹. Auch starke Menschen können nicht *immer* stark sein, Courtney. So ist das nun mal im Leben. Es reicht schon, wenn das Angebot gerade in einem solchen Moment kommt, wenn man einsam ist oder niedergeschlagen oder sich vernachlässigt fühlt oder was auch immer. Schon zappelt man am Haken. Wir kennen nicht alle Fakten. Und wir wissen nicht, wie oft Lucien nein gesagt hat, bevor seine Antwort irgendwann ja war.«

»Ich muss zugeben«, sagte Taylor. »Sie sind sehr wortgewandt, wenn es darum geht, eine Lanze für Junkies zu brechen.«

»Es ist nicht meine Absicht, eine Lanze für Junkies zu brechen, Courtney«, gab Hunter ruhig zurück. »Ich wollte lediglich sagen: Viele Abhängige da draußen wissen, dass sie einen Fehler gemacht haben, und vermutlich wünschen sie sich nichts so sehr, wie endlich die Kraft aufzubringen, von ihrer Sucht loszukommen. Die meisten finden diese Kraft aber nicht allein, sie brauchen Hilfe ... Hilfe, die sie nur in den seltensten Fällen bekommen. Wahrscheinlich weil die meisten Menschen so denken wie Sie.«

Taylor sah Hunter mit ihren blauen Augen scharf an, ehe sie rasch den Blick abwandte.

»Und wie, glauben Sie, hätten Sie ihm helfen können?«, fragte sie. »Was hätten Sie getan?«

»Alles, was in meiner Macht stand«, antwortete Hunter, ohne zu zögern. »Ich hätte *alles* getan. Er war mein Freund.«

## 23

Eine Stunde und acht Minuten nach dem Start landete der Phenom 100 auf dem Western Carolina Regional Airport. Das Wetter draußen war im Begriff umzuschlagen. Dicke Wolken ballten sich am Himmel zusammen und verdeckten die Sonne. Die Temperatur war bereits um mehrere Grad gefallen. Doch trotz des bedeckten Himmels setzte Taylor, kaum dass sie das Flugzeug verlassen hatten, ihre Sonnenbrille auf. Es war eine der Grundregeln des FBI: In der Öffentlichkeit hatte man stets die Augen zu verbergen.

Draußen vor dem Flughafengebäude empfing sie der Repräsentant einer ortsansässigen Autovermietung, mit der Taylor zuvor telefoniert hatte. Er übergab ihnen den Schlüssel zu einer schwarzen Lincoln-MKZ-Oberklasselimousine.

»Also gut«, sagte Taylor und klappte ihren Laptop auf, sobald sie und Hunter eingestiegen waren. Sie selbst nahm den Platz hinterm Steuer. Der Wagen roch fabrikneu und sah aus, als wäre er am Morgen eigens für sie angeschafft worden. »Dann lassen Sie uns mal schauen, wo wir hinmüssen.«

Mit Hilfe des Touchpads öffnete sie ein Satellitenprogramm. Innerhalb kürzester Zeit erschien auf dem Monitor ein Luftbild der Stadt Murphy samt Umgebung.

»Lucien hat gesagt, das Haus befindet sich am Waldrand«, fuhr sie fort und drehte den Laptop so, dass Hunter ihn sehen konnte.

Sie beide studierten die Karte gründlich. Taylor verschob den Kartenausschnitt mit Hilfe des Touchpads von rechts nach links und von oben nach unten und wurde immer ungehaltener.

»War das ein Scherz?«, fragte sie schließlich. Ihr Tonfall war nach wie vor ruhig, allerdings hatte sich ein Hauch Verärgerung hineingeschlichen. Sie schob sich die Sonnenbrille ins Haar, ehe sie Hunter besorgt ansah. »Ganz Murphy ist von Wald umgeben. Hier ist *überall* Wald, innerhalb der Ortschaft und ringsherum. Schauen Sie sich das nur mal an.«

Ihr Blick kehrte zum Monitor zurück. Sie betätigte die Zoomfunktion, um den Kartenausschnitt zu vergrößern. Sie hatte nicht übertrieben. Die Gemeinde Murphy schien mitten in ein großes hügeliges Waldgebiet hineingebaut worden zu sein. Es gab mehr Wald als erschlossenes Land.

»Was sollen wir jetzt machen? Alle Häuser abklappern, die irgendwo in der Nähe irgendeines Waldstückchens liegen, und probieren, ob der Schlüssel passt?«

Hunter sagte nichts. Er starrte nachdenklich auf den Bildschirm.

»Geben Sie's zu, er hat uns verarscht.« Taylor lachte. »Selbst wenn dieses Haus tatsächlich existiert, was ich mittlerweile bezweifle, könnte es zwei, vielleicht sogar drei oder mehr Tage dauern, bis wir es gefunden haben. Er hat uns auf die falsche Fährte gelockt, Robert. Er spielt mit uns.« Sie überlegte einen Moment. »Bestimmt war er schon mal hier. Vielleicht hat er sogar eine Zeitlang hier gewohnt. Er weiß, dass Murphy mitten im Wald liegt, und genau deswegen hat er uns mit seinem albernen Rätsel hierhergeschickt. Wir könnten uns tagelang die Hacken ablaufen, ohne dass wir dieses ... Hirngespinst von einem Haus jemals finden.«

Hunter studierte weiterhin die Karte, dann schüttelte er den Kopf. »Nein, das ist falsch. So hat er es gar nicht gemeint.«

Taylor zog die Augenbrauen hoch. »Was soll das heißen? Genau so hat er es doch gesagt: ›Das Haus steht am Waldrand.‹ Oder haben Sie das Rätsel am Ende gar nicht richtig verstanden, und wir sind völlig falsch hier?«

»Nein«, versicherte Hunter ihr. »Wir sind hier schon richtig.«

»Dann spielt Lucien wirklich mit uns. Sehen Sie sich die Karte doch an, Robert.« Sie deutete mit einem Nicken auf ihren Laptop. »»Das Haus steht am Waldrand‹‹, wiederholte sie. »So waren seine Worte. Ich habe die Tonbandaufzeichnung dabei, falls Sie sie noch mal anhören wollen.«

»Das brauche ich gar nicht«, gab Hunter zurück und zog sich den Laptop heran. »Können Sie uns eine durchsuchbare Karte von Murphy besorgen? Mit Straßennamen und so weiter?«

»Ja, sicher.«

Ein paar Tastenbefehle später erschien anstelle der Luftaufnahme eine aktuelle Straßenkarte von Murphy auf dem Bildschirm.

»So, das hätten wir«, sagte Taylor und schob Hunter den Laptop hin, der rasch etwas in die Suchmaske eintippte. Die Ansicht vergrößerte sich, bewegte sich ein Stück nach links und zoomte dann an eine schmale, unbefestigte Straße heran, die zwischen zwei bewaldeten Hügelketten ein Stück südlich der Stadt hindurchführte. Der Name der Straße lautete Wood's Edge – *Am Waldrand*.

»Oh, ihr Kleingläubigen«, sagte er.

»Ich werd verrückt«, murmelte Taylor.

Die Straße schien etwa eine halbe Meile lang zu sein. Zu beiden Seiten war nichts als Wald, nur ganz am Ende stand ein einzelnes Haus.

# 24

Taylor fuhr. Für den Weg vom Flughafen zum südlichen Ortsrand von Murphy rechneten sie knapp fünfundzwanzig Minuten Fahrtzeit. Die Strecke führte an Hügeln, Feldern und Waldflächen vorbei. Als sie sich der Ortschaft Murphy näherten, tauchten hier und da kleine Farmen auf, wo Pferde und Kühe träge auf den Weiden grasten. Der typische Geruch von Mist hing in der Luft, doch sie störten sich nicht daran. Hunter konnte sich nicht daran erinnern, jemals an einem Ort gewesen zu sein, wo es, so weit das Auge reichte, nichts als Bäume und grüne Wiesen gab. Es war eine wunderschöne Landschaft, so viel ließ sich nicht leugnen.

Als Taylor aus der Creek Road rechts in die Wood's Edge abbog, wurde die Straße mit jedem Meter holpriger, und Taylor war gezwungen, die Geschwindigkeit immer weiter zu drosseln, bis sie schließlich fast nur noch im Schritttempo vorwärtskrochen.

»Meine Güte, hier ist ja *gar* nichts«, sagte sie und sah sich um. »Ist Ihnen aufgefallen, dass wir seit über einer Meile keine Straßenlaterne mehr gesehen haben?«

Hunter nickte.

»Zum Glück ist es noch hell«, merkte Taylor an. »Eins steht ja wohl fest: Lucien hat sich hier vor irgendwas oder irgendwem versteckt. Welcher Mensch im Vollbesitz seiner geistigen Kräfte würde freiwillig hier leben?«

Sie bemühte sich, den größten Unebenheiten und Schlaglöchern auszuweichen, doch trotz ihrer vorsichtigen Fahrweise hatten sie das Gefühl, in einem Kriegsgebiet unterwegs zu sein.

»Die Straße ist wie ein Minenfeld«, sagte sie. »Autohersteller sollten hierherkommen, um die Stoßdämpfer an ihren neuen Modellen zu testen.«

Ein paar sehr holprige Minuten später hatten sie endlich das Haus am Ende der Straße erreicht.

Dem ersten Eindruck nach schien es ein kleines, eingeschossiges Ranchhaus zu sein. Ein niedriger Holzzaun, der dringend repariert und neu gestrichen werden musste, umgab den vorderen Bereich des Grundstücks. Das Gras im Vorgarten sah aus, als wäre es seit Monaten nicht gemäht worden. Fast alle Betonplatten des gewundenen Weges, der vom Gartentor zum Haus führte, waren geplatzt. Unkraut spross zwischen den Ritzen und rings um die Platten. Eine zerlöcherte alte amerikanische Flagge flatterte an einem rostigen Fahnenmast rechts neben dem Haus. Dieses war früher einmal weiß gewesen, mit hellblauen Fensterrahmen und Türen, doch die Farbe war stark verwittert und blätterte fast überall ab. Auch das Walmdach machte den Eindruck, als könne es ein paar neue Ziegel gebrauchen.

Hunter und Taylor stiegen aus dem Wagen. Ein kühler Wind wehte aus westlicher Richtung und brachte den Duft feuchter Erde mit. Hunter schaute in den Himmel und sah einige dunkle Wolken näher kommen.

»Jedenfalls hat er sich schlecht um das Haus gekümmert«, meinte Taylor und warf die Autotür zu. »Nicht gerade ein mustergültiger Mieter.«

Hunter nahm die nähere Umgebung der Straße bis hin zum Holzzaun in Augenschein. Mit Ausnahme ihrer eigenen waren nirgendwo Reifenspuren zu sehen. Es gab keine Garage, deshalb hielt Hunter nach einem Stellplatz neben dem Haus Ausschau, wo vielleicht ein Auto gestanden haben könnte. Da die Leute für gewöhnlich dazu neigten, immer an derselben Stelle zu parken, hätten im Boden unweigerlich die entsprechenden Spuren zu finden sein müssen, möglicherweise sogar Ölreste oder andere Rückstände. Hunter jedoch konnte nichts dergleichen entdecken. Falls Lucien Folter wirklich hier gelebt hatte, war er offenbar nicht motorisiert gewesen.

Hunter warf auch einen Blick in den Briefkasten am Zaun. Leer.

Auf dem Weg zum Haus blieb er kurz stehen, um Taylor den Vortritt zu lassen. Man hatte es ihm oft genug zu verstehen gegeben: Das hier war nicht sein Fall. Die hölzerne Stufe zur Veranda knarrte unter Taylors Schritten – ein Geräusch wie ein Warnsignal. Hunter, der direkt hinter ihr ging, beschloss, die Stufe lieber auszulassen, und machte einen großen Schritt direkt auf die Veranda hinauf.

Sie überprüften die Fenster zu beiden Seiten der Haustür. Sie waren geschlossen, die Vorhänge zugezogen. Die schwere Tür in der Mauer, die rechts an das Haus anstieß und durch die man wohl zum hinteren Teil des Grundstücks gelangte, war ebenfalls zugesperrt. Die Mauer war hoch genug, um jeden abzuschrecken, der vielleicht mit dem Gedanken spielte hinüberzuklettern.

»Okay, dann versuchen wir mal unser Glück«, sagte Taylor.

Luciens Schlüsselbund hätte zu einem Hausmeister gepasst – es war ein stabiler Eisenring, an dem sich insgesamt siebzehn sehr ähnlich aussehende Schlüssel befanden.

Taylor zog die Fliegengittertür auf und probierte den ersten Schlüssel aus. Er passte nicht einmal ins Schloss. Der zweite, dritte, vierte und fünfte Schlüssel ließ sich zwar jeweils ins Schloss stecken, aber nicht umdrehen. Taylor machte ruhig und systematisch weiter.

Erdgeruch wurde intensiver, und die Luft kühlte sich merklich ab. Gleich darauf fielen die ersten Tropfen vom

Himmel. Taylor hielt einen Moment lang inne und schaute nach oben, als frage sie sich, wie viele Löcher das Dach der Veranda wohl offenbaren würde, sobald der Regen stärker wurde.

Bei Schlüssel Nummer sechs und sieben war es genau wie beim ersten – sie passten gar nicht erst ins Schloss. Schlüssel Nummer acht hingegen glitt wie von selbst hinein, und als Taylor ihn herumdrehte, öffnete sich die Tür mit einem gedämpften Schnappen.

»Bingo«, sagte sie. »Ich frage mich, wozu all die anderen gut sind.«

Hunter erwiderte nichts.

Taylor drehte den Türknauf und stieß die Tür auf. Erstaunlicherweise knarrte oder quietschte sie nicht, als wären die Angeln erst vor kurzem geölt worden.

Noch vor dem Eintreten bemerkten sie einen chemischen Mottenkugelgeruch, der ihnen aus den Tiefen des Hauses entgegenschlug. Reflexartig hielt sich Taylor die Hand vor die Nase. Hunter machte der Geruch nichts aus.

Taylor fand einen Lichtschalter an der Wand rechts neben der Eingangstür und betätigte ihn.

Von der Haustür waren sie in einen sehr kleinen, vollständig kahlen Vorraum mit weißen Wänden gelangt. Rasch durchquerten sie ihn und gingen ins nächste Zimmer – das Wohnzimmer – weiter.

Auch diesmal entdeckte Taylor den Lichtschalter, und als sie ihn drückte, leuchtete eine einzelne Glühbirne auf, die in der Mitte des Raumes von der Decke hing. Der dicke schwarzrote Lampenschirm dämpfte ihre ohnehin schon geringe Leuchtkraft noch zusätzlich und tauchte den Raum in düsteres Zwielicht.

Das Wohnzimmer war eher klein, aber weil praktisch keine Möbel darin standen, wirkte es trotzdem nicht beengt. Der Geruch von Desinfektionsmittel und Mottenkugeln war hier wesentlich intensiver, so dass Taylor sich schüttelte und ein Gesicht machte, als müsse sie würgen.

»Alles in Ordnung?«, fragte Hunter.

Taylor nickte wenig überzeugend. »Ich hasse den Geruch von Mottenkugeln. Davon dreht sich mir immer der Magen um.«

Hunter ließ ihr ein paar Sekunden Zeit und sah sich derweil im Raum um. Darin gab es nichts, was darauf hingedeutet hätte, dass das Haus bewohnt war – keine Fotos oder Bilder an den Wänden, keine Dekorationsgegenstände, keinerlei persönliche Akzente, nichts. Als hätte sich Lucien sogar vor sich selbst versteckt.

Eine offene Tür an der Westseite ging in eine dunkle Küche. Gegenüber der Tür, durch die sie hereingekommen waren, führte ein Flur tiefer ins Haus.

»Wollen Sie in der Küche nachsehen?«, fragte Hunter mit einer Kopfbewegung.

»Eigentlich nicht«, sagte Taylor. »Ich will einfach nur dieses Tagebuch finden und dann schleunigst wieder nach draußen an die frische Luft.«

Hunter nickte verständnisvoll.

Sie durchquerten das Wohnzimmer und betraten den Flur. Hier war das Licht genauso schummrig.

»Er stand wohl auf stimmungsvolle Beleuchtung«, stellte Taylor fest.

Vom Flur gingen vier Türen ab – zwei links, eine rechts, eine am hinteren Ende. Die beide Türen links sowie die Tür am Ende standen offen. Selbst bei ausgeschaltetem Licht konnten Hunter und Taylor erkennen, dass sie zu zwei Schlafzimmern und einem Bad gehörten. Die massive Tür auf der rechten Seite hingegen war mit einem großen Vorhängeschloss abgesperrt.

»Das muss die Tür zum Keller sein«, stellte Taylor fest.

Hunter war derselben Meinung. Er inspizierte das Schloss und staunte. Es war ein nach Militärstandard hergestelltes Vorhängeschloss der Firma Sargent and Green-leaf – angeblich hielt es jeder Form von Angriff stand, selbst flüssigem Stickstoff. Offenbar wollte Lucien keine ungebetenen Gäste in seinem Keller haben.

»Und das Schlüsselroulette geht in die zweite Runde«, seufzte Taylor und zückte aufs Neue Luciens Schlüsselring.

Während sie die Schlüssel der Reihe nach durchprobierte, warf Hunter rasch einen Blick in das erste Zimmer auf der linken Seite – das Bad. Es war klein, ganz in Weiß gekachelt, und ein schwerer muffiger Geruch hing darin. Ansonsten gab es nichts Interessantes zu entdecken.

*Klick.*

Hunter hörte das metallene Geräusch aus dem Flur und verließ das Bad.

»Ich hab's«, meldete Taylor und ließ das geöffnete Vorhängeschloss auf den Boden fallen. »Diesmal habe ich zwölf Versuche gebraucht.« Sie drehte am Türknauf und schob die Tür auf.

Gleich hinter der Tür hing eine Lichtkordel von der Decke. Taylor zog daran, woraufhin nach längerem Flimmern eine gelbe Leuchtstoffröhre ansprang und eine schmale Betontreppe offenbarte, die weiter unten einen Knick nach rechts machte.

»Wollen Sie als Erster?«, fragte Taylor und trat einen Schritt zurück.

Hunter zuckte die Achseln. »Sicher.«

Beide stiegen langsam und vorsichtig die Treppe hinunter. Unten erhellten zwei weitere Leuchtstoffröhren einen Raum von etwa denselben Ausmaßen wie das Wohnzimmer im Erdgeschoss. Er hatte einen Fußboden aus nacktem Beton und schmutzig weiße Wände. Auch was die Möblierung anging, wies er Ähnlichkeiten mit dem Wohnzimmer auf. An der nördlichen Wand stand ein hohes hölzernes Regal, das vor Büchern schier überquoll. Ein großer Teppich und ein geblümtes Sofa nahmen die Mitte des Raumes ein.

Unmittelbar vor dem Sofa stand eine Konsole aus Buchen-
holz mit einem alten Röhrenfernseher darauf; links davon
befanden sich eine Kommode sowie ein kleiner Bierkühl-
schrank. Einige gerahmte Zeichnungen schmückten die
Wände. Auf sämtlichen Oberflächen lag ein dünner Staub-
film.

»Da irgendwo muss das Tagebuch sein«, meinte Taylor
und deutete mit einer Kopfbewegung zum Bücherregal.

Hunter sah sich mit höchster Aufmerksamkeit im Zimmer um.

Taylor trat auf das Bücherregal zu, blieb davor stehen
und überflog die Buchtitel. Es gab Psychologiebücher,
Handbücher über Konstruktionstechnik, ein paar Kochbü-
cher, einige Bände zum Thema Mechanik, diverse Ta-
schenbuch-Thriller sowie einige Ratgeber für Selbstmotiva-
tion und die Überwindung von Lebenskrisen. In einer Ecke
des Regals allerdings stand eine Reihe von Büchern, die
sich von den übrigen darin unterschieden, dass sie keinen
Titel auf dem Buchrücken hatten. Es waren keine gedruck-
ten Bücher, sondern Notizbücher mit festem Pappeinband,
wie man sie in jedem Schreibwarenladen kaufen konnte.

»Sieht so aus, als gäbe es hier mehrere Tagebücher, nicht
nur eins«, verkündete Taylor und griff nach dem erstbes-
ten.

Hunter gab keine Antwort.

Ohne sich nach ihm umzusehen, schlug sie das Buch
auf. Als sie es durchzublättern begann, erschienen tiefe Falten auf ihrer Stirn. Nirgendwo stand etwas geschrieben,
stattdessen waren die Seiten mit Zeichnungen und Skizzen
gefüllt.

»Robert, kommen Sie mal her und schauen Sie sich das
an.«

Noch immer reagierte Hunter nicht.

»Robert, hören Sie, was ich sage?« Erst jetzt drehte Taylor
sich zu ihm um.

Hunter stand wie erstarrt mitten im Raum und blickte auf die Wand, an der die Bilder hingen. Er hatte einen seltsamen Gesichtsausdruck, den Taylor noch nie bei ihm gesehen hatte.

»Robert, was ist los?«

Schweigen.

Sie folgte seinem Blick zu einem der Bilder.

»Moment mal«, sagte sie, kniff die Augen zusammen und trat einen Schritt näher. Es dauerte einige Sekunden, bis sie begriffen hatte, was genau sie da betrachtete, doch als es ihr endlich aufging, bekam sie eine Gänsehaut am ganzen Körper.

»O mein Gott«, wisperte sie. »Ist das ... Haut ... von einem Menschen?«

Hunter nickte langsam.

Taylor schnappte nach Luft und wich einen Schritt zurück. Ihr Blick geisterte durch den Raum.

»Ach du ...« Ihre Kehle war plötzlich staubtrocken, und sie hatte das Gefühl, als würden zwei unsichtbare Hände ihr die Luft abdrücken.

An der Wand hingen insgesamt fünf Bilderrahmen.

Hunter hatte sich noch immer nicht von der Stelle gerührt. Er starrte das Bild an, das direkt vor ihm hing. Doch was ihn so erschreckt hatte, war nicht die Tatsache, dass es sich bei den Bildern, die auf den ersten Blick wie gewöhnliche Zeichnungen aussahen, in Wirklichkeit um Menschenhaut handelte. Nein, was Hunter wie gelähmt dastehen ließ, war das Motiv auf einem der Hautstücke. Ein sehr ungewöhnliches Motiv. Eins, das Hunter gut kannte, zumal er bei seiner Entstehung dabei gewesen war. Genau wie auch Lucien. Es war das Tattoo einer roten Rose, deren dorniger Stiel sich um ein blutendes Herz rankt, wie um es zu erdrosseln.

Susans Tattoo.

# ZWEITER TEIL

## Der richtige Mann

## 25

Diesmal saß Lucien Folter bereits am Tisch, als sich die Tür zum Verhörraum mit einem Summen öffnete und Hunter und Taylor hereinkamen. Wie schon beim Mal zuvor waren Luciens Hände und Füße mit einer Metallkette gefesselt, und diese wiederum war an den dicken Eisenring am Boden neben seinem Stuhl angeschlossen. Hinter ihm standen zwei bewaffnete US-Marines. Sie nickten Hunter und Taylor wortlos zu, ehe sie ebenso wortlos den Raum verließen.

Lucien saß vornübergebeugt auf seinem Stuhl, die Hände auf dem Tisch, die Finger ineinander verschränkt. Er tippte in einem sehr langsamen und gleichmäßigen Rhythmus die Daumen gegeneinander, als klopfe er den Takt zu einem Lied, das nur er allein hören konnte. Er hielt Kopf und Augen gesenkt, den Blick auf seine Hände gerichtet.

Taylor ließ in voller Absicht die Tür mit Schwung hinter sich zufallen, doch Lucien schien den lauten Knall gar nicht wahrzunehmen. Er zuckte weder zusammen, noch hörte er mit dem Daumentippen auf. Er schien ganz in seiner eigenen Welt versunken.

Hunter ging zum Tisch und blieb Lucien gegenüber stehen. Dort stand er, die Arme locker an den Seiten, und sagte kein Wort. Wartete einfach nur ab.

Taylor stand bei der Tür. Zorn brannte in ihren Augen. Auf ihrem Weg zurück nach Quantico hatte sie sich geschworen, ihre Wut nicht zu zeigen, sondern zielorientiert ... professionell ... distanziert an die Sache heranzugehen.

Doch der Anblick, wie Lucien vollkommen unbeteiligt da-saß, brachte ihr Blut beinahe zum Überkochen.

»Sie krankes Schwein«, stieß sie endlich hervor. »Wie viele haben Sie auf dem Gewissen?«

Lucien starrte weiterhin auf seine Daumen und schlug den Takt zu einem Stück, das niemand außer ihm hören konnte.

»Haben Sie ihnen allen die Haut abgezogen?«

Keine Reaktion.

»Haben Sie von all Ihren Opfern solche widerlichen Trophäen gesammelt?«

Nach wie vor kam keine Antwort, doch immerhin hielt Lucien nun mit dem Daumenklopfen inne. Er hob langsam den Kopf und sah Hunter in die Augen. Lange Zeit sprach keiner der beiden ein Wort. Sie musterten einander lediglich wie zwei Fremde, die gleich gegeneinander kämpfen würden. Das Erste, was Hunter auffiel, war, dass sich Luciens Verhalten im Vergleich zu ihrem ersten Gespräch komplett gewandelt hatte. Der emotionale Lucien, der schreckliche Angst gehabt hatte, ihm könne ein Unrecht geschehen, der ihn um Hilfe gebeten hatte – dieser Lucien war verschwunden. Der neue Lucien, der jetzt vor ihnen saß, wirkte stärker ... entschlossener ... furchtlos. Selbst sein Gesicht war härter geworden, wie das eines Kämpfers, der vor keiner Konfrontation zurückschreckt – das Gesicht eines Mannes, der auf alles vorbereitet ist. Auch der Ausdruck in seinen dunkelbraunen Augen war nicht mehr wiederzuerkennen. Etwas Eiskaltes und Entrücktes lag darin, bar jeder Emotion. Es war ein leerer Blick, den Hunter schon oft gesehen hatte, wenngleich nie zuvor in Luciens Augen. Es war der Blick eines Psychopathen.

Lucien atmete aus.

»Deiner Miene nach zu urteilen, Robert, scheinst du das Tattoo an meiner Wand wiedererkannt zu haben.«

Inzwischen war Hunter klargeworden, dass dies Luciens wahrer Beweggrund dafür gewesen war, in ihrer ersten Unterredung Susan und ihre Tätowierung anzusprechen. Es war ihm nicht darum gegangen, ein für ihn schwieriges Gesprächsthema zu vermeiden – nein, er hatte einfach nur sichergehen wollen, dass Hunter sich an das Tattoo erinnern würde, wenn Lucien ihn zu dem Haus nach Murphy schickte.

Hunter wusste nicht, was er sagen sollte, deshalb schwieg er.

»Es ist mit Abstand mein Lieblingsstück«, fuhr Lucien fort. »Weißt du, warum, Robert?«

Keine Antwort.

Lucien lächelte zufrieden, als erfüllten die Erinnerungen sein Herz mit Freude.

»Susan war meine Erste.«

»Sie krankes Schwein«, sagte Taylor erneut und machte drohend einen Schritt auf Lucien zu, als wolle sie sich auf ihn stürzen. In allerletzter Sekunde gewann ihr Verstand die Oberhand, und sie blieb vor dem Tisch stehen.

Luciens eisiger Blick glitt langsam in ihre Richtung. »Bitte wiederholen Sie sich nicht andauernd, Agent Taylor. Sie haben mich eben schon als krankes Schwein bezeichnet.« Seine Stimme war flach. Ohne Gefühl. Ohne Wärme. »Vielleicht haben Sie ja recht, aber Fluchen steht Ihnen einfach nicht.« Er fuhr sich mit der Zunge über die Lippen, um sie zu befeuchten. »Beleidigungen sind was für Schwächlinge. Für Menschen, denen es an der nötigen Intelligenz mangelt, klug zu argumentieren. Glauben Sie, dass es Ihnen an der nötigen Intelligenz mangelt, Agent Taylor? Denn falls ja, haben Sie beim FBI nichts verloren.«

Taylor atmete tief durch, um sich zu sammeln. Ihre Augen blitzten immer noch vor Zorn, doch sie machte sich bewusst, dass Lucien sie nur provozieren wollte.

»Ich sehe ein, dass Sie nach den Entdeckungen, die Sie im Haus gemacht haben, noch ein wenig unter Schock stehen«, fuhr Lucien fort, »deshalb gehen Ihre Gefühle mit Ihnen durch.« Er zuckte unbekümmert die Achseln. »Verständlich, allerdings möchte ich wetten, dass dieser kleine Ausbruch nicht gerade das ist, was von einem erfahrenen FBI-Agenten erwartet wird, nicht wahr? Ich wette, er hat selbst Sie überrascht, denn bestimmt haben Sie sich fest vorgenommen, einen kühlen Kopf zu bewahren. Sie haben sich geschworen, unter allen Umständen ruhig und professionell zu bleiben, habe ich recht, Agent Taylor?« Lucien gab ihr nicht die Gelegenheit zu antworten. »Aber es ist nicht so leicht, seine Gefühle zu kontrollieren. Selbst wenn man die besten Vorsätze hat, können die Emotionen schon mal in einem durchgehen. Es bedarf langer Übung, sie wirklich zu beherrschen.« Neuerliches Achselzucken. »Aber bestimmt werden Sie eines Tages so weit sein.«

Nur mit Mühe verbiss Taylor sich eine Erwiderung. Sie wusste, dass Lucien es nur auf eine weitere unbedachte Reaktion von ihr abgesehen hatte, und diesmal tat sie ihm den Gefallen nicht.

»Wie viele waren es, Lucien?«, fragte Hunter in neutralem Ton und brach damit endlich sein Schweigen. »Du hast gesagt, Susan war deine Erste. Wie viele andere Opfer gab es noch?«

Lucien lehnte sich auf seinem Stuhl zurück und lächelte ein aufgesetztes Lächeln.

»Das ist eine ausgezeichnete Frage, Robert.« Einen Moment lang sah er aus, als denke er angestrengt nach. »Ich bin mir nicht ganz sicher. Nach einer Weile habe ich aufgehört zu zählen.«

Erneut spürte Taylor, wie sich überall auf ihrem Körper eine Gänsehaut ausbreitete.

»Aber ich habe alles aufgeschrieben«, sagte Lucien und nickte. »Ja, es gibt wirklich ein Tagebuch, Robert. Sogar mehrere, in denen ich alles dokumentiert habe – Orte, Opfer, Methoden ...«

»Und wo sind diese Tagebücher?«, wollte Taylor wissen.

Lucien lachte leise und bewegte die Hände, dass die

Kette auf dem metallenen Tisch rasselte. »Geduld, Agent Taylor, nur Geduld. Haben Sie noch nie die Redensart gehört: ›Gut Ding will Weile haben‹?«

Obwohl Luciens Worte an Taylor gerichtet waren, galt seine Aufmerksamkeit Hunter.

»Ich weiß, Robert, im Moment spuken dir bestimmt tausend Fragen im Kopf herum. Du willst unbedingt das Wie und Warum verstehen ... und weil du ein Cop bist, ist dir natürlich auch daran gelegen, sämtliche Opfer zu identifizieren.« Lucien bewegte den Kopf hin und her, wie um eine Verspannung im Nacken zu lockern. »Das könnte eine Weile dauern. Aber glaub mir, Robert, ich möchte auch, dass du das Wie und Warum verstehst. Das ist der eigentliche Grund, weshalb ich dich habe herkommen lassen.«

Lucien blickte an Hunter vorbei Richtung Spiegel. Jetzt redete er nicht länger nur mit Hunter und Taylor. Er wusste, nach den Entdeckungen in North Carolina würde nun ein ranghöherer FBI-Agent hinter der Scheibe stehen. Jemand, der befugt war, Entscheidungen zu treffen.

»Ich weiß, dass auch Sie am Wie und Warum interessiert sind«, sagte er in eisigem Ton, während er sein Spiegelbild anstarrte. »Schließlich ist das hier die berühmte Einheit für Verhaltensforschung. In die Köpfe von Leuten wie mir zu kriechen ist Ihr Lebensinhalt. Und glauben Sie mir, jemandem wie mir sind Sie noch nicht begegnet.«

Lucien spürte förmlich, wie die Anspannung hinter der Scheibe stieg.

»Mehr noch«, fuhr er fort. »Sie müssen den Opfern Namen geben. Das ist Ihre Pflicht. Aber ich sage es Ihnen gleich, ohne meine Hilfe wird Ihnen das niemals gelingen.«

Hunter sah, wie Taylor unbehaglich von einem Fuß auf den anderen trat.

»Die gute Nachricht ist, dass ich willens bin, Ihnen zu helfen«, sagte Lucien. »Allerdings unter gewissen Bedingungen, also hören Sie gut zu.« Sein Ton war noch kälter geworden. »Ich rede ausschließlich mit Robert, mit niemandem sonst. Ich weiß, er gehört nicht zum FBI, aber dem kann sicher leicht abgeholfen werden.« Er machte eine Pause und sah sich um. »Die Gespräche werden von jetzt an nicht mehr in diesem Raum stattfinden. Ich fühle mich hier nicht wohl; dazu kommt …«, er hob die Hände, und erneut erklang das laute Rasseln der Kette auf der Tischplatte, »dass ich es wirklich leid bin, gefesselt zu sein. Das bringt mich in sehr schlechte Stimmung, und das ist weder für mich noch für Sie von Vorteil. Außerdem gehe ich gerne ein bisschen herum, während ich rede, das hilft mir beim Denken. Zukünftig kann Robert also zu mir in die Zelle kommen. Da können wir uns unterhalten.« Er warf einen raschen Blick zu Taylor. »Agent Taylor kann bei den Unterredungen gerne dabei sein, wenn sie möchte. Ich mag sie. Allerdings wird sie lernen müssen, ihr hitziges Temperament zu zügeln.«

»Sie sind nicht in der Position zu verhandeln«, sagte Taylor so ruhig, wie sie es vermochte.

»Da bin ich anderer Meinung, Agent Taylor. Ich gehe davon aus, dass inzwischen ein Team von Agenten in meinem Haus in Murphy angekommen ist und dort alles auf den Kopf stellt. Sofern sie nicht völlig inkompetent sind, werden sie bald eins feststellen: Das, was Sie und Robert heute gesehen haben …« Lucien hielt inne. Er und Hunter tauschten einen Blick. »Nun ja … das ist erst der Anfang.«

# 26

Lucien hatte recht mit seiner Vermutung – das FBI hatte bereits ein eigens für solche Einsätze ausgebildetes Team losgeschickt, das jeden Quadratzentimeter des Hauses in Murphy unter die Lupe nehmen sollte.

Special Agent Stefano Lopez war der Leiter der aus insgesamt acht erfahrenen Leuten bestehenden Gruppe. Sie war acht Jahre zuvor von Direktor Kennedy persönlich ins Leben gerufen worden, weil dieser nur wenig Vertrauen in auswärtige forensische Spezialisten hatte. In den Jahren davor hatte es sich bei vielen Behörden im Land eingebürgert, einen immer größeren Teil der forensischen Arbeit an private Dienstleister zu vergeben. Deren überbezahlte Kriminaltechniker, wenn man sie denn so nennen wollte, hatten sich vermutlich von der steigenden Zahl kriminaltechnischer Serienformate inspirieren lassen, die im Laufe des letzten Jahrzehnts die Fernsehprogramme erobert hatten: Sie hielten sich für Stars und benahmen sich auch so.

Kennedys Leute waren Experten in der Sicherstellung und Analyse forensischer Beweise. Jeder der acht verfügte über ein abgeschlossenes Studium in Chemie, Biologie oder sogar beidem. Drei der Männer, darunter auch Teamchef Lopez, hatten darüber hinaus noch Medizin studiert, ehe sie zum FBI gekommen waren. Jeder Einzelne war hochqualifiziert, und das Team hatte genügend Laborgeräte und Ausrüstung im Gepäck, um gleich vor Ort erste Tests durchführen zu können.

Um die Durchsuchung des Hauses zu beschleunigen, hatte Agent Lopez seine Leute in vier Zweierteams eingeteilt: Team A – die Agenten Suarez und Farley – war für Wohnzimmer und Küche zuständig; Team B – die Agenten Reyna und Goldstein – untersuchte beide Schlafzimmer sowie das kleine Bad; Team C – die Agenten Lopez und Fuller – nahm sich den Keller vor; und Team D – die Agenten Villegas und Carver – suchte das Grundstück ab.

Team C hatte bereits den kompletten Keller in seinem ursprünglichen Zustand fotografiert und war nun dabei, Spuren und Sachbeweise zu sammeln, zu beschriften und zur weiteren Analyse in Asservatenbeutel aus Plastik zu verpacken. Die ersten Beweise, denen sie sich widmeten, waren die Bilderrahmen mit menschlicher Haut.

Als Lopez und Fuller vorsichtig das erste Bild von der Wand nahmen, stellten sie fest, dass die Rahmen auf simple, aber geschickte Art selbst zusammengebaut worden waren. Zunächst war das Stück Haut in einem Konservierungsmittel wie Formaldehyd oder Formalin (eine Lösung gasförmigen Formaldehyds in Wasser) eingelegt beziehungsweise damit besprüht worden. Dann war die Haut gespannt und auf eine Plexiglasscheibe von etwa zwei Millimetern Stärke – vergleichbar mit der Dicke zweier übereinandergelegter Objektträger für Mikroskope – aufgebracht worden. Über der Haut lag eine zweite Plexiglasscheibe identischer Stärke. Um ein Verwesen des Gewebes zu verhindern, war das Plexiglas-Haut-Gebilde zu guter Letzt noch mit einem speziellen Versiegelungsmittel luftdicht verschlossen worden, bevor es wie ein herkömmliches Bild gerahmt worden war.

»Das ist so was von abartig«, verkündete Agent Lopez, nachdem er den letzten Rahmen auf Fingerabdrücke untersucht hatte. Es gab keine. Lopez war groß und schlank, mit kurzen Locken, wachen dunkelbraunen Augen und einer Hakennase, die ihm den Spitznamen Hawk – *Habicht* – eingetragen hatte.

»Ohne Scheiß, Hawk«, antwortete Agent Fuller, während er begann, die einzelnen Rahmen einzutüten und zu beschriften. »Wir haben im Laufe der Jahre ja schon so einige Trophäen von Mördern gesehen – auch Körperteile –, aber das hier sprengt wirklich alle Dimensionen.« Er deutete mit dem Kopf auf die Rahmen. »Der Typ hat seinen Opfern nicht einfach nur einen Finger oder ein Ohr abgeschnitten. Er hat ihnen die *Haut* abgeschält – zumindest teilweise. Vielleicht waren sie währenddessen noch am Leben. So was ist mir bisher noch nicht begegnet. Der Kerl gehört in eine ganz eigene Kategorie.«

»Und was für eine Kategorie wäre das?«

»Psychofreak – Level: Großmeister. Und zwar einer mit jeder Menge Finesse und Geduld.«

Hawk nickte zustimmend. »Hast recht, das ist schon ziemlich krank. Aber das eigentlich Irre ist das Zimmer hier.« Er sah sich um.

Fuller folgte seinem Blick. »Wieso? Was meinst du?«

»Was würdest du sagen – wie viele Trophäenzimmer von Serienmördern haben wir im Laufe der Jahre schon gesehen?«

Fuller schürzte die Lippen und zuckte mit den Schultern. »Keine Ahnung, Hawk. Jedenfalls eine ganze Menge.«

»Seit Gründung dieser Einheit waren es exakt neununddreißig«, sagte Hawk. »Und dazu noch Hunderte von Fotos. Du weißt, Trophäenzimmer sind sich alle relativ ähnlich – klein, verdreckt, dunkel, du kennst das ja. Meistens ist es einfach nur ein Verschlag oder ein Schuppen, in dem der Täter seine Souvenirs aufbewahrt. Ein Ort, an dem er sich ungestört einen runterholen oder über seine Taten tagträumen kann oder was auch immer die Typen machen, wenn sie sich dahin zurückziehen. Du weißt doch selber: Fast jeder dieser Räume sieht aus wie ein bizarrer Schrein aus einem Horrorfilm.« Hawk hielt inne, hob die behandschuhten Hände und ließ erneut den Blick durch den Keller schweifen. »Und dann schau dir im Vergleich dazu mal das hier an. Sieht aus wie ein stinknormales Wohnzimmer, höchstens ein bisschen staubig.« Er fuhr mit zwei Fingern über die Kommode und präsentierte Fuller das Ergebnis, um seine Aussage zu unterstreichen.

»Okay, und was ist der Punkt?«

»Der Punkt ist, dass ich nicht glaube, dass der Kerl in seinen Keller gegangen ist, um Erinnerungen an seine Morde oder an die Zeit mit seinen Opfern nachzuhängen. Ich glaube, der Kerl ist hier runtergekommen, um fernzusehen, Bier zu trinken und zu lesen – was die Leute in ihren Wohnzimmern eben so machen. Mit dem einzigen Unterschied, dass er die Haut seiner Opfer als Bilder an den Wänden hängen hatte.«

Ehe er seine Leute in Teams eingeteilt hatte, war Hawk das ganze Haus abgegangen. Er wusste, dass der alte Röhrenfernseher im Keller der einzige Fernsehapparat im Haus war. Er wusste auch, dass der kleine Kühlschrank nichts enthielt außer ein paar Flaschen Bier.

Etwas an Hawks Tonfall ließ Fuller aufhorchen.

»Worauf willst du hinaus, Hawk?«

Hawk blieb vor dem Bücherregal stehen und überflog einige der Titel.

»Darauf, dass das da meiner Ansicht nach keine Trophäen sind.« Er zeigte auf die fünf Asservatenbeutel am Boden, die die Bilderrahmen enthielten. »Das sind einfach nur Dekorationsgegenstände. Wenn der Kerl wirklich ein Trophäenzimmer hat, ist es nicht der Keller hier.« Er hielt inne und seufzte bedrückt. »Mit anderen Worten: Mach dich auf was gefasst, Fuller, denn wenn es ein Trophäenzimmer gibt, haben wir es noch nicht gefunden.«

## 27

Im Erdgeschoss hatte Team B, bestehend aus Agent Miguel Reyna und Agent Eric Goldstein, soeben die Durchsuchung des kleinen Badezimmers sowie des ersten Schlafzimmers abgeschlossen. Sie hatten in beiden Zimmern mehrere Fingerabdrücke sichergestellt, allerdings konnte Goldstein, der Fingerabdruck-Experte des Teams, bereits ohne eingehendere Analyse sagen, dass die Abdrücke identisch aussahen und somit höchstwahrscheinlich von derselben Person stammten. Ihre Größe legte zudem nahe, dass es sich um die Abdrücke eines Mannes handelte.

Im Abfluss der Dusche hatten sie mehrere kurze dunkelbraune Haare gefunden. Ein Test mit hochintensivem UV-Licht, den sie im ersten Zimmer sowie im Bad durchgeführt hatten, hatte keinerlei Spuren von Blut oder Sperma offenbart, nicht einmal kleine Blutspritzer im Waschbecken, etwa von einer Rasurverletzung. Auf dem WC-Sitz und darum herum hatten mehrere kleine und größere Flecken aufgeleuchtet, doch das war nicht weiter bemerkenswert. Urin ist stark fluoreszierend, wenn er mit ultraviolettem Licht bestrahlt wird.

Nur um ganz sicherzugehen, untersuchten sie auch die Wände mit UV-Licht. Es kam vor, dass Täter Blutflecke an den Wänden unter einem neuen Anstrich zu verbergen versuchten. Dadurch wurden sie zwar fürs bloße Auge unsichtbar, doch bei hochintensivem UV-Licht zeigten sie sich selbst unter einer Schicht Farbe.

Hier und da leuchteten an den Wänden im Flur ein paar Stellen auf. Reyna und Goldstein nahmen Proben von allen, allerdings war keiner der Flecken unter einer frischen Schicht Farbe verborgen, insofern war zu bezweifeln, dass es sich um Blut handelte.

Sie näherten sich dem letzten Zimmer am Ende des Flurs, dem großen Schlafzimmer. Vor der Tür blieben sie stehen. Ehe sie eintraten, ließen sie den Blick zunächst suchend durch den Raum schweifen.

Die wenigen Möbel darin waren billig und zusammengewürfelt, wie ein mit knappen Mitteln eingerichtetes Studentenzimmer. Das Doppelbett an der Wand sah aus, als stamme es aus einem Laden der Heilsarmee, dasselbe galt für die Matratze sowie die angegrauten Bett- und Kissenbezüge. Ein hölzerner Nachttisch ohne Schubfächer mit einer Leselampe darauf stand rechts neben dem Bett, ein alter zweitüriger Kleiderschrank mittig an der westlichen

Wand. Das einzige weitere Möbelstück war ein kleines, mit Büchern vollgestelltes Regal.

»Na ja, wenigstens dürfte es nicht allzu lange dauern«, meinte Reyna und streifte sich ein neues Paar Latexhandschuhe über.

»Gut«, sagte Goldstein. Trotz des Atemschutzes brannte ihm der beißende Mottenkugelgeruch allmählich in der Nase.

Wie schon in den vorangegangenen beiden Räumen begannen sie mit einem UV-Test; kaum hatten sie die Lampe eingeschaltet, erstrahlten die Bettlaken wie ein Weihnachtsbaum.

»Wen wundert's«, sagte Goldstein. »Das Zeug sieht aus, als wär's noch nie gewaschen worden.«

Eine Vielzahl von Körperausscheidungen – Sperma, Blut, Vaginalsekret, Urin, Speichel und Schweiß – sind unter hochintensivem UV-Licht fluoreszent, allerdings kann einem das Licht nicht sagen, um welche Art von Fleck es sich handelt. Dazu sind weitere Tests nötig. Zudem leuchten auch diverse andere Substanzen, wie beispielsweise säurehaltige Fruchtsäfte oder Zahnpasta, unter UV-Licht auf.

»Los, wir packen die Bezüge und das Laken ein«, beschloss Goldstein. »Soll sich das Labor darum kümmern.«

Rasch zog Reyna das Bettzeug ab und steckte alles in einzelne Asservatenbeutel. Die weiße Matratze unter den Laken wies keine sichtbaren Blutspuren auf, doch sie führten auch hier einen UV-Test durch. Wieder leuchteten einige Stellen, allerdings fanden sie nichts, was sie in Alarmstimmung versetzt hätte. Trotzdem nahmen Reyna und Goldstein von sämtlichen Flecken Proben und etikettierten sie.

Als sie damit fertig waren, widmete sich Goldstein dem kleinen Bücherregal, aus dem er vorsichtig jedes einzelne Buch herausnahm. Reyna blieb derweil beim Bett und untersuchte den Rahmen auf Fingerabdrücke. Als er um das Bett herumging, fiel ihm an der Seite der Matratze etwas auf – eine lange horizontale aufgenähte Klappe aus dickem weißen Stoff, der fast exakt dem Material des Matratzenbezugs entsprach, so dass sie kaum auffiel. Er runzelte die Stirn und riss dann das Stoffstück langsam von der Matratze ab. Darunter kam ein langer Schlitz zum Vorschein.

»Eric, komm und schau dir das an«, rief Reyna, aufgeregt gestikulierend.

Goldstein legte das Buch weg, das er gerade durchgesehen hatte, und gesellte sich zu seinem Kollegen.

»Was glaubst du, was das ist?«, fragte dieser und wies auf die Öffnung in der Matratze.

Goldsteins Augen weiteten sich. »Ein Geheimversteck.«

»Definitiv«, stimmte Reyna ihm zu, steckte die Finger in den Schlitz und zog ihn, so weit es ging, auseinander.

Goldstein bückte sich und leuchtete mit seiner Taschenlampe in die Öffnung. Keiner der beiden konnte weiter sehen als Reynas Hand.

»Ich schaue mal nach«, sagte Goldstein, legte die Taschenlampe hin und steckte langsam den rechten Arm bis zum Ellbogen in die Öffnung. Ganz vorsichtig begann er im Innern der Matratze herumzutasten. Links, rechts. Immer noch nichts.

»Vielleicht ist das, was mal drin gewesen ist, inzwischen nicht mehr da«, meinte Reyna.

Aber Goldstein wollte noch nicht aufgeben. Er beugte sich vor und zwängte seinen Arm bis zur Schulter in die Matratze. Diesmal musste er nicht erst lange tasten. Seine Finger streiften etwas Hartes.

Goldstein hielt inne und sah Reyna auf eine ganz bestimmte Art und Weise an.

»Hast du was?«, fragte der und legte den Kopf schief, um in den Spalt zu spähen. Er sah nichts.

»Warte kurz«, sagte Goldstein und machte die Finger lang, um den Gegenstand greifen zu können. Er war etwa zwölf Zentimeter dick.

»Pass auf«, sagte er. »Ich hab's gleich.« Er versuchte den Gegenstand herauszuziehen, bekam ihn aber nicht richtig zu fassen. »Warte«, sagte er erneut, und gleich darauf verschwand auch sein anderer Arm im Innern der Matratze. Die Arme schulterbreit auseinander, packte er den Gegenstand mit beiden Händen. »Fühlt sich an wie eine Art Kiste«, sagte er und begann ihn langsam herauszuziehen.

Reyna wartete.

»So, das hätten wir«, sagte Goldstein, als er den Gegenstand bis nach vorn zur Öffnung gezerrt hatte.

Reyna nahm die Hände weg. Er spürte ein eigenartiges Prickeln im Rücken.

Goldstein zog das Ding aus der Matratze und legte es zwischen sie auf den Boden. Es war tatsächlich eine hölzerne Kiste, etwa vierundsiebzig Zentimeter lang und fünfundfünfzig Zentimeter breit.

»Waffenkoffer«, meinte Reyna, allerdings ohne große Überzeugung.

Goldsteins buschige Augenbrauen schossen in die Höhe. Die Kiste bot in der Tat ausreichend Platz für eine Maschinenpistole vom Typ MP5, eine Uzi oder vielleicht zwei oder drei Handfeuerwaffen.

»Es gibt nur eine Möglichkeit, das rauszufinden«, sagte Goldstein.

Erstaunlicherweise hatte die Kiste kein Schloss, lediglich zwei altmodische Schnappverschlüsse. Goldstein ließ sie aufspringen und klappte den Deckel hoch.

In der Kiste befanden sich keine Waffen. Trotzdem stutzten die beiden und rissen die Augen auf.

Die Kiste war innen in zwei gleich große Fächer unterteilt.

Nach mehreren Sekunden Totenstille zückte Goldstein schließlich einen Kugelschreiber und begann damit vorsichtig den Inhalt der beiden Fächer auseinanderzuschieben.

»Heilige Scheiße«, wisperte er, dann sah er Reyna an. »Besser, wir holen Hawk.«

# 28

Um ein Uhr dreißig in der Nacht wurden Hunter und Agent Taylor zu einem außerordentlichen NCAVC-Meeting bestellt, das in einem schalldichten Konferenzzimmer im dritten Stock des BSU-Gebäudes abgehalten wurde. An einem langen Tisch aus polierter roter Eiche saßen vier Männer und drei Frauen. An der hinteren Wand war eine große Leinwand von der Decke heruntergelassen worden. Schon beim Eintreten spürte Hunter die drückende, sorgenvolle Atmosphäre – ein Eindruck, der durch die angespannten Mienen noch verstärkt wurde.

Direktor Adrian Kennedy saß am Kopfende des Tisches.

»Bitte kommen Sie herein und nehmen Sie Platz«, bat er Hunter, ohne aufzustehen, und deutete auf zwei freie Stühle neben sich, einen rechts, einen links.

Hunter nahm den Stuhl zu Kennedys Rechten.

»Gut. Beginnen wir mit einer kurzen Vorstellungsrunde«, richtete Kennedy das Wort an die übrigen Anwesenden. »Ich weiß, jeder hier ist mit Robert Hunters Doktorarbeit vertraut, aber dies ist vermutlich das erste Mal, dass Sie den Autor persönlich treffen.« Er warf einen Blick in Hunters Richtung und deutete dann der Reihe nach auf die am Tisch sitzenden Personen. »Jennifer Holden überwacht unser Computersystem PROFILER. Deon Douglas und Leo Hurst sind Teil unseres Programms zur investigativen Analyse von Straftaten, CIAP. Victoria Davenport arbeitet bei der Einheit zur Festnahme von Gewalttätern, VICAP. Dr. Patrick Lambert kennen Sie bereits, er ist Leiter unserer forensischen Psychiatrie, und Dr. Adriana Montoya ist eine unserer Chefpathologinnen.«

Die jeweils Genannten nickten Hunter schweigend zu, der den Gruß in derselben Weise erwiderte.

»Zu meiner Linken sitzt FBI Special Agent Courtney

Taylor«, sagte Kennedy. »Sie wird die Ermittlungen leiten.«

Erneutes Nicken.

»Ich habe mir erlaubt, Ihren Captain beim LAPD zu kontaktieren, Robert«, wandte er sich an Hunter. »Wir brauchen Sie für diesen Fall, und ich weiß, Sie wollen mit dabei sein, aber natürlich müssen wir uns an die Vorschriften halten. Es wurde bereits eine Eilanfrage gestellt und von beiden Seiten genehmigt. Damit sind Sie jetzt offiziell« – er zeichnete mit den Fingern Anführungszeichen in die Luft – »»ans FBI ausgeliehen«.« Er legte einen FBI-Ausweis mit Namen und Foto vor Hunter auf den Tisch. »Bis der Fall aufgeklärt ist, sind Sie Special Agent Robert Hunter.«

Bei der Bezeichnung zuckte Hunter ganz leicht zusammen. Den Ausweis rührte er nicht an.

»Also gut«, fuhr Kennedy, an die Runde gewandt, fort. »Ich entschuldige mich, dass ich Sie alle für ein so spätes, außerplanmäßiges Meeting hierherbestellt habe, aber die Entwicklungen des heutigen Tages stellen uns vor eine vollkommen neue Situation.« Er lehnte sich auf seinem Stuhl zurück, verschränkte die Finger und legte die Hände in den Schoß, ehe er das Wort direkt an Hunter und Taylor richtete.

»Dr. Lambert und ich waren heute während Ihres zweiten Gesprächs mit Lucien Folter im Beobachtungsraum.«

Das wunderte Hunter nicht. Er wusste, dass Taylor den Direktor noch vom Haus in Murphy aus über ihren grausigen Fund informiert hatte. Überdies hatte sie ihm per Smartphone Fotos der gerahmten Hautstücke sowie ein kurzes Video von Luciens Keller geschickt. Hunter hatte bereits damit gerechnet, dass Kennedy alle Termine für den Tag absagen und umgehend aus Washington nach Quantico kommen würde.

»Außerdem haben alle hier Anwesenden die Aufzeichnungen beider Gespräche in voller Länge angesehen«, setzte

Kennedy hinzu, ehe er Dr. Lambert ein Zeichen gab, woraufhin dieser das Wort ergriff.

»Die Verwandlung, die Mr Folter innerhalb weniger Stunden zwischen Vernehmung eins und Vernehmung zwei durchgemacht hat, ist frappant.« Er wirkte fast ein wenig beschämt. »Ich muss gestehen, dass ich nach dem ersten Gespräch, in dem er Ihnen die Geschichte seiner Drogenabhängigkeit erzählt hat, tatsächlich geneigt war, ihm zu glauben. Er hat mir leidgetan.«

Victoria Davenport von VICAP nickte verständnisvoll, bevor Dr. Lambert weitersprach.

»Ich habe ernsthaft die Möglichkeit in Betracht gezogen, dass Mr Folter das unwissende Werkzeug eines oder mehrerer sadistischer Killer geworden sein könnte. Dass er nichts weiter war als eine Spielfigur, ein Instrument in einem Plan, den er nicht durchschauen konnte.« Der Doktor fuhr sich mit der Hand durch seine schütteren weißen Haarsträhnen, die nie so am Kopf lagen, wie sie sollten. »In all meinen Jahren als forensischer Psychiater habe ich nur sehr wenige Menschen gesehen, die so überzeugend lügen konnten. Die meisten von ihnen litten an einer dissoziativen Identitätsstörung.« Er warf Hunter einen Blick zu. »Und Sie wissen, dass in diesem Fall davon keine Rede sein kann.«

Hunter stimmte Dr. Lambert zu, auch wenn er dies nicht laut äußerte. Lucien hatte keinerlei Anzeichen einer Identitätsstörung gezeigt. Nicht ein einziges Mal hatte er behauptet oder anderweitig durchblicken lassen, zwei oder mehrere Personen zu sein.

Wenn bei einem Menschen mit dissoziativer Identitätsstörung ein Wechsel zwischen einzelnen Persönlichkeiten stattfindet, so ergibt sich für Außenstehende der Eindruck, als stünden sie einem völlig neuen Individuum mit ganz eigenen Gefühlen, Erlebnissen und Erinnerungen gegenüber – Gefühle, Erlebnisse und Erinnerungen, die den anderen Persönlichkeiten nicht zugänglich wären. Litte Lucien unter einer solchen Störung und hätten sie es bei der zweiten Vernehmung mit einer anderen Persönlichkeit zu tun gehabt als bei der ersten, so hätte sich diese zweite Persönlichkeit gar nicht an die Inhalte der ersten Vernehmung erinnern können. Darüber hinaus wären die Verbrechen, die eine Persönlichkeit begangen hatte, den anderen völlig unbekannt. Auf Lucien traf nichts davon zu. Er hatte bei der zweiten Vernehmung noch präzise gewusst, wie er sich während der ersten Vernehmung verhalten und was er gesagt hatte.

»Nach allem, was ich gesehen habe«, sagte Dr. Lambert, »bleiben so gut wie keine Zweifel, dass Mr Folter während der ersten Vernehmung lediglich eine extrem komplexe, perfekt einstudierte Rolle gespielt hat. Der wahre Lucien Folter ist der, den wir in der zweiten Vernehmung gehört und gesehen haben – kalt, emotionslos, ein Psychopath. Jemand, der absolute Kontrolle über sich selbst und seine Handlungen ausübt.«

Nach diesen Worten hielt er kurz inne, ehe er fortfuhr. »Dass er im Zusammenhang mit diesem bizarren Unfall in Wyoming geschnappt wurde, war aller Wahrscheinlichkeit nach purer Zufall, aber dass er Detective Hunter und Agent Taylor auf die Spur seines Hauses in North Carolina gebracht hat – das war Absicht. Er wusste, dass sie dort die gerahmten Hautbilder finden würden. Und er wusste, dass Detective Hunter eins der Bilder wiedererkennen würde. Sein Handeln spiegelt ein hohes Maß an Grausamkeit und Arroganz wider, und es belegt, wie viel Stolz und Befriedigung er aus seinen Taten schöpft.« Lambert machte eine kurze Pause, um Luft zu holen. »Wir haben es hier mit jemandem zu tun, der es liebt, anderen Menschen Schmerzen zuzufügen ... körperliche wie seelische.«

# 29

Nachdem Dr. Lambert geendet hatte, machte sich im Raum eine leichte Unruhe breit.

Kennedy nutzte die Gelegenheit, um der Pathologin Dr. Adriana Montoya einen auffordernden Blick zuzuwerfen. Sie hatte kurzes schwarzes Haar, aparte haselnussbraune Augen und volle Lippen. Am Hals, dicht unter ihrem linken Ohr, trug sie das winzige Tattoo eines gebrochenen Herzens.

»Die DNA-Analyse wird voraussichtlich noch ein paar Tage dauern«, begann sie, wobei sie sich nach vorn beugte und die Ellbogen auf dem Tisch abstützte. »Aber vielleicht bekommen wir heute noch die Ergebnisse des Haut-Pigmentierungstests und der Epidermis-Analyse zurück. Ich vermute, sie werden zeigen, dass die Hautstücke von fünf unterschiedlichen Individuen stammen.« Eine kurze Pause. »Wenn das der Fall ist, bringt uns das auf vorläufig sieben Opfer. Damit wäre Lucien Folter bereits ein überdurchschnittlich aktiver Serienmörder. Einer, von dem das FBI bis vor einer Woche nicht einmal Kenntnis hatte. Im Übrigen bin ich geneigt, Dr. Lambert zuzustimmen: Das Ausmaß an Grausamkeit und Brutalität seiner Taten ist schockierend. Die beiden Opfer aus dem Kofferraum wurden enthauptet, die fünf aus dem Keller gehäutet.« Sie schüttelte leicht den Kopf, während sie darüber nachdachte. »Und wie er selbst sagte: *Das ist erst der Anfang.*«

Hunter fiel auf, dass Kennedys Körperhaltung nach Dr. Montoyas kurzer Rede noch verkrampfter war als zuvor. Er fragte sich, warum.

Leo Hurst von CIAP – Anfang vierzig, bullige Statur, finsterer Blick – blätterte eine Seite in den Unterlagen um, die er vor sich liegen hatte. Es war eine Mitschrift beider Vernehmungen.

»Der Kerl ist schlau«, sagte er. »Er weiß, dass das FBI nicht mit Psychopathen verhandelt. Wir diktieren die Spielregeln. Keine Ausnahmen. Dummerweise hat er es jetzt geschafft, die Situation zu seinen Gunsten zu drehen, und es gibt nichts, was wir dagegen tun könnten. Er weiß, dass wir nach seiner Pfeife tanzen müssen, weil der Hauptfokus der Ermittlungen logischerweise nicht mehr auf der Verhaftung eines Verdächtigen liegt, sondern auf der Identifizierung seiner Opfer.«

Die anderen hörten aufmerksam zu.

»Also. Gesetzt den Fall, er hat gelogen, als er sagte, dass dies erst der Anfang ist«, fuhr Hurst fort. »Und gesetzt den Fall, dass es nicht mehr als diese sieben Opfer gibt. Prinzipiell besteht die Möglichkeit, dass wir alle sieben auch ohne seine Hilfe identifizieren. Das hängt natürlich davon ab, was die DNA-Analyse ergibt und ob sie in die nationale Vermisstendatenbank eingetragen wurden.« Er kratzte sich die Stelle über der Nase zwischen seinen sehr dünnen Augenbrauen. »Aber selbst wenn uns das gelänge, bliebe immer noch Problem Nummer zwei.«

»Die Leichen zu finden«, sagte Kennedy und sah Hunter für einen flüchtigen Moment an.

»Genau«, bekräftigte Deon Douglas, Hursts Kollege von CIAP. Er war Afroamerikaner, ebenfalls um die vierzig, mit kahlrasiertem Schädel und einem modischen Ziegenbärtchen, das aussah, als bedürfe es aufwendiger Pflege. »Die Familien wollen bestimmt Gewissheit haben. Sie wollen die Leichen ihrer Lieben – oder welche Überreste man auch immer von ihnen finden wird – in Würde begraben. Und Folter weiß genau, dass wir so gut wie keine Chance haben, die Leichen zu finden, wenn er sich weigert, mit uns zu kooperieren.«

Wieder fiel Hunter auf, wie steif und unbehaglich Kennedy dasaß. Das brachte ihn ins Grübeln. Adrian Kennedy war ein Veteran des FBI. Die Verbrechen – oder Verbrecher –, die ihn aus der Fassung brachten, seien sie auch noch so brutal, mussten erst noch erfunden werden. Offenbar gab es etwas, das Kennedy ihnen nicht sagen wollte. Zumindest im Moment noch nicht.

»Vielleicht lügt er ja wirklich, und es gibt gar keine weiteren Opfer«, meldete sich Jennifer Holden zu Wort. »Wie Sie eben gesagt haben«, sie deutete mit einem Kopfnicken auf Leo Hurst, »er ist schlau. Ihm ist doch klar, dass er nur so eine Bemerkung zu machen braucht, und schon sitzt er am längeren Hebel. Vielleicht sollten wir ihn einem Lügendetektortest unterziehen.«

Hunter schüttelte den Kopf. »Selbst wenn er lügt, würde er den Lügendetektor mit Leichtigkeit austricksen.«

»Er würde einen Lügendetektor austricksen?«, fragte Jennifer Holden ungläubig.

»Ja«, sagte Hunter im Brustton der Überzeugung. »Vor fünfundzwanzig Jahren habe ich mit eigenen Augen gesehen, wie er es gemacht hat, einfach so zum Zeitvertreib, und wahrscheinlich ist er in der Zwischenzeit nur noch besser geworden.«

Einige der Anwesenden warfen sich bedeutungsvolle Blicke zu.

»Sie haben doch alle die Aufnahmen von der ersten Vernehmung gesehen«, führte Hunter aus. »Selbst die Gesichtsanalyse-Software hat keine signifikanten Veränderungen in seinem Ausdruck feststellen können. Ich habe den Eindruck, dass Lügen bei Lucien überhaupt keine nennenswerten physiologischen Reaktionen hervorruft. Pupillenweite und Atmung waren die ganze Zeit über praktisch konstant. Ich bin sicher, er hat sich das antrainiert, und es würde mich nicht wundern, wenn er selbst die Porengröße und Rötung seiner Haut beeinflussen könnte. Wahrscheinlich spekuliert er sogar auf einen Lügendetektortest. Das wäre ein Spaziergang für ihn.«

Dr. Lambert nickte zustimmend. »Über einen langen

Zeitraum hinweg überzeugende und komplexe Lügenge-
bäude aufrechtzuerhalten, das schaffen nur sehr wenige
Menschen mit der entsprechenden Prädisposition. Es erfordert Kreativität, Intelligenz, Selbstkontrolle, ein hervorragendes Gedächtnis und meistens auch viel Improvisations-
talent. Wohlgemerkt, ich rede hier nur über ganz normale
Umstände. Wenn jemand in Gegenwart einer Autoritätsper-
son, wie zum Beispiel eines Polizisten oder FBI-Agenten, lügen will, im Wissen, dass seine Freiheit davon abhängt,
dann müssen diese Fähigkeiten noch um ein Vielfaches
stärker ausgeprägt sein. Wenn man betrachtet, wie glaub-
haft Lucien Folter in seiner ersten Vernehmung gelogen
hat, kann man sich an fünf Fingern abzählen, dass er einen
Lügendetektortest mit fliegenden Fahnen bestehen würde.«

»Denken Sie denn, er hat gelogen mit der Behauptung,
dies wäre erst der Anfang?«, wollte Taylor von Hunter wissen.

»Nein, das denke ich nicht. Aber was ich oder irgendjemand von uns denkt, ist vollkommen irrelevant. Wie Leo
sagte, Lucien ist schlau. Er weiß genau: Nach allem, was wir
heute herausgefunden haben, können wir uns keine Zweifel leisten. Im Moment bestimmt er, wo es langgeht.«

Darauf sagte niemand etwas, weil niemand etwas zu sagen wusste.

Hunter nahm das Schweigen zum Anlass, sich an den
Mann zu wenden, der neben ihm am Kopfende des Tisches
saß.

»Wie läuft es mit der Haussuchung, Adrian?«, erkundigte er sich. »Schon Neuigkeiten?«

Kennedy sah ihn an, als hätte Hunter seine Gedanken
gelesen.

Es folgte eine spannungsgeladene Pause.

»Nun ja«, sagte Kennedy schließlich. »Das ist der wahre
Grund, weshalb wir hier sind. Die Suchmannschaft hat in
Lucien Folters Schlafzimmer etwas sichergestellt. Es war in
seiner Matratze versteckt.«

Die Spannung im Raum stieg an.

Alle warteten.

»Und zwar das hier.«

Kennedy drückte einen Knopf an der kleinen Fernbedienung, die er vor sich auf dem Tisch liegen hatte, woraufhin auf der Leinwand ein Foto der hölzernen Kiste erschien, die Reyna und Goldstein gefunden hatten. Noch war sie verschlossen.

»Sieht nach einem Waffenkoffer aus«, spekulierte Deon Douglas. »Groß genug für eine Maschinenpistole oder ein zerlegtes Scharfschützengewehr. Wurde sie schon geöffnet?«

Kennedy nickte. »Leider wurde keine Waffe darin gefunden«, antwortete er.

»Sondern?«, fragte Taylor.

Kennedys Blick ging einmal in die Runde und verweilte schließlich bei Hunter. Dann betätigte er erneut die Fernbedienung. »Das hier.«

# 30

Obwohl kein Licht mehr brannte und tiefe Dunkelheit ihn umgab, lag Lucien Folter in seiner Zelle im Untergeschoss fünf des BSU-Gebäudes noch wach. Seine Augen waren geöffnet, und er starrte wie gebannt an die Decke, als liefe dort ein packender Film, den nur er allein sehen konnte. Diesmal allerdings befand er sich nicht in einer seiner meditativen Trancen. Die Zeit zum Meditieren war vorbei. Nein, er ordnete seine Gedanken. Brachte die einzelnen Elemente seines Plans in die richtige Reihenfolge.

*Einen Schritt nach dem anderen*, mahnte er sich. *Mache immer einen Schritt nach dem anderen, Lucien.*

Schritt eins war ein voller Erfolg gewesen.

Was hätte Lucien nicht alles darum gegeben, Hunters Gesicht sehen zu können, als er den Keller des Hauses in Murphy betreten und erkannt hatte, dass die Bilder an der Wand keine gewöhnlichen Bilder waren. Was hätte er nicht darum gegeben, dabei zu sein, als Hunter schließlich Susans Tattoo wiedererkannt hatte.

*Ja, das wäre ein kleines Vermögen wert gewesen.*

Er spürte, wie ihm ganz warm wurde, als er an seinen letzten Abend mit Susan zurückdachte. Er konnte sich noch an den lieblichen Duft ihres Parfüms erinnern, daran, wie weich sich ihr Haar angefühlt hatte, wie glatt ihre Haut gewesen war. Er erlaubte sich, noch einen Augenblick lang in diesen Erinnerungen zu schwelgen, ehe er sie beiseiteschob.

Er fragte sich, wie lange die Suchmannschaft des FBI wohl brauchen würde, um die Kiste zu finden, die er in seinem Schlafzimmer in der Matratze versteckt hatte.

*Wenn sie gut sind, vermutlich nicht sehr lange.*

Instinktiv begann er den Inhalt der Kiste im Kopf durchzugehen. Das erregte ihn so sehr, dass sich seine Lippen zu einem kleinen, stolzen Lächeln verzogen. Er erinnerte sich noch an jedes einzelne Stück. Dabei waren die Kiste und ihr Inhalt nichts im Vergleich zu dem, was noch folgen würde. Sie würden sich alle noch wundern.

Lucien unterdrückte sein Lächeln und schloss endlich die Augen.

*Einen Schritt nach dem anderen, Lucien. Einen Schritt nach dem anderen.*

# 31

Das nächste Bild, das auf der Leinwand erschien, war ebenfalls ein Foto von der hölzernen Kiste, diesmal allerdings mit aufgeklapptem Deckel. Man konnte klar und deutlich erkennen, dass das Innere der Kiste in zwei Fächer unterteilt war. Wie auf ein geheimes Stichwort hin reckten alle mit Ausnahme von Adrian Kennedy die Hälse und spähten hochkonzentriert in Richtung Leinwand.

Im Fach auf der rechten Seite befand sich etwas, das auf den ersten Blick wie ein Haufen bunter Stoffreste aussah. Das linke Fach war voll mit Schmuck.

Schweigen.

Zusammengekniffene Augen.

Stühlerücken.

»Ist das Damenunterwäsche?«, fragte Agent Taylor schließlich und deutete auf das rechte Fach.

»Warten Sie, ich zeige es Ihnen«, sagte Kennedy und betätigte ein weiteres Mal die Fernbedienung.

Erneut wechselte das Bild. Auf dem folgenden war nun ausschließlich der Inhalt der Kiste zu sehen, sortiert und auf einem weißen Untergrund in Reihen angeordnet.

Taylor hatte recht gehabt: Bei den Stoffstücken aus dem rechten Fach handelte es sich in der Tat um Damenunterwäsche – Slips, um genau zu sein, in allen nur erdenklichen Farben, Größen und Designs. Und nun, da die einzelnen Teile übersichtlich ausgebreitet waren, wurde ein weiteres Detail sichtbar, das zuvor nicht zu erkennen gewesen war. An zahlreichen der Slips klebte getrocknetes Blut.

Der Schmuck aus dem linken Fach war ebenfalls auf einem flachen Untergrund ausgebreitet und nach Art der Schmuckstücke geordnet worden. Ringe, Ohrringe, Halsketten, Armbänder, Uhren – sogar ein paar Bauchnabelpiercings waren darunter.

Die Luft im Konferenzraum schien mit einem Mal schal, ja fast toxisch geworden zu sein.

»Im rechten Fach haben wir insgesamt vierzehn Damenslips gefunden«, sagte Kennedy und stand auf. »Von denen wiesen elf Blutflecke auf.« Er ließ seine Worte einen Augenblick sacken, ehe er fortfuhr. »Sämtliche Gegenstände wurden bereits in unser forensisches Labor geschickt. Die Größe der Kleidungsstücke reicht von XS, beziehungsweise Größe 32/34, bis L, also etwa Größe 46, womit wohl zweifelsfrei belegt wäre, dass sie von unterschiedlichen Personen stammen.«

»Liegt ja auch auf der Hand«, murmelte Hunter. Die Bemerkung war eher ein Reflex, ein laut ausgesprochener Gedanke, als ein für die anderen bestimmter Kommentar.

Kennedy horchte dennoch auf.

»Entschuldigung, was sagten Sie, Robert?«

Hunter zögerte kurz. Dann: »Das da sind Trophäen, Adrian, und ich bin mir sicher, alle hier im Raum wissen, dass Sammler gemeinhin von jedem ihrer Opfer nur eine Trophäe zurückbehalten.«

Die Antwort war ein zustimmendes Nicken. Angefangen bei der Person rechts neben Hunter, wanderte es wie eine Welle einmal um den Tisch herum, bis es schließlich bei Taylor ankam.

Trophäensammler behalten tatsächlich in aller Regel nur einen Gegenstand von jedem ihrer Opfer. Üblicherweise handelt es sich dabei um einen sehr persönlichen Gegenstand, denn ein solcher ist am besten dazu geeignet, im Täter intensive Erinnerungen an das Opfer und den Mord wachzurufen und ihn erneut das damit verbundene Machtgefühl erleben zu lassen.

Als Trophäen wählen Täter oft Unterwäsche, weil sie direkten Hautkontakt mit dem Opfer – genauer: mit den Sexualorganen des Opfers – hatte und dem Stoff der Körpergeruch anhaftet. Einige Täter glauben sogar, an einem solchen Kleidungsstück die Angst ihres Opfers noch Monate später riechen zu können – bei entsprechender Lagerung sogar Jahre später. Das verstärkt das emotionale Nacherleben der Tat, denn bei vielen Tätern löst die Angst ihrer Opfer Erregung aus, ob nun sexueller oder anderer Art. Dieser Logik folgend, wäre es sinnlos, zwei oder mehr Gegenstände desselben Opfers zu behalten, da sich dadurch die Befriedigung, die der Täter im Erinnern an seine Tat empfindet, nicht steigern würde. Ein Souvenir ist für diesen Zweck in der Regel mehr als ausreichend.

»Detective Hunter hat recht«, sagte Dr. Lambert. »Es hätte wenig Sinn, mehrere Souvenirs von einem Opfer zu behalten.«

»Großer Gott!«, rief Jennifer Holden von PROFILER aus. »Heißt das etwa, dass es vielleicht noch vierzehn weitere Opfer gibt – zusätzlich zu den sieben, die wir ohnehin schon haben?«

»Sechsundzwanzig weitere Opfer«, korrigierte Hunter sie und deutete auf den Schmuck.

Sechs weit aufgerissene Augenpaare richteten sich auf ihn.

Kennedy und Dr. Lambert waren die Einzigen, denen kein Erstaunen anzumerken war.

»Und auch damit liegt er richtig«, sagte Dr. Lambert in die Runde. »Im Sinne der eben erwähnten Theorie wäre es für Mr Folter vollkommen überflüssig, zusätzlich zu der Unterwäsche auch noch ein Schmuckstück von seinem Opfer zu behalten.« Er deutete zur Leinwand. »Wir haben zwölf Schmuckgegenstände, und da man mit relativer Gewissheit davon ausgehen kann, dass der Schmuck von anderen Opfern stammt als die Wäsche, erhöht sich damit die Zahl der Opfer auf sechsundzwanzig. Dazu kommen noch die Funde aus dem Kofferraum und dem Keller. Insgesamt bringen wir es also bis jetzt auf möglicherweise dreiunddreißig Opfer.«

Einige schüttelten die Köpfe, andere seufzten beklommen, wieder andere murmelten halblaut miteinander.

»Und da wäre noch etwas«, warf Hunter ein.

Wieder wandten sich ihm alle zu.

»Zwei der Ringe, alle drei Uhren und eine der Halsketten sind kein Frauenschmuck.«

Die Köpfe bewegten sich zurück in Richtung Leinwand.

»Falls die Gegenstände also tatsächlich von seinen Opfern stammen«, fuhr Hunter fort, »sieht es ganz so aus, als hätte Lucien nicht nur Frauen gemordet.«

## 32

Um Punkt sieben Uhr dreißig öffnete sich die schwere Stahltür zum Zellentrakt. Der Gang dahinter war breit, hell erleuchtet und etwa fünfundsiebzig Meter lang. Die Betonziegelwand auf der rechten Seite war in stumpfem Grau gestrichen, und der glänzende Kunstharzfußboden hatte fast dieselbe Farbe, er war lediglich eine Nuance dunkler. Am Boden des Ganges nahe den Wänden verliefen gelbe Linien. Die linke Wand bestand aus einer Reihe von insgesamt zehn Hochsicherheitszellen. Sie waren voneinander durch Wände getrennt, die mit drei Metern ebenso dick waren wie die Zellen groß. Gitterstäbe gab es nicht, stattdessen bestand die vordere Wand der Zellen aus einer sehr dicken bruchsicheren Plexiglasscheibe. In der Scheibe befand sich in ungefähr ein Meter fünfundsechzig Höhe ein Cluster aus acht kleinen Löchern von jeweils etwa anderthalb Zentimetern Durchmesser, durch die man sich unterhalten konnte. Alle Zellen waren leer und dunkel, mit Ausnahme der letzten.

Hunter und Taylor traten durch die Tür in den widerhallenden Gang ein. Obwohl sie nun schon einige Jahre beim FBI arbeitete und oft im BSU-Gebäude zu tun gehabt hatte, betrat Taylor an diesem Morgen zum allerersten Mal das Untergeschoss fünf. Auch Hunter war noch nie hier gewesen.

In dem langen Gang herrschte eine finstere, ja geradezu unheilvolle Atmosphäre, als hätten sie die Schwelle zwischen Gut und Böse überschritten. Die Luft war eine Idee zu kalt, eine Idee zu schwer, eine Idee weniger angenehm zu atmen.

Taylor gab sich alle Mühe, den Schauer zu unterdrücken, der ihr über den Rücken lief, als sie auf die letzte Zelle zugingen. Es gelang ihr nicht. Irgendetwas an diesem Ort erinnerte sie an die Geisterhäuser zu Halloween, in denen sie sich als Kind immer so gegruselt hatte.

»Ich weiß ja nicht, wie's Ihnen geht«, sagte sie und straffte die Schultern. »Aber ich würde das hier viel lieber oben im Vernehmungszimmer machen.«

»Leider haben wir nicht die Wahl«, gab Hunter zurück. Ihre Schuhsohlen knallten bei jedem Schritt auf dem glatten, harten Boden. Plötzlich blieb er stehen und wandte sich zu Taylor um. »Courtney, ich sage Ihnen jetzt was über Lucien.« Seine Stimme war kaum lauter als ein Flüstern; er wollte nicht, dass sie bis zur letzten Zelle trug. »Er hat immer schon gern Spiele gespielt – Psychospiele. Er war früher sehr gut darin, und in der Zwischenzeit ist er wahrscheinlich noch besser geworden. Ich bin mir ziemlich sicher, dass er eher Sie ins Visier nehmen wird als mich. Er wird versuchen, Sie mit Kommentaren, Andeutungen, Beleidigungen und dergleichen aus dem Gleichgewicht zu bringen. Manches davon wird garantiert ziemlich widerlich. Seien Sie einfach darauf vorbereitet, in Ordnung? Lassen Sie sich nicht von ihm provozieren. Wenn er es schafft, in Ihren Kopf zu kriechen, dann reißt er Sie in Stücke.«

Taylor machte ein Gesicht, als wisse sie all dies bereits.

»Ich bin erwachsen, Robert. Ich kann auf mich selbst aufpassen.«

Hunter nickte. Er konnte nur hoffen, dass sie sich nicht irrte.

## 33

Am Ende des Ganges direkt vor der letzten Zelle standen schon zwei Metallklappstühle bereit.

Lucien Folter lag reglos und mit geöffneten Augen auf seinem Bett und starrte an die Decke. Als er Schritte kommen hörte, stand er auf, drehte sich zur Plexiglasscheibe und wartete. Seine Haltung war gänzlich entspannt, und er fühlte sich auch so. Auf seinen Zügen spiegelte sich nicht der Hauch einer Emotion. Wenige Sekunden später tauchten Hunter und Taylor in seinem Blickfeld auf, und die Maske der Ausdruckslosigkeit verschwand wie bei einem routinierten Schauspieler, der soeben das Stichwort für seine große Szene bekommen hat.

Er begrüßte sie mit einem herzlichen Lächeln.

»Willkommen in meinem neuen Zuhause«, sagte er gelöst und sah sich um. »Auch wenn es nur vorübergehend ist.«

Die Zelle war gut drei Meter breit und vier Meter tief. Genau wie im Gang draußen bestanden die Wände aus grau gestrichenen Betonziegeln. Außer dem Bett, das links an der Wand angebracht war, gab es nur noch eine Toilettenschüssel und ein Waschbecken im hinteren Bereich der Zelle sowie an der rechten Wand einen kleinen Metalltisch nebst Bank, beides fest mit dem Fußboden verschraubt.

Als wollte er eine Geschäftsbesprechung einleiten, deutete Lucien auf die zwei Stühle im Gang.

»Bitte, setzt euch doch.«

Er wartete, bis Hunter und Taylor Platz genommen hatten, erst dann hockte er sich auf die Bettkante.

»Halb acht«, sagte Lucien. »Ich fange gerne zeitig an. Du auch, wenn ich mich recht erinnere, Robert. Immer noch Schlafprobleme?«

Hunter antwortete nicht, aber seine Hyposomnie war kein Geheimnis – jedenfalls keins, das er mit Absicht verschwieg. Bereits im Alter von sieben Jahren, kurz nachdem seine Mutter an Krebs gestorben war, hatte er die ersten schlaflosen Nächte gehabt.

Da es nach ihrem Tod außer seinem Vater niemanden mehr in seinem Leben gab, musste er praktisch allein mit dem Verlust der Mutter fertigwerden. Er lag oft nachts wach, zu traurig, um einzuschlafen, zu verängstigt, um die Augen zu schließen, zu stolz, um zu weinen.

Kurz nach der Beerdigung seiner Mutter fing er an, sich vor seinen Träumen zu fürchten. Jedes Mal, wenn er die Augen zumachte, sah er ihr tränenüberströmtes, schmerzverzerrtes Gesicht vor sich, hörte sie um Hilfe flehen und darum betteln, endlich sterben zu dürfen. Er sah ihren einstmals gesunden Körper, so ausgezehrt und schwach, dass sie sich nicht einmal mehr aus eigener Kraft im Bett aufsetzen konnte. Er sah ein Gesicht, das früher so schön gewesen war, mit dem strahlendsten Lächeln und den wärmsten Augen, die man sich überhaupt vorstellen konnte, und das nun kaum noch wiederzuerkennen war. Und trotzdem hatte er nie aufgehört, dieses Gesicht zu lieben.

Der Schlaf und die Träume wurden zu einem Gefängnis, dem er mit allen Mitteln zu entkommen versuchte. Schlaflosigkeit war die logische Antwort seines Körpers und seines Gehirns, mit der Angst und den schrecklichen Alpträumen umzugehen, die ihn nachts quälten. Es war ein simpler, aber wirksamer Schutzmechanismus.

Lucien musterte mehrere Sekunden lang Hunters und Taylors Mienen. »Du hast immer noch ein ziemlich gutes Pokerface, Robert«, sagte er und wedelte mit dem Finger in Hunters Richtung. »Ich würde sogar sagen, es ist besser geworden; Sie hingegen, Agent Taylor« – sein Finger bewegte sich zu ihr –, »sind generell auf einem guten Weg, aber noch nicht ganz angekommen. Ich nehme an, Sie haben die Kiste gefunden? Sehen Sie, Agent Taylor.« Wieder verzogen sich Luciens Lippen zu einem Lächeln. »Dieser kurze Blick, den Sie Robert da eben zugeworfen haben, hat meine Vermutung bestätigt. Sie müssen noch einiges lernen.«

Taylor gab sich unbeeindruckt.

Luciens Lächeln wurde breiter.

»Wissen Sie, Agent Taylor«, fuhr er fort, »schon ein Pokerface erfordert viel Übung. Aber sich eine falsche Fassade zuzulegen erfordert noch wesentlich mehr, stimmt's nicht, Robert?«

Lucien wusste, dass Hunter ihm keine Antwort geben würde, also redete er gleich weiter. »Selbst du musst zugeben, dass ich es darin mittlerweile zur Perfektion gebracht habe. Du dachtest, du wärst in der Lage, mir anzusehen, wenn ich lüge, oder?« Er holte Luft. »Und das warst du auch. Früher. Jetzt nicht mehr.« Lucien hielt inne und kratzte sich am Kinn. »Warte mal. Wie ging das noch gleich? Ach ja ... so.«

Lucien sah Hunter in die Augen, und plötzlich wurde sein Blick ein klein wenig schärfer, angestrengter. Dann zuckte für den Bruchteil einer Sekunde sein linkes Unterlid kaum merklich nach oben. Jemandem, der nicht genau darauf achtete, wäre es nie im Leben aufgefallen.

»Haben Sie das mitgekriegt, Agent Taylor?« Lucien schickte seiner Frage ein Lächeln hinterher. »Natürlich nicht – aber grämen Sie sich nicht deswegen. Das ist nicht Ihre Schuld. Sie hatten ja keine Ahnung, wonach Sie Ausschau halten sollen oder wo Sie hinschauen müssen.« Sein

Blick glitt zu Hunter. »Robert *ist* es aufgefallen, weil er genau wusste, dass er auf meine Augen achten muss, insbesondere mein linkes. Ich mache es noch mal, diesmal ein bisschen langsamer. Nicht zwinkern, sonst verpassen Sie es, Agent Taylor.«

Er wiederholte die Bewegung, diesmal mit einem Maß an Körperkontrolle, das geradezu beängstigend war.

»Du hast mich selber darauf aufmerksam gemacht, Robert. Auf dem College, nach einer Party, weißt du noch? Wir waren beide ein bisschen angetrunken, und wahrscheinlich hast du gedacht, ich würde es gleich wieder vergessen.«

Hunter bemühte sein Gedächtnis, und eine vage Erinnerung trieb an die Oberfläche.

»Aber ich *habe* es nicht vergessen«, fuhr Lucien fort. »Du meintest damals, es wäre praktisch unsichtbar und würde niemandem auffallen. Aber *dir* ist es immer aufgefallen. Du hattest immer schon ein hervorragendes Auge für solche Details, Robert. Ich weiß, es ist mir nicht oft passiert, jedenfalls nicht, wenn es nur um eine kleine Notlüge ging. Aber wenn es was Ernstes war ... tja, dann hat mich dieses Augenzucken jedes Mal überführt.« Lucien rieb sich mit Daumen und Zeigefinger ein paarmal über die Augen. »Also habe ich vor dem Spiegel geübt und geübt und geübt – so lange, bis ich es im Griff hatte. Bis es kein verräterisches Zucken mehr gab. Es hat gedauert, ziemlich lange sogar, aber irgendwann konnte ich es kontrollieren. Mittlerweile bin ich sogar so gut, dass ich mir jederzeit einen neuen Tick zulegen kann, um die Leute in die Irre zu führen. Ein erschreckender Gedanke, nicht wahr?«

Hunter und Taylor schwiegen.

»Mir war klar, dass du nach dem Augenzucken Ausschau halten würdest, Robert. Ich konnte spüren, wie du dich konzentriert hast, um mich zu lesen.« Erneut ein Lächeln. »Verdammt, ich war gut, oder? Eine oscarreife Vorstellung.« Übergangslos wechselte Lucien das Thema. »Ich würde euch ja was zu trinken anbieten«, sagte er, »aber alles, was ich habe, ist Leitungswasser, außerdem gibt es nur einen Becher.« Es entstand eine unangenehme Pause, während der er seine beiden Vernehmer musterte. »Kaffee wäre nett, aber damit kann ich leider nicht dienen.« Sein auffordernder Blick galt Taylor.

Diese verstand den Wink, schaute zur Überwachungskamera an der Decke hoch und nickte einmal.

»Schwarz, ohne Zucker, wenn's keine Umstände macht«, ergänzte Lucien und sah ebenfalls in die Kamera, ehe er sich wieder Hunter und Taylor zuwandte. »Also, ich erkläre Ihnen jetzt, wie die Sache ablaufen wird. Ich erlaube Ihnen, mir einige Fragen zu stellen, auf die ich wahrheitsgemäß antworten werde. Das ist mein voller Ernst, ich werde nicht lügen. Danach darf ich eine Frage stellen. Wenn ich das Gefühl habe, dass Sie mir keine ehrliche Antwort gegeben haben, ist die Vernehmung für die nächsten vierundzwanzig Stunden vorbei, und wir fangen am nächsten Tag neu an. Ich sage Ihnen die Wahrheit, Sie sagen mir die Wahrheit. Was meinen Sie, klingt das fair?«

Taylor runzelte die Stirn. »Sie wollen uns Fragen stellen? Fragen worüber?«

Ihre Reaktion amüsierte Lucien.

»Information ist Macht, Agent Taylor. Ich fühle mich gerne mächtig, Sie nicht?«

Sie alle hörten das Summen der Tür am anderen Ende des Ganges. Ein US-Marine mit einem Becher dampfendem Kaffee in der Hand steuerte auf sie zu. Taylor nahm den Becher von ihm entgegen, stellte ihn auf die in der Plexiglasscheibe angebrachte Kostklappe und schob ihn in die Zelle.

»Recht herzlichen Dank, Agent Taylor«, sagte Lucien und nahm den Becher. Er hob ihn an die Nase und atmete tief ein, ehe er daran nippte. Falls der Kaffee zu heiß war, ließ er es sich nicht anmerken. »Sehr gut.« Er nickte anerkennend. »Also«, sagte er dann und setzte sich wieder hin. »Beginnen wir mit der großen Offenbarung. Wie lautet Ihre erste Frage?«

## 34

Hunter hatte seinen alten Freund schweigend beobachtet, seit er und Taylor bei der Zelle angekommen waren. An diesem Morgen wirkte Lucien noch siegessicherer und selbstherrlicher als tags zuvor, allerdings war das kaum verwunderlich. Er wusste eben genau, dass er am längeren Hebel saß. Er wusste, dass alle bis auf weiteres nach seiner Pfeife tanzen mussten, und das schien ihm eine enorme Genugtuung zu bereiten. Aber das war noch nicht alles. Da war etwas Neues zu Luciens Persönlichkeit hinzugekommen – eine brennende Leidenschaft, ja sogar Stolz, als sei es sein aufrichtigster Wunsch, dass alle Welt die Wahrheit über seine Taten erfuhr.

Taylor warf einen raschen Blick zu Hunter, der allerdings keine Anstalten machte, etwas auf Luciens Frage zu erwidern.

»Bislang haben wir Hinweise gefunden, die nahelegen, dass Sie möglicherweise dreiunddreißig Morde begangen haben«, begann sie. Ihr Tonfall war neutral und gemessen. Sie wich Luciens Blicken nicht aus. »Ist das korrekt, oder gibt es weitere Opfer, von denen wir noch nichts wissen?«

Lucien nippte erneut an seinem Kaffee, ehe er gleichmütig mit den Schultern zuckte.

»Das ist eine sehr gute erste Frage, Agent Taylor. Sie versuchen abzuwägen, wie schrecklich die Bestie ist, mit der Sie es zu tun haben.« Er legte den Kopf ein wenig in den Nacken und strich sich mit dem Zeigefinger vom Adamsapfel hinauf zum Kinn, als rasiere er sich. »Aber beantworten Sie mir Folgendes: Wenn ich nur einen Menschen ermordet hätte, ganz gleich ob es nun ein besonders brutaler Mord war oder nicht, wäre ich dann ein weniger großes Monster, als wenn ich dreiunddreißig ermordet hätte? Oder dreiundfünfzig oder hundertdrei?«

Taylor blieb gelassen. »Ist das eine von Ihren Fragen an uns?«

Lucien schmunzelte. »Nein, ist es nicht. Ich war bloß neugierig. Aber egal, denn wie ich sagte, Agent Taylor: Es war eine gute erste Frage. Es war nur leider nicht die richtige. Und das ist enttäuschend, noch dazu von einer erfahrenen FBI-Agentin wie Ihnen. Da hätte ich wirklich mehr erwartet.« Er bedachte sie mit einem verächtlichen Blick. »Aber es macht mir nichts aus, Sie ein bisschen an die Hand zu nehmen. Schließlich ist das Leben ein einziger Lernprozess, nicht wahr, Agent Taylor?«

Taylor sagte nichts, doch in ihren Augen flammte verhaltener Zorn auf.

»Ihre erste Frage hätte zielgerichteter sein müssen. Sie hätte sich auf den Hauptgrund Ihres Hierseins beziehen müssen. Ihre Frage hätte so formuliert sein müssen, dass Sie anhand meiner Antwort sofort gewusst hätten, ob Sie mit mir Ihre Zeit vergeuden oder nicht.« Lucien trank erneut einen Schluck von seinem Kaffee, bevor er sich an Hunter wandte. »Mal schauen, ob wir ihr auf die Sprünge helfen können, ja? Ich weiß noch, wie gut du damals auf dem College warst, Robert. Den anderen immer einen Schritt voraus, selbst den Professoren. Und jetzt, dank deiner jahrelangen Erfahrung als Detective beim LAPD, bist du garantiert noch besser geworden. Noch scharfsichtiger und klüger. Also, es geht um den Hauptpreis. Sag es uns, Robert: Was wäre in dieser Situation *deine* erste Frage gewesen? Und bitte lass Agent Taylor nicht hängen. Sie ist hier, um zu lernen.«

Hunter spürte Taylors Blicke auf sich. Er lehnte sich entspannt auf seinem Stuhl zurück. Er hatte das linke Bein übergeschlagen, die Hände lagen locker auf seinen Schenkeln. Schultern und Nacken zeigten keine Anzeichen von Verspannung, auch seine Miene verriet nicht die geringste Spur von Unbehagen.

»Spann uns nicht auf die Folter, Robert«, drängte Lucien. »Geduld ist eine Tugend, aber sich darin zu üben kann eine wahre Pest sein.«

Hunter wusste, dass es keine Alternative gab. Er musste Luciens Spiel mitspielen.

»Die Frage nach dem Wo«, sagte er schließlich. »Kannst du uns wirklich sagen, wo genau du sämtliche Leichen entsorgt hast?«

Ein Klatschen hallte durch den Gang.

Lucien hatte seinen Kaffee auf den Fußboden gestellt und applaudierte langsam.

»Er ist gut, oder?«, fragte er Taylor mit sarkastischem Unterton. »Wenn ich Sie wäre, würde ich schön achtgeben. Sie können heute garantiert noch das eine oder andere aufschnappen.«

Taylor musste sich zusammenreißen, um Lucien nicht wütend anzufunkeln.

»Ist Ihnen klar, warum er es richtig gemacht hat, Agent Taylor?« Es war eine rein rhetorische Frage, wie die eines Lehrers, der einen Vortrag hält. »Wenn meine Antwort auf Roberts Frage ›Nein‹ lautet, dann können Sie hier gleich aufhören und mich ohne Umwege auf den elektrischen Stuhl schicken, weil ich Ihnen und dem FBI dann nämlich nicht mehr nützlich sein kann.« Ohne den Blick von Taylor abzuwenden, hob er seinen Kaffeebecher vom Boden auf. »Sie sind nicht hier, weil Sie ein Geständnis von mir wollen, Agent Taylor. Den Teil haben wir längst erledigt. Ich bin ein Killer. Ich habe all diese Menschen auf bestialische Weise getötet.« In Luciens letzten Worten schwang ein geradezu widerwärtiges Maß an Stolz mit. »Der einzige Grund, weshalb ich noch hier sitze, ist der, dass Sie dringend etwas von mir brauchen.« Er sah zu Hunter. »Nämlich Informationen darüber, wo sich die Leichen befinden. Nicht etwa, weil Sie Beweise für meine Taten bräuchten, sondern damit die Familien der Opfer endlich Frieden finden können. Sie möchten ihren Liebsten doch sicher ein anständiges Begräbnis ermöglichen, oder, Agent Taylor?«

Auch darauf gab Taylor keine Antwort.

»Wenn ich auf Roberts Frage mit ›Nein‹ antworte, haben sich alle weiteren Gespräche erübrigt. Dann haben sich alle weiteren *Fragen* erübrigt. Dann ist es vollkommen sinnlos, mich länger hier festzuhalten, denn ich kann Ihnen nicht das geben, was Sie brauchen.« Das Gespenst eines Lächelns huschte über Luciens Lippen. Die Situation amüsierte ihn sichtlich. »Sagen Sie mir, Agent Taylor, macht es Sie wütend, dass ein Außenseiter Ihren Job besser macht als Sie?«

*Lassen Sie sich nicht provozieren*, mahnte Hunter Taylor im Stillen. *Steigen Sie nicht darauf ein. Lassen Sie sich nicht von ihm verrückt machen.* Aus dem Augenwinkel sah er, dass Taylor mit ihrer Wut zu kämpfen hatte. Und wenn es ihm auffiel, fiel es Lucien garantiert auch auf.

Taylor ließ sich jedoch zu keiner Unbeherrschtheit hinreißen. Sie rang eine Weile mit sich, bevor sie sich schließlich einen Ruck gab.

Lucien lachte voller Stolz, dann richtete sich seine Aufmerksamkeit wieder auf Hunter.

»Die Antwort auf deine Frage, Robert, lautet: ja. Ich kann euch genau sagen, wo ihr sämtliche Leichen findet – sofern sie noch gefunden werden können.« Er schlürfte in aller Seelenruhe seinen Kaffee. »Wie ihr euch sicher denken könnt, sind einige nicht mehr auffindbar. Das ist gewissermaßen eine physische Unmöglichkeit. Ach so«, setzte er wie nebenbei hinzu. »Und ich habe auch noch all ihre Namen im Kopf.«

Wieder versuchte Lucien in Hunters Miene zu lesen, und wieder scheiterte er. In Taylors Blick jedoch nahm er einen Anflug von Skepsis wahr.

»Ich bin gern bereit, mich einem Lügendetektortest zu unterziehen, wenn Sie denken, ich täusche Sie, Agent Taylor.«

*Er wird ihn mit Leichtigkeit austricksen.* Hunters Worte aus der nächtlichen Besprechung kamen ihr in den Sinn. *Wahrscheinlich spekuliert er sogar auf einen Lügendetektortest.*

»Ich denke, das können wir uns sparen«, sagte sie.

Lucien lachte herzhaft. »Verstehe. Hat Robert Ihnen gesagt, dass wir beide auf dem College schon mal einen Lügendetektor ausgetrickst haben, nur so zum Spaß?«

Taylor bejahte die Frage nicht. Dass auch Hunter den Lügendetektor besiegt hatte, hatte sie nicht gewusst.

»Wobei er noch um Längen besser war als ich«, fügte Lucien hinzu. »Ich habe Monate gebraucht, bis ich den Dreh einigermaßen raushatte; bei ihm waren es nur ein paar Wochen.« Er musterte Hunter. »Robert verfügte immer schon über eine enorm hohe Selbstdisziplin und Konzentrationsfähigkeit.«

In Luciens letzten Worten schwang ein seltsamer Unterton mit. Taylor hielt es für Eifersucht, doch da irrte sie sich.

Lucien hob die Hand, wie um zu sagen: »*Moment.*«

»Aber warum sollten Sie auch nur ein Wort von dem glauben, was ich sage, stimmt's? Bis jetzt habe ich ja nicht viel anderes gemacht, als Sie anzulügen.« Eine lange Pause. »Mein Vorschlag steht: Wir können es gerne mit einem Lügendetektortest versuchen.« Lucien warf den Kopf in den Nacken und lachte schallend. »Ach, schade, dass Sie nicht darauf eingegangen sind. Das wäre garantiert lustig geworden.«

Weder Hunter noch Taylor schienen seine Auffassung zu teilen.

»Du brauchst es mir nicht zu erklären, Robert«, sagte

Lucien im Vorgriff auf Hunters nächste Frage. »Ich denke, ich kenne die Prozedur. Um eine gewisse Vertrauensbasis zwischen uns zu etablieren, braucht ihr ein Zeichen meines guten Willens, stimmt's? Wenn ich ein Terrorist wäre, der Geiseln genommen hat, dann wäre das jetzt der Punkt, an dem ihr mich darum bittet, eine Geisel freizulassen, damit ihr wisst, dass ich bereit bin, fair zu spielen.«

»Irgendwas wirst du uns liefern müssen, Lucien«, bestätigte Hunter. Er hatte sich nicht bewegt und saß noch immer in derselben entspannten Haltung da. »Wie du selbst festgestellt hast: Bis jetzt hast du nichts anderes getan, als uns anzulügen.«

Lucien nickte und leerte seinen Kaffeebecher.

»Das verstehe ich, Robert.« Er schloss die Augen und nahm einen tiefen, ruhigen Atemzug, als säße er in einem Garten und genösse den Blütenduft, der ihn umwehte. »Megan Lowe«, sagte er, ohne die Augen zu öffnen. »Achtundzwanzig Jahre alt. Geboren am 16. Dezember in Lewiston, Montana.« Er fuhr sich langsam mit der Zunge über die Oberlippe, als liefe ihm bei der Erinnerung das Wasser im Mund zusammen. »Kate Barker, sechsundzwanzig Jahre alt. Geboren am 11. Mai in Seattle, Washington. Megan wurde am 2. Juli entführt, Kate am 4. Juli. Beide waren selbständig tätige Prostituierte und haben in Seattle gearbeitet. Megan war die Dunkelhaarige, deren Kopf in meinem Wagen gefunden wurde. Kate die Blonde.«

Erst jetzt schlug Lucien die Augen wieder auf und sah Hunter an.

»Ihre sterblichen Überreste befinden sich immer noch in Seattle. Möchte sich einer von euch gerne die Adresse notieren?«

# 35

Direktor Adrian Kennedy, der vom Kontrollraum aus die Vernehmung verfolgte, setzte augenblicklich die nötigen bürokratischen Hebel in Bewegung, um einen staatenübergreifenden Durchsuchungsbefehl zu erwirken. Direktor beim FBI zu sein hatte seine Vorteile, und so gelang es ihm trotz der Uhrzeit und der Tatsache, dass es in Washington State drei Stunden früher war als in Virginia, innerhalb kürzester Zeit einen von einem Richter aus Seattle unterzeichneten Beschluss zu bekommen.

Lucien hatte Hunter und Taylor gegenüber versichert, dass der Schlüssel zu dem Ort, an dem er die Überreste der beiden Leichen aufbewahrte, an dem Schlüsselring hing, den sie bereits für das Haus in Murphy benutzt hatten. Doch Kennedy war nicht gewillt zu warten. Unter keinen Umständen würde er Hunter und Taylor oder einen anderen Agenten quer durchs Land bis nach Seattle reisen lassen, bloß um dann festzustellen, dass Lucien sie wieder einmal zum Narren gehalten hatte.

Sobald der Durchsuchungsbeschluss vorlag, rief Kennedy die FBI-Außenstelle in Seattle in der 3rd Avenue Nummer 1110 an. Um acht Uhr dreißig pazifischer Zeit wurde dort ein aus zwei Mitarbeitern bestehendes Team an die von Lucien genannte Adresse geschickt. Sie gehörte zu einem SB-Lagerhaus.

»Also, wo genau soll's denn jetzt hingehen, Ed?«, fragte Special Agent Sergio Decker, als er sich hinters Steuer schwang und den Motor des mitternachtsschwarzen Ford SUV anließ.

Der leitende Special Agent Edgar Figueroa war soeben auf der Beifahrerseite eingestiegen. Er war Mitte dreißig, groß und breitschultrig, mit der Statur eines Bodybuilders. Seine dunklen Haare waren auf einen Zentimeter Länge geschoren, und ein Blick auf seine Nase verriet, dass sie ihm mehr als einmal gebrochen worden war.

»SB-Lagerhaus in der North 130th Street«, antwortete er und schnallte sich an.

Decker nickte, setzte den Wagen zurück und bog an der 3rd Avenue rechts ab, um dann in nordwestliche Richtung zur Seneca Street zu fahren.

»Um was für einen Fall geht es denn?«, fragte er.

»Um keinen von unseren«, gab Figueroa zurück. »Soweit ich weiß, kam ein Anruf von irgendeinem hohen Tier aus Washington, D.C., oder Quantico. Wir sollen eine Adresse überprüfen.«

»Drogen?«, fragte Decker.

Figueroa zuckte mit den Schultern und schüttelte gleichzeitig den Kopf. »Keine Ahnung. Eher nicht, würde ich vermuten. Meines Wissens ist die DEA nicht involviert. Man hat mir nicht viel gesagt, aber so wie ich's verstanden habe, sollen da irgendwelche Leichen liegen.«

Deckers Augenbrauen schossen in die Höhe. »In einem SB-Lagerhaus?«

»Das ist die Adresse, die uns vorliegt«, bestätigte Figueroa.

Decker bog erneut rechts ab und fuhr auf die I-5 in Richtung Vancouver, British Columbia, auf. Der Verkehr war dicht, wie immer um diese Tageszeit, trotzdem kamen sie gut voran.

»Gibt es denn schon einen Verdächtigen?«, wollte Decker wissen.

»So wie ich's verstanden habe, ja. Wie gesagt, ich glaube, er wird entweder in D.C. oder in Quantico festgehalten.« Erneutes Achselzucken von Figueroa. »Viele Informationen gab es nicht, aber ich hatte den Eindruck, dass es ein ziemlich dickes Ding ist.«

»Gibt's einen Beschluss, oder müssen wir unseren FBI-Charme spielen lassen?«, fragte Decker halb im Scherz.

»Es gibt einen Beschluss«, antwortete Figueroa und sah auf die Uhr. »Ein Beauftragter des Gerichts will sich vor Ort mit uns treffen.«

Die Fahrt vom FBI-Büro in der 3rd Avenue bis zum Lagerhaus am Nordrand der Stadt dauerte etwa fünfundzwanzig Minuten. Wie die meisten Gebäude für Selbsteinlagerungen mutete auch dieses von außen wie ein ganz normales Lagerhaus an. Es war komplett weiß gestrichen, nur auf der Frontseite prangte in großen grünen Lettern der Firmenname. Der riesige Kundenparkplatz war fast leer, nur eine Handvoll Autos parkten hier und da verstreut. Ein junges Pärchen lud gerade den Inhalt eines weißen Mietlasters auf einen großen fahrbaren Karren. Der Mietlaster stand vor Laderampe Nummer zwei.

Decker parkte das SUV neben einem kleinen Blumenbeet unmittelbar vor dem Büro des Lagerhauses. Der Boden war nass. Vor einer knappen Dreiviertelstunde hatte es aufgehört zu regnen, allerdings verhieß der dunkle Himmel baldigen Nachschub.

Zeitgleich mit den beiden Agenten stieg eine Frau von etwa vierzig Jahren aus einem weißen Jeep Compass, der vier Stellplätze entfernt parkte.

»Ich bin US Court Marshal Joanna Hughes«, stellte sie sich vor und streckte ihnen die Hand hin. Eine Nachfrage erübrigte sich, sie hatte auf den ersten Blick erkannt, dass es sich bei Figueroa und Decker um die FBI-Agenten handeln musste, mit denen sie hier verabredet war.

Hughes' kastanienbraunes Haar war zu einem straffen Pferdeschwanz zurückgebunden, was ihre Stirn für ihr rundes Gesicht zu hoch erscheinen ließ. Überhaupt war sie nicht gerade eine Schönheit. Ihre Nase war ein wenig zu spitz, die Lippen zu dünn, und sie kniff permanent die Augen zusammen, als versuche sie eine weit entfernte Schrift zu entziffern. Sie war elegant gekleidet in einem cremeweißen Kostüm mit beigefarbenen spitzen High-heels. Die Agenten stellten sich ebenfalls vor, und alle schüttelten einander die Hände.

»Wollen wir dann?« Hughes deutete in Richtung Büro.

Ein elektronisches Klingelsignal ertönte, als Figueroa die Tür aufstieß und er, gefolgt von Decker und Hughes, in den gleißend hell erleuchteten Raum trat. Die beiden FBI-Agenten behielten ihre Sonnenbrillen auf. Hughes wünschte, sie hätte ihre ebenfalls mitgebracht.

Links von der Tür gab es eine kleine Sitzecke. Ein hellbraunes Viersitzer-Sofa und zwei dazu passende Sessel waren um einen niedrigen runden Tisch aus Chrom und Glas gruppiert. Einige Zeitschriften sowie mehrere Infobroschüren des Lagerhauses lagen fein säuberlich aufgefächert auf dem Tisch. In der Ecke stand ein Wasserspender. Hinter dem Tresen aus Holz und Acryl saß ein Mann von schätzungsweise fünfundzwanzig Jahren. Sein Blick klebte an seinem Smartphone. Entweder er schrieb gerade eine SMS, oder aber er war in ein überaus spannendes Spiel vertieft. Es dauerte mindestens fünf Sekunden, ehe er endlich von dem winzigen Display aufschaute.

»Kann ich was für Sie tun?«, fragte er und legte das Handy neben seinen Computer.

Er stand auf und schenkte den Besuchern ein übertrieben herzliches Lächeln.

»Haben Sie hier das Sagen?«, wollte Marshal Hughes von ihm wissen.

»Könnte man so sagen, Ma'am.« Der junge Mann nickte. »Wie kann ich Ihnen denn weiterhelfen?«

Hughes trat näher und zeigte ihm ihren Ausweis. »Ich bin US Federal Marshal Joanna Hughes«, sagte sie. »Diese zwei Herren sind vom FBI.«

Figueroa und Decker langten in ihre Sakkotaschen und zückten gleichfalls ihre Ausweise.

Der junge Mann betrachtete sie, ehe er einen Schritt zurückwich. Er wirkte ein wenig verunsichert. »Gibt es denn ein Problem?« Von seinem strahlenden Lächeln war nichts mehr übriggeblieben.

Hughes reichte ihm ein Blatt Papier mit dem offiziellen Siegel der Regierung der Vereinigten Staaten.

»Das hier ist ein Durchsuchungsbeschluss, der uns das Recht und die Befugnis erteilt, Lagereinheit Nummer dreihundertfünfundzwanzig in diesem Gebäude zu durchsuchen«, erklärte sie ruhig, aber mit durchaus autoritärer Stimme. »Würden Sie bitte so freundlich sein, sie für uns zu öffnen?«

Der junge Mann besah den Durchsuchungsbeschluss, las ein paar Zeilen, verzog das Gesicht, als wären sie auf Latein geschrieben, und zögerte. »Ich glaube … da muss ich erst mal meinen Boss anrufen.«

»Wie heißen Sie, Junge?«, fragte Decker ihn.

»Billy.«

Billy war etwa eins dreiundsiebzig groß, hatte kurzes blondes Haar, das stellenweise mit Gel hochfrisiert war, einen Dreitagebart und in jedem Ohr mehrere Ohrringe.

»Also gut, Billy, selbstverständlich können Sie anrufen, wen Sie wollen, allerdings haben wir nicht wirklich Zeit zu warten.« Mit einer ruckartigen Bewegung seines Kinns deutete er auf den Beschluss. »Wie Federal Court Marshal Hughes Ihnen erklärt hat, gibt uns dieser Wisch da, der im Übrigen von einem Bundesrichter unterzeichnet wurde, das Recht, Einheit Nummer dreihundertfünfundzwanzig zu durchsuchen. Dazu bedarf es weder Ihrer Kooperation noch einer Einverständniserklärung Ihres Chefs. Wenn Sie die Tür nicht freiwillig öffnen, dann müssen wir sie eben aufbrechen, und zwar unter Einsatz aller dafür erforderlichen Mittel.«

»Im Übrigen können wir in so einem Fall nicht für entstandene Schäden haftbar gemacht werden«, setzte Figueroa hinzu. »Verstehen Sie das?«

Billy war sein Unbehagen inzwischen deutlich anzusehen. Auf dem Tresen meldete sein Handy eine neue SMS, doch er schaute gar nicht hin.

»Eine Kopie des Beschlusses ist für Sie«, ergänzte Decker. »Die können Sie Ihrem Chef, Ihrem Anwalt oder wem auch immer vorlegen. Als Nachweis dafür, dass Sie weder gesetzeswidrig gehandelt noch irgendwelche firmeninternen Regeln gebrochen oder sonst irgendetwas Unerlaubtes getan haben.« Er hielt inne und sah auf die Uhr. »So, Billy, wir haben einen ziemlich straffen Zeitplan. Wie sieht es aus? Helfen Sie uns, oder müssen wir die Tür aufbrechen? Entscheiden Sie sich.«

»Das ist keine Verarsche, oder?«, fragte Billy, und sein Blick glitt an den dreien vorbei zum Fenster, als hielte er dort Ausschau nach einer versteckten Kamera.

»Nein, das ist echt, und es hat alles seine Richtigkeit, Billy«, antwortete Hughes. Nicht nur ihre Worte, auch ihr Tonfall legte nahe, dass es sich definitiv nicht um einen Scherz handelte.

»Sie sind wirklich vom FBI? Tatsache?« Auf einmal war eine gewisse freudige Erregung in Billys Stimme wahrzunehmen.

»Tatsache«, bekräftigte Decker.

»Na ja, also ... ich *würde* Ihnen ja gerne helfen«, sagte Billy schließlich. »Ich kann Sie ins Gebäude lassen, kein Problem. Aber die Tür von der Dreihundertfünfundzwanzig kann ich Ihnen nicht aufmachen, die hat ein Vorhängeschloss. Unsere Türen sind nicht von Haus aus mit Schlössern ausgestattet, nur mit großen Riegeln. Unsere Kunden können Vorhängeschlösser bei uns kaufen.« Er wies flüchtig auf eine Vitrine hinter sich, in der Schlösser verschiedener Größen und Ausführungen auslagen. »Oder aber sie bringen ihr eigenes mit. In jedem Fall sind sie nicht dazu verpflichtet, einen Zweitschlüssel bei uns zu hinterlegen, und deswegen tut das auch kaum einer. Sobald eine Einheit vermietet ist, kommen wir nicht mehr an sie ran. Dann ist das ausschließlich Privatsache des Kunden.«

Figueroa nickte und überlegte einen Moment. »Okay. Können Sie uns denn die Kundendaten nennen?«

»Klar doch.« Billy tippte etwas in den Computer ein. »Hier, bitte«, sagte er nach wenigen Sekunden. »Die Einheit ist eine von unseren mittelgroßen Lagereinheiten mit Spezialausstattung – dreieinhalb mal dreieinhalb Meter.«

»Spezialausstattung?«, fragte Decker.

»Ja«, sagte Billy. »Sie verfügt über einen eigenen Stromanschluss.«

»Aha.«

»Sie wurde vor acht Monaten vermietet, am 4. Januar, an einen Liam Shaw«, las Billy vom Bildschirm ab. »Er hat ein ganzes Jahr im Voraus bezahlt ... in bar.«

»Oh Wunder«, murmelte Decker.

»Die Einheit liegt in Gang F«, fügte Billy hinzu. »Ich kann Sie hinbringen, wenn Sie möchten.«

»Dann nichts wie los«, sagten Figueroa und Decker wie aus einem Mund.

# 36

Solange keine Bestätigung vorlag, dass Lucien in Bezug auf das Lagerhaus in Seattle die Wahrheit gesagt hatte, sah niemand einen Sinn darin, die Vernehmung fortzusetzen. Direktor Adrian Kennedy teilte Hunter und Taylor mit, dass in Washington bereits zwei Leute vom FBI mit einem Durchsuchungsbefehl losgeschickt worden seien, um Luciens Behauptungen nachzugehen. Man rechne mit einer Rückmeldung innerhalb der nächsten Stunde.

Taylor saß allein in einem der Konferenzräume im Untergeschoss drei des BSU-Gebäudes und starrte auf die unberührte Tasse Kaffee vor sich auf dem Tisch, als Hunter die Tür öffnete und eintrat.

»Alles klar bei Ihnen?«, erkundigte er sich.

Im ersten Moment schien sie Hunters Frage gar nicht gehört zu haben, doch dann drehte sie sich langsam um und sah zu ihm auf.

»Ja, ja, mir geht's gut.«

Ein unangenehmes Schweigen folgte.

»Sie haben sich da unten wacker geschlagen«, sagte Hunter schließlich ohne eine Spur Gönnerhaftigkeit oder Herablassung.

»Klar«, sagte Taylor und nickte spöttisch. »Bis auf die Tatsache, dass ich gleich zu Beginn die falsche Frage gestellt habe, meinen Sie wohl.«

»Nein«, sagte Hunter und setzte sich ihr gegenüber. »Genau in dem Punkt irren Sie sich. Ganz egal welche Frage Sie ihm zuerst gestellt hätten, Courtney, Lucien hätte in jedem Fall versucht, Ihnen die Worte im Mund umzudrehen und Sie schlechtzumachen. Er hätte in jedem Fall versucht, Sie aus dem Konzept zu bringen, damit Sie unsicher werden und glauben, Sie wären der Aufgabe nicht gewachsen. Er will Sie fertigmachen, und er weiß genau, dass er das kann. Auf dem College hat er Professoren auf dieselbe Art und Weise schikaniert.«

Taylor sah Hunter an.

»Mich will er auch fertigmachen, aber er kennt mich eben ein bisschen besser als Sie – wenigstens *kannte* er mich. Bei Ihnen will er zunächst mal das Terrain sondieren und rausfinden, wie Sie reagieren. Ihnen ist hoffentlich klar, dass er Sie immer nur noch stärker unter Druck setzen wird?«

»Das soll er ruhig versuchen«, gab Taylor entschlossen zurück.

»Sie müssen einfach im Hinterkopf behalten, dass das

Ganze für Lucien ein Spiel ist, Courtney ... *sein* Spiel, in dem er fürs Erste die Regeln bestimmt. Im Moment gibt es nur eins, was wir tun können.«

Taylor sah Hunter an. »Wir spielen das Spiel mit«, sagte sie.

Hunter schüttelte den Kopf. »Nicht *das* Spiel. Wir spielen *sein* Spiel mit. Wir geben ihm, was er haben will. Wiegen ihn in Sicherheit. Lassen ihn glauben, dass er gewinnt.«

Adrian Kennedy öffnete die Tür zum Konferenzraum und steckte den Kopf hinein. »Ah, da sind Sie.« Er hatte eine blaue Mappe bei sich.

»Gibt es schon Nachricht aus Seattle?«, wollte Hunter wissen.

»Noch nicht«, antwortete Kennedy. »Wir warten noch, aber wie es aussieht, hat Lucien, was die Identität der Frauen in seinem Kofferraum angeht, schon mal nicht gelogen.« Er schlug die Mappe auf, die ein Dossier enthielt. »Megan Lowe, achtundzwanzig. Geboren am 16. Dezember in Lewiston, Montana. Ist mit sechzehn aus Lewiston weg, ein halbes Jahr nachdem der neue Freund der Mutter zu ihnen ins Haus gezogen war.« Kennedy nickte Hunter zu. »Zuerst ist sie nach Los Angeles, wo sie die nächsten sechs Jahre gelebt hat. Alles deutet darauf hin, dass sie auf den Straßenstrich gegangen ist. Später ist Megan dann nach Seattle gezogen. Beruflich hat sie allerdings nicht umgesattelt.« Er blätterte eine Seite um. »Kate Barker, sechsundzwanzig. Geboren am 11. Mai in Seattle, Washington. Ist mit siebzehn von zu Hause aus- und bei ihrem Freund eingezogen, der zu der Zeit ein ›aufstrebender Musiker‹ war. Es gibt keine Beweise, aber offenbar war es dieser Freund, der Kate dazu gebracht hat, sich zu prostituieren.«

»Geld für Drogen?«, mutmaßte Taylor.

Kennedy zuckte mit den Schultern. »Ist anzunehmen. Die Daten der Entführungen, die Lucien uns genannt hat – 2. Juli für Megan und 4. Juli für Kate –, dürften schwer zu verifizieren sein, da für keine der beiden eine Vermisstenanzeige aufgegeben wurde.«

Das war nicht weiter verwunderlich. Der drittgrößte Anteil aller ungelösten Morde in den Vereinigten Staaten sind Morde an Prostituierten. Damit rangieren sie direkt hinter Morden im Drogenmilieu. Tag für Tag werden Tausende Prostituierte vergewaltigt, geschlagen, ausgeraubt oder verschleppt. Sie werden nicht deshalb zu Opfern, weil sie hübsch sind oder Bargeld bei sich tragen. Sie werden zu Opfern, weil sie leichte Ziele sind: extrem verwundbar und vor allem wurzellos. Die überwältigende Mehrheit der Prostituierten, die auf der Straße arbeiten, lebt allein oder zusammen mit anderen Prostituierten. Normalerweise haben sie – aus naheliegenden Gründen – keinen Lebenspartner. Viele von ihnen sind Ausreißerinnen, die jeden Kontakt zu ihren Familien abgebrochen haben. Sie führen ein einsames Leben mit wenigen Freunden. Die Statistik besagt, dass nur zwei von zehn Prostituierten, die verschwinden, auch tatsächlich als vermisst gemeldet werden.

Kennedy gab eine Kopie des Dossiers an Hunter, die andere an Taylor weiter. Beiden waren Polizeifotos der Ermordeten beigefügt. Sowohl Megan Lowe als auch Kate Barker waren mehrfach wegen Prostitution aufgegriffen worden. Trotz der Polizeifotos war es unmöglich, in den jungen Frauen die Köpfe aus dem Kofferraum wiederzuerkennen, so brutal waren diese durch die Verstümmelungen, die Lucien ihnen zugefügt hatte, entstellt.

»Wenn Lucien in Bezug auf ihre Identitäten die Wahrheit gesagt hat«, meinte Kennedy noch im Hinausgehen, »ist die Wahrscheinlichkeit hoch, dass er, was Seattle angeht, auch nicht lügt.«

## 37

Das Innere des Lagerhauses erstrahlte in ebenso gleißend hellem Licht wie das Büro. Die Gänge waren extra breit, die Ecken gerundet, damit Sackkarren und Gabelstapler leichter manövrieren konnten. Die Kunstharzböden waren hellgrün, die Türen zu den einzelnen Lagereinheiten weiß gestrichen. Die Nummer eines jeden Lagerraums stand einmal in Schwarz auf der Tür und dann noch einmal rechts daneben an der Wand. Es dauerte etwa zwei Minuten, bis Billy sie um zahlreiche Ecken und durch mehrere Gänge bis in den Gang F geführt hatte. Einheit dreihundertfünfundzwanzig war die dritte Tür auf der linken Seite.

»Wir sind da«, verkündete Billy und deutete auf die Tür.

Wie von ihm geschildert, war an dem auf Schienen gelagerten Rolltor rechts ein eiserner Riegel angebracht, der mit einem großen messingfarbenen Vorhängeschloss gesichert war.

Figueroa und Decker traten vor, um es sich näher anzusehen.

Anders als das Schloss, mit dem Lucien die Tür zum Keller seines Hauses in Murphy versperrt hatte, war dies hier ein Modell mit Sicherheitsummantelung aus der Reihe ProSeries der Firma Master Locks – nicht ganz so schwer zu knacken, aber immer noch respekteinflößend.

»Das ist ein ziemlich massives Schloss«, meinte Figueroa, wobei er erst Decker und dann Billy ansah. »Glauben Sie, Sie kriegen das mit dem Bolzenschneider auf?«

Billy hatte bereits damit gerechnet, dass er das Schloss zur Lagereinheit gewaltsam würde öffnen müssen, deshalb hatte er vorsichtshalber gleich einen rot-gelben Zweiundvierzig-Zoll-Bolzenschneider mitgebracht.

»Kein Problem«, meinte er und trat auf die Tür zu. »Vor ein paar Wochen mussten wir schon mal ein ähnliches

Schloss aufschneiden. Das hier macht bestimmt nicht viel mehr Probleme.«

»Dann walten Sie mal Ihres Amtes, Billy«, forderte Figueroa ihn auf und machte ihm Platz.

Billy stellte sich vor das Schloss, öffnete den Bolzenschneider, so weit es ging, und nahm vorsichtig eine der ummantelten Seiten des Bügels zwischen die Klingen. Dann drückte er mit aller Kraft zu.

*Klank.*

Der Bolzenschneider rutschte ab, doch sie konnten sehen, wie etwas zu Boden fiel und einige Meter durch den Gang schlitterte. Es war Billy gelungen, einen Teil der Schutzummantelung abzuschneiden. Jetzt lag der Bügel des Schlosses an einer Seite frei.

»Hab ich Ihnen doch gesagt«, sagte Billy und deutete auf den Bolzenschneider. »Das Teil hier kriegt so ziemlich alles klein. Jetzt kommt der einfache Teil.« Er nahm den frei liegenden Bügel zwischen die Klingen des Schneiders und drückte erneut fest zu.

*Schnick.*

Diesmal rutschte der Bolzenschneider nicht ab, sondern schnitt durch den Bügel, als wäre er aus weichem Ton.

Beeindruckte Gesichter.

»Ich muss noch mal schneiden«, erklärte Billy. »Der Bügel ist zu dick, er lässt sich nicht umbiegen, ich muss also ein Stück rausschneiden.«

»Tun Sie, was Sie tun müssen, Billy«, sagte Decker.

Billy wiederholte dieselbe Prozedur wie kurz zuvor, wobei er diesmal den Bolzenschneider drei Zentimeter vom ersten Schnitt entfernt ansetzte.

*Schnick.*

Als die Klingen durch das Metall gingen, fiel ein kleines Stück des Bügels heraus.

»Das wär's«, verkündete Billy triumphierend und nahm das Vorhängeschloss vom Riegel.

»Ausgezeichnete Arbeit, Billy«, lobte Figueroa.

Billy machte Platz. Figueroa zog den Riegel zurück und schob das Metalltor nach oben. Einen Augenblick lang standen die vier wie angewurzelt da und starrten in den fast leeren, gut zwölf Quadratmeter großen Lagerraum. Darin befand sich lediglich eine große gewerbliche Gefriertruhe ganz hinten an der Wand.

»Vielen Dank, Billy«, sagte Decker und streifte sich ein Paar Latexhandschuhe über. Figueroa folgte seinem Beispiel. »Sie können jetzt wieder zurück an Ihren Platz gehen. Wir geben Bescheid, falls wir noch was brauchen.«

Die Enttäuschung stand Billy ins Gesicht geschrieben. »Kann ich nicht hierbleiben und zusehen?«

»Diesmal nicht, Billy.«

Sie warteten, bis Billy um die nächste Ecke verschwunden war, erst dann betraten sie die Lagereinheit. Hughes hielt sich einige Schritte hinter den beiden FBIlern.

Der Motor der Gefriertruhe gab ein leises, tiefes Brummen von sich, das ein unheimliches Hintergrundgeräusch bildete. Der Deckel der Truhe hatte weder Schloss noch Riegel.

Figueroa trat näher und untersuchte die Gefriertruhe zunächst von außen, wobei er auch darunter und dahinter schaute.

»Sieht soweit ganz normal aus«, verkündete er schließlich.

»Dann werfen wir doch mal einen Blick rein«, schlug Decker vor.

Figueroa nickte und hob den Deckel.

Figueroa, Decker und Hughes spähten ins Innere der Truhe und runzelten fast zeitgleich die Stirn.

»Sagen Sie mal – was genau suchen wir hier eigentlich?«, fragte Hughes schließlich mit einem Anflug von Spott in der Stimme. »Den Lagerbestand einer Eisdiele?«

Alles, was die große Gefriertruhe zu enthalten schien,

waren etliche Zwei-Liter-Plastikbehälter mit Speiseeis. Sie waren in drei Schichten übereinandergestapelt, und den Etiketten der obersten Schicht nach zu urteilen, handelte es sich um eine bunte Mischung von Geschmacksrichtungen: Schokolade, Vanille, Erdbeer, Pistazie, Cookies, Apfel-Zimt und Banane-Chocolate-Chip.

Decker betrachtete nach wie vor verständnislos die Eisbehälter, Figueroas anfängliche Verwirrung allerdings hatte einem tiefen Unbehagen Platz gemacht.

»O mein Gott«, stieß er gepresst hervor und angelte sich einen der Behälter heraus. Erdbeer.

Schon wieder runzelten Hughes und Decker die Stirn, diesmal allerdings, weil sie Figueroas Reaktion nicht verstanden.

Den weißen, blickdichten Behälter in der linken Hand haltend, zog Figueroa langsam mit der rechten den Deckel ab.

Als sie sah, was sich in dem Eisbehälter befand, riss Hughes die Augen auf. Eine Sekunde später übergab sie sich.

# 38

Fünfundfünfzig Minuten nachdem sie die Berichte über Megan Lowe und Kate Barker bekommen hatten, wurden Hunter und Taylor in den dritten Stock in Direktor Kennedys Zweitbüro gerufen, das ihm für seine Aufenthalte in Quantico zur Verfügung stand.

Es war geräumig und geschmackvoll eingerichtet, ohne dabei einschüchternd zu wirken. Es gab einen altmodischen Mahagoni-Schreibtisch, zwei dunkelbraune lederne Chesterfield-Sessel, einen langflorigen Teppich, der gemütlich genug aussah, um darauf zu schlafen, sowie ein ausladendes

Bücherregal mit wenigstens einhundert ledergebundenen Büchern. Die Wände hingen voll mit alten Abschlusszeugnissen, Auszeichnungen und Fotos eines deutlich jüngeren Adrian Kennedy, wie er mit hochstehenden Persönlichkeiten aus Politik und öffentlichem Leben posierte.

Kennedy saß hinter dem Schreibtisch, die Lesebrille hoch auf der Nase, den Blick auf den Siebenundzwanzig-Zoll-Computerbildschirm gerichtet. »Herein«, rief er, als es klopfte.

Taylor öffnete die Tür und betrat den Raum. Hunter folgte einige Schritte hinter ihr.

»Nicht hinsetzen«, sagte Kennedy, winkte ihnen, näher zu kommen, und nickte in Richtung seines Monitors. »Wir haben Nachricht aus Seattle. Kommen Sie her, schauen Sie sich das an.«

Hunter und Taylor gingen an den Sesseln vorbei und traten hinter Kennedys Schreibtisch. Hunter stellte sich links, Taylor rechts von ihm auf. Auf dem Monitor war lediglich Kennedys Desktop-Oberfläche zu sehen. Offenbar hatte er das Programmfenster minimiert.

»Vor etwa vierzig Minuten«, begann er, »haben zwei unserer Mitarbeiter sowie eine Beauftragte des Gerichts das Schloss an der Tür zu der Lagereinheit in Seattle aufgebrochen. Das hier haben sie gefunden.«

Mit einem Mausklick rief Kennedy das Fenster auf, das er kurz zuvor verkleinert hatte. Es war ein herkömmliches Bildbetrachtungsprogramm.

Das erste Foto war von der geöffneten Tür der Lagereinheit dreihundertfünfundzwanzig aus aufgenommen worden. Es war ein gewöhnliches Weitwinkel-Tatortfoto, das den gesamten Raum erfasste, um dem Betrachter einen Eindruck von dessen Dimensionen zu vermitteln. Es zeigte auch, wie unverdächtig der Lagerraum auf den ersten Blick wirkte. Ganz hinten an der Wand stand eine große Gefriertruhe, sonst war der Raum leer.

Kennedy klickte weiter.

Das zweite Foto zeigte nur die Truhe mit geschlossenem Deckel. Auch auf diesem Bild war nichts Verdächtiges zu erkennen.

Wieder ein Klick.

Das dritte Foto war von oben aufgenommen worden und zeigte das, was die Agenten gesehen hatten, nachdem sie den Deckel der Gefriertruhe geöffnet hatten.

Beim Anblick der vielen Speiseeisbehälter runzelte Taylor verdattert die Stirn.

»Ab hier wird es krank«, warnte Kennedy mit einem erneuten Mausklick.

Diesmal sah man einen Agenten, der einen der Eiscremebehälter in der linken Hand hielt. Der Deckel des Behälters war entfernt worden.

Taylor stutzte, kniff die Augen zusammen, versuchte zu erkennen, was genau sie da betrachtete ... Und dann begriff sie.

»O Gott«, hauchte sie. Ihre Hand flog an ihren Mund.

Hunters Blick klebte förmlich am Bildschirm.

In dem Eisbehälter befanden sich vier tiefgefrorene menschliche Augäpfel sowie zwei menschliche Zungen.

Es war leicht nachzuvollziehen, weshalb Taylor anfangs Mühe gehabt hatte, das Bild richtig zu deuten. Aufgrund von Austrocknung und Blutmangel waren die Organe geschrumpft, und die Augäpfel, links im Bild, klebten zusammen wie ein Büschel Weintrauben. Die Zungen rechts daneben lagen quer übereinander, so dass sie ein leicht schiefes X bildeten.

Kennedy gab Hunter und Taylor noch ein paar Sekunden, ehe er weiterklickte. Das nächste Foto zeigte einen anderen Eiscremebehälter. Darin lag eine am Handgelenk abgetrennte menschliche Hand ohne Finger. Sie waren abgeschnitten worden.

Wieder ein Mausklick.

Eine weitere gefrorene Hand in einem anderen Eisbehälter.

Klick.

Ein anderer, nicht identifizierbarer Körperteil.

Kennedy hörte auf zu klicken.

»Und so geht es immer weiter«, erklärte er. »Insgesamt waren achtundsechzig Eisbehälter in der Truhe, und jeder davon enthielt mindestens einen gefrorenen Körperteil. In einigen befanden sich auch innere Organe beziehungsweise Teile davon ... Herz, Leber, Magen ... Sie können es sich ja vermutlich vorstellen.«

Hunter nickte.

»Der Teil des Lagerhauses in Seattle wurde fürs Erste abgesperrt«, fuhr Kennedy fort. »Man hat mir zwei, maximal drei Stunden zugesagt, damit unsere Spurensicherung die Einheit untersuchen und die Truhe mit allen Behältern einsammeln kann. Das Labor wird DNA-Analysen durchführen und mit der DNA von den abgetrennten Köpfen in Luciens Kofferraum abgleichen. Nicht, dass ich Zweifel daran habe, dass sie übereinstimmen.«

Hunter und Taylor sahen das ähnlich.

»Der Angestellte des Lagerhauses hat den Agenten dabei geholfen, sich Zugang zur Lagereinheit zu verschaffen, allerdings hatte er keine Ahnung, was sich darin befand«, fuhr Kennedy fort. »Wir versuchen das so weit wie möglich unter Verschluss zu halten. Bis jetzt hat die Presse noch keinen Wind von der Sache bekommen, und wir werden alles tun, damit das möglichst lange so bleibt. Aber eins steht ja wohl fest: Lucien Folter wird in absehbarer Zeit vor ein US-Gericht gestellt werden, und spätestens dann wird die Geschichte rauskommen. Und *wenn* sie rauskommt, wird sie einschlagen wie eine Bombe. Ich bin mir nämlich hundertprozentig sicher, dass der Mann, den wir hier unten sitzen haben, ein Monster ist und dass dies allenfalls ein Vorgeschmack war auf das, was noch kommen wird.«

# 39

Lucien Folter war gerade mit dem letzten Durchgang seiner Kraftübungen fertig, als er hörte, wie die schwere Stahltür am Ende des Ganges entriegelt wurde. Kurz darauf näherten sich Schritte. Er stand vom Boden auf, wischte sich mit dem Ärmel seines orangefarbenen Overalls den Schweiß von der Stirn und setzte sich auf die Bettkante, wo er ruhig wartete. Als Hunter und Taylor vor seiner Zelle auftauchten und auf den Stühlen Platz nahmen, hatte Lucien ein stolzes Lächeln im Gesicht.

»Ich nehme an, Sie haben die Bestätigung aus Seattle bekommen«, sagte er, während sein Blick langsam von Hunter zu Taylor wanderte. Beide trugen gänzlich ausdruckslose Mienen zur Schau. »Zu schade, dass Sie es nicht mit eigenen Augen sehen konnten. Ich glaube, ich kann mit Gewissheit behaupten, dass ich meine Fertigkeiten im Hacken und Zerlegen mit den Jahren stark verfeinert habe.«

»Haben Sie alle Leichen auf diese Art entsorgt?«, fragte Taylor. Luciens Prahlerei schien sie kaltzulassen. »Indem Sie sie zerstückelt haben?«

Lucien und Taylor starrten einander mehrere Sekunden lang an.

»Nein, nicht alle«, sagte er beiläufig. »Sie müssen wissen, Agent Taylor, anfangs war ich neugierig, genau wie die Wissenschaftler hier in Ihrer BSU. Ich wollte wirklich begreifen, was einen Menschen dazu treibt, ohne Gefühl, ohne Reue zu töten. Mir ging eine große Frage im Kopf herum, und die lautete: Wird man als Psychopath geboren, oder kann man sich aus reiner Willenskraft zum Psychopathen entwickeln? Ich hatte bereits sämtliche Bücher über das Thema gelesen und dabei feststellen müssen, dass keins von ihnen mit den Antworten aufwarten konnte, nach denen ich suchte. Da draußen gibt es nichts, Agent

Taylor – kein Buch, keine wissenschaftliche Studie, überhaupt keine Forschungsarbeit –, was einem sagen könnte, was wirklich da drinnen vorgeht.« Er tippte sich mit dem Zeigefinger ein paarmal gegen die rechte Schläfe. »Im Kopf von jemandem, der zum Killer geworden ist. Jemandem, der durch eigene Lernanstrengung zum Psychopathen wurde.« Lucien lächelte geheimnisvoll. »Tja, man weiß nie. Vielleicht wird sich das eines Tages ändern. Gestatten Sie mir, Ihnen schon mal einen kleinen Ausblick zu geben.«

Taylor schlug in aller Ruhe das rechte Bein über das linke und wartete.

Lucien begann.

»Was viele Menschen einfach nicht begreifen, Agent Taylor, ist, dass es eines langen, schwierigen Lernprozesses bedarf, so zu werden wie ich. Ich musste mich stetig weiterentwickeln, mich anpassen, improvisieren und im Laufe der Jahre immer erfinderischer werden.« Er hob kurz die Schultern. »Aber das war mir von vorneherein klar. Gleich von Beginn an wollte ich verschiedene Dinge ausprobieren ... unterschiedliche Methoden ... unterschiedliche Ansätze, und obwohl der Tod etwas Universelles ist, muss man doch mit jedem Opfer auf seine ganz eigene Weise umgehen.« Lucien klang, als sei Mord für ihn nichts weiter als ein Experiment unter Laborbedingungen. »Dabei sieht sich jemand wie ich allerdings mit einem riesengroßen Problem konfrontiert.«

»Welches da wäre?«, fragte Taylor mit verhaltenem Interesse.

Lucien schenkte ihr ein humorloses Lächeln.

»Nun ja, während Sie alle nur erdenklichen Ressourcen sowie Dutzende von Agenten und Mitarbeitern zur Verfügung haben, die rund um die Uhr daran arbeiten, Verbrecher zu überführen, Agent Taylor, sind Menschen wie ich einsame Seelen. Meine Ressourcen waren begrenzt. Alles, worauf ich zurückgreifen konnte, war mein Verstand.« Er starrte Taylor mit kaltem Blick nieder. Hunter ignorierte er weiterhin. »Bestimmt ist Ihnen bekannt, dass das FBI vor gar nicht allzu langer Zeit eine Studie veröffentlicht hat, der zufolge zu jedem beliebigen Zeitpunkt mindestens fünfhundert Serienmörder in den USA ihr Unwesen treiben.« Er gluckste. »Erstaunlich, nicht wahr? Menschen wie ich sind lange nicht so selten, wie man vielleicht glauben möchte. Im Laufe der Jahre bin ich diversen anderen Mördern begegnet. Menschen, die foltern und töten wollen, ohne dafür einen anderen Grund zu haben als das Vergnügen, das es ihnen bereitet. Menschen, die Stimmen hören, die ihnen befehlen zu töten. Menschen, die glauben, sie verrichten Gottes Werk auf Erden, indem sie seine Schöpfung von Sündern befreien oder was auch immer. Menschen, die einfach nur ihren dunkelsten Begierden Flügel verleihen möchten. Einige von ihnen brennen regelrecht darauf zu lernen. Sie suchen jemanden, der ihren Horizont erweitern kann. Jemanden wie mich.«

Lucien gab Hunter und Taylor einige Sekunden Zeit, damit sie Gelegenheit hatten, die Implikationen dessen, was er gesagt hatte, zu verarbeiten.

»Wenn ich einen Lehrling haben wollte, glauben Sie, dass ich dann lange suchen müsste? Nein. Ich müsste mich lediglich auf den Straßen irgendeiner beliebigen Großstadt in diesem unseren großartigen Land umschauen.« Er breitete die Arme aus, als wollte er die ganze Welt umarmen. »Auf den Straßen Amerikas wimmelt es nur so von den nächsten Ted Bundys, den nächsten John Wayne Gacys, den nächsten Lucien Folters.«

So unglaublich und größenwahnsinnig diese Behauptung auch klang, Hunter wusste, dass Lucien recht hatte.

»Man könnte sogar eine Castingshow veranstalten, in der nach dem nächsten Serienkiller-Superstar gesucht wird.« Lucien machte ein nachdenkliches Gesicht, als ziehe er die Möglichkeit ernsthaft in Betracht. »Den Vorschlag sollte ich eigentlich mal ein paar Kabelsendern unterbreiten. Würde mich nicht wundern, wenn die Interesse hätten, denn eins steht ja wohl fest: Damit könnten sie ein weitaus größeres Publikum anziehen als mit dem Dreck, den sie sonst so senden.«

Erinnerungen an seinen letzten Fall beim LAPD explodierten in Hunters Kopf wie Feuerwerkskörper – ein Serienmörder, der seine eigene Reality-Mordshow im Internet inszeniert hatte. Und genau wie Lucien behauptete, hatten sich die Leute scharenweise auf seiner Seite eingeloggt, um dem Töten zuzusehen.

Lucien stand auf, nahm sich den Plastikbecher von dem kleinen Metalltisch, ging damit zum Waschbecken in der Ecke und goss sich Wasser ein, bevor er sich wieder auf der Bettkante niederließ.

»Aber um auf Ihre Frage zurückzukommen, Agent Taylor«, nahm er den Faden wieder auf. »Ich habe meine Leichen nicht jedes Mal auf dieselbe Art und Weise entsorgt.« Er trank einen kleinen Schluck.

»Susan«, brach Hunter endlich sein Schweigen. »Du hast gesagt, sie war dein erstes Opfer.«

Luciens Aufmerksamkeit richtete sich auf Hunter.

»Ich dachte mir schon, dass du mit ihr anfangen willst, Robert. Nicht nur weil wir sie kannten, sondern weil ich dir gesagt habe, dass sie meine Erste war. Das macht sie zum idealen Ausgangspunkt, oder?« Er holte tief Luft, und der Ausdruck in seinen Augen veränderte sich, als hätten die Wände der Zelle, die ihn einschlossen, plötzlich aufgehört zu existieren. Als wären die Erinnerungen und die Bilder in seinem Kopf so lebendig, dass er sie mit Händen greifen konnte. »Dann will ich euch mal erzählen, wie alles angefangen hat.«

# 40

»Und du willst wirklich auf Reisen gehen?«, fragte Lucien, als er eine neue Runde Drinks auf dem Tisch abstellte.

Susan Richards nickte. »Unbedingt.«

Lucien und Susan hatten eine Woche zuvor ihren Abschluss in Psychologie an der Stanford University gemacht und waren noch immer wie berauscht von ihrem Erfolg. Sie hatten seitdem jeden Abend gefeiert.

»Bevor ich auf Jobsuche gehe«, sagte Susan und griff nach ihrem Glas – ein doppelter Jack Daniels mit Cola, »brauche ich ein bisschen Zeit für mich, verstehst du? Ich will was von der Welt sehen. Vielleicht fliege ich nach Europa, das wollte ich immer schon mal machen.«

Lucien lachte. »Jobsuche? Spinnst du? Wir haben ein *Stanford*-Examen in der Tasche, Susan – von der besten Psychologie-Fakultät des Landes. Sofern du dich nicht selbständig machen willst, werden Praxen aus dem ganzen Land nach *dir* suchen.«

»Hast du das vor?«, fragte Susan. »Dich selbständig zu machen?«

»Nein, ich glaube nicht. Ich habe in letzter Zeit öfter über das Thema nachgedacht. Vielleicht mache ich es so wie Robert.«

»Promovieren?«

»Ich spiele zumindest mit dem Gedanken, ja. Was meinst du dazu?«

»Klar. Wenn es das ist, was du wirklich willst, solltest du es auf jeden Fall tun, Lucien.«

Lucien legte den Kopf schief und zuckte mit den Schultern. »Mal sehen.«

»Apropos Robert«, sagte Susan und setzte sich zurecht. »Ich finde es so schade, dass er heute schon nach L. A. gefahren ist.«

Robert war auf ihrer Abschlussfeier gewesen und für die ersten drei Nächte ihres einwöchigen Partymarathons geblieben. Am Morgen jedoch hatte er den Bus nach L. A. genommen, damit er noch eine Woche mit seinem Vater verbringen konnte, ehe er in Palo Alto seinen Sommerjob antrat.

»Ja, das stimmt«, antwortete Lucien und nippte an seinem Cocktail. Sie saßen im Rocker Club in Crescent Park, am nördlichen Stadtrand von Palo Alto. Es war ihre Lieblingsbar – die Bedienung war freundlich, der Alkohol billig, das Publikum in der Regel jung und zum Feiern aufgelegt, und die Musik war rockig und machte gute Laune.

»Er vermisst seinen Vater eben«, fügte Lucien hinzu. »Außer ihm hat er ja keine Familie mehr.«

»Ja, ich weiß«, sagte Susan. »Seine Mutter ist gestorben, als er noch ganz jung war, oder?«

Lucien nickte. »Sieben oder acht, glaube ich, aber er redet nie darüber. Nicht mal, wenn er was getrunken hat. Ich glaube, das ist mehr als nur ein einfaches Kindheitstrauma nach dem frühen Verlust eines Elternteils.«

Susan, die im Begriff gewesen war, ihr Glas an die Lippen zu heben, hielt mitten in der Bewegung inne. »Oh, bitte nicht.«

»Was?«

»Bitte sag mir jetzt nicht, dass du zu einem von diesen nervigen Psychologieabsolventen wirst, die keine Unterhaltung führen können, ohne ihren Gesprächspartner analysieren zu wollen, Lucien. Noch dazu die eigenen Freunde.«

»Ich …« Lucien schüttelte den Kopf. Ein halb beschämtes Lächeln zuckte um seine Lippen. »Ich wollte Robert nicht analysieren.«

»O doch, das wolltest du.«

177

»Nein, wollte ich nicht. Ich wollte nur sagen, dass wir uns vier Jahre lang ein winziges Wohnheimzimmer geteilt haben. Er ist ein komischer Typ. Der klügste Kopf, den ich kenne, aber trotzdem irgendwie komisch, und ich glaube, dass das mit dem Tod seiner Mutter viel tiefer geht, als er durchblicken lässt.«

»Ach, wirklich?«, sagte Susan, stellte ihr Glas ab und schnitt eine Grimasse. »Wie genau ist das gemeint, Dr. Lucien? Beehren Sie uns mit Ihrer Theorie.«

»Ich bin kein Doktor, und ich *habe* keine Theorie«, verteidigte sich Lucien, der nun seinerseits das Gesicht verzog. »Ich meine ja nur ...« Er machte eine wegwerfende Handbewegung. »Ach was, vergiss es einfach. Keine Ahnung, warum wir überhaupt darüber reden. Wir sind hier, um zu feiern.« Er griff nach seinem Drink. »Also feiern wir gefälligst.«

Susan erhob ebenfalls ihr Glas. »Darauf trinke ich.«

Aus den Lautsprechern dröhnte »Sweet Child of Mine« von Guns N' Roses. Lucien leerte seinen Cocktail in zwei großen Schlucken.

»Komm, lass uns tanzen«, rief er und sprang auf.

»Aber ...« Susan deutete auf ihr Glas.

»Auf ex, Mädchen ... Rock 'n' Roll Style«, gab Lucien zurück und trieb sie mit Handbewegungen an. »Na los, los, los.«

Susan kippte ihren Drink hinunter, ergriff Luciens Hand und ließ sich von ihm auf die Tanzfläche ziehen.

Zwei Stunden und ein paar Drinks später brachen sie auf. Susan war ziemlich betrunken, Lucien hingegen wirkte noch halbwegs nüchtern.

»Ich finde, wir sollten deinen Wagen lieber stehen lassen und uns ein Taxi rufen«, sagte Susan. Sie lallte bereits ein bisschen. »Du kannst ihn dann ja morgen abholen.«

»Ach was«, protestierte Lucien. »Mir geht's gut. Ich kann noch fahren.«

»Kannst du nicht. Du hast genauso viel getrunken wie ich, und ich ... bin vollkommen dicht.«

»Ja, aber ich hatte Cocktails, keine doppelten JD Cokes. Du weißt doch, die Cocktails hier bestehen hauptsächlich aus Saft mit einem Spritzer Alkohol. Die kann man den ganzen Abend trinken, ohne dass man was merkt.«

Susan blieb stehen und musterte Lucien einen Augenblick. Er schwankte nicht, und es stimmte: Die Cocktails im Rockerclub waren nicht gerade die stärksten.

»Bist du sicher, dass du noch fahren kannst?«

»Hundertprozentig.«

Susan zuckte die Achseln. »Also von mir aus. Aber du fährst langsam, kapiert? Ich behalte dich im Auge.« Sie machte ein V mit Zeige- und Mittelfinger und deutete damit zuerst auf ihre Augen, dann auf Lucien.

»Zu Befehl, Ma'am«, sagte Lucien und salutierte.

Er hatte gleich hinter der nächsten Straßenecke geparkt. Zu dieser frühen Morgenstunde war die Straße wie ausgestorben.

»Anschnallen«, befahl er, als er sich hinters Steuer setzte. »So will es das Gesetz.« Er grinste.

»Und das aus dem Mund eines Mannes, der einen ganzen Eimer Cocktails getrunken hat«, witzelte Susan, während sie mit ihrem Gurt kämpfte.

Lucien sah sie auffordernd an.

»Ich versuch's ja«, sagte sie ein wenig verlegen. »Ich finde den blöden Schlitz nicht.«

»Warte, ich helfe dir.« Lucien lehnte sich zu ihr herüber, nahm die Gurtschnalle und ließ sie einrasten. Dann kam er ihr noch ein Stück näher und küsste sie ohne Vorwarnung auf den Mund.

Susan wich verdutzt zurück. »Lucien, was soll das?« Sie schien schlagartig nüchtern geworden zu sein.

»Was glaubst du denn, was das soll?«

Einige sehr peinliche Sekunden verstrichen.

»Lucien ... ich ... Es tut mir total leid, falls ich heute oder sonst irgendwann falsche Signale gesendet habe. Du bist ein toller Typ, ein echt guter Freund, und ich mag dich wirklich, aber ...«

»Aber mehr ist da nicht«, beendete Lucien den Satz für sie. »Wolltest du das sagen?«

Susan sah ihn stumm an.

»Was, wenn nicht ich hier säße, sondern Robert?«

Die Frage überrumpelte sie.

»Ich wette, dann würdest du nicht zurückzucken. Ich wette, dann würdest du ihn abschlecken wie eine Zwei-Dollar-Nutte. Dann hättest du wahrscheinlich schon nichts mehr an, und du würdest auf seinem Schoß sitzen und an seinem Gürtel zerren.«

»Lucien, was soll der Blödsinn? So kenne ich dich gar nicht.«

Luciens Blick war kalt, als wäre alles Leben, alles Gefühl aus seinen Augen herausgesaugt worden.

»Woher willst du wissen, ob du mich je gekannt hast?«

Luciens eisiger Tonfall ließ Susan erschauern. Sie versuchte immer noch zu begreifen, was gerade zwischen ihnen geschah, als Lucien sich plötzlich bewegte. Er beugte sich zu ihr und drückte mit der linken Hand ihren Kopf gegen das Beifahrerfenster.

Im Gegensatz zu ihr hatte Lucien seinen Sicherheitsgurt noch nicht angelegt, wodurch er deutlich mehr Bewegungsfreiheit hatte als sie.

Susan wollte schreien, aber Lucien presste ihr die Hand auf den Mund und erstickte jeden Laut. Mit der rechten Hand öffnete er die Klappe des kleinen Fachs zwischen Fahrer- und Beifahrersitz und langte hinein.

Susan griff nach Luciens linker Hand und versuchte sie wegzuschieben ... versuchte ihren Mund freizubekommen ... ihren Kopf ... Doch selbst wenn sie nüchtern gewesen wäre, wäre er ihr kräftemäßig haushoch überlegen gewesen.

»Ist ja gut, Susan«, wisperte er ihr ins Ohr. »Bald ist alles vorbei.«

Blitzschnell schoss Luciens rechte Hand auf Susans Gesicht zu. Sie spürte einen kleinen Stich seitlich am Hals, und in diesem Moment trafen sich ihre Blicke.

Ihr eigener erfüllt von Todesangst.

Seiner abgrundtief böse.

# 41

Lucien berichtete von den Ereignissen jener lange zurückliegenden Nacht mit derselben Teilnahmslosigkeit wie jemand, der erzählt, was er zum Frühstück gegessen hat. Die ganze Zeit über ruhte sein Blick dabei auf Hunter.

Dieser gab sich alle Mühe, keine Gefühle zu zeigen, doch als Lucien schilderte, wie er Susan überwältigt hatte, schnürte es ihm die Kehle zu. Er wurde unruhig auf seinem Stuhl, unterbrach jedoch zu keinem Zeitpunkt den Blickkontakt zu Lucien.

Der hielt inne, als er geendet hatte, trank erneut einen Schluck von seinem Wasser und schwieg.

Warten.

Stille.

»Sie haben sie also betäubt«, sagte Taylor.

Lucien antwortete mit einem leicht gelangweilten Lächeln. »Ich habe ihr Propofol injiziert.«

Taylor schaute ratsuchend zu Hunter.

»Ein schnell wirkendes Sedativum«, klärte Lucien sie auf. »Erstaunlich, was man so alles besorgen kann, wenn es einem gelingt, sich Zutritt zum Gebäude der medizinischen Fakultät von Stanford zu verschaffen.«

»Und was ist dann passiert?«, wollte Taylor wissen. »Wo sind Sie mit ihr hingefahren? Was haben Sie gemacht?«

»Nein, nein, nein«, sagte Lucien mit einem sanften

Kopfschütteln. »Jetzt bin ich dran. So lautet unsere Abmachung, nicht wahr? Bis jetzt war dieses Fragespiel ja ziemlich einseitig.«

»Also gut«, lenkte Taylor ein. »Sagen Sie uns, was als Nächstes passiert ist, und danach dürfen Sie Ihre Frage stellen.«

»Auf keinen Fall. Jetzt bin ich an der Reihe. Zeit, endlich meine Neugier zu befriedigen.« Lucien massierte sich einen Moment lang den Nacken, ehe er sich an Hunter wandte. »Erzähl mir was aus deiner Kindheit, Robert. Erzähl mir von deiner Mutter.«

Hunters Kiefer spannte sich an.

Taylor machte ein verdutztes Gesicht.

»Eine Hand wäscht die andere«, sagte Lucien. »Ihr als Cops und Profiler und FBI-Agenten und so weiter, ihr wollt doch unbedingt verstehen, wie Menschen von meinem Schlag ticken, stimmt's? Ihr versucht doch die ganze Zeit zu ergründen, wie es im Kopf eines skrupellosen Mörders aussieht. Wie es möglich ist, dass ein Mensch im Leben eines anderen Menschen keinerlei Wert erkennt. Wie jemand zu so einer Bestie werden kann.« Lucien sprach vollkommen monoton. »Nun, und genauso gern möchte eine Bestie wie ich verstehen, wie Leute von *deinem* Schlag ticken. Die Helden der Gesellschaft ... die Aufrechten ... diejenigen, die für wildfremde Menschen ihr Leben aufs Spiel setzen.« Er machte eine effektheischende Pause. »Du willst mich verstehen. Ich will dich verstehen. So einfach ist das. Und wie Freud Ihnen sagen würde, Agent Taylor: Wenn man tief in die Psyche eines anderen eintauchen möchte, wenn man die Person verstehen will, zu der er sich entwickelt hat, ist es am besten, sich zuallererst seine Kindheit und die Beziehung zu seinen Eltern anzusehen. Ist das nicht richtig, Robert?«

Hunter schwieg.

Lucien ließ genüsslich jeden seiner Fingerknöchel knacken. Es war ein unangenehmes Geräusch wie das Brechen

182

von Knochen, und es schien von den Wänden seiner Zelle widerzuhallen.

»Also, Robert, bitte tu mir den Gefallen und still meine fünfundzwanzig Jahre alte Neugier, ja?«

»Ich muss dich enttäuschen, Lucien«, sagte Hunter. Seine Stimme klang dabei so ruhig und gemessen wie die eines Priesters bei der Beichte.

»Oh, ich glaube nicht, Robert«, gab Lucien in demselben friedlichen Ton zurück. »Das glaube ich ganz und gar nicht. Wenn du nämlich mehr darüber erfahren willst, was mit Susan passiert ist, zum Beispiel, wo ihr ihre Leiche finden könnt, dann wird dir gar keine andere Wahl bleiben.«

Der Kloß in Hunters Kehle wurde noch ein wenig größer.

»Erzähl mir, was passiert ist, Robert. Wie ist deine Mutter gestorben?«

Schweigen.

»Und bitte lüg mich nicht an. Ich garantiere dir, ich werde es merken.«


## 42


Hunter dachte an seine Begegnungen mit Susans Eltern zurück. Er und Lucien hatten sie mehrmals getroffen, immer wenn sie aus Nevada nach Stanford gekommen waren, um ihre Tochter zu besuchen. Sie waren ein sehr nettes Paar gewesen. Hunter hatte ihre Namen vergessen, aber er wusste noch genau, wie aufgeregt und stolz sie gewesen waren, dass Susan einen Platz an einer so renommierten Universität bekommen hatte. Sie war die Erste in ihrer Familie, die studierte.

Genau wie Hunters Eltern stammten auch Susans aus

ärmlichen Verhältnissen. Weder ihr Vater noch ihre Mutter hatte auch nur einen Highschool-Abschluss, beide waren im Alter von vierzehn Jahren von der Schule abgegangen und hatten sich Jobs gesucht, um ihre Familien finanziell zu unterstützen. Bei Susans Geburt hatten sie sich geschworen, dass ihre Tochter es einmal besser haben sollte. Susan war keine drei Monate alt, da begannen sie schon, Geld für ihr Studium zurückzulegen.

Nach amerikanischer Rechtsprechung kann eine Person für tot erklärt werden, wenn sie seit mindestens sieben Jahren verschollen ist und es in der ganzen Zeit kein Lebenszeichen von ihr gegeben hat. Die Anzahl der Jahre kann von Staat zu Staat ein wenig schwanken, trotzdem war sich Hunter sicher, dass Susans Eltern, sofern sie noch lebten, weiterhin einen winzigen Funken Hoffnung nährten, ihre Tochter könne noch am Leben sein, zumal es keine Leiche oder auch nur konkrete Beweise für ihren Tod gab. Das mindeste, was er für sie tun konnte, war, ihnen zu ermöglichen, endlich die Wahrheit zu erfahren und ihre Tochter in Würde zu beerdigen.

»Meine Mutter ist an Krebs gestorben, als ich sieben war«, sagte Hunter. Seine Sitzhaltung war nach wie vor relativ entspannt.

Lucien lächelte triumphierend. »Ja, so viel ist mir bekannt, Robert. Was war es für Krebs?«

»Glioblastoma multiforme.«

»Die aggressivste Form des primären Gehirntumors«, sagte Lucien emotionslos. »Das muss ein schwerer Schlag gewesen sein. Wie schnell ist er fortgeschritten?«

»Sehr schnell«, sagte Hunter. »Die Ärzte haben ihn zu spät erkannt. Drei Monate nach der Diagnose war sie tot.«

Jetzt war Taylor diejenige, die auf ihrem Platz unruhig wurde.

»Hat sie gelitten?«, wollte Lucien wissen.

Erneut verkrampfte sich Hunters Kiefer.

Lucien beugte sich vor, stellte die Ellbogen auf die Knie und begann ganz leicht die Hände gegeneinanderzureiben.

»Erzähl mir, Robert.« Die nächsten vier Worte sagte er betont langsam, mit einer Pause nach jedem Wort. »Hat deine Mutter gelitten? Hat sie nachts vor Schmerzen geschrien? Hat sie sich von einer gesunden, lebensfrohen Frau in einen Sack aus Haut und Knochen verwandelt? Hat sie ihren Tod herbeigesehnt?«

Hunter wurde klar, dass Lucien sein Spiel geändert hatte, zumindest für den Moment. Auf einmal war nicht mehr Taylor sein Zielobjekt. Nein, heute hatte er es auf Hunter abgesehen. Und er machte seine Sache verdammt gut.

»Ja«, antwortete Hunter.

»Ja?«, hakte Lucien nach. »Ja, auf welche Frage?«

»Auf alle.«

»Nur zu, sprich es aus.«

Lucien wartete.

»Ja, meine Mutter hat gelitten. Ja, sie hat nachts vor Schmerzen geschrien. Ja, sie hat sich von einer gesunden, lebensfrohen Frau in einen Sack aus Haut und Knochen verwandelt, und ja, sie hat ihren Tod herbeigesehnt.«

Taylor schielte zu Hunter hinüber. Sie hatte am ganzen Körper eine Gänsehaut.

»Wie hieß sie?«, fragte Lucien weiter.

»Helen.«

»Ist sie im Krankenhaus gestorben oder zu Hause?«

»Zu Hause«, sagte Hunter. »Sie wollte nicht ins Krankenhaus.«

»Verstehe.« Lucien nickte. »Sie wollte bei ihrer Familie sein ... die Menschen um sich haben, die sie liebte. Sehr edel, aber gleichzeitig auch seltsam und ein bisschen sadistisch. Sie wollte, dass ihr sieben Jahre alter Sohn hautnah miterlebt, wie sie sich quält ... ihre Schmerzen ... Das muss furchtbar gewesen sein.«

Erinnerungen stürzten auf Hunter ein, und es war ihm

unmöglich, ruhig zu bleiben. Er wandte den Blick ab und presste die Lippen zusammen. Er brauchte einen Moment, um sich zu fangen. Als er danach weitersprach, war seine Stimme fest, trotzdem ließ sich die Traurigkeit darin nicht ganz verbergen.

»Meine Mutter ist für einen Mindestlohn putzen gegangen. Mein Vater hat nachts als Wachmann gearbeitet und tagsüber andere Jobs angenommen, um sein niedriges Gehalt ein bisschen aufzubessern. Am Monatsende war immer das Geld knapp, selbst als beide noch gesund waren. Wir hatten keine Ersparnisse, weil nichts da war, was man hätte sparen können. Die Krankenversicherung meines Vaters hätte die stationäre Behandlung nicht übernommen, und die Krankenhausrechnungen hätten wir niemals bezahlen können. Es ging nicht anders, sie musste zu Hause bleiben.«

Ein langes, zähes Schweigen.

»Na, das ist aber mal eine traurige Geschichte, Robert«, sagte Lucien schließlich kalt. »Da hört man ja förmlich die Geigen schluchzen. Jetzt verrat mir noch eins: Warst du zu Hause, als deine Mutter gestorben ist?«

Hunter schüttelte den Kopf. »Nein.«

Lucien richtete sich wieder zu seiner normalen Sitzposition auf und nickte ruhig, ehe er aufstand. »Ich habe dir gesagt, ich merke, wenn du lügst, Robert. Und das *war* eine Lüge. Unser Gespräch ist hiermit beendet.«

Taylors erstaunter Blick sprang zwischen Hunter und Lucien hin und her.

»Scheiß auf Susans Leiche«, sagte Lucien. »Die werdet ihr niemals finden. Ich bin gespannt, wie du das ihren Eltern erklären willst.«

# 43

Lucien wandte sich ab und ging langsam zum Waschbecken.

Taylor versteifte sich, doch der spannungsgeladene Moment dauerte nur wenige Sekunden, dann hob Hunter zum Zeichen seines Einlenkens die Hände. »Also gut, Lucien, es tut mir leid.«

Lucien fuhr sich mit der Hand durchs Haar, stand aber weiterhin mit dem Rücken zu ihnen. Er ließ sich Zeit, als überlege er, ob er Hunters Entschuldigung annehmen sollte.

»Na ja, wahrscheinlich kann ich es dir nicht verübeln«, meinte er irgendwann. »Du musstest es probieren, um zu sehen, ob ich wirklich merke, wenn du lügst, das ist nachvollziehbar. Warum solltest du mir einfach glauben? Früher habe ich es ja auch nie gemerkt, stimmt's? Du hattest nie irgendwelche verräterischen Ticks, deine Miene hat nie etwas preisgegeben, egal in welcher Situation.« Endlich drehte er sich wieder zu ihnen um. »Tja, alter Freund, anscheinend wirst du alt. Oder es liegt daran, dass ich viel, viel besser darin geworden bin, andere Menschen zu lesen.«

Daran zweifelte Hunter nicht eine Sekunde. Viele Serienmörder werden zu wahren Experten darin, andere Leute zu beobachten und ihre Körpersignale zu deuten. Diese Fähigkeit hilft ihnen dabei, das richtige Opfer auszuwählen und den perfekten Zeitpunkt zum Zuschlagen abzupassen.

»Also«, fuhr Lucien fort. »Um der alten Zeiten willen lasse ich die Sache diesmal noch auf sich beruhen. Aber belüg mich kein zweites Mal, Robert.« Er setzte sich wieder hin. »Vielleicht möchtest du deine Antwort neu formulieren?«

Eine kurze Pause.

»Ja, ich war zu Hause, als meine Mutter gestorben ist«,

sagte Hunter. »Wie gesagt, mein Vater hat nachts als Wachmann gearbeitet, und meine Mutter ist in der Nacht gestorben.«

»Dann warst du mit deiner Mutter allein?«

Hunter nickte.

Lucien wartete, doch Hunter sprach nicht weiter. »Nur keine Müdigkeit, Robert. Haben ihre Schreie dir nachts Angst gemacht?«

»Ja.«

»Aber du hast dich nicht in deinem Zimmer verkrochen, stimmt's?«

»Nein.«

»Und warum nicht?«

»Weil ich noch mehr Angst davor hatte, nicht für sie da zu sein, wenn sie mich vielleicht braucht.«

»Und hat sie das? In ihrer letzten Nacht? Hat sie dich da gebraucht?«

Hunter hörte auf zu atmen.

»Hat sie dich da gebraucht, Robert?«

Hunter sah etwas in Luciens Augen, das er zuvor nicht bemerkt hatte – eine felsenfeste Gewissheit, als kenne er bereits sämtliche Antworten, und wenn Hunter auch nur um eine Haaresbreite von der Wahrheit abwich, würde Lucien es wissen.

»Ja«, sagte Hunter schließlich.

»Was genau hat sie von dir gebraucht?«, fragte Lucien. »Und denk dran, keine Lügen.«

»Tabletten«, sagte Hunter.

»Was war damit?«

»Meine Mutter hat Tabletten genommen. Sie haben ihr gegen die Schmerzen geholfen, zumindest eine Zeitlang. Als der Tumor wuchs, haben sie nicht mehr so gut gewirkt.«

»Sie brauchte also immer mehr«, sagte Lucien.

Hunter nickte.

188

Ein nachdenklicher Ausdruck trat in Luciens Gesicht; einen Augenblick später verzogen sich seine Lippen zu einem bösen Lächeln.

»Aber das waren verschreibungspflichtige Schmerzmittel, nicht wahr?«, sagte er. »Wahrscheinlich ziemlich starke. Opioide, würde ich mal vermuten, was bedeutet, dass man die zugelassene Höchstdosis auf keinen Fall überschreiten darf. Diese Tabletten standen nicht bei ihr am Bett, stimmt's, Robert? Das wäre viel zu gefährlich gewesen. Das Risiko einer versehentlichen Überdosis – nicht auszudenken. Wo waren sie dann? Im Bad? In der Küche? Wo?«

Schweigen.

»Die Tabletten, Robert. Wo waren sie?«, drängte Lucien.

Hunter hörte die Drohung in seiner Stimme.

»Mein Vater hat sie im Küchenschrank aufbewahrt.«

»Aber in der Nacht wollte deine Mutter sie haben.«

»Ja.«

Lucien kratzte die Narbe an seiner linken Wange.

»Sie hat die Schmerzen nicht mehr ausgehalten, richtig?«, bohrte er weiter. »Lieber wollte sie sterben. Sie hat um ihren Tod gebettelt, und du hast ihre Bitten erhört, weil du ihr die Pillen nämlich geholt hast, nicht wahr? Wie viele hast du ihr gegeben, Robert?« Dann wurde ihm etwas bewusst, und er hob die Hand, während sich gleichzeitig seine Augen ein wenig weiteten. »Nein, warte. Du hast ihr die ganze Flasche gegeben, stimmt's?«

Hunter sagte nichts, doch seine Erinnerungen katapultierten ihn zurück in jene Nacht.


Nachts war es immer am schlimmsten. Ihre Schreie waren noch durchdringender, ihr Stöhnen war noch lauter und gequälter als am Tag. Er bekam jedes Mal eine Gänsehaut davon. Nicht so, wie wenn er fror. Es war ein Zittern, das von ganz tief innen kam. Ihre Krankheit hatte ihr schon so viele Schmerzen bereitet, und er wünschte sich nichts sehnlicher, als dass er etwas tun könnte, um ihr zu helfen.

Der siebenjährige Robert Hunter hatte die schmerzerfüllten Schreie seiner Mutter gehört und vorsichtig die Tür zu ihrem Schlafzimmer geöffnet. Am liebsten hätte er geheult. Seit sie krank war, war ihm oft nach Heulen zumute, aber sein Vater hatte ihm gesagt, dass er das nicht durfte.

Durch die Krankheit sah sie so anders aus. Sie war so mager, dass er ihre Knochen durch die schlaffe Haut sehen konnte. Ihre schönen blonden Haare waren schütter und strohig. Ihre früher so strahlenden Augen hatten ihren Glanz verloren und waren tief in ihre Höhlen gesunken.

Zitternd blieb er in der Tür stehen. Seine Mutter lag zusammengerollt auf dem Bett, die Knie bis an die Brust gezogen, die Arme fest um die Beine geschlungen, das Gesicht schmerzverzerrt. Sie kniff die Augen zusammen und versuchte die winzige Gestalt im Türrahmen zu fokussieren.

»Bitte, Schatz«, wisperte sie, als sie ihren Sohn erkannt hatte. »Kannst du mir helfen? Es tut so weh. Ich halte das nicht mehr aus.«

Er versuchte mit aller Macht, seine Tränen herunterzuschlucken. »Was kann ich denn tun, Mom?« Seine Stimme klang genauso dünn wie ihre. »Soll ich Dad anrufen?«

Ihr gelang nur ein kaum merkliches Kopfschütteln. »Dad kann mir nicht helfen, Schatz, aber du. Kannst du herkommen ... bitte. Kannst du mir helfen?«

Seine Mutter sah aus wie eine Fremde. Unter ihren Augen lagen tiefdunkle Schatten. Ihre Lippen waren aufgesprungen und verkrustet.

»Ich kann dir ein bisschen Milch warm machen, Mom. Heiße Milch magst du doch.«

Er hätte alles getan, damit seine Mutter wieder lächelte. Als er näher trat, wimmerte sie, weil eine neue Schmerzwelle ihren Körper erfasst hatte. »Bitte, Schatz, hilf mir doch.« Ihr Atem kam in kurzen, rasselnden Stößen.

Trotz der Ermahnungen seines Vaters konnte er die Tränen nicht länger zurückhalten. Eine nach der anderen rollten sie seine Wangen hinab.

Seine Mutter sah, wie verängstigt er war. Er zitterte. »Ist gut, mein Schatz. Alles wird gut«, sagte sie mit bebender Stimme.

Er trat noch einen Schritt näher und legte seine Hand in ihre.

»Ich hab dich lieb, Mom.«

Bei diesen Worten stiegen ihr die Tränen in die Augen. »Ich habe dich auch lieb, mein Schatz.« Sie drückte seine Hand ganz leicht. Zu mehr war ihr geschwächter Körper nicht in der Lage. »Du musst mir helfen, Schatz ... bitte.«

»Was kann ich tun, Mom?«

»Kannst du mir meine Tabletten holen? Du weißt doch, wo sie sind, oder?«

Er wischte sich mit dem Handrücken die laufende Nase. Er wirkte verängstigt. »Die sind aber ganz oben im Schrank«, sagte er und wich ihrem Blick aus.

»Kannst du sie nicht für mich holen, Liebes? Bitte, es tut schon so lange weh. Du kannst dir nicht vorstellen, wie weh es tut.«

Seine Augen waren so voller Tränen, dass er alles nur noch verschwommen sah. Sein Herz fühlte sich ganz leer an, und er hatte das Gefühl, als hätte alle Kraft ihn verlassen. Ohne ein Wort drehte er sich langsam um und öffnete die Tür.

Seine Mutter versuchte, ihm etwas hinterherzurufen, aber ihre Stimme war so schwach, dass nur ein unverständliches Flüstern über ihre Lippen drang.

Ein paar Minuten später kam er mit einem Tablett zurück, auf dem sich ein Glas Wasser, zwei gefüllte Kekse und das Pillenfläschchen befanden. Sie starrte es an, als könne sie ihren Augen kaum trauen. Ganz langsam und trotz der unerträglichen Schmerzen setzte sie sich im Bett auf. Er trat näher, stellte das Tablett auf dem Nachttisch ab und reichte ihr das Wasserglas.

Sie sehnte sich so sehr danach, ihn in die Arme zu nehmen und fest zu drücken, doch sie hatte kaum noch die Kraft, sich zu bewegen; stattdessen schenkte sie ihm das aufrichtigste Lächeln, das er je gesehen hatte. Sie versuchte das Pillenfläschchen zu öffnen, doch ihre Finger waren viel zu schwach. Sie sah ihn an, in ihren Augen stand ein Flehen.

Er nahm ihr die Flasche aus den zitternden Fingern, drückte den Deckel herunter und drehte ihn entgegen dem Uhrzeigersinn. Dann schüttete er zwei Pillen in seine Handfläche und hielt sie ihr hin. Sie nahm sie, steckte sie in den Mund und schluckte sie, ohne auch nur an ihrem Wasser zu nippen. Ihre Augen flehten nach mehr.

»Ich hab den Beipackzettel gelesen, Mom. Da steht, man soll nicht mehr als acht Stück pro Tag nehmen. Du hattest jetzt schon zehn.«

»Du bist so klug, mein Schatz.« Wieder lächelte sie. »Du bist etwas ganz Besonderes. Ich habe dich so lieb, und ich bin so traurig, weil ich nicht erleben darf, wie du groß wirst.«

Erneut füllten sich seine Augen mit Tränen, als sie ihre knochigen Finger um das Arzneifläschchen schloss. Er hielt es fest.

»Ist schon gut«, flüsterte sie. »Es wird alles gut.«

Zögernd ließ er die Flasche los. »Dad ist dann bestimmt sauer auf mich.«

»Nein, ganz sicher nicht, Liebes. Das verspreche ich dir.« Sie steckte sich noch zwei Tabletten in den Mund.

»Ich hab dir die Kekse hier mitgebracht.« Er zeigte auf das Tablett. »Das sind deine Lieblingskekse, willst du nicht einen davon essen?«

»Gleich, Schatz, nachher.« Sie schluckte noch ein paar

Tabletten. »Wenn Daddy morgen früh nach Hause kommt, sagst du ihm dann, dass ich ihn liebe und dass ich ihn immer lieben werde? Machst du das für mich?«

Er nickte. Sein Blick war auf die mittlerweile fast leere Pillenflasche geheftet.

»Warum gehst du nicht und liest ein Buch, Schatz? Du liest doch so gerne.«

»Ich kann auch hier lesen, wenn du möchtest. Ich setz mich in die Ecke. Ich bin ganz leise, versprochen.«

Sie streckte die Hand aus und strich ihm übers Haar. »Es geht schon. Die Schmerzen sind schon fast weg.« Ihre Lider waren schwer geworden.

»Oder ich kann draußen Wache halten. Vor deiner Tür.«

Sie lächelte ein schmerzerfülltes Lächeln. »Warum willst du denn vor der Tür Wache halten, Schätzchen?«

»Du hast mir gesagt, dass manchmal Gott kommt und kranke Leute in den Himmel holt. Ich will nicht, dass er dich auch mitnimmt. Ich setz mich draußen vor die Tür, und wenn er kommt, sag ich ihm, er soll wieder weggehen. Ich sag ihm, dass es dir schon bessergeht und dass er dich nicht mitnehmen darf.«

»Du würdest Gott sagen, er soll weggehen?«

Er nickte heftig.

Wieder lächelte sie. »Du wirst mir so sehr fehlen, Robert.«


Taylor sah Hunter an und hatte das Gefühl, als würde ihr das Herz in der Brust zusammenschrumpfen.

Ein kaltes Lächeln legte sich über Luciens Lippen wie Eis über einen dunklen See. »Und dann bist du gegangen«, stellte er fest.

Hunter nickte.

»Und danach haben die Alpträume angefangen«, schloss Lucien wie ein Psychologe, der endlich die inneren Schutzwälle seines Patienten zum Einstürzen gebracht hat.

Ein beunruhigendes Schweigen breitete sich im Gang

des Zellentrakts aus, allerdings währte es nicht lange. Den Blick fest auf Lucien gerichtet, ließ Hunter die Erinnerungen endlich los.

»Susan, Lucien«, sagte er. Die Traurigkeit war aus seiner Stimme verschwunden. »Du hast jetzt, was du wolltest, also sag uns, was passiert ist, nachdem du sie in deinem Wagen betäubt hast.«

## 44

*La Honda, achtzehn Meilen von Palo Alto, Kalifornien*
*Fünfundzwanzig Jahre zuvor*

Susan Richards erwachte mit einem Ruck vom lauten Zuschlagen einer Tür. Trotz des Knalls öffnete sie die Augen nur langsam und unter heftigem Blinzeln, als wäre ihr Sand in die Augen geweht worden, der nun ihre Hornhaut reizte. Ihre Lider waren schwer und müde, und sosehr sie sich auch anstrengte, sie konnte nicht richtig scharf sehen. Alles war verschwommen.

Das Erste, was sie wahrnahm, war der Schwindel. Es war, als stecke sie in einem undeutlichen Traum fest, aus dem es kein Entrinnen gab. Ihr Mund war staubtrocken, ihre Zunge fühlte sich an wie Sandpapier. Dann bemerkte sie den Geruch – schmutzig, feucht, schimmlig, alt, einfach widerwärtig. Sie hatte keine Ahnung, wo sie war, aber es roch wie ein Ort, an dem seit Jahren keine Menschenseele mehr gewesen war. Trotz des Übelkeit erregenden Gestanks verlangten Susans Lungen nach Luft, und als sie einatmete, konnte sie die ranzige Atmosphäre des Raumes fast schmecken. Schon nach dem ersten Atemzug hatte sie das Gefühl, sich erbrechen zu müssen.

Dann, während sie noch hustete und würgte, stellte sich plötzlich ein scharfer, beinahe unerträglicher Schmerz ein. Ihr erschöpfter Körper brauchte eine Weile, um ihn zu lokalisieren. Die Schmerzen gingen von ihrem rechten Arm aus.

Allmählich wurde Susan bewusst, dass sie auf einem harten, sehr unbequemen Stuhl saß. Ihre Handgelenke waren hinter der Rückenlehne gefesselt, die Füße an die vorderen Stuhlbeine. Ihr Körper war schweißnass. Sie unternahm einen Versuch, den Kopf zu heben, der ihr auf die Brust gesackt war, doch die Anstrengung ließ eine Welle der Übelkeit in ihrem Magen hochschwappen.

Sie konnte die Lichtquelle nicht ausmachen – vielleicht war es eine Stehlampe oder eine alte Glühbirne an der Decke, die den Raum in ein trübes, gelbliches Licht tauchte. Schließlich bewegten sich ihre Augen nach rechts. Sie versuchte sich auf ihren Arm und die Ursache der Schmerzen zu konzentrieren. Weil sie immer noch benommen war, dauerte es einen Moment, bis ihr Blick scharf wurde. Als sich der Nebel vor ihren Augen gelichtet hatte, erschrak sie bis ins Mark.

»O mein Gott«, entfuhr es ihr.

An ihrem Arm fehlte ein großes Stück Haut – von der Schulter bis herunter zum Ellbogen. Dort war jetzt nur noch rohes, blutiges Fleisch zu sehen. Einen Augenblick lang hatte sie den Eindruck, als wäre die Wunde lebendig. Blut lief ihr den Arm hinab, über die Hand, zwischen den Fingern hindurch und tropfte auf den Betonboden, wo es am Fuß des Stuhls eine große purpurrote Lache bildete.

Susan wandte den Blick ab und übergab sich in ihren Schoß. Danach fühlte sie sich noch schwächer, und auch das Schwindelgefühl war schlimmer geworden.

»Das tut mir leid, Susan«, hörte sie eine vertraute Stimme sagen. »Du konntest den Anblick von Blut noch nie ertragen, stimmt's?«

Susan hustete noch ein paarmal und versuchte den widerlichen Geschmack von Erbrochenem loszuwerden. Sie richtete den Blick geradeaus, und jetzt sah sie auch die Gestalt, die vor ihr stand.

»Lucien ...«, flüsterte sie matt.

Bilder von der letzten Nacht im Rockerclub flackerten in ihrem Gedächtnis auf. Sie erinnerte sich noch, wie sie in Luciens Wagen gesessen hatte ... die Wut in seinen Augen. Und dann nichts mehr.

»Was ...« Weiter kam sie nicht, ihre Kehle war zu ausgedörrt, um Laute zu formen. Instinktiv zuckte ihr Blick erneut zu dem freiliegenden Fleisch an ihrem rechten Arm, und ein Zittern erfasste ihren gesamten Körper.

»Ach«, sagte Lucien wegwerfend und griff hinter sich. »Mach dir deswegen keine Sorgen. Das abscheuliche Ding wirst du kaum vermissen, oder?«

Er zeigte ihr ein großes, mit rosafarbener Flüssigkeit gefülltes Glas, in dem etwas schwamm. Susan kniff angestrengt die Augen zusammen, aber sie konnte nicht erkennen, was es war.

»Oh, entschuldige«, sagte Lucien, dem ihre Verwirrung nicht entgangen war. Er langte mit einer behandschuhten Hand in das Glas, um das darin schwimmende Objekt herauszufischen. »Ich zeige es dir. Die Ränder haben sich schon ein bisschen eingerollt.« Er glättete sie und zog das feuchte Hautstück straff, das er vor weniger als einer Stunde von ihrem Arm entfernt hatte. »Das ist ein scheußliches Tattoo, Susan. Keine Ahnung, wie du je auf die Idee gekommen bist, so was könnte cool aussehen.«

Saure Galle stieg Susan in den Mund, so dass sie erneut husten musste.

Lucien wartete in milder Belustigung ab, bis ihr Anfall vorbei war.

»Aber ich denke, es wird ein wunderbares Souvenir abgeben«, sagte er und nickte mehrmals hintereinander.

»Und weißt du was? Ich glaube, ich werde mir wirklich eine Sammlung anlegen. Die Theorie dahinter testen. Mal sehen, ob das zu mir passt. Was meinst du?«

Susans Kopf pochte im Rhythmus ihres hämmernden Herzens. Die Stricke, mit denen ihre Hände und Füße gefesselt waren, fühlten sich an, als schnitten sie ihr durchs Fleisch bis auf die Knochen. Sie wollte etwas sagen, doch die Angst schien jedes Wort aus ihrem Kopf gelöscht zu haben. Nur in ihren Augen waren die Furcht und Verzweiflung deutlich zu lesen.

Lucien legte das tätowierte Stück Haut ins Glas zurück.

»Weißt du«, sagte er. »Die Spritze lag seit fast einem Jahr in meinem Wagen. Ich habe schon so oft mit dem Gedanken gespielt, sie zu benutzen.«

Susan atmete ein, aber die Luft war zäh und schien ihre Nase zu verstopfen.

»Allerdings nicht bei dir«, fuhr Lucien fort. »Ich habe schon das eine oder andere Mal überlegt, ob ich vielleicht irgendwo eine Nutte aufgabeln soll. Wie du ja aus unseren Kriminologie-Vorlesungen weißt, sind sie die perfekten Opfer – man kann sie einfach auf der Straße ansprechen, und meistens kennt sie keiner.« Er zuckte mit den Schultern. »Leider ist es ein bisschen anders gekommen. Bis jetzt hatte ich noch nie das Gefühl, wirklich bereit dafür zu sein, aber heute Nacht war es anders. Heute Nacht habe ich zum allerersten Mal diesen echten Killerimpuls in mir gespürt.«

Susan schossen Tränen in die Augen. Die Luft im Raum schien immer dicker zu werden, immer schmutziger ... Fast hatte sie das Gefühl zu ersticken.

»Da war dieser unwiderstehliche Drang, es einfach zu tun, ohne an die Konsequenzen zu denken«, erklärte Lucien.

Aus seinen Augen leuchtete eine ganz neue Entschlossenheit. Als Susan dies sah, stieg erneut Panik in ihr hoch.

»Also habe ich beschlossen, nicht länger dagegen anzukämpfen«, fuhr er fort und trat einen Schritt auf sie zu. »Sondern dem Drang nachzugeben. Genau das habe ich getan. Und jetzt sind wir hier.«

Susan versuchte ihre Atmung zu beruhigen und nachzudenken, doch das alles kam ihr immer noch wie ein schrecklicher Traum vor. Aber wenn es ein Traum war, warum wachte sie dann nicht daraus auf?

»Lucien ...«, sagte sie. Sie klang heiser, ihre Stimme kratzte in ihrer Kehle. »Ich weiß ni-«

»Nein, nein, nein«, unterbrach Lucien sie und hob mahnend den linken Zeigefinger. »Es gibt nichts, was du noch sagen könntest. Begreifst du nicht, Susan? Es gibt kein Zurück mehr.« Er breitete die Arme aus, wie um ihr den Raum zu präsentieren. »Wir sind jetzt hier. Die Maschinerie wurde in Gang gesetzt. Die Schleusentore sind geöffnet, oder vielleicht fällt dir auch noch ein anderes Klischee ein. Wie auch immer man es nennt, der Ausgang ist vorgezeichnet.«

Das war der Moment, in dem Susan Luciens Blick bemerkte – fremd und eiskalt, der Blick eines Mannes ohne Seele. Sie war wie gelähmt.

Ihre Angst erregte Lucien. Er hatte erwartet, dass diese Erregung mit etwas anderem in ihm in Konflikt geraten würde – vielleicht mit seinem Moralverständnis oder seinen Gefühlen für Susan ... er wusste nicht genau, mit was, aber jedenfalls mit *irgendetwas*. Doch nichts dergleichen geschah. Er empfand allein das Hochgefühl, nun endlich das tun zu können, wovon er so lange geträumt hatte.

Susan wollte sprechen, sie wollte schreien, doch ihre Lippen waren vor Angst wie taub, und sie brachte kein Wort heraus. Stattdessen flehten ihre Augen Lucien um Gnade an ... eine Gnade, die er ihr nicht erweisen würde.

Völlig ohne Vorwarnung machte Lucien einen Schritt auf sie zu, und im nächsten Moment lagen seine Hände um ihren Hals.

Susan riss vor Schreck die Augen auf, und ihre Nackenmuskeln spannten sich an, als ihr Körper sich instinktiv gegen den Angriff zu wehren versuchte. Ihr Mund öffnete sich, sie schnappte panisch nach Luft, doch ihr Gehirn wusste, dass der Kampf verloren war. Luciens Daumen pressten ihr bereits die Luftröhre ab, und seine großen Handflächen übten genügend Druck auf ihre Halsschlagadern und Drosselvenen aus, um den Blutfluss zum Gehirn zu unterbrechen.

Als Susans Körper auf dem Stuhl zu zucken begann, lehnte Lucien sich mit seinem ganzen Gewicht auf ihren Schoß, um sie still zu halten. Gleich darauf gab unter seinen Daumen etwas nach. Da wusste er, dass er ihr den Kehlkopf und die Luftröhre eingedrückt hatte. Binnen Sekunden wäre Susan tot, doch Lucien hörte nicht auf, sie zu würgen. Er drückte immer weiter zu, bis er ihr das Zungenbein gebrochen hatte, und die ganze Zeit über blickten seine fiebrigen Augen in ihre sterbenden.

# 45

Hunter saß schweigend auf seinem Platz. Nicht ein Mal hatte er den Bericht unterbrochen, den Lucien distanziert und ohne jede Gefühlsregung vorgetragen hatte. Trotzdem hatte er hart darum kämpfen müssen, seine Emotionen in Schach zu halten.

Auch Taylor hatte schweigend zugehört, allerdings war sie dabei mehr als einmal unruhig geworden. Jede noch so kleine ihrer Bewegungen hatte Luciens Befriedigung und Belustigung gesteigert.

»Bevor du nachfragst«, sagte Lucien und sah Hunter an, »es ist nichts Sexuelles passiert. Ich habe Susan nicht angerührt, zumindest nicht so.« Ein Achselzucken. »Um die

Wahrheit zu sagen, hätte sie gar nicht meine Erste werden sollen. Ich hatte nie vor, ihr etwas zu tun. Sie ist nie in einer meiner Tausenden Fantasien vorgekommen. Es lag einfach nur an der Verkettung der Umstände.«

»Tausende?«, wiederholte Taylor.

Lucien schmunzelte. »Seien Sie doch nicht so naiv, Agent Taylor. Glauben Sie denn, Leute wie ich beschließen eines Tages aus heiterem Himmel zu morden, und am nächsten Tag ziehen sie los und suchen sich ihr erstes Opfer?« Er schüttelte mitleidig den Kopf. »Leute wie ich fantasieren vorher *lange* davon, anderen wehzutun, Agent Taylor. Einige beginnen damit schon als Kinder, andere erst später, aber wir alle tun es, und wir tun es *ständig*. Was mich angeht – meine Faszination mit dem Tod hat sehr früh angefangen. Mein Vater war ein ausgezeichneter Jäger, müssen Sie wissen. Er ist oft mit mir in den Bergen von Colorado jagen gewesen, und es war immer ein ganz besonderes Erlebnis – das Warten, das Nachstellen und dann der Moment, in dem man dem Tier direkt in die Augen blickt, unmittelbar bevor man abdrückt. Das hat mich nicht mehr losgelassen.«

Lucien rieb sich das Kinn, während er Hunter ansah. Ein Lächeln erschien auf seinem Gesicht.

»Da schau dich einer an, Robert. Man hört ja fast, wie es in deinem Kopf rattert. Der Psychologe in dir stellt schon eifrig Zusammenhänge her zwischen meinen Jagderlebnissen als Kind und dem Mörder, der ich später geworden bin.« Er lachte. »Bevor du fragst, ich war als Kind kein Bettnässer, und ich habe auch nie mit Feuer gespielt.«

Mit dieser Bemerkung nahm Lucien auf die MacDonald-Triade Bezug, eine psychologische Theorie, der zufolge es drei spezifische Verhaltensauffälligkeiten bei Kindern gibt, die auf eine spätere Gewaltneigung, insbesondere Mord, hindeuten können, sofern sie alle drei zusammen auftreten. Diese Auffälligkeiten sind: Grausamkeit gegenüber

Tieren, ein Hang zur Brandstiftung sowie regelmäßiges Bettnässen über das Alter von fünf Jahren hinaus. Obwohl in Studien kein statistisch signifikanter Zusammenhang zwischen dieser Triade und späteren Gewaltverbrechen nachgewiesen werden konnte, zeigt sich, dass Gewalt gegen Tiere, gesondert betrachtet, diejenige Verhaltensauffälligkeit ist, die in der frühen Biographie einer Vielzahl festgenommener Serienmörder eine Rolle spielt. Darüber wusste natürlich auch Hunter Bescheid.

Lucien schabte mit dem Zeigefinger zwischen seinen oberen Schneidezähnen, als wollte er einen festsitzenden Speiserest von dort entfernen. »Tja, nur zu, alter Freund. Analysier munter drauflos. Ich bin sicher, ich werde dich überraschen.«

»Das hast du bereits.«

Luciens Mundwinkel zuckten im Anflug eines selbstgefälligen Lächelns nach oben. »Trotz meiner Jagderlebnisse als Kind«, fuhr er fort, »sind solche Träume bei mir zum ersten Mal in der neunten Klasse aufgetreten.«

Taylor horchte auf.

»Ich habe aber nicht davon geträumt, wie ich auf der Jagd bin. Sondern wie ich anderen Menschen Schmerzen zufüge. Manchmal waren es Menschen, die ich kannte, manchmal solche, die ich noch nie zuvor gesehen hatte … Ausgeburten meiner Fantasie. Es waren immer äußerst brutale Träume, und eigentlich hätten sie mir Angst machen müssen, aber stattdessen haben sie eine regelrechte Euphorie in mir ausgelöst. Ich fühlte mich gut dabei – so gut, dass ich gar nicht mehr aufwachen wollte. Ich wollte nicht, dass die Träume aufhörten … Ab einem gewissen Zeitpunkt habe ich dann auch tagsüber angefangen zu fantasieren, während ich hellwach war. Die Hauptrolle in diesen …«, Lucien starrte in die Luft, als suche er dort nach der passenden Formulierung, »… sagen wir mal: intensiven Vorstellungen haben meistens Leute gespielt, die ich nicht mochte ... Lehrer, Mitschüler, die mich schikaniert haben, verhasste Verwandte ... allerdings nicht immer.« Er hielt inne und machte ein Gesicht, wie um zu sagen: *Tja, so ist das eben.* »Aber Susan kam nie in einer meiner Fantasien vor. Sie passte an dem Abend einfach nur perfekt in meinen Plan.«

Lucien stand auf, ging zum Waschbecken und füllte erneut seinen Becher.

»Das war der wahre Beweggrund für mich, Psychologie, insbesondere Kriminalpsychologie, zu studieren«, fuhr er fort, während er sich wieder auf sein Bett setzte. »Ich wollte verstehen, was in meinem Kopf los war. Wieso ich ständig diese Gewaltfantasien hatte.« Er tippte sich mit der Spitze des Zeigefingers an die Stirn. »Wieso sie mir so viel Vergnügen bereitet haben und ob es etwas gab, was ich tun konnte, um sie loszuwerden.« Er glückste. »Aber glaubt man es? Das Studium hatte genau den gegenteiligen Effekt. Je länger ich studierte und je mehr Theorien über die spezifischen psychologischen Besonderheiten von Mördern ich mir einverleibte, desto mehr hat mich das Thema gepackt.« Lucien verstummte und trank einen Schluck von seinem Wasser. »Ich wollte sie testen.«

»Sie testen?«, fragte Taylor. »Wen testen – oder was?«

»Die Theorien«, sagte Hunter, der genau wusste, was Lucien meinte.

Taylor sah ihn an.

Lucien zeigte mit dem Finger auf ihn und machte ein Gesicht, wie um zu sagen: *Volltreffer, Robert.* »Ich wollte die Theorien testen.« Er beugte sich ein wenig vor. »Warst du nicht neugierig, Robert? Als Student mit einem so wachen, so wissbegierigen Geist, wolltest du da nicht herausfinden, was wirklich im Kopf eines Serienmörders vorgeht? Wie diese Leute wirklich ticken? Wolltest du nicht wissen, ob die Theorien, die man uns vorgesetzt hat, der Realität entsprachen oder ob sie einfach nur ein Haufen halbgarer Spekulationen waren, zusammengesponnen von ein paar Psychologen in ihren Elfenbeintürmen?«

Hunter musterte Lucien schweigend.

»Also, ich schon«, sagte Lucien. »Je mehr Theorien ich studiert habe, desto öfter habe ich sie mit den Gefühlen verglichen, die mein Fantasieren auslösten. Irgendwann bin ich dann auf eine Theorie gestoßen, die zu mir zu passen schien.«

Lucien betrachtete Taylor auf eine Art und Weise, dass sie sich nackt und ausgeliefert fühlte.

»Möchten Sie vielleicht einen Tipp abgeben, welche Theorie das war, Agent Taylor?«

Taylor ließ sich nicht einschüchtern. »Die Theorie, die besagt, dass man ein krankes, hirngeficktes Arschloch sein muss, um das zu tun, was Sie getan haben?«, fragte sie ohne eine Spur Zorn oder auch nur Erregung in der Stimme.

Lucien lächelte bloß. »Robert?« Sein Blick wanderte weiter zu Hunter, und er zog auffordernd die Augenbrauen hoch.

Hunter stand nicht der Sinn nach Spielchen, aber Lucien hielt nach wie vor alle Trümpfe in der Hand.

»Die Theorie, dass Fantasien eines Tages vielleicht nicht mehr genug sind«, antwortete er.

Luciens Lächeln wurde breiter, dann wandte er sich wieder an Taylor. »Er ist wirklich gut, oder? Ganz genau, Robert. Ich habe immer weiter fantasiert, bis mir eines Tages klar wurde, dass die Fantasien einfach nicht mehr ausreichten. Das Hochgefühl war nicht mehr so intensiv wie zu Anfang. Um dasselbe Maß an Befriedigung zu erreichen, musste ich also einen Schritt weiter gehen.« Sein Blick ging nun wieder zu Hunter. Er sah ihn an, als wolle er ihm danken. »Und dann, Robert, hast du etwas gesagt, was den Stein ins Rollen gebracht hat.«

# 46

Falls Lucien auf eine Reaktion spekuliert hatte, wurde er enttäuscht. Hunter blieb vollkommen ruhig sitzen und erwiderte Luciens Blick. Statt seiner war es Taylor, die ihre Verwunderung zum Ausdruck brachte.

»Wie meinen Sie das?«, fragte sie und rutschte auf ihrem Stuhl hin und her.

Lucien hielt Hunters Blick noch eine Zeitlang fest, nach wie vor auf eine Reaktion wartend.

Nichts.

»Robert und ich haben früher oft ausgiebig über diese Theorien diskutiert«, begann Lucien. »Kein Wunder: Zwei junge kluge Köpfe wie wir wollten natürlich begreifen, in was für einer verrückten Welt sie leben, außerdem waren wir sehr ehrgeizig. Und während einer dieser Diskussionen, das war im zweiten Jahr, hat Robert eine Bemerkung gemacht, die bei mir so einiges ausgelöst hat.«

Taylor schielte zu Hunter hinüber.

Dessen Aufmerksamkeit jedoch galt ausschließlich Lucien.

»Ich erkläre es Ihnen, Agent Taylor«, erbot sich Lucien mit einem Grinsen. »Wir nahmen zu der Zeit gerade die Physiologie des Gehirns durch, und unsere Frage war, ob die Wissenschaft irgendwann in der Lage sein würde, diejenige Hirnregion zu identifizieren, die unseren Drang steuert, etwas zu tun – irgendetwas, und sei es, ein Mörder zu werden.«

Lucien beobachtete Hunter. Dessen Miene gab nichts preis, doch Lucien spürte genau, dass sein Freund die Diskussion keineswegs vergessen hatte.

»Ich hoffe, du hast nichts dagegen, wenn ich dein Beispiel von damals heranziehe, Robert«, sagte Lucien. »Ich kann mich noch gut daran erinnern.« Er wartete nicht auf

Hunters Einverständnis. »Zwei Brüder«, begann er, wobei er sich vornehmlich an Taylor richtete. »Eineiige Zwillinge, unter identischen Lebensbedingungen in derselben Umgebung aufgewachsen. Beide haben dieselbe Menge an Liebe und Zuneigung von ihren Eltern bekommen, sie haben dieselben Schulen besucht, dieselben Klassen sogar, und ihnen wurden dieselben moralischen Werte vermittelt. Beide allgemein beliebt. Fleißige Schüler.« Lucien hob die Schultern. »Gutaussehend. Lange Rede, kurzer Sinn, Agent Taylor: Es gab keinerlei Unterschiede in Erziehung und sozialem Umfeld.«

Taylors Stirnrunzeln war minimal, aber Lucien bemerkte es dennoch.

»Nur Geduld«, sagte er. »Der Nebel wird sich schon bald lichten. Also, nehmen wir weiterhin an, dass diese beiden Brüder sich zu leidenschaftlichen Musikliebhabern entwickelt haben.« Lucien zwinkerte Hunter zu. »Sie hören beide dieselbe Art von Musik, mögen dieselben Bands. Sie tragen die Kleider und Frisuren ihrer Idole. Sie kaufen alle Platten.« Lucien hielt inne und lächelte. »Na ja, das war damals – heute würden sie die Musik einfach runterladen, aber egal. Sie besitzen die Band-T-Shirts, die Käppis, Poster, Buttons … alles. Sie gehen zu jedem Konzert, das in ihrer Stadt gespielt wird. Aber es gibt einen entscheidenden Unterschied. Bruder A ist glücklich damit, einfach nur Fan zu sein. Ihm reicht es, zu den Gigs seiner Bands zu gehen, daheim in seinem Zimmer ihre Songs zu hören und sich so anzuziehen wie seine Idole. Bruder B hingegen will mehr. Einfach nur Fan zu sein, auf Konzerte zu gehen, Musik zu hören – das reicht ihm auf Dauer nicht. Da ist etwas in ihm, das ihn dazu drängt, selbst als Musiker aktiv zu werden. Also lernt Bruder B ein Instrument spielen und wird Mitglied in einer Band. Und schon haben wir es.«

Lucien machte eine Pause, damit Taylor Gelegenheit hatte, das Gesagte nachzuvollziehen, ehe er fortfuhr.

»Es ist dieser kleine Unterschied, von dem alles abhängt, Agent Taylor. Warum will Bruder B, der unter haargenau den gleichen Bedingungen aufgewachsen ist, auf einmal ein kleines bisschen mehr als Bruder A? Wieso reicht es dem einen, bloß Fan zu sein, und dem anderen nicht?«

Vielleicht dachte Taylor tatsächlich darüber nach, wie sie darauf antworten sollte, aber Lucien ließ es gar nicht so weit kommen.

»Dieselbe Theorie lässt sich problemlos auf den Drang zu morden übertragen.« Diesmal war sein Grinsen noch selbstgefälliger. »Manche Menschen mit Gewaltneigung sind vielleicht vollkommen zufrieden damit, sich gewalttätige Filme anzuschauen oder gewalttätige Bücher zu lesen oder auf einen Boxsack einzuschlagen oder was weiß ich. Andere hingegen ...« Er schüttelte bedächtig den Kopf. »Andere verspüren das Bedürfnis, ein kleines bisschen weiter zu gehen. Bruder B zu werden. Und es ist dieser Drang – der Drang, der den einen Menschen mehr wollen lässt als den anderen –, von dem Robert glaubte, die Wissenschaft würde niemals seinen Ursprung finden. Zumindest nicht seinen physiologischen Ursprung, denn er sagte, es sei genau dieser Drang, der uns zu Individuen macht. Durch den wir uns voneinander unterscheiden.«

Hunter ließ Lucien nicht aus den Augen. Dieser war ganz mitgerissen von seinem eigenen Vortrag, wie ein Prediger in der Kirche. Vermutlich war das mit ein Grund, weshalb er Taylor sichtlich ins Grübeln gebracht hatte.

»Wollen Sie damit sagen, Roberts Argument in Ihrer Diskussion damals war der Auslöser dafür, dass Sie angefangen haben zu morden?«, sagte Taylor mit Hohn in der Stimme. »Sie suchen nach jemandem, auf den Sie die Schuld für Ihre Taten abwälzen können. Typisch.«

Lucien warf den Kopf in den Nacken und lachte aus vollem Halse. »Aber ganz und gar nicht, Agent Taylor. Alles, was ich getan habe, habe ich getan, weil ich es so wollte.« Er zeigte mit dem Finger auf Hunter. »Aber lassen wir die Physiologie einen Moment lang beiseite. Das Argument hat mich schwer beschäftigt, alter Freund, weil mir nämlich in dem Moment klargeworden ist, dass es genau das war, was ich brauchte: Ich musste aufhören zu fantasieren. Ich musste aufhören, den Drang zu unterdrücken, sondern endlich den nächsten Schritt in Angriff nehmen … und Bruder B werden. Also habe ich angefangen zu planen. Wissen Sie, Agent Taylor, einer der großen Vorteile eines Kriminologiestudiums ist ja, dass man etwas über die berüchtigtsten Mörder der Geschichte lernt. Glauben Sie mir, ich habe sie gründlich studiert. Ich habe Fachzeitschriften und Magazine abonniert, ich habe die Veröffentlichungen vieler namhafter forensischer Psychologen gelesen. Ich habe etwas über Sexualmörder gelernt, über Serienmörder, über Mörder beim Militär, über Massenmörder und Auftragsmörder. Ich habe mich mit Massakern und Mordkomplotten beschäftigt. Ich habe so ziemlich alles gelernt, was es zu dem Thema zu lernen gibt, aber was mich dabei ganz besonders interessiert hat, waren die Fehler der Täter. Insbesondere die Fehler, die zu ihrer Verhaftung geführt haben.«

Taylor schoss zurück: »Na ja, offensichtlich haben Sie dabei nicht so gut aufgepasst – wenn man Ihre gegenwärtige Lage bedenkt.« Sie ließ den Blick vielsagend durch seine Zelle schweifen.

Lucien schien Taylors Bemerkung nicht persönlich zu nehmen.

»Ach, allemal gut genug, Agent Taylor. Unfälle kann leider kein Mensch vorhersehen. Der Grund, weshalb ich hier sitze, ist nicht, dass ich einen Fehler gemacht habe, noch ist es Ihnen zuzuschreiben oder der Organisation, für die Sie arbeiten. Es liegt schlichtweg daran, dass es vor sieben Tagen zu einer höchst unglücklichen Verkettung von Ereignissen kam. Ereignisse, die nicht meiner Kontrolle unterlagen. Geben Sie es zu, Agent Taylor, das FBI hatte keinen blassen Schimmer, dass ich überhaupt existiere. Es gab keine Ermittlungen gegen mich, gegen eins meiner Pseudonyme oder in einem meiner Morde.«

»Irgendwann hätten wir Sie gefasst«, sagte Taylor.

»Aber sicher doch.« Lucien grinste spöttisch. »Wie dem auch sei, ich sagte gerade, dass ich anfing zu planen. Und als Erstes galt es, einen abgeschiedenen Ort zu finden. Einen Ort, an dem ich ungestört war und in aller Ruhe meiner Beschäftigung nachgehen konnte.«

»Und in La Honda bist du fündig geworden«, sagte Hunter.

»Genau«, bestätigte Lucien. »Es war bloß eine alte, verlassene Hütte mitten im Wald. Sie lag nahe genug an Stanford, dass sie mit dem Auto leicht zu erreichen war. Und das Beste: Ich konnte abgelegene Nebenstraßen benutzen. Niemand würde mich sehen.«

Lucien stand auf und streckte seinen muskulösen Körper.

»Die Hütte steht noch«, sagte er. »Ich war vor gar nicht allzu langer Zeit noch mal da.« Er setzte sich nicht wieder hin. »Wisst ihr was? Ich habe ein bisschen Kopfschmerzen, außerdem kriege ich langsam Hunger. Was sagt ihr dazu, wenn wir eine Pause einlegen?« Er schob sich den Ärmel hoch und sah auf sein Handgelenk, als trüge er eine Armbanduhr. »Machen wir in zwei Stunden weiter, einverstanden?«

»Nein, Lucien«, antwortete Hunter. »Susans Leiche, wo ist sie?«

»Ob du das jetzt oder in zwei Stunden erfährst, Robert, das macht doch keinen Unterschied. Es ist ja nicht so, als ob du losstürzen und sie retten müsstest, habe ich recht?«

# 47

Draußen strahlte wieder einmal die Sonne vom wolkenlosen Himmel. Es war ein warmer, heiterer Tag, der den meisten Menschen ein Lächeln ins Gesicht zauberte, allerdings schien sich dieser Zauber nicht bis auf das BSU-Gebäude zu erstrecken.

Hunter hatte im zweiten Stock ein leeres Besprechungszimmer aufgetan. Dort stand er nun am Fenster und starrte nach draußen, als Taylor hereinkam und leise die Tür hinter sich schloss.

»Hier sind Sie also.«

Ohne sich umzudrehen, warf Hunter einen Blick auf seine Uhr. Es war erst zehn Minuten her, dass sie Lucien in seiner Zelle allein gelassen hatten, aber ihm kam es wie Stunden vor.

»Alles in Ordnung bei Ihnen?«, erkundigte sich Taylor im Näherkommen.

»Ja, mir geht's gut«, antwortete Hunter mit Nachdruck.

Taylor zögerte kurz. »Also, ich muss mal für eine Weile hier raus.«

Hunter drehte sich um und sah sie an.

»Ich muss an die frische Luft, wenigstens für eine Stunde. Den Kopf freikriegen, bevor ich das nächste Mal da runtergehe.«

Hunter konnte ihren Wunsch gut nachvollziehen.

»Ich kenne ein Lokal ganz in der Nähe. Bei schönem Wetter so wie heute haben sie Tische draußen«, fügte Taylor hinzu. »Das Essen ist sehr gut, und falls Sie keinen Hunger haben, auch nicht schlimm – der Kaffee ist sogar noch besser. Was meinen Sie, sollen wir kurz mal das Weite suchen?«

Hunter ließ sich nicht zweimal bitten.

# 48

Obwohl ihre letzte Mahlzeit mehr als viereinhalb Stunden zurücklag, hatten weder Hunter noch Taylor großen Appetit. Hunter bestellte lediglich einen schwarzen Kaffee, Taylor entschied sich für einen doppelten Espresso. Sie saßen an einem der Tische im Außenbereich der kleinen italienischen Cantina in der Garrisonville Road, weniger als fünfzehn Autominuten von der FBI-Akademie entfernt.

Taylor rührte in ihrer Tasse und sah zu, wie die dünne Schicht hellbrauner Crema an der Oberfläche sich langsam auflöste. Sie überlegte, ob sie Hunter sagen sollte, wie leid ihr das tat, was seiner Mutter passiert war. Sie überlegte auch, ob sie ihm vielleicht von ihrer eigenen Mutter erzählen sollte, entschied sich dann aber dagegen. Kein gutes Gesprächsthema. Irgendwann war sie fertig mit dem Umrühren und legte den Löffel auf die Untertasse.

»Was hat Lucien gemeint, als er sagte, Ihre Freundin Susan hätte in der Nacht perfekt in seinen Plan gepasst?«, fragte sie.

Hunter wartete, dass sein Kaffee ein wenig abkühlte. Er gehörte nicht zu den Menschen wie sein Partner beim LAPD, Carlos Garcia, die sich kochend heißen Kaffee eingossen, fünf Sekunden warteten und ihn dann trinken konnten, als wäre er lauwarm.

Hunter hob den Blick.

»Lucien und Susan hatten gerade ihr Examen gemacht«, sagte er. »Für Susan war ihre Zeit auf dem College zu Ende. Es gab keine Veranstaltungen mehr, an denen sie teilnehmen musste. Sie hatte keinen Job, keinen Freund, keinen Ehemann – sie wurde von niemandem zu einer bestimmten Zeit irgendwo erwartet. Ihre Eltern lebten in Nevada. Keiner rechnete damit, so bald wieder von ihr zu hören –

unter anderem weil sie ja allen gesagt hatte, dass sie nach dem Abschluss erst mal eine Weile reisen wollte.«

»Mit anderen Worten: Wenn sie verschwand«, führte Taylor Hunters Gedankengang fort, »würden die Leute einfach davon ausgehen, dass sie auf Reisen war – kein Grund, sich Sorgen zu machen, wenigstens nicht fürs Erste.«

»Richtig«, bestätigte Hunter. »Die äußeren Umstände machten sie zum perfekten Opfer, das lange Zeit niemand vermissen würde. Das war Lucien natürlich klar.«

Eine junge Kellnerin, groß, die langen dunklen Haare zu einem Fischgrätenzopf geflochten, kam an ihren Tisch.

»Sind Sie sicher, dass Sie nicht wenigstens einen kurzen Blick in die Karte werfen wollen?«, fragte sie mit dem Hauch eines italienischen Akzents. »Ich kann die Gnocchi nach Art des Hauses mit einer Sauce aus Käse, Tomaten und Basilikum empfehlen.« Sie schenkte ihnen ein bezauberndes Lächeln. »Die sind so gut, da wollen Sie hinterher den Teller ablecken.«

Gnocchi waren Hunters Lieblingsgericht der italienischen Küche, trotzdem war ihm nicht nach essen zumute.

»Das klingt sehr verlockend«, sagte er, wobei er ihr Lächeln erwiderte. »Aber ich habe heute keinen großen Appetit. Vielleicht ein andermal.« Er nickte Taylor zu.

»Ich leider auch nicht. Ich bleibe beim Kaffee, danke.«

»Kein Problem«, sagte die Kellnerin. Sie zögerte. Sah sie noch einmal an. »Ich wünsche Ihnen beiden wirklich, dass Sie das wieder hinkriegen«, fügte sie freundlich hinzu. »Sie passen so gut zusammen.« Sie schenkte ihnen noch ein aufmunterndes Lächeln, bevor sie zu einem anderen Tisch weiterging, um dort die Bestellung einer kleinen Gruppe aufzunehmen.

»*So* wirken wir nach außen?«, fragte Taylor, kaum dass sie außer Hörweite war. »Wie ein Paar, das sich gestritten hat?«

Hunter hatte ein belustigtes Lächeln auf den Lippen. Er zuckte mit den Schultern. »Scheint so.«

Im ersten Moment schien Taylor peinlich berührt, doch sie hatte sich schnell wieder unter Kontrolle. »Nehmen Sie ihm das ab – dass Susan nie in seinen Gewaltfantasien vorkam?«, wollte sie jetzt von Hunter wissen. »Nehmen Sie ihm ab, dass sie sein allererstes Opfer war? Und dass er sie nicht vergewaltigt hat?«

Hunter machte es sich auf seinem Stuhl bequem. »Weshalb hätte er lügen sollen?«

»Ach, keine Ahnung. Wahrscheinlich will ich es einfach nur verstehen ... Wenn Susan tatsächlich Luciens erstes Opfer war und er davor nie Gewaltfantasien von ihr hatte, wieso hat er dann sie ausgesucht und nicht jemand anderen ... einen Fremden?«

Hunter runzelte die Stirn. »Ich dachte, darüber hätten wir vor einer Minute gesprochen.«

»Nein, ich rede nicht von den konkreten Gegebenheiten des einen Abends oder der einen Woche, Robert. Ich rede davon, dass trotz der Umstände, die Susan zum idealen Opfer gemacht haben, und vorausgesetzt, dass alles nicht nur gespielt war, sie und Lucien miteinander befreundet waren. Seinen Schilderungen zufolge hatte er sogar ein romantisches Interesse an ihr. Das lässt doch eindeutig auf eine emotionale Bindung schließen.«

Hunters Kaffee war zwischenzeitlich so weit abgekühlt, dass er einen großzügigen Schluck davon trinken konnte. »Und jetzt denken Sie, dass es einen Täter doch viel mehr Überwindung kosten muss, eine Person zu überwältigen, teilweise zu häuten und zu töten, die er kennt. Mit der er befreundet oder in die er sogar verliebt ist.«

»Genau.« Taylor nickte. »Erst recht, wenn es um sein allererstes Opfer geht. Wenn Lucien nicht schon vorher davon fantasiert hat, Susan zu töten, wieso quält und ermordet er dann ausgerechnet sie, seine gute Freundin? Er hätte doch problemlos ein anderes Opfer finden können – einen Wildfremden, jemanden, den er in einer Bar oder einem Club aufgegabelt hat, eine Prostituierte oder was weiß ich – auf alle Fälle jemanden, für den er keine Gefühle hatte. Jemanden, der ihm vollkommen egal war.«

»Und genau so jemand war Susan für ihn.«

Taylor runzelte die Stirn.

»Sie versuchen die Sache von Ihrer eigenen Warte aus zu betrachten, Courtney«, sagte Hunter und stellte seine Kaffeetasse hin. »Sie versuchen es aus Ihrer Sicht zu begreifen, und wenn Sie das tun, stehen Ihnen unweigerlich Ihre Emotionen im Weg. Sie müssen versuchen, es mit Luciens Augen zu sehen. Seine Form der Psychopathie ist nicht opferzentriert.«

Taylor hielt Hunters Blick lange fest. Jeder Agent in der Einheit für Verhaltensforschung des FBI weiß, dass es zwei Haupttypen aggressiver Psychopathen gibt. Für den ersten – den opferzentrierten Typus – stellt das Opfer als solches den zentralen Teil des Tatgeschehens dar. Der Täter hat Fantasien über einen ganz bestimmten Typ von Opfer, deshalb muss auch jedes Opfer, das er auswählt, diesem Typ ähnlich sein. In der Regel bezieht sich diese Ähnlichkeit auf rein äußerliche Merkmale. Bei einem opferzentrierten Psychopathen dreht sich die Fantasie ganz um das äußere Erscheinungsbild eines Opfers. Es sind die physischen Attribute, die ihn erregen. Oft ist es so, dass die Opfer den Täter an eine konkrete Person erinnern. In solchen Fällen ist immer eine starke emotionale Bindung zwischen Täter und Opfer vorhanden, und in neunzig Prozent aller Fälle beinhalten die der Tat vorausgehenden Fantasien des Täters eine sexuelle Handlung. Dementsprechend kommt es fast immer dazu, dass das Opfer entweder vor oder nach dem Mord sexuell missbraucht wird.

Für den zweiten Haupttypus des aggressiven Psychopathen – den gewaltzentrierten Typus – ist das Opfer sekundär. Das Wichtigste für ihn ist der Gewaltakt. Es ist das Töten an sich, das ihm Vergnügen bereitet. Er fantasiert weder über einen bestimmten Opfertypus noch darüber, wie er sexuelle Handlungen an seinen Opfern vollzieht, denn Sex verschafft ihm wenig bis gar keine Befriedigung. Im Gegenteil: Er wäre lediglich eine Ablenkung vom Eigentlichen, nämlich der Ausübung von Gewalt. Er fantasiert davon, sein Opfer zu foltern, ihm Schmerzen zuzufügen, und ihn erregt der Gedanke an die gottgleiche Macht, die seine Taten ihm verleihen. Für einen Psychopathen dieses Typs kann jeder zum Opfer werden, selbst Freunde und Familienangehörige. Insofern hat er ein sehr viel höheres Maß an emotionaler Distanz zu seinen Opfern als ein opferzentrierter Psychopath. Er findet nichts dabei, einen Freund, einen Verwandten, einen Geliebten oder Ehepartner zu entführen, zu quälen und zu ermorden ... für ihn spielen solche Faktoren keine Rolle. Persönliche Gefühle sind für ihn ohne jede Relevanz.

»Was veranlasst Sie zu der Annahme, dass Luciens Psychopathie nicht opferzentriert ist?«, fragte Taylor.

Hunter trank seine Tasse aus und wischte sich mit einer Papierserviette den Mund ab.

»Alles, was wir bislang über ihn wissen.«

Taylor lehnte sich ein Stück über den Tisch und legte auffordernd den Kopf schief.

»Die Souvenirs, die in der Kiste in Luciens Haus gefunden wurden – wissen Sie nicht mehr?«, sagte Hunter. »Nicht alle stammen von Frauen, und diejenigen, die von Frauen stammen, variieren stark in der Größe. Das verrät uns doch, dass Äußerlichkeiten, ja selbst das Geschlecht des Opfers, für Lucien keine Rolle spielen. Noch dazu hat er es uns selbst gesagt ... sogar zweimal.«

Taylor schwieg. Hunter sah ihr an, dass sie die Vernehmung vom Vormittag noch einmal in Gedanken Revue passieren ließ.

»Er hat uns gesagt, dass er in der neunten Klasse zum ersten Mal geträumt hat, wie er andere Menschen quält«, half Hunter ihrem Gedächtnis auf die Sprünge. »Manchmal waren es Leute, die er kannte, manchmal aber auch solche, die er im wahren Leben noch nie gesehen hatte ... Produkte seiner Fantasie. Es gab keine Gemeinsamkeiten zwischen ihnen.«

Taylor erinnerte sich an Luciens Worte, allerdings hatte sie nicht die entsprechenden Schlüsse daraus gezogen.

»Als die Fantasien schließlich auch tagsüber anfingen, ging es darin immer um Personen, gegen die er eine Abneigung empfand. Auch das hat er uns gesagt. Manchmal waren es Lehrer, manchmal verhasste Mitschüler, manchmal Familienmitglieder. Aussehen und Geschlecht spielten keine Rolle. In Luciens Träumen und Fantasien war es völlig irrelevant, wem er Schmerzen zufügt. Was ihn erregt hat, war immer nur der Gewaltakt selbst.«

Hunter warf einen Blick auf seine Uhr. Es war Zeit aufzubrechen.

»Glauben Sie mir, Courtney, welche Gefühle Lucien auch immer für Susan hatte, keins davon hätte ihn von seiner Tat abbringen können. Nicht mal Liebe.«

## 49

Zum Mittagessen hatte man Lucien ein Aluminiumtablett mit einer Scheibe Brot, klumpigem Kartoffelbrei, einer kleinen Portion Gemüse und zwei Stücken Hühnchen in einer undefinierbaren gelben Sauce gegeben. Allem fehlte es an Salz, als wäre es stattdessen mit einer extra Prise Nichts gewürzt worden. Lucien war überzeugt, dass das FBI geschmacksfreies Essen neu definiert hatte, aber das war ihm so gut wie egal. Er aß nicht des Geschmackserlebnisses wegen oder aus Vergnügen. Er aß, um seinen Körper und seinen Geist mit Energie zu versorgen, damit seinen Muskeln wenigstens ein Teil der Nährstoffe zugeführt wurde, die sie brauchten. Und er aß alles bis zum letzten Bissen auf.

Keine zehn Minuten nachdem er seine Mahlzeit beendet hatte, hörte Lucien den vertrauten Summton und das Klicken, als die Tür am Ende des Ganges geöffnet wurde.

»Fast auf die Sekunde genau zwei Stunden«, sagte er, als Hunter und Taylor vor seiner Zelle auftauchten. »Ich hatte schon so das Gefühl, dass ihr pünktlich sein würdet.« Lucien wartete, bis sie sich hingesetzt hatten. »Macht es euch was aus, wenn ich stehen bleibe und beim Reden ein bisschen hin und her gehe? Das regt den Blutfluss zum Gehirn an, und es hilft mir, den Fraß zu verdauen, der in dem Laden hier als Essen bezeichnet wird.« Mit einer ruckartigen Bewegung seines Kopfes deutete er auf das leere Tablett.

Niemand erhob Einwände.

»Also«, sagte Lucien. »Wo waren wir?«

Natürlich hatte Lucien keineswegs vergessen, wo sie zwei Stunden zuvor aufgehört hatten. Die Frage war Teil des Spiels.

»Bei Susan Richards«, sagte Taylor. Sie schlug ruhig die Beine übereinander, verschränkte die Finger und stellte den rechten Ellbogen auf die Armlehne ihres Stuhls.

»Richtig«, sagte Lucien, während er hinter der Scheibe seiner Zelle langsam hin und her spazierte. »Was war noch gleich mit ihr?«

»Ihre Leiche, Lucien«, sagte Hunter in festem, allerdings nicht drohendem Ton. »Wo ist sie?«

»Stimmt, das wollte ich euch verraten.« Auf einmal nahm Luciens Lächeln einen perversen Zug an. »Hast du dich schon mit ihren Eltern in Verbindung gesetzt, Robert? Leben sie noch?«

»Was?«

»Susans Eltern. Wir haben sie ein paarmal getroffen, erinnerst du dich? Sind sie noch am Leben?«

»Ja. Sie leben noch«, antwortete Hunter.

Lucien nahm die Auskunft mit einem Nicken zur Kenntnis. »Schienen nette Leute zu sein. Wirst du ihnen die Nachricht überbringen?«

Das konnte Hunter nicht mit Sicherheit sagen, allerdings hatte er Luciens Spielchen mittlerweile so satt, dass er einfach irgendeine Antwort gab, ob sie nun der Wahrheit entsprach oder nicht. Hauptsache, Lucien fing endlich an zu reden.

»Ja.«

»Und machst du es am Telefon oder persönlich?«

*Irgendeine Antwort, egal welche.*

»Persönlich.«

Lucien ließ diese Information kurz auf sich wirken, ehe er zu Hunters anfänglicher Frage zurückkam. »Weißt du, Robert, in der Nacht damals, da habe ich Dinge empfunden ... Gefühle, über die ich bis dahin nur in Kriminologiebüchern, Verhörprotokollen und Schilderungen festgenommener Straftäter gelesen hatte. Zutiefst persönliche, intime Emotionen. Und je mehr ich darüber las, desto größer wurde mein Wunsch, sie einmal am eigenen Leib zu spüren. Schließlich war das die einzige Möglichkeit, festzustellen, ob sie auf mich überhaupt zutrafen.«

Er machte eine Pause und starrte die Wand an, als hinge dort ein unsichtbares Kunstwerk, das seine Aufmerksamkeit fesselte.

»In jener Nacht, Robert, da konnte ich spüren, wie ihr Lebenslicht erlosch.« Luciens Blick glitt hinab zu seinen Händen, ehe er fortfuhr. »Ich konnte spüren, wie ihr Herz unter meinen Händen pochte, und je fester ich zudrückte, desto schwächer schlug es.« Er drehte sich zu Hunter und Taylor um. »In dem Moment wurde ich erhöht. Es war wie eine außerkörperliche Erfahrung. In dem Moment wurde mir klar, dass die Empfindung, die so viele beschrieben hatten – das Gefühl, über das wir so oft gelesen hatten –, tatsächlich real war.«

Taylors Blick huschte zu Hunter und dann zurück zu Lucien. »Von was für einem Gefühl reden Sie?«

Lucien antwortete nicht. Sein Blick reichte die Frage an Hunter weiter.

»Das Gefühl, Gott zu sein«, sagte dieser.

Lucien nickte. »Und wieder richtig, Robert. Das Gefühl, Gott zu sein. Ein Gefühl von solch uneingeschränkter Macht, dass ich bis dahin wirklich geglaubt hatte, es wäre Gott allein vorbehalten. Und ich schwöre dir, es stimmt, was man sagt. Dieses Gefühl verändert dein Leben für immer. Es ist berauschend, Robert, süchtig machend, hypnotisierend. Vor allem wenn man ihnen direkt in die Augen sieht, während man ihnen das Leben aus dem Körper presst. Das ist der Moment, in dem man zu Gott wird.«

*Nein*, dachte Hunter. *Das ist der Moment, in dem man sich in seinem Wahn einbildet, Gott zu sein. Nur ein völlig Verblendeter würde glauben, er oder sie könne auch nur für den winzigsten Augenblick lang wirklich zu Gott werden.* Er sagte nichts, merkte aber, wie Lucien die Finger langsam zur Faust schloss, ehe er sich gleich darauf an Taylor wandte.

»Sagen Sie, Agent Taylor, haben Sie schon mal einen Menschen getötet?«

Die Frage überrumpelte Taylor völlig, und in einem Strudel der Erinnerungen begann ihr Herz zu rasen wie ein Dampfhammer.

# 50

Es passierte drei Jahre nachdem Taylor ihre Ausbildung an der FBI-Akademie abgeschlossen hatte. Sie war ins Büro nach New York versetzt worden, allerdings hatten die

Ereignisse, die sich in jener Nacht zutrugen, nichts mit einem der Fälle zu tun, an denen sie gerade arbeitete.

An diesem Abend hatte Taylor Stunden damit zugebracht, die Ermittlungsakten des NYPD und New Jersey Police Departments über einen Serienmörder durchzuarbeiten, den sie den »Anzeigenmörder« getauft hatten.

In den zurückliegenden Monaten hatte der Anzeigenmörder sechs Frauen vergewaltigt und getötet – vier in New York und zwei in New Jersey. Alle sechs waren freischaffende Sexarbeiterinnen gewesen, und alle sechs entsprachen einem bestimmten körperlichen Schema – dunkle schulterlange Haare, braune Augen, zwischen neunzehn und fünfunddreißig Jahre, durchschnittliche Größe, durchschnittliches Gewicht. Der Spitzname »Anzeigenmörder« kam daher, dass die mittlerweile neun Monate andauernden Ermittlungen bislang nur einen einzigen konkreten Anhaltspunkt ergeben hatten, nämlich dass alle sechs Frauen Kleinanzeigen auf den Kontaktseiten kostenloser lokaler Tageszeitungen geschaltet hatten, in denen sie für ihre »Tantra-Massagen« warben.

Nach neun Monaten ohne nennenswerte Ergebnisse hatte der Bürgermeister von New York den Polizeichef aufgefordert, das FBI um Unterstützung zu bitten. Courtney Taylor war einer der zwei Agenten, die für den Fall abgestellt worden waren.

Als Taylor in jener Oktobernacht das FBI-Büro im dreiundzwanzigsten Stock des Federal Plaza Building verließ, war es schon nach Mitternacht. Sie fuhr langsam durch Manhattan, ehe sie in den Midtown-Tunnel einbog, der sie zu ihrer kleinen Zweizimmerwohnung in Astoria im Nordwesten von Queens führte. In Gedanken war sie immer noch ganz bei dem Fall. Sie war so damit beschäftigt, das Chaos in ihrem Kopf zu ordnen und Verbindungen zwischen einzelnen Aspekten des Falls herzustellen, dass ihr erst beim Passieren eines Vierundzwanzig-Stunden-Supermarkts in der 21st Avenue einfiel, dass ihr zu Hause noch einige Lebensmittel fehlten.

»Ach, Mist!«, fluchte sie, lenkte den Wagen rasch nach rechts und parkte auf einem Stellplatz unmittelbar hinter dem Laden. Als sie den Motor abstellte, erinnerte ihr Magen sie daran, wie hungrig sie war, indem er seine eigene Version des Brunftrufs eines Wals zum Besten gab.

Zu der späten Stunde war in dem kleinen Markt nicht viel los – zwei, vielleicht drei Kunden wanderten zwischen den Regalreihen umher. Der junge Kassierer nickte Taylor mechanisch zu, ehe er sich wieder dem Taschenbuch zuwandte, in dem er gerade las.

Taylor nahm sich am Eingang einen Korb und fing an, wahllos einige Sachen hineinzuwerfen. Sie hatte gerade eine Zwei-Liter-Flasche Milch aus einem der Kühlschränke im hinteren Bereich des Ladens geholt, als von vorn plötzlich Lärm zu hören war. Sie runzelte die Stirn und spähte um die Ecke, konnte aber nichts Ungewöhnliches entdecken. Trotzdem meldete ihr Instinkt, dass irgendetwas nicht stimmte, und Taylor hatte schon vor langer Zeit gelernt, stets auf ihren Instinkt zu vertrauen. Sie stellte ihren Einkaufskorb auf den Boden und ging bis zum nächsten Gang weiter.

»Tempo, du Wichser, sonst blas ich dir dein verschissenes Hirn raus. Ich hab nicht die ganze Nacht Zeit«, hörte sie jemanden mit sehr nervöser Stimme sagen, noch bevor sie Gelegenheit hatte, erneut um die Ecke zu linsen.

Sofort zog Taylor ihre Glock 22, entsicherte sie und lud so leise wie möglich durch. Die Walgesänge in ihrem Bauch waren schlagartig verstummt, übertönt durch das Heavy-Metal-Schlagzeugsolo ihres Herzens. Das hier war keine von langer Hand geplante FBI-Operation. Keine Übung. Das hier war einfach nur saudummes Pech. Das hier war die Realität, und sie spielte sich direkt vor ihren Augen ab.

Sie duckte sich, um nicht gesehen zu werden, und

schlich rasch den Gang entlang. Kurz vor Ende der Regalreihe blieb sie stehen. Durch eine Lücke zwischen den Artikeln konnte sie den runden Überwachungsspiegel oben in der Ecke sehen.

»Du blöder Penner, glaubst du, ich will dich verscheißern, oder was?«, hörte sie die Stimme sagen. »Sieht das hier aus wie ein Scherz? Beeil dich gefälligst, sonst kriegst du 'ne Kugel in deinen fetten Arsch, hast du kapiert?«

Das Trommelsolo in Taylors Brust wurde schneller. Im Spiegel konnte sie einen einzelnen Täter erkennen. Er sah jung aus. Er war groß und dünn, trug Jeans, ein dunkles, übergroßes Yankees-Sweatshirt und hatte den Großteil seines Gesichts hinter einem rotschwarzen Dreieckstuch verborgen. Er zielte mit einer 92er Beretta Halbautomatik direkt in das Gesicht des verängstigten Kassierers.

Der Kopf des Täters zuckte alle paar Sekunden nach rechts und links wie bei einem nervösen Huhn. Offenbar versuchte er gleichzeitig die Eingangstür und die Regalreihen des Ladens im Auge zu behalten. Selbst aus der Entfernung konnte Taylor sehen, dass er auf Drogen war. Was die Situation noch deutlich brisanter machte.

Obwohl er sich die ganze Zeit umsah, war der Junge mit der Beretta so high, dass er nicht einmal den Streifenwagen bemerkte, der vor dem Supermarkt gehalten hatte.

Officer Turkowski war nicht wegen eines Notrufs gekommen. Der kleine Supermarkt in einem dunklen Winkel von Queens hatte keinen stillen Alarm oder Panikknopf unter dem Kassentresen. Nein, Officer Turkowski hatte einfach nur Hunger bekommen und beschlossen, sich ein paar Donuts und vielleicht einige Twinkies zu holen, die ihn durch die nächste Stunde bringen sollten. Er hatte überlegt, sich bei Taco Bell in der Jackson Avenue einen Burrito zu holen, aber der Vierundzwanzig-Stunden-Markt war gleich um die Ecke, und außerdem hatte er Appetit auf etwas Süßes.

Turkowski war ein junger Officer und seit zweieinhalb Jahren beim NYPD. Erst seit acht Wochen durfte er an zwei Abenden pro Woche alleine auf Streife gehen. Wie es der Zufall wollte, war dies so ein Abend.

Er stieg aus seinem Crown Vic, und ausnahmsweise schloss er die Fahrertür leise, statt sie zuzuwerfen.

Im Laden hatte der völlig verängstigte Kassierer zwischenzeitlich das Bargeld aus der Kasse in eine Papiertüte gesteckt und wollte diese gerade dem Räuber übergeben, als er den jungen Polizisten in der Ladentür auftauchen sah.

Turkowski bemerkte den Jungen mit der Beretta, eine Sekunde bevor dieser ihn bemerkte. Keine Zeit, Verstärkung zu rufen. Er besann sich auf seine Polizeiausbildung, und innerhalb von Sekundenbruchteilen hatte er seine Pistole aus dem Holster gerissen, mit beiden Händen gepackt und zielte auf den Räuber.

»Waffe fallen lassen«, brüllte er.

Der Junge hatte das Geld und den Kassierer komplett vergessen. Seine einzige Sorge galt jetzt dem Polizisten mit der Waffe. Er wirbelte herum, und im nächsten Moment zielte seine Beretta auf Turkowskis Brust.

»Fick dich, Bulle, lass *du* deine Waffe fallen«, sagte er. Er hielt seine Pistole leicht nach außen gedreht und in einer Hand wie ein Straßengangster. Ein Blinder konnte sehen, wie angespannt er war, aber offenbar war dies nicht sein erster Überfall. Mit einer geschmeidigen Bewegung drehte er sich vollständig zu dem Polizisten herum und machte gleichzeitig einen Schritt nach hinten, wodurch er sich strategisch klug mit dem Rücken zur Ladenfront positionierte. Jetzt befand sich der Kassierer ein Stück links von ihm, der Polizist zu seiner Rechten, und die Regalreihen hatte er direkt vor sich, so dass er von allen drei Beteiligten den besten Überblick hatte.

Taylor, die sich nach wie vor im Gang versteckt hielt, hatte genau den spiegelverkehrten Blick.

»Ich habe gesagt: Fallen lassen!«, wiederholte Turkowski und machte einen Schritt nach rechts. »Legen Sie die Waffe auf den Boden, treten Sie einen Schritt vor, knien Sie sich hin, und nehmen Sie die Hände hinter den Kopf.«

In geduckter Haltung war Taylor ein Stück weiter nach vorne geschlichen. Sie war nun fast bei der Kasse angekommen. Noch hatte niemand sie bemerkt. Von ihrem neuen Versteck aus hatte sie eine bessere Sicht auf das Geschehen, vor allem auf den Täter. Seine Augen waren weit aufgerissen – eine Folge von Adrenalin, Nervosität und Drogen – und seine Bewegungen steif, trotzdem zeigte er keine Furcht, als befände er sich nicht zum ersten Mal in einer Situation wie dieser. Als hätte er die Lage bestens im Griff. Turkowski wirkte deutlich angespannter.

»Leck mich, Bulle«, sagte der Junge, und dann zog er sich mit der linken Hand das Tuch vom Gesicht.

Taylor war sofort klar, dass das nichts Gutes verhieß. Sie musste handeln, bevor die Situation noch weiter eskalierte.

Zu spät.

Es war wie im Film. Taylor richtete sich auf. Die ganze Szene schien in Zeitlupe abzulaufen. Der Junge hatte sie noch nicht bemerkt, und niemand würde jemals erfahren, ob er ihre Anwesenheit spürte, noch bevor sie ihre Deckung aufgab. So oder so, er gab Officer Turkowski keine Chance ... keine Warnung. Er feuerte kurz hintereinander drei Schüsse aus seiner 92er Beretta ab.

Die erste Kugel traf Turkowski in der rechten Schulter, wo sie Sehnen durchschlug, Knochen zertrümmerte und eine Blutfontäne aus der Einschusswunde aufspritzen ließ. Die zweite und dritte trafen ihn direkt in die Brust, kurz über dem Herzen. Sie zerfetzten den linken und rechten Vorhof, die Lungenarterie und die Lungenvene. Turkowski war tot, noch ehe er am Boden lag.

Der Junge geriet nicht in Panik, als er das viele Blut sah. Er wirbelte auf den Ballen zum Kassierer herum, schnappte sich die Tüte mit dem Geld und riss die Waffe hoch. Er hatte bereits einen Cop umgebracht, wieso sollte er da einen Zeugen am Leben lassen?

Taylor war die Entschlossenheit in seinem Blick und seinen Bewegungen nicht entgangen. Sie ahnte, was passieren würde, und bevor er den Alptraum wahr machen konnte, war sie aufgesprungen. Sie machte einen Schritt aus ihrem Versteck. Die Mündung ihrer Glock 22 zielte auf den jungen Räuber mit der Beretta.

Der nahm sie aus dem Augenwinkel wahr. Instinktiv drehte er sich zu ihr herum, wobei sich sein Finger bereits um den Abzug krümmte.

Taylor hatte keine Zeit mehr, einen Befehl oder eine Warnung zu rufen, aber sie wusste auch, dass es nichts geändert hätte. Der Junge hätte nicht darauf reagiert. Er hätte sie mit derselben Kaltblütigkeit erschossen wie den Polizisten.

Taylor schoss nur ein einziges Mal.

Die Kugel sollte den Jungen eigentlich nur verwunden. Ihn in den Oberarm oder an der Schulter treffen, damit er die Waffe fallen ließ. Aber sie hatte zu hastig geschossen, und der Junge befand sich noch mitten in der Bewegung. Die Kugel traf ihn höher und ein paar Zentimeter weiter rechts als beabsichtigt. Er wurde von der Wucht des Geschosses nach hinten geschleudert, und ein Teil seines Halses spritzte hinter ihm gegen die Wand. Innerhalb von dreieinhalb Minuten war er verblutet. Der Krankenwagen brauchte zehn Minuten, bis er vor Ort war.

Der Täter war erst achtzehn Jahre alt.

# 51

Taylor versuchte mit aller Macht, sich keine Gefühls-regung anmerken zu lassen, und blinzelte die Erinnerun-gen weg.

»Wie bitte?« Sie legte den Kopf schief, als hätte sie Luci-ens Frage nicht richtig verstanden.

»Sie waren doch bestimmt schon bei Hunderten von FBI-Einsätzen dabei, Agent Taylor«, sagte Lucien. »Was ich wissen will, ist: Mussten Sie bei einem dieser Einsätze schon mal Ihre Waffe ziehen und jemanden töten, und sei es in ›Notwehr‹?«

Taylor war nicht bereit, mit Lucien die Geschehnisse je-ner lange zurückliegenden Nacht zu erörtern, zumal sie wusste, dass eine ehrliche Antwort ihn nur dazu ansta-cheln würde, so lange in der Wunde zu bohren, bis sie wie-der anfing zu bluten. Also konzentrierte sie sich auf ihre Atmung, ihren Blick und alles, was sie sonst noch hätte ver-raten können. Erst dann gab sie ihm ihre Antwort.

»Nein.«

Lucien beobachtete Taylor scharf, doch diesmal ließ ihr Pokerface sie nicht im Stich. Falls irgendetwas ihre Antwort als Lüge entlarvte, so fiel es ihm nicht auf.

»Robert, du?«, gab Lucien die Frage an Hunter weiter. »Lüg mich nicht an.«

Wieder einmal beschlich Hunter das Gefühl, dass Lu-cien die Antwort bereits kannte.

»Ja«, sagte er. »Leider habe ich schon mehrere Menschen im Dienst getötet.«

»Wie viele?«

Hunter musste nicht lange nachdenken. »Ich habe sechs Menschen erschossen.«

Lucien ließ sich das auf der Zunge zergehen. »Und du hast dabei nie diese grenzenlose Macht verspürt? Du hattest nie das Gefühl, Gott zu sein? Nicht ein einziges Mal?«

»Nein, hatte ich nicht«, sagte Hunter, ohne zu zögern. »Wenn es vermeidbar gewesen wäre, hätte ich es nicht getan.«

Sie starrten einander mehrere Sekunden lang an, als fochten ihre Augen einen erbitterten Kampf aus.

»Susans Leiche, Lucien«, sagte Hunter endlich. »Wo ist sie?«

»Also schön«, sagte Lucien und brach den Blickkontakt ab. Er holte tief Luft. »Wie ich eben schon sagte, Robert, die Hütte in La Honda steht noch. Als an dem Abend die Magie des Augenblicks verflogen war, als das Adrenalinhoch nachließ und ich aufhörte zu zittern, da wurde mir natürlich bewusst, dass ich die Leiche so entsorgen musste, dass niemand sie findet. Aber über das Problem hatte ich mir schon im Voraus Gedanken gemacht. Das war einer von vielen Gründen, weshalb ich die Hütte ausgesucht hatte – sie lag mitten im Wald.« Ein gleichmütiges Schulterzucken. »Allerdings hatte ich vorher keine Ahnung, dass es in dieser Nacht passieren würde«, fügte er hinzu. »Es war ganz bestimmt nicht meine Absicht, als ich das Wohnheim verließ, um mich mit Susan zu treffen. Wie gesagt, es hat sich einfach so ergeben.«

Erneut begann er, die Hände hinter dem Rücken verschränkt, in seiner Zelle auf und ab zu gehen.

»Also habe ich den Rest der Nacht bis zum Morgen gegraben. Am Ende war die Grube etwa einen Meter zwanzig tief. Vielleicht waren es auch eins fünfzig. Ich hatte vorsichtshalber schon jede Menge Tüten Kaffee gekauft und ein paar Flaschen Puma-Urin.«

Sowohl Hunter als auch Taylor wussten, dass Kaffeepulver den Geruchssinn von Tieren stört und dazu führen kann, dass sie eine aufgenommene Fährte wieder verlieren. Puma-Urin, das man ohne Schwierigkeiten bei verschiedenen Händlern in ganz Amerika beziehen kann, wird vor allem seiner Eigenschaften als Raubtierduft wegen geschätzt. Sein Geruch verjagt viele andere Raubtiere wie Füchse, Wölfe und Kojoten. Es ist ein einfaches Naturgesetz: Je stärker und tödlicher das Raubtier, desto mehr Tiere verschreckt sein Geruch.

»Ich habe ihre Leiche im Wald hinter der Hütte vergraben«, sagte Lucien, »unter mehreren Schichten Erde, Kaffee und Puma-Urin. Dann habe ich alles mit Blättern und Ästen zugedeckt. Ich kann euch garantieren, dass kein Mensch oder Tier ihre Ruhe je gestört hat.«

»Und wo befindet sich diese Hütte?«, fragte Hunter.

In den nun folgenden zwei Minuten beschrieb Lucien ihnen detailliert, wie man von der Sears Ranch Road in La Honda aus zu der Hütte im Wald gelangte.

Lucien blieb direkt vor Hunter stehen. »Wirst du ihnen alles sagen? Die Wahrheit?«

Hunter wusste, dass Lucien mit »ihnen« Susans Eltern meinte.

»Ja.«

»Hm ... ich frage mich, wie sie das aufnehmen werden. Wie sie wohl reagieren?«

»Was kümmert Sie das?«, spie Taylor. »Wenigstens wissen sie dann endlich Bescheid. Sie können ihre Tochter in Würde beerdigen. Und sie haben die Gewissheit, dass das Monster, das ihnen das Kind weggenommen hat, den Rest seines Lebens hinter Gittern verbringen wird.«

Lucien hatte sich wieder in Bewegung gesetzt, doch statt von rechts nach links, ging er nun zwischen der hinteren Zellenwand und der Plexiglasscheibe hin und her.

»Das meinte ich gar nicht, Agent Taylor.« Seine Lippen verzogen sich zu etwas, das halb gemeines Grinsen, halb belustigtes Schmunzeln war. »Ich meinte ... Ich frage mich, wie es ihnen wohl gehen wird, wenn sie erfahren, dass sie ihre eigene Tochter *gegessen* haben.«

## 52

Adrian Kennedy hatte beschlossen, sämtliche Termine in Washington, D. C., abzusagen und mindestens für einen weiteren Tag in Quantico zu bleiben. In all seinen Jahren beim FBI hatte kein Fall oder Verdächtiger ihn so sehr in Atem gehalten wie Lucien Folter.

Am Abend zuvor hatte er noch einen Hintergrundcheck von Susan Richards' Eltern veranlasst. Das war auch der Grund, weshalb Hunter gewusst hatte, dass sie noch am Leben waren. Ihr Vater war inzwischen einundsiebzig, ihre Mutter neunundsechzig. Beide waren in Rente. Kennedy hatte Hunter auch mitgeteilt, dass sie noch immer in demselben alten Haus in Boulder City, Nevada, wohnten und nach wie vor mindestens einmal pro Monat bei den Polizeidienststellen in Palo Alto und Santa Clara County anriefen, um sich zu erkundigen, ob es Neuigkeiten über ihre Tochter gab.

Kennedy und Dr. Lambert hatten alle Gespräche über die Monitore im Kontrollraum des Zellentrakts verfolgt. Hin und wieder machte einer der beiden eine kurze Bemerkung, doch größtenteils schwiegen sie. Kaum hatte Kennedy Luciens Anweisungen, wie sie Susan Richards' Grab hinter der Hütte in La Honda finden konnten, gehört, griff er nach dem Telefonhörer auf dem Schreibtisch.

»Holen Sie mir den leitenden Special Agent in unserer Außenstelle in San Francisco an den Apparat ... sofort!«

Binnen Sekunden hatte Kennedy Special Agent Bradley Simmons in der Leitung, einen stillen Mann, der seit über zwanzig Jahren für das FBI tätig war, neun davon im Büro in San Francisco. Er kam aus Texas, was man ihm immer noch anhörte.

Kennedy hatte Luciens Ausführungen genau verfolgt. Er musste sich weder die Tonbandaufzeichnung anhören noch einen Blick in seine Notizen werfen. Er konnte alles wortgetreu wiedergeben.

»Wenden Sie sich an die Polizei und das Sheriffbüro von La Honda, aber nur im äußersten Notfall, verstanden?«, sagte Kennedy, sobald Agent Simmons sich alles notiert hatte. »Die Aktion ist allein Sache des FBI. Soweit wir wissen, handelt es sich um eine abgelegene Stelle im Wald. Keine Nachbarn, niemand wohnt im näheren Umkreis, das war der Hauptgrund, weshalb er das Haus ausgesucht hat. Wenn Sie also nicht unbedingt jemanden einweihen müssen ... *dann weihen Sie niemanden ein*. Machen Sie sich sofort auf den Weg, und geben Sie mir Bescheid, sobald Sie was gefunden haben.«

Kennedy legte auf. Er wandte sich gerade rechtzeitig wieder den Monitoren zu, um Luciens letzte Bemerkung zu hören. Er erstarrte und warf Dr. Lambert einen Blick zu.

»Hat er gerade gesagt, dass sie ihre Tochter *gegessen* haben?«

Dr. Lambert saß mit fassungsloser Miene vor den Monitoren. Er wollte die Aufzeichnung zurückspulen, nur um ganz sicherzugehen, auch wenn er eigentlich wusste, dass er sich die Mühe sparen konnte. Er hatte richtig gehört. Ohne seine Aufmerksamkeit von den Bildschirmen abzuwenden, nickte er langsam.

Genau in dem Moment klopfte es. Wer auch immer draußen stand, wartete nicht auf ein »Herein«, sondern stieß einfach die Tür auf.

»Direktor Kennedy«, sagte der Mann und betrat den Kontrollraum.

Es war Chris Welch, Anfang vierzig, mit mittellangen, aus der Stirn gekämmten blonden Haaren. Er hatte etwas in der Hand, das nach einem Notizbuch aussah.

»Tut mir leid, wenn ich störe, Sir.« Welch arbeitete in der Abteilung für Verhaltensanalyse. »Sie haben mich gebeten,

Sie umgehend zu benachrichtigen, wenn wir in einem der Bücher etwas finden, was vielleicht wichtig sein könnte.« Mit einer Kopfbewegung deutete er auf das Notizbuch. Es war ein gewöhnliches Buch im DIN-A4-Format mit braunschwarz marmoriertem Pappeinband.

Alle Bücher und Notizbücher, die man in Luciens Haus in Murphy sichergestellt hatte, waren der Einheit für Verhaltensanalyse übergeben worden. Deren Aufgabe war es nun, ihren Inhalt gründlich durchzugehen.

»Ich habe mir gedacht, dass Sie sich das hier bestimmt ansehen wollen.« Welch schlug das Buch auf und reichte es Kennedy.

Kennedy überflog einige Seiten, ehe er einen schweren Seufzer ausstieß.

»Gütiger Gott.«

## 53

Obwohl die Lüftung auf Hochtouren lief, herrschte im fünften Untergeschoss drückende Schwüle. Hunter konnte förmlich spüren, wie sich in seinem Nacken Schweißtropfen bildeten und ihm dann langsam den Rücken hinabbrannten – um dann im nächsten Moment schlagartig zu gefrieren. Luciens Worte hatten die Luft erkalten lassen wie ein arktischer Windstoß.

»Sie haben *was*?«, fragte er in das Schweigen hinein, das seit Luciens letztem Satz schwer in der Luft hing.

Lucien war an der hinteren Wand seiner Zelle angelangt und dort mit dem Rücken zu Hunter und Taylor stehen geblieben.

»Du hast ganz richtig gehört, Robert«, sagte er. »Susans Eltern haben sie gegessen ...« Er legte den Kopf schief.

»Also ... natürlich nicht *alles* von ihr, nur ein paar kleinge-hackte Organe.«

In Taylors Magen begann es heftig zu rumoren.

»Wie?«, fragte Hunter. »Zu dem Zeitpunkt waren sie doch schon wieder in Nevada.«

»Ja, ich weiß«, sagte Lucien. »Ich habe sie besucht.«

»Sie haben *was?*« Diese Frage kam von Taylor.

Lucien drehte sich zu ihnen um. »Zwei Tage danach bin ich zu ihnen gefahren ... Ich habe ihnen eine Kleinigkeit zu essen mitgebracht ... eine selbst gebackene Pastete.«

Der Aufruhr in Taylors Magen nahm beängstigende Ausmaße an.

»So lange dauert die Fahrt von Stanford nach Boulder City in Nevada nicht«, sagte Lucien, an sie gewandt. »Susan hatte uns – Robert und mich – ein oder zwei Jahre zuvor mit ihren Eltern bekannt gemacht. Bei der Examensfeier sind wir uns dann wieder begegnet. Susan und ich haben beide *cum laude* abgeschlossen, sie waren unheimlich stolz auf ihre Tochter. Welche Eltern wären das nicht gewesen?«

Es war kaum wahrnehmbar, und doch hörte Hunter in dieser Frage einen Anflug von Enttäuschung mitschwin-gen.

»Sie waren so ein nettes Paar«, fuhr Lucien fort. »Und Susan war ein nettes Mädchen gewesen. Insofern fand ich es nur anständig.«

»*Anständig?*« Taylor war dermaßen aus der Fassung ge-bracht, dass sie nicht mehr an sich halten konnte. Sie musste fragen. »Wie um alles in der Welt soll so was *anstän-dig* sein?«

»Sie sind hier die Ermittlerin, Agent Taylor. Sagen Sie es mir«, entgegnete Lucien herablassend. »Machen wir einen kleinen Test. Tun wir doch einfach mal so, als wäre es ein ganz anderer Fall. Tun wir so, als hätten Sie mich nicht in Gewahrsam. Tun wir so, als hätten Sie es mit einem belie-bigen anderen Fall zu tun, bei dem der Täter den Eltern seiner Opfer deren Organe zu essen gegeben hat – was wäre Ihre Schlussfolgerung, Agent Taylor? Das möchte ich zu gerne von Ihnen erfahren.«

*Wir spielen sein Spiel mit. Lassen ihn glauben, dass er gewinnt.* Taylor rief sich Hunters Ermahnung ins Gedächtnis. Sie wusste, Lucien wollte sie verunsichern, sie aus der Reserve locken. Mittlerweile hatte sie verstanden, dass Lucien jedes Mal, wenn sie die Beherrschung verlor, das Gefühl hatte, eine weitere Schlacht für sich entschieden zu haben. *Wir geben ihm, was er haben will.*

»Dass Sie ein kranker Psychopath sind?«, fragte sie. »Dass Sie es spaßig fanden? Dass Sie das in Ihren Allmachtsfantasien bestärkt hat?«

Lucien verschränkte die Arme vor der Brust und sah Taylor neugierig an. Ein herausforderndes Lächeln umspielte seine Lippen.

»Eine überaus interessante Schlussfolgerung, Agent Taylor«, sagte er mit vor Sarkasmus triefender Stimme. »Gesprochen wie ein echter Profi. Ich finde ja, es gibt nichts Unterhaltsameres als Leute, die sich von ihren Gefühlen leiten lassen. Das Problem ist nur, dass es einem jedwede Objektivität raubt. Es beeinträchtigt das Urteilsvermögen. Öffnet allen möglichen Fehlern Tür und Tor. Diese Lektion habe ich vor langer Zeit gelernt.«

Scheinbar völlig unbekümmert schob Lucien erneut seinen Ärmel hoch und tat so, als würde er auf die Uhr sehen.

»Wie dem auch sei, diese ganze Fragerei langweilt mich allmählich, außerdem haben Sie beide ja jetzt jede Menge Arbeit vor sich, stimmt's? Sie wissen schon … Knochen ausgraben, sich Erklärungen zurechtlegen …«

Lucien streckte sich gemütlich auf dem Bett aus und verschränkte die Hände hinter dem Kopf.

»Richte Susans Eltern meine besten Wünsche aus, sei so gut, Robert. Ach, und übrigens, falls du dich fragst … Ja, ich habe an dem Abend auch mitgegessen.«

# 54

Hunters Faust traf den Sandsack mit einer solchen Wucht, dass dieser fast einen Meter nach hinten pendelte. Seit knapp einer Stunde bearbeitete er nun schon einen der ledernen Fünfundvierzig-Kilo-Säcke im Boxraum der BSU. Sein T-Shirt und seine Shorts waren klatschnass, und der Schweiß lief ihm in Strömen übers Gesicht. Jeder Muskel schmerzte von dem mörderischen Workout, und er konnte kaum noch klar denken. Aber er hatte Zeit für sich allein gebraucht. Er musste das Durcheinander in seinem Kopf ordnen, musste abschalten, und sei es nur für ein paar Minuten. Meistens funktionierte das beim Sport am besten.

Heute allerdings nicht. Der Frust brodelte in seinen Adern wie vergiftetes Blut, und so hart er auch zuschlug, so schwer auch die Gewichte waren, die er stemmte, er wurde ihn einfach nicht los.

»Wenn ich dreißig Jahre jünger wäre, würde ich für Sie spotten«, sagte Kennedy, der in der Tür zum Sportraum stand. Der Raum war leer bis auf Hunter. »Aber so, wie Sie auf das Ding eindreschen, würden Sie mich wahrscheinlich durch die Wand schicken. Ein Wunder, dass Sie sich noch nicht die Hand gebrochen haben.«

Nach einem langen Tag und einer Schachtel Zigaretten klang Kennedys Stimme noch kratziger und belegter als sonst.

Hunter bearbeitete den Sandsack mit einer letzten Kombination harter Schläge – Jab, Jab, Cross, linker Haken, Cross. Der Sack schaukelte zurück und dann zur Seite, als hätte er nun endgültig genug, bevor Hunter beide Arme um ihn schlang, um ihn festzuhalten. Er atmete schwer, sein Gesicht glühte, an seinen Armen und Schultern traten von der Anstrengung und aufgrund des erhöhten Blutflusses die Venen sichtbar hervor. Keuchend lehnte er einen

Moment lang die Stirn gegen den Sack. Er wartete, bis seine Atmung sich ein klein wenig beruhigt hatte. Schweiß tropfte von seinem Kinn auf seine Schuhe und den Boden.

Kennedy trat näher.

»Irgendwelche Neuigkeiten aus La Honda?«, fragte Hunter schließlich, ohne den Sandsack loszulassen.

Kennedy nickte wenig begeistert.

Mit den Zähnen riss Hunter die Klettverschlüsse an seinen Handschuhen auf und drehte sich zum Direktor um.

»Ich habe vier Leute hingeschickt, die sollen sich den Ort mal ansehen.«

Hunter hielt den rechten Boxhandschuh mit dem linken Arm am Körper fest und zog die Hand heraus. Dann machte er dasselbe mit dem linken Handschuh.

»Sie haben die Hütte gefunden, von der Lucien gesprochen hat.« Kennedy warf Hunter ein Handtuch zu. »Die Agenten haben sich genau an seine Anweisungen gehalten und an der von ihm genannten Stelle angefangen zu graben. Nach einer Stunde haben sie etwas gefunden.« Er reichte Hunter einen großen Umschlag. »Und zwar das hier.«

Hunter trocknete sich hastig Gesicht und Hände ab, bevor er in den Umschlag griff und einige Farbausdrucke herausnahm. Sein Herzschlag beschleunigte sich, als er die Bilder betrachtete.

Das erste Foto zeigte ein vollständiges menschliches Skelett in einer etwa anderthalb Meter tiefen Grube. Die Knochen waren vom Alter verfärbt.

Das zweite Foto war eine Nahaufnahme des Schädels.

Hunter starrte die beiden Fotos lange schweigend an. Das zweite betrachtete er dabei wesentlich eingehender, als überlege er, ob die Schädelform zu Susans Gesicht passte.

Kennedy trat einen Schritt zurück, um Hunter Zeit zu geben, ehe er erneut das Wort ergriff. »Da wir ja bereits wissen, dass Lucien ein Serientäter ist, verlangt die Dienstvorschrift, dass wir im gesamten Umkreis graben«, sagte er, »um nach weiteren Leichen zu suchen. Es ist eine Herkulesaufgabe, die wir unmöglich bewältigen können, ohne die Behörden vor Ort mit ins Boot zu holen und damit den Fall ins Licht der Öffentlichkeit zu zerren.«

»Ich würde damit noch warten, Adrian«, riet Hunter. Er war nie ein großer Freund von Dienstvorschriften gewesen. »Wenigstens bis wir mit den Vernehmungen fertig sind. Bis jetzt hat Lucien uns immer die Wahrheit gesagt. Falls es in der Gegend weitere Leichen gibt, wird er es uns vermutlich verraten. Keinem ist damit gedient, wenn alle Welt von dem Fall erfährt.«

Normalerweise hielt sich Kennedy strikt an die Regeln. In diesem Fall jedoch war er geneigt, Hunter zuzustimmen.

»Es wird mindestens zwei Tage dauern, und es werden einige Tests nötig sein, bis wir mit Gewissheit sagen können, ob das, was wir da gefunden haben, wirklich Susan Richards' Überreste sind.«

»Sie sind es«, gab Hunter zurück, während er die Fotos zurück in den Umschlag steckte.

Kennedy sah ihn fragend an.

»Lucien hatte keinen Grund, uns anzulügen«, erklärte Hunter.

Der fragende Blick blieb.

»Wir wussten bereits, dass er Susan ermordet hat«, erklärte Hunter. »Das hat er selbst gesagt, und das gerahmte Tattoo in seinem Keller untermauert die Aussage. Hätte er Susans Leiche auf eine Art und Weise entsorgt, die es unmöglich macht, irgendwelche Überreste zu finden, dann hätte er uns auch das gesagt.« Er tippte mit dem Finger auf den Umschlag. »Wenn das hier die Knochen von jemand anderem wären – jemand, den er ebenfalls getötet haben müsste, weil er sonst kaum die genaue Stelle hätte kennen können, an der sie vergraben sind –, was hätte es dann für einen Sinn gehabt zu behaupten, es wäre Susans Leiche? Ihm ist doch klar, dass wir Tests machen.«

Kennedy nickte knapp. »Verstehe. Aber um auf Nummer sicher zu gehen, warten Sie lieber noch auf die offizielle Bestätigung, ehe Sie es den Eltern mitteilen.«

Hunter nickte langsam, bevor er sich erneut Gesicht und Arme mit dem Handtuch abtrocknete. Susans Eltern die Nachricht zu überbringen war eine Aufgabe, der er mit großem Unbehagen entgegensah. »Ich muss duschen.«

»Kommen Sie hoch in mein Büro, wenn Sie fertig sind«, wies Kennedy ihn an. »Es gibt da noch etwas, was ich Ihnen zeigen muss.«

## 55

Zwanzig Minuten später stand Hunter mit vom Duschen feuchten Haaren in Direktor Kennedys Büro. Special Agent Taylor war ebenfalls da. Sie hatte sich den Pferdeschwanz gelöst, so dass ihr die blonden Haare nun in lockeren Wellen über die Schultern fielen. Sie trug einen dunklen Bleistiftrock mit Bluse, schwarze Nylonstrümpfe und schwarze Riemchenpumps. Sie saß in einem der Sessel vor Kennedys Schreibtisch und hielt dieselben Fotos in der Hand, die Hunter kurz zuvor unten im Sportraum gesehen hatte – die Fotos von Susan Richards' Skelett.

Kennedy stand von seinem Schreibtisch auf.

»Trinken Sie immer noch Scotch?«, fragte er Hunter.

Single Malt Scotch war Hunters größte Leidenschaft. Anders als viele wusste er den Geschmack zu würdigen, statt sich einfach nur damit zu betrinken. Obwohl sich zu betrinken manchmal auch nicht das Schlechteste war.

Hunter nickte. »Sie auch?«

»Wann immer sich die Gelegenheit ergibt.« Kennedy ging zu einem Schränkchen zu seiner Linken, öffnete es und nahm drei Tumbler sowie eine Flasche fünfundzwanzig Jahre alten Tomatin heraus.

»Für mich nicht, Sir, danke«, lehnte Taylor ab und steckte die Fotos zurück in den Umschlag.

»Entspannen Sie sich, Agent Taylor«, sagte Kennedy beschwichtigend. »Das hier ist ein zwangloses Treffen, außerdem haben wir uns nach allem, was wir heute durchgemacht haben, einen Drink mehr als verdient, finde ich.« Ein kurzes Zögern. »Es sei denn, Sie mögen keinen Scotch. In dem Fall könnte ich Ihnen auch was anderes besorgen.«

»Scotch ist schon recht«, gab Taylor selbstbewusst zurück.

»Eis?«

Hunter schüttelte den Kopf. »Nur einen Schuss Wasser, bitte.«

»Für mich auch«, sagte Taylor.

Kennedy lächelte. »Sieht so aus, als hätte ich zwei echte Kenner in meinem Büro.«

Er schenkte einen großzügigen Schluck in jedes der drei Gläser, gab jeweils einen Schuss Wasser hinzu und reichte ein Glas an Hunter und eins an Taylor.

»Ich muss Sie was fragen, Robert«, sagte Kennedy, plötzlich ernst geworden.

Hunter nippte an seinem Scotch. Er war angenehm vollmundig und zugleich nicht zu intensiv, mit Zitrus- und Fruchtaromen. Ein komplexer, aber sehr weicher Gaumen. Er kostete den Geschmack einen Moment lang aus.

Taylor machte es ebenso.

»Glauben Sie, Luciens Kannibalismus-Behauptung war eine Lüge?«, wollte Kennedy wissen. »Wir werden es nämlich nie beweisen können, so oder so.«

»Ich sehe nicht, was es ihm bringen sollte, in der Sache zu lügen.«

»Vielleicht hatte er es auf den Schock-Effekt abgesehen, Robert«, meinte Kennedy. »Leute mit einem Gottkomplex brauchen die Aufmerksamkeit. Das wissen Sie beide.«

Hunter schüttelte den Kopf. »Nicht Lucien. Er ist nicht auf Berühmtheit aus. Wenigstens jetzt noch nicht. So schrecklich die Vorstellung auch ist, ich glaube nicht, dass er lügt ... weder wenn er behauptet, Teile von Susans Fleisch oder inneren Organen gegessen zu haben ... noch wenn er sagt, dass er sie ihren Eltern vorgesetzt hat.«

Kennedy hatte da so seine Zweifel. »Sie wissen, dass ich von Psychologie nicht allzu viel verstehe, Robert, also will ich Ihnen dieselbe Frage stellen wie die, die Lucien schon Agent Taylor gestellt hat.« Mit einem Nicken deutete er auf Taylor. »Warum? Lucien hat Teile von Susan Richards zu einer Pastete verarbeitet und ist damit in einen anderen Staat gefahren, zum Teufel noch mal, nur um sie ihren Eltern zum Essen vorzusetzen. Das ist jenseits von geistesgestört, jenseits von böse, jenseits von unmoralisch – jenseits von allem, was ich bisher gesehen oder gehört habe. Und ich habe in meinem Leben schon *viel* gesehen und gehört. Was für ein kranker Geist tut so was?« Er trank noch einen Schluck von seinem Scotch.

Taylor sah Hunter voll Neugier an.

Der zuckte lediglich die Achseln und wandte den Blick ab.

»Ich habe Studien, Bücher, Forschungsarbeiten, wissenschaftliche Veröffentlichungen ... praktisch *alles* über kannibalistische Mörder gelesen, Serien- wie Einzeltäter«, fuhr Kennedy fort. »Gott weiß, wir hatten im Laufe der Jahre einige von ihnen hier unten sitzen. Und mir ist klar, dass viele von denen glauben, sie würden ihre Opfer aus Wertschätzung essen und weil sie auf diese Weise eine besonders innige Verbindung zu ihnen aufbauen. Sie glauben, wenn sie sich auch nur ein kleines Stück von ihnen einverleiben, bleiben die Opfer für immer ein Teil von ihnen ...

und dergleichen Unsinn mehr.« Er schüttelte leicht den Kopf. »Wahrscheinlich hat da jeder seine eigenen Wahnvorstellungen. Aber sie *anderen* vorzusetzen ...? Das sind Sadismus und Psychose in Reinform. Wie sonst soll man das erklären?«

Hunter schwieg.

Kennedy ließ nicht locker.

»Wenn Sie irgendetwas wissen, das Licht in die Dunkelheit dieses Wahnsinns bringen könnte, dann tun Sie mir den Gefallen und teilen Sie es mit uns, denn mir will es einfach nicht in den Kopf. Warum hat er den Eltern die eigene Tochter zum Essen vorgesetzt? Aus purem Sadismus?«

Hunter nippte erneut an seinem Whisky und lehnte sich gegen das Bücherregal. »Nein, ich glaube nicht, dass Sadismus der Grund war. Ich glaube, er hat es getan, weil er Schuldgefühle hatte.«

## 56

Kennedys skeptischer Blick sprang zwischen Hunter und Taylor hin und her. Letztere wirkte nicht sonderlich überrascht.

»Könnten Sie das bitte näher ausführen, Robert«, sagte Kennedy mit seiner heiseren Stimme. »Ich finde nämlich nicht, dass es nach erdrückenden Schuldgefühlen aussieht, wenn jemand zwei Menschen ihr eigenes Kind als Mahlzeit vorsetzt.«

Hunter sah in die Luft, als schwebe dort irgendwo eine Antwort auf Kennedys Frage.

»Wir können herumtheoretisieren, so viel wir wollen, Adrian. Der Einzige, der wirklich weiß, was in Luciens Kopf vorgeht, ist Lucien selber.«

»Das ist mir durchaus bewusst«, gab Kennedy zurück. »Ich würde trotzdem gerne wissen, warum Sie denken, dass es hier in irgendeiner Weise um *Schuldgefühle* geht.«

»Wenn es stimmt, dass Susan Luciens erstes Opfer war«, sagte Hunter, »und momentan deutet alles darauf hin, dann liegt es doch auf der Hand. Schuld und Reue sind die Gefühle, die einem Mörder nach der ersten Tat in der Regel am meisten zu schaffen machen.«

Das war Kennedy und Taylor natürlich bekannt. Die FBI-Einheit für Verhaltensanalyse definierte einen Serienmord so: *eine Serie von drei oder mehr Morden, verübt zu drei oder mehr verschiedenen Zeitpunkten, bei der es zwischen den einzelnen Taten eine inaktive Phase gibt und bei der alle Morde gemeinsame Charakteristika aufweisen, die darauf hindeuten, dass sie von derselben Person bzw. denselben Personen verübt wurden.*

Diese inaktive Phase hat, vor allem zwischen den ersten Morden einer Serie, fast immer damit zu tun, dass der Täter unmittelbar nach der Tat schwerste Schuldgefühle empfindet und sein Tun bereut.

Das ist leicht nachvollziehbar. Die meisten Menschen mit Gewaltneigung, die irgendwann zu Serienmördern werden, kämpfen zunächst lange gegen Fantasien, Begierden, zerstörerische Impulse und Wutausbrüche an, ehe die Triebe schließlich die Oberhand gewinnen. Die bloße Tatsache, dass sie so lange mit diesen Impulsen *kämpfen*, deutet klar auf ein Bewusstsein dafür hin, dass es falsch ist, einen Menschen zu töten. Insofern handelt es sich um eine ganz normale psychologische Reaktion. Die meisten Leute bekommen ein schlechtes Gewissen, wenn sie etwas getan haben, von dem sie wissen, dass sie es nicht hätten tun dürfen: etwa in einer Prüfung täuschen, dem Nachbarn die Zeitung aus dem Briefkasten klauen, den Partner hintergehen, lügen und dergleichen. Die Intensität dieser Gewissensbisse ist dabei direkt proportional zur wahrgenommenen

Schwere der Tat – je schlimmer die Tat, desto größer das schlechte Gewissen. Und viel schlimmer als Mord geht es nicht. Aus diesem Grund leiden viele Ersttäter unter schweren Schuldgefühlen, ja sogar Depressionen.

Man konnte davon ausgehen, dass auch Lucien solche Phasen durchgemacht hatte und folglich nach seinem allerersten Mord von quälenden Schuldgefühlen heimgesucht worden war.

»Also gut, ich denke auch, dass Lucien nach dem Mord an Susan mit sich und seiner Tat gehadert hat«, räumte Kennedy ein. »Aber schlechtes Gewissen hin oder her, ich sehe immer noch keinen Grund, weshalb er Susans Eltern Teile ihrer eigenen Tochter zum Essen hätte servieren sollen, Robert.«

»Ich würde sagen, es gibt zwei *mögliche* Gründe für sein Verhalten«, sagte Hunter mit einer abwägenden Handbewegung. »Da wäre einmal der, den Sie eben genannt haben.«

Kennedy kniff die Augen zusammen. »Und welcher war das genau?«

»Die Auffassung des Täters, dass er, indem er sich seine Opfer einverleibt, eine immerwährende Beziehung zu ihnen aufbaut. Dass sie danach auf ewig zu ihm gehören«, erklärte Taylor leise. »Das gilt für jeden, der sie isst.« Sie gab Kennedy ein paar Sekunden Zeit, um über die Implikationen des Gesagten nachzudenken.

Dieser hatte schnell begriffen. »Mein Gott! Übertragung auf Dritte.« Er sah Hunter um Bestätigung heischend an, während er gleichzeitig schon weiterredete. »Lucien glaubte, dass Susan für immer mit ihren Eltern vereint ist, wenn sie einen Teil von ihr essen?«

»Wie Lucien gesagt hat«, merkte Taylor an, »war es nicht von vornherein seine Absicht, sie zu töten; außerdem mochte er ihre Eltern. Insofern könnte Robert doch recht haben. Vielleicht hat er es gemacht, weil es ihm leidtat, ihnen die Tochter genommen zu haben.«

Kennedy dachte lange nach.

»Und der zweite mögliche Grund?«, fragte er irgendwann.

»Der hängt unmittelbar mit dem ersten zusammen«, antwortete Hunter. »Lucien hat uns gesagt, dass er früher oft mit seinem Vater auf die Jagd gegangen ist, richtig?«

»Ja, ich erinnere mich«, sagte Kennedy.

»Und er hat gesagt, dass sein Vater ein sehr guter Jäger war.«

»Ja, auch das weiß ich noch.«

»Also. Viele Jäger hängen einer Überzeugung an, die insbesondere unter den amerikanischen Ureinwohnern von Generation zu Generation weitergegeben wurde«, erklärte Hunter.

Kennedy zog neugierig die Augenbrauen hoch.

»Die amerikanischen Ureinwohner haben nie aus Lust am Töten oder zum Sport gejagt, sondern einzig und allein der Nahrungsversorgung wegen, und sie glaubten, dass es ihre Pflicht war, jeden Teil der von ihnen erlegten Tiere zu verwerten. Ihre Jagdbeute zu essen bedeutete, sie zu ehren. Sie glaubten, dass dadurch der Geist der Tiere in dieser Welt lebendig blieb. Damit erwiesen sie ihnen Respekt. Fleisch verderben zu lassen wäre unehrenhaft gewesen.«

Das hatte Kennedy nicht gewusst, aber sein Blick ging instinktiv zurück zu Susan Richards' Akte auf seinem Schreibtisch. Ihre Mutter war in zweiter Generation Shoshonin, ein Indianerstamm, der auf dem Gebiet des heutigen Bundesstaates Nevada lebte. Ihr Mädchenname lautete Tuari, was so viel wie »junger Adler« bedeutet. Vermutlich hatte Lucien dies alles gewusst.

Taylor sah Hunter neugierig an.

»Ich lese viel«, bot der als Erklärung, noch ehe sie ihre Frage ausformulieren konnte.

»Sie glauben also, dass Lucien – zumindest in seinen Augen – dadurch wenigstens teilweise für seine Tat gesühnt hat?«, fasste Kennedy zusammen. Es war eher eine Feststellung als eine Frage. »Den Eltern ihr Fleisch zu essen zu geben war für ihn eine Geste des Mitgefühls. Er wollte, dass Susans Geist für sie lebendig blieb, selbst wenn sie sich dessen nicht bewusst waren.«

»*Jeder hat seine eigenen Wahnvorstellungen*«, zitierte Hunter Kennedys Worte. »Aber wie gesagt, wir können so viel herumtheoretisieren, wie wir wollen. Am Ende weiß nur Lucien, was wirklich in seinem Hirn vorgeht.«

»Ich habe trotzdem noch eine Frage«, sagte Kennedy. »Wieso, glauben Sie, hat er mitgegessen? Lucien sagte, er hätte sich an dem Abend mit Susans Eltern an den Tisch gesetzt und mitgegessen.«

»Es war eine Art Experiment.«

Kennedy kniff sich in die Nasenwurzel, als bekäme er Kopfschmerzen.

»Auf dem College hat Lucien nicht wirklich an irgendeiner der Theorien über sadistische Morde gezweifelt«, fuhr Hunter erklärend fort. »Er wusste ja, dass sie auf den Schilderungen überführter Täter beruhten. Aber er war besessen von den *Gefühlen*, die diese Täter beschrieben haben.«

Kennedy fiel etwas ein, das Lucien während einer der Vernehmungen gesagt hatte. »Er wollte sie am eigenen Leib spüren.«

»Er hat es zwar nicht ausdrücklich gesagt«, setzte Hunter hinzu, »aber wir wissen jetzt, dass das seine Absicht war – er wollte experimentieren. Und das unterscheidet Lucien auch so radikal von den anderen Psychopathen, mit denen ich bisher zu tun hatte.«

Kennedy zog fragend die Augenbrauen hoch.

»Wir wissen, dass er Susan, sein erstes Opfer, durch Erdrosseln getötet hat«, führte Hunter aus. »Aber wenn man den Mord an ihr mit seinem jüngsten Mord vergleicht – mit den beiden Opfern im Kofferraum –, dann springt einem doch etwas ganz klar ins Auge: Die Tötungsart, das Ausmaß der Gewalt, all das hat sich enorm gesteigert. Ich möchte wetten, dass er bei jedem Mord, den er zwischen seinem allerersten und diesem letzten Mord begangen hat, ein bisschen brutaler geworden ist. Nur dass das in seinem Fall nichts damit zu tun hat, dass er von unkontrollierbaren Trieben beherrscht wird.«

»Vielmehr macht er es ganz bewusst«, führte Taylor Hunters Gedankengang fort. »Er macht es, weil er wissen will, wie er sich *fühlt*, wenn er immer brutaler wird.«

»Das ist ein beängstigender Gedanke«, sagte Kennedy. »Der Grad an Entschlossenheit und Selbstdisziplin, die man braucht, um einen Mord nach dem anderen zu verüben, einer schlimmer als der vorherige – und das über einen Zeitraum von fünfundzwanzig Jahren hinweg –, sprengt jede Vorstellungskraft. Und Sie glauben ernsthaft, er hat das alles nur getan, um zu sehen, wie es sich anfühlt?«

Hunter stutzte. Er hatte eine längst verschüttete Erinnerung ausgegraben. »Ach du Scheiße!«, stieß er hervor.

»Was ist?«, fragte Kennedy.

»Ich kann nicht glauben, dass er das wirklich durchzieht«, murmelte Hunter zu sich selbst.

»Was durchzieht?«

»Ich glaube, Lucien schreibt möglicherweise eine Enzyklopädie.«

# 57

Kennedy zog die Schultern hoch, als ein unangenehmer Schauer ihn durchlief – etwas, das ihm nicht oft passierte. Er wartete, dass Hunter fortfuhr.

»Ich weiß noch, wie wir uns mal darüber unterhalten ha

ben.« Hunter durchforstete angestrengt sein Gedächtnis. »Ich glaube, es war in unserem zweiten Jahr auf dem College. Wir haben über emotionale Auslöser, sogenannte Trigger, und triebhafte Impulse im Zusammenhang mit extrem brutalen Morden diskutiert – es ging darum, welche psychologischen Faktoren ein Individuum dazu bringen können, gleich mehrfach sadistisch zu töten.«

»Okay«, sagte Kennedy, nach wie vor neugierig.

»Damals gab es zu dem Thema noch nicht mehr als ein paar Theorien von Psychologen und Psychiatern und eine Handvoll Berichte von verhafteten Mördern. Denken Sie daran, berüchtigte Kannibalen wie Jeffrey Dahmer, Armin Meiwes oder Andrej Tschikatilo waren damals noch nicht gefasst. Von ihnen gab es keine Vernehmungsprotokolle, Berichte oder persönliche Aufzeichnungen.«

Kennedy und Taylor nickten.

»Wie ich gesagt habe«, fuhr Hunter fort. »Lucien hat den Wahrheitsgehalt der Berichte, die wir damals vorliegen hatten, niemals angezweifelt, er war von vielen der psychologischen Theorien bloß nicht wirklich überzeugt. Ich weiß noch, wie er oft gesagt hat: ›*Woher wollen die das so genau wissen?*‹«

»Sie *konnten* es nicht wissen«, warf Taylor ein. »Es waren ja nur Theorien, keine Tatsachen.«

»Eben«, pflichtete Hunter ihr bei. »Das war Lucien auch klar.«

»Aber damit wollte er sich nicht zufriedengeben«, schloss Kennedy.

»Genau, das wollte er nicht. An dem Tag hat er etwas gesagt, das so weit hergeholt war, dass ich es zwischenzeitlich völlig vergessen hatte.«

»Nämlich?«

Hunter holte tief Luft, während er versuchte, sich die Einzelheiten des lange zurückliegenden Gesprächs ins Gedächtnis zu rufen.

»Es ging um die absurde Möglichkeit, dass jemand einzig und allein zum Mörder wird, weil er experimentieren will«, antwortete er schließlich. »Lucien meinte, wie bahnbrechend es für das Studium der Kriminalpsychologie wäre, wenn jemand im Vollbesitz seiner geistigen und intellektuellen Kräfte anfinge zu morden. Wenn er sich in seiner Gewaltausübung systematisch immer weiter steigern, verschiedene Mordmethoden und Szenarien durchexerzieren würde, während er gleichzeitig umfangreiche Aufzeichnungen über seine Taten anfertigt – auch über seine Gefühle und seinen Geisteszustand bei und nach jedem Mord. Eine Art psychologische Tiefenstudie über den Geist eines Killers, verfasst vom Killer selbst.«

Kennedy verkrampfte sich ein wenig. Erneut musste er einen Schauer unterdrücken.

»Er war der Ansicht, dass ein Buch – oder auch mehrere – mit Aufzeichnungen eines Mörders zu einem Wissenskompendium, einer Art Bibel für Kriminalpsychologen werden könnte.«

Kennedy kratzte sich an der linken Wange. Er konnte sich des Gedankens nicht erwehren, dass Luciens Einschätzung durchaus zutraf, so grotesk sie auch klingen mochte. Falls es ein solches Buch, oder solche Bücher, gäbe, wären sie von unschätzbarem Wert und würden vermutlich zum meistzitierten Werk für Kriminologen, Psychologen und Rechtspfleger auf der ganzen Welt avancieren. Ein solches Buch, erst recht aus der Feder eines studierten Kriminalpsychologen, also einer Person, die sich der Relevanz der Informationen bewusst war und die genau wusste, was sie schreiben musste, würde unter Garantie zu einer Art heiligem Buch im nie enden wollenden Kampf gegen Gewaltverbrecher werden.

»Ich glaube, das ist sein Vorhaben«, sagte Hunter, dem sich bei diesem Gedanken der Magen umdrehte. »Er mordet wieder und wieder, wird mit jedem Mord gewalttätiger, probiert neue Sachen aus, andere Methoden ... und führt darüber Buch. In seinen Augen ist das eine Rechtfertigung für seine Taten.«

Kennedy musterte Hunter mit gerunzelter Stirn. »Wie bitte?«

»Lucien ist ein Psychopath, daran gibt es keinen Zweifel. Wir wissen es, er weiß es. Der Unterschied ist nur: *Er* weiß es schon lange. Das hat er uns selbst gesagt, wissen Sie noch?«

Taylor nickte. »Seine Gewaltfantasien haben angefangen, da war er in der neunten Klasse.«

»Stimmt, und ich glaube, dass ihn das zutiefst verstört hat. Ein normaler Teenager sollte nicht davon träumen, wie er andere umbringt. Vielleicht hat er deswegen irgendwann das Gefühl bekommen, dass in seinem Gehirn etwas kaputt ist, dass er nicht so ist wie alle anderen. Er hat uns sogar gestanden, dass er nur deshalb Kriminalpsychologie studiert hat, weil er das Bedürfnis hatte, sich selbst zu verstehen.«

»Der Schuss ist wohl nach hinten losgegangen«, stellte Kennedy fest.

»Nein, ist er nicht«, widersprach Hunter. »Wenn überhaupt, hat es seine Fantasie noch mehr angeregt. Es hat ihm die Idee für ein nach seinem Ermessen plausibles Motiv gegeben.«

»Was wäre eine bessere Entschuldigung für bestialische Gewalttaten, als sich einzureden, man täte es für einen guten Zweck«, sagte Taylor, die Hunters Gedankengang nachvollzogen hatte. »Alles im Namen der Forschung.«

»Dieser Irrglaube hätte seine innere Zerrissenheit geheilt«, setzte Hunter hinzu. »Lucien konnte endlich anfangen, seinen Hunger zu stillen, denn in seinen Augen war er jetzt kein Psychopath mehr ... er war Wissenschaftler, Forscher. Jeder hat seine eigenen Wahnvorstellungen, wissen Sie noch?«

Kennedy brach den Blickkontakt ab.

»Ist da noch mehr?«, fragte Hunter. »Verschweigen Sie uns etwas?«

Statt zu antworten, zog Kennedy erneut die Schultern hoch und schürzte die Lippen. Dann ging er zu seinem Schreibtisch, öffnete die rechte obere Schublade und holte ein Notizbuch heraus. Es war dasselbe Notizbuch, das Special Agent Chris Welch ihm einige Zeit zuvor im Kontrollraum des Zellentrakts übergeben hatte.

Hunter erkannte es sofort als eins der Bücher wieder, die er und Special Agent Taylor in Luciens Keller gesehen hatten.

»Leider kann es gut sein, dass Sie recht haben, Robert«, sagte Kennedy. »Wir haben nämlich das hier gefunden.«

# 58

Als wäre es etwas, wovor er sich jahrelang gefürchtet hatte, nahm Hunter das Notizbuch von Kennedy entgegen und schlug den Deckel auf.

Taylor stellte sich neben ihn.

Auf der ersten Seite war nichts zu sehen als die flüchtig hingeworfene Bleistiftskizze eines schmerzverzerrten, schreienden Frauengesichts.

Hunter blickte auf.

Kennedy bedeutete ihm weiterzublättern.

Hunter wandte sich der zweiten Seite zu. Ab hier gab es keine Zeichnungen mehr, nur noch handgeschriebenen Text. Hunter erkannte Luciens Handschrift auf den ersten Blick.

Er begann zu lesen:

Ich glaube, in meinem Kopf verändert sich gerade einiges. Zuerst war ich nach jedem Mord regelrecht zerfressen von Schuld, so wie ich es erwartet hatte. Manchmal monatelang. Oft war ich kurz davor, mich der Polizei zu stellen. Tausendmal habe ich mir geschworen, dass ich es nie wieder tun würde. Aber mit der Zeit wurden die Schuldgefühle immer schwächer, und langsam, aber stetig kehrte der Drang zurück, es wieder zu tun. Ich wollte sogar, dass er zurückkam. Mit jedem Opfer wurde meine Schuldphase kürzer; inzwischen existiert sie fast nicht mehr – ein paar Tage, wenn es hochkommt.

Offensichtlich hat mein Gehirn sich angepasst. Inzwischen ist Mord für mich etwas ganz Natürliches. Wenn ich unterwegs bin, sehe ich mich oft um, und wenn mein Blick dann zufällig an jemandem hängen bleibt – sei es in einer Bar oder im Zug oder auf der Straße ... wo immer ich gerade bin –, dann muss ich unwillkürlich daran denken, wie leicht es doch wäre, einen von ihnen zu töten. Wie laut ich sie zum Schreien bringen könnte. Was für Schmerzen ich ihnen zufügen könnte, bevor ich sie umbringe. Die bloße Vorstellung erregt mich mehr als je zuvor.

Diese Gedanken abzuschütteln fällt mir immer schwerer, aber die Wahrheit ist, dass ich sie auch gar nicht abschütteln will. Mir ist klargeworden, dass das Töten zu einer sehr starken Droge werden kann, stärker als jede andere Droge, die ich bisher ausprobiert habe. Und dass ich ein Junkie bin. Aber trotz meiner Abhängigkeit habe ich eines gelernt: Um wirklich den letzten, entscheidenden Schritt zu tun, brauche ich eine Art Trigger.

Dieser Trigger kann alles Mögliche sein – äußerliche Merkmale; die Art, wie jemand redet; die Kleidung; der Duft, den jemand aufgelegt hat; ein kleiner Manierismus ... alles Mögliche. Was es ist, weiß ich erst, wenn ich es erlebe.

Gestern Abend habe ich es wieder erlebt.

Hunter blätterte um, doch statt weiterzulesen, suchte er erneut den Blickkontakt zu Kennedy. Der hatte beide Hände tief in den Hosentaschen vergraben. Seine Hängebacken schienen in den letzten Tagen noch schlaffer geworden zu sein, und die dunklen Ringe unter seinen Augen verliehen ihm ein geradezu leichenhaftes Aussehen. Sein Blick war auf das Notizbuch geheftet.

Hunter widmete sich wieder dem Text:

Es war spät. Ich hatte gerade meinen dritten doppelten Scotch bestellt. Ich war nicht auf der Suche nach irgendwas oder irgendwem, sondern hatte einfach nur Lust, mich zu betrinken – genauer gesagt: Ich wollte mich ins Koma saufen. Durch Zufall hatte es mich nach Forest City, Mississippi, verschlagen. Ich hatte mir kein Motelzimmer genommen, sondern plante, mich volllaufen zu lassen, draußen auf dem Parkplatz in meinem Wagen zu übernachten, irgendwann am nächsten Tag aufzuwachen und weiterzufahren.

Aber es kam anders.

Ich saß ganz allein am Ende der Theke. Es war nicht viel los. Der Barkeeper versuchte freundlich zu sein und ein Gespräch mit mir anzufangen, aber ich war so kurz angebunden, dass er den Wink schnell verstand und mich in Ruhe ließ.

Als er mir gerade meinen nächsten Drink einschenkte, kam ein neuer Gast in die Bar. Er war ziemlich kräftig, viel kräftiger als ich – eine Mischung aus Muskeln und Fett. Und er war größer als ich, mindestens sieben oder acht Zentimeter. Der Barkeeper sprach ihn mit »Jed« an.

Jeds Haare waren so kurz, dass ich mich fragte, wieso er sie nicht gleich ganz abrasiert hatte. Unter dem Kinn hatte er eine gezackte, annähernd halbmondförmige Narbe, bestimmt hatte ihm irgendwann mal jemand mit einer abgebrochenen Flasche das Gesicht verschönern wollen. Seine

Nase war mehrmals gebrochen, und sein rechtes Ohr war aus der Form geraten, als hätte es ihm jemand zerquetscht. Man musste kein Genie sein, um zu erkennen, dass Jed sich gerne prügelte.

Als er sich vier Hocker zu meiner Linken an den Tresen setzte, standen zwei andere Gäste, die hinter uns an den Tischen gesessen hatten, auf und gingen.

Jed schien nicht gerade beliebt zu sein.

Er stank nach billigem Schnaps und schalem Schweiß.

»Scheiße, Tom, gib mir 'n Bier«, lallte er. Seine Pupillen waren so groß wie Untertassen. Er hatte definitiv irgendwas intus und nicht nur Alkohol.

»Lass mal lieber, Jed.« Der Barmann zögerte kurz, ehe er in betont ruhigem Tonfall fortfuhr: »Es ist schon spät, und du hattest sicher genug für einen Abend.«

Jeds Bulldoggenstirn legte sich in tiefe Falten.

»Geht dich einen Dreck an, ob ich genug hatte, Tom.« Jeds Stimme wurde um einige Dezibel lauter, und ein weiterer Gast schlich zur Tür hinaus. »Ich bestimme, wann ich genug hatte. Und jetzt gib mir 'n Bier, sonst ramm ich dir 'ne Flasche in deinen scheißverdammten Pussy-Arsch.«

Tom nahm eine Flasche Bier aus dem Kühlschrank, machte den Deckel ab und stellte sie vor Jed auf den Tresen.

Jed nahm sie und kippte die Hälfte des Inhalts in drei großen Schlucken hinunter.

Mir war gar nicht klar, dass ich ihn anstarrte, bis Jed sich zu mir umdrehte.

»Was glotzt du so?«, fragte er und schob seine Bierflasche zur Seite. »Bist du 'ne Schwuchtel, oder was?«

Ich antwortete nicht, schaute aber auch nicht weg.

»Ich hab dich was gefragt, Schwuchtel.«

Jed trank noch einen Schluck von seinem Bier.

»Gefällt dir, was du siehst, Schwuchtel?« Er hob den rechten Arm und spannte wie ein Bodybuilder den Bizeps an, ehe er mir eine Kusshand zuwarf.

Ich war völlig fasziniert von diesem menschlichen Sack Scheiße namens Jed.

»Komm schon, Jed.« Der Barkeeper versuchte zu intervenieren, offenbar ahnte er bereits, was ansonsten passieren würde. »Jetzt bleib mal locker. Der Typ will einfach nur in Ruhe was trinken.« Dann sah er mich mit einem Ausdruck an, der mir signalisieren sollte: »Besser, du verschwindest. Glaub mir, mit dem willst du dich nicht anlegen.«

Aber ich rührte mich nicht vom Fleck. Ich wette, ich blinzelte nicht mal.

»Halt die Fresse, Tom«, blaffte Jed. Er zeigte mit dem Finger auf den Barmann, doch sein Blick ruhte auf mir. »Ich will jetzt wissen, warum diese Schwuchtel mich so anglotzt. Hast du Bock, heute Abend mal einen richtigen Kerl zu ficken? Geht's dir darum, Schwuchtel? Bist du geil auf das hier?« Jed zeigte mit beiden Händen auf seinen fetten Bauch.

Mein Blick glitt langsam über seinen Körper – und das war zu viel für ihn. Er mahlte vor Wut mit den Zähnen, sein Gesicht lief dunkelrot an, und er stand drohend von seinem Barhocker auf.

Und das war es.

Das war der Trigger.

Es war nicht seine widerliche Art oder sein Geruch, die Tatsache, dass er mich »Schwuchtel« genannt hatte oder so verdammt hässlich war, dass er sich vermutlich an seinen Spiegel anschleichen musste.

Nein. Es war die Tatsache, dass er glaubte, mir auf diese Art und Weise seine Überlegenheit demonstrieren zu können. Das war der Tropfen, der für mich das Fass zum Überlaufen brachte.

In dem Moment war klar, dass Jed noch in dieser Nacht sterben würde.

## 59

Hunter hielt inne und sah zu Kennedy auf.

Obwohl dieser die Worte nur auf dem Kopf mitlesen konnte, war er Hunters Blick gefolgt und wusste genau, wo er stehen geblieben war.

»Lesen Sie weiter«, forderte er ihn auf. »Es kommt noch mehr.«

Ich ließ mich nicht auf eine Konfrontation mit Jed ein. Nicht in der Bar. Mich in der Öffentlichkeit mit ihm anzulegen wäre viel zu leichtsinnig gewesen.

Stattdessen legte ich dreißig Dollar auf den Tresen, um für meine Drinks zu bezahlen, stand auf und wich ein paar Schritte zurück.

»Wo ist dein Problem, Schwuchtel?«, sagte Jed und gestikulierte dabei wie ein selbsternannter Ghetto-Rapper. »Schiss in der Hose, oder was?«

Tom, der hinter der Bar hervorgekommen war, stellte sich zwischen mich und Jed.

»Komm, Jed, es ist doch alles in Ordnung. Der Typ hat nichts gesagt, und außerdem wollte er sowieso gerade gehen, stimmt's?«

Tom drehte sich zu mir um, und seine Augen flehten mich an, es nicht auf einen Streit ankommen zu lassen, sondern einfach zu verschwinden.

Endlich erwachte ich aus meiner Trance. Ich wandte den Blick ab und ging.

»Ja, genau, Schwuchtel, schieb deinen Homo-Arsch hier raus, bevor ich ihn dir aufreiße!«

Ich öffnete die Tür und trat hinaus in die warme, schwüle Nacht.

Doch ich ging nicht. Ich stieg lediglich in meinen Wagen, fuhr auf die andere Straßenseite und parkte an einer dunklen Stelle neben einem rostigen alten Müllcontainer. Von da aus hatte ich einen unverstellten Blick auf den Eingang der Bar.

Ich wartete.

Sechsundvierzig Minuten später kam Jed aus der Bar und torkelte zu einem zerbeulten Ford Pick-up-Truck. Er brauchte fast eine geschlagene Minute, bis es ihm gelungen war, den Schlüssel ins Schloss zu stecken und die Tür aufzuschließen. Er fuhr nicht sofort los, und einen Moment lang fürchtete ich schon, er würde im Wagen einschlafen, aber das war es gar nicht: Er hatte sich einen Joint gebaut und rauchte das ganze verdammte Ding, bevor er schließlich den Motor anließ.

Ich hängte mich an ihn, als er den Truck auf die Straße lenkte. Ich hielt ausreichend Abstand, auch wenn das wahrscheinlich gar nicht nötig gewesen wäre. Jed war völlig zu. Er hätte es nicht mal gemerkt, wenn ein rosafarbener Elefant im Tutu ihn verfolgt hätte.

Jed fuhr wie ein Irrer, und ich bekam Angst, er könnte von der Polizei angehalten werden. Dann hätte er wegen Trunkenheit am Steuer die Nacht in einer Zelle verbracht, und ich wäre einfach so aus der Sache wieder rausgekommen. Zu Jeds Pech schien in jener Nacht auf den Straßen von Forest City in Scott County, Mississippi, kein einziger Polizist auf Streife zu sein.

Jed wohnte ein kleines Stück außerhalb der Stadt in einem schäbigen alten blauen Holzbungalow. Er hatte keine Garage, und die Einfahrt bestand aus Staub und Schotter, gesäumt von Sträuchern und hohem Gras. Jed parkte den Truck vor dem rostigen Eisenzaun, der das Grundstück umgab, und genehmigte sich noch einen zweiten Joint, bevor er ins Haus wankte.

Ich suchte mir einen gut versteckten Parkplatz, wartete zwanzig Minuten ab und ging dann ganz leise zum Haus. Die Haustür war abgesperrt, aber ich brauchte nicht lange, um ein offenes Fenster zu finden. Ich hatte schon damit gerechnet, dass es irgendwo eins geben würde. Jeds Haus hatte keine Klimaanlage, und die Nacht war zu heiß und stickig, als dass man es bei geschlossenen Türen und Fenstern ausgehalten hätte.

Drinnen roch es nach Fett, gebratenen Zwiebeln, Zigarettenkippen und Trockenfäule. Das Haus war total verdreckt und sah aus wie ein Saustall, aber von Jed hatte ich auch nichts anderes erwartet.

Auf Zehenspitzen schlich ich weiter. Das Schlafzimmer zu finden war nicht weiter schwer, man musste bloß dem Schnarchen folgen. Und Jed schnarchte wie ein brünstiger Dinosaurier. Trotzdem beschloss ich, ihn nicht in seinem Bett zu töten. Das wäre zu simpel gewesen.

Ich spürte, wie das Blut in meinen Adern vor Aufregung zu brodeln begann und mein Herzschlag sich beschleunigte. Meine Nebennieren passten sich dem Rhythmus meines Herzens an und begannen Unmengen von Adrenalin auszuschütten, während mir der Speichel im Mund zusammenlief wie einem hungrigen Köter in der Metzgerei. Ich wollte dieses Gefühl der Vorfreude so lange wie möglich auskosten. Nichts ist aufregender, als sich im Haus eines Opfers zu verstecken und auf den richtigen Augenblick zu warten.

In seiner Küche suchte ich mir ein scharfes Messer. Zum Glück gab es reichlich Auswahl. Ich wusste, dass ein fetter Klops wie Jed garantiert irgendwann nachts aufstehen und sich in der Küche was zu essen holen würde – oder aber er musste ins Bad, ein paar Liter pissen. Bei den Mengen an Alkohol, die er getankt hatte, war das Bad die sicherere Option. Ich beschloss, mich hinter dem Duschvorhang zu verstecken. Dort würde er mich erst sehen, wenn es schon zu spät war.

Ich zog mir Plastiktüten, die ich ebenfalls in der Küche aufgestöbert hatte, über die Schuhe, schob vorsichtig den

Vorhang beiseite und stieg in die versiffte Wanne. Ich lehnte mich gegen die gekachelte Wand und wartete ab. Wenn es sein muss, kann ich stundenlang still stehen.

Das Warten machte mich ganz kribbelig, als läge ich in einem Bad aus Alka-Seltzer. Ich war jetzt schon high vom Machtgefühl.

Vierundneunzig Minuten später kam Jed endlich ins Bad geschlurft.

Ich hielt die Luft an, damit ich nicht zu früh auf ihn losging. Ich hatte einen kleinen Schlitz in den Plastikvorhang geschnitten, damit ich etwas sehen konnte. Verschlafen blieb Jed in der Tür zum Badezimmer stehen.

Dann war der richtige Augenblick gekommen.

## 60

Luciens Worte hatten eine geradezu hypnotische Kraft. Hunter und Taylor konnten ihren Blick einfach nicht von den Seiten losreißen. Es war, als läsen sie einen harten Thriller, mit dem Unterschied, dass alles wirklich passiert war.

Noch immer betrunken, high und benommen vom Schlaf, drehte Jed sich zum Duschvorhang und streckte die fetten Arme über den Kopf. Als er gähnte, öffnete sich sein Mund wie ein schwarzer Schlund, und selbst hinter dem Vorhang konnte ich seinen stinkenden Atem riechen. Seine Augen waren blutunterlaufen, teils vom Gras, das er geraucht hatte, teils vom Alkohol und dem tiefen Schlaf, aus dem er gerade erwacht war. Er war nackt bis auf eine fleckige Boxershorts. Fast hätte ich bei seinem Anblick laut auflachen müssen.

Einen Augenblick lang sah es so aus, als würde er den Duschvorhang forschend betrachten. Vielleicht war ihm der

Schlitz aufgefallen, den ich hineingeschnitten hatte, ich weiß es nicht – ich wusste nur, dass dies mein Signal war.

Ich war so berauscht vom Adrenalin und von der Aufregung, dass ich das Gefühl hatte, mich doppelt so schnell zu bewegen wie sonst. Jeds Hirn und seine Reflexe hingegen waren durch den Alkohol, die Drogen und den Schlaf so sehr in Mitleidenschaft gezogen, dass er vermutlich doppelt so langsam war wie unter normalen Umständen. Mit anderen Worten: Er hatte nicht den Hauch einer Chance gegen mich.

Mit der linken Hand riss ich den Duschvorhang beiseite, gleichzeitig sprang ich aus der Wanne. Mein rechter Arm mit dem Messer vollführte eine blitzschnelle Bewegung von rechts nach links.

Die Klinge traf Jed genau dort, wo ich es beabsichtigt hatte – an der Kehle. Die scharfe Klinge, gepaart mit der ungeheuren Kraft meiner Bewegung, wäre für jeden tödlich gewesen. Das Messer schnitt durch Haut und Muskeln, als wären sie Reispapier. Eine Fontäne aus arteriellem Blut schoss aus der Wunde und klatschte auf mein Gesicht, auf den Duschvorhang und hinter mir an die Wand – ein klares Indiz, dass ich beide Jugularvenen durchtrennt haben musste. Außerdem hatte der Schnitt Jeds Luftröhre aufgeschlitzt. Er sah mich kurz an, allerdings bin ich mir nicht sicher, ob er mich wiedererkannte oder überhaupt begriff, wie ihm geschah.

Mir war es gleichgültig. Ich schwebte praktisch über dem Boden, so ekstatisch war ich. Mit der linken Hand packte ich Jed hinten im Nacken und riss hart seinen Kopf zurück, wodurch die tödliche Wunde noch weiter auseinanderklaffte. Ich weidete mich an dem Anblick, wie das Blut aus seiner Kehle gurgelte, an seinem Körper hinablief und wie ihm blutiger Schaum aus dem Mund quoll. Ein ersticktes Röcheln war alles, was seine Stimmbänder noch zustande brachten. Ich hielt ihn fest, bis seine panischen Augen aufhörten zu zucken. Bis das Röcheln verstummt war. Bis sein Körper schlaff und schwer wurde.

Nachdem ich Jed losgelassen hatte, blieb ich noch sieben Minuten lang im Badezimmer, vollkommen berauscht von den Chemikalien, die mein Körper ausgeschüttet hatte. Ich empfand keinerlei Schuld. Keinen Funken Reue.

Dann wusch ich mir Gesicht und Hände. Um meine Kleidung machte ich mir keine allzu großen Sorgen, die würde ich verbrennen, sobald ich das Haus verließ.

Zeit zu verschwinden.

Aber mit dem Schicksal ist es so eine Sache. Als ich durch den kurzen Flur ging, an Jeds Schlafzimmer vorbei, erregte etwas meine Aufmerksamkeit, und ich blieb stehen. Die Tür zum Schlafzimmer stand offen. Das war das erste Mal, dass ich sie sah.

Kaum zu glauben, dass ein fetter Sack wie Jed eine Freundin hatte – dass sie nicht seine Frau war, wusste ich, denn keiner der beiden trug einen Ehering. Aber er hatte eine, und da lag sie, friedlich schlafend im gemeinsamen Bett. Seltsamerweise war sie nicht annähernd so fett oder so hässlich wie Jed: kurzes dunkles Haar, hohe Wangenknochen, zarte Lippen und klare, honiggoldene Haut. Sie war sogar richtiggehend hübsch. Wie sie an jemanden wie Jed hatte geraten können, wird mir auf ewig ein Rätsel bleiben.

Ich stand in der Tür und starrte sie eine Weile an, wie sie so dalag und schlief. Ich stand immer noch unter Strom, nachdem ich Jed die Kehle durchgeschnitten hatte – und wie soll jemand, der high ist von seiner Lieblingsdroge, nein sagen, wenn ihm kostenloser Nachschub angeboten wird?

Ich spürte erneut dieses Kribbeln, und in meinem Kopf wurde zum zweiten Mal in derselben Nacht ein Trigger betätigt. Ich beschloss, mich nicht dagegen zu wehren, also betrat ich leise und vorsichtig das Schlafzimmer und legte mich zu ihr ins Bett. Dort, wo Jed gelegen hatte, war immer noch ein Rest Wärme zu spüren.

Zweiundzwanzig Minuten lang rührte ich mich nicht von der Stelle. Ich lag vollkommen reglos da und sah Jeds Freundin beim Schlafen zu. Wartete, atmete den Duft ihrer Haare ein und spürte die Hitze ihres Körpers ganz nah an meinem.

Dann bewegte sie sich.

Sie wälzte sich herum und legte, wie Paare es eben tun, im Halbschlaf den Arm auf meine Brust. Ihre Augen waren nach wie vor geschlossen. Ihre Hand landete auf meiner Schulter, und ich konnte nicht an mich halten. Ganz behutsam nahm ich sie, hob sie an meine Lippen und begann ihre Finger zu küssen und zu lecken. Sie rochen und schmeckten nach Handcreme.

Wahrscheinlich gefielen ihr meine Küsse und mein sanftes Knabbern, denn sie seufzte leise und schob langsam ein Bein über mich. Dabei merkte sie wohl – verständlicherweise –, dass meine Körpermasse deutlich geringer war als die von Jed. Die Nerven in ihrem Bein registrierten es, doch es dauerte ein paar weitere Sekunden, bis ihr schlaftrunkenes Gehirn die Signale entschlüsselt hatte. Sie runzelte die Stirn, bevor sie schließlich blinzelnd die Augen aufschlug.

Es war dunkel im Zimmer. Das einzige Licht kam vom Vollmond, der draußen vor dem geöffneten Fenster tief am Himmel stand. Mein Gesicht war halb im Schatten verborgen.

Ich hatte mich wohl nicht so gründlich gewaschen wie gedacht, denn genau in dem Moment rann mir ein Tropfen Blut aus den Haaren in die Stirn, lief über meine Augenbraue und landete auf dem weißen Kissenbezug.

Die Frau blinzelte erneut. Diesmal war es ein verstörtes, ängstliches Blinzeln. Ihr Gehirn, dem klargeworden war, dass etwas nicht stimmte, und das Gefahr witterte, schüttelte die letzten Reste von Schlaf ab. Sie zog den Kopf ein wenig zurück, damit sie besser sehen konnte, und gleich darauf erstarrte sie vor Schreck.

Anstelle ihres Freundes lag ein Fremder mit blutigen Kleidern neben ihr im Bett und starrte ihr in die Augen, während er an zweien ihrer Finger lutschte.

## 61

Hunter hörte auf zu lesen und schlug das Buch zu.

Agent Taylor wich voller Unbehagen einen Schritt zurück und kippte ihren restlichen Scotch in einem Zug hinunter.

»Wo sind die anderen?«, fragte Hunter und deutete auf das Buch.

»Das hier ist das Einzige«, antwortete Kennedy. »In den anderen Büchern, die wir in dem Haus in Murphy sichergestellt haben, stand nichts drin. Ein paar Zeichnungen und Skizzen, aber nichts, was mit dem hier vergleichbar wäre.«

»Aber es muss noch andere geben.« Hunter klang ein wenig erstaunt. »Haben Sie wirklich alle Bücher durchgesehen?«

»Ja, haben wir«, sagte Kennedy fest. »Lucien muss sie irgendwo anders aufbewahren, vielleicht sogar an mehreren verschiedenen Orten. Wundern würde es mich nicht. Das ist noch ein Punkt, über den Sie sich in den Vernehmungen Klarheit verschaffen müssen.«

Hunters Blick verfinsterte sich.

Kennedy merkte es. Als er weitersprach, hörte man die Müdigkeit in seiner Stimme, die nun regelrecht knarrte.

»Hören Sie, Robert. Ich will in keiner Weise verharmlosen, was Lucien getan hat, aber wenn Ihre Vermutung zutrifft und er tatsächlich all seine Taten, all seine Erfahrungen protokolliert hat, dann ist es bereits geschehen, und niemand kann es ungeschehen machen. Wenn diese Bücher existieren, können wir sie uns genauso gut beschaffen. Erstens sind sie Beweisstücke in einem Serienmordfall, der zweifellos in die Geschichte eingehen wird. Und zweitens können die psychologischen und kriminologischen Erkenntnisse, die sich aus den Aufzeichnungen gewinnen lassen, vielleicht die entscheidende Wende in unserem Kampf gegen extrem gewalttätige Wiederholungstäter bedeuten. Als Polizist und Psychologe muss Ihnen das doch klar sein, Robert.«

Hunter konnte nicht widersprechen.

»In dem Lagerraum in Seattle war auch nichts?«, wollte Taylor wissen.

»Nur die Gefriertruhe mit den Körperteilen«, antwortete Kennedy.

Eine Weile lang hing jeder der drei seinen eigenen Gedanken nach.

»Ich habe beim Scott County Sheriffbüro in Mississippi nachgefragt«, sagte Kennedy schließlich. »Jed Davis und seine Freundin Melanie Rose wurden vor einundzwanzig Jahren in ihrem gemeinsamen Haus in der Nähe von Forest City getötet. Melanies Mutter hat sie gefunden, als sie zwei Tage später mit einer selbstgebackenen Apple Pie vorbeikam. Es gab keine Verhaftung.« Er machte eine Pause, teils des Effekts wegen, teils um Atem zu schöpfen. »Der zuständigen Rechtsmedizinerin zufolge wurde Melanie Rose der Kopf mit einem Küchenmesser abgetrennt und dann auf den Esstisch im Wohnzimmer gestellt. Er war das Erste, was die Mutter gesehen hat, als sie durchs Fenster schaute.« Kennedy fixierte Hunter mit todernster Miene. »Er hat sie getötet, weil sie zu Hause war, Robert. Aus purer Lust am Morden.«

Hunter schloss die Augen und presste die Lippen aufeinander.

»Sie haben Luciens Bericht gelesen«, ergänzte Kennedy. »Er hat ihn einen Tag später geschrieben. Handlungsabfolge und Stil sind klar und präzise, keine Anzeichen von

Hysterie oder Nervosität. Das deutet auf eine völlige emotionale Distanz hin. Wie Sie sagten: Seine Schilderungen lesen sich wie Abhandlungen darüber, was im Kopf eines brutalen Mörders vorgeht – wie er denkt, wie er fühlt, was ihn antreibt. Vor, bei und nach jeder Tat. Nennen Sie mich selbstsüchtig, Robert, aber ich will dieses Wissen haben. Wir *brauchen* es. Falls es diese Bücher wirklich gibt, dann will ich sie haben.«

Hunter trat ans Fenster und schaute hinaus. Es war Abend geworden, und Regenwolken verdunkelten den Himmel noch zusätzlich, trotzdem verhalf ihm der Ausblick zu neuer Klarheit. Er begriff plötzlich etwas, das sich bis dahin seinem Verständnis entzogen hatte. Und er verfluchte sich dafür, es nicht schon früher erkannt zu haben.

»Ich schätze mal, Sie werden sie bekommen, Adrian«, meinte er. »Weil Lucien nämlich genau das beabsichtigt.«

Taylor runzelte die Stirn. Kennedy warf Hunter einen schrägen Blick zu.

»Wie meinen Sie das?«

»Das hier war alles geplant«, sagte Hunter.

Die Ratlosigkeit in Taylors und Kennedys Mienen wurde nur noch größer.

»Was war geplant, Robert?«, hakte Taylor nach.

»Dass er geschnappt wird.« Hunter drehte sich zu ihnen um. »Also gut, das Timing war vielleicht nicht hundertprozentig perfekt. Vielleicht hätte Lucien gerne noch eine Weile weitergemacht. Den Unfall in Wyoming, durch den er Ihnen ins Netz gegangen ist, hätte er niemals voraussehen können, aber ich glaube, er hat von Anfang an fest einkalkuliert, dass er eines Tages gefasst wird.«

Kennedy brauchte nur wenige Sekunden, um Hunters Gedankengang nachzuvollziehen. »Denn was ist der Zweck einer Enzyklopädie über das Morden und die psychologischen Mechanismen dahinter, wenn sie keiner liest ... beziehungsweise studiert. Habe ich recht?«

Hunter nickte stumm.

Taylor dachte kurz nach. Sie war noch nicht vollständig überzeugt. »Also gut. Aber warum sollte er wollen, dass man ihn fasst? Er hätte dem FBI die Bücher doch einfach zuspielen können. Sie anonym einschicken oder dergleichen.«

»Dann hätten sie nicht dieselbe Wirkung gehabt«, hielt Hunter dagegen.

»Robert hat recht«, sprang Kennedy ihm bei. »Die Bücher allein hätten wir niemals so ernst genommen wie die Bücher *und* den Täter zusammen. Wir wären immer im Zweifel gewesen, ob sie nicht vielleicht nur ein übler Streich sind, deshalb hätte es viel länger gedauert, bis wir alles gelesen und analysiert hätten. In Kombination mit Lucien hingegen ... Die Verhöre, seine Hinweise auf die Stellen, wo die Leichen liegen – das alles verleiht dem Inhalt der Bücher viel mehr Gewicht.«

Kennedy hielt inne, als ihm etwas Weiteres klar wurde. Er sah Hunter an. »Und genau das ist auch der Grund, weshalb er Sie hier haben wollte.«

Hunter atmete aus und nickte.

»Weil Sie Luciens Charakter *noch* mehr Glaubwürdigkeit verleihen können«, sagte Kennedy. »Sie waren zusammen auf dem College, haben sich ein Zimmer geteilt. Sie waren früher mal beste Freunde. Sie wissen, wie intelligent er ist, und *er* wusste, dass Sie seine Intelligenz bezeugen würden.« Kennedy kam um den Schreibtisch herum. »Ich wette, er hat darauf gezählt, dass Sie Ihre Unterhaltung über seine Idee mit der ›Mord-Enzyklopädie‹ nicht vergessen haben. Er wusste, dass Sie sich noch an Susan Richards erinnern würden. Sie waren von Anfang an ein zentraler Teil seines Plans, Robert.«

»Gut. Also. Jetzt, da keiner mehr einen Zweifel an seiner Glaubwürdigkeit haben kann«, unterbrach Taylor ihn, »wieso fragen wir ihn da nicht einfach nach den Büchern?

Wenn Sie richtigliegen und es von Anfang an sein Plan war, dass seine Aufzeichnungen irgendwann in die Hände des FBI gelangen, dann kann er uns doch einfach verraten, wo sie sind.«

»Das wird er aber nicht tun«, sagte Hunter. »Jedenfalls noch nicht.«

»Und wieso nicht?«

»Weil er noch nicht fertig ist.«

## 62

Hunter brachte es nur auf dreieinhalb Stunden unruhigen Schlaf. Um fünf Uhr war er auf den Beinen, um halb sieben war er fünf Meilen gejoggt, und um halb acht befanden er und Taylor sich bereits wieder auf dem Weg ins Untergeschoss fünf.

Wie schon am Vortag saß Lucien auf der Bettkante, das rechte Bein übergeschlagen, die Hände im Schoß gefaltet, und harrte ihrer Ankunft.

Hunter, Taylor und Kennedy hatten sich am Abend zuvor geeinigt, dass es nicht die klügste Strategie wäre, Lucien zum gegenwärtigen Zeitpunkt zu drängen, über seine Aufzeichnungen zu sprechen – falls es sie denn tatsächlich gab. Die Leichen seiner Opfer zu finden hatte nach wie vor Priorität.

»Ich habe mich schon gefragt, ob du noch hier bist, Robert«, sagte Lucien, als seine zwei Befrager ihre Plätze einnahmen. »Ich dachte, du würdest Susans Leichnam vielleicht mit eigenen Augen sehen wollen oder aber du wärst schon auf halbem Weg nach Nevada, um ihren Eltern die Nachricht zu überbringen.« Er studierte Hunters Gesichtsausdruck, wurde jedoch nicht schlau daraus. »Ihr habt sie doch gefunden, oder?« Er klang gänzlich uninteressiert.

»Ja, wir haben sie gefunden«, bestätigte Taylor.

»Ach so, natürlich«, sagte Lucien, als sei ihm eben etwas eingefallen. »Test, Test und noch mehr Tests. Du weißt doch auch so, dass sie es ist, oder, Robert?«

Keine Reaktion.

»Aber das FBI unternimmt nichts, bis die offizielle Bestätigung aus dem Labor da ist. So will es die Dienstvorschrift. Ihre Eltern zu kontaktieren, ohne vorher hundertprozentige Gewissheit zu haben, dass es wirklich Susan ist, wäre unverantwortlich und nicht ohne Risiko für beide Seiten. Das verstehe ich.«

»Sind noch weitere Leichen in der Nähe der Hütte in La Honda vergraben, Lucien?«, fragte Hunter.

Lucien lächelte. »Ich habe darüber nachgedacht. Die Lage war ideal. Gut versteckt. Keine Nachbarn. Niemand, der einem zufällig über den Weg laufen konnte.« Er schüttelte den Kopf. »Aber nein. Susan ist die Einzige in La Honda. Wir leben in einem riesigen Land, Robert. Ähnlich gute Stellen zu finden ist nicht weiter schwer. Außerdem hat es nach Susan sehr lange gedauert, bis ich mich wieder zusammengerauft hatte.« Er ließ seine Fingerknöchel knacken. »Wir haben ja alle über die Ruhephase zwischen den einzelnen Taten eines Serienmörders gelesen beziehungsweise davon gehört, aber ich sage euch was ... Diese Phase kann einem ganz schön zusetzen.«

Hunter hatte kein gesteigertes Interesse daran, sich Einzelheiten über Luciens Gemütszustand anzuhören. Ihm war klar, dass Lucien jede einzelne Vernehmung so weit wie möglich in die Länge ziehen wollte, trotzdem beschloss er, Druck zu machen. Er wollte an die gewünschten Informationen kommen.

»Dann nenn uns den Namen eines weiteren Opfers und den Ort, an dem die Leiche liegt, Lucien.«

Lucien redete weiter, als hätte er Hunter gar nicht gehört.

»In den Tagen, Wochen und Monaten nach Susan, als die Wirkung der ›Droge Mord‹ allmählich nachließ« – er malte mit den Fingern Anführungszeichen in die Luft –, »war ich mir absolut sicher, dass ich es nie wieder tun würde. Aber mit der Zeit kamen all die Triebe wieder hoch. Noch stärker, noch intensiver als vorher. Ich habe dieses High, dieses Transzendenzerlebnis vermisst. Das Gefühl von Macht, das ich in der Nacht mit Susan verspürt hatte. Das wollten mein Körper und mein Kopf unbedingt noch mal erleben.«

»Wie lange hat sie gedauert?«, fragte Taylor. »Die Ruhephase? Wie viel Zeit lag zwischen Susan Richards und Ihrem zweiten Opfer?«

»Siebenhundertneun Tage.«

Lucien musste keine Sekunde lang überlegen. Die Zahl war fest in seinem Gedächtnis verankert – wie jede Einzelheit über jede seiner Taten.

»Ich war damals schon in Yale«, fuhr er fort. »Sie hieß Karen Simpson.«

Hunter runzelte die Stirn.

Lucien sah ihn an und nickte. »Ganz genau, Robert, Karen war echt, inklusive Tattoos, Lippen- und Nasenpiercings, Tunnel im Ohr, Betty-Page-Pony ... Ich habe sie in Yale kennengelernt, so wie ich es dir erzählt habe. Nur in einer Sache habe ich gelogen, Karen war nie drogenabhängig. Das habe ich mir bloß ausgedacht, weil es gut in die Geschichte passte, die ich dir vor ein paar Tagen erzählen wollte. Eins ist mir nämlich schon vor langer Zeit klargeworden: Wenn man lügen will, sollte man sich so weit wie nur möglich an die Wahrheit halten – reale Personen, Namen, Orte, Zeitabläufe ... Die kann man sich leichter merken, und wenn man seine Geschichte später wiederholen muss, läuft man weniger Gefahr, sich zu verzetteln und beim Lügen ertappt zu werden.«

Hunter war mit dieser Theorie vertraut.

»Karen war wirklich eine ausnehmend nette Frau. Sie war auch wirklich Doktorandin der Psychologie. Wir haben oft zusammen gelernt. Wenn ihr es genau wissen wollt ...«, Lucien bedachte sie mit einem schiefen Lächeln, wie um zu sagen »*Ich weiß etwas, was ihr nicht wisst*«, »habt ihr beide sogar schon ihre Bekanntschaft gemacht.« Er sah Hunter und Taylor herausfordernd an.

»Eins der gerahmten Tattoos im Keller«, sagte Hunter.

»Ganz recht, Robert«, sagte Lucien. »Die Kraniche.«

Auf einem der tätowierten Hautstücke in Luciens Keller waren zwei Kraniche zu sehen gewesen. Das Motiv war dem Gemälde *Kraniche auf schneebedeckter Pinie* des Künstlers Katsushika Hokusai nachempfunden.

»Sie hatte es sich auf den rechten Oberarm tätowieren lassen«, sagte Lucien. »Also. Obwohl Karen erst mein zweites Opfer war, hatte ich beschlossen, bei ihr ein bisschen experimentierfreudiger zu werden.«

# 63

Etwas an Luciens Wortwahl ließ für einen Augenblick lang die Luft gefrieren, als hätte das Böse all die Zeit hinter einer Ecke gelauert und wäre nun unmittelbar davor, sich ihnen zu offenbaren.

»Wie gesagt«, fuhr Lucien fort. »Ein paar Monate nachdem ich Stanford verlassen hatte, war der Drang wieder da, aber es hat noch eine ganze Weile gedauert, bis er unerträglich stark wurde. Zuerst dachte ich, ich würde schon irgendwie damit zurechtkommen. Ich dachte, ich könnte ihn unterdrücken, aber genau wie jeder andere Wiederholungstäter musste ich irgendwann meinen Irrtum einsehen.«

Lucien rieb sich mit beiden Händen den Nacken, schloss die Augen und legte den Kopf zurück. Nach mehreren Sekunden des Schweigens atmete er tief aus.

»Diesmal gab es einen Unterschied. Wie gesagt, Susan war mir nie als Opfer in den Sinn gekommen – nicht bis zu dem Abend, an dem es tatsächlich passiert ist. Diesmal wusste ich schon im Voraus, dass es Karen werden würde. Ich wusste es seit dem Tag, als wir uns zum ersten Mal begegnet sind.«

»Was hat Sie zu dem Entschluss bewogen?«, fragte Taylor. »Wieso ist Ihre Wahl ausgerechnet auf sie gefallen?«

Lucien machte ein Gesicht, als sei er beeindruckt. »Ausgezeichnete Frage, Agent Taylor. Wie es scheint, sind Sie lernfähig.«

*Die Tattoos*, dachte Hunter. Selbst wenn Karen Susan äußerlich in keiner Weise ähnlich sah, hatte sich Lucien durch die Tattoos bestimmt an sie erinnert gefühlt. Er hatte zugegeben, nach demselben High gesucht zu haben wie bei seinem ersten Mord. Wenn das neue Opfer ähnlich auffallende Tätowierungen hatte, so bedeutete dies, dass Lucien es ebenfalls häuten konnte, genau wie Susan. Viele Täter hoffen, indem sie die Vorgehensweise früherer Taten wiederholen, dieselben Gefühle heraufbeschwören zu können.

Lucien machte ein Gesicht, als denke er zum allerersten Mal darüber nach, weshalb er gerade Karen als Opfer ausgewählt hatte.

»Tja, den Ausschlag haben wohl ihre Tattoos gegeben«, sagte er schließlich.

Hunters Miene blieb unbewegt.

»Man darf nicht vergessen, dass große, mehrfarbige Tattoos vor dreiundzwanzig Jahren noch lange nicht so populär waren wie heute«, sagte Lucien. »Schon gar nicht bei Frauen. Sie haben mich an Susan erinnert.« Seine Stimme war so trocken, dass seine Worte alle Feuchtigkeit aus der Luft zu saugen schienen. »Irgendwann habe ich angefangen, von ihnen zu träumen. Ich habe fantasiert, wie ich Karen die tätowierte Haut abziehe, so wie ich es bei Susan gemacht habe. Dabei ist mir klargeworden, dass noch eine weitere Theorie zutrifft.«

Lucien nickte Hunter zu, als hätten sie vor all den Jahren eine geheime Wette darüber abgeschlossen, welche Theorien sich künftig als wahr und welche sich als falsch erweisen würden.

»Meine Gedanken sind unbewusst immer wieder zu der Vorgehensweise bei Susans Mord zurückgekehrt. Ich darf wohl davon ausgehen, dass wir alle den Grund dafür kennen? Die Sache ist nun wirklich alles andere als perfekt gelaufen, trotzdem war ich überzeugt davon, dass eine erprobte Methode mir Sicherheit geben würde. Vertrautheit, Agent Taylor. Sie ist der Grund, weshalb Wiederholungstäter ihre Vorgehensweise nur selten ändern.« Er wies auf das Notizbuch, das sie dabeihatte. »Sie können sich das gerne aufschreiben, wenn Sie möchten.«

Lucien stand auf, goss sich am Waschbecken einen Becher Wasser ein und kehrte damit zu seinem Platz auf der Bettkante zurück.

»Aber ich hatte beschlossen, dass ich nicht auf Sicherheit aus war. Ich wollte mich nicht wiederholen. Das passte nicht in den Plan, den ich mir zurechtgelegt hatte. Also habe ich mir überlegt, was ich anders machen könnte. Schon bevor ich Karen kennengelernt habe, war mir klar, dass ich es wieder tun würde. Ich hatte nicht den geringsten Zweifel daran. Der Drang war einfach zu stark geworden, um ihn zu ignorieren. Ich wusste, es war nur noch eine Frage der Zeit – und des richtigen Opfers. Also habe ich angefangen, nach einem neuen Unterschlupf Ausschau zu halten.«

»Wo ist sie?«, fragte Hunter.

»Oh, sie ist immer noch in Connecticut«, antwortete Lucien. »Gar nicht weit von New Haven und Yale.« Von Lucien schien eine seltsame, beinahe tödliche Ruhe auszugehen, bei der es einem kalt den Rücken herunterlief.

»Wo genau?«, bohrte Hunter weiter.

Lucien zögerte, wenngleich eher um des Effekts willen, und wiegte unschlüssig den Kopf.

»Ich werde es dir sagen, aber vorher würde ich euch gerne noch eine Frage stellen.«

Taylor beobachtete Lucien aufmerksam. Niemals würde sie das böse Lächeln vergessen, das er ihnen zuwarf.

»Habt ihr schon mal von LN2 gehört?«

## 64

Lucien hatte Karen Simpson zu Beginn seines zweiten Jahres in Yale kennengelernt. Karen kam aus England, sie hatte gerade die Uni gewechselt und musste sich in ihrer neuen Umgebung erst noch zurechtfinden. Lucien hatte nie vergessen, wie er sie das erste Mal gesehen ... falsch: *gehört* hatte. Denn es war ihre Stimme gewesen, die seine Aufmerksamkeit erregt hatte ... ihr britischer Akzent.

Es war gegen Ende einer recht öden Vorlesung über investigative Psychologie und kriminelles Verhalten, als Karen die Hand hob, um eine Frage zu stellen. Lucien hatte bereits seine Bücher zusammengepackt und wollte gerade aufstehen, als der Klang ihrer Stimme ihn innehalten ließ. Da war etwas an der ruhigen, aufgeräumten Art, mit der sie jedes Wort aussprach. Ihre Sätze hatten eine wunderbare, fast hypnotische Melodie. Und das Sahnehäubchen auf dem Kuchen war, dass dies alles in einen entzückenden britischen Akzent verpackt war.

Luciens Blick suchte und fand Karen auf der anderen Seite des Vorlesungssaals, halb versteckt hinter den anderen

Studenten. Sie konnte nicht größer sein als eins sechzig, schätzte er. Er machte einen Schritt zur Seite, um sie besser sehen zu können. Ihr Make-up sah anders aus als das ihrer Kommilitoninnen – auffälliger, schwärzer. Sie trug ein schwarzes T-Shirt mit der Aufschrift »The Cure« und dem Foto einer Gestalt mit wilden schwarzen Haaren, dickem schwarzen Augen-Make-up und rot verschmierten Lippen.

Doch was seine Aufmerksamkeit am meisten fesselte, war die große farbige Tätowierung an ihrem rechten Oberarm. Als er sie sah, fiel ihm einen Moment lang das Atmen schwer. Ganz plötzlich wurde er überschwemmt von Erinnerungen an Susan und an das, was er in jener Nacht vor gut zwei Jahren mit ihr gemacht hatte. Wie er ihr vorsichtig die Haut vom Arm schnitt ... Die Erinnerungen ließen ihn schwindeln und lösten Empfindungen in ihm aus, wie er sie seit jener Nacht nicht mehr gehabt hatte. Einen Moment lang taumelte er und hätte beinahe das Gleichgewicht verloren.

*Was ist das nur?*, dachte er, als er sich einen Ruck gab und mit zusammengekniffenen Augen das Tattoo betrachtete. Es sah aus wie zwei große Vögel, doch um Genaues erkennen zu können, stand er zu weit entfernt. Was er hingegen schon jetzt mit absoluter Bestimmtheit sagen konnte, war, dass Karen Simpson niemals ihren Abschluss in Yale machen würde. Nein, auf sie wartete ein gänzlich anderes Schicksal.

Lucien brauchte nicht lange, um Freundschaft mit Karen zu schließen. Es ergab sich sogar noch am selben Tag. In sicherer Entfernung folgte er ihr die nächsten Stunden über den Campus, bis sich am Nachmittag die perfekte Gelegenheit bot. Karen war eben aus der psychiatrischen Klinik im Südteil des alten Campusgeländes gekommen. Sie blieb stehen, anscheinend suchte sie nach etwas in ihrem Rucksack. Sie wühlte etwa zwei Minuten darin, bevor sie es schließlich aufgab. Mit einem frustrierten Stöhnen sah sie sich um. Ihr Blick wirkte ein wenig verloren.

»Alles in Ordnung?«, fragte Lucien, der seine Chance erkannt hatte und nun zaghaft mit freundlicher Unschuldsmiene auf sie zutrat.

Karen lächelte scheu. »Ja, alles klar. Sieht bloß so aus, als hätte ich meinen Orientierungsplan verloren. Nicht gerade das Schlaueste in der ersten Woche auf einem Campus von dieser Größe.«

Die Yale University erstreckt sich über ein dreihundertvierzig Hektar großes Gebiet und hat über elftausend Studenten.

»Wohl wahr«, stimmte Lucien ihr mit einem mitfühlenden Lachen bei. »Aber könnte sein, dass du Glück hast. Warte kurz«, sagte er und hob einen Finger, bevor er in seinen eigenen Rucksack langte. »Hier, bitte. Ich wusste doch, dass er noch irgendwo sein muss. Nimm den.« Er überreichte Karen einen neuen Campusplan.

»Oh!« Sie machte vor Überraschung große Augen. »Im Ernst?«

»Klar. Ich kenne mich ziemlich gut aus hier, habe bloß nie meinen Rucksack ausgeräumt. Der Plan fliegt schon seit Ewigkeiten darin herum.« Er zuckte mit den Schultern. »Und? Wo musst du denn hin?«

»Ich bin auf der Suche nach dem Grove Street Cemetery.«

Karens britische Aussprache des Wortes »Cemetery« zauberte Lucien erneut ein Lächeln ins Gesicht.

»Wow, das ist aber ein ganz schönes Stück von hier.« Er zeigte Richtung Süden. »Was willst du denn auf dem Friedhof, wenn ich fragen darf?«

»Nein, nein, ich will nicht zum Friedhof. Das ist bloß mein Orientierungspunkt. Ich muss ins Dunham-Labor, und ich habe mir gemerkt, dass es gegenüber vom Friedhof liegt.«

Lucien nickte. »Stimmt – aber hey, ich muss in dieselbe Richtung. Ich kann dich hinbringen, wenn du willst.«

»Wirklich?«

»Klar doch. Ich muss zum Becton Center, das ist genau gegenüber vom Labor.«

»Na, das nenne ich Glück«, sagte Karen und schwang sich den Rucksack über die rechte Schulter. »Also, wenn's dir wirklich nichts ausmacht, würde ich mich freuen. Vielen, vielen Dank.«

Lucien sah Karen mit nachdenklicher Miene von der Seite an. »Warte mal.« Er wies mit dem Finger auf sie. »Du warst doch heute in der Vorlesung über investigative Psychologie und kriminelles Verhalten, stimmt's?« Seine Darbietung hätte ihm jederzeit einen Platz an der Schauspielschule eingebracht.

Erstaunen leuchtete aus Karens Gesicht. »Ja, stimmt. Warst du auch da?«

»Ja, ich habe ganz hinten gesessen. Ich mache gerade meinen Doktor in Psychologie.«

Jetzt war ihr Erstaunen noch größer.

»Ich auch. Ich habe gerade erst vom University College in London hierher gewechselt.«

»Wow, London? Da wollte ich immer schon mal hin.« Lucien streckte ihr die Hand hin. »Ich bin übrigens Lucien.«

Und so wurden sie Freunde.

Zu diesem Zeitpunkt wusste Lucien bereits, dass er wieder töten würde. Etwa acht Monate zuvor hatte er begonnen, darüber zu fantasieren, und je mehr er sich mit dem Gedanken beschäftigte, desto schwerer fiel es ihm, sich zu zügeln. Dass er nun Karen Simpson begegnet war, erfüllte ihn mit ungemeiner Erleichterung, als hätte er das Teil eines Puzzles wiedergefunden, nach dem er seit Ewigkeiten gesucht hatte.

Aber Lucien wollte keinen Fehler machen. Er wusste, dass man sie zusammen sehen würde, und er wollte nicht den Eindruck erwecken, er sei Karens bester Freund oder gar romantisch an ihr interessiert. Solche Personen wären die Ersten, an deren Türen die Polizei klopfen würde, wenn sie verschwand. Nein, Lucien achtete strikt darauf, dass er einfach nur einer unter vielen in Karens Freundeskreis war – eigentlich eher ein Bekannter als ein richtiger Freund.

Die Planungen nahmen weitere sechs Monate in Anspruch. Vier brauchte er, um nach einem geheimen Ort zu suchen, an den er Karen bringen und wo er sich ihr ungestört widmen konnte. Schließlich tat er einen verlassenen Schuppen auf, der in der Nähe des Lake Saltonstall tief im Wald verborgen lag und der Hütte in La Honda gar nicht so unähnlich war. Für Lucien stand bereits fest, dass er Karen bei lebendigem Leibe häuten würde, denn das hatte ihn damals bei Susan am meisten erregt. Allerdings bedeutete dies, dass er Karen über mehrere Stunden hinweg würde festhalten müssen.

Gleichzeitig wollte Lucien ein wenig experimentieren. Er wollte Karen nicht mit bloßen Händen erwürgen, so wie er es bei Susan gemacht hatte. Er wollte etwas Neues, etwas anderes ausprobieren. Die Idee kam ihm eines Morgens, als einer seiner Freunde, der in Yale Molekular-, Zellular- und Entwicklungsbiologie studierte, ihm von einem missglückten Experiment im Pierce-Labor erzählte. Als sein Freund ihm die Auswirkungen des gescheiterten Experiments schilderte, begann das Blut in Luciens Adern zu prickeln. Jetzt wusste er, wie Karen sterben sollte.

# 65

Mitte Mai schloss die Yale University für den Sommer ihre Pforten. Lucien hatte lange gewartet und eifrig geplant, und er spielte seine Karten geschickt aus.

Im April hatte er sich bei Karen erkundigt, ob diese vorhabe, für die Semesterferien nach England zurückzukehren.

»Machst du Witze?«, hatte sie geantwortet. »Ein Sommer in England, das ist wie ein mittelprächtiger Frühling hier. Ich freue mich schon Ewigkeiten auf meinen ersten Sommer in den Staaten.«

»Bleibst du hier in der Gegend?«

»Nein, ich glaube nicht. Ich dachte, ich mache erst mal einen kleinen Trip runter nach New York. Ich wollte schon immer mal New York sehen, weißt du – den Broadway und so weiter. Vielleicht lasse ich mir sogar ein neues Tattoo stechen, es gibt da ein paar richtig gute Studios. Danach will ich vielleicht weiter nach Florida, an die Küste, ein paar Tage faul am Strand liegen. Man nennt ihn ja nicht umsonst den Sunshine State.«

»Reist du ganz allein?« Das war die alles entscheidende Frage.

Karen zuckte mit den Schultern. »So, wie's aussieht, schon.« Sie sah ihn fragend an. »Aber ich hätte auch nichts gegen einen Mitreisenden einzuwenden. Was meinst du, Lucien? Könnte doch lustig werden ... erst New York, dann Strandurlaub?«

Lucien erkannte die Gelegenheit, trotzdem verzog er bedauernd das Gesicht und tischte ihr eine Ausrede auf. Er habe schon ein paar Sommerjobs an Land gezogen. Wäre er auf ihr Angebot eingegangen, hätte Karen höchstwahrscheinlich irgendjemandem erzählt, dass sie vorhatten, gemeinsam zu reisen – einem Freund, einem Professor, ihren Eltern, wem auch immer. Und wäre er dann ohne sie von ihrer Sommerreise zurückgekehrt, hätte das seinen Namen schnurstracks auf Position eins der Verdächtigenliste katapultiert. Wenn Karen hingegen verschwand, während sie alleine auf Reisen war, würden die Fragen erst sehr viel später kommen. Viele würden ganz einfach davon ausgehen, dass sie Yale nach dem ersten Jahr geschmissen hatte und in ihre Heimat England zurückgekehrt war. Vermutlich würden die Alarmglocken erst läuten, wenn ihre Eltern lange Zeit nichts von ihr hörten und anfingen, sich Sorgen zu machen.

Als sie sich noch einmal fünf Tage vor Ferienbeginn trafen, teilte Karen ihm mit, dass sie in vier Tagen nach New York aufbrechen wolle. Das gab ihm drei Tage Zeit, alles vorzubereiten – mehr brauchte er auch nicht, denn sein Plan stand bereits seit zwei Monaten. Es war fast alles organisiert. Das Einzige, was noch fehlte, waren ein paar Chemikalienbehälter, und wo er die auftreiben konnte, wusste er bereits.

Am Tag vor Karens Abreise besuchte Lucien sie in ihrer Einzimmerwohnung. Sein Plan war simpel: Er würde ihr vorschlagen, den Vormittag mit ihm bei einem Picknick am Lake Saltonstall zu verbringen, mit dem Versprechen, dass sie vor Anbruch der Dunkelheit zurück sein würden. Falls Karen aus irgendeinem Grund nein sagte, würde er sie zu einem Abschiedsdrink später am Abend einladen. Das würde sie bestimmt nicht ablehnen, da war er einigermaßen zuversichtlich. Aber ganz egal welchen Weg sie wählte, sein Ziel war letztendlich dasselbe: Er musste es schaffen, mit Karen vor ihrer Abreise eine Weile allein zu sein, entweder an einem abgelegenen Picknickplatz oder in seinem Wagen.

Karen sagte ja zum Picknick.

Gegen elf Uhr brachen sie auf. Lucien fuhr in gleichmäßigem Tempo. Die Fahrt zu dem stillen Plätzchen am See, das er zuvor ausgekundschaftet hatte, dauerte knapp fünfundzwanzig Minuten. Diesmal überwältigte Lucien sein Opfer nicht im Auto. Es gab keinen Überraschungsangriff, keine Spritze in den Hals. Stattdessen hatte er tatsächlich ein Picknick gepackt, mit Sandwiches, Salaten, Obst, Donuts, Pralinen, Bier und Sekt. Sie aßen, tranken und lachten gemeinsam wie beste Freunde. Erst als Lucien den letzten Schluck aus der Sektflasche in Karens Glas leerte, fügte er genügend Beruhigungsmittel hinzu, um sie für mindestens eine Stunde in tiefen, traumlosen Schlaf zu versetzen.

Nach weniger als fünf Minuten begann die Droge zu wirken.

Als Karen die Augen aufschlug, waren das Picknick und die Landschaft verschwunden. Sie kam nur langsam zu sich, und das Erste, was sie wahrnahm, war, dass ihr Kopf so heftig schmerzte, als säße ein Tier in ihrem Schädel gefangen, das mit seinen Krallen in ihrem Hirn herumscharrte.

Aufgrund des dämmrigen Lichts und der Schmerzen brauchte sie geschlagene vier Minuten, bis sie endlich scharf sehen konnte. Doch noch immer wusste sie nicht, wo sie war. Sie saß in einem dunklen, stickigen, verdreckten Raum mit Wänden aus unbehandeltem Holz. Er sah aus wie ein großer Gartenschuppen, allerdings sagte ihr eine innere Stimme, dass dieser Schuppen nicht in einem Garten stand. Sondern ganz woanders. Irgendwo, wo niemand sie finden würde ... wo niemand sie hören würde, wenn sie schrie.

Als ihr dies klar wurde, versuchte sie genau das – zu schreien. Doch gleich darauf merkte sie, dass ihre Lippen sich nicht bewegen ließen. Und ihr Kiefer auch nicht. Panik erfasste ihren Körper, und sie versuchte sich umzuschauen. Ihren Hals konnte sie ebenfalls nicht bewegen.

*O Gott!*

Sie versuchte die Finger zu bewegen.

Nichts.

Die Hände.

Nichts.

Die Füße, die Zehen.

Nichts.

Beine und Arme.

Nichts.

Das Einzige, was sich noch bewegen ließ, waren ihre Augäpfel.

Ihr Blick glitt nach unten, und sie sah, dass sie auf einem

billigen Metallstuhl saß. Sie war nicht gefesselt, ihre Arme hingen locker seitlich am Körper herab.

Eine Sekunde lang glaubte sie zu träumen. Sicher würde sie jeden Moment in ihrem Bett aufwachen und sich lachend fragen, wieso ihr Gehirn solche schaurigen Bilder zusammengesponnen hatte. Doch dann bewegte sich etwas in der Dunkelheit rechts von ihr, und die Angst, die sich daraufhin in ihrem Innern breitmachte, war Beweis genug, dass dies kein Traum war.

Ihr Blick zuckte in die Richtung, aus der die Bewegung gekommen war.

»Da bist du ja wieder, Schlafmütze«, sagte Lucien und trat aus den Schatten.

Karen merkte sofort, dass alles an ihm anders war, selbst seine Kleider – er trug jetzt einen langen Laboroverall aus durchsichtigem Plastik, und seine Sneaker waren unter blauen Schuhüberziehern verborgen.

Lucien lächelte sie an.

Karen versuchte zu sprechen, aber ihre Zunge fühlte sich schwer und geschwollen an. Aus ihrer Kehle kamen nur unverständliche Laute.

»Tja, dummerweise kannst du nicht viel sagen«, erklärte Lucien. »Ich habe dir ein Mittel auf Succinylcholin-Basis injiziert.«

Furcht explodierte in Karens Augen.

Succinylcholin ist ein Muskelrelaxans. Es wirkt als Agonist an den Rezeptoren der neuromuskulären Endplatte und ruft so eine Lähmung des entsprechenden Muskels hervor. In Karens Fall war der gesamte Körper von der Wirkung des Mittels betroffen. Ihr Schmerzempfinden allerdings funktionierte nach wie vor einwandfrei. Sie würde alles spüren.

Lucien sah auf die Uhr. »Dein Zustand wird noch eine Weile anhalten.« Er trat näher. »Weißt du, ich bin kein großer Fan von Tattoos – keine Ahnung, ob ich dir das schon mal gesagt habe. Aber ich muss zugeben, dass ich das Motiv auf deinem Arm ausgesprochen hübsch finde. Japanisch, oder?« Während er dies sagte, nahm er gleichzeitig die rechte Hand hinter dem Rücken hervor, und eine metallene Klinge blinkte im trüben Licht.

Karens Augen quollen schier über vor Angst. Ihr kamen die Tränen, und weitere undefinierbare Laute drangen aus ihrer Kehle.

Lucien machte noch einen Schritt auf sie zu.

»Der Hauptgrund, weshalb ich dich gelähmt habe«, erklärte er, »ist, dass ich vermeiden will, dass du rumzappelst und mir alles versaust. Das ist eine sehr delikate Arbeit.« Er betrachtete die Klinge, ein laserscharfes chirurgisches Skalpell. »Es wird ein bisschen wehtun.«

Die Tränen liefen Karens Wangen hinab.

»Aber eine gute Nachricht habe ich immerhin für dich ... Ich mache das nicht zum ersten Mal.«

## 66

Karen versuchte verzweifelt, sich zu bewegen. Sie nahm all ihre Kraft zusammen, bot ihren gesamten Willen auf, doch es war zwecklos. Ihr Körper reagierte nicht, sosehr sie sich auch anstrengte. Sie versuchte zu schreien, zu betteln, aber ihre Zunge lag in ihrem Mund wie eine riesige, tote, haarige Motte.

Langsam und geschickt setzte Lucien mit dem Skalpell einen Schnitt oberhalb von Karens Schulterblatt. Der erste Tropfen Blut quoll hervor, und er nahm ein Stück Gaze, um ihn aufzusaugen. Dann machte er sich daran, ihr langsam und unter großer Sorgfalt die Haut vom Arm zu schälen.

Karens Kopf war in einer Stellung gelähmt, als wäre sie

im Sitzen eingeschlafen; er war nach vorn gekippt, so dass ihr Kinn fast ihre Brust berührte, und leicht nach rechts geneigt. Lucien hatte sie absichtlich so positioniert. Er wusste, sobald das Mittel anfing zu wirken, würde Karen nur noch die Augen bewegen können, nicht mehr den Hals. Er aber wollte, dass sie ihm bei der Arbeit zusah.

Also sah sie zu.

Als Lucien näher gekommen war, war ihr Blick unwillkürlich nach rechts gezuckt. Sie hatte gesehen, wie das Skalpell in ihre Haut eindrang und Blut aus der Wunde quoll, doch sie hatte so große Angst, dass sie nicht sofort etwas spürte. Es dauerte mehrere Sekunden, bis ein scharfer, tiefer Schmerz einsetzte und sie einen gequälten Laut ausstieß, der wie das Knurren eines Tieres klang.

Der Akt des Häutens und Karens Todesangst erfüllten Lucien mit geradezu schwindelerregender Lust, die er nicht in Worte fassen konnte. Es war tausendmal besser als jede ihm bekannte Droge.

Die Prozedur dauerte nicht sehr lange, und am Ende hatte Lucien das Gefühl zu schweben, so berauscht war er von den Stoffen, die sein Organismus ausgeschüttet hatte. Grundsätzlich hätte er das Häuten auch in der Hälfte der Zeit erledigen können, allerdings hielt Karen immer nur wenige Minuten durch, bevor sie ohnmächtig wurde. Lucien wollte jedoch, dass sie bei vollem Bewusstsein war, er wollte ihre Panik spüren, also unterbrach er seine Arbeit jedes Mal, um sie wieder aufzuwecken, bevor er weitermachte. Und das dauerte.

Als er fertig war, wartete er, bis Karen wieder zu sich gekommen war, dann hob er das tätowierte Stück Haut hoch und zeigte es ihr.

Ihre inneren Organe waren nicht gelähmt, und als ihr Blick auf das fiel, was früher einmal Teil ihres Arms gewesen war, schoss ihr die Hälfte ihres Mageninhalts durch die Speiseröhre hinauf in den Mund, und sie übergab sich heftig.

»Mach dir keine Sorgen, Karen«, sagte Lucien, während er sie säuberte.

Karen schauderte vor seiner Berührung.

»Das war das einzige Tattoo, das ich von dir haben wollte. Die anderen lasse ich dir.«

Karen hatte insgesamt fünf Tattoos.

»Dafür habe ich aber eine andere Überraschung für dich.« Lucien stand auf und verschwand einen Augenblick lang in der Dunkelheit.

Wenig später hörte Karen ein gedämpftes metallisches Scharren, als würde ein Bierfass über den Boden geschleift. Als Lucien wieder aus dem Dunkeln auftauchte, sah sie, was er hinter sich herzog, und es war kein Bierfass. Vielmehr hatte er zwei Tanks aus Metall bei sich, die so ähnlich aussahen wie Sauerstoffflaschen aus dem Krankenhaus. Aber irgendwie wusste Karen, dass diese Flaschen keinen Sauerstoff enthielten.

Oben an den Ventilen der beiden Tanks war jeweils ein Schlauch angebracht. Lucien stellte die Tanks etwa anderthalb Meter vor Karens Stuhl auf den Boden, ehe er ein weiteres Mal verschwand. Sekunden später kam er zurück. Diesmal hatte er ein Mikrofonstativ dabei, das allerdings ein wenig umgebaut worden war, so dass es nun zwei Teleskoparme statt einen hatte.

Er stellte das Stativ zwischen Karen und den Flaschen auf, bevor er die zwei Arme so justierte, dass der obere sich auf Höhe von Karens Brust, der untere etwa auf Höhe ihrer Taille befand.

Karen verfolgte jede seiner Bewegungen gebannt und mit unerträglicher Angst. Sie glaubte zu spüren, wie sämtliche Organe in ihrem Körper zitterten.

Als Nächstes befestigte Lucien an jedem der Arme des Mikrofonstativs einen Schlauch, so dass die Öffnungen der Schläuche direkt auf Karen zeigten.

»Ich habe eine Frage an dich, Karen.«

Karen konnte nichts tun, außer ihn anzustarren.

»Hast du schon mal von LN2 gehört?«

Er drehte die beiden Tanks so, dass Karen die Etiketten sehen konnte. Als sie die Aufschrift las und begriff, was sie enthielten, gefror ihr Herz zu Eis.

# 67

Taylor verstand Luciens Frage nicht, aber Hunter wusste genau, wovon er sprach.

LN2, LIN oder LN sind Abkürzungen für Flüssigstickstoff. Stickstoff hat im flüssigen Zustand eine Temperatur von knapp minus 200 Grad Celsius. Sind beliebige Materialien – etwa Metalle, Legierungen, Plastik oder Holz – flüssigem Stickstoff ausgesetzt, gefrieren sie blitzschnell und werden in der Folge extrem bruchempfindlich. Dieses Prinzip macht sich auch das Militär in der Form von Stickstoffgranaten zunutze, die magnetisch an Türen, Wänden oder Brücken befestigt werden können. Diese Granaten unterscheiden sich von anderen Explosionskörpern darin, dass sie nicht in das Zielobjekt eindringen müssen, um es zu zerstören. Nach dem Kälteschock durch den Stickstoff reicht vielmehr eine geringe Krafteinwirkung aus, um sie zum Zerbersten zu bringen.

Das eigentliche Problem entsteht, wenn Flüssigstickstoff auf menschliche Haut trifft, was wiederum mit den besonderen physikalischen Eigenschaften eines Stoffes zu tun hat, der auf der ganzen Erde im Überfluss vorhanden ist: Wasser.

Wasser ist eine der wenigen natürlich vorkommenden Substanzen, die sich mit sinkender Temperatur ausdehnen. Wird ein menschlicher Körper von einem Stoß superkalten

Flüssigstickstoffs getroffen, kühlt er sich innerhalb von Sekundenbruchteilen extrem stark ab, und die Blutzellen werden gewissermaßen schockgefrostet. Das ist deshalb so verheerend, weil Blutzellen zu etwa siebzig Prozent aus Wasser bestehen und sich dieses Wasser blitzschnell ausdehnt, bis die Blutzellen schließlich platzen. Das wiederum hat zur Folge, dass der Betroffene aus allen Körperöffnungen zu bluten beginnt – aus Augen, Ohren, Mund, Nase, Nägeln, Geschlechtsorganen und durch die Haut. Es ist ein unvorstellbar qualvoller Tod und ein grauenhafter Anblick.

Für Taylor skizzierte Lucien in knappen Worten die gesamte Prozedur.

»Eins kann ich euch sagen«, meinte er danach. »Was die Ladung Flüssigstickstoff in ihrem Körper angerichtet hat, das fand selbst ich unheimlich. Es sah aus, als würde sie von innen heraus explodieren. Das Blut strömte nur so aus ...« Er seufzte tief, kratzte sich den Bart und ließ den Blick durch seine kahle Zelle gleiten. »Ach, wo man nur hinsah. Danach war ich vier Tage damit beschäftigt, den Schuppen zu putzen und zu desinfizieren, damit in meiner Abwesenheit keine wilden Tiere kommen.« In Erinnerungen versunken, verstummte Lucien. »Mein Freund damals in Yale hatte mir erzählt, dass im Labor Versuche mit flüssigem Stickstoff an einem lebendigen Frosch gemacht wurden. Als er mir erklärt hat, was dem Tier passiert ist, habe ich versucht mir vorzustellen, wie wohl ein menschlicher Körper darauf reagieren würde. Aber nicht einmal meine zugegebenermaßen sehr aktive Fantasie konnte auch nur annähernd mit der Wirklichkeit mithalten.«

Falls Hunter und Taylor noch irgendwelche Zweifel daran gehegt hatten, dass sie dem personifizierten Bösen gegenübersaßen, so waren diese Zweifel in den letzten paar Minuten ausgeräumt worden. Keiner der beiden wollte weitere Details hören.

»Die Leiche, Lucien?«, fragte Hunter. Sein Tonfall war

ruhig und sachlich. »Hast du sie in der Nähe von Lake Saltonstall vergraben?«

Lucien fuhr mit dem Finger die Fugen um einen der Gasbetonsteine in seiner Zellenwand nach. »Ja, das habe ich. Und ich habe noch mehr für euch. Nach Karen war ich noch insgesamt vier Mal dort, wenn ihr versteht, was ich damit sagen will.« Er schürzte die Lippen, wie um zu sagen: »*Was soll man machen?*«, dann zuckte er unbekümmert mit den Schultern. »Es war eben eine ausgezeichnete Lage. Sehr abgeschieden.«

»Soll das heißen, dass wir dort nicht nur eine Leiche finden werden, sondern gleich fünf?«, fragte Taylor.

Lucien hielt die Spannung einen Moment lang aufrecht, ehe er nickte. »M-hm. Möchten Sie gerne die Namen wissen?«

Taylor bedachte ihn mit einem scharfen Blick.

Lucien lachte auf. »Selbstverständlich möchten Sie das.« Er schloss die Augen und atmete ein, als benötige sein Gedächtnis eine extra Dosis Sauerstoff. Als er die Augen wieder öffnete, war sein Blick tot und gefühllos. Er begann.

»Emily Evans, dreiunddreißig, aus New York City. Owen Miller, sechsundzwanzig, aus Cleveland, Ohio. Rafaela Gomez, neununddreißig, aus Lancaster in Pennsylvania. Und Leslie Jenkins, zweiundzwanzig, aus Toronto, Kanada. Sie war Austauschstudentin in Yale.«

Lucien hielt inne und holte erneut tief Luft.

»Soll ich schildern, wie sie gestorben sind?« Auf seinen Lippen lag ein Lächeln, das jedoch nicht seine Augen erreichte.

»Die Stelle, Lucien. Mehr will ich nicht wissen«, sagte Hunter.

»Wirklich?« Lucien machte ein enttäuschtes Gesicht. »Dabei fing es gerade an, lustig zu werden. Karen war erst mein zweites Opfer. Ich bin mit jedem Mal besser geworden, glaubt mir.« Er zwinkerte Taylor anzüglich zu. »Viel besser.«

»Sie sind ein verfickter Psychopath.« Taylor konnte nicht mehr an sich halten. Sein bloßer Anblick ekelte sie.

Hunter drehte sich wie beiläufig zu ihr herum und sah sie an – eine stumme Bitte, sich nicht auf einen verbalen Schlagabtausch mit Lucien einzulassen.

»Meinen Sie?« Lucien ergriff die Gelegenheit beim Schopf.

Taylor schenkte Hunters eindringlichen Blicken keine Beachtung. »Ich *weiß* es.«

Lucien sah aus, als würde er sich ihre Behauptung durch den Kopf gehen lassen. »Wissen Sie, Agent Taylor, Sie sind einfach zu naiv. Wenn Sie glauben, ich wäre in meinen Trieben in irgendeiner Weise einzigartig und eine Ausnahme, dann haben Sie unzweifelhaft den falschen Beruf.« Er deutete mit dem Daumen hinter sich. »Jeden Tag haben Tausende, Millionen von Menschen da draußen Mordgedanken. Einige schon als Kinder. Jeden Tag gibt es Leute, die – in welcher Weise auch immer – darüber nachdenken, ihre Ehepartner umzubringen oder ihre Geschäftspartner, ihre Nachbarn, ihre Chefs, ihre Bankberater, die fiesen Arschlöcher, die ihnen tagtäglich das Leben zur Hölle machen ... die Liste ist endlos.«

Taylors Blick sagte deutlich, was sie von Luciens Argumentation hielt.

»Wovon Sie da reden, das sind spontane *Gedanken*. Die passieren im Affekt«, gab sie ruhig zurück, wobei sie das Wort »Gedanken« besonders betonte. »Das sind nachvollziehbare Wutgefühle in Reaktion auf ein konkretes Ereignis. Das bedeutet nicht, dass irgendwas davon tatsächlich in die Tat umgesetzt wird.«

»Die Stelle, Lucien«, ging Hunter dazwischen. Er begriff beim besten Willen nicht, weshalb Taylor hartnäckig weiter Öl ins Feuer goss. »Wo liegt Karens Leiche?«

Lucien ignorierte ihn. In diesem Moment war er viel eher daran interessiert, Taylor weiter zu reizen.

»Naiv, naiv, naiv, Agent Taylor«, sagte er kopfschüttelnd. »Bei jedem menschlichen Gedanken, ob er nun im Affekt entsteht oder nicht, besteht das Risiko, dass aus ihm eines Tages – genährt durch Zorn, Kränkung, Enttäuschung, Eifersucht ... es gibt tausend Faktoren, die ihm beim Wachsen helfen könnten – viel mehr wird. Das nennt man das *Gesetz der Wahrscheinlichkeit*, bestimmt haben Sie schon mal davon gehört. Ihre Datenbanken sind randvoll mit Beispielen. Und diese Beispiele gibt es, weil jeder, und ich meine: *jeder*, unabhängig von Sozialisation, Geschlecht, Milieu, ethnischem Hintergrund, religiöser Überzeugung, gesellschaftlichem Status oder was auch immer, unter den entsprechenden Bedingungen zum Mörder werden kann.«

*Lass es gut sein, Courtney*, flehte Hunter im Stillen.

Aber Taylor ließ es nicht gut sein. »Sie leiden wirklich unter Wahnvorstellungen«, gab sie ohne Nachdenken zurück.

Diese Antwort erheiterte Lucien nur noch mehr.

»Ich glaube nicht, dass ich hier derjenige bin, der unter Wahnvorstellungen leidet. Wissen Sie was? Es ist sehr einfach für einen Menschen zu sagen, er würde niemals eine gewisse Grenze überschreiten, solange er nicht mit dieser Grenze konfrontiert wird.«

Lucien schwieg einen Moment, um seine Worte wirken zu lassen. Erst dann fuhr er fort.

»Wenn er oder sie eines Tages unmittelbar vor dieser Grenze steht, sieht die Sache schon ganz anders aus. Sie können mir ruhig glauben, Agent Taylor. Das war auch eins meiner Experimente – jemanden, der geschworen hatte, niemals zu töten, mit genau dieser Grenze zu konfrontieren.« Lucien betrachtete seine Fingernägel, als überlege er, ob sie geschnitten werden mussten. »Und ich kann Ihnen sagen, sie hat sie *so* was von überschritten.«

Taylor erstickte fast an ihrem nächsten Atemzug.

Hunter starrte Lucien fassungslos an.

»Wollen Sie damit sagen, Sie haben jemanden dazu gezwungen, einen Mord zu begehen? Als Experiment? Um etwas zu beweisen?«, fragte Taylor.

Hunter hatte nicht den geringsten Zweifel, dass Lucien zu einer solchen Tat fähig war. Er war noch zu ganz anderem fähig. Allerdings hatte Hunter allmählich genug, und obwohl nicht er, sondern Taylor die leitende Ermittlerin war, hob er die Hand, um sie zum Schweigen zu bringen.

»Die Stelle, Lucien. Wo in New Haven liegen die Leichen?«

Lucien kratzte sich erneut den Bart, während er Hunter musterte.

»Ich sage es dir, Robert. Das habe ich schließlich versprochen, oder? Aber ich rede schon viel zu lange, jetzt darf ich wieder eine Frage stellen. So lautet unsere Abmachung.«

Das hatte Hunter bereits geahnt. »Sag uns erst, wo die Leichen liegen. Während das FBI deine Angaben überprüft, kannst du deine Fragen stellen.«

Lucien kniff kurz die Augen zusammen. »Ich kann die Logik deines Vorschlags durchaus nachvollziehen, allerdings bin ich mir sicher, dass das FBI längst dabei ist, die vier Namen zu überprüfen, die ich euch eben genannt habe.« Er sah zu der Überwachungskamera an der Zellendecke hinauf und lächelte. »Ihr seid fürs Erste beschäftigt. Also bin ich jetzt dran.«

Lucien sammelte sich kurz, ehe er Hunter tief in die Augen blickte.

»Erzähl mir von Jessica, Robert.«

# 68

Im Kontrollraum des Zellentrakts hängte sich Direktor Kennedy, kaum dass er die vier Namen aus Luciens Mund vernommen hatte, augenblicklich ans Telefon und kontaktierte sein Recherche-Team.

»Ich brauche Beweise, dass diese Leute echt sind«, wies er den leitenden Agenten an. »Sozialversicherungsnummern, Führerscheine und so weiter.« Er diktierte die ersten drei Namen samt Alter und Geburtsort, so wie Lucien sie genannt hatte. »Die vierte Person – Leslie Jenkins – ist aus Toronto. Sie war Austauschstudentin in Yale, vermutlich in den frühen Neunzigern. Rufen Sie in Yale an, falls nötig bei der kanadischen Botschaft in Washington. Außerdem muss ich wissen, ob diese Leute als vermisst gemeldet wurden. Geben Sie sofort Bescheid, wenn Sie was haben.« Er legte auf.

Kennedy dachte daran, wie er sich einmal mit einem Waffenexperten vom Militär unterhalten hatte, der zum FBI gewechselt war. Sie hatten über LN2 und Stickstoffgranaten gesprochen, und der Waffenexperte hatte ihm Videoaufnahmen über die Auswirkungen flüssigen Stickstoffs auf den menschlichen Körper gezeigt. Kennedy hatte wahrscheinlich mehr Leichen und grausige Tatorte gesehen als die meisten anderen FBI-Mitarbeiter, aber so etwas wie diese Aufnahmen war ihm noch nie untergekommen.

Kennedy wollte sich gerade mit dem FBI-Büro in New Haven, Connecticut, in Verbindung setzen und verlangen, dass man dort ein Team zu dem Ort schickte, den Lucien ihnen zweifellos jeden Moment nennen würde – als dieser den Spieß erneut umdrehte und Hunter nach jemandem namens Jessica fragte.

»Wer ist Jessica?«, fragte Dr. Lambert und sah Kennedy ratsuchend an.

Kennedy schüttelte den Kopf. »Ich habe nicht die geringste Ahnung.«

## 69

Luciens Frage schien von den Wänden widerzuhallen. Hunter wich alle Luft aus den Lungen, als hätte ihm jemand einen Baseballschläger in die Magengrube gerammt. Er sah Lucien durch zusammengekniffene Augen an, unsicher, ob er richtig gehört hatte.

Taylors Blick ging automatisch zu Hunter.

»Wie bitte?«, sagte Hunter. Sein Schock war so groß, dass er ihn hinter keiner Maske mehr verbergen konnte.

»Jessica Petersen«, wiederholte Lucien, der Hunters Reaktion sichtlich genoss. Der Name schien durch die Luft zu schweben, schwer und träge wie Rauch. »Erzähl mir von Jessica Petersen, Robert. Wer war sie?«

Hunter war unfähig, den Blick von Lucien abzuwenden. Sein Gehirn versuchte verzweifelt zu begreifen, was hier gerade geschah.

*Polizeiakten oder medizinische Unterlagen*, dachte er. *Das ist die einzige Möglichkeit. Irgendwie hat Lucien die Polizeiakten oder das Protokoll des Rechtsmediziners in die Finger bekommen. Oder beides.* Hunter dachte daran, wie Lucien ihn über seine Mutter ausgefragt hatte. Es war gewesen, als kenne Lucien bereits alle Antworten. Falls er tatsächlich Zugang zu Polizei- oder Patientenakten gehabt hatte, war das kein Wunder. Im Bericht des Leichenbeschauers hatte gestanden, dass Hunters Mutter an einer Überdosis Schmerzmittel gestorben und der Tod irgendwann während der Nacht eingetreten sei. Herauszufinden, dass Hunters Vater Nachtschicht gehabt hatte und deshalb zum fraglichen Zeitpunkt nicht zu Hause gewesen war, wäre nicht weiter schwierig gewesen. Da die einzige andere Person im Haushalt der siebenjährige Robert Hunter gewesen war, hätte Lucien sich ohne weiteres zusammenreimen können, was in jener Nacht passiert sein musste. Hunter hatte nur noch ein paar Lücken füllen müssen.

»Wer war sie?«, wiederholte Lucien seine Frage ungerührt.

Hunter blinzelte seine Verwirrung weg. »Jemand, den ich vor langer Zeit gekannt habe«, antwortete er schließlich in demselben Tonfall.

»Komm schon, Robert«, sagte Lucien. »Das geht doch besser. Du weißt, dass du mich nicht belügen kannst.«

Eine Zeitlang versuchten sie einander niederzustarren.

»Ich war früher mit ihr zusammen. Als ich noch jünger war«, sagte Hunter schließlich.

»Wie jung?«

»Sehr jung. Wir haben uns kennengelernt, kurz nachdem ich meinen Doktor gemacht hatte.«

Lucien lehnte sich auf seinem Bett zurück und streckte die Beine aus, um es sich so bequem wie möglich zu machen. »Wie lange wart ihr zusammen?«

»Zwei Jahre.«

»Habt ihr euch geliebt?«, fragte Lucien und neigte den Kopf ein wenig zur Seite.

Hunter zögerte. »Lucien, was hat das mit irgend-«

»Beantworte die Frage, Robert«, schnitt Lucien ihm das Wort ab. »Ich kann fragen, was ich will, ob es relevant ist oder nicht, so war unsere Abmachung, und jetzt gerade möchte ich gerne, dass du mir mehr über Jessica Petersen erzählst. Hast du sie geliebt?«

Taylor wurde ein wenig nervös.

Hunters Nicken war kaum wahrnehmbar. »Ja, ich habe Jessica geliebt.«

»Wolltest du sie heiraten?«

Schweigen.

Lucien zog die Augenbrauen hoch, um zu signalisieren, dass er auf eine Antwort wartete.

»Ja«, sagte Hunter. »Wir waren verlobt.«

Einen winzigen Moment lang hörte Taylor ein Krächzen in Hunters Stimme.

»Oh, das ist aber interessant«, meinte Lucien. »Und? Was ist schiefgegangen? Ich weiß, dass du nicht verheiratet bist und auch nicht geschieden. Also, was ist passiert? Wie kommt es, dass du die Frau, die du geliebt hast, nie geheiratet hast? Hat sie dich etwa für einen anderen verlassen?«

Hunter beschloss, es darauf ankommen zu lassen. »Ja, sie hat jemand anderen gefunden. Jemand Besseren.«

Lucien schüttelte den Kopf und schnalzte dabei laut mit der Zunge. »Bist du sicher, dass du mich schon wieder auf die Probe stellen willst, Robert? Genau das tust du nämlich gerade.« Luciens Miene und seine Stimme wurden hart wie Stahl. »Und das mag ich gar nicht.«

Taylor ließ sich nichts anmerken, lediglich ihr Blick verriet Verwirrung.

»Weißt du was?«, sagte Hunter und hob die Hände. »Ich werde nicht darüber reden.«

»Das möchte ich dir aber sehr ans Herz legen«, entgegnete Lucien.

»Ich glaube nicht«, sagte Hunter im gemessenen Tonfall eines Psychologen, der zu seinem Patienten spricht. »Ich bin hergekommen, weil ich dachte, ich könnte einem alten Freund helfen. Jemandem, den ich zu kennen glaubte. Als man mir vor ein paar Tagen in L. A. dein Foto gezeigt hat, da war ich mir sicher, dass das alles ein schreckliches Missverständnis sein muss. Ich habe mich bereit erklärt, herzufliegen, weil ich dachte, ich könnte das FBI dabei unterstützen, die Sache aufzuklären, und ihnen beweisen, dass du nicht der bist, für den sie dich halten. Ich habe mich getäuscht. Ich *kann* nicht helfen, weil es nichts aufzuklären *gibt.* Du bist, wer du bist, und du hast getan, was du getan hast. Daran kann leider Gottes niemand mehr etwas ändern. Aber du hast es selbst gesagt: Es besteht keine Eile, weil wir niemanden mehr retten können, und wenn ich jetzt aufstehe und gehe, dann wird dich eben das FBI weiterverhören und dich fragen, wo du die Leichen deiner Opfer vergraben hast.«

Hunter warf einen raschen Blick zu Taylor. Die hatte bei dem Wort »gehe« unwillkürlich die Stirn gerunzelt.

»Sie werden bloß andere Methoden anwenden als ich«, fuhr Hunter fort. »Nicht ganz so konventionelle. Ich bin mir sicher, du kannst ungefähr erahnen, was auf dich zukommt. Vielleicht dauert es ein paar Tage länger, aber glaub mir, Lucien, letzten Endes wirst du reden.«

Hunter stand auf und wollte sich abwenden.

Lucien war die Ruhe selbst. »Ich würde dir wirklich dringend raten, dich wieder hinzusetzen, mein Freund. Du hast mich nämlich falsch zitiert.«

Hunter hielt inne.

»Ich habe nie behauptet, es bestünde keine Eile. Ich habe lediglich gesagt, es bestünde keine Eile, *Susan* zu finden, weil *sie* nicht mehr zu retten ist.«

Etwas in der Art, wie Lucien die Betonung setzte, ließ Hunters Herzschlag aus dem Takt geraten. Er beschleunigte sich erst und geriet kurz darauf ins Stolpern.

»Und ich habe auch nicht gesagt, dass ihr niemanden mehr retten könnt. Ich glaube nämlich, die Zeit würde noch reichen.« Eine angespannte Pause folgte, während der Lucien auf sein Handgelenk sah und erneut seine unsichtbare Uhr konsultierte. »Ich habe nicht alle Opfer, die ich entführt habe, auch getötet, Robert.« Lucien begleitete seine Worte mit einem Blick, der so kalt und leer war, dass man das Gefühl hatte, in die Augen eines Toten zu schauen. »Eins ist noch am Leben.«

# DRITTER TEIL

## Wettlauf gegen die Zeit

# 70

*Ein geheimer Ort*
*Drei Tage zuvor*

Sie erwachte unter Husten und Keuchen – oder wenigstens glaubte sie, wach zu sein. Sie wusste es nicht mehr. Die Wirklichkeit war genauso grauenhaft wie ihre schlimmsten Alpträume. Sie konnte nicht klar denken, ihr Gehirn war völlig vernebelt – halb taub, halb wach.

Weil es kein Tageslicht gab, hatte sie längst jedes Zeitgefühl verloren. Sie wusste nur, dass sie schon lange in diesem stinkenden Loch saß. Es kam ihr vor, als wären es Jahre, aber vielleicht waren es auch erst wenige Monate oder sogar nur Wochen. Die Zeit tröpfelte dahin, und niemand zählte mit.

Sie konnte sich noch an den Abend erinnern, als sie ihn in der Bar im Ostteil der Stadt kennengelernt hatte. Er war älter als sie, aber charmant, attraktiv, gebildet, sehr intelligent, humorvoll, und er wusste, wie man einer Frau Komplimente machte. Bei ihm hatte sie das Gefühl, etwas Besonderes zu sein. Er brachte sie zum Strahlen. Am Ende des Abends setzte er sie in ein Taxi. Er schlug nicht vor, noch mit zu ihr zu kommen, ja er deutete es nicht einmal an. Er war höflich und benahm sich wie ein echter Gentleman. Nach ihrer Telefonnummer fragte er sie allerdings trotzdem.

Sie musste zugeben, sie freute sich riesig, als er schon wenige Tage später anrief und fragte, ob sie mit ihm essen gehen wolle. Mit einem breiten Lächeln im Gesicht sagte sie ja.

Er holte sie am selben Abend gegen sieben Uhr ab, doch sie kamen nie im Restaurant an. Kaum war sie zu ihm in den Wagen gestiegen, fühlte sie einen Stich seitlich am Hals. Es ging so blitzschnell, dass sie nicht einmal mitbekommen hatte, wie sich seine Hand bewegte. Das Nächste, woran sie sich erinnern konnte, war, wie sie in diesem kalten, feuchten Raum aufgewacht war.

Er maß exakt zwölf mal zwölf Schritte. Sie war sie wieder und wieder abgelaufen. Die Wände waren unverputzt, aus Ziegeln und Mörtel gemauert, der Fußboden bestand aus rauem Zement. Die Tür war aus Eisen und hatte in etwa anderthalb Metern Höhe ein rechteckiges, verschließbares Fenster. Wie die Tür zu einer Gefängniszelle. An einer Wand lag eine dünne, schmutzige Matratze. Und eine Decke, die nach nassem Hund roch. Kein Kissen. In einer Ecke stand ein Plastikeimer, den sie als Toilette benutzen musste. Es gab keine Fenster, und die trübe gelbe Glühbirne, die, von einem Drahtnetz umgeben, an der Decke hing, brannte ohne Unterlass.

Seit sie hier eingesperrt worden war, hatte sie ihren Entführer erst wenige Male gesehen – immer wenn er in ihre Zelle kam, um ihr Essen und Wasser zu bringen oder eine neue Rolle Toilettenpapier oder um ihren Eimer auszuwechseln.

Bislang hatte er ihr nicht wehgetan, ja sie nicht einmal angerührt. Er sagte auch kaum ein Wort. Sie schrie, bettelte, flehte, versuchte an ihn zu appellieren, aber er gab fast nie eine Antwort. Einmal hatte seine Reaktion sie dermaßen erschreckt, dass sie sich vor Angst in die Hose gemacht hatte. Ihr Unterbewusstsein hatte sie vor lauter Furcht die ganze Zeit gedrängt, herauszufinden, was er von ihr wollte – was er mit ihr vorhatte. Eines Tages war sie eingeknickt und hatte ihn gefragt. Er hatte nicht geantwortet, zumindest nicht mit Worten. Er hatte sie einfach nur angeschaut, und in seinen Augen hatte sie etwas gesehen, das sie noch nie zuvor gesehen hatte – das absolut Böse.

Er brachte ihr Essen und Wasser, manchmal jeden Tag, manchmal seltener. Obwohl sie jedes Zeitgefühl verloren hatte, merkte sie, dass die Abstände zwischen seinen Besuchen gelegentlich zu lang waren. Bestimmt viel länger als einen oder zwei Tage.

Einmal, kurz nachdem sie zum dritten oder vierten Mal neuen Proviant bekommen hatte, hatte sie ihm an der Tür aufgelauert und ihn beim Eintreten angegriffen. Sie hatte sich mit aller Kraft auf ihn gestürzt und versucht, ihm mit ihren zerbissenen Nägeln das Gesicht zu zerkratzen. Er jedoch schien nur darauf gewartet zu haben, und ehe sie ihm auch nur eine Schramme beigebracht hatte, stieß er ihr so heftig die Faust in den Magen, dass sie sich zusammenkrümmte und erbrach. Den Rest des Tages lag sie mit schmerzendem Bauch in Embryonalstellung am Boden.

Manchmal waren die Rationen größer als sonst – es gab mehr Wasserflaschen, mehr Kräcker- und Kekspäckchen, mehr Schokoriegel, mehr Brot, hin und wieder sogar Obst. Danach blieb er immer für lange Zeit weg. Je größer die Ration, die er ihr brachte, desto länger dauerte es, bis er wiederkam. Die letzte Ration, die er ihr gebracht hatte, war die bisher größte gewesen.

Sie wusste nicht genau, wie viel Zeit seitdem vergangen war, aber sie wusste, dass es mehr war als jemals zuvor. Sie hatte ziemlich schnell gelernt, sich ihre Vorräte einzuteilen, und wenn ihr dann doch irgendwann das Essen und Trinken ausging, kam er immer kurz darauf wieder und brachte Nachschub. Nur diesmal nicht.

Die Lebensmittel hatte sie bereits vor einiger Zeit aufgebraucht, vielleicht vor drei oder vier Tagen. Ihr kam es länger vor. Am nächsten oder übernächsten Tag war schließlich auch der Wasservorrat zu Ende gewesen. Sie war schwach und ausgedörrt. Ihre Lippen waren spröde und aufgesprungen. Weil sie so hungrig war, setzte ihr die feuchte Kälte noch mehr zu. Den Großteil ihrer Zeit hockte sie zusammengekauert in einer Ecke, in die stinkende Decke gewickelt. Trotzdem zitterte sie unaufhörlich.

Seit einiger Zeit schon brannte ihre Kehle wie Feuer, und heute war es schlimmer denn je. Sie brauchte unbedingt etwas zu trinken. Ihre Lider waren schwer, und sie benötigte ihre ganze Willenskraft, um die Augen offen zu halten. Ihr Kopf tat so weh, dass jede noch so kleine Bewegung sich anfühlte, als wäre es ihre letzte, bevor ihr das Gehirn im Schädel explodierte.

Sie hob eine Hand an ihre klamme Stirn. Es war, als würde sie heißes Metall berühren. Als würde sie innerlich verglühen. Unter ungeheurer Anstrengung hob sie den Kopf und sah zur Tür. Sie glaubte etwas gehört zu haben. Schritte womöglich. Vielleicht kam da jemand.

So verrückt es auch war, ein Lächeln erschien auf ihren Lippen.

Das menschliche Gehirn ist ein überaus komplexes Organ, und ein schwacher, zermürbter Geist klammert sich manchmal an jeden Strohhalm. In diesem Moment sah sie in ihrem Entführer nicht den Mann, der sie töten und davor vermutlich mehrfach vergewaltigen würde. Sie sah in ihm ihren Retter, der gekommen war, um ihr Essen und Wasser zu bringen und ihren überquellenden Toiletteneimer mitzunehmen, der den ganzen Raum mit seinem ekelerregenden Gestank verpestete.

Sich an der Wand abstützend, kam sie langsam auf die Füße. Mit den schweren Schritten eines kriegsmüden Soldaten schlurfte sie zur Tür und presste ein Ohr dagegen.

»Hallo ...«, rief sie mit einer Stimme, die so schwach klang wie die eines verängstigten kleinen Kindes.

Keine Antwort.

»Hallo ... sind Sie da draußen? ... Bitte!«

...

»Bitte, kann ich etwas Wasser haben?« Ihre Stimme war tränenerstickt. Sie zitterte so heftig, dass ihre Zähne klapperten.

»Bitte ...?« Sie begann zu schluchzen. »Bitte helfen Sie mir ...? Nur ein paar Tropfen, bitte!«

Da war nichts, nur Totenstille.

Eine scheinbare Ewigkeit lag sie vor der Tür auf dem Boden, das Ohr fest an die Tür gepresst – mehrere Stunden wahrscheinlich. Sie hörte keinen Laut. Da war nie etwas gewesen. Ihr müdes Gehirn war so verzweifelt, dass es ihr Dinge vorgaukelte, die es gar nicht gab. Ihr Fieber musste hoch sein. Sie halluzinierte schon.

Es dauerte eine Weile, bis ihr Schluchzen verebbt war. Sie wischte sich die Tränen aus den Augen und von den schmutzigen Wangen, und weil sie keine Kraft mehr hatte, erneut aufzustehen, kroch sie auf allen vieren zurück zu ihrer Decke in der Ecke auf der anderen Seite des Raumes.

Sie verlor allmählich den Verstand. Sie konnte *spüren*, wie sie den Verstand verlor.

Als sie sich wieder zusammenrollte, begann sie vor sich hin zu flüstern. »Du darfst nicht aufgeben. Du schaffst das. Bleib stark ...« Sie hielt inne und runzelte die Stirn, während ihr wirrer Blick durch den Raum geisterte. »Bleib stark ...«, wiederholte sie, ehe sie erneut verstummte. Sie wollte ihr Gehirn dazu zwingen, sich an etwas zu erinnern, aber es war weg. Sie konnte nicht fassen, dass es weg war.

»Ich bin ...«

Nichts.

»Mein Name ist ...«

Leere.

Sie wollte sich unbedingt sagen, dass sie stark bleiben musste, aber sie konnte sich nicht mehr an ihren Namen erinnern.

Da begann sie aufs Neue zu weinen.

# 71

»Madeleine«, sagte Lucien. Er saß noch immer auf seinem Bett, die Beine bequem ausgestreckt. »Ihr Name ist Madeleine Reed. Aber sie hat es lieber, wenn man sie Maddy nennt.«

Hunter spürte ein Kribbeln, als sprudele plötzlich Kohlensäure durch seine Adern. Eine tiefe Unruhe erfasste ihn.

Taylor hingegen war benommen wie nach einem Schlag ins Gesicht. »Was?«, sagte sie und lehnte sich auf ihrem Stuhl nach vorn.

»Madeleine Reed oder, wenn Sie wollen, Maddy Reed«, wiederholte Lucien achselzuckend. »Sie ist dreiundzwanzig. Ich habe sie am 9. April in Pittsburgh, Pennsylvania, entführt, aber ursprünglich stammt sie aus Blue Springs City, Missouri.« Mit einem Kopfnicken deutete er in den Gang draußen vor seiner Zelle. »Sie können es gerne nachprüfen. Ihre Familie ist bestimmt schon ganz außer sich vor Sorge um sie.«

Hunter und Taylor wussten, dass Kennedy das Gespräch mithörte. Binnen Minuten würde er den Namen sowie alle weiteren Angaben überprüft haben.

»Am 9. April?«, sagte Taylor mit großen Augen. »Das war vor vier Monaten.«

»Stimmt«, sagte Lucien. »Aber keine Bange, Agent Taylor, ich habe da ein ganz gutes System entwickelt. Es hat sich im Laufe der Jahre bewährt.« Er lächelte. »Ich lasse ihr immer Essen und Wasser da, bevor ich gehe, und Maddy ist ein kluger Kopf. Sie hat schnell gemerkt, dass sie sich ihre Vorräte einteilen muss, damit sie ihr nicht ausgehen, bevor ich wiederkomme und ihr Nachschub bringe. Mittlerweile ist sie ziemlich gut darin geworden.« Er öffnete die Hände und studierte die Venen auf seinen Handrücken. »Allerdings hätte ich vor vier oder fünf Tagen zurück sein sollen.«

Diese Nachricht traf sie mit der Wucht eines Fausthiebs. Lucien nahm sich Zeit, die Wirkung voll auszukosten, erst dann sprach er weiter.

»Falls Maddy vor ein paar Tagen Essen und Wasser ausgegangen sind, ist sie inzwischen sicher sehr schwach, aber höchstwahrscheinlich noch am Leben. Wie lange es so bleiben wird? Das kann ich beim besten Willen nicht absehen.«

»Wo ist sie?«, wollte Hunter wissen.

»Erzähl mir von Jessica Petersen«, gab Lucien zurück. »Erzähl mir von der Frau, die du geliebt hast.«

Hunter holte tief Luft.

»Sag uns, wo sie ist, Lucien, damit wir sie retten können, und ich verspreche dir, dass ich dir alles sagen werde, was du wissen willst.«

Lucien rieb sich die Stelle zwischen den Augenbrauen. »Hmmm«, machte er, als denke er darüber nach. »Nein. Ich fürchte, daraus wird nichts. Wie gesagt, ich bin an der Reihe, Fragen zu stellen. Ihr habt fürs Erste genug Informationen von mir erhalten.«

»Und ich *werde* deine Fragen beantworten, Lucien«, beteuerte Hunter. »Ich gebe dir mein Wort. Aber wenn sie seit vier Tagen nichts mehr zu essen und zu trinken gehabt hat, müssen wir sofort zu ihr.« Das Drängen in Hunters Stimme erfüllte die Luft mit fühlbarer Spannung.

Lucien quittierte den Appell mit einem teilnahmslosen Blick.

»Was ist der Sinn darin, sie jetzt auf diese Weise sterben zu lassen, Lucien?«, flehte Hunter. »Welche Befriedigung es dir auch immer verschafft, deine Opfer zu töten, Madeleines Tod wird dir diese Befriedigung nicht geben.«

»Vermutlich nicht«, räumte Lucien ein.

»Also, bitte. Lass sie am Leben.«

Lucien blieb gänzlich unbeeindruckt.

»Es ist vorbei, Lucien. Sieh dich um. Du wurdest gefasst. Durch Zufall zwar, aber das Ergebnis ist dasselbe. Es macht keinen Sinn, jetzt noch jemanden zu töten.« Hunter hielt inne. »Bitte, da muss doch noch ein Rest von Menschlichkeit in dir sein. Hab Mitleid mit dieser Frau. Erlaube uns, Madeleine zu retten.«

Lucien stand auf. »Hübsche Ansprache, Robert«, sagte er und schürzte die Lippen. »Knapp, auf den Punkt und mit genau der richtigen Prise Emotion. Eine Sekunde lang dachte ich sogar, deine Augen werden feucht.« Sarkasmus war für Lucien wie eine zweite Haut. »Aber ich will Gnade walten lassen. Meine Art von Gnade. Das Ganze läuft folgendermaßen: Zuerst will ich etwas über Jessica hören; dann, und erst dann, werde ich dir sagen, wo ich die Leiche von Karen Simpson und den anderen Opfern in New Haven vergraben habe. Und ich werde dir verraten, wo ihr Madeleine Reed finden könnt. Danach kannst du mit Agent Taylor losziehen, um Helden zu spielen.«

Lucien sah, wie Taylor einen Blick auf ihre Uhr warf.

»Richtig, Sie vergeuden Zeit«, sagte er mit einem Nicken. »Auf einmal ist jede Sekunde kostbar, nicht wahr? Ich muss euch ja nicht erst sagen, dass Dehydration irreversible neurologische Schäden hervorrufen kann. Selbst falls sie noch am Leben sein sollte – wenn ihr euch nicht beeilt, vegetiert sie, bis ihr sie gefunden habt, vielleicht nur noch so dahin.«

Lucien deutete auf Hunters Platz.

»Also pflanz deinen Arsch auf den Stuhl, Robert, und fang an zu erzählen.«

# 72

Hunter schaute auf seine Uhr, wechselte einen schnellen, beunruhigten Blick mit Taylor und kehrte an seinen Platz zurück.

»Was willst du wissen?«, fragte er und sah Lucien in die Augen.

Lucien grinste triumphierend. »Ich will wissen, was passiert ist. Wie kommt es, dass du die Frau, mit der du verlobt warst, nicht geheiratet hast? Wie kommt es, dass du und Jessica nicht mehr zusammen seid?«

»Weil sie gestorben ist.«

Taylor wandte den Kopf und fing Hunters Blick ein. Seine Augen schimmerten, und sie glaubte eine tiefe Trauer darin wahrzunehmen.

Lucien bemerkte es ebenfalls. »Woran?«, fragte er. »Woran ist sie gestorben?«

Hunter wusste, dass er nicht lügen durfte. »Sie wurde ermordet«, antwortete er.

Taylor riss vor Schreck die Augen auf.

»Ermordet?« Lucien runzelte die Stirn. »Also, da bin ich jetzt aber gespannt. Bitte, erzähl weiter, Robert.«

»Da gibt es nichts zu erzählen. Wir waren verlobt, und sie wurde ermordet, bevor ich die Chance hatte, sie zu heiraten. Das ist alles.«

»Das ist niemals alles, Robert. Das ist nur die Oberfläche, und die ist nicht der Zweck dieser Übung. Sag mir, wie es passiert ist. Warst du dabei? Hast du es mit angesehen? Erzähl mir, wie du dich gefühlt hast. Das ist es, was mich am meisten interessiert. Die Gefühle tief in dir. Die Gedanken in deinem Kopf.«

Hunter zögerte ganz kurz.

»Du kannst dir so viel Zeit lassen, wie du willst«, forderte Lucien ihn heraus. »Mir ist das gleich. Aber denk dran, für die arme Madeleine tickt die Uhr.«

»Nein, ich war nicht dabei«, sagte Hunter. »Wenn ich dabei gewesen wäre, wäre es niemals dazu gekommen.«

»Das ist eine kühne Behauptung, Robert. Wo warst du denn?« Lucien ließ sich auf der Bettkante nieder. »Fang ruhig ganz am Anfang an.«

Hunter hatte noch nie mit jemandem über die Ereignisse von damals gesprochen. Manche Dinge hielt er streng unter Verschluss, an einem Ort, an den selbst er sich kaum je verirrte.

»Damals war ich noch kein Detective beim LAPD«, begann er. »Bloß ein ganz normaler Polizist. Mein Partner und ich waren an dem Tag in der Gegend um Rampart auf Streife.«

»Ich bin ganz Ohr«, sagte Lucien, als Hunter eine Pause machte, um Atem zu schöpfen.

»Obwohl Jess und ich verlobt waren, haben wir nicht zusammengewohnt«, erklärte Hunter. »Wir hatten vor, zusammenzuziehen, sobald man mich zum Detective befördert hatte. Bis dahin waren es nur noch wenige Wochen, aber zu dem Zeitpunkt haben wir noch getrennt gewohnt. Ich war für den Abend mit ihr verabredet, wir wollten zusammen essen gehen. Sie hatte einen Tisch in einem Restaurant irgendwo in West Hollywood reserviert. Aber dann wurden mein Partner und ich am späten Nachmittag zu einer Adresse in Westlake gerufen. Es ging um einen Fall von häuslicher Gewalt. Wir waren innerhalb von zehn Minuten vor Ort, und als wir ankamen, war alles so weit ruhig. Zu ruhig. Der Mann muss unseren Streifenwagen durchs Fenster gesehen haben. Wir sind ausgestiegen, zur Haustür gegangen und haben angeklopft – genauer gesagt: Mein Partner Kevin hat angeklopft. Ich bin seitlich ums Haus herum, um nach den Fenstern zu schauen.«

»Und dann?«, drängte Lucien.

»Der Mann hat mit einer abgesägten zwölfkalibrigen Schrotflinte durch den Briefschlitz auf Kevin geschossen. Er hatte sich dahinter auf die Lauer gelegt und auf uns gewartet.« Hunter betrachtete seine Hände. »Die Flinte war mit schwerer Double-Slug-Terminator-Munition geladen. Aus der kurzen Distanz hat die Ladung Kevin praktisch entzweigerissen.«

»Warte mal«, unterbrach Lucien ihn. »Der Typ hat einfach so durch die Haustür einen Cop erschossen?«

Hunter nickte. »Er war auf Crack, wohl schon seit mehreren Tagen. Das war auch der Hauptgrund, weshalb er gewalttätig geworden war. Sein Gehirn war nur noch Matsch. Er hatte seine Frau und seine kleine Tochter im Haus eingesperrt und sie wiederholt missbraucht und geschlagen. Die Kleine war erst sechs.«

Das ließ selbst Lucien kurz innehalten. »Und was hast du gemacht, nachdem er deinen Partner mit seiner Schrotflinte in Fetzen geschossen hatte?«

»Ich habe das Feuer erwidert. Ich habe Kevin von der Tür weggezogen und das Feuer erwidert.«

»Und ...?«

»Ich habe tief gezielt«, sagte Hunter. »Auf die untere Körperhälfte. Ich wollte ihn nicht töten, nur unschädlich machen. Meine beiden Schüsse haben ihn getroffen, aber die Tür hat die Geschwindigkeit der Kugeln gebremst. Die erste hat ihn im rechten Oberschenkel getroffen, die zweite im Schritt.«

Lucien hustete vor Lachen. »Du hast ihm den Schwanz weggeschossen?«

»Das war nicht beabsichtigt.«

Luciens Lachen kam aus voller Kehle. »Na, wenn das Dreckschwein tatsächlich seine sechsjährige Tochter missbraucht hatte, dann hatte er es wohl nicht anders verdient.«

Taylor fand es stark, dass jemand wie Lucien einen anderen Menschen als Dreckschwein bezeichnete.

»Hat er überlebt?«, wollte Lucien als Nächstes wissen.

»Ja. Ich habe Verstärkung angefordert, aber der Blutverlust und die Tatsache, dass jemand ihm in die Weichteile geschossen hatte, haben ihn ziemlich schnell von seinem Trip runtergeholt. Noch bevor die Verstärkung und der Krankenwagen da waren, hatte er die Tür geöffnet und sich ergeben.«

»Aber dein Partner hat es nicht geschafft«, stellte Lucien fest.

»Nein. Er war tot, bevor er am Boden lag.«

»So ein Pech«, sagte Lucien völlig emotionslos. »Dann bist du zu deinem Abendessen mit Jess wohl nicht mehr pünktlich gekommen.« Er verstummte und musterte Hunter. »Hast du was dagegen, wenn ich sie Jess nenne?«

»Ja, habe ich.«

Lucien nickte. »Okay, ich entschuldige mich und formuliere es noch mal neu. Dann bist du zu deinem Abendessen mit Jessica wohl nicht mehr pünktlich gekommen.«

»Nein, bin ich nicht.«


# 73


*Los Angeles, Kalifornien*
*Zwanzig Jahre zuvor*


Hunter hatte dabei geholfen, Kevins Leiche in den Wagen des Leichenbeschauers zu laden, bevor er den Detectives, die mit dem Fall betraut worden waren, die Einzelheiten der Vorkommnisse schildern musste.

Danach fuhr er ins Rampart General Hospital, um sich nach dem Mann zu erkundigen, den er angeschossen hatte.

Ein Arzt kam aus dem OP, um ihn über den Zustand des Patienten zu informieren. Der Mann, Marcus Colbert mit Namen, würde überleben, allerdings würde er höchstwahrscheinlich für den Rest seines Lebens humpeln, und er würde nie wieder eine sexuelle Beziehung mit jemandem haben können.

In Hunters Kopf herrschte heilloses Chaos, aber er

musste noch zurück aufs Revier und einige Berichte schreiben, bevor er nach Hause fahren konnte.

Die Dienstvorschrift sah vor, dass nach einem Schusswechsel mit Todesfolge jeder involvierte Officer des LAPD mindestens zwei Sitzungen bei einem Polizeipsychologen absolvieren musste, ehe er wieder für den aktiven Dienst zugelassen wurde. Der Captain teilte Hunter mit, dass sein erster Termin beim zuständigen Psychologen in zwei Tagen sei.

Hunter saß in einem leeren Raum und starrte lange auf den Stift in seiner Hand und die vor ihm liegenden Formulare. Die Ereignisse des Tages spulten sich wieder und wieder in seinem Kopf ab wie ein alter Film in Endlosschleife. Er konnte nicht glauben, dass Kevin tot war – von einem paranoiden Crackhead feige erschossen. Sie waren Partner, seit Hunter anderthalb Jahre zuvor zum LAPD gekommen war. Kevin war ein guter Kollege gewesen.

Als Hunter die Berichte endlich fertig hatte, war es fast zehn Uhr abends. Verständlicherweise hatte er seine Pläne für das gemeinsame Abendessen mit Jessica völlig vergessen. Er rief bei ihr an, um sich zu entschuldigen und ihr zu erklären, wieso er nicht gekommen war und auch nicht angerufen hatte, doch das Telefon klingelte und klingelte, ehe der Anrufbeantworter ansprang.

Jessica war eine attraktive, intelligente Frau, und sie war sich der Schwierigkeiten bewusst, die eine Beziehung zu einem Polizisten mit sich brachte – die langen Arbeitszeiten, die Planänderungen in letzter Minute, die ständige Sorge um Hunters Wohlergehen und anderes mehr. Sie wusste auch, dass sich diese Probleme, wäre Hunter erst Detective, noch um einiges verschärfen würden. Aber sie liebte ihn. Etwas anderes zählte für sie nicht.

Hunter hinterließ ihr eine kurze Nachricht, in der er sie um Verzeihung bat, allerdings ohne ins Detail zu gehen; er würde ihr alles erzählen, sobald sie sich sahen. Aber Jessica war sehr feinfühlig, und obwohl er sich bemühte, war er sicher, dass sie die Niedergeschlagenheit in seiner Stimme hören und den Ernst der Lage erkennen würde.

Hunter fand es merkwürdig, dass Jessica nicht ans Telefon ging. Dass sie alleine ausgegangen war, glaubte er nicht – nicht um diese Zeit an einem Dienstag. Vielleicht hatte sie sich an diesem Abend ein bisschen mehr über ihn geärgert als die Male zuvor, wenn er ihre Verabredungen kurzfristig hatte absagen müssen. Obwohl ihm der Kopf schwirrte, dachte er immer noch klar genug, um unterwegs bei einem durchgehend geöffneten Supermarkt zu halten und einen Strauß Blumen für sie zu besorgen.

Um kurz vor elf erreichte er Jessicas Haus. Als er den Wagen draußen an der Straße parkte und zu ihrem Haus hinüberschaute, überkam ihn plötzlich eine derart starke böse Ahnung, dass ihm übel davon wurde. Noch nie zuvor hatte er etwas Vergleichbares empfunden. Andererseits hatte er auch noch nie seinen Partner verloren.

Hunter stieg aus dem Wagen und ging auf das Haus zu. Mit jedem Schritt wurde die Angst in seinem Innern größer.

Sechster Sinn, Vorahnung, Bauchgefühl – wie man es auch immer nennen will, als er an der Haustür angekommen war, schrillten bei Hunter sämtliche Alarmglocken. Irgendetwas stimmte nicht.

Er hatte einen Schlüssel, doch den brauchte er gar nicht. Die Haustür war nicht abgeschlossen. Jessica schloss immer ihre Haustür ab.

Hunter gab der Tür einen Schubs, trat in Jessicas dunkles Wohnzimmer, und sofort schlug ihm ein schwacher, metallischer Kupfergeruch entgegen, der sein Herz lähmte und ihm einen Schauer nach dem anderen über den Körper jagte.

Solange es durch die Adern fließt, ist Blut geruchslos. Erst wenn es mit Luft in Berührung kommt, nimmt es einen charakteristischen, nichtchemischen, metallischen

Geruch an, der dem von Kupfer sehr ähnlich ist. Hunter hatte ihn am Nachmittag bereits einmal riechen müssen.

»O Gott, nein«, hauchte er entsetzt.

Die Blumen fielen zu Boden.

Seine zitternden Finger tasteten nach dem Lichtschalter.

Das elektrische Licht, das gleich darauf das Zimmer erstrahlen ließ, stürzte zugleich Hunters Welt in Finsternis. Eine Finsternis, die so tief und undurchdringlich war, dass er nicht wusste, ob er jemals wieder den Weg hinausfinden würde.

Jessica lag neben der Küchentür mit dem Gesicht nach unten in einer Lache ihres Blutes. Das Wohnzimmer war verwüstet – Lampen zerbrochen, Möbel umgestürzt, Schubladen aufgerissen – eindeutige Anzeichen eines Kampfgeschehens.

»Jess ... Jess ...«, rief Hunter mit einer Stimme, die gar nicht ihm zu gehören schien. Er stürzte zu ihr, und seine Hose saugte sich mit ihrem Blut voll, als er sich neben sie kniete.

»O Gott.« Seine Stimme brach.

Er streckte die Hand nach ihr aus und drehte sie auf den Rücken.

Jessica war mit einem Messer attackiert worden. Sie hatte Stichwunden an beiden Armen und Händen, an Brust, Bauch und Hals.

Hunter blickte in ihr wunderschönes Gesicht. Tränen ließen es vor seinen Augen verschwimmen. Ihre Lippen waren bereits bleich, die Haut im Gesicht und an den Händen hatte eine unnatürlich violette Färbung angenommen. Die Totenstarre hatte noch nicht eingesetzt, aber es würde nicht mehr lange dauern. Das verriet Hunter, dass sie vor weniger als vier Stunden ermordet worden war – ungefähr zur selben Zeit, als er sie zum Abendessen hätte abholen sollen. Diese Erkenntnis machte die Dunkelheit in seinem Innern noch schwärzer. Ihm war, als wäre ihm seine Seele geraubt worden, und alles, was jetzt noch übrigblieb, war eine leere Hülle.

Zärtlich strich Hunter ihr die Haare aus dem Gesicht, gab ihr einen Kuss auf die Stirn, hob sie hoch und nahm sie fest in die Arme. Er konnte noch ihr zartes Parfüm riechen. Er fühlte noch ihr seidiges Haar.

»Es tut mir so leid, Jess.« Eine innere Qual, die ihn fast zu zerreißen drohte, erstickte seine Worte. »Es tut mir so schrecklich leid.«

Er hielt sie im Arm, bis seine Tränen versiegt waren.

Hätte er mit ihr tauschen können, hätte er ihr sein eigenes Leben einhauchen können, er hätte es getan. Er hätte ohne eine Sekunde des Zögerns sein Leben für ihres gegeben.

Endlich ließ er sie los, und als er den Kopf abwandte, sah er etwas, das ihm bislang nicht aufgefallen war. In Blut geschrieben, stand an der Wohnzimmerwand das Wort BULLENHURE.

# 74

Als Hunter Lucien von diesem Abend erzählte, tat sich in seinem Magen ein gähnender Abgrund auf, wie eine alte Wunde, die nie ganz verheilt war. Sein Herz wurde in die Tiefe gerissen, und an seiner Stelle fühlte er wieder die Leere, gegen die er zwanzig Jahre lang angekämpft hatte.

Einen Moment lang herrschte Schweigen.

»Dann hast du also an einem Tag zwei Partner verloren«, sagte Lucien. Hätte Hunter es nicht besser gewusst, er hätte schwören können, dass in Luciens Stimme ein Hauch von Trauer mitschwang.

Hunter blinzelte einmal kurz und schob die Erinnerung beiseite. »Madeleine, Lucien. Wo ist sie?«

»Eine Sekunde noch, alter Freund. Nicht so hastig.«

»Was soll das heißen, nicht so hastig?«, gab Hunter zurück und zog gereizt die Brauen zusammen. »Du hast alles gehört, was es über Jessica zu sagen gibt. Das war es doch, was du wolltest, oder nicht?«

»Nein, das war nur ein Teil.« Lucien hob in einer beschwichtigenden Geste die Hände. »Aber da du mir erzählt hast, was an dem Abend passiert ist, will ich dir im Gegenzug auch etwas geben. Das ist nur gerecht. Hörst du zu?«

In den nächsten zwei Minuten lieferte er ihnen eine detaillierte Wegbeschreibung zu der Stelle am Lake Saltonstall in New Haven, an der sie Karen Simpsons Leiche zusammen mit den Leichen der vier weiteren Opfer finden würden.

Hunter und Taylor hörten aufmerksam und ohne zu unterbrechen zu, auch wenn sie sicher waren, dass Adrian Kennedy sich im Kontrollraum Notizen machte und innerhalb von Minuten ein FBI-Team aus der Außenstelle in New Haven mobilisiert hätte.

»Also«, sagte Lucien, nachdem er geendet hatte. »Wenn ihr Madeleine haben wollt, dann lass uns noch mal zu Jessica zurückkehren und dazu, was nach dem Mord geschah. Wurde der Täter gefasst?«

»Die Täter«, korrigierte Hunter ihn. »Die Spurensicherung hat Fingerabdrücke von zwei Personen im Haus sichergestellt. Sie passten aber zu keinen polizeibekannten Straftätern.«

In Luciens Gesicht spiegelte sich Erstaunen. »War es ein Sexualverbrechen?«

»Nein«, sagte Hunter. Seiner Miene war die Erleichterung darüber deutlich anzusehen. »Sie wurde nicht vergewaltigt. Es war ein Raubüberfall. Sie haben ein bisschen Schmuck mitgehen lassen, unter anderem auch den Verlobungsring, den sie am Finger hatte, ihre Handtasche und alles, was an Bargeld im Haus war.«

»Ein Raubüberfall?« Lucien schien das seltsam zu finden.

Taylor ging es ganz genauso.

»Und warum haben sie sie dann umgebracht?«, wollte Lucien wissen.

Hunter schwieg. Wandte den Blick ab. Sah dann wieder zu Lucien. »Wegen mir.«

Lucien wartete, doch mehr kam nicht.

»Was soll das heißen, wegen dir? War es eine Vergeltungsaktion? Wollte sich jemand an dir rächen?«

»Nein«, sagte Hunter. »Jessica hatte mehrere Fotos von uns beiden im Haus stehen, und auf vielen davon war ich in Uniform. Diese Fotos waren alle zerstört worden. Auf einige hatten die Täter mit Blut ›Bullenschwein‹ oder ›Fuck the police‹ geschmiert.«

Langsam wurde der Sachverhalt klarer. Lucien legte nachdenklich den Kopf schief. »Sie haben gesehen, dass sie mit einem Officer vom LAPD verlobt ist, und da haben sie kurzerhand beschlossen, sie umzubringen. Einfach so.«

Hunter sagte nichts. Sein Blick war starr.

»Ich will einem alten Hasen wie dir ja nicht vorschreiben, wie er seinen Job zu machen hat«, fuhr Lucien fort. »Aber wurde gegen Gangmitglieder ermittelt? Die haben doch praktisch von Natur aus einen tief sitzenden Hass auf die Polizei, erst recht in einer Stadt wie Los Angeles. Niemand verabscheut Polizisten mehr als sie, höchstens noch Exhäftlinge, aber wenn die Fingerabdrücke nicht in der Datenbank waren, kommt aus der Gruppe ja eindeutig keiner in Frage.«

Das wusste Hunter selbst; er und die Detectives, die den Fall bearbeiteten, hatten damals jeden einzelnen ihrer Informanten und V-Leute im Gangmilieu befragt. Sie hatten nichts erfahren, nicht mal ein Gerücht.

»Wir vergeuden Zeit«, sagte Hunter, in dessen Tonfall sich aufkeimender Ärger bemerkbar machte. »Es gibt über

Jessica oder den Abend nichts weiter zu sagen. Sie wurde ermordet. Die Täter wurden nie gefasst. Sag uns, wo Madeleine ist, Lucien, damit wir sie retten können.«

Doch Lucien war noch nicht dazu bereit. »Du hast dir an ihrem Tod die Schuld gegeben.« Es war nicht als Frage formuliert. »Genauer gesagt, hast du dich sogar doppelt schuldig gefühlt. Erstens weil du ein Cop warst und wusstest, dass sie deshalb getötet wurde. Und zweitens weil du nicht pünktlich gekommen bist, um sie zum Abendessen abzuholen, so wie ihr es verabredet hattet.«

Hunter schwieg.

»Der menschliche Verstand ist schon was Komisches, oder?« Lucien sprach mit der Stimme eines erfahrenen Therapeuten: tief, gemessen, verbindlich. »Du weißt genau, dass nichts von dem, weswegen du dir seit Jahren die Schuld gibst, tatsächlich deine Schuld *war*; du durchschaust die psychologischen Mechanismen, die die Ursache dafür sind, dass du dir die Schuld gibst – und trotzdem kannst du nicht anders.« Lucien lachte leise und stand auf. »Dass man sich mit Psychologie auskennt, Robert, heißt nicht automatisch, dass man immun ist gegen seelische Verletzungen und Einflüsse. Nur weil man Arzt ist, bedeutet das nicht, dass man niemals krank wird.«

*Geht es Lucien darum?*, fragte Hunter sich. *Will er den Mord an Jessica als Beispiel benutzen, um seine abscheulichen Taten zu rechtfertigen? Nur weil Lucien wusste, dass es falsch ist, einen anderen Menschen zu töten, nur weil er als Psychologe seine Triebe und deren Ursprünge versteht, heißt das noch lange nicht, dass er sie auch kontrollieren kann?*

»Das ist der Grund, weshalb du all die Jahre ein Einzelgänger warst, stimmt's, Robert?«, fragte Lucien. »Weil du dir an dem, was damals passiert ist, die Schuld gibst. Sie wurde ermordet, weil sie dir nahestand. Ich wette, du hast dir geschworen, es nie wieder so weit kommen zu lassen.«

Hunter war nicht in der Stimmung, von Lucien sein Seelenleben auseinanderpflücken zu lassen. Er musste das Gespräch beenden. Sofort. Irgendeine Antwort geben, egal welche. »Ja, das ist der Grund, Und jetzt sag uns, wo Madeleine ist.«

»Gleich. Du hast den Psychologen in mir noch nicht ganz zufriedengestellt, Robert. Was ich wirklich wissen will, ist, was in deinem Kopf vorging, nachdem Jessica ermordet worden war. Dieses Erdbeben der Gefühle, das der Vorfall in dir ausgelöst haben musste. Erzähl mir davon, und ihr bekommt Madeleine.«

Nach zwanzig Jahren hatte Hunter gelernt, mit diesen Gefühlen zu leben.

»Was gibt es da zu erzählen?«, fragte er neutral.

»Ich will etwas über die Wut in dir erfahren, Robert. Deinen unbändigen Zorn. Ich will wissen, ob du wütend genug warst, um zu töten. Hast du versucht, sie aufzuspüren?«, fragte Lucien. »Die Täter? Jessicas Mörder?«

»Es gab Ermittlungen«, sagte Hunter.

»Das war nicht meine Frage«, gab Lucien kopfschüttelnd zurück. »Ich will wissen, ob du selber Jagd auf die Mörder gemacht hast, Robert.«

Hunter war drauf und dran zu antworten, doch Lucien kam ihm zuvor.

»Lüg mich jetzt nicht an, Robert. Madeleines Leben hängt davon ab.«

Hunter spürte Taylors Blicke auf sich.

»Ja. Ich habe nie aufgehört, nach ihnen zu suchen.«

Diese Antwort schien Lucien geradezu in Erregung zu versetzen.

»Dann kommt jetzt die Eine-Million-Dollar-Frage, Robert«, sagte er. »Gesetzt den Fall, du findest sie – würdest du sie festnehmen, oder würdest du eigenhändig für Gerechtigkeit sorgen ... an ihnen Vergeltung üben?«

Schweigend kratzte sich Hunter den Handrücken.

»Du würdest sie töten, nicht wahr?« Luciens Lächeln war

siegesgewiss. »Ich sehe es in deinen Augen, Robert. Ich habe es gesehen, als du uns von dem Abend erzählt hast. Ich wette, Agent Taylor hat es auch gesehen. Die Wut. Den Zorn. Den Schmerz. Scheiß drauf, dass du Detective bist. Scheiß auf das Gesetz, dem treu zu sein du geschworen hast. Gegen die Rache wäre alles andere unwichtig. Sogar dein Leben. Wenn du jemals den Menschen, die dir Jessica weggenommen haben, Auge in Auge gegenüberstündest, würdest du sie, ohne zu zögern, umbringen. Ich weiß es. Ich weiß, dass du Hunderte, vielleicht schon Tausende Male darüber nachgedacht hast.«

Hunter atmete durch die Nase ein und durch den Mund wieder aus.

»Vielleicht würdest du sie sogar eine Zeitlang foltern, nur um sie für das, was sie getan haben, zu bestrafen. Das würde dir eine gewisse Freude bereiten, oder nicht?«

Lucien sah einen Muskel in Hunters Kiefer zucken.

»Wie ich bereits sagte«, fuhr er fort. »Unter den richtigen Umständen kann jeder zum Mörder werden. Selbst diejenigen, deren Aufgabe es ist, zu ›schützen und zu dienen‹.« Sein Blick hätte Eis zum Schmelzen bringen können. »Denk dran, Robert: Ein Mord ist und bleibt ein Mord. Die Gründe dahinter haben keinerlei Relevanz, ob es sich um gerechtfertigte Vergeltung oder das Ausleben sadistischer Triebe handelt.« Er ging mit dem Gesicht bis auf zwei Zentimeter an die Plexiglasscheibe heran. »Eines Tages könntest du so werden wie ich.«

*Lucien hat allen Ernstes den Mord an Jessica als eine Art abartige Begründung für seine Taten benutzt*, dachte Hunter. *Erst appelliert er an psychologische Gründe, jetzt an emotionale.* Hunter war überzeugt, dass Lucien die Polizeiberichte gelesen hatte. Er kannte Hunter immer noch so gut wie all die Jahre zuvor, und deshalb hatte er sich leicht ausrechnen können, dass Hunter nie aufgehört hatte, nach Jessicas Mördern zu suchen. Er hatte Hunter absichtlich dazu gedrängt, die Geschichte zu erzählen, mit dem Ziel, sie herabzuwürdigen und sie als Beispiel und Rechtfertigung für sein eigenes perverses Tun zu missbrauchen.

Trotz seiner Wut hatte Hunter nur eine einzige Priorität. Er ging davon aus, dass Lucien sein Ziel erreicht hatte. Es gab nichts weiter zu sagen.

»Verrat uns, wo Madeleine ist, Lucien.«

Lucien lachte leise auf. »Also gut. Aber ich kann euch nicht einfach sagen, wo sie ist. Ich muss euch hinführen.«

## 75

Taylor brauchte einen Moment, um zu begreifen, was Lucien da gerade gesagt hatte. Mit gerunzelter Stirn sah sie ihn an.

»Was war das?«

Lucien trat von der Plexiglasscheibe zurück. Seine Miene war vollkommen entspannt.

»Ich kann Ihnen nicht einfach nur beschreiben, wo sie sich befindet, Agent Taylor. Das funktioniert nicht. Ich muss Sie persönlich begleiten.«

Hunters Erstaunen hielt sich in Grenzen – er hatte mit einem solchen Vorschlag gerechnet. Es lag ja auf der Hand: Madeleines Leben hing davon ab, dass sie schnellstmöglich gefunden wurde, deshalb wäre es viel zu riskant, sich auf mündliche oder schriftliche Anweisungen zu verlassen. Was, wenn sie in die Nähe des Ortes kamen, an dem Madeleine angeblich festgehalten wurde, und plötzlich wurden Luciens Instruktionen unklar, weil die Umgebung sich verändert hatte? Was, wenn sie irgendwo falsch abbogen? Was, wenn Luciens Wegbeschreibung fehlerhaft war, ob nun aus Absicht oder aufgrund eines Versehens? Dann würden sie wertvolle Zeit verlieren, weil sie ihn per Telefon oder Videolink um weitere Erklärungen bitten mussten.

Nein, Lucien musste mitkommen. Er musste sie persönlich zu Madeleine führen.

Taylors Blick suchte den von Hunter. Dieser nickte unmerklich.

Lucien lächelte. »Eins noch«, sagte er und zwinkerte Taylor zu. »Wir machen unseren kleinen Ausflug zu dritt. Keine weiteren FBI-Agenten. Und niemand wird uns folgen, ob zu Land oder in der Luft. Nur Sie, Robert und ich werden fahren, keiner mehr, keiner weniger. Das ist meine Bedingung, und die ist nicht verhandelbar. Wenn Sie den Deal platzen lassen oder mir der Verdacht kommt, dass uns jemand folgt, in welcher Art und Weise auch immer, ist unsere Reise zu Ende. Dann stirbt Madeleine einsam und verlassen, und ich werde dafür sorgen, dass die Presse erfährt, wieso. Ich könnte damit leben. Sie auch?«

Taylor war klar, dass sie keine Wahl hatten. Nichts hatte sich geändert, Lucien hielt nach wie vor alle Trümpfe in der Hand. Genau genommen hatte er jetzt sogar noch einen mehr, da es um ein lebendes Opfer ging. Er konnte fordern, was er wollte. Im Moment waren Hunter und Taylor vollkommen machtlos.

»Solange Sie sich im Klaren darüber sind, dass Sie Hand- und Fußfesseln tragen und wir bewaffnet sind – von mir aus. Aber wenn Sie irgendwelche Dummheiten machen, dann, das schwöre ich, erschießen wir Sie.«

»Nichts anderes erwarte ich von Ihnen«, lautete Luciens Antwort.

»Wir können in einer Viertelstunde los.« Taylor erhob sich. »Wo fahren wir hin?«

»Das sage ich Ihnen, sobald wir unterwegs sind«, gab Lucien zurück.

»Ich muss wissen, ob wir ein Flugzeug oder einen Wagen brauchen.«

Lucien nickte. »Zuerst ein Flugzeug. Dann einen Wagen.«

»Und ich muss wissen, wie viel Treibstoff wir benötigen.«

»Genug, um nach Illinois zu kommen.«

Hunter und Taylor wandten sich zum Gehen, doch Luciens Worte hielten sie zurück.

»Ich schätze, der Tag kommt früher als gedacht, Robert«, sagte er.

Hunter und Taylor blieben stehen und drehten sich noch einmal zu Lucien um.

»Welcher Tag?«, fragte Hunter.

»Der Tag, an dem du vielleicht so wirst wie ich.« Bereits zuvor hatte Luciens Stimme kalt und emotionslos geklungen, doch jetzt hatten sie das Gefühl, als spräche ein uralter Dämon aus ihm ... ein Wesen ohne Herz. »Die letzten zwei Tage, mein Freund, hast du nämlich dem Mann gegenübergesessen, nach dem du seit zwanzig Jahren suchst.«

Hunter spürte, wie sich sein Magen zu einer harten Kugel zusammenballte.

»Ich bin der, der dir Jessica genommen hat.«


# 76

Hunter bewegte sich nicht, er atmete nicht, er blinzelte nicht. Als wäre sein ganzer Körper erstarrt.

»Wie bitte?«, fragte Taylor.

Luciens Blick saugte sich förmlich an Hunter fest, doch bis auf ein verwirrtes Stirnrunzeln kam von diesem keine Reaktion.

»Du denkst jetzt, ich sage das nur, um dich zu verunsichern, stimmt's, Robert?«

Trotz des seltsamen Gefühls, das sich seiner bemächtigt

hatte und immer stärker wurde, blieb Hunter nach außen hin gefasst.

»Was ja wohl ganz offensichtlich auch der Fall ist«, meldete sich Taylor sichtlich erbost zu Wort. »Ihnen gehen die Tricks aus, und jetzt versuchen Sie, Zeit zu schinden. Wissen Sie was? Es würde mich nicht wundern, wenn es überhaupt keine Madeleine Reed gibt, die Sie angeblich irgendwo festhalten. Bestimmt haben Sie sie sich bloß ausgedacht, weil Ihnen sonst nichts mehr einfällt. Ihnen schwimmen die Felle weg, und jetzt feuern Sie wild um sich, weil Sie ganz genau wissen, dass das Spiel aus ist.«

Lucien wandte sich Taylor zu. Ein Lächeln verzerrte seine Züge. »Ist das wirklich Ihr Argument, Agent Taylor? Dass ich wild um mich feuere, weil ich weiß, dass das Spiel aus ist? Was Besseres fällt Ihnen nicht ein?« Er lachte hüstelnd, ehe sein Blick erneut zu Eis gefror. »Wow. Ich könnte einen Teller Buchstabensuppe essen und danach ein besseres Argument scheißen.« Mit einem Ruck seines Kinns deutete er zur Überwachungskamera. »Warum gehen Sie nicht und fragen Ihre Kollegen, die uns die ganze Zeit über beobachten? Na los, gehen Sie hin, und fragen Sie sie, ob Madeleine Reed wirklich existiert oder nicht. Ich bin sicher, sie waren fleißig und haben bereits alles überprüft.«

»Selbst wenn es jemanden namens Madeleine Reed aus Pittsburgh, Pennsylvania, gibt«, schoss Taylor, noch immer halbwegs souverän, zurück, »die irgendwann nach dem 9. April vermisst gemeldet wurde, heißt das noch lange nicht, dass Sie sie in Ihrer Gewalt haben oder auch nur wissen, wo sie ist. Es ist ein Kinderspiel, sich übers Internet eine Liste mit Namen von den Vermisstenstellen im ganzen Land zu besorgen. Sie sind gut vorbereitet, das haben Sie bereits bewiesen. Und sicherlich hat selbst jemand von Ihrer Arroganz mit der Möglichkeit gerechnet, er könnte vielleicht eines Tages gefasst werden. Da liegt es doch nahe, dass Sie für einen solchen Fall ein Ass im Ärmel haben. Und selbst wenn Sie tatsächlich derjenige sind, der Madeleine Reed entführt hat, können Sie uns keinen Beweis dafür liefern, dass sie noch am Leben ist. Genauso gut könnten Sie sie schon vor Monaten getötet haben, Sie wissen ja, dass wir keinerlei Möglichkeiten haben, das nachzuprüfen. Sie haben sich aus den vielen Menschen, die Sie gefoltert und getötet haben, einfach einen Namen rausgepickt, und den benutzen Sie jetzt als Köder, um noch ein letztes Mal hier rauszukommen.«

Taylor atmete tief durch. Sie sah erst Hunter an, dann Lucien.

»Es war kein Scherz, als ich vorhin gesagt habe, wir würden Sie bei der kleinsten Dummheit erschießen«, fuhr sie fort. »Wenn Sie glauben, dass dieser Ausflug Ihnen Gelegenheit zur Flucht gibt und wir im Zweifelsfall nicht entschlossen handeln, weil Sie Informationen haben, die uns zu einer lebenden Geisel führen können, dann irren Sie sich gewaltig.«

»Ich muss sagen, das ist schon ein wesentlich besseres Argument als die Behauptung, ich würde wild um mich feuern, Agent Taylor«, sagte Lucien und klatschte dreimal in die Hände. »Aber wie Sie selbst erkannt haben: Sie können unmöglich wissen, was stimmt und was nicht. Also, wenn Sie nun rausfinden, dass es tatsächlich eine Madeleine Reed gibt, die nach dem 9. April in Pittsburgh vermisst gemeldet wurde – können Sie es sich dann leisten, es darauf ankommen zu lassen?« Er gab ihr einige Sekunden Zeit, darüber nachzudenken, ehe er hinzufügte: »Denn *falls* Sie es darauf ankommen lassen und ich die Wahrheit gesagt habe, dann werden Sie und mit Ihnen das gesamte FBI für den Rest Ihres Lebens im Scheißeregen stehen.«

Hunter hörte kaum hin. Zwei Sätze hallten unentwegt in seinem Kopf wider. *»Die letzten beiden Tage, mein Freund, hast du nämlich dem Mann gegenübergesessen, nach dem du* *seit zwanzig Jahren suchst. Ich bin der, der dir Jessica genommen hat.*«

Jedes Atom in seinem Körper wollte sich an den Glauben klammern, dass Lucien bluffte, doch da war etwas in seinen Augen gewesen – etwas Herausforderndes, das nur von einer absoluten Gewissheit herrühren konnte.

»Dein Blick ist ja ganz wild, Robert«, sagte Lucien, seine Aufmerksamkeit auf Hunter richtend. »Bestimmt versuchst du gerade, dir darüber klarzuwerden, ob ich die Wahrheit sage oder nicht. Vielleicht kann ich dir dabei helfen.« Er fuhr sich mit der Zunge über die Oberlippe. »Gelbes Haus, Hausnummer fünfzig sechsundsiebzig, Lemon Grove Avenue, Ecke North Oxford in East Hollywood.«

Hunter schnürte es die Kehle zu. Das war Jessicas alte Adresse. Aber wenn Lucien sich Einblick in die Ermittlungsakten verschafft hatte, war es nur logisch, dass er wusste, wo sie gewohnt hatte.

Lucien las seine Gedanken.

»Ich weiß, ich weiß«, räumte er ein. »Das allein beweist noch gar nichts. An eine Adresse kommt man leicht heran. Wie wär's damit: Von den Fotos in Jessicas Haus, die du vorhin erwähnt hast, hatte das größte einen silbernen Rahmen und stand auf einem Tischchen neben dem dunkelbraunen Ledersofa im Wohnzimmer. Auf dem Foto wart ihr beide bei irgendeiner Dinnerparty oder Preisverleihung des LAPD zu sehen. Du warst in Uniform und hast stolz eine Auszeichnung präsentiert. Sie trug ein violettes Kleid mit passender Handtasche. Die Haare hatte sie offen und seitlich über die linke Schulter frisiert.«

Den Blick noch immer auf Hunter gerichtet, verstummte Lucien. Sein Freund sollte Gelegenheit haben, die Beschreibung mit den Bildern abzugleichen, die tief in seinem Gedächtnis unter Verschluss lagen.

Dann versetzte er ihm den Todesstoß.

»Aber du weißt, was der entscheidende Unterschied zwischen diesem Foto und all den anderen war, nicht wahr, Robert? Es war das einzige Foto, auf dem das Wort ›Bullenschwein‹ vertikal und nicht horizontal geschrieben stand.«

## 77

Hunter spürte, wie sein Herz aufhörte zu schlagen, das Blut in seinen Adern zu Eis gefror und der Abgrund in seinem Innern zu einem schwarzen Loch wurde, das seine Seele zu verschlingen drohte. Er wollte etwas sagen, doch die Worte steckten ihm im Hals fest.

Sein Blick ruhte auf Lucien, doch seine Gedanken waren weit, weit weg. Sie waren zu dem Abend zurückgekehrt, an dem ein Teil von ihm mit Jessica gestorben war. Er musste nicht lange nachdenken. Alle Einzelheiten der Geschehnisse jener Nacht waren irgendwo tief in seinem Gedächtnis begraben. Sie sich zu vergegenwärtigen schmerzte, doch sie zu finden war nicht schwer. Er sah das Foto vor seinem inneren Auge – das zersprungene Glas, den silbernen Rahmen und das Wort BULLENSCHWEIN in großen blutigen Buchstaben – von oben nach unten. Lucien hatte die Wahrheit gesagt: Es war das einzige Foto, auf dem das Wort in dieser Weise geschrieben worden war.

Er musste die Sache logisch angehen. Er wusste nicht, wie, aber irgendwie gelang es ihm, seine Wut im Zaum zu halten, ehe sie aus ihm hervorbrechen konnte.

Angenommen, es war Lucien gelungen, den Tatortbericht vom Mord an Jessica in die Finger zu bekommen. Dann bestand auch die Möglichkeit, dass er sich Kopien des Protokolls der Spurensicherung sowie ein Inventar der Beweisstücke beschafft hatte, von denen Hunter wusste, dass sie sehr ausführlich waren.

Er atmete aus.

Lucien bemerkte seine Zweifel.

»Immer noch nicht überzeugt, hm? Sind die Schutzmechanismen des Gehirns nicht faszinierend, Robert? Es ist strikt darauf gepolt, Leid zu vermeiden, deswegen versucht es – manchmal, ohne dass es uns überhaupt bewusst wird –, alternative, weniger schmerzhafte Erklärungen zu konstruieren. Dabei lässt es sogar Fakten außer Acht und klammert sich an Dinge, von denen es eigentlich weiß, dass sie unwahr sind. Aber ich kann es dir nicht verübeln, Robert. An deiner Stelle würde ich mich auch weigern, es zu glauben. Trotzdem stimmt es.«

Taylor spürte ein Prickeln auf der Haut, so explosionsgeladen war die Atmosphäre im Keller plötzlich geworden.

»Sie bluffen schon wieder«, griff sie ihn an. Sie war wütend und ihre Stimme um einige Dezibel lauter als zuvor. »Robert hat gesagt, es waren zwei Täter. Die Spurensicherung hat Fingerabdrücke von zwei Personen am Tatort gefunden. Wollen Sie etwa auch noch behaupten, dass Sie einen Komplizen hatten? *Außerdem* ...«, sagte sie nachdrücklich, ehe Lucien antworten konnte, »haben wir Ihre Fingerabdrücke in der Datenbank. Das ist mit das Erste, was das Computersystem des FBI macht: Es vergleicht die Fingerabdrücke eines verhafteten Verdächtigen mit den Daten aller ungelösten Fälle im IAFIS. Falls Ihre Abdrücke mit denen aus Jessicas Haus oder von irgendeinem anderen Tatort eines ungelösten Verbrechens übereinstimmen *würden*, hätten hier schon vor Tagen sämtliche Alarmglocken geklingelt.«

IAFIS ist das integrierte automatisierte Fingerabdruck-Identifikationssystem aller Polizeibehörden in den USA. Werden von Verdächtigen DNA-Proben genommen, so führt das Computersystem des FBI einen ähnlichen Abgleich mit der nationalen DNA-Datenbank durch.

Lucien wartete geduldig, bis Taylor ausgeredet hatte.

»Ich habe Sie ja bereits zu einem früheren Zeitpunkt darauf hingewiesen, Agent Taylor, dass Sie gelegentlich zur Naivität neigen. Glauben Sie etwa, es ist schwer, einen Tatort zu präparieren? Glauben Sie, es ist kompliziert, einen Mord wie das Ergebnis eines Raubüberfalls aussehen zu lassen? Glauben Sie, dass es für jemanden wie mich ein Problem dargestellt hat, sich die Fingerabdrücke eines Fremden zu beschaffen, um sie in Jessicas Haus zu hinterlassen?« Er lachte. »Ich kann Ihnen gerne die Namen der Personen nennen, zu denen die Fingerabdrücke gehören. Nicht, dass es Ihnen möglich sein wird, das zu verifizieren, aber ich kann Ihnen auch sagen, wo ihre Leichen vergraben liegen. Ich wollte, dass es wie der Überfall von Gangmitgliedern aussieht. Ich wollte, dass die Polizei nach zwei Verdächtigen fahndet, nicht nach einem. Wieso, glauben Sie, hatte das FBI bis jetzt keinen blassen Schimmer von meiner Existenz, Agent Taylor? Wieso, glauben Sie, ist es Ihrer Einheit für Verhaltensforschung nicht gelungen, irgendwelche meiner zahlreichen Morde miteinander in Verbindung zu bringen? Wieso, glauben Sie, haben Sie nicht mal nach einem Mörder *gesucht*, obwohl dieser seit fünfundzwanzig Jahren tötet?«

Verzweiflung und Zorn gruben tiefe Linien in Taylors Gesicht.

»Das nennt man Irreführung, Agent Taylor. Die Polizei das eine glauben zu lassen, obwohl das andere wahr ist. Diese Kunst beherrsche ich sehr gut.«

Damit wandte Lucien seine Aufmerksamkeit wieder Hunter zu.

»Vielleicht kann das hier die letzten Zweifel ausräumen, Robert. Du sagtest, dass Jessicas Schmuck gestohlen wurde, aber hast du den Detectives damals genau beschrieben, um was für Schmuckstücke es sich handelte?«

Hunter spürte ein unangenehmes Brennen auf der Haut, wie ein Ausschlag, der sich rasend schnell über seinen ganzen Körper ausbreitete.

»Natürlich nicht«, antwortete Lucien an seiner Stelle.

»Ich wette, du kanntest nicht mal jedes einzelne Schmuck-stück, das sie besessen hat. Macht nichts, ich kann dir ge-nau sagen, was gestohlen wurde. Sie hat alles in einer hüb-schen kleinen Blümchenschatulle aufbewahrt, die stand auf der Kommode in ihrem Schlafzimmer, neben einem weiteren Foto von euch zweien. Ein Foto, das die Täter im Übrigen nicht angerührt haben. Es zeigt euch beide am Strand.« Er hielt inne und musterte Hunter. Dem war an-zusehen, dass der Schlag sein Ziel getroffen hatte. Doch Lucien war immer noch nicht fertig. »Ich habe die ganze Schatulle mitgenommen. Aber sie trug auch Schmuck am Körper. Abgesehen von dem Verlobungsring, von dem du ja bereits erwähnt hast, dass er gestohlen wurde, habe ich noch die beiden Diamantohrringe und ihre kleine Hals-kette mitgehen lassen. Der Anhänger war ein Kolibri aus Weißgold. Sein Auge war ein winziger Rubin.«

Diesmal hätte kein Maß an Selbstbeherrschung ausge-reicht, Hunters unbändige Wut im Zaum zu halten. Er sprang von seinem Stuhl auf und schlug mit aller Kraft beide Fäuste mehrmals gegen das Plexiglas.

Er hatte Tränen in den Augen, und der abgrundtiefe Schmerz in seinem Blick war so klar und deutlich zu lesen, als stünde er auf einem Blatt Papier geschrieben. Ohne sich dessen überhaupt bewusst zu sein, stieß er durch zusam-mengebissene Zähne ein einziges Wort hervor.

»Warum?«

# 78

Hunters Ausbruch kam so plötzlich und war so hef-tig, dass Taylor vor Schreck einen kleinen Satz in die Luft machte. Lucien hingegen zuckte mit keiner Wimper.

Als Hunter endlich aufhörte, gegen die Plexiglasscheibe zu trommeln, war die Haut an seinen Händen gerötet, und man sah bereits die ersten Schwellungen. Er bebte am ganzen Leib vor Wut, Trauer und Verwirrung. Lucien genoss das Spektakel in vollen Zügen, trotzdem war ihm Hunters Frage nicht entgangen.

»Du willst wissen, warum?«, fragte er.

Hunter sah ihn einfach nur an. Er konnte nicht aufhören zu zittern. Sein Verstand hatte ausgesetzt, er war zu keinem klaren Gedanken mehr fähig.

Lucien setzte sich kerzengerade hin und reckte den Hals, als brauche er für das, was er gleich sagen wollte, erst eine Spritze in den Nacken.

»Der wahre Grund ist, dass ich nicht anders konnte«, erklärte er dann. »Ich habe dich so vermisst, Robert. Ich habe meinen Freund vermisst, den einzigen Freund, den ich je hatte. Acht Monate bevor das mit Jessica passiert ist, habe ich dich in Los Angeles aufgespürt. Ich habe mich nicht gleich bei dir gemeldet, weil ich dich überraschen wollte. Ich wollte sehen, ob du mich wiedererkennst, wenn ich unangekündigt vor deiner Tür stehe.«

Hunter ließ die Hände sinken.

»Ich habe rausgefunden, wo du wohnst«, fuhr Lucien fort. »Das war nicht weiter schwer. Und dann habe ich mich eines Abends in der Nähe deines Apartments aufgehalten und gewartet, bis du nach Hause kommst. Ich dachte, nach der Riesenüberraschung – wenigstens habe ich *geglaubt*, es würde eine Riesenüberraschung für dich werden – könnten wir vielleicht noch irgendwo ein Bier trinken gehen. Über die alten Zeiten reden ...« Lucien zuckte mit den Schultern. »Tief in mir war da vielleicht auch das masochistische Bedürfnis, zu sehen, ob du etwas merken würdest – irgendwelche Anzeichen meiner Psychopathie, meine ich. Vielleicht wollte ich testen, ob du hinter meine Fassade blicken kannst. Oder vielleicht steckte auch was ganz anderes dahinter. Vielleicht war ich mir meiner so sicher, dass ich mich selbst auf die Probe stellen wollte, um mir zu beweisen, wie gut ich war. Und was wäre ein besserer Test, als ein paar Tage in Gesellschaft eines der besten Kriminalpsychologen zu verbringen, die ich kannte? Wenn du die Symptome nicht erkennen konntest, Robert, wer dann?«

Hunters Magen krampfte sich zusammen. Er musste seine ganze Konzentration aufbieten, um sich nicht zu übergeben.

»Aber du bist an dem Abend nicht allein nach Hause gekommen«, erzählte Lucien weiter. »Ich habe gesehen, wie du deinen Wagen geparkt hast und ausgestiegen bist, und dann bist du wie ein echter Gentleman um den Wagen herumgegangen und hast jemandem die Beifahrertür geöffnet. Und dann stieg diese wunderschöne Frau aus. Das muss ich dir wirklich lassen, Robert, sie sah einfach umwerfend aus.«

Hunters Körper bebte noch immer. Er hielt den Atem an, um sich zu beruhigen.

»Ich kann dir nicht sagen, woran genau es lag«, sagte Lucien. »Aber eins hatte mich die Erfahrung zu dem Zeitpunkt bereits gelehrt. Trotz aller Begierden, trotz aller gewalttätigen Gedanken und Impulse, die man verspürt, trotz des unwiderstehlichen Drangs, jemandem das Leben zu nehmen, braucht es noch einen finalen Trigger, um die Sache wirklich ins Rollen zu bringen.«

Instinktiv wanderten Taylors und Hunters Gedanken zurück zu der Passage aus Luciens Notizbuch, das Kennedy ihnen tags zuvor gezeigt hatte.

»Bei Jessica war es die Art und Weise, wie sie dich angesehen hat, als du ihre Hand genommen hast, um ihr aus dem Wagen zu helfen, Robert«, sagte Lucien. »Die Art und Weise, wie sie dich auf dem Parkplatz geküsst hat. Da war so viel Liebe zwischen euch. Ich konnte sie spüren, selbst aus der Ferne.«

Erneut schlossen sich Hunters Finger zur Faust.

»Ich habe es versucht, Robert. Ich habe versucht zu widerstehen. Deshalb bin ich an dem Abend auch nicht zu dir gekommen. Ich *wollte* es nicht tun. Ich wollte dir Jessica nicht wegnehmen. Ich bin am nächsten Morgen aus Los Angeles abgereist, und ich habe getan, was ich konnte, um sie mir aus dem Kopf zu schlagen. Aber was keiner von euch beiden je begreifen wird, ist, dass man verloren ist, sobald dieser Trigger im Kopf betätigt wird. Die Obsession treibt einen in den Wahnsinn. Man kann sie verdrängen, aber man kann sie nicht unterdrücken. Sie kommt Nacht für Nacht, Tag für Tag wieder und zerfrisst einem das Hirn, bis man es einfach nicht mehr aushält. Bis die Visionen das ganze Leben bestimmen. Und dieser Punkt war acht Monate später erreicht.«

Hunter wich einen Schritt von der Plexiglasscheibe zurück.

»Also habe ich es so geplant, dass es nach einem Raubüberfall aussehen würde«, fuhr Lucien fort. »Ich habe zwei Männer getötet, nur um an ihre Fingerabdrücke zu gelangen. Ich wusste, keiner würde ihre Leichen je entdecken, und wie lange die Polizei auch suchte, sie würden in den Datenbanken niemals einen Treffer für die Abdrücke finden. Dann bin ich zurück nach Los Angeles gekommen. Ich habe euch beide wieder zusammen gesehen, und danach bin ich ihr bis zu ihrem Haus gefolgt.«

Mittlerweile war auch Taylor starr vor Entsetzen.

»Es war keine Grausamkeit im Spiel«, beteuerte Lucien. »Keine sexuelle Befriedigung. Ich habe es so schnell erledigt, wie ich konnte.«

»Keine Grausamkeit?«, meldete sich Taylor zu Wort. »Robert hat gesagt, sie hatte am ganzen Körper Stichverletzungen.«

»Post mortem«, sagte Lucien. Sein Blick suchte Hunters. »Sofern das Autopsieteam halbwegs kompetent war, müssen sie festgestellt haben, dass die allererste Wunde, die an der Kehle, tödlich war. Alle anderen habe ich ihr nach dem Tod beigebracht. Das war Teil des Plans.«

Dieser Umstand hatte Hunter nach Lesen des Autopsieberichts stets Rätsel aufgegeben. Er hatte die zahlreichen Stiche auf einen Wutausbruch der Täter geschoben, weil Jessica mit einem Polizisten verlobt war.

»Ich habe die Bilderrahmen kaputtgeschlagen, die Fotos beschmiert, das Haus verwüstet, den Schmuck und das Geld genommen und bin gegangen. So ist es passiert. Deshalb ist es passiert.«

Hunters starrer Blick war nach wie vor auf Luciens Gesicht gerichtet, als er erneut auf die Scheibe zutrat, beide Hände zu Fäusten geballt.

»Du hattest recht mit dem, was du gesagt hast, Lucien.« Seine Stimme war so ruhig, dass Taylor angst und bange wurde. »Scheiß drauf, dass ich Detective bin. Scheiß auf den Eid, den ich geschworen habe. Du bist ein toter Mann.«

Damit wandte er sich ab und verließ den Keller.

## 79

Anderthalb Minuten später standen Hunter und Taylor in Direktor Adrian Kennedys Büro. Auch Dr. Lambert war gekommen.

»Ich sehe ein, dass sich die Situation für Sie radikal geändert hat, Robert«, begann Kennedy, während Hunter am Fenster stand und nach draußen starrte. »Eine solche Entwicklung hätte niemand voraussehen können, und es tut mir unendlich leid. Ich werde Sie nicht anlügen, indem ich sage, dass ich weiß, was Sie jetzt gerade durchmachen, denn ich weiß es nicht. Niemand weiß es. Aber ich habe zumindest eine vage Ahnung davon.« Kennedys Stimme klang müde.

Er ging zu seinem Schreibtisch und nahm einen Ausdruck, der neben dem Computerbildschirm lag. Dann fischte er seine Lesebrille aus der Brusttasche.

»An einer Sache hat sich allerdings nichts geändert«, sagte er, ehe er von dem Ausdruck ablas. »Madeleine Reed, dreiundzwanzig Jahre alt, geboren in Blue Springs, Missouri, zur fraglichen Zeit wohnhaft in Pittsburgh, Pennsylvania. Sie wurde zuletzt am 9. April von ihrer Mitbewohnerin gesehen, kurz bevor sie die Wohnung verließ, um sich mit jemandem zum Abendessen zu treffen, den sie einige Tage zuvor in einer Bar kennengelernt hatte. Madeleine ist an dem Abend nie nach Hause gekommen. Ihre Mitbewohnerin fand das verdächtig, denn Maddy – so wurde sie von allen genannt – verbrachte normalerweise nicht gleich beim ersten Date die Nacht mit einem Mann.«

Hunters Aufmerksamkeit galt nach wie vor der Aussicht.

»Zwei Tage später war sie immer noch nicht wieder aufgetaucht«, fuhr Kennedy fort. »Zu dem Zeitpunkt ist ihre Mitbewohnerin, eine gewisse Selena Nunez, zur nächsten Polizeidienststelle gegangen und hat eine Vermisstenanzeige aufgegeben. Trotz aller Bemühungen der Ermittler von der Vermisstenstelle wurde nicht die geringste Spur von ihr gefunden. Niemand weiß, wie der mysteriöse Mann aussieht, der sie am Abend des 9. April zum Essen ausführen wollte. Der Barmann in der Bar, wo Madeleine einige Abende zuvor gewesen war, konnte sich noch an sie erinnern. Er wusste auch noch, dass sie sich mit jemandem unterhalten hat, der ein bisschen älter aussah als sie, allerdings hat er nicht auf das Gesicht des Mannes geachtet, deshalb konnte er der Polizei keine genaue Beschreibung liefern.« Kennedy rückte seine Lesebrille zurecht. »Madeleine hat für CancerCare gearbeitet. Sie hat Kinder mit lebensbedrohlichen Krebsleiden betreut, Robert. Sie ist ein guter Mensch.«

Kennedy hielt Hunter den Ausdruck hin.

Hunter rührte sich nicht von der Stelle.

»Schauen Sie sie an, Robert.«

Einige Sekunden verstrichen, ehe Hunter den Blick endlich vom Fenster losriss und das Papier anschaute, das Kennedy in der Hand hielt. Daran geheftet war ein fünfzehn mal zehn Zentimeter großes Foto von Madeleine Reed. Sie war eine ausgesprochen hübsche junge Frau mit heller, makelloser Haut, leicht orientalisch aussehenden grünen Augen und glänzenden schwarzen Haaren, die ihr bis über die Schultern reichten. Ihr Lächeln auf dem Foto wirkte echt und unschuldig. Sie sah glücklich aus.

»Daran, dass Lucien möglicherweise weiß, wo Madeleine Reed festgehalten wird, hat sich nichts geändert, Robert«, sagte Kennedy erneut. »Sie können jetzt nicht einfach aussteigen. Sie dürfen sie nicht im Stich lassen.«

Hunter studierte das Foto noch eine Zeitlang, bevor er dem Direktor das Blatt zurückgab.

Kennedy ließ nicht locker. »Ich weiß, Sie arbeiten nicht für mich, Robert, deshalb kann ich Ihnen auch nichts befehlen. Aber ich kenne Sie. Ich kenne Ihren moralischen Anspruch. Ich weiß, wofür Sie stehen und welcher Sache Sie Ihr Leben verschrieben haben. Wenn Sie sich jetzt von Ihren Gefühlen leiten lassen, wie wütend und verletzt Sie im Moment auch sind, dann werden Sie es später bereuen. Sie werden nicht mehr in den Spiegel sehen können. Das wissen Sie ebenso gut wie ich.«

Hunter spürte ein Zwicken und Stechen hinter den Augen. »Seit zwanzig Jahren suche ich nach Jessicas Mördern, Adrian.« Seine Stimme war leise und voller Schmerz. »Jeden einzelnen Tag bereue ich, dass ich an dem Abend nicht da war. Jeden einzelnen Tag schwöre ich ihr und mir aufs Neue, dass ich die Täter finden werde und dass sie für ihre Tat büßen werden, ungeachtet aller Konsequenzen, die das vielleicht für mich haben mag.«

»Das verstehe ich«, sagte Kennedy.

»Tun Sie das?«, fragte Hunter. »Tun Sie das wirklich?«

»Ja, das tue ich.«

»Sie war schwanger«, sagte Hunter.

Kennedy erstarrte. Ratlos und beklommen sah er Hunter an.

»Jessica war schwanger«, wiederholte Hunter. »Wir hatten es an dem Morgen erst erfahren, durch einen Schwangerschaftstest aus der Apotheke, aber wir waren uns ganz sicher. Deshalb wollten wir am Abend auch zusammen essen gehen. Wir hatten was zu feiern. Wir beide waren ...« Hunter musste innehalten und Atem holen. »... überglücklich.«

Taylor spürte, wie sich eine lähmende Kälte in ihrem Innern ausbreitete. Sie wollte etwas sagen, doch sie wusste nicht, was oder wie.

»Lucien hat mir nicht nur die Frau weggenommen, die ich heiraten wollte, Adrian«, sagte Hunter. »Er hat mir die Familie weggenommen, die ich hätte haben können.«

Kennedy sah in ernstem Schweigen zu Boden. Es war seine Art, Hunters Leid Respekt zu zollen und ihm sein Mitgefühl auszudrücken.

»Das ist furchtbar, Robert«, sagte er schließlich. »Davon wusste ich nichts.«

»Niemand wusste davon«, gab Hunter zurück. »Nicht mal ihre Eltern. Wir wollten warten, bis Jess beim Arzt gewesen war und wir die offizielle Bestätigung hatten.« Hunters Blick kehrte zum Fenster zurück. »Ich habe den Leichenbeschauer gebeten, es nicht im Autopsiebericht zu erwähnen. Ich wollte nicht, dass ihre Eltern es auf die Weise erfahren. Sie hatten schon genug gelitten.«

»Ich kann mir Ihren Schmerz, Ihre Wut und Ihre Verzweiflung kaum ausmalen, Robert«, sagte Kennedy nach einer langen, düsteren Stille. »Es tut mir so unfassbar leid.«

»Und trotzdem verlangen Sie von mir, dass ich mit der Person, die ich seit zwanzig Jahren jage und der ich Rache geschworen habe, auf engstem Raum zusammen bin, ohne die Sicherheit einer Plexiglaswand zwischen uns.«

»Er wurde gefasst, Robert«, gab Kennedy mit gemessener Stimme zurück. »Lucien sitzt in einem ausbruchssicheren Gefängnis fünf Stockwerke tief unter der Erde eines FBI-Gebäudes. Er wird für jede einzelne seiner Taten bezahlen. Er wird dafür zur Rechenschaft gezogen werden, was er Jessica und Ihnen angetan hat.« Er wies auf den Ausdruck. »Aber wenn Sie sich weigern, mit ihm ins Flugzeug zu steigen, wird diese junge Frau vielleicht sterben. Ich weiß genau, dass Sie das nicht wollen.«

»Sie können jemand anders schicken.«

»Nein, das können wir nicht, Robert«, widersprach Taylor, die neben Kennedys Schreibtisch stand und sich nun zu ihm umdrehte. »Sie haben gehört, was Lucien unten gesagt hat. Sie und ich und er. Keiner mehr, keiner weniger. Wenn wir uns nicht an seine Forderungen halten, stirbt Madeleine – falls sie nicht ohnehin schon tot ist. Sie wird dann ganz allein sterben, und wahrscheinlich wird sie sich bis zur letzten Sekunde an die Hoffnung klammern, dass sie doch noch gefunden wird. Wir sind ihr das schuldig, Robert.«

Hunter schwieg.

»Courtney hat recht, Robert«, sagte Kennedy. »Falls Madeleine nicht bereits tot ist, verlieren wir gerade wertvolle Zeit. Wir müssen *jetzt* handeln. Bitte lassen Sie nicht zu, dass Ihre Wut und Ihre Trauer Madeleine die Chance auf Rettung rauben. Ihre *einzige* Chance auf Rettung.«

Erneut betrachtete Hunter Madeleines Foto, das an den Ausdruck geheftet war.

»Sie ist nicht tot«, sagte er ohne einen Funken Zweifel.

»Was?«, fragte Kennedy.

»Sie sagten: ›Falls Madeleine nicht bereits tot ist‹.« Hunter schüttelte den Kopf. »Madeleine Reed ist nicht tot. Sie lebt.«

## 80

Die unerschütterliche Überzeugung, die aus Hunters Worten sprach, war in gleichem Maße beruhigend wie irritierend.

Taylor stellte ihre Frage nicht laut, sie schüttelte lediglich ganz leicht den Kopf und kniff die Augen zusammen.

»Sie lebt«, wiederholte Hunter mit energischem Nicken.

»Wie können Sie sich da so sicher sein?«, fragte Dr. Lambert. »Verstehen Sie mich nicht falsch, Detective Hunter. Ich bin genau wie Direktor Kennedy der Ansicht, dass höchste Eile geboten ist, trotzdem sollten Sie sich darauf gefasst machen, dass Sie möglicherweise zu spät kommen, um das Leben dieser armen Frau zu retten, oder dass Lucien Sie auf eine falsche Fährte lockt. Er ist der geborene Manipulator und verfügt über jahrelange Erfahrung darin, andere zu täuschen. Wie Agent Taylor vorhin während der Vernehmung erwähnt hat: Vielleicht sieht Lucien dies als seine letzte Chance, hier rauszukommen. Draußen in Freiheit kann er jedenfalls eher auf dumme Gedanken kommen, als wenn er im fünften Untergeschoss in einer Zelle sitzt.«

»Mag alles sein«, gab Hunter zurück. »Aber Madeleine ist noch am Leben.«

»Dann wiederhole ich hiermit Dr. Lamberts Frage«, ergriff Kennedy nun das Wort. »Wie können Sie sich da so sicher sein, Robert?«

»Weil Madeleine Reed Luciens Trumpfkarte ist«, antwortete Hunter. »Das war sie von Tag eins an. Wann wurde er hierher in die BSU gebracht?«

»Vor einer Woche«, antwortete Kennedy. »Das wissen Sie doch.«

»Und trotzdem hat er sie bis jetzt mit keinem Wort erwähnt«, rief Hunter ihnen ins Gedächtnis. »Wie Dr. Lambert sagte, Lucien verfügt über jede Menge Erfahrung im Täuschen. Er spielt dieses Spiel seit Jahren. Obwohl er durch Zufall gefasst wurde, ist jeder Zug, den er macht, bis ins Letzte durchkalkuliert. Und ein erfahrener Spieler kennt eine wichtige Regel in Bezug auf Trumpfkarten.«

»Man spielt sie niemals zu früh aus«, sagte Taylor. »Sondern behält sie bis zum allerletzten Moment auf der Hand.«

Hunter nickte. »Oder jedenfalls, bis man gezwungen ist, sie auszuspielen. Sie alle haben erwähnt, wie beeindruckend präzise Luciens innere Uhr funktioniert und wie exakt seine Berechnungen sind, stimmt's? Er weiß genau, wie viel Essen und Wasser er Madeleine dagelassen hat. Er hat gesagt, sie hätte gelernt, sich ihre Vorräte fast perfekt einzuteilen. Er hat die Schwelle vorher kalkuliert, er kannte sie von Anfang an, und ich bin mir sicher, dass er eine ziemlich genaue Vorstellung davon hat, wann der Punkt gekommen ist, ab dem es kein Zurück mehr gibt. Trotz allem hat er es bislang nicht für nötig befunden, seine Trumpfkarte auszuspielen. Und das liegt daran, dass er aus der Sache einen Wettlauf gegen die Zeit machen will, weil er uns damit unter enormen Druck setzt. Unter viel, viel größeren Druck, als wenn es bloß darum ginge, die Leichen seiner Opfer zu bergen.«

Die anderen ließen Hunters Worte einen Augenblick lang auf sich wirken.

»Und das ist auch der Grund, weshalb er bis jetzt damit gewartet hat, zu gestehen, dass er der Mörder Ihrer Verlobten ist«, sagte Dr. Lambert. »Weil Sie das nicht nur unter Druck setzt, sondern Sie überdies auch noch seelisch aus dem Gleichgewicht bringt. Es destabilisiert Sie. Es macht Sie emotional und daher verwundbar, anfälliger für Fehler. Das wusste Lucien sehr wohl.«

Taylor bekam am ganzen Körper eine Gänsehaut.

»Aber es macht Robert auch unberechenbar«, wandte sie ein. »Wenn Lucien nicht hinter dieser Plexiglaswand säße, wäre er vermutlich jetzt tot.« Ihr Blick ging zu Hunter, der ihn unbeirrt erwiderte.

»Und vielleicht ist genau das sein Ziel«, meinte Lambert. »Nicht Flucht, während er mit Ihnen beiden da draußen ist, sondern Suizid mit Hilfe der Polizei.«

Kennedy und Taylor runzelten die Stirn, aber Hunter war bereits derselbe Gedanke gekommen, während er aus dem Fenster gestarrt hatte.

»Warum sollte er mit Hilfe der Polizei Suizid begehen wollen?«, fragte Taylor.

»Weil Lucien unter keinen Umständen vergessen werden will«, antwortete Hunter. »Er will den Ruhm.« Er malte Anführungszeichen in die Luft. »Das ›Prestige‹, das es mit sich bringt, ein berühmter Serienmörder zu sein. Er will, dass sein Erbe in Kriminologie- und Psychologieseminaren studiert wird. Das ist einer der Beweggründe, weshalb er seine Enzyklopädie geschrieben hat – *falls* er sie überhaupt geschrieben hat.«

»Das ist mir klar«, sagte Taylor. »Aber dazu wird es früher oder später doch ohnehin kommen. Um das zu erreichen, muss er sich nicht umbringen lassen.«

»Wahr«, räumte Hunter ein. »Aber er weiß auch, dass es seinen Ruf noch steigern würde, wenn er seine Tage nicht hinter Gittern oder bei einer staatlichen Hinrichtung beschließt. Ich bin sicher, das wäre in seinen Augen kein adäquates Ende für sein lebenslanges Projekt. Wenn er dagegen von FBI-Agenten erschossen wird, während diese versuchen, sein jüngstes Opfer zu retten ...« Hunter zog die Schultern hoch und überließ es seinen Zuhörern, den unangenehmen Gedanken zu Ende zu denken.

»Wird er zur Legende«, pflichtete Dr. Lambert ihm bei.

»Wenn Sie also überzeugt sind, dass Madeleine Reed noch am Leben ist«, sagte Kennedy an Hunter gewandt, »und vorausgesetzt, dass Luciens Berechnungen stimmen – wie viel Zeit bleibt uns dann noch, Robert?«

Hunter machte ein nachdenkliches Gesicht. »Ich würde sagen, von dem Zeitpunkt an gerechnet, als er uns von Madeleine erzählt hat, waren es etwa zwanzig Stunden. Wenn wir länger brauchen, um sie zu finden, würde ich mir nicht mehr allzu viele Hoffnungen machen.«

Kennedy sah auf seine Armbanduhr. »Mit anderen Worten, wir müssen rasch handeln«, sagte er. »Wir dürfen keine Zeit mehr verlieren.«

Das Foto von Madeleine lag immer noch auf dem Tisch. Sie schien Hunter anzustarren.

»Ist das Flugzeug startklar?«, fragte er.

»Wenn Sie am Flugfeld sind, wird es startklar sein«, lautete Kennedys Antwort. »Aber erst müssen Sie beide sich vorbereiten.«

»Machen Sie sich auf alles gefasst«, riet Dr. Lambert noch, als sie sich zum Gehen bereitmachten. »Ich fürchte nämlich, Sie könnten recht haben, Detective Hunter. Lucien wird versuchen, Sie beide bis zum Äußersten zu treiben, und er weiß, dass er sich, so wie die Dinge jetzt stehen, dafür nicht mal sonderlich anstrengen muss. Ich vermute, sobald er draußen ist, wird er alles tun, um nicht wieder hierher zurückzumüssen. Selbst wenn es ihn das Leben kosten sollte.«

Hunter zog den Reißverschluss seiner Jacke hoch. »Damit habe ich kein Problem.« Er sah Taylor an. »Solange ich derjenige bin, der den Schuss auf ihn abfeuert.«


# 81


Bevor sie nach unten zu dem SUV gingen, das an einem der Sicherheitsausgänge hinter dem Gebäude auf sie wartete, wurden Hunter und Taylor gebeten, ihre Hemden abzugeben, damit sie mit den neuesten drahtlosen Mikrofonen ausgerüstet werden konnten. Die Mikrofone waren als Hemdknöpfe getarnt, aber damit nicht ein Knopf anders aussah als alle anderen, mussten sämtliche Knöpfe an beiden Hemden ausgetauscht werden. Der Knopf direkt oberhalb des Bauchnabels enthielt das Mikrofon. Es war durch ein dünnes Kabel mit einem winzigen, praktisch unsichtbaren Satellitentransmitter verbunden, der einem Streifen Kaugummi ähnelte und ihnen hinten ins Kreuz geklebt wurde. Das Mikrofon sendete darüber hinaus auch ein GPS-Signal, mit dessen Hilfe man ihren Standort bestimmen konnte. Direktor Adrian Kennedy und sein Team würden zu jedem Zeitpunkt genau wissen, wo sie sich aufhielten.

Doch kaum hatte Hunter sein Hemd zurückbekommen, erhob er Einwände gegen die Idee.

»Die neuen Knöpfe haben nicht exakt dieselbe Farbe wie die alten«, gab er zu bedenken.

»Das fällt doch keinem auf«, sagte Kennedy.

»Den meisten Menschen vielleicht nicht«, beharrte Hunter. »Lucien schon.«

»Wollen Sie behaupten, er hätte sich die Farbe der Knöpfe an Ihrem und Agent Taylors Hemd gemerkt?«

»Glauben Sie mir. Lucien merkt sich *alles*, Adrian. Er ist wie ein Schwamm.«

»In der kurzen Zeit war nichts Besseres möglich«, gab Kennedy zurück. »Ich muss Ihre Gespräche mithören, insofern bleibt uns keine andere Wahl. Wir müssen es versuchen.«

*Der Fehler könnte uns noch teuer zu stehen kommen*, dachte Hunter bei sich.

Alles war vorbereitet, als Lucien zehn Minuten später von zwei US-Marines aus dem Sicherheitsausgang eskortiert wurde. Er trug noch immer seinen orangefarbenen Häftlingsoverall. Seine Hände und Füße waren mit Metallketten gefesselt, die wiederum mit einer Kette an seiner

Hüfte verbunden waren und seinen Bewegungsspielraum stark einschränkten – er konnte die Arme nur bis auf Brusthöhe anheben, und seine Schrittweite betrug etwa dreißig Zentimeter. Flucht war also praktisch ausgeschlossen.

»Irgendwas fehlt hier«, wandte sich Lucien an Taylor, als diese die hintere Tür des SUV öffnete, damit er einsteigen konnte.

»Wir treffen Detective Hunter im Flugzeug«, sagte Taylor, die sofort verstanden hatte, worauf Lucien sich bezog.

Lucien lachte. »Verstehe. Er brauchte ein bisschen Zeit, um sich zu sammeln und seiner Gefühle Herr zu werden, damit das Ganze hier nicht im Fiasko endet, stimmt's, Agent Taylor?«

Taylor gab keine Antwort. Hätte *sie* ihren Gefühlen freien Lauf lassen dürfen, hätte sie ihm wahrscheinlich an Ort und Stelle die Faust ins Gesicht gerammt und ihm beide Kniescheiben zerschossen. Stattdessen hielt sie ihm schweigend die Tür auf, während die Marines ihm dabei halfen, auf den Rücksitz zu klettern, seine Ketten an die Metallöse im Wagenboden anschlossen und Taylor den Schlüssel überreichten.

»Ich liebe Ihre Sonnenbrille, Agent Taylor«, sagte Lucien, als Taylor auf dem Beifahrersitz Platz nahm. »Die ist so ... FBI-mäßig. Glauben Sie, ich könnte auch eine bekommen, nur für unseren kleinen Ausflug?«

Taylor antwortete nicht.

»Das heißt wohl nein.«

Lucien betrachtete eine Weile seine gefesselten Hände; als er erneut das Wort ergriff, war seine Stimme beherrscht – keine Nervosität, keine Erregung, keine Angst –, geradezu roboterhaft monoton. »Was glauben Sie, wie wird die Sache ausgehen, Agent Taylor?«

Der Fahrer war ebenfalls ein Marine, ein Afroamerikaner, der aussah, als hätte er auf der Hantelbank das gesamte SUV drücken können. Er startete den Wagen und fuhr los.

Taylor hielt den Blick auf die Straße gerichtet.

»Kommen Sie, Agent Taylor«, beharrte Lucien. »Das ist eine berechtigte Frage. Ich möchte einfach nur wissen, was Ihre Erwartungen sind. Bislang haben Sie Ihre Sache wirklich gut gemacht. Es ist Ihnen gelungen, an Informationen zu kommen, die es dem FBI ermöglicht haben, die Leichen von drei Opfern zu bergen.« Er wackelte kurz mit den Augenbrauen. »Und sofern Ihr Team kompetent genug ist, Anweisungen zu folgen, sollten sie auch in der Lage sein, die sterblichen Überreste der fünf Opfer in New Haven zu finden. Sie sind jetzt sogar im Besitz von Informationen, die möglicherweise zur Rettung eines noch lebenden Opfers beitragen können. Wenn Ihnen das gelingt, Agent Taylor, dann sind Sie eine Heldin. Das ist doch wahrlich keine schlechte Ausbeute für zwei Tage voller Verhöre. Insofern finde ich, dass mir die Frage zusteht. Wie, denken Sie, wird die Sache ausgehen? Glauben Sie, Robert und Sie werden Heldenstatus erlangen? Oder wird sich das hier in Ihren schlimmsten Alptraum verwandeln?«

Taylor sah, wie der fragende Blick des Fahrers einen kurzen Augenblick zu ihr zuckte.

Am liebsten hätte sie sich umgedreht und Lucien gesagt, dass sie Madeleine Reed finden und ihren Qualen ein Ende machen würden. Und dann würden sie ihn zurück in die BSU bringen und immer weiter verhören, bis er ihnen sämtliche Stellen verriet, an denen er die Leichen seiner Opfer entsorgt hatte. Danach konnte er entweder im Knast verfaulen oder sich auf seine Hinrichtung freuen. Ihr war es einerlei, Hauptsache, sie musste nie wieder sein Gesicht sehen.

Doch sie bewahrte die Fassung und sagte kein Wort. Sah ihn nicht einmal an.

Lucien ließ nicht locker.

»Glauben Sie, er wird's tun?«, fragte er in derselben monotonen Stimme wie zuvor. »Glauben Sie, Robert wird für Jessicas Tod Rache nehmen? Glauben Sie, er wird alle Maximen über Bord werfen, nach denen er fast sein ganzes Leben gelebt hat, und sich von seinem Zorn leiten lassen?«

Keine Antwort.

»Glauben Sie, er wird mich erschießen? Oder macht er es mit den bloßen Händen – drischt er so lange auf mich ein, bis ich aufhöre zu atmen?«

Taylor sah nicht hin, aber sie wusste genau, dass Lucien ein widerliches Lächeln im Gesicht hatte.

Sie verließen das FBI-Gelände und fuhren in nördliche Richtung zum Turner Airfield.

»Was würden Sie tun, Agent Taylor? Wenn ich Ihnen den Menschen, in den Sie unsterblich verliebt sind, auf brutale Weise genommen hätte, so dass Ihnen nichts bliebe außer Verzweiflung und Blut – wie würden Sie sich an mir rächen?«

Taylor spürte, wie der Zorn in ihren Adern zu kochen begann, doch sie schluckte eisern jedes Wort, das ihr über die Lippen kommen wollte, herunter.

Lucien änderte seine Taktik.

»Was ist mit Ihnen, Kleiderschrank?«, richtete er das Wort an den Fahrer. »Gesetzt den Fall, ich wäre in Ihr Haus eingedrungen und hätte Ihre Frau bestialisch abgeschlachtet, und Sie hätten zwanzig Jahre lang nach mir gesucht – wie würden Sie Vergeltung an mir üben, wenn Sie mir dann endlich gegenüberstünden? Sie bräuchten bestimmt nur einmal zuzudrücken, schon hätten Sie mir den Schädel zerquetscht, wenn ich mir Ihre Bananenfinger so ansehe. Ich wette, die bringen Ihnen und Ihrer Frau jede Menge Spaß.«

Der Fahrer zog drohend die Brauen zusammen, und sein Blick ging zum Rückspiegel.

»Denken Sie nicht einmal daran, dem Gefangenen zu antworten, Private«, warnte Taylor und sah ihn streng an. »Sie werden alles ignorieren, was er sagt, egal wie beleidigend es ist. Haben Sie mich verstanden?«

»Ja, Ma'am«, kam die Antwort in einem tiefen Bass.

Lucien lachte laut auf.

»Dann sage ich Ihnen jetzt mal, was *ich* glaube, Agent Taylor. Ich glaube, er wird es tun. Ich glaube, Robert wird die Nerven verlieren und sich endlich rächen. Und ich glaube, Ihre einzige Möglichkeit, ihn daran zu hindern, ist, ihn zu erschießen. Die große Frage ist nur – würden Sie das tun?«

## 82

Hunter und zwei US-Marines warteten bereits bei dem kleinen fünfsitzigen Lear Jet, einer Spezialanfertigung für das FBI, als das schwarze SUV mit Taylor und Lucien neben der Maschine hielt.

Am Himmel brauten sich dunkle Wolken zusammen, als wäre die Stimmung des Tages im Begriff umzuschlagen – von sonnig zu düster, von blau zu grau.

Taylor stieg aus dem Wagen und überreichte einem der beiden Marines die Schlüssel zu Luciens Fesseln. Sie kümmerten sich darum, ihn loszumachen und an Bord der Maschine zu bringen. Als sie an Hunter vorbeikamen und die wenigen Stufen in die Kabine hinaufstiegen, drehte Lucien sich um und blickte Hunter in die Augen. Sie waren von Schmerz und Wut gezeichnet, und er musste sich bemühen, nicht zu lächeln.

Erst als Luciens Ketten sicher mit den Eisenringen im Kabinenboden unter seinem Sitz verbunden waren, bestiegen auch Hunter und Taylor das Flugzeug.

Luciens Sitz befand sich im hinteren Teil der Kabine, in einem Metallkäfig, der mit einem nach Militärstandard gefertigten, aufbruchssicheren elektronischen Schloss gesichert war. Es konnte nur über einen Knopf beim Cockpit geöffnet werden.

Taylor hängte ihr Jackett über die Lehne eines Sitzes auf der rechten Seite, setzte sich jedoch nicht hin. Hunter nahm den Platz auf der gegenüberliegenden Seite des Mittelgangs. Der Pilot wartete geduldig im Cockpit.

»Also, wo in Illinois liegt unser Ziel?«, wollte Taylor von Lucien wissen.

»Nirgendwo«, gab dieser nüchtern zurück.

Taylor stutzte. »Was soll das heißen? Sie haben gesagt, wir müssen nach Illinois.«

»Nein, das stimmt nicht. Ich habe gesagt, wir brauchen genügend Treibstoff, um bis nach Illinois zu kommen. Das bedeutet, dass der Treibstoff auch für einen Flug nach New Hampshire ausreicht. *Da* müssen wir hin.«

Luciens Sitz war der einzige in der Maschine, der sich nicht bewegen ließ. Alle anderen waren um dreihundertsechzig Grad schwenkbar. Hunter jedoch drehte seinen Sitz nicht zu Lucien herum, sondern schaute weiterhin nach vorn. Es erstaunte ihn nicht im mindesten, dass Lucien weiterhin seine Spielchen mit ihnen spielte.

»New Hampshire«, wiederholte Taylor.

»Ganz genau, Agent Taylor. Der Staat mit dem klangvollen Motto: *In Freiheit leben oder sterben.*«

»Also schön. Und wohin in New Hampshire?«

»Sagen Sie dem Piloten, er soll einfach losfliegen. Sobald wir den Luftraum über New Hampshire erreicht haben, folgen weitere Anweisungen.«

Taylor gab die Instruktionen an den Piloten weiter und kehrte danach an ihren Platz zurück. Genau wie Hunter zog auch sie es vor, dem Gefangenen den Rücken zuzuwenden.

Eine Minute später war das Flugzeug bis zum Anfang der Startbahn gerollt, und der Pilot meldete per Funk, dass sie startbereit seien. Die Turbinen heulten auf, und zwanzig Sekunden später waren sie in der Luft. Als das Flugzeug eine Rechtskurve machte, spiegelten sich die wenigen Sonnenstrahlen, die es durch die Wolkendecke geschafft hatten, gleißend auf dem Rumpf.

Hunter schaute aus dem Fenster, während die Landschaft unter ihnen immer kleiner wurde. Die Luft im Flugzeug kam ihm noch schaler und künstlicher vor als sonst, als hätte Lucien sie durch seine bloße Anwesenheit vergiftet.

Taylor saß unbeweglich, den Blick nach vorn gerichtet, und versuchte die Vielzahl an Gedanken zu ordnen, die ihr durch den Kopf schwirrten. Sie hatte eine Flasche stilles Wasser vor sich stehen, aus der sie alle ein oder zwei Minuten einen Schluck trank – nicht weil sie Durst hatte, sondern aus Nervosität. Es war eine mehr oder weniger unbewusste Handlung, damit sie etwas zu tun hatte.

Auch Hunter haderte mit seinen Gedanken, nur dass er zudem noch gegen zwanzig Jahre Wut und Frust anzukämpfen hatte, die mit aller Macht an die Oberfläche drängten.

Sie waren eine gute halbe Stunde geflogen, da hörten sie erneut Luciens Stimme.

»Glauben Sie, dass man ›böse‹ auf die Welt kommen kann, Agent Taylor?«, wollte er wissen.

Taylor nahm einen Schluck aus ihrer Wasserflasche, während ihr Blick durch den Mittelgang zu Hunter sprang. Der sah aus, als hätte er die Frage gar nicht gehört. Er schien ganz auf die Welt jenseits des Fensters fixiert und achtete nicht auf das, was im Innern der Kabine vor sich ging.

Weil Taylor schwieg, redete Lucien einfach weiter.

»Sie wissen schon, dass es eine Menge Kriminologen, Kriminalpsychologen und Psychiater gibt, die der Ansicht sind, dass manche Menschen ›böse‹ geboren werden, oder? Dass es so etwas wie ein ›böses Gen‹ gibt?«

Von Taylor kam nichts zurück.

»Wenn Wissenschaftler an ein solches Gen glauben,

dann folgt daraus doch, dass sie auch daran glauben, dass das Böse oder eine gesteigerte Gewaltneigung im Menschen erblich bedingt ist. Glauben Sie auch daran, Agent Taylor? Glauben Sie, ein Neugeborenes kann das Erbgut des Bösen in sich tragen? Das Killersein geerbt haben, so wie man Hämophilie oder Farbenblindheit erbt?«

Schweigend nippte sie an ihrem Wasser.

»Jetzt seien Sie doch keine Spielverderberin, Agent Taylor«, beharrte Lucien. »Könnte es Ihrer Meinung nach eine Frage der genetischen Prädisposition sein, ob man ein gewissenloser Mörder wird – jemand, der sinnlos tötet, so wie ich?«

Taylor ging nur ein einziger Gedanke durch den Kopf: *Wieso konnten sie das Flugzeug nicht mit einer schalldichten Plexiglaszelle ausstatten statt mit einem Käfig?*

»Siebenundzwanzig«, sagte Lucien und lehnte den Kopf gegen die Rückenlehne seines Sitzes.

Instinktiv ging Taylors Blick erneut zu Hunter. Der schaute immer noch aus dem Fenster, trotzdem zweifelte sie nicht daran, dass er Lucien gehört hatte. Hatte der gerade aus heiterem Himmel das Thema gewechselt und ihnen Koordinaten genannt? Sie schwang ihren Sitz herum.

»Siebenundzwanzig?«

»Siebenundzwanzig«, bekräftigte Lucien mit einem Nicken.

»Siebenundzwanzig was?«

»Staaten«, sagte Lucien.

Taylor stand ihre Verwirrung ins Gesicht geschrieben.

»Ich habe Samenbanken in siebenundzwanzig Staaten besucht«, erklärte Lucien. »Immer unter anderem Namen und mit einem Lebenslauf, der selbst der Königin von England imponiert hätte. Das ist alles Teil eines Langzeitexperiments.«

Taylor spürte den beißenden Geschmack von Galle in der Kehle.

»Wenn Sie also glauben, dass es eine Frage der Gene ist, ob man ein Mörder wird, Agent Taylor«, fuhr Lucien fort, »dann werden wir in einigen Jahren vielleicht so manche Überraschung erleben.«

Mit Lucien auf engstem Raum zusammen sein und dieselbe Luft atmen zu müssen wie er, verursachte Taylor Übelkeit. »Sie sind nicht nur krank«, sagte sie mit einer Miene unverhohlener Abscheu, »Sie sind vollkommen wahnsinnig.«

Die Kabinenlautsprecher knackten einmal, dann hörten sie die Stimme des Piloten.

»Wir nähern uns der Grenze zwischen Massachusetts und New Hampshire. Gibt es neue Instruktionen?«

Luciens Züge wurden lebendig.

»Möge das Abenteuer beginnen.«


# 83


*An einem geheimen Ort*
*Zwei Tage zuvor*

Maddys Lider zuckten mehrmals träge, ehe es ihr gelang, die Augen zu öffnen. Sie konnte nicht sofort etwas sehen. Im Gegenteil, ihr gebrochener, zu Tode erschöpfter Verstand brauchte annähernd zwei Minuten, bis er sich auf Konturen und Formen einen Reim machen konnte.

Sie lag noch immer zusammengekauert in einer Ecke ihrer Zelle und hatte ihren ausgemergelten Körper in die schmutzige, stinkende Decke gehüllt wie in einen Kokon. Doch so fest sie sich den ekelhaften Fetzen auch um den Leib wickelte und wie klein sie sich in die Ecke drückte, ihr wurde und wurde nicht warm. Vielleicht war ihr Fieber gesunken, vielleicht aber auch gestiegen, sie hatte keine Ahnung. Jede Zelle ihres Körpers schmerzte mit einer Intensität, dass sie sich ständig am Rande der Bewusstlosigkeit bewegte.

Das einzige Geräusch in ihrer Zelle war das quälende Summen der Fliegen, die den überlaufenden Eimer mit Exkrementen in der gegenüberliegenden Ecke umschwirrten.

Madeleine hustete ein paarmal, und sofort fühlten sich ihre ausgedörrte Kehle, ihr Gesicht und ihr Kopf an, als wären sie kurz vor dem Platzen. Von den unerträglichen Schmerzen wurde ihr schlecht, und ihre Lider flatterten einen Moment lang wie Schmetterlingsflügel. Sie lehnte den Kopf gegen die Wand und hoffte, sie würde nicht schon wieder ohnmächtig werden.

Sie wurde nicht ohnmächtig.

Als sie sich nach einer Weile aufrichtete, betrachtete sie ihre knochigen Hände und Finger. Sie erkannte sie kaum noch wieder. Ihre Nägel waren abgebrochen, die Nagelbetten mit getrocknetem Blut verkrustet. Ihre Knöchel waren rot und geschwollen wie bei einer alten Frau, die an starkem Rheuma litt. Noch nie zuvor in ihrem Leben war sie so mager gewesen. Noch nie hatte sie sich so schwach, so hungrig, so durstig gefühlt.

Madeleine merkte, dass ihre Decke an einigen Stellen nass war. Wahrscheinlich hatte sie im Fieber stark geschwitzt. Sie war so verzweifelt, dass sie in einem Moment des Wahnsinns die Decke in den Mund nahm und gierig daran zu saugen begann, um ihre rissigen Lippen und ihren ausgetrockneten Mund zu befeuchten. Alles, was sie davon hatte, waren ein Mund voll Staub und ein so widerwärtiger Geschmack, dass sie augenblicklich zu würgen anfing.

Als sie aufgehört hatte zu husten, sah Madeleine sich in ihrer Zelle um. Die Dehydration und Mangelernährung zeigten bereits physiologische und neurologische Auswirkungen. Ihre Augen konnten nichts mehr fokussieren, das weiter als einen Meter entfernt war.

Leere Plastik-Wasserflaschen lagen am Boden verstreut. Kein einziger Tropfen befand sich noch darin, aber das hielt Madeleine nicht davon ab, die Finger nach einer Flasche auszustrecken und es trotzdem zu versuchen. Sie hob die Flasche an den Mund, legte den Kopf in den Nacken und drückte und quetschte die Flasche mit beiden Händen.

Nichts.

Von der Anstrengung erschöpft, ließ sie die Flasche zu Boden fallen.

Erneut zitterten ihre Lider. Sie war so unendlich müde und traurig, aber sie wollte nicht wieder einschlafen. Sie wusste, dass die Müdigkeit damit zu tun hatte, dass ihr Körper allmählich abschaltete. Er verfügte einfach nicht mehr über genügend Energiereserven, um wach zu bleiben oder das reibungslose Funktionieren aller Organe zu gewährleisten. Er war wie eine große Fabrik, in der einige Produktionsstraßen stillgelegt werden mussten, weil die Ressourcen nicht ausreichten, um den Betrieb aufrechtzuerhalten.

Madeleine erinnerte sich an eine Fernsehdokumentation zu dem Thema, die sie einmal gesehen hatte. Wie ein dehydrierter und unterernährter Körper sich langsam selber auffrisst. Erst die Fettreserven, dann die Proteine und die Nährstoffe aus den Muskeln – bis alles aufgebraucht ist. Danach beginnt der Organismus herunterzufahren. Wichtige Organe wie Leber und Nieren funktionieren nicht mehr richtig. Auch das Gehirn, das zu etwa fünfundsiebzig bis achtzig Prozent aus Wasser besteht, bekommt die Folgen des Flüssigkeitsmangels zu spüren. Wie es darauf reagiert, ist von Mensch zu Mensch unterschiedlich und nicht vorhersehbar. Es kann zu starken Halluzinationen kommen, aber auch zu einem totalen Ausfall. Zu diesem Zeitpunkt sind die Schädigungen an der Hirnmasse bereits irreversibel.

Werden dem Organismus keine Nährstoffe zugeführt, hat er irgendwann keine Energiereserven mehr, und Erschöpfung ist die Folge. Allerdings ist nichts auf der Welt so komplex und ausgeklügelt wie der menschliche Körper und das menschliche Gehirn. Die Schutzmechanismen funktionieren selbst unter stärksten Strapazen. Um die vielleicht noch irgendwo vorhandenen Energiereste zu konservieren und einen Tod unter Qualen zu verhindern, schläft der Körper einfach ein. Im Schlaf schaltet sich der Organismus dann langsam Stück für Stück ab. Es ist ein barmherziger Tod. Der Mensch schließt die Augen und macht sie nie wieder auf.

Madeleine wusste, dass sie bald sterben würde. Sie wusste, wenn sie das nächste Mal einschliefe, würde sie vermutlich nicht mehr aufwachen. Aber sie wusste nicht, was sie tun sollte, um das zu verhindern. Sie war so unbeschreiblich müde. Selbst einen Finger zu bewegen kostete sie so viel Kraft, als laufe sie einen Marathon.

»Ich will nicht sterben«, wisperte sie mit matter, atemloser Stimme. »Nicht so. Nicht hier. Bitte, jemand muss mir helfen.«

Dann kam ihr eine irrsinnige Idee. Sie hatte von Leuten gehört, die ihren eigenen Urin getrunken hatten – für sie eine ekelhafte Vorstellung, auch wenn sie wusste, dass es manche Menschen sexuell erregte. Aber ihr übermüdetes Gehirn wollte um jeden Preis, dass sie am Leben blieb. Alles andere, ekelhaft oder nicht, kam weit abgeschlagen an zweiter Stelle.

Ohne darüber nachzudenken, griff Madeleine erneut nach einer der leeren Wasserflaschen. Unter ungeheurer Anstrengung rappelte sie sich auf, öffnete ihre verdreckte und mittlerweile zerrissene Hose und schob sie bis zu den Knöcheln herunter. Dann den Slip. Sie hielt sich die Flasche zwischen die Beine, schloss die Augen, konzentrierte sich und spannte Bein- und Bauchmuskeln an.

Nichts geschah.

Ihr Körper war so ausgetrocknet, dass nichts kam. Trotzdem gab sie nicht auf. Sie versuchte es wieder und wieder und wieder. Wie lange, wusste sie nicht. Und endlich, nach einer scheinbaren Ewigkeit, rannen ein paar Tropfen auf den Boden der Flasche. Madeleine war so froh, dass sie hysterisch zu lachen begann – bis sie in die Flasche schaute.

Die wenigen Tropfen Urin, die sie aus sich herausgepresst hatte, waren dunkel wie Bernstein. Sie wusste, dass das ein sehr schlechtes Zeichen war.

Je dunkler die Farbe des menschlichen Urins, desto ausgetrockneter der Körper.

Nimmt ein Mensch Flüssigkeit, beispielsweise Wasser, zu sich, wird es von Leber und Nieren, sofern diese gesund sind, gefiltert. Sie absorbieren das, was der Körper braucht, alles andere landet in der Blase. Ist die Blase voll, verspürt man Harndrang. Urinieren ist eine elementare Art des Körpers, Überflüssiges, einschließlich Giftstoffe, loszuwerden. Führt ein Mensch dem Körper allerdings dauerhaft große Mengen an Flüssigkeit zu, so besteht das, was sich am Ende in der Blase sammelt, in erster Linie aus Wasser. Je weniger Toxine der Urin enthält, desto heller ist er, und umgekehrt.

Der Farbe nach zu urteilen, bestanden die paar Tropfen in Maddys Flasche vermutlich zu neunundneunzig Prozent aus Toxinen. Genauso gut hätte sie Gift trinken können. Es würde ihr nicht dabei helfen, am Leben zu bleiben. Es würde ihren Tod allenfalls beschleunigen.

Sie starrte lange auf die Flüssigkeit. Die Flasche zitterte in ihrer Hand. Sie wollte weinen. Das tat sie auch, allerdings waren ihre Drüsen nicht länger in der Lage, Tränen zu produzieren.

Schließlich verließ sie die Kraft vollends, und sie brach am Boden zusammen. Die Flasche rollte davon.

»Ich will nicht sterben.« Die Worte kamen ihr kaum über die bebenden Lippen. Sie konnte nicht mehr kämpfen. Vor ihren Augen verschwamm alles, und ihre Lider schlossen sich. Sie hatte keine Kraft mehr, wach zu bleiben.

Sie hatte keine Hoffnung mehr.

Sie hatte keinen Glauben mehr.

Die Augen fielen ihr zu, und sie ergab sich ins Unvermeidliche.

## 84

Da Lucien wegen der Ketten die Hände nur bis zur Brust anheben konnte, musste er sich vorbeugen, um sich an der Nase zu kratzen.

Taylor hatte ihren Sitz zu ihm herumgeschwenkt. Hunter saß weiterhin nach vorne gewandt.

»Okay«, sagte Taylor. »Wir sind im Luftraum über New Hampshire. Wohin jetzt?«

Lucien ließ sich Zeit. »Verdammt, sind diese Dinger unbequem. Sie könnten nicht zufällig so gut sein und mir die Nase kratzen, Agent Taylor?«

Sie starrte ihn wortlos an.

»Dachte ich mir.« Lucien richtete sich wieder auf. »Sagen Sie dem Piloten, er soll direkt nach Norden fliegen. Geben Sie mir Bescheid, wenn wir über dem White Mountain National Forest sind.«

Der White Mountain National Forest ist ein insgesamt 303 859 Hektar umfassendes, staatlich verwaltetes Waldgebiet. Etwa vierundneunzig Prozent davon liegen in New Hampshire. Das Gebiet ist so riesig, dass kein Pilot eines Privatflugzeugs es beim Überfliegen übersehen könnte.

Taylor gab die Instruktionen an den Piloten weiter und setzte sich dann wieder an ihren Platz.

Sie flogen siebenundzwanzig Minuten, bevor aufs Neue die Stimme des Piloten durch die Lautsprecher kam.

»Wir erreichen gleich die südliche Grenze des White

Mountain National Forest. Soll ich in nördliche Richtung weiterfliegen, oder gibt es neue Anweisungen?«

Taylor bedachte Lucien mit einem auffordernden Blick. Der inspizierte unterdessen seine Handrücken.

»Jetzt wird es interessant«, sagte er, ohne den Blick zu heben. »Sagen Sie dem Piloten, wir müssen nach Berlin.«

Taylor starrte ihn fassungslos an. »Sagen Sie das noch mal.«

»Sagen Sie dem Piloten, wir müssen nach Berlin«, wiederholte Lucien ungerührt. Er musterte noch eine Zeitlang seine Hände, ehe er zu Taylor aufsah.

Diese bewegte sich nicht, allerdings schlug ihre Miene in Rekordzeit von Erstaunen in Wut um.

»Ruhig Blut, Agent Taylor«, sagte Lucien. »Ich meine nicht Berlin in Deutschland. Das wäre selbst für meine Verhältnisse ein bisschen zu weit weg. Wenn Sie einen Blick auf eine Karte von New Hampshire werfen, werden Sie feststellen, dass es am Nordrand des White Mountain National Forest einen kleinen Ort namens Berlin gibt. Der dazugehörige Flugplatz liegt acht Meilen weiter nördlich, interessanterweise in der Nähe einer weiteren kleinen Ortschaft mit dem Namen Milan.« Er lachte. »Ganz schön europäisch, was?«

Taylors Miene entspannte sich ein klein wenig.

»Sagen Sie dem Piloten, er soll auf dem kommunalen Flugplatz von Berlin landen.«

Über die Gegensprechanlage der Maschine gab Taylor die neuen Anweisungen an den Piloten durch.

Hunter dachte bereits seit geraumer Zeit nach. Er konnte wirklich nur staunen, wie exzellent Lucien auf die Situation vorbereitet war. *Wie lange plant er das schon?*, fragte er sich.

New Hampshire war einer der wenigen Bundesstaaten in den USA, die nicht über eine eigene FBI-Außenstelle verfügten. Stattdessen war die Bostoner Außenstelle in Massachusetts zuständig – viel zu weit entfernt, als dass Direktor Kennedy rechtzeitig ein Team zur Unterstützung hätte mobilisieren können. Lucien hatte ausdrücklich betont, dass ihnen niemand folgen dürfe, weder zu Lande noch in der Luft. Natürlich wusste Hunter genau, dass Adrian Kennedy nicht widerstandslos auf die Forderungen eines Serienmörders eingehen würde. Sicher, er musste äußerste Vorsicht walten lassen, wusste er doch, dass ein Menschenleben auf dem Spiel stand – trotzdem hoffte Hunter, dass er einen Plan B in petto hatte.

Da es kein FBI-Büro in New Hampshire gab, müsste Kennedy, wollte er ein zweites Team zur Observierung vor Ort haben, entweder das Sheriffbüro des Countys oder die örtliche Polizei kontaktieren – ein viel zu hohes Risiko, da man dort kaum auf komplizierte Beschattungsaktionen eingestellt wäre. All das hatte Lucien in seiner kranken Genialität mit einkalkuliert.

»Ich habe gerade den kommunalen Flugplatz von Berlin angefunkt«, meldete sich der Pilot erneut durch die Kabinenlautsprecher. »Wir haben das Okay zur Landung, in fünf Minuten beginnen wir mit dem Anflug.«

Niemand konnte sehen, wie Lucien sich ins Fäustchen lachte.

# 85

Nach knapp zwei Stunden Flug landete der Lear Jet auf der kleinen Landebahn des kommunalen Flugplatzes von Berlin in New Hampshire. Sie rollten gleich weiter bis zu einer Stelle ganz am Ende des Rollfeldes, wo sie fernab von den anderen Kleinflugzeugen parkten. Der Pilot hatte bereits die Flugsicherheit darüber informiert, dass es sich bei dem Flugzeug um eine FBI-Maschine im Einsatz handelte, daher machte niemand Anstalten, sich dem Flugzeug zu nähern.

»Und jetzt?«, wollte Hunter von Lucien wissen, noch bevor die Maschine ganz zum Stillstand gekommen war. Es war das erste Mal seit Quantico, dass er das Wort an Lucien richtete.

»Jetzt besorgen wir uns einen fahrbaren Untersatz«, antwortete Lucien und machte ein skeptisches Gesicht. »Allerdings ist das hier nicht LAX, Robert. Hier gibt es keine Schalter von Autovermietungen in der Ankunftshalle. Ehrlich gesagt gibt es hier nicht mal eine *Ankunftshalle*.« Mit einer Kopfbewegung deutete er aus dem Fenster. »Du wirst schon noch sehen. Man hat Glück, wenn man irgendwo einen Snackautomaten findet.«

Taylor warf Hunter einen ratlosen Blick zu.

»Sie könnten bei einer Autovermietung anrufen, wenn Sie wollen«, meinte Lucien. »Bestimmt kann Ihnen hier jemand die Nummer eines Verleihers in Berlin oder Milan geben, aber bis alles arrangiert ist und das Auto gebracht wurde, vergehen sicher zwanzig, fünfundzwanzig Minuten. Wenn Sie nicht warten möchten, würde ich vorschlagen, Sie improvisieren.«

»Improvisieren?«, echote Taylor.

Lucien zuckte mit den Achseln. »Beschlagnahmen Sie einen Wagen oder was weiß ich – wie im Film. Sie haben doch FBI-Ausweise, von so was sind die Leute hier in der Gegend bestimmt mächtig beeindruckt.«

Taylor überlegte.

»Vergessen Sie nicht, für die arme Madeleine zählt jede Sekunde«, schob Lucien hinterher. »Aber nehmen Sie sich ruhig alle Zeit, die Sie brauchen.«

»Sie bleiben mit ihm hier«, befahl Hunter, bereits auf dem Weg zur Tür der Maschine. »Ich gehe.«

Taylor signalisierte mit einem Nicken ihre Zustimmung.

So wie die Dinge im Moment standen, hätte sie Hunter ohnehin nicht mit Lucien allein gelassen.

»Wir können«, verkündete Hunter, als er wenig später zurück in die Kabine kletterte.

»Sie haben in der kurzen Zeit einen Wagen aufgetrieben?«, staunte Taylor und fuhr von ihrem Sitz in die Höhe. Hunter war nicht mal drei Minuten weg gewesen.

Er nickte. »Ich habe sozusagen das Auto vom Leiter der hiesigen Flugsicherheit geborgt.«

»Mir soll's recht sein«, sagte sie. Sie brauchte keine weiteren Erklärungen. Sie zog ihre Waffe und richtete sie auf Lucien. »So, wir machen das jetzt schön langsam. Wenn Robert den Knopf für die Verriegelung des Käfigs drückt, öffnen sich auch die Ösen für Ihre Ketten am Boden. Dann stehen Sie *langsam* auf, treten aus der Zelle und bleiben stehen. Haben Sie das verstanden?«

Lucien nickte gleichmütig.

Taylor machte Hunter ein Zeichen, woraufhin dieser den Knopf neben der Tür zum Cockpit betätigte, bevor er ebenfalls seine Waffe zog und auf Lucien anlegte.

Ein elektronisches Summen hallte durch die Kabine. Luciens Zellentür entriegelte mit einem Klicken und glitt automatisch zur Seite. Gleichzeitig sprangen die Ösen am Boden und an seinem Sitz auf.

»Jetzt langsam aufstehen«, befahl Taylor.

Lucien gehorchte.

»Und jetzt treten Sie aus dem Käfig.«

Lucien gehorchte.

»Gehen Sie an uns vorbei zur Tür, und immer schön langsam.«

Lucien gehorchte.

Taylor machte einen Schritt zur Seite und bezog hinter Lucien Position. Hunter ging als Erster die Treppe hinunter, dann folgten Lucien und Taylor.

Ein roter Jeep Grand Cherokee parkte wenige Meter vom

Flugzeug entfernt. Hunter ging auf ihn zu und öffnete die hintere Tür.

»Schicke Karre«, meinte Lucien anerkennend.

»Einsteigen«, sagte Hunter bloß.

Lucien blieb stehen und sah sich um. Es war niemand in der Nähe. Der Flugplatz von Berlin war nicht viel mehr als eine asphaltierte Landebahn am Rande eines Waldes. Es gab weder eine Ankunftshalle noch einen Wartebereich. Östlich der Start- und Landebahn befanden sich zwei mittelgroße Hangars, groß genug, um je zwei Kleinflugzeugen Platz zu bieten. Weiter südlich standen einige Bürobaracken. Das war alles.

Lucien sah in den Himmel hinauf. Der Abend war angebrochen und brachte eine kalte Brise mit. Sein Blick blieb noch einen Moment lang nach oben gerichtet, als lausche er oder suche dort nach etwas.

Man sah und hörte nichts.

»Einsteigen«, befahl Hunter erneut.

Mit unbeholfenen Trippelschritten ging Lucien auf den Wagen zu. Hunter hielt ihm die Tür auf. Als wäre er eine feine Dame, ließ sich Lucien zunächst seitlich auf den Sitz sinken und hob dann die Beine nach. Seine gefesselten Hände und Füße ließen nichts anderes zu.

Hunter warf die Tür zu und bedeutete Taylor, um den Wagen herumzugehen. Sie tat es. Hunter wartete, bis sie neben Lucien auf der Rückbank Platz genommen hatte, dann erst setzte er sich hinters Steuer.

Taylors Waffe war nach wie vor auf Lucien gerichtet.

»Ich will, dass Sie sich nach hinten lehnen«, sagte sie. »Und dass Ihr Arm die ganze Zeit auf der Lehne bleibt.« Sie klappte die Armstütze in der Mitte der Rückbank herunter und schuf so eine kleine Barriere zwischen sich und Lucien. »Eine unbedachte Bewegung, und ich schwöre, ich schieße Ihnen die Kniescheiben weg. Ist das klar verständlich?«

»Völlig klar«, lautete Luciens Antwort.

Hunter ließ den Motor an.

»Wohin fahren wir?«, wollte er wissen.

Lucien lächelte.

»Nirgendwohin.«

## 86

Hunter hatte recht gehabt. Direktor Kennedy hatte für jede Situation einen Plan B in der Schublade.

Exakt zehn Minuten nachdem der Lear Jet mit Hunter, Taylor und Lucien an Bord gestartet war, verließ ein zweiter Jet das Turner Airfield in Quantico. In diesem saßen fünf von Kennedys besten Agenten, allesamt exzellente Schützen und speziell für verdeckte Operationen ausgebildet. Sie hatten einen Satellitenempfänger bei sich, der die GPS-Signale von Hunters und Taylors Mikrofonknöpfen auffing. Außerdem konnten sie die Gespräche im ersten Flugzeug mithören, da die Mikrofone nicht nur nach Quantico zu Direktor Kennedy, sondern auch in ihr Flugzeug sendeten.

Im Einsatzzentrum in Quantico verfolgten Adrian Kennedy und Dr. Lambert die Route der beiden Maschinen auf dem Radarschirm. Sie hatten jedem Wort gelauscht, das zwischen Hunter, Taylor und Lucien gefallen war. Kaum war die Maschine auf dem Flugplatz in Berlin gelandet, griff Kennedy nach seinem Handy.

»Direktor?« Agent Nicholas Brody, der Anführer des Teams im zweiten Jet, meldete sich nach dem ersten Klingeln.

»Vogel eins ist soeben gelandet«, meldete Kennedy.

»Ja, wir haben es mitbekommen«, gab Brody zurück. Auch sie behielten die Route des ersten Flugzeugs per Radar im Auge.

»Weisen Sie Ihren Piloten an, eine Schleife zu fliegen«, sagte Kennedy. »Überfliegen Sie auf keinen Fall, ich wiederhole: *auf keinen Fall* den Luftraum, der vom Flugplatz in Berlin aus einsehbar ist. Ich melde mich wieder, sobald wir das Okay zur Landung haben.«

»Verstanden, Sir.«

Agent Brody trennte die Verbindung, gab die Informationen an den Piloten weiter und kehrte dann an seinen Platz zurück, um zu warten.

# 87

Hunter fing Luciens eiskalten Blick im Rückspiegel ein. Das Lächeln auf Luciens Lippen war eine Mischung aus Arroganz und Trotz.

»Wie bitte?«, fragte Taylor, deren Geduld allmählich zu Ende war.

Lucien sah weiterhin in den Rückspiegel und focht mit Hunter einen stillen Kampf aus.

»Wir fahren nirgendwohin«, wiederholte er seelenruhig.

Ruhig schaltete Hunter den Motor aus.

»Was soll das, Lucien?«

»Was ich in meiner Zelle gesagt habe, war ernst gemeint«, antwortete dieser. »Die Abmachung war: nur wir drei, und niemand darf uns folgen. Wenn ihr euch nicht an die Bedingungen haltet, zeige ich euch nicht den Weg zu Madeleine. Ich dachte, ich hätte mich klar ausgedrückt.«

Hunter ließ das Lenkrad los und hob die Hände.

»Siehst du hier jemanden außer uns dreien? Folgt uns etwa irgendjemand?«

»Noch nicht«, gab Lucien selbstsicher zurück, bevor er den Blick zur Wagendecke richtete. »Aber irgendwo da oben sind sie. Wahrscheinlich kreisen sie über uns und warten. Ihr wisst es, ich weiß es.«

Taylors fragender Blick suchte Hunters im Rückspiegel. Hunter jedoch fixierte weiterhin Lucien.

»Nein, das wissen wir nicht«, widersprach Hunter. »Und du weißt es auch nicht. Du *vermutest* es lediglich. Sollen wir etwa untätig hier rumsitzen, während Madeleine die Zeit davonrennt, nur weil du eine *Vermutung* hast?«

»Meine Vermutungen treffen in aller Regel zu, weil sie sich auf Fakten stützen, Robert«, sagte Lucien.

»Fakten?« Diesmal kam die Frage von Taylor. »Was für Fakten?«

Endlich riss Lucien den Blick vom Rückspiegel los und wandte sich an Taylor. Dabei fiel ihm auf, dass sich ihr Griff um ihre Pistole ein klein wenig gelockert hatte.

»Überlegen wir doch mal, Agent Taylor. Wir können los, sobald Sie und Robert sich die Hemden ausgezogen und aus dem Fenster geworfen haben. Wie wäre es damit?«

»Wie bitte?«, sagte Taylor. Ihr empörter Gesichtsausdruck hätte ihr einen Oscar einbringen können.

»Ihre Hemden«, wiederholte Lucien. »Ziehen Sie sie aus, und werfen Sie sie aus dem Fenster.«

Schweigen von Hunter und Taylor.

»Du enttäuschst mich, Robert«, sagte Lucien schließlich. »Hast du ernsthaft geglaubt, ich würde das mit den Knöpfen nicht bemerken?«

In Taylors Kiefer zuckte ein Muskel.

Luciens nächste Worte waren an sie gerichtet. »Es war ein lobenswerter Versuch, leider ist die Farbe nicht genau dieselbe wie bei den alten Knöpfen.« Er hob den rechten Zeigefinger und deutete auf Taylors Bluse. »Die hier sind etwa zwei Nuancen dunkler. Wenn ich raten müsste, würde ich sagen, da sind irgendwo ein Mikro, ein GPS-Satelliten-Transmitter und vielleicht auch eine Kamera versteckt?«

Es kam keine Antwort.

»Enttäuschend. Ich hatte das FBI für ein bisschen umsichtiger gehalten.« Lucien zog die Schultern hoch. »Andererseits war die Zeit ja auch recht knapp.«

Hunter musste daran denken, was ihm in Kennedys Büro durch den Kopf gegangen war: *Der Fehler könnte uns noch teuer zu stehen kommen.*

»Also«, fuhr Lucien fort. »Wir haben jetzt mehrere Optionen. Ihr könnt eure Hemden ausziehen und sie aus dem Fenster werfen ...« Er zwinkerte Taylor anzüglich zu. »Was mir meinen Aufenthalt hier auf der Rückbank um einiges versüßen würde. Oder ihr könnt die Knöpfe einzeln abreißen und *sie* aus dem Fenster werfen.« Lucien starrte noch immer auf Taylor. »Ich wette, Sie haben einen schönen Bauchnabel, Agent Taylor.«

»Ficken Sie sich ins Knie.« Taylor konnte nicht an sich halten.

Lucien lachte. »Oder ihr könnt die Hemden samt Knöpfen anbehalten und einfach nur die Satelliten-Transmitter abreißen, die ihr bestimmt irgendwo am Körper kleben habt.«

Ohne sich dessen bewusst zu sein, machte Taylor ein Gesicht wie ein Kind, das sich ärgerte, weil es beim Lügen ertappt worden war.

»Bitte«, fügte Lucien noch hinzu, »vergeudet so viel Zeit mit Nachdenken, wie ihr möchtet.« Er lehnte den Kopf gegen die lederne Kopfstütze seines Sitzes und schloss die Augen. »Sagen Sie einfach Bescheid, wenn Sie zu einem Entschluss gekommen sind.«

Hunter löste seinen Sicherheitsgurt, beugte sich ein Stück nach vorn und riss sich den Satelliten-Transmitter ab, den er im Kreuz trug.

Taylor machte dasselbe, wobei sie weiterhin mit der Waffe auf Lucien zielte.

Im Einsatzraum in Quantico hörte Direktor Kennedy in der Tonübertragung ein lautes Scharren. Gleich darauf war Hunters Mikrofon totenstill. Sekunden später geschah dasselbe mit Taylors Mikrofon. Die zwei Punkte, die auf dem Radarschirm ihre Position angezeigt hatten, erloschen.

Der Agent, der die Radarstation bediente, gab rasch mehrere Befehle in den Computer ein, ehe er zu Kennedy hochschaute. »Tut mir leid, wir haben sie verloren. Von hier aus kann man da nichts machen.«

»Verdammter Mist«, knurrte Kennedy leise durch zusammengebissene Zähne.

In Vogel zwei, der in der Nähe des Flugplatzes von Berlin in der Luft seine Kreise drehte, fuhr sich Agent Brody mit der Hand durchs kurzgeschorene Haar und stieß haargenau denselben Fluch aus.

## 88

»Schon deutlich besser«, sagte Lucien, sobald Hunter und Taylor ihre Satelliten-Transmitter aus den Fenstern geworfen hatten. »Aber gehen wir lieber auf Nummer sicher. Nehmt eure Gürtel ab und werft sie ebenfalls nach draußen.«

»Das war der einzige Sender«, sagte Taylor.

»Ist notiert«, erwiderte Lucien mit einem höflichen Nicken. »Aber Sie werden mir nachsehen, dass ich Ihnen im Moment nicht so ganz über den Weg traue, Agent Taylor. Also, wenn ich bitten darf: die Gürtel.«

Hunter und Taylor gehorchten und warfen ihre Gürtel aus dem Fenster.

»Und jetzt leert eure Taschen aus. Kleingeld, Kreditkarten, Brieftaschen, Stifte ... alles. Und die Armbanduhren.«

»Was ist hiermit?«, fragte Taylor und zeigte ihm den Schlüsselring, mit dem sie sich Zugang zu dem Haus in Murphy verschafft hatten.

»Oh, den behalten Sie lieber bei sich, Agent Taylor. Den brauchen wir noch.«

Hunter und Taylor beförderten ihre Armbanduhren sowie den Inhalt ihrer Taschen nach draußen.

»Keine Bange«, sagte Lucien. »Der Pilot sammelt bestimmt alles ein, sobald wir weg sind. Es wird schon nichts verloren gehen. Und wo wir nun schon mal dabei sind, machen wir doch gleich dasselbe mit den Schuhen. Ausziehen und rauswerfen, bitte.«

»Die Schuhe?«, fragte Taylor.

»Ich habe Sender gesehen, die in Absätzen versteckt waren, Agent Taylor. Und da Sie mein Vertrauen bereits einmal missbraucht haben, will ich lieber nichts dem Zufall überlassen. Aber wenn Sie noch mehr Zeit verplempern wollen, bitte – ich mische mich da nicht ein.«

Sekunden später landeten Hunters Stiefel und Taylors Schuhe draußen auf dem Asphalt.

Lucien beugte sich langsam nach vorn und betrachtete eingehend Taylors Füße.

»Sie haben sehr hübsche Zehen, Agent Taylor.« Er nickte anerkennend. »Rot, die Farbe der Leidenschaft. Interessant. Wussten Sie eigentlich, dass schätzungsweise dreißig bis vierzig Prozent aller Männer einen Fußfetisch haben? Ich wette, es gibt Leute da draußen, die einen Mord begehen würden, nur um einmal diese süßen kleinen Zehen berühren zu dürfen.«

Taylor schauderte bei seinen Worten, und sie zog instinktiv die Füße ein, wie um sie seinen Blicken zu entziehen.

Lucien lachte herzhaft.

»So. Zu guter Letzt«, fuhr er fort, »wollen wir auch noch die Handys loswerden, einverstanden? Wir alle wissen ja, dass sie mit GPS-Chips ausgestattet sind.«

So wütend Luciens Verhalten sie auch machte, Hunter und Taylor hatten keine Wahl. Lucien legte nach wie vor die Regeln fest. Also taten sie wie geheißen und entledigten sich auch ihrer Handys.

Zufrieden lächelte Lucien Hunter im Rückspiegel zu.

»Ich glaube, jetzt sind wir abfahrbereit«, sagte er. »Du kannst den Motor wieder anlassen, Robert.«

Hunter tat es. Zeitgleich leuchtete am Armaturenbrett das 8 x 4-Zoll-Display des Navigationssystems auf.

»Das brauchst du nicht«, sagte Lucien. »Es gibt keinen Straßennamen, keine Hausnummer, nichts. Nur einen unbefestigten Weg.«

»Und wie kommen wir dahin?«

»Ich leite dich«, sagte Lucien. »Aber erst mal sollten wir zusehen, dass wir aus diesem erbärmlichen Dreckloch von einem Flugplatz verschwinden.«

## 89

In Quantico starrte Direktor Adrian Kennedy lange auf den Radarschirm, während er überlegte, was sie jetzt tun sollten.

»Wir können versuchen, das GPS-Signal ihrer Handys zu orten«, schlug der Agent an der Radarstation vor.

Kennedy zuckte mit den Schultern. »Sicher, schaden kann es nicht, aber der Kerl ist zu schlau. Verdammt, er hat das mit den Hemdknöpfen gemerkt, nur weil sie zwei Nuancen dunkler waren als die Originalknöpfe. Wer prägt sich die Farbe von Hemdknöpfen anderer Leute ein?«

»Jemand, der weiß, womit er rechnen muss«, antwortete Dr. Lambert. »Lucien hat nie daran geglaubt, dass das FBI einfach klein beigibt und seine Bedingungen widerstandslos akzeptiert. Er wusste, dass wir irgendwas versuchen würden, und er war darauf vorbereitet.«

»Genau das meine ich ja«, sagte Kennedy. »Wenn er auf die Sache mit den Knöpfen vorbereitet war, dann besteht wohl kaum die Chance, dass er Robert und Agent Taylor ihre Handys lässt. Wo doch jedes zehnjährige Kind weiß, dass man ein Handysignal orten kann.« Er warf dem Agenten am Radar einen Blick zu. »Aber wenn Sie meinen, probieren Sie es ruhig.«

Der Agent öffnete ein FBI-internes Programm auf seinem Rechner. »Wie lautet der Name der Agentin?«, fragte er.

»Courtney Taylor«, antwortete Kennedy. »Sie ist bei der Einheit für Verhaltensforschung.«

Der Agent gab ein paar Tastaturbefehle ein.

»Ich hab sie«, verkündete er.

Die Anwendung, die er geöffnet hatte, listete die ortbaren GPS-Signale aller an FBI-Mitarbeiter ausgegebenen Mobiltelefone.

»Ich brauche nur ein paar Sekunden.« Der Agent begann wie wild zu tippen. Einen Augenblick später erschien das Wort »ortet« auf dem Bildschirm, gefolgt von drei blinkenden Punkten. Nach wenigen Sekunden meldete das Programm: »GPS ID gefunden.«

Ein neuer Punkt tauchte auf dem Radarschirm auf.

»Das Handy ist eingeschaltet«, sagte der Agent. »Der GPS-Chip sendet noch, er wurde also nicht zerstört, und der Akku befindet sich noch im Gerät. Der Ort ist exakt derselbe wie vorhin. Sie sind immer noch auf dem Flugplatz.«

»Entweder das«, sagte Kennedy, »oder er hat sie gezwungen, die Handys zurückzulassen.« Er sah zu Dr. Lambert, der zustimmend nickte.

»So würde ich es machen.«

Im selben Moment klingelte das Handy in Kennedys Tasche. Es war Agent Brody in Vogel zwei.

»Direktor«, sagte Brody, sobald Kennedy abgenommen hatte. »Unser Pilot hatte gerade Funkkontakt zum Piloten von Vogel eins. Der meinte, der Wagen mit der Zielperson ist inzwischen weggefahren, aber sie hätten jede Menge Zeug auf der Landebahn liegen lassen – Handys, Brieftaschen, Gürtel, sogar ihre Schuhe. Die Zielperson geht kein Risiko ein.«

Jetzt hatte Kennedy die endgültige Bestätigung.

»Was schlagen Sie vor?«, wollte Brody wissen. »Der Audiokontakt ist abgebrochen, und wir haben keine genaue Position, es könnte also riskant sein zu landen. Und selbst wenn wir es schaffen, unbemerkt runterzugehen, haben wir immer noch kein Signal, dem wir am Boden folgen können.«

»Verstehe«, sagte Kennedy. »Die Antwort lautet: Ich bin mir noch nicht sicher. Ich melde mich wieder bei Ihnen, sobald mir was eingefallen ist.« Er beendete die Verbindung. Er war völlig übermüdet und konnte kaum noch klar denken. Dann jedoch kam ihm eine Idee. »Das Auto«, sagte er und sah erst Dr. Lambert, dann den Agenten am Radarschirm an. »Robert hat sich den Wagen vom Chef der Flugsicherheit ausgeliehen. Der Mann heißt Josh. Wir haben doch die ganze Unterhaltung durch Roberts Knopfmikro mitgehört. Josh sagte, er hätte den Wagen erst vor wenigen Monaten gekauft, einen Jeep Grand Cherokee.«

»Und viele Neuwagen«, führte der Agent Kennedys Gedankengang weiter, »sind ab Werk mit einem Anti-Diebstahl-Satelliten-Ortungssystem ausgestattet. Einen Versuch wäre es allemal wert.«

Kennedy nickte. »Holen Sie mir diesen Josh sofort ans Telefon.«

# 90

Hinter dem Tor des Flugplatzes begann die East Side River Road.

»Jetzt links«, sagte Lucien. »Und danach die Erste rechts. Wir müssen über eine kleine Brücke bis in die Stadt Milan hinein. Leider kann sie ihrem italienischen Pendant nicht ganz das Wasser reichen. Hier gibt es keinen prächtigen Dom zu sehen. Eigentlich gibt es hier gar nichts zu sehen.«

Hunter befolgte Luciens Anweisungen. Sie überquerten die Brücke und kamen rechts an einer Grundschule vorbei, ehe sie an eine T-Kreuzung gelangten.

»Jetzt rechts abbiegen und dann einfach der Straße folgen«, befahl Lucien.

Hunter gehorchte. Nach wenigen hundert Metern sahen sie die ersten Häuser. Die meisten waren klein, einige ein bisschen größer, aber keins war besonders auffällig oder bemerkenswert.

»Willkommen in der Gemeinde Milan, New Hampshire«, sagte Lucien und deutete aus dem Fenster. »Hier gibt es nichts als Bauerntrampel, Felder und Einsamkeit. Ein idealer Ort zum Untertauchen. Hier stört einen garantiert niemand. Hier interessiert sich kein Mensch für das, was man treibt. Das ist mit das Beste an Amerika – überall gibt es diese kleinen Ortschaften. In jedem Staat findet man Dutzende von Milans und Berlins und Murphys und andere Kuhdörfer. Gottverlassene Käffer, in denen viele Straßen nicht mal einen Namen haben und wo keiner Notiz von einem nimmt.«

Taylor spürte das Gewicht von Luciens Schlüsselring in der Tasche und dachte an die siebzehn Schlüssel, die daran hingen. Vielleicht gehörte jeder von ihnen zu einem anderen Versteck, die im ganzen Land verstreut lagen. So wie das Haus in Murphy.

Lucien las sie wie ein offenes Buch.

»Sie fragen sich, wie ich solche abgelegenen Orte finde, stimmt's, Agent Taylor?«

»Nein, tue ich nicht«, antwortete Taylor, weil sie es nicht ertragen hätte, Lucien recht zu geben. »Das ist mir ehrlich gesagt ziemlich egal.«

Hunter warf im Rückspiegel einen kurzen Blick auf sie.

Lucien ließ sich durch Taylors barsche Antwort nicht beirren.

»Eigentlich ist das ganz leicht«, erklärte er ihr. »Man kann sie für einen Spottpreis bekommen, es sind vernachlässigte, leerstehende, halb verfallene Häuser, die niemand haben will und um die sich keiner kümmert. Wenn es einen Besitzer gibt, dann will der den Klotz am Bein so schnell wie möglich loswerden, deshalb ist ihm jedes noch so miserable Angebot recht. Renovieren muss ich auch nicht. Im Gegenteil, je verkommener, dreckiger und stinkender das Haus, desto besser für meine Zwecke. Du weißt, warum, Robert, oder?«

Hunter konzentrierte sich auf die Straße, aber ja, er wusste, warum: *der Angstfaktor*. Wenn man einen Menschen an einem verdreckten, stinkenden, düsteren Ort voller Ratten und Kakerlaken einsperrt, dann reicht allein das aus, um ihn in Todesangst zu versetzen.

Lucien benötigte keine Antwort. Er wusste auch so, dass Hunter es wusste. Er bewegte den Kopf von rechts nach links, dann vor und zurück, wie um eine Verspannung in seinem Nacken zu lösen.

»Auf das Haus hier«, fuhr er fort, »bin ich durch puren Zufall gestoßen. Ein echter Glückstreffer. Es gehörte jemandem, den ich in Yale kennengelernt habe. Sein Urgroßvater hat es vor über hundert Jahren gebaut. Das Haus wurde von Generation zu Generation weitervererbt und zweimal saniert, bevor es schließlich in den Besitz meines Freundes übergegangen ist. Aber der fand alles an dem Haus grauenhaft – die Lage, das Aussehen, den Grundriss und vor allem, wie er meinte, die Geschichte. Seiner Ansicht nach lastete ein böser Fluch auf dem Haus. Seine Mutter hatte im Garten einen tödlichen Unfall, und ein paar Jahre später hat sich sein Vater in der Küche erhängt. Sein Großvater ist auch in dem Haus gestorben. Er hat gesagt, wenn er es noch einmal sehen müsste, würde er es abfackeln. Ich habe ihm angeboten, es zu kaufen, aber er wollte gar kein Geld haben. Er hat mir einfach den Schlüssel in die Hand gedrückt, den Grundbucheintrag ändern lassen und gesagt: ›Da, nimm. Es gehört dir.‹«

Sobald sie die Ortschaft durchquert hatten, veränderte sich die Umgebung. Rechter Hand säumten, so weit das Auge reichte, üppig wachsende Felder die Ufer eines Flusses. Linker Hand war alles dicht bewaldet.

Nach etwa zwei Meilen fielen Hunter schmale Schotterwege auf, die hier und da von der Hauptstraße abzweigten und tiefer in den Wald hineinführten. Von der Straße aus war unmöglich zu erkennen, wie weit sie reichten oder wohin sie führten.

Lucien beobachtete Hunter nach wie vor im Rückspiegel.

»Du fragst dich, welcher von denen wohl zu Madeleine führt, was?«

Hunter erwiderte einen Moment lang schweigend seinen Blick.

Lucien lächelte dünn. »Nun, wir sind bald da. Und um deinetwillen hoffe ich, dass wir nicht zu spät kommen.«

# 91

*Er wird nicht aufhören, uns zu provozieren.*

Taylors Finger spannte sich fester um den Abzug ihrer Pistole, als einmal mehr der Zorn in ihr hochstieg.

Lucien bemerkte es und lehnte gemütlich den Kopf gegen die Fensterscheibe.

»Vorsicht mit dem Abzug, Agent Taylor. Ich glaube nicht, dass Sie mich jetzt schon erschießen dürfen oder wollen.« Ein Augenzwinkern. »Außerdem ginge das Robert bestimmt gegen den Strich. Das Privileg möchte er nämlich für sich beanspruchen.«

Ohne jede Vorwarnung sah Hunter Bilder von Jessica vor seinem geistigen Auge, wie sie in ihrem Wohnzimmer in einer Blutlache am Boden lag. Seine Finger krampften sich um das Lenkrad, bis seine Hände weiß wurden.

Die Straße machte eine sanfte Biegung nach links, dann nach rechts und schließlich wieder nach links. Es gab keine Kreuzungen und keine engen Kurven, nur die unbefestigten Wege, die gelegentlich von der Hauptstraße abgingen und ins Unbekannte führten. Der Wald zu ihrer Linken schien immer dichter zu werden. Es gab keine Straßenbeleuchtung, und die Dunkelheit hüllte sie ein wie ein zu enger, unbequemer Anzug.

Hunter schaltete die Innenbeleuchtung im Wagen ein. Unter keinen Umständen wollte er Lucien die Möglichkeit geben, im Schutz der Dunkelheit irgendetwas zu versuchen.

»Wie weit noch?«, wollte Taylor wissen.

Lucien spähte erst aus seinem Fenster, dann aus dem Fenster auf Taylors Seite.

»Nicht mehr allzu weit.«

Erneut machte die Straße eine leichte Linkskurve, dem Lauf des Flusses folgend. Von den bestellten Feldern war nicht mehr viel zu sehen. Jetzt säumte auf beiden Seiten dichter Wald die Straße.

»Pass auf, Robert, gleich kommt ein scharfer Linksknick«, warnte Lucien. »Das ist kein Abzweig, die Straße geht weiter.«

Hunter drosselte das Tempo und fuhr noch etwa hundertfünfzig Meter.

»Ja«, sagte Lucien und nickte. »Da ist er. Direkt vor uns.«

Hunter lenkte den Wagen nach links.

Die Straße, nach wie vor von Bäumen eingeschlossen, schien sich endlos ins undurchdringliche Dunkel zu erstrecken. Seit sie den Flugplatz verlassen hatten, war ihnen nicht ein einziges Auto entgegengekommen, und hinter sich im Rückspiegel sahen sie auch keins. Je weiter sie fuhren, desto mehr drängte sich ihnen ein Gefühl auf, als würden sie der menschlichen Zivilisation den Rücken kehren und in eine Zwischenwelt eintauchen. Eins stand jedenfalls fest: Lucien wusste, wie man gute Verstecke auswählte.

Sie fuhren noch etwa eine Meile weiter, ehe die Straße sich in einen holprigen Weg verwandelte. Hunter schaltete herunter und überlegte, ob er vorsichtshalber den Allradantrieb zuschalten sollte.

»Wir haben Glück«, sagte Lucien. »Sieht so aus, als hätte es in der letzten Zeit nicht geregnet. Bei Niederschlag verwandeln sich die Straßen hier oft in wahre Schlammpisten.«

Hunter verlangsamte das Tempo noch weiter. Er kurvte in Schlangenlinien um die Schlaglöcher herum, damit der Wagen nicht zu stark ins Schaukeln geriet.

»Ein Stück weiter führt rechts ein Weg ab«, verkündete Lucien und reckte den Kopf, um besser durch die Windschutzscheibe spähen zu können. »Den müssen wir nehmen.«

»Der da?«, fragte Hunter und deutete zu einem Abzweig etwa fünfundzwanzig Meter weiter vorn.

»Genau.«

Hunter bog ab.

Spätestens jetzt waren sie endgültig in der Wildnis angekommen. Das letzte Zeichen menschlichen Lebens lag
Meilen zurück. Wenn an einem Ort wie diesem eine Bombe
hochginge, würde niemand sie hören. Niemand würde etwas merken. Niemand würde kommen.

Der Weg wurde immer holpriger. Für die nächste Meile
brauchten sie eine Ewigkeit.

»Linkskurve voraus«, sagte Lucien. »Wir haben es gleich
geschafft, aber halt die Augen offen, Robert. Es ist ein sehr
schmaler Pfad, und er liegt ziemlich versteckt.«

Nach etwa fünfzig Metern sah Hunter ihn. Um ein Haar
wäre er daran vorbeigefahren. Jemandem, der nicht bewusst danach Ausschau gehalten hätte, wäre er nie im Leben aufgefallen.

Hunter lenkte den Wagen nach links. Der Pfad war
kaum breit genug für den Jeep, und sie hörten Gestrüpp
und Äste gegen die Seiten des Fahrzeugs kratzen.

»Oje«, sagte Lucien. »Da wird der Mann von der Flugsicherung aber gar nicht begeistert sein. Andererseits: Sein
Fahrzeug wurde vom FBI beschlagnahmt, die sind bestimmt gut versichert.«

Diesmal hatte Hunter keinen Platz, um Buckeln und
Schlaglöchern auszuweichen. Nur gut, dass sie in einem
Neufahrzeug saßen, dessen Federung einwandfrei funkti-
onierte.

Sie mussten sich noch etwa eine halbe Meile durchrüt-
teln lassen, dann hörte der Weg urplötzlich auf. Hunter
stellte die Schaltung auf »Parken« und sah sich um. Taylor
machte dasselbe. Ringsum war nichts als Wald.

»Sind wir irgendwo falsch abgebogen?«, fragte Taylor.

»Nein«, gab Lucien zurück. »Wir sind da.«

Erneut spähte Taylor aus dem Fenster. Die Scheinwerfer
des Jeeps beleuchteten Bäume und dichtes Unterholz.

»Wir sind da? Wo denn?«, fragte sie.

Lucien deutete mit einem Kopfnicken nach vorn. »Das letzte Stück müssen wir zu Fuß gehen. Mit dem Auto kommt man nicht weiter.«

## 92

Hunter stieg als Erster aus. Kaum war er draußen, zog er seine Waffe, dann öffnete er Lucien die hintere Tür. Kurz darauf kletterte auch Taylor aus dem Jeep.

»Und jetzt?«, fragte sie, während sie sich umschaute.

»Hier lang«, sagte Lucien und deutete auf einen Haufen loser Zweige ein Stück vom Jeep entfernt.

»Wir sollen ohne Licht und ohne Schuhe durch den Wald laufen?«, wandte Taylor sich an Hunter und betrachtete ihre Füße.

»Was die Schuhe angeht, kann ich nicht helfen«, sagte der, ehe er sich ins Auto beugte und im Handschuhfach kramte. Als er sich wieder aufrichtete, hatte er eine Maglite Pro LED 2 in der Hand. »Aber Licht haben wir immerhin.«

»Wie praktisch«, sagte Taylor.

»Ich wusste ja, dass es bald dunkel wird«, sagte Hunter. »Und es war nicht damit zu rechnen, dass Luciens Versteck leicht zugänglich ist. Deshalb habe ich den Flugsicherungsleiter gleich auch noch um eine Taschenlampe gebeten.«

»Robert Hunter«, sagte Lucien mit einem Nicken und spitzte die Lippen, als wollte er pfeifen. »Denkt immer einen Schritt weiter. Zu dumm, dass du das Schuhproblem nicht vorausgesehen hast.«

»Gehen wir«, sagte Hunter.

Sie nahmen dieselbe Reihenfolge ein wie beim Verlassen

des Flugzeugs. Hunter setzte sich an die Spitze, Lucien folgte als Zweiter, und Taylor bildete die Nachhut vier bis fünf Schritte hinter ihm. Sie hatte die Waffe auf eine Stelle wenige Zentimeter unterhalb seines Nackens gerichtet.

Hunter schob hastig die Zweige beiseite, auf die Lucien gezeigt hatte. Dahinter kam ein ausgetretener Wanderpfad zum Vorschein.

»Dem müssen wir einfach nur folgen«, sagte Lucien. »Es ist nicht sehr weit.«

Sie waren sowieso schon in höchster Eile, doch auf einmal überkam Hunter zudem ein seltsames Bauchgefühl, ein inneres Drängen, als stimme etwas nicht. Er konnte das Gefühl nicht genau benennen, und so oder so – ihm blieb keine Zeit, sich länger damit auseinanderzusetzen.

»Beeilen wir uns«, sagte er.

Die Taschenlampe hatte einen extrem hellen und breiten Strahl, was ihnen das Vorwärtskommen ein wenig erleichterte.

Sie setzten sich in Bewegung, und erstaunlicherweise versuchte Lucien trotz seiner gefesselten Füße nicht, sie aufzuhalten. Allerdings wäre das auch gar nicht nötig gewesen. Steine und spitze Zweige zwangen Hunter und Taylor ein langsameres Tempo auf als gewünscht.

Sie waren etwa dreißig Meter weit gekommen, als der Pfad scharf nach rechts und gleich dahinter wieder nach links abknickte. Jetzt fühlte es sich endgültig so an, als hätten sie die Schwelle zu einer anderen, düsteren Welt überschritten. Doch dann machten Sträucher, Bäume und Unterholz plötzlich einer Wiese Platz – einer Lichtung mitten im tiefsten Wald.

»Da wären wir«, verkündete Lucien mit einem stolzen Lächeln.

Hunter und Taylor blieben stehen und sahen sich ungläubig um.

»Wo zur Hölle sind wir gelandet?«

# 93

Hunter richtete den Strahl der Taschenlampe auf das Gebäude, das sich vor ihnen aus der Dunkelheit erhob.

Es war ein gedrungener, quadratischer, von Efeu überwachsener Backsteinbau mit weißen, römisch anmutenden Säulen vor dem Eingangsportal, die früher bestimmt einen majestätischen Anblick geboten hatten. Jetzt allerdings standen nur noch zwei der ursprünglich vier Säulen aufrecht, und in ihnen verliefen lange Risse vom Kapitell bis zum Sockel.

Das Haus war einhundert Jahre alt und im Laufe seiner Existenz zweimal von Grund auf saniert worden, so dass von seiner früheren Gestalt als imposanter Landsitz allenfalls eine blasse Erinnerung geblieben war. Verwitterung und Vernachlässigung hatten ihr Übriges getan, und so kam es, dass dort, wo vor langer Zeit einmal das Heim einer Familie gestanden hatte, nun nur noch das Skelett eines Hauses zu sehen war – eine leere, verfallene Hülle. Drei der vier Außenwände standen noch, doch in ihnen klafften große Löcher und Spalte, als stünde das Haus in einem umkämpften Gebiet irgendwo im Nahen Osten. Die südliche Wand an der rechten Seite war fast vollständig eingestürzt und nicht viel mehr als ein Schutthaufen. Der Großteil der Innenwände hatte ebenfalls im Laufe der Zeit nachgegeben, so dass es fast keine abgetrennten Räume mehr gab und der Boden wie nach einem Abriss mit Schutt übersät war. Das Dach war fast gänzlich eingesunken, mit Ausnahme der Stelle über dem ehemaligen Wohnzimmer im vorderen Bereich des Hauses, dem Flur dahinter und der Küche links davon. Durch Trümmer und Reste des Bodenbelags waren Unkraut und Sträucher in die Höhe geschossen. Sämtliche Fensterscheiben waren zerborsten, und sogar einige der Fensterrahmen waren aus den Wänden gerissen wie nach einer Explosion.

»Herzlich willkommen in einem meiner liebsten Verstecke«, sagte Lucien.

Taylor blinzelte gegen ihre Überraschung an. »Madeleine?«, schrie sie und machte einen Schritt nach rechts.

Keine Antwort.

»Madeleine?«, schrie sie erneut, diesmal noch lauter. »Hier ist das FBI. Können Sie mich hören?«

Nichts.

»Selbst wenn sie noch am Leben sein sollte, sie hört Sie nicht«, sagte Lucien.

Taylor sah ihn mit wutblitzenden Augen an. »Das ist doch Verarsche. Hier ist niemand.«

»Sind Sie sich da ganz sicher?«, fragte Lucien.

»Schauen Sie sich dieses Drecksloch doch an. Das ist kein Versteck. Wie soll man jemanden in einem Haus verstecken oder einsperren, das weder Türen noch Wände hat? Wo jeder einfach rein- und rausspazieren kann?«

»Weil niemand weiß, dass dieses Haus existiert«, sagte Hunter, der unterdessen die nähere Umgebung des Hauses in Augenschein nahm. »Und weil niemandem einfallen würde, hier rauszukommen und danach zu suchen.«

»Wieder richtig«, sagte Lucien mit einem vielsagenden Blick zu Taylor. »Daher auch die Bezeichnung *Versteck*.«

»Das ist Verarsche.« Taylor konnte den Zorn in ihrer Stimme nicht verbergen. »Sie wollen uns weismachen, dass Sie Madeleine irgendwo in diesem Trümmerhaufen von einem Haus gefangen halten – ohne Fenster, ohne Türen, ohne Wände –, und sie ist nicht geflohen?«

Luciens Blick ging zu Taylor. Seine Augen sahen aus wie dunkle Phiolen voller Gift.

»Nicht irgendwo darin, Agent Taylor.« Er hielt inne und fuhr sich mit der Zunge über die Unterlippe wie eine Eidechse. »Sondern darunter begraben.«

# 94

Taylor spürte, wie ihr bei diesen Worten ein Angst-
schauer über die Haut kroch. Verwirrt richtete sie den Blick
erst auf die kläglichen Überreste des Hauses, dann auf die
Erde ringsum.

»Na ja, vielleicht nicht direkt begraben«, stellte Lucien
klar. »Ich zeige es euch.« Er hob die gefesselten Hände und
deutete auf die Nordseite des verfallenen Gebäudes. »Hier
durch.«

Hunter ging rasch mit der Taschenlampe voran. Lucien
und Taylor folgten ihm.

»Der Großvater meines Freundes«, erzählte Lucien unterwegs, »mit ›Freund‹ ist die Person gemeint, von der ich
das Haus gekauft habe – war ein Patriot der alten Schule.
Seine besten Jahre hat er hier während des Kalten Krieges
verlebt, habe ich mir sagen lassen. Sie wissen schon, ›Tod
allen Kommunisten‹ und der ganze Zinnober. Er hatte sich
dieser Ideologie mit Haut und Haar verschrieben. Und zu
der Zeit gab es jede Menge Gerede über einen möglichen
Atomkrieg.«

Kaum hatten sie die andere Seite des Hauses erreicht,
begriffen Hunter und Taylor, was Lucien gemeint hatte.

In der Mitte vor der nördlichen Wand war eine sehr
große, stabile eiserne Doppeltür im Boden eingelassen. Die
zwei Türflügel waren durch ein Sargent-and-Greenleaf-
Vorhängeschloss nach Militärstandard gesichert, sehr ähnlich dem, das sie in dem Haus in Murphy gesehen hatten.

»In seiner Paranoia«, fuhr Lucien fort, »und dem felsen-
festen Glauben, dass eine nukleare Konfrontation unmittelbar bevorstand, hat der Großvater meines Freundes den
ursprünglichen Keller erweitert und einen ziemlich geräumigen Schutzbunker gebaut.« Er deutete auf die verschlos-
sene Eisentür. »Das Haus mag aussehen wie die Ruine nach

einem Erbeben, aber der Bunker erfüllt meine Erwartungen vollauf.« Er wies auf das Vorhängeschloss. »Der Schlüssel dafür hängt am Schlüsselring.«

Sofort griff Taylor danach.

»Welcher?«, fragte sie ungeduldig und hielt den Schlüsselring hoch.

Lucien beugte sich vor und betrachtete die Schlüssel durch zusammengekniffene Augen. »Der sechste von links.«

Taylor suchte den Schlüssel heraus und machte sich am Schloss zu schaffen.

Hunter und Lucien warteten, und währenddessen beschlich Hunter aufs Neue das Gefühl, dass irgendetwas nicht stimmte. Er sah sich um.

»Was liegt hinter dem Haus?«, fragte er.

Lucien musterte Hunter einen Moment lang, dann ließ er den Blick zur hinteren Seite des Hauses schweifen.

»Ein sehr nachlässig gepflegter Garten«, antwortete er. »Es gibt sogar einen großen Teich, der inzwischen aber eher wie ein Schlammpfuhl aussieht. Soll ich dich herumführen? Ich habe alle Zeit der Welt.«

*Klack.* Das Vorhängeschloss sprang auf. Taylor nahm es ab und warf es beiseite, ehe sie einen der Türgriffe packte und daran zog. Die Tür bewegte sich kaum.

»Schwer, was?«, meinte Lucien grinsend. »Wie gesagt, das hier ist kein normaler Keller, Agent Taylor. Es ist ein Atomschutzbunker.«

»Lassen Sie mich«, sagte Hunter.

Taylor machte Platz, während Hunter erst den rechten, dann den linken Türflügel aufzog.

Augenblicklich schlug ihnen ein Schwall warmer, muffiger Luft entgegen. Sie sahen eine Betontreppe, die viel weiter in die Tiefe führte, als man von draußen geahnt hätte. Es mussten mindestens dreißig oder vierzig Stufen sein.

»Tief, nicht wahr?«, sagte Lucien. »Es ist ein sehr solide gebauter Bunker.«

Auch diesmal ging Hunter voran. Eilig stiegen sie die Stufen hinab.

Unten angekommen, standen sie vor einer weiteren schweren Metalltür mit massivem Schloss.

»Der siebte Schlüssel«, sagte Lucien. »Rechts neben dem, den Sie für das Vorhängeschloss oben benutzt haben.«

Taylor trat vor, schloss auch diese Tür auf und versetzte ihr einen Stoß.

In dem dunklen Raum dahinter war die Luft bleischwer von Staub. Sie roch noch verbrauchter als zuvor auf der Treppe, und überdies gesellte sich noch ein anderer Geruch hinzu – ein Geruch, den sowohl Hunter als auch Taylor sofort erkannten, weil sie ihn schon zu oft gerochen hatten.

Der Geruch des Todes.

# 95

Manchmal sauer, manchmal beißend, manchmal süßlich, manchmal bitter, manchmal Übelkeit erregend und meistens eine Mischung aus allem – niemand kann einem genau sagen, wie der Tod riecht. Die meisten Menschen würden wohl behaupten, dass er gar keinen spezifischen Geruch hat, doch jeder, der so oft mit ihm in Berührung gekommen war wie Hunter und Taylor, könnte ihn innerhalb von Sekundenbruchteilen identifizieren, denn er macht einem das Herz schwer und drückt auf die Seele wie sonst kein anderer Geruch auf der Welt.

Kaum dass sie ihn rochen, machte sich in Hunter und Taylor eine dumpfe Angst breit, und beiden schoss zur gleichen Zeit derselbe Gedanke durch den Kopf.

*Wir haben zu viel Zeit vergeudet. Es ist zu spät.*

In beinahe verzweifelter Hast leuchtete Hunter mit der Taschenlampe durch den Raum.

Er war leer.

Es war niemand darin.

Lucien atmete tief ein, wie ein Hungriger, der frisch gekochtes Essen riecht.

»Mann, habe ich diesen Duft vermisst.«

»Madeleine?«, rief Taylor, während ihr Blick dem Lichtkegel der Taschenlampe folgte. »Madeleine?«

»Es wäre doch ziemlich dumm von mir, Madeleine gleich im ersten Raum einzusperren, in den man kommt, wenn man den Bunker betritt, oder?« Ein kryptisches Lächeln zierte Luciens Lippen.

»Wo ist sie?«, fragte Taylor.

»Rechts neben der Tür ist ein Lichtschalter.«

Hunter ertastete ihn.

In der Mitte der Decke flackerte eine trübe Glühbirne mehrmals auf, als müsste sie sich erst noch entscheiden, ob sie wirklich angehen wollte oder nicht. Schließlich hörte das Flackern auf, und sie leuchtete gleichmäßig. Mit dem Licht setzte ein elektrisches Zischen ein, das von den Wänden widerhallte und an ihren Nerven zerrte.

Sie befanden sich in einem fast kahlen Raum, der etwa sechseinhalb Meter im Quadrat maß. An zweien der Wände aus massivem Beton standen einige handgezimmerte Bücherregale, allesamt voll mit Büchern, auf denen eine dicke Staubschicht lag. In der Mitte der Wand links von ihnen gab es eine Stahltür mit einer auffälligen, fleckig blaugrauen Oberfläche. An der Wand unmittelbar vor ihnen stand ein gut und gerne fünfzig oder sechzig Jahre altes Bedienpult mit jeder Menge Knöpfe, Hebel, Schalter und altmodischer Messuhren. An der Wand darüber hing ein ausgeschalteter Monitor.

Dies musste der Hauptkontrollraum des Bunkers sein.

Der Boden bestand aus poliertem Beton, an der Decke verlief ein Gewirr aus Metall- und PVC-Rohren unterschiedlicher Dicke. In einer Ecke waren mittelgroße Pappkartons und Holzkisten aufeinandergestapelt, die Lebensmittel zu enthalten schienen.

Hunter suchte mit Blicken den Raum ab.

*Wie viele Opfer hat Lucien in diesem Höllenloch eingekerkert, gefoltert und ermordet?*, fragte er sich.

»Madeleine ist hinter der Tür da«, sagte Lucien. »Ich rate Ihnen zur Eile.«

»Welcher Schlüssel?«, fragte Taylor, während sie erneut den Schlüsselring in die Höhe hielt.

»Der zweite von rechts.«

Taylor steckte ihre Pistole in das Halfter und ging entschlossen auf die stahlgraue Tür zu. Lucien und Hunter folgten ihr, diesmal allerdings in anderer Reihenfolge als zuvor: Lucien kam zuerst, und Hunter folgte ihm in wenigen Schritten Entfernung.

Taylor steckte den Schlüssel ins Schloss und drehte ihn nach links. Unter zweimaligem lauten Klicken drehte sich die Trommel des Schlosses um dreihundertsechzig Grad, erst einmal, dann noch einmal.

Taylors Herz schlug schneller, als sie die Klinke herunterdrückte und die Tür langsam öffnete.

Polizeiinstinkt, Hypersensibilität, jahrelange Erfahrung, ein sechster Sinn – wie auch immer man es nennen will, was einem in solchen Situationen zu Hilfe kommt, bei Hunter und Taylor meldete es sich exakt zur selben Zeit. Es war, als wäre mit dem Aufschließen der Tür ihre Intuition zum Leben erwacht.

Ganz plötzlich spürten sie etwas, die Anwesenheit einer weiteren Person.

Und auch diesmal hatten sie beide den gleichen Gedanken: *Vielleicht sind wir doch nicht zu spät gekommen. Vielleicht gibt es noch Hoffnung.*

Aber diese Hoffnung schwand schnell, denn die Person, deren Anwesenheit sie gespürt hatten, befand sich nicht vor ihnen, jenseits der Tür. Sie befand sich hinter ihnen.

# 96

*Klick.*

Noch ehe sie Gelegenheit hatten, sich umzudrehen, war das Geräusch einer 9-mm-Halbautomatik zu hören, die durchgeladen wurde.

»Wenn eins von euch Arschgesichtern auch nur zuckt, dann schieß ich euch die Birne weg, kapiert?« Die Stimme, die von der anderen Seite des Raumes zu ihnen herüberdrang, klang scharf, hart und jung. »Und jetzt nehmt eure verschissenen Hände über die Köpfe.«

Hunter versuchte herauszuhören, wo genau der Sprecher stand. Er war sich ganz sicher, dass das Durchladegeräusch sowie der erste Satz ungefähr aus der Richtung der gestapelten Kartons gekommen waren – vermutlich hatte der Unbekannte sich in einem von ihnen versteckt gehalten, auch wenn sie kaum genügend Platz für einen Zwerg boten. Sein nächster Satz allerdings war aus einer ganz anderen Richtung gekommen, was bedeutete, dass der Unbekannte sich bewegte. Dummerweise machte das Echo im Raum, gepaart mit dem Zischen der Glühbirne, es praktisch unmöglich, den genauen Standort zu lokalisieren.

Hunter war relativ sicher, dass er schnell genug wäre, sich umzudrehen und einen Schuss auf den Unbekannten abzufeuern, ehe dieser reagieren konnte – jedoch nur unter der Voraussetzung, dass er auch wusste, wohin er zielen musste. Raten war keine Option, denn verfehlte Hunter sein Ziel, wäre das sein Todesurteil. Er beschloss, das Risiko nicht einzugehen.

»Seid ihr Ärsche taub, oder was?« Die Stimme des Unbekannten schnappte fast über. »Hände über den Kopf.«

Erst jetzt nahmen Hunter und Taylor die Hände hoch.

Lucien drehte sich um und ging mit einem triumphierenden Lächeln an Hunter vorbei.

»Das hab ich gut gemacht, oder?« Wieder der junge Unbekannte. »Ich hab alles genau so gemacht, wie du gesagt hast.«

»Das hast du großartig gemacht«, hörten Hunter und Taylor Lucien den Unbekannten loben, bevor er erneut das Wort an sie richtete. »So«, sagte er. »An dieser Stelle muss ich euch bitten, eure Waffen auf den Boden zu legen und sie, ohne euch umzudrehen, mit dem Fuß zu mir zu schieben. Einer nach dem anderen. Robert, du zuerst. Schön langsam. Lasst mich im Übrigen noch hinzufügen, dass mein Freund hier einen sehr nervösen Zeigefinger hat. Und dass er immer ins Schwarze trifft.«

Einige Sekunden verstrichen, ohne dass etwas geschah.

»Was ist, Großer, brauchst du 'ne Extraeinladung?«, fragte der junge Unbekannte. »Mach schon, leg deine Pistole auf den Boden und schieb sie rüber, bevor ich dir ein Loch in den Schädel blase.«

Hunter verfluchte sich im Stillen. Seit ihrer Ankunft bei dem verfallenen Haus schlug seine innere Stimme Alarm, aber er hatte nur daran gedacht, Madeleine zu finden, deswegen hatte er seine Instinkte ignoriert und war einfach vorgeprescht, ohne vorher den Kontrollraum zu sichern.

»Tu es lieber, Robert«, riet Lucien. »Sonst verteilt er dein Hirn an der Wand.«

»Darauf kannst du wetten. Oder glaubst du, das ist ein Spiel, Großer?«

Die Stimme war näher gekommen. Hunter war sich so gut wie sicher, dass der Unbekannte irgendwo rechts hinter ihm stand. Aber er hielt seine Waffe in der ausgestreckten Hand hoch über dem Kopf, während der Unbekannte vermutlich direkt auf seinen Schädel zielte. Hunter war eindeutig im Nachteil. Es gab keinen Ausweg.

»Ist ja schon gut«, gab er nach.

»Hübsch langsam«, befahl Lucien. »Geh in die Knie, leg deine Waffe auf den Boden, dann steh wieder auf und schieb sie mit dem Fuß zu mir rüber.«

Hunter tat es.

»Jetzt sind Sie dran, Agent Taylor«, sagte Lucien.

Taylor rührte sich nicht.

»Schlampe, hast du nicht gehört, was er gesagt hat?« Die Stimme des Unbekannten war mittlerweile schrill vor Wut.

Von Hunter und Taylor unbemerkt, hob Lucien die Hände, um seinem Komplizen zu signalisieren, er solle die Ruhe bewahren.

»Ich kenne zahlreiche der FBI-Dienstvorschriften für den Außeneinsatz, Agent Taylor«, sagte er ruhig, ja beinahe freundlich. »Und mir ist bewusst, dass bei einigen dieser Vorschriften absolut keine Ausnahmen geduldet werden. Die wichtigste Vorschrift ist wohl, dass ein FBI-Agent während einer Geiselsituation niemals einem Verdächtigen oder Täter seine Waffe aushändigen darf.«

Taylor knirschte vor Frust mit den Zähnen.

»Geben Sie sich keinen Illusionen hin, Agent Taylor. Das hier ist keine typische Geiselsituation. Das hier ist eine Situation auf Leben und Tod ... für Sie und Robert natürlich nur. Wenn Sie mir Ihre Waffe nicht aushändigen, werden Sie sterben. Das ist keine Drohung, sondern Fakt. Sie müssen sich entscheiden, und Sie müssen es schnell tun.«

»Scheiß auf die ganzen Erklärungen, Lucien«, platzte es aus seinem jungen Komplizen heraus. »Machen wir die zwei Arschlöcher einfach kalt, dann ist die Sache erledigt.«

Ein neu hinzugekommener Unterton in der Stimme des

Unbekannten verriet Hunter, dass dieser kurz davor war durchzudrehen; viel wäre nicht mehr nötig.

»Es ist Ihre Entscheidung, Agent Taylor«, sagte Lucien. »Sie haben fünf Sekunden. Vier ...«

Hunters Blick war auf Taylors angespannten Körper geheftet.

»Seien Sie doch nicht dumm, Courtney«, raunte er ihr zu.

»Drei, zwei ...«

Hunter machte sich zum Sprung bereit.

»Okay«, lenkte Taylor ein.

Hunter atmete auf.

Taylor legte langsam ihre Waffe auf den Boden, ehe sie sie mit dem Fuß zu Lucien kickte.

Gleich darauf hörten Hunter und Taylor das Schleifen eiserner Ketten auf dem Boden. Lucien hob Taylors Waffe auf.

»O nein«, sagte die junge Stimme, als Taylor Anstalten machte, sich umzuschauen. »Keiner hat dir gesagt, dass du dich umdrehen sollst, Schlampe. Du guckst schön weiter zur Tür, sonst kriegst du eine Kugel in den Kopf.«

Taylor erstarrte mitten in der Bewegung.

»Er meint es wirklich ernst, Agent Taylor«, sagte Lucien.

»Wieso? Glaubt die Schlampe etwa, ich mache Witze, oder was?«

Hunter und Taylor konnten nichts sehen, und doch spürten beide, dass der Junge jetzt wieder auf Taylors Hinterkopf zielte. Beim geringsten Anlass würde er schießen.

Taylor beschloss, ihm keinen Anlass zu liefern. Gehorsam drehte sie sich wieder zur Tür.

»Dann möchte ich euch bitten, euch hinzuknien und die Hände hinter dem Kopf zu verschränken«, sagte Lucien, während er zur gleichen Zeit seinem Komplizen ein Zeichen gab, wovon Hunter und Taylor natürlich nichts mitbekamen. »Tut es jetzt.«

Auch diesmal hatten Hunter und Taylor keine andere Wahl, als zu tun, was er von ihnen verlangte.

»Und was nun?«, fragte Taylor. »Kriegen wir eine Kugel in den Rücken?«

»Nicht mein Stil, Agent Taylor«, gab Lucien zurück.

*Klonk.*

Sie hörten zweimal kurz hintereinander das scharfe Geräusch von Metall, das durch Metall schnitt, gefolgt vom Klirren einer Kette, die durch einen Ring gezogen wurde und dann zu Boden fiel.

»Ich wollte nur auf Nummer sicher gehen, während ich die Ketten ablege. Ah ja, so ist es viel besser.«

Als Nächstes hörten Hunter und Taylor einen lauten dumpfen Knall, als offenbar ein schwerer Gegenstand durch den Raum geworfen wurde und irgendwo gegen die Wand prallte.

»Steht jetzt bitte wieder auf und dreht euch um«, befahl Lucien.

Sie gehorchten.

Neben Lucien, eine Heckler & Koch USP 9 Halbautomatik in der Hand haltend, stand ein Mann von etwa fünfundzwanzig Jahren. Er war drahtig und klein, mit dem Körperbau eines professionellen Jockeys. Das Grinsen, das seine Lippen verzerrte, war genauso krumm wie seine Schultern, was ihm etwas Gefährliches, Lauerndes verlieh. Sein Kopf war vollständig kahlrasiert, und in seinen blauen Augen lag ein beunruhigend intensives Flackern. Er hatte eine große, verwachsene Narbe im Gesicht, die links am Kinn begann und sich über seine rechte Wange bis zum rechten Ohr zog. Selbst aus der Entfernung erkannte Hunter, dass die Verletzung entweder von einem stumpfen Messer oder einer dicken Glasscherbe herrühren musste. Auf dem Boden an der Wand gegenüber lag ein großer Bolzenschneider, mit dem Lucien sich von seinen Ketten befreit hatte.

»Wisst ihr noch, wie ich gesagt habe, es wäre nicht weiter

schwer, bei Bedarf einen Lehrling zu finden?«, fragte Lucien mit einem schiefen Lächeln. »Nun, ich hatte Bedarf, und es war wirklich nicht weiter schwer. Darf ich euch mit Ghost bekannt machen?« Er deutete auf den Kahlrasierten. »Ich nenne ihn Ghost, weil er sich bewegt wie ein Geist. Er ist so flink und leise, dass man ihn gar nicht kommen hört. Und aufgrund seiner Größe und seiner außerordentlichen Gelenkigkeit kann er sich an Orten verstecken, auf die ihr nicht mal im Traum kommen würdet.« Luciens Blick glitt zu den Pappkartons. »Ich weiß, es ist schwer zu glauben, aber er saß tatsächlich in einem von denen da.«

Ghost hatte einen abgebrochenen Schneidezahn und fuhr alle paar Sekunden mit der Zunge an der rauen Kante entlang. Dieser Tick ließ ihn sehr nervös und angespannt wirken, als müsse man jeden Moment damit rechnen, dass er die Kontrolle über sich verlor.

»Die gefällt mir«, sagte Ghost, während sein Blick über Taylors Körper wanderte, als wäre sie nackt. »Die hat schöne Zehen. Da stehe ich drauf. Wir können den Großen doch einfach kaltmachen und sie mitnehmen. Ein bisschen Spaß mit ihr haben.«

Taylor ertrug Ghosts Blicke ohne sichtbare Regung, doch der Zorn in ihren Augen war genauso groß wie die Lüsternheit in seinen.

»Hast du alles so arrangiert, wie wir es besprochen haben?«

Ghost nickte, ohne den Blick von Taylor loszureißen.

»Ich möchte nicht, dass ihr glaubt, ich hätte euch die ganze Zeit über angelogen«, sagte Lucien. »Das habe ich nämlich nicht. Warum öffnen Sie also nicht mal die Tür da, Agent Taylor?« Er wies auf die Metalltür hinter ihrem Rücken. »Und schauen nach, was sich dahinter verbirgt.«

Taylor hielt Luciens Blick noch eine Zeitlang stand, ehe sie sich erneut umdrehte und der Tür einen Stoß versetzte. Dahinter kam ein Gang zum Vorschein. An der Decke flimmerten trübe zwei Leuchtstoffröhren, als wären sie kurz davor, den Geist aufzugeben. Ihr Licht schien sich in Zeitlupentempo auszubreiten, und als es endlich das Ende des Ganges erreicht hatte, blieb Taylor fast das Herz stehen.

## 97

Auch Hunter hatte sich umgedreht, um zu sehen, was hinter der Tür lag.

Der Gang war lang und schmal. Seine Wände bestanden, genau wie die des Kontrollraums, aus nacktem Beton. Es gab mehrere Türen auf beiden Seiten sowie eine an der hinteren Schmalseite des Ganges. Sie alle waren so blaugrau wie die Metalltür, die Taylor soeben geöffnet hatte, und alle waren geschlossen, mit Ausnahme derjenigen ganz am Ende.

Das Licht der beiden Leuchtstoffröhren drang nicht bis ins Innere des letzten Raumes vor, deshalb sah man dort lediglich eine undeutliche Silhouette, trotzdem erkannten Hunter und Taylor auf Anhieb, dass es sich um eine nackte Frau auf einem Stuhl handelte. Ihr Kopf war nach vorn gesackt, und die Hände schienen ihr hinter dem Rücken gefesselt zu sein. Sie bewegte sich nicht.

Taylors Magen krampfte sich in einer plötzlichen Woge der Übelkeit zusammen.

»Ghost«, sagte Lucien. »Licht.« Er nickte in Richtung des Bedienpults.

Ohne Hunter und Taylor aus den Augen zu lassen, machte Ghost einige Schritte nach rechts und legte auf dem altmodischen Bedienpult einen Schalter um.

Gleich darauf leuchtete in dem Raum am Ende des Ganges eine trübe Glühbirne auf und tauchte alles in fahles, gelbliches Licht. Im selben Moment spannte Hunter alle Muskeln an.

Madeleine Reed war noch nicht tot. Sie lebte noch, doch verglichen mit dem Foto, das sie in Direktor Kennedys Büro gesehen hatten, war sie nur noch ein Schatten ihrer selbst. Sie war erschreckend abgemagert. Ihre früher junge, straffe Haut sah aus, als wäre sie innerhalb der zurückliegenden Monate um vierzig Jahre gealtert, und hing ihr schlaff am Körper wie bei einer Krebspatientin im Endstadium. Die Schatten unter ihren Augen waren so dunkel, dass sie aussahen wie die Blutergüsse nach einer Operation, und ihre Augen waren in den Schädel gesunken – nur ein wenig, aber es verlieh ihr das Aussehen eines Kadavers. Ihre Lippen waren aufgesprungen. Sie wirkte so schwach, als könnte sie bei der geringsten Berührung zerbrechen.

Als das Licht anging, blinzelte Madeleine ein paarmal heftig. Ihre Augen vertrugen die plötzliche Helligkeit nicht, nachdem sie Gott weiß wie viele Stunden in Dunkelheit gesessen hatte. Es dauerte eine Weile, bis sie etwas erkennen konnte, und selbst dann noch hatte ihr erschöpfter Verstand Mühe, die Bilder richtig zu deuten. Schwerfällig hob sie den Kopf, und in ihrem Gesicht spiegelte sich erst Erstaunen, dann Hoffnung, dann Flehen und schließlich Verzweiflung. Ihre Lippen bewegten sich, aber falls sie etwas sagte, waren ihre Worte zu leise, als dass jemand auf der anderen Seite des Ganges sie hätte hören können.

Nun erkannten Hunter und Taylor auch, dass Madeleine in der Tat nackt war. Ihre Hände waren hinter der Rückenlehne des Stuhls gefesselt, ihre Füße an dessen Vorderbeine gebunden.

Als Madeleine sie sah, begann sie am ganzen Leib zu zittern. Ihr Atem kam in kurzen schnappenden Stößen, als reiche ihr der Sauerstoff im Raum nicht aus.

»Madeleine«, sagte Hunter, der die ersten Anzeichen ihrer aufsteigenden Panik erkannt hatte. Er wusste, dass es sich um eine Folge ihrer Konditionierung handelte. Sie war so lange gefoltert worden, hatte so lange in Angst gelebt, dass sie beim Anblick eines Menschen hier unten in diesem Höllenloch automatisch mit Todesangst reagierte. Für sie war jeder eine Bedrohung, denn jeder, dem sie bisher hier begegnet war, hatte ihr Leid zugefügt.

»Hören Sie mir zu.« Hunter gab sich Mühe, ruhig und einnehmend zu klingen. »Mein Name ist Robert Hunter, ich bin vom FBI. Wir sind hier, um Ihnen zu helfen. Versuchen Sie, ruhig zu bleiben, dann holen wir Sie hier raus, in Ordnung?«

Ein Gefühl der Ohnmacht überkam Hunter. Er wollte zu Madeleine stürzen, ihre Hände und Füße losbinden, sie aus diesem Bunker befreien und ihr sagen, dass sie in Sicherheit war, dass niemand ihr mehr wehtun würde – aber das konnte er nicht. Alles, was er tun konnte, war, ihr quer durch den Gang hohle Worte zuzurufen, in der Hoffnung, sie damit zumindest ein klein wenig zu beruhigen.

Erneut bewegten sich Madeleines Lippen; wieder war ihre Stimme nicht kräftig genug, um bis zum Kontrollraum vorzudringen. Allerdings hatte Hunter keine Schwierigkeiten, ihr von den Lippen abzulesen.

*»Bitte, helfen Sie mir ...«*

Hunter warf einen raschen Blick auf Ghost. Der war nach wie vor beim Bedienpult, die Waffe fest in der Hand, und starrte auf Taylors Hinterkopf, als wollte er mit seinem Blick ein Loch hineinsengen. Lucien stand links neben ihm und schien mit seiner Aufmerksamkeit überall gleichzeitig zu sein – nichts entging ihm. Wenn Hunter irgendetwas versuchte, wäre er ein toter Mann.

Lucien nickte Ghost zu, woraufhin dieser einen weiteren Schalter am Bedienpult umlegte. Die Tür zu dem Raum, in dem Madeleine saß, fiel mit einem dröhnenden Krachen ins Schloss – und deren Angst wuchs zweifellos ins Unermessliche.

Instinktiv fuhr Taylor zu Lucien und Ghost herum. »Nein. Bitte nicht.«

Die Bewegung kam so unerwartet, dass Ghost zusammenzuckte. Um ein Haar hätte er die Beherrschung verloren. Seine Armmuskeln spannten sich bereits, sein Finger krümmte sich schon um den Abzug seiner Pistole.

»Bleib, wo du bist, Schlampe –«

»Bitte«, sagte Taylor erneut, die Hände beschwichtigend erhoben. »Wenn Sie die Tür zumachen, bekommt sie nur noch mehr Angst.«

Lucien nickte unbekümmert. »Ja, das ist mir durchaus bewusst.«

Taylor bebte vor Wut. »Sie Schwein.«

»Lass sie gehen, Lucien«, bat Hunter nun. »Lass Madeleine frei. Du brauchst sie nicht mehr. Du musst sie nicht töten. Sie bedeutet dir nichts, nimm mich und lass sie gehen. Erlaube Courtney, dass sie Madeleine hier rausbringt, und nimm stattdessen mich.«

»Du dämlicher Pisser«, spie Ghost. Seine Waffe zielte nach wie vor auf Taylor. »Reality-Check, Großer: Wir haben dich bereits – und die Hure dahinten und die FBI-Schlampe mit den hübschen Zehen.« Er warf Taylor eine Kusshand zu, während er sich gleichzeitig in den Schritt fasste. »Bald gehörst du ganz mir, Schlampe. Ich werd dafür sorgen, dass du schreist. Darauf kannst du wetten.«

Jetzt war es mit Taylors Selbstbeherrschung endgültig vorbei. »Fick dich, du widerlicher, erbärmlicher schwanzloser Zwerg.«

Vielleicht waren es Taylors Worte, oder vielleicht hatte Ghost einfach nur genug von dem ganzen Hin und Her – jedenfalls versagte in diesem Moment irgendwo in seinem Kopf ein Überlaufventil.

»Nein«, sagte er mit einer unbändigen Wut, die ihm förmlich aus dem Mund troff. »Fick du dich, du dumme Hure.« Dann drückte er ab.

# 98

*FBI-Akademie, Quantico, Virginia*
*Fünfundvierzig Minuten zuvor*

Das FBI brauchte nicht lange, um den Kontakt zu Joshua Foster, dem Leiter der Flugsicherung am Flugplatz Berlin, herzustellen. Der Anruf wurde sofort zu Direktor Kennedy in den Einsatzraum durchgestellt.

»Mr Foster«, sagte Kennedy und schaltete auf laut. »Hier spricht Adrian Kennedy, der Direktor des Nationalen Zentrums für die Analyse von Gewaltverbrechen und der Einheit für Verhaltensanalyse des FBI. Wie ich höre, hatten Sie kürzlich mit einem unserer Agenten zu tun. Sein Name lautet Robert Hunter. Sie haben ihm die Schlüssel zu Ihrem Wagen gegeben.«

»Hmmm, ja, das stimmt.« Begreiflicherweise schwang in Joshua Fosters Stimme eine verhaltene Nervosität mit.

»Gut, Mr Foster. Bitte hören Sie mir jetzt genau zu, es ist sehr wichtig. Wenn ich es richtig verstanden habe, ist Ihr Wagen noch ganz neu.«

»Ja, ich habe ihn vor ungefähr zwei Monaten gekauft.«

»Ausgezeichnet. Und ist Ihr Wagen ab Werk mit einem Transponder ausgestattet – einem GPS-Sender, für den Fall, dass er gestohlen wird?«

»Ja, ist er.«

Kennedys Miene hellte sich auf.

»Aber ich habe den Transponder-Code nicht dabei«, sagte Foster im Vorgriff auf Kennedys nächste Frage. »Der liegt zu Hause.«

»Den brauchen wir gar nicht«, klinkte sich der Agent an der Radarstation ins Gespräch ein. »Mir reicht das amtliche Kennzeichen, damit kann ich den Transponder-Code von hier aus ermitteln.«

»Oh, okay.« Foster nannte ihnen das Kennzeichen seines Jeeps.

»Vielen Dank, Mr Foster«, sagte Kennedy. »Sie haben uns wirklich sehr geholfen.«

»Dürfte ich fragen ...«, begann Foster, aber Kennedy hatte bereits aufgelegt.

»Wie lange dauert es, bis Sie den Code haben?«, wollte er wissen.

»Das geht ganz schnell«, antwortete der Agent, der bereits etwas in seinen Rechner eingab.

Während Kennedy wartete, klingelte erneut das Handy in seiner Sakkotasche. Diesmal war es Special Agent Moyer, der am Lake Saltonstall in New Hampshire die Suche nach der Leiche von Karen Simpson sowie vier weiteren Opfern leitete.

»Direktor«, meldete sich der Agent mit fester, wenngleich respektvoll gedämpfter Stimme. »Sir, die Informationen waren zu hundert Prozent korrekt. Bis jetzt konnten wir die Leichen von fünf Personen exhumieren.« Eine unbehagliche Pause folgte. »Sollen wir weitergraben? Die Gegend ist ziemlich weitläufig, und wenn das hier der bevorzugte Ablegeort des Täters war, wer weiß, wie viele wir dann noch finden.«

»Nein, das wird nicht nötig sein«, sagte Kennedy. »Sie werden keine weiteren Leichen finden.« Er hatte nicht den geringsten Zweifel, dass Lucien ihnen die Wahrheit gesagt hatte. »Bereiten Sie einfach die, die Sie haben, für den Transport vor. Wir brauchen sie so schnell wie möglich hier in Quantico.«

»Verstanden, Sir.«

»Gute Arbeit, Agent Moyer«, sagte Kennedy noch, bevor er die Verbindung trennte.

»Ich habe den Code«, verkündete der Agent am Radar, während er noch ein paar Befehle in den Computer eingab.

Aller Augen klebten am Bildschirm.

»Er sucht gerade.«

Die Sekunden fühlten sich an wie Minuten. Endlich verschob sich der Kartenausschnitt, bis ein blinkender roter Punkt in Sicht kam.

»Wir haben den Standort des Jeeps«, rief der Agent aufgeregt. Eine kurze Pause. »Sieht nicht so aus, als wären sie in Bewegung.«

»Ja, das sehe ich«, sagte Kennedy und betrachtete stirnrunzelnd den Monitor. »Aber wo zur Hölle sind sie denn da?«

»Am Ende der Welt, so wie es aussieht«, meinte Dr. Lambert.

Der Karte zufolge parkte der Jeep am Ende eines namenlosen Weges mitten in einem dichten Forstgebiet mehrere Meilen vom Flughafen Berlin entfernt.

»Wir brauchen ein Satellitenbild der Gegend, die Karte reicht nicht«, entschied Kennedy.

»Eine Sekunde«, gab der Agent zurück und fing augenblicklich wieder an zu tippen.

Zwei Sekunden später verschwand die Karte, und an ihrer Stelle erschien ein Satellitenbild der Gegend auf dem Bildschirm.

Die drei betrachteten es mit angestrengt gerunzelter Stirn.

»Was ist das?«, fragte Kennedy und deutete auf ein Areal in der Nähe des geparkten Jeeps, das wie eine Baustelle aussah.

Der Agent zoomte näher heran und stellte die Auflösung neu ein. »Sieht nach einem verlassenen Haus aus«, antwortete er. »Beziehungsweise dem, was noch davon übrig ist.«

»Das muss es sein«, sagte Kennedy. »Da drin sind sie. Dort hält Lucien sein Opfer gefangen.« Er griff nach seinem Handy und rief Agent Brody in Vogel zwei an. Sie mussten landen und sich auf den Weg zu dem Haus machen – UMGEHEND.

# 99

Hunter sah es, noch bevor es passierte.

Er sah, wie etwas in Ghosts kalten Augen explodierte, als hätte man ihm eine Überdosis hochreiner Wut und Bosheit gespritzt. In diesem Moment war klar, dass Ghost eine entscheidende Grenze überschritten hatte. Von dort, wo er jetzt war, gab es kein Zurück mehr.

Doch obwohl er es sah, war Hunter dieses eine Mal nicht schnell genug. Er hatte keine Zeit, sich zwischen Taylor und Ghost zu werfen, denn der brauchte nur den Bruchteil einer Sekunde, um zu feuern.

Als der Hammer von Ghosts Pistole den Schlagbolzen traf, hatte Hunter das Gefühl, als wäre zur selben Zeit ein Zeitlupenschalter betätigt worden. Er glaubte sehen zu können, wie die Kugel aus dem Lauf der Waffe geschossen kam und durch die Luft auf sie zuflog. Sie verfehlte seine rechte Gesichtshälfte um wenige Zentimeter. In einer puren Reflexhandlung fuhr er zu Taylor herum, doch das änderte nicht mehr das Geringste. Auf die kurze Distanz hätte nicht mal ein blutiger Anfänger danebengeschossen, und Ghosts Miene war anzusehen, dass er alles andere als ein Anfänger war. Eine Millisekunde nach dem Schuss spürte Hunter, wie ihm warmes Blut und Gehirnmasse an Nacken und Wange spritzten, als Taylors Kopf durch den Einschlag der fragmentierenden Kugel in Stücke gerissen wurde.

Der Geruch von Kordit erfüllte den Raum.

Hunter sah gerade noch, wie Taylor nach hinten gegen die blaugraue Metalltür geschleudert wurde und zu Boden sackte. Die Wand hinter ihr war voll mit dunkelroten Schlieren, Gewebe, Hirnmasse und blonden Haaren. Die Kugel hatte sie fast genau zwischen die Augen getroffen. Aufgrund von Ghosts geringer Körpergröße und seiner Position im Verhältnis zu Taylor war die Kugel in einem leichten

Aufwärtswinkel und von links nach rechts in ihren Schädel eingedrungen. Die Zerstörung, die sie auf ihrem Weg angerichtet hatte, war schier unfassbar. Fast der gesamte rechte obere Teil von Taylors Kopf fehlte, weggerissen durch die unglaubliche zerstörerische Wucht der Kugel – einer Spezialmunition, die so konstruiert ist, dass sie beim Eindringen in ihr Ziel aufpilzt und winzige Splitter streut.

Taylor hatte nicht den Hauch einer Chance gehabt.

Blitzschnell drehte Hunter sich zurück zu Ghost, der nun die Waffe auf sein Gesicht gerichtet hatte.

»Beweg dich ruhig, wenn du dich traust. Na los, beweg dich, dann verteil ich dein Gehirn über ihrer stinkenden Leiche.«

Hunter spürte, wie jede Faser seines Körpers vor Zorn steinhart wurde. Er musste seine ganze Selbstbeherrschung aufbieten, um sich nicht blindlings auf Ghost zu stürzen. Stattdessen stand er einfach nur schwer atmend da. Seine Hände zitterten, allerdings nicht vor Angst.

»Dachte ich's mir«, sagte Ghost. »Doch nicht so knallhart, wie du tust, was?«

»WAS ZUM TEUFEL SOLLTE DAS?«, brüllte Lucien. Er wirkte, wenn überhaupt, noch geschockter als Hunter. »Verdammt noch mal, Ghost, warum hast du sie erschossen?«

Ghost zielte weiterhin auf Hunter. »Die Schlampe ging mir auf den Sack«, antwortete er in ernstem, aber gefühllosem Ton. »Du weißt doch, dass ich es nicht haben kann, wenn einer so über mich redet.«

Lucien machte einen Schritt zurück und rieb sich die Stirn.

»Die Schlampe musste ja unbedingt das Maul aufreißen. Sie hat gekriegt, was sie verdient.« Ghost zuckte mit den Achseln, als hätte er nichts weiter getan, als einen Pfeil nach einer Dartscheibe zu werfen. »Wieso kümmert dich das überhaupt? Die sollten doch sowieso beide sterben, oder nicht? Die wissen, wie wir aussehen, Lucien. Es stand doch von Anfang an fest, dass die niemals lebend hier rauskommen. Und dieses ganze dämliche Rumgelaber hat mich genervt, also hab ich die Sache halt ein bisschen beschleunigt.« Er nickte Hunter zu. »Und weißt du was? Mit dem da mach ich's jetzt genauso.«

Aus Ghosts Augen strahlte eine geradezu sadistische Lust, und Hunter sah dieselbe Entschlossenheit in ihnen wie vor dem Schuss auf Taylor.

Ihm blieb keine Zeit zu reagieren.

Wieder fiel ein Schuss.

Und wieder traf die Kugel ihr Ziel mit tödlicher Präzision.

# 100

*Himmel über Milan, New Hampshire*
*Vierzig Minuten zuvor*

In Vogel zwei verloren Agent Brody und seine Kollegen allmählich die Hoffnung.

Ihre Maschine flog nun schon minutenlang unweit des Flugplatzes von Berlin ihre Schleifen. Der Pilot hatte Brody darüber informiert, dass sie bald eine Entscheidung treffen mussten. Die Maschine hatte ausreichend Treibstoff für weitere dreißig bis fünfunddreißig Minuten Flugzeit, aber falls sie nicht in Berlin landen konnten, mussten sie irgendwo anders runtergehen und auftanken, bevor sie sich auf den Rückweg nach Quantico machten. Das wiederum bedeutete, dass sie genügend Treibstoff in Reserve behalten mussten, um zu wenden und es bis zum nächstgelegenen Flughafen zu schaffen.

Dieser lag in Gorham – je nach Windverhältnissen etwa

fünf bis zehn Minuten in südlicher Richtung. Als Vorsichtsmaßnahme kalkulierte der Pilot immer zusätzliche zehn Minuten ein, für den Fall, dass es Stau beim Landeanflug gab oder sonst etwas Unvorhergesehenes passierte. Sie konnten also noch zehn Minuten, maximal eine Viertelstunde kreisen, danach musste er die Maschine wenden und Gorham anfliegen.

Brodys Handy lag vor ihm auf dem Tisch. Wie hypnotisiert starrte er auf das dunkle Display. Als er irgendwann auf die Uhr sah, waren sieben Minuten vergangen. Noch drei Minuten, und die Operation wäre abgeblasen. Er musste Kennedy anrufen.

Gerade als er nach seinem Telefon griff, klingelte es.

# 101

Es war nicht das erste Mal, dass Hunter in den Lauf einer Waffe blickte. Es war auch nicht das erste Mal, dass er sich in Todesgefahr befand, aber diesmal war es anders. Ghost stand zu weit entfernt, als dass Hunter sich hätte auf ihn stürzen können, und zu nah, als dass er der Kugel hätte ausweichen können.

Diesmal gab es kein Entrinnen.

In dem Sekundenbruchteil, ehe Ghost abdrückte, konnte Hunter nur an eins denken: wie unendlich leid es ihm tat, dass er Taylor nicht hatte beschützen können, und dass er nun das Versprechen brechen musste, das er Jessica vor all den Jahren gegeben hatte, während er ihren grausam zugerichteten toten Körper im Arm hielt.

Trotz des Schicksals, das ihn erwartete, schloss Hunter nicht die Augen. Er blinzelte nicht einmal. Die Genugtuung würde er Ghost nicht gönnen. Sein Blick ruhte fest auf

Ghosts Gesicht. Und das war auch der Grund, weshalb er sah, wie dessen Kopf in Stücke gerissen wurde.

Es war ein perfekter Schuss. Die Kugel traf Ghost an der linken Schläfe. Die Hohlkammer vorne füllte sich augenblicklich mit Flüssigkeit und Gewebe, so dass sie sich verformte, ehe sie die Hirnschale und dann das Gehirn durchschlug und alles auf ihrem Weg zerfetzte.

Durch die Aufpilzung eines Hohlspitzgeschosses reduziert sich die Geschwindigkeit der Kugel erheblich, daher gibt es in den meisten Fällen keine Austrittswunde. Normalerweise bleibt das Geschoss im Körper stecken. Auf die geringe Entfernung allerdings reichte die Durchschlagskraft einer 45er vollkommen aus, um die Kugel quer durch Ghosts kahlrasierten Schädel zu jagen.

Falls es bei einer aufpilzenden 45er-Kugel überhaupt eine Austrittswunde gibt, ist diese unverhältnismäßig groß. In Ghosts Fall hatte sie den Durchmesser einer Grapefruit. Seine rechte Gesichtshälfte vom Ohr bis zur Mitte des Schädels explodierte nach außen, als schlüpfe ein Alien aus einem großen Ei. Knochensplitter, Blut, Gehirnmasse und Hautfetzen spritzten an die Wand und auf das Bedienpult, so dass alles mit einer klebrigen roten Masse überzogen war.

Der ohrenbetäubende Knall ließ Hunter zusammenfahren, doch seine Augen blieben offen. Er sah, wie die Wut, die Entschlossenheit und das Böse in Ghosts Augen erloschen, ehe sein Körper von der Wucht der Kugel praktisch in die Luft gehoben wurde. Er prallte gegen das Bedienpult und rutschte dann zu Boden wie ein leerer Mehlsack. Um seinen Kopf bildete sich eine rasch größer werdende Blutlache.

Seine Pistole fiel ebenfalls auf das Pult, rutschte von dort aus jedoch auf den Boden und schlitterte quer durch den Raum bis hinter die Pappkartons.

Hunters Herz jagte wie der Motor eines Formel-1-Wagens. Adrenalin überschwemmte jede einzelne Ader in seinem Körper, und er begann am ganzen Leib zu zittern. Schließlich ging sein Blick zu Lucien. Man sah noch den dünnen Rauchfaden, der nach dem Abfeuern der Waffe in der Luft hing. Ehe Hunter irgendetwas tun konnte, hatte Lucien Taylors Pistole bereits auf ihn gerichtet.

»Bleib, wo du bist, Robert. Ich würde es lieber vermeiden, aber wenn es gar nicht anders geht, werde ich dir eine Kugel ins Herz jagen. Du weißt, dass ich es ernst meine.«

Hunter starrte ihn an. Er konnte sein Erstaunen angesichts dessen, was Lucien gerade getan hatte, nicht verbergen.

»Eigentlich konnte ich ihn sowieso nie leiden«, erklärte dieser auf die ihm übliche beiläufige Art. »Er war nur ein dummer, sadistischer Junge ohne Ziel im Leben, der als Kind ein schweres Trauma erlitten hatte und deshalb nichts lieber tat, als andere Menschen zu quälen und zu töten.«

Aus Luciens Mund waren solche Worte der reinste Hohn, fand Hunter.

»Außerdem war er am Ende seiner Nützlichkeitsspanne angelangt«, fuhr Lucien ohne auch nur eine Spur von Bedauern fort. »Wie all die anderen vor ihm. Der Moment kommt zwangsläufig irgendwann, und dann suche ich mir einfach ein neues fleißiges Helferlein.«

Hunters Blick ruhte auf der Waffe in Luciens Hand.

»Ob du mir glaubst oder nicht, ich hatte nie die Absicht, Agent Taylor zu töten – es sei denn, sie hätte mir absolut keine andere Wahl gelassen. Dummerweise hat sie bei Ghost einen äußerst sensiblen Punkt berührt. Du musst wissen, er kam aus zerrütteten Familienverhältnissen. Beide Eltern haben ihn körperlich und seelisch schwer misshandelt, und zwar auf Arten, die selbst meine Vorstellungskraft übersteigen. Er musste zu Hause die ganze Zeit über nackt herumlaufen, und sie haben ihn permanent verspottet – vor allem seine Männlichkeit. Was das anging, hatten sie eine ganze Reihe herabwürdigender Bezeichnungen für ihn auf Lager. Willst du raten, was eine davon war?«

Hunter holte tief Luft. »Schwanzloser Zwerg.«

Lucien nickte. »Ganz genau. Ein bedauerlicher Zufall, dass Agent Taylor gerade diesen Ausdruck benutzt hat.«

Bei einem traumatisierten, seelisch gestörten Menschen kann ein einziges Wort, ein Geräusch, eine Farbe, ein Bild, ein Geruch ... irgendeine Winzigkeit eine tiefe, schmerzhafte Wunde aufreißen. Grundsätzlich ist schwer vorherzusehen, wie der Betreffende in so einem Fall reagiert, aber wenn es sich um eine Person mit Gewaltneigung handelt, wird auch bei der Reaktion fast immer Gewalt im Spiel sein. Und bei einem Psychopathen von Ghosts Kaliber ist diese Gewalt in der Regel tödlich.

»Als Ghost siebzehn Jahre alt war«, setzte Lucien seinen Bericht fort, »hatte er schließlich genug. Er hat seinen Vater ans Bett gefesselt, ihn kastriert und verbluten lassen. Danach hat er einen Baseballschläger genommen und seiner Mutter den Schädel zu Brei geschlagen. Er war einfach zu gestört. Mir war klar, dass ich ihn früher oder später würde loswerden müssen.«

Trotz des blutigen Gemetzels im Kontrollraum zwang Hunter sich nachzudenken, so gut er konnte. Seine Hauptsorge fiel ihm wieder ein, und er wandte den Kopf, um in den Gang hinter der blaugrauen Tür zu spähen. Dabei streifte sein Blick die am Boden liegende Taylor, und das Herz wurde ihm schwer. Er wandte sich an Lucien.

»Lass Madeleine frei, Lucien«, bat er erneut. »Ich bitte dich. Wenn du wirklich noch einen Menschen töten willst, dann mich. Sie bedeutet dir nichts.«

»Stimmt. Und genau das ist der Grund, weshalb ich sie töten sollte, Robert«, gab Lucien zurück. »Weil sie mir nichts bedeutet. Du hingegen warst mein bester Freund. Wir haben eine gemeinsame Vergangenheit. Warum sollte ich dich an ihrer Stelle umbringen wollen?«

»Weil du mir sowieso schon mein halbes Leben geraubt hast, als du mir Jessica weggenommen hast«, gab Hunter zurück. »Und ich weiß, dass du keine halben Sachen machst.«

Sosehr Hunter auch seine Emotionen in Schach zu halten versuchte, man hörte sie deutlich in seiner Stimme mitschwingen.

»Das hier ist deine Chance, Lucien«, fuhr er fort. »Lass sie gehen und beende, was du bei mir angefangen hast. Wenn du es nämlich nicht tust, werde ich dich töten.«

Obwohl Hunter jedes seiner Worte ernst meinte, sprach er ruhig und gedämpft, als unterhielte er sich mit jemandem in einer öffentlichen Bücherei.

»Also schön«, sagte Lucien und machte einen Schritt auf das Bedienpult zu, wobei er weiterhin mit der Waffe auf Hunter zielte. »Schauen wir mal, ob du ein Mann bist, der zu seinem Wort steht, Robert.« Er betätigte einen Schalter, und die Tür am anderen Ende des Ganges öffnete sich wieder.

Hunter drehte sich um.

Sofort hob Madeleine den Kopf. Sie wirkte noch verängstigter als zuvor.

Hunter wusste, dass sie die beiden Schüsse gehört haben musste. Zweifellos hatte das Geräusch in ihr wahre Horrorvorstellungen davon geweckt, was dort draußen vor sich ging und, noch schlimmer, welches Schicksal sie erwartete.

Sie keuchte heftig und war kurz davor zu hyperventilieren. In diesem Moment hätte nichts auf der Welt sie beruhigen können.

Lucien deutete mit der Pistole in den Gang. »Komm, gehen wir zu ihr, ja? Ich habe noch eine letzte Überraschung für dich.«

# 102

Hunter musste über Taylors Leiche steigen, um den Gang betreten zu können. Lucien folgte ihm, allerdings in sicherem Abstand, so dass Hunter unmöglich einen Versuch wagen konnte, ihn zu überwältigen, ohne sich vorher mindestens zwei Kugeln einzufangen.

Auf dem Weg durch den Gang begegnete Hunter Madeleines Blick, und er sah nur eine einzige Emotion in ihren Augen – nackte Angst.

»Bitte, helfen Sie mir.«

Diesmal konnte Hunter sie hören. Ihre schwache, zittrige Stimme ertrank förmlich in Furcht.

»Madeleine, bitte versuchen Sie, ruhig zu bleiben«, sagte Hunter, um Zuversicht bemüht. »Alles wird gut.«

Madeleines Blick ging an Hunter vorbei zu Lucien, und es war, als wäre das Monster, das sie seit Kindertagen in ihren Alpträumen heimgesucht hatte, plötzlich vor ihren Augen zum Leben erwacht. Die Angst in ihrem Innern schwoll zu einem Tornado an, und sie schrie und begann wie von Sinnen auf ihrem Stuhl zu zappeln.

»Madeleine«, beschwor Hunter sie aufs Neue. »Schauen Sie mich an.«

Sie hörte ihn gar nicht.

»Schauen Sie mich an, Madeleine«, wiederholte er, diesmal bestimmender.

Ihr Blick zuckte zu Hunter.

»So ist es gut. Sehr gut. Sehen Sie einfach nur mich an, und versuchen Sie, ruhig zu bleiben. Ich hole Sie hier raus.« Er hasste sich für seine Lügen, aber in seiner gegenwärtigen Lage konnte er nicht viel anderes machen.

Madeleine war immer noch zu Tode verängstigt, doch etwas in Hunters Tonfall schien zu ihr durchgedrungen zu sein. Sie sah ihn an, und ihre Schreie verstummten.

»Geh fünf Schritte in den Raum hinein und knie dich hin, Robert«, befahl Lucien, sobald sie bei der Tür angelangt waren.

Hunter gehorchte.

Der Raum war leer bis auf Madeleines Stuhl und eine kleine Kommode mit zwei Schubfächern an der hinteren Wand. Ein schwacher Geruch von Urin und Erbrochenem hing in der Luft und konkurrierte mit dem beißenden Aroma von Desinfektionsmitteln, das von einer Stelle direkt neben der Tür kam, als hätte sich dort jemand heftig übergeben und hinterher nur nachlässig saubergemacht.

Lucien folgte Hunter in den Raum, wandte sich dann nach rechts und ging zur Kommode. Er zog die obere Schublade auf und griff hinein.

Madeleines Blick zuckte in seine Richtung.

»Sehen Sie mich an, Madeleine«, mahnte Hunter erneut. »Beachten Sie ihn gar nicht. Halten Sie den Blick auf mich gerichtet. Kommen Sie, immer hierher schauen.«

Folgsam drehte sie sich wieder zu Hunter um.

»Du bist sehr gut im Umgang mit Geiseln, Robert«, sagte Lucien und trat neben Madeleines Stuhl.

Jetzt erst sah Hunter, was Lucien aus der Schublade geholt hatte – ein Messer aus Edelstahl mit einer etwa zwölf Zentimeter langen Klinge.

»Weißt du«, sagte Lucien, »eigentlich kann ich Feuerwaffen ja nicht ausstehen.« Mit einem raschen Handgriff löste er das Magazin aus Taylors 45er Springfield Professional. Es fiel zu Boden, und er schob es mit dem Fuß hinter sich. Dann zog er in einer geübten Bewegung den Schlitten zurück und entfernte die Kugel aus der Kammer.

Hunter war ganz auf ihn konzentriert. Vielleicht war das seine Chance.

Lucien hielt die Waffe ein Stück von sich weg und drückte mit einem Finger die Schließfeder herunter. Innerhalb kürzester Zeit hatte er die Springfield auseinandergenommen und warf die Einzelteile zu Boden.

Hunter atmete aus. Seine Muskeln waren angespannt und zum Sprung bereit, während er überlegte, ob er schnell genug bei Lucien sein könnte.

»Denk nicht mal darüber nach, Robert«, warnte dieser und machte einen Schritt nach vorn, so dass er nun teilweise hinter Madeleines Stuhl stand. Das Messer, das er in der linken Hand hielt, wanderte an ihren Hals, während er sie mit der rechten an den Haaren packte und ihren Kopf zurückbog. Er konnte sehen, dass Hunter nur auf eine Gelegenheit zum Angriff wartete. »Wenn du auch nur mit einem Muskel zuckst, schlitze ich ihr die Kehle auf.«

Madeleine spürte, wie sich die kalte Klinge in ihre Haut grub, und ihr blieb fast das Herz stehen. Sie hatte solche Angst, dass sie nicht einmal mehr einen Schrei über die Lippen brachte.

Hunter blieb ruhig.

»Ich weiß, du verabscheust mich, alter Freund«, sagte Lucien mit einem leisen, fast entschuldigenden Lächeln. »Und das kann ich dir nicht zum Vorwurf machen. So ginge es wohl jedem, der nicht den wahren Zweck hinter meinem Tun erkennt. Für die Unwissenden bin ich ein sadistischer, mordender Psychopath, der seit fünfundzwanzig Jahren Menschen foltert und tötet, nicht wahr? Für dich wiederum bin ich etwas ganz anderes. Für dich bin ich der, den du seit über zwanzig Jahren jagst. Der, der die einzige Frau brutal ermordet hat, die du jemals geliebt hast. Die Frau, die du heiraten wolltest. Die Frau, mit der du eine Familie gründen wolltest.«

Hunter spürte, wie der Zorn in seinem Innern aufs Neue zu brodeln begann.

»Aber im Grunde bin ich noch viel mehr als das«, fuhr Lucien fort. »Irgendwann wirst du es verstehen. Ich hinterlasse dir und dem FBI ein Geschenk.« Er machte eine Kopfbewegung in Richtung Gang. »Du wirst kein Problem damit haben, es zu finden. Aber das kommt später. Jetzt will ich dir erst mal Gelegenheit geben, das Versprechen einzulösen, das du dir und Jessica vor all den Jahren gegeben hast, Robert. Es wird die einzige Chance sein, die du je dazu bekommst, denn wenn du mich jetzt nicht tötest, wirst du mich nie wiedersehen. Nicht in diesem Leben.«

Das Herz in Hunters Brust legte einen Gang zu.

»Da wäre nur ein Problem«, sagte Lucien, »nämlich das moralische Dilemma, das dir gleich durch den Kopf gehen und dein Gewissen in einen quälenden inneren Kampf stürzen wird, alter Freund.« Luciens Blick ging kurz zu Madeleine, um gleich darauf zu Hunter zurückzukehren. »Erlaube, dass ich dir näher erläuterte, was ich damit meine, indem ich dir eine Frage stelle.« Er machte eine Pause. Sein Blick bohrte förmlich Löcher in Hunters Augen. »Und diese Frage lautet: Wenn du mich jetzt verfolgst, wie willst du dann ihre Blutung stillen und dafür sorgen, dass sie in ein Krankenhaus kommt, ehe sie verblutet?«

In einer blitzschnellen Bewegung nahm Lucien das Messer von Madeleines Kehle und stieß es ihr auf der linken Seite kurz unterhalb der Rippen in den Bauch. Die Klinge drang bis zum Heft ein.

Hunter riss vor Schreck die Augen auf.

»Nein!«, schrie er und machte Anstalten aufzustehen, doch darauf war Lucien vorbereitet. Noch ehe Hunter sich ganz aufgerappelt hatte, war Lucien bei ihm und hatte ihm einen so heftigen Fußtritt gegen den Brustkorb versetzt, dass Hunter die Luft wegblieb und er rückwärts taumelte. Lucien zog das Messer aus Madeleines Bauch und öffnete so die Wunde, die sofort stark zu bluten begann.

»Halte das Versprechen ein, das du Jessica gegeben hast, oder rette Madeleine, Robert«, sagte Lucien auf dem Weg zur Tür. »Beides geht nicht. Triff deine Wahl, alter Freund.« Mit diesen Worten verschwand er den Gang hinunter.

# 103

Es dauerte einige Sekunden, bis Hunter wieder zu Atem gekommen war. Seine Lungen brannten, als hätte er heiße Kohlen eingeatmet. Reflexartig presste er sich die Hand gegen die Brust, und sein Blick zuckte zur Tür. Er versuchte sich aufzurappeln, doch weil er Socken trug, fanden seine Füße zunächst nur schwer Halt auf dem Boden.

Als er es endlich geschafft hatte, stürzte er, seinem Instinkt folgend, zur Tür. Er durfte Lucien auf keinen Fall entkommen lassen, denn eins war klar: Lucien hatte nicht gelogen. Wenn Hunter ihn jetzt nicht zur Strecke brachte, würde er höchstwahrscheinlich nie wieder die Chance dazu bekommen. Bestimmt hatte Lucien seine Flucht bis ins letzte Detail geplant. Das FBI hatte fünfundzwanzig Jahre gebraucht, um ihn zu fassen – wer wusste, ob es ihnen ein zweites Mal gelingen würde?

Hunter war noch keine drei Schritte im Gang, als sein Blick auf Madeleine fiel. Aus ihrer offenen Wunde strömte das Blut. Der Kopf war ihr wieder auf die Brust gesackt, ihre Lider waren halb geschlossen. Sie hatte nicht mehr lange zu leben.

Hunter kannte sich recht gut mit Anatomie aus. Madeleines Wunde befand sich im linken Oberbauchbereich, wenige Zentimeter unterhalb der Rippen. Die Klinge, mit der Lucien ihr die Verletzung beigebracht hatte, war zirka zwölf Zentimeter lang, und er hatte sie bis zum Heft hineingestoßen. Der Blutmenge nach zu urteilen, die aus der Wunde quoll, musste Lucien ein Organ getroffen haben.

*Links oben*, überlegte Hunter. *Die Klinge hat ihre Milz verletzt.*

Überdies war ihm aufgefallen, dass Lucien die Klinge beim Herausziehen gedreht und dadurch die Verletzung der Milz noch verschlimmert sowie den Wundkanal vergrößert hatte. Wenn Hunter die Blutung nicht unverzüglich stillte, wäre Madeleine binnen drei bis fünf Minuten tot. Und selbst wenn es ihm gelang, die externe Blutung zu stoppen – gegen die inneren Blutungen war er machtlos. Er musste sie so schnell wie möglich ins nächste Krankenhaus und in einen OP schaffen.

Hunter blinzelte. Die Frage nach seinen Prioritäten stürzte ihn in ein Dilemma, genau wie Lucien es prophezeit hatte.

Lucien war drauf und dran, ihm zu entwischen.

*Du wirst mich nie wiedersehen. Nicht in diesem Leben.*

Erneut blinzelte Hunter. In seinem Kopf tobte der innere Kampf, von dem Lucien gesprochen hatte.

*Halte das Versprechen ein, das du Jessica gegeben hast, oder rette Madeleine. Beides geht nicht. Triff deine Wahl, alter Freund.*

Hunter blinzelte noch ein drittes Mal, dann stürzte er zu Madeleine.

Er kniete sich neben sie, riss sich hastig das Hemd vom Leib, knüllte es zusammen und presste es mit der linken Hand auf die Wunde. Binnen Sekunden hatte sich der Stoff mit Blut vollgesogen.

»Sieh mich an, Madeleine«, sagte er, während er den rechten Arm nach dem Messer ausstreckte, das Lucien fallen gelassen hatte. »Schau mich an«, wiederholte er.

Sie reagierte nicht.

Er streckte sich, so weit er konnte. Endlich hatte er das Messer.

»Madeleine, schau mich an.«

Sie versuchte es, aber ihre Lider begannen zu flattern.

»Nein, nein, nein. Bleib bei mir, Schatz. Nicht die Augen zumachen. Ich weiß, du bist müde, aber du musst wach bleiben, okay? Ich bringe dich hier raus.«

Hunter warf einen schnellen Blick hinter den Stuhl. Madeleines Hände waren mit Kabelbindern aus Plastik gefesselt, genau wie ihre Füße an den Stuhlbeinen. Während er mit der linken Hand weiterhin Druck auf ihre Wunde ausübte, lehnte er sich mit dem Oberkörper nach rechts und zerschnitt mit dem Messer den Kabelbinder hinter der Stuhllehne.

Madeleines Arme fielen kraftlos nach vorn wie bei einer Stoffpuppe.

Hastig durchtrennte Hunter auch die beiden Kabelbinder an ihren Füßen.

»Madeleine ...« Er warf das Messer beiseite und hob eine Hand an ihr Gesicht. Er fasste sie am Kinn und schüttelte ihren Kopf sanft hin und her. »Bleib wach, Schatz. Konzentrier dich.«

Madeleines trüber Blick fand sein Gesicht.

»Sehr gut. Schau mich einfach nur an.« Er griff nach ihrer linken Hand und legte sie auf das Hemd über der Wunde. »Du musst mir helfen und das hier, so fest du kannst, gegen deinen Körper drücken, hast du mich verstanden, Schatz?«

Dann griff er nach ihrer rechten Hand und legte sie über ihre linke, so dass sie das Hemd nun mit beiden Händen festhielt.

Madeleine reagierte nicht.

»Halt das und drück so fest zu, wie du kannst, okay?«

Sie tat ihr Bestes, doch sie war zu schwach, um genügend Druck auszuüben. Hunter würde es selber tun müssen, aber er musste sie gleichzeitig aus dem Bunker zum Jeep tragen, dessen Schlüssel noch in seiner Tasche steckte, und sie dann ins Krankenhaus fahren. Sofern er sich nicht innerhalb der nächsten Sekunde in einen Kraken verwandelte, würde das ziemlich schwierig werden.

Hunter legte seine linke Hand über Madeleines Hände und half ihr dabei, Druck auf die Wunde auszuüben.

*Denk nach, Robert, denk nach*, befahl er sich und sah sich fieberhaft um. Der Raum enthielt nichts, was ihm von Nutzen hätte sein können.

Gleich darauf kam ihm eine Idee – Ghost. Er war zierlich und hatte schmale Hüften, aber Madeleine hatte so stark abgenommen, dass Ghosts Gürtel ihr bestimmt passen würde.

»Maddy, halt das Hemd, so fest du kannst. Ich bin gleich wieder da.«

Madeleine sah ihn mit verschwommenem Blick an.

»Schön festhalten, Schatz«, schärfte er ihr ein. »Ich komme sofort wieder.«

Kaum ließ Hunter ihre Hände los, wurde der Blutfluss aus der Wunde wieder stärker. Madeleine besaß einfach nicht mehr genügend Kraft. Hunter musste sich beeilen.

Er sprang auf und rannte den Gang entlang wie ein olympischer Sprinter. In drei Sekunden war er im Kontrollraum und bei Ghosts Leiche.

Ghost trug einen billigen schwarzen Ledergürtel mit einer ganz normalen viereckigen Schnalle samt Dorn. Hunter öffnete die Schnalle, zog den Gürtel mit einem heftigen Ruck aus der Hose und stürzte durch den Gang zurück. Nach nur neun Sekunden war er wieder an Madeleines Seite.

Deren Hände hatten das Hemd fast losgelassen.

»Ich bin wieder da, Maddy. Ich bin hier«, sagte er, packte das Hemd mit der Linken und drückte fest zu, bis der Blutfluss erneut zum Versiegen kam.

Mit der rechten Hand hob er Madeleines Rücken an und schlang ihr Ghosts Gürtel um den Leib, über das blutgetränkte Hemd.

»Das fühlt sich jetzt vielleicht ein bisschen eng an, okay?«, warnte er sie vor, ehe er einmal kräftig am Gürtel zog.

Madeleine hustete mehrmals. Sie spuckte kein Blut, das war ein gutes Zeichen.

Der Gürtel hätte nicht besser sitzen können. Der Dorn passte ins erste Loch.

»Okay, Schatz, jetzt hebe ich dich hoch, und wir sehen

zu, dass wir hier rauskommen, einverstanden? Ich bringe dich ins Krankenhaus. Du musst einfach nur wach bleiben. Ich weiß, du bist müde, aber schlaf bitte nicht ein, verstanden? Halt die Augen offen. Bereit? Los geht's.«

Hunter hob sie aus dem Stuhl und stand mit ihr im Arm auf. Der Gürtel-Druckverband hielt. Erneut musste Madeleine husten. Nach wie vor kein Blut.

So schnell er konnte, eilte Hunter aus dem Raum und durch den Gang.

## 104

Draußen herrschte nahezu undurchdringliche Dunkelheit, aber da sie von einem Ort kamen, den man ohne Übertreibung als Satans Keller bezeichnen konnte, fühlte sich die frische Nachtluft an wie eine Liebkosung durch Gottes Hand.

»Wach bleiben, Madeleine. Nicht die Augen zumachen«, schärfte Hunter ihr erneut ein, als er oben an der langen Treppe stehen blieb. Er konnte nicht sehen, ob Madeleine die Augen noch geöffnet hatte, wusste aber, dass er jetzt nicht aufhören durfte, mit ihr zu reden. Sie durfte auf keinen Fall einschlafen.

Die Maglite steckte in seiner Tasche, deshalb musste er kurz vor Ende der Treppe eine Pause einlegen. Er stellte das linke Bein auf die übernächste Stufe, so dass er Madeleines Gewicht mit dem Oberschenkel abstützen konnte, und tastete umständlich mit der linken Hand nach der Taschenlampe. Er bekam sie zu fassen. Schaltete sie ein.

Madeleines Lider zuckten.

»Du machst das großartig, Schatz. Bleib nur immer schön wach.«

Hunter verfügte über einen ausgezeichneten Orientierungssinn. Er wusste noch, dass sie sich dem Keller von links genähert hatten, also wandte er sich nun in diese Richtung und ging mit raschen Schritten los.

Schutt, Steine und Äste gruben sich in seine Fußsohlen, doch er biss die Zähne zusammen und ignorierte den Schmerz, so gut er konnte.

»Du machst das ganz fantastisch, Madeleine. Nicht mehr lange, dann sind wir beim Auto, okay?«

Madeleine gab keine Antwort. Ihr Kopf lag schwer auf Hunters Schulter.

»Nein, nein, nein ... hey, jetzt nicht einschlafen. Wie heißt du eigentlich, Schatz? Sag mir mal deinen Namen.«

»Hnnn.«

»Dein Name. Kannst du mir deinen Namen verraten, Schatz?«

Diese Frage stellte Hunter nur, um zu testen, ob Madeleine überhaupt noch ansprechbar war.

»Maddy«, murmelte sie.

Ihre Stimme wurde immer schwächer. Trotz des Druckverbands lief das Blut mittlerweile über Hunters Arm und Bauch. Selbst seine Hose wurde langsam durchtränkt. Weil er rannte, trafen ihn vereinzelte Blutspritzer an der Brust und im Gesicht.

»Prima. Ganz fantastisch. Ist Maddy eine Kurzform?«

»Hnn?«

»Maddy ist eine Kurzform für einen anderen Namen, stimmt's?«

»Madeleine.«

»Das ist aber ein schöner Name. Und dein Nachname, wie ist der?«

Keine Reaktion.

»Maddy, streng dich an. Bleib bei mir, Schatz. Wie heißt du mit Nachnamen? Sag mir deinen Nachnamen.«

Nichts. Hunter verlor sie.

Er wandte kurz den Blick vom Pfad ab, um ihr ins Gesicht zu sehen. Im selben Moment spürte er, wie ihm etwas in die linke Fußsohle schnitt und der Schmerz wie eine Rakete sein Bein hinaufschoss. Er stolperte und wäre um ein Haar gestürzt. Durch die Erschütterung wurde Madeleine wieder wach. Ihre Lider öffneten sich zitternd, und endlich sah sie ihn an.

Trotz der Schmerzen lächelte Hunter. »Wir haben es fast geschafft. Halt weiter die Augen offen, ja?«

Hunter konnte nicht mehr rennen, nur noch humpeln. Das tat er, so schnell er konnte. Sein linker Fuß schrie jedes Mal beim Auftreten vor Schmerz. Endlich waren sie an der Vorderseite des Hauses angekommen.

»FBI, bleiben Sie stehen, oder wir machen von der Schusswaffe Gebrauch!«, rief jemand links von ihnen. Als Hunter den Kopf in die Richtung drehte, leuchtete ihm der Strahl einer Taschenlampe direkt ins Gesicht, so dass er nicht erkennen konnte, wer den Befehl gebrüllt hatte.

Abrupt kam er zum Stehen.

In der nächsten Sekunde tauchten vier weitere Lichtkegel aus der Dunkelheit auf – einer zu seiner Linken, zwei zu seiner Rechten und einer unmittelbar vor ihm. Zusammen waren sie hell genug, dass Hunter sehen konnte, mit wem er es zu tun hatte.

Er war von FBI-Agenten umstellt, die allesamt mit ihren Waffen auf ihn zielten. Das musste Kennedys Back-up-Team sein.

»Legen Sie die Frau auf den Boden, und treten Sie langsam drei Schritte zurück«, forderte ihn der Mann auf, von dem bereits der erste Befehl gekommen war.

»Ich bin selber vom FBI«, rief Hunter zurück, und eine Spur Ungeduld überschattete die Erleichterung in seiner Stimme. »Mein Name ist Robert Hunter. Ich musste meinen Ausweis am Flugplatz von Berlin zurücklassen. Wenn Sie wollen, können Sie Direktor Adrian Kennedy anrufen, aber machen Sie es später. Diese Frau hier benötigt *dringend* ärztliche Hilfe.«

Agent Brody – er war es, der die Befehle gerufen hatte – machte einen Schritt auf Hunter zu und musterte ihn durch zusammengekniffene Augen. Er brauchte einige Sekunden, um Hunters blutverschmiertes Gesicht mit dem Foto abzugleichen, das Direktor Kennedy ihm gemailt hatte.

»Waffen runter, er ist einer von uns«, wies er sein Team an. Dann eilte er an Hunters Seite. »Sie waren doch zu zweit«, sagte er, bei ihm angekommen. »Agent Taylor?«

Hunters Antwort bestand aus einem Kopfschütteln.

Das sagte alles.

Zwei weitere Agenten gesellten sich zu ihnen. Die anderen zwei hielten weiterhin Abstand und suchten mit ihren Taschenlampen und gezogenen Waffen den näheren Umkreis ab.

»Und der Gefangene?«, fragte Brody, als sie sich wieder in Bewegung setzten.

»Geflohen«, antwortete Hunter. »Wo steht Ihr Wagen?«

»Hinter dem Jeep, den Sie sich vom Leiter der Flugsicherung ausgeborgt haben.«

»Wann sind Sie angekommen?«, wollte Hunter wissen.

»Vor etwa einer Minute. Wir waren gerade auf dem Weg zum Haus, als wir Sie haben rauskommen sehen.«

»Lucien ist Ihnen nicht begegnet?«

Sie waren bei den Fahrzeugen angelangt. Brodys Team fuhr ein SUV der Marke GMC.

»Nein.«

Einer der Agenten öffnete die hintere Tür, der andere half Hunter dabei, Madeleine auf die Rückbank zu legen. Behutsam strich er ihr die Haare aus dem Gesicht.

»Madeleine, bleib schön wach, ja? Wir haben es fast geschafft.«

Madeleine blinzelte träge.

Hunter wandte sich an den Agenten, der den Wagenschlüssel in der Hand hielt.

»Jemand muss sie sofort ins nächste Krankenhaus bringen.«

Der Agent schwang sich bereits hinters Steuer. »Ich fahre sie hin.«

Hunter wandte sich an seinen Kollegen. »Steigen Sie hinten ein, und setzen Sie sich zu ihr. Sie darf auf *keinen* Fall einschlafen. Sagen Sie den Leuten in der Notaufnahme, dass sie eine Stichverletzung im linken Oberbauch hat, etwa zwölf Zentimeter tief. Die Klinge hat die Milz verletzt und wurde beim Herausziehen gegen den Uhrzeigersinn gedreht.«

Der zweite Agent nickte und sprang ebenfalls in den Wagen.

Madeleines Lippen bewegten sich.

»Was sagst du, Schatz?«, fragte Hunter und beugte sich zu ihr herab, bis sein rechtes Ohr nur noch zwei Zentimeter von ihren Lippen entfernt war.

»Lass mich nicht allein.« Ihre Stimme war kaum noch zu hören. Der hypovolämische Schock machte sich bemerkbar.

»Das tue ich nicht. Versprochen. Diese Männer fahren dich jetzt ins Krankenhaus, da wird man sich um dich kümmern, okay? Ich komme gleich hinterher. Ich lasse dich nicht im Stich. Aber zuerst muss ich das Schwein kriegen, das dir das angetan hat.«

Hunter warf die Wagentür zu und sah zum Fahrer. »Los, fahren Sie.«

# 105

Kaum dass der Wagen losgefahren war, wandte Hunter sich an Agent Brody.

»Sie sind aus dieser Richtung gekommen, und Lucien ist Ihnen nicht über den Weg gelaufen?«, fragte er erneut.

»Nein«, versicherte Brody.

Hunters Blick streifte durch den Wald.

»Es gibt noch einen weiteren Zugang zum Haus«, meinte Brody.

Hunter sah ihn an.

»Auf einem Satellitenbild oder einer Karte kann man ihn erkennen«, erklärte Brody ihm. »Er macht einen Bogen. Man nähert sich dem Haus von hinten.«

Als er Ghost gesehen hatte, war Hunter bereits der Verdacht gekommen, dass es noch einen zweiten Weg zum Haus gab, denn Ghost musste mit dem Wagen gekommen sein. Er hätte unmöglich den ganzen Weg zu Fuß zurücklegen können.

»Gehen wir«, sagte Hunter.

Rasch eilten sie zum Haus zurück. Als die anderen zwei Agenten sie sahen, kamen sie sofort zu ihnen. Sie gingen an der Treppe zum Bunker vorbei und weiter bis zur Rückseite des Hauses.

Der Garten war genauso heruntergekommen wie das Gebäude und verfügte über einen Teich – beziehungsweise über einen schlammigen Tümpel, der früher einmal ein Teich gewesen war. Quer durch den Garten führte ein breiter Weg aus Betonplatten, von denen die meisten geplatzt und löchrig waren. Rechts neben dem Weg parkte ein zerbeulter, etwa fünfzehn Jahre alter Ford Bronco.

Die Männer zogen ihre Waffen und näherten sich langsam und vorsichtig dem Wagen. Er war leer. Kein Zweifel, dass er Ghost gehörte.

Diesmal war es Brody, der sich suchend im Wald umsah.

»Meinen Sie, er ist zu Fuß geflohen?«, fragte er. »Durch den Wald?«

Hunter ging zu dem Weg, hockte sich hin und leuchtete den Boden mit der Taschenlampe ab.

»Nein«, antwortete er nach wenigen Sekunden. »Er hatte ein Motorrad.« Er zeigte auf die Reifenspuren, die er entdeckt hatte.

»Wie viel Vorsprung mag er haben?«, fragte Brody.

»Fünf, maximal sechs Minuten.«

Brody zückte sein Handy. »Wenn das so ist, kann er noch nicht weit sein. Ich rufe Direktor Kennedy an, er soll in der gesamten Umgebung Straßensperren errichten lassen.«

Hunter schloss die Augen und verwünschte sich erneut dafür, dass er eine solche Situation nicht hatte kommen sehen. Zwar schwieg er gegenüber Agent Brody, doch er wusste genau, dass Straßensperren nichts bringen würden. Nicht an einem so gottverlassenen Ort wie diesem und nicht bei dem kurzen Zeitfenster, das ihnen dafür zur Verfügung stand.

Um ein Gebiet effektiv abzuriegeln, benötigt man viel Personal und eine große Fahrzeugflotte, und Hunter war sich ziemlich sicher, dass Berlin und Milan weder über das eine noch über das andere im erforderlichen Umfang verfügten. Zusammengenommen konnten beide Polizeidienststellen vielleicht acht Mann und vier Fahrzeuge vorweisen – wenn es hoch kam. Kennedy würde also zwangsläufig Unterstützung bei den Dienststellen der umliegenden Orte anfordern müssen, denn die nächstgelegene FBI-Außenstelle befand sich einen Bundesstaat entfernt. Bis Kennedy das nötige Personal beisammenhatte, um sämtliche Straßen und Wege zu blockieren und die Gegend wirksam abzuriegeln, wäre Lucien längst über die Staatsgrenze geflüchtet.

Hunter wusste, dass nichts von dem, was sich hier ereignet hatte, Zufall gewesen war. Lucien hatte alles bis ins letzte Detail geplant.

## 106

*Vier Stunden später*

In dem ehemaligen Atombunker wimmelte es nur so von FBI-Mitarbeitern. Die Leichen von Courtney Taylor und Ghost waren in Leichensäcke verpackt und zum Flughafen transportiert worden. Von dort aus würde man sie in die Rechtsmedizin nach Quantico fliegen.

Brodys Agenten waren in Rekordzeit zum Androscoggin Valley Hospital in Berlin gerast. Madeleine Reed war noch im OP, allerdings hatten die Ärzte den beiden FBI-lern mitgeteilt, dass aufgrund ihres schlechten Gesamtzustandes – der Unterernährung und Dehydration – ihre Überlebensaussichten nicht zum Besten standen. Doch solange es überhaupt eine Chance gab, gab es auch noch Hoffnung.

Hunter und Direktor Adrian Kennedy hielten sich im Kontrollraum des Bunkers auf. Hunter hatte Kennedy berichtet, was sich zugetragen hatte, seit am Flughafen die Satellitenverbindung abgebrochen war.

Kennedy hatte sich alles mit ernster Miene und ohne zu unterbrechen angehört. Als Hunter ihm schilderte, wie Agent Taylor kaltblütig exekutiert worden war, und auch den Grund dafür nannte, schloss Kennedy die Augen und ließ den Kopf hängen. Hunter sah ihn förmlich vor Wut beben.

»Wie konnte es so weit kommen, Robert?«, fragte Kennedy, nachdem Hunter geendet hatte. »Wie kann es sein, dass dieser Ghost auf Sie gewartet hat? Er kann doch nicht die ganze Zeit hier gewesen sein, oder?«

»Vermutlich nicht, nein«, antwortete Hunter.

»Also, wieso hat er Sie dann erwartet? Woher wusste er, wann Sie kommen würden?«

»Das wusste er gar nicht.«

Kennedy machte ein verärgertes Gesicht. »Sprechen Sie nicht in Rätseln, Robert.«

Hunter hatte bereits geraume Zeit über das Problem nachgedacht. »Beim FBI gibt es Geheimprotokolle, die nur dann ausgelöst werden, wenn ein Codewort genannt oder eine bestimmte Nummer eingegeben wird oder so was Ähnliches, richtig?«

Kennedy nickte, dann stutzte er. »Sie meinen, Lucien hatte auch so ein Geheimprotokoll? Eine Strategie für den Fall seiner Festnahme?«

Hunter nickte. »Bestimmt. Es gibt einen Grund, weshalb Lucien über all die Jahre hinweg so viele Menschen foltern und töten konnte, ohne dass irgendjemand – einschließlich der Menschen, die ihm nahestanden – auch nur den Hauch eines Verdachts gegen ihn hatte, Adrian. Und dieser Grund ist: Er bereitet sich auf alles perfekt vor. Er ist methodisch, gewissenhaft, diszipliniert, und er ist hervorragend organisiert. Was hier drin passiert ist, war von langer Hand geplant.«

Während Kennedy sich Hunters Worte durch den Kopf gehen ließ, sah er sich erneut im Raum um. Sein Blick blieb an der dunkelroten Lache neben der Metalltür hängen – Agent Taylors Blut. Trauer und Wut stritten in seinem Gesicht.

»Ich bin sicher, Lucien hat die Wahrheit gesagt, als er behauptete, er hätte Madeleine ausreichend Essen und Wasser für mehrere Tage dagelassen«, fuhr Hunter fort. »Aber ein einfaches Codewort oder irgendein Signal hätte den Plan ins Rollen bringen können. Falls Ghost nicht sowieso schon hier war, hätte er herkommen und sie auch weiter mit dem Nötigsten versorgen können. Offenbar war er rechtzeitig hier, denn sie hat ja noch gelebt, als wir kamen. Er muss gewusst haben, dass Lucien innerhalb weniger Tage nach Auslösen des Codesignals diejenigen, die ihn festhielten – wer auch immer das sein mochte –, hierher bringen würde.«

Kennedy verarbeitete diese Informationen schweigend.

»Lucien sagte, Ghost sei am Ende seiner Nützlichkeitsspanne angelangt, *genau wie die anderen vor ihm.* Er sagte, der Zeitpunkt käme zwangsläufig irgendwann, und danach würde er sich einfach ein neues fleißiges Helferlein suchen.«

Eine nachdenkliche Pause.

»Ich bin mir sicher, dass Lucien nur aus einem Grund Lehrlinge angeworben hat, nämlich damit er einen solchen Notfallplan in die Tat umsetzen kann. Wahrscheinlich hat er sie irgendwo aufgelesen, ihnen beigebracht, was sie tun müssen, sie eine Weile bei sich behalten und sich ihrer schließlich entledigt. Dann hat er sich jemand Neuen gesucht, und die ganze Sache ging von vorne los.«

»Weil sie auf lange Sicht für ihn zum Risiko geworden wären«, ergänzte Kennedy. »Ein Risiko, das er nicht bereit war einzugehen.« Hunter nickte.

Kennedy wirkte nach wie vor skeptisch. »Aber um ein solches Notfallprotokoll in Gang zu setzen, hätte Lucien diesem Ghost das Codewort oder Geheimsignal doch irgendwie übermitteln müssen. Wie soll er das angestellt haben?«

»Telefonisch?«

Kennedy schüttelte den Kopf. »Lucien hatte keinen Zugang zu einem Telefon. Er durfte niemanden anrufen. Er war von jeglichem Verkehr mit der Außenwelt abgeschnitten.«

»Seit er an das FBI überstellt wurde, meinen Sie«, gab Hunter zu bedenken. »Aber verhaftet wurde er vom Sheriffbüro in Wheatland, Wyoming. Hat er dort vielleicht irgendwelche Anrufe gemacht?«

Eine Pause, dann schloss Kennedy wie unter Schmerzen die Augen.

»So eine gottverdammte Scheiße«, flüsterte er. Jetzt erinnerte er sich, im Festnahmeprotokoll gelesen zu haben, dass dem Verhafteten ein einziges Telefonat gewährt worden war. Am anderen Ende hatte niemand abgenommen. Eine Codenummer – eine tote Leitung, die niemals klingelte, es sei denn ... es handelte sich um das Geheimsignal.

»Wie ist dieser Ghost hier reingekommen?«, wollte Kennedy nun wissen. »Sie haben gesagt, die Tür zu diesem Höllenloch wäre von außen mit einem Vorhängeschloss versperrt gewesen.«

»Der letzte Raum hinten rechts«, lautete Hunters Antwort. »Darin gibt es eine Tür zu einem weiteren Gang, der zu einem Ausgang hinten am Haus führt. Auf dem Weg ist Ghost in den Keller gelangt. Der erste Raum links«, fuhr Hunter fort und deutete in den Gang, »ist ein Beobachtungsraum mit zwei Computermonitoren. Lucien hat draußen acht bewegungssensible Überwachungskameras installiert. Sobald irgendwer in Reichweite der Kameras kam, ging im Bunker der Alarm los.« Hunter wies auf eine rote Lampe an der Wand hinter Kennedy. »Eine der Kameras befindet sich in einem Baum am Ende des Trampelpfads, der zum Vordereingang des Hauses führt.«

»Da, wo Sie den Jeep geparkt haben«, sagte Kennedy.

»Genau. Das hätte Ghost mehr als genug Zeit gegeben, Madeleine aus ihrer Zelle zu holen – die Tür hinten links –, sie an den Stuhl zu fesseln und in einen der Kartons zu kriechen.«

Kennedy wandte sich um und betrachtete den Stapel Pappkartons in der dunklen Ecke an der Wand.

»Da drin hat er sich versteckt?«

Hunter nickte. »Er war zierlich gebaut, und Lucien zufolge besaß er praktisch die Gelenkigkeit eines Schlangenmenschen.« Eine beklommene Pause. »Es war alles geprobt, Adrian. Wir sind ihm direkt in die Falle gelaufen, und es tut mir leid, dass ich es nicht habe kommen sehen.«

»Eine perfekt präparierte Falle«, sagte Kennedy. »Lucien hat einen enormen Zeitdruck aufgebaut, weil Sie und Agent Taylor sein jüngstes Opfer unbedingt lebend finden wollten. Und Sie hat er darüber hinaus noch unter extremen emotionalen Stress gesetzt, indem er sich als Mörder Ihrer Verlobten zu erkennen gegeben hat – wenige Minuten bevor er Sie zwang, mit ihm in ein Flugzeug zu steigen und hierherzufliegen. Die Tür zum Bunker war von außen verriegelt, außerdem sind wir alle davon ausgegangen, dass Lucien allein agiert. Es gab für Sie und Agent Taylor keinerlei Anlass zu der Vermutung, dass jemand hier auf Sie warten würde.«

»Trotzdem hätte ich den Raum gründlicher überprüfen müssen«, sagte Hunter. »Das mit Courtney tut mir so unendlich leid.«

Eine Minute lang sagte keiner der beiden ein Wort.

»Er wird nicht aufhören zu töten«, meinte Kennedy irgendwann. »So viel ist klar. Und wenn er es wieder tut, dann heften wir uns an seine Fersen und schnappen ihn.«

»Nein, garantiert nicht«, widersprach Hunter.

Kennedy funkelte ihn empört an.

»Er hat fünfundzwanzig Jahre lang unerkannt gemordet, Adrian. Es gab keine Verbindung zwischen seinen Taten. Lucien folgt keinem bestimmten Schema. Er tötet nicht zweimal nach demselben Muster. Er experimentiert. Er mordet wahllos – alt, jung, Frauen, Männer, blond, dunkelhaarig, Amerikaner, Ausländer. Nichts interessiert ihn außer der Erfahrung des Tötens selbst. Vielleicht wird er schon heute wieder jemanden umbringen. Vielleicht hat er es sogar schon getan. Woher sollen wir das wissen? Kann sein, dass wir eine Leiche finden, den Tatort untersuchen und trotzdem nicht mit Bestimmtheit wissen, ob Lucien der Täter ist oder nicht.«

»Das heißt, Sie glauben, was er Ihnen gesagt hat?«, fragte Kennedy. »Dass wir ihn zum letzten Mal gesehen haben?«

Hunter nickte. »Es sei denn, wir tricksen ihn aus.«

»Und wie, schlagen Sie vor, sollen wir das anstellen?«

»Vielleicht finden wir Hinweise in den Büchern da.«

Kennedys Blick ging zu den verstaubten Büchern in den Regalen.

»Das sind die Notizbücher, hinter denen Sie her waren«, erklärte Hunter. »Lucien hat mir gesagt, er hätte ein Geschenk für uns. Also, da steht es. Insgesamt dreiundfünfzig Bücher. Jedes hat zwischen zweihundertfünfzig und dreihundert Seiten.«

Kennedy ging auf die Regale zu, nahm wahllos ein Buch heraus und schlug es auf. Die Seiten waren allesamt von Hand beschrieben. Nirgendwo stand ein Datum, es gab überhaupt keine Zeitangaben. Auf mehrere beschriebene Seiten folgte immer jeweils eine schwarze Seite, wie um den Inhalt in nummern- und namenlose Kapitel zu gliedern.

»Was wir darin finden können, weiß ich selbst nicht genau – zumindest nicht, bis wir sie alle durchgegangen sind«, sagte Hunter. »Aber ich habe da so eine Idee.«

»Ich höre.«

»Ehe Sie gekommen sind, habe ich ein paar der Bücher durchgeblättert. Soweit ich es überblicken kann, hat er darin nicht nur seine Gefühle, seine Gedanken, seine verschiedenen Mordmethoden und so weiter festgehalten, sondern alles – jeden Menschen, den er getroffen hat, jeden Ort, an dem er gewesen ist, seit er mit seiner Mordenzyklopädie angefangen hat, einschließlich aller seiner geheimen Rückzugsorte. Orte, die niemand kennt.«

Kennedy begriff sofort. »Und jetzt gerade braucht Lucien

einen solchen Ort, an dem er kurzfristig untertauchen kann. Einen Unterschlupf. Das Haus in Murphy und der Bunker hier sind vermutlich nicht die einzigen Verstecke oder Gefängnisse oder Folterkammern, die ihm zur Verfügung stehen.«

»Genau.«

Kennedy dachte kurz nach. »Unser Problem ist nur: Falls Sie mit Ihrer Vermutung recht haben, ist Lucien wahrscheinlich bereits auf dem Weg zu einem dieser Verstecke, und er wird sich garantiert nicht längere Zeit am selben Ort aufhalten. Er wird sich so schnell wie möglich neu organisieren und dann endgültig verschwinden.«

Hunter schwieg.

Kennedy betrachtete erneut die Bücherregale. Dreiundfünfzig Bücher zu je etwa dreihundert Seiten. Hunter sah ihm seine Skepsis an.

»Wie lange brauchen Sie, um eine Gruppe der besten Schnellleser zusammenzutrommeln, Adrian?«, fragte er. »Leute, die die Bücher schnell und systematisch nach ganz konkreten Informationen durchsuchen können – in unserem Fall nach Luciens Unterschlupfen?«

Kennedy sah auf seine Uhr. »Wenn ich mich sofort darum kümmere, kriege ich ein Team zusammen, bis die Bücher in Quantico sind.«

»Dann hätten wir morgen früh eine Liste«, sagte Hunter.

»Und könnten für alle Orte zur selben Zeit einen Zugriff starten«, ergänzte Kennedy.

»Ich weiß, es ist ein Schuss ins Blaue«, meinte Hunter, »aber bei Lucien müssen wir uns an jeden Strohhalm klammern. Viele Chancen werden wir nicht haben.« Er ging zum Regal und nahm sich acht der Bücher heraus.

»Was machen Sie da?«, wollte Kennedy wissen.

»Ich bin der beste Schnellleser, den Sie finden werden.«

Kennedy wusste, dass das stimmte.

»Ich nehme mir die hier vor, Ihre Leute können den Rest erledigen. In ein paar Stunden kriegen Sie von mir die Liste.« Hunter wandte sich zum Ausgang.

»Wo wollen Sie hin?«

»Ins Krankenhaus. Ich habe es Madeleine versprochen.«

Kennedy wusste, dass Hunter die acht Bücher nicht allein deshalb lesen wollte, um nach Luciens Verstecken zu suchen. Wäre es ihm möglich gewesen, hätte er alle Bücher mitgenommen.

»Robert«, rief Kennedy ihm nach.

Hunter blieb stehen.

»Wenn Sie in einem der Bücher das Kapitel über Jessica finden, wird Ihnen das nicht über Ihren Schmerz hinweghelfen. Im Gegenteil, es wird Ihre Trauer und Ihre Wut nur noch größer machen.«

Hunter musterte Kennedy einen Moment lang. »Wie gesagt, Adrian, in ein paar Stunden kriegen Sie meine Liste.« Er wandte sich zur Treppe, die aus Satans Keller hinaus ins Freie führte.

# 107

Als Hunter im Krankenhaus eintraf, kam Madeleine Reed gerade aus dem OP. Die Ärzte teilten ihm mit, dass sie sehr viel Blut verloren habe. Wenige Minuten später, und sie hätten nichts mehr für sie tun können. Doch wer auch immer auf die Idee gekommen sei, die Blutung mit Hilfe eines Gürtels zu stoppen, habe gute Arbeit geleistet. Ohne den Gürtel wäre sie Minuten vor Ankunft in der Notaufnahme gestorben.

Die Ärzte erklärten Hunter auch, dass die Operation den Umständen entsprechend gut verlaufen sei. Es war ihnen gelungen, die innere Blutung zu stillen und die Milzruptur zu nähen, ehe das Organ versagte; allerdings war Madeleine bereits vor der OP völlig entkräftet gewesen, weshalb man nun nichts weiter tun könne, als zu warten und zu hoffen, dass ihr extrem geschwächter Körper die Kraftreserven fand, aufzuwachen und eigenständig zu atmen. Dass ihr Überlebenswille stark genug war. Die nächsten Stunden wären alles entscheidend. Im Moment wurde sie von Apparaten am Leben gehalten.

Hunter setzte sich in einer Ecke von Madeleines Zimmer in einen Sessel, wenige Meter vom Krankenbett entfernt. Madeleine lag, mit einer dünnen Decke zugedeckt, auf dem Rücken. Verschiedene Schläuche und Kanülen kamen ihr aus Mund, Nase und Armen und waren mit zwei Maschinen verbunden, die rechts und links neben ihrem Bett standen. Trotz der Bettdecke konnte Hunter den dicken Bauchverband erkennen. Der Herzmonitor rechts vom Bett gab ein rhythmisches Piepsen von sich, und die leuchtende Herzlinie zuckte in hypnotischer Regelmäßigkeit über den dunklen Bildschirm. Solange die Linie ausschlug, bestand Hoffnung.

Ehe er sich hinsetzte, blickte Hunter lange in Madeleines Gesicht. Sie wirkte friedlich und zum ersten Mal seit langem frei von Angst.

Ihre Eltern in Missouri hatte man eine halbe Stunde zuvor benachrichtigt. Sie waren bereits auf dem Weg.

»Ich weiß, dass du stark bist, Maddy«, raunte Hunter ihr zu. »Ich weiß, du kannst es schaffen. Diesmal gewinnt Lucien nicht. Lass nicht zu, dass er gewinnt. Ich weiß, dass du durchkommst.«

Die ganze Nacht hindurch hatte Hunter wie ein Besessener in Luciens Notizbüchern gelesen. Nun war es vier Uhr achtzehn am Morgen, und er hatte sechs der acht Bücher durch. Bislang enthielt seine Liste drei Orte, an denen Lucien Opfer festgehalten und gefoltert hatte. Jeder lag in einem anderen Bundesstaat.

Über Jessica und die schrecklichen Ereignisse jener Nacht vor zwanzig Jahren in Los Angeles hatte er bislang noch nichts gefunden. Er vermochte nicht genau zu sagen, ob er deswegen verärgert oder erleichtert war. Er hatte keine Ahnung, was es in ihm auslösen würde, sollte er tatsächlich über einen Bericht der Ereignisse stolpern.

Hunter las weitere zwanzig Minuten, dann erinnerte er sich an etwas.

Es stand nicht auf der Seite, die er gerade in Arbeit hatte, sondern lag ein paar Seiten zurück. Sein überstrapazierter Verstand hatte einige Sekunden länger gebraucht, um die Information korrekt zu verarbeiten. Hastig blätterte er zu der Stelle zurück und las den Abschnitt noch einmal durch.

Wo hatte er das schon mal gehört?

Die nächsten Minuten über zermarterte Hunter sich das Hirn nach einer Antwort.

Und dann hatte er sie.

# 108

In aller Eile verließ Hunter Madeleines Krankenzimmer. Am Ende eines langen, menschenleeren Flurs fand er ein WC. Kaum war er drinnen, zückte er sein Handy und wählte Kennedys Nummer. Er wusste, dass dieser noch wach war.

Nach dem zweiten Klingeln wurde abgenommen. »Sind Sie schon mit allen acht Büchern fertig?«

»Fast«, sagte Hunter. »Eins muss ich noch. Wie steht's bei Ihrem Team?«

»Sie haben jeweils vier Bücher geschafft«, antwortete Kennedy. »Ich habe insgesamt neun Leute, von denen jeder fünf Bücher bearbeitet. Sofern sie die momentane Geschwindigkeit beibehalten können, müsste die Liste bei Sonnenaufgang komplett sein.«

»Das wäre großartig«, sagte Hunter. »Nur leider müssen Sie sie bitten, noch mal von vorne anzufangen. Sie sollen nach etwas anderem suchen, nicht nach Luciens geheimen Schlupfwinkeln. Wir brauchen eine ganz neue Liste.«

Hunter glaubte förmlich zu hören, wie Kennedy die Stirn runzelte.

»Wie bitte? Robert, was soll das heißen? Wonach sollen sie denn suchen? Was für eine neue Liste?«

Hunter erklärte es ihm in knappen Worten.

»Wieso?«

Hunter erläuterte ihm auch den Grund.

Danach trat eine lange Pause ein, in der Kennedy angestrengt nachdachte.

»Ich will verdammt sein«, sagte er schließlich und stieß hörbar die Luft aus. »Glauben Sie etwa ...?«

»Es ist nur ein weiterer Strohhalm«, gab Hunter zurück. »Und wir waren uns einig, dass wir uns an jeden klammern müssen.«

»Absolut ...« Wieder eine gedankenvolle Pause. »Wenn Sie damit richtigliegen, Robert, könnten wir tatsächlich Erfolg haben. Das Problem ist nur: Dieser Erfolg kann sich morgen einstellen oder in einer Woche, in einem Monat oder zu irgendeinem anderen Zeitpunkt innerhalb der nächsten zwanzig, dreißig Jahre. Es gibt keine Möglichkeit, das abzusehen.«

»Wenn es heißt, dass wir Lucien schnappen, bin ich gern bereit zu warten.«

»Also gut«, entschied Kennedy. »Aber das Team ist mit der Liste der Orte so gut wie fertig. Sie wissen, dass wir keine Zeit zu verschenken haben, deswegen kümmern wir uns erst mal darum. Danach sage ich ihnen, sie sollen noch mal von vorne anfangen.«

»In Ordnung. Meine Liste kriegen Sie innerhalb der nächsten Stunde.« Hunter legte auf und kehrte in Madeleines Zimmer zurück.

Nach weiteren fünfunddreißig Minuten war er mit dem letzten Buch fertig – er hatte nichts Neues gefunden, seine Liste bestand nach wie vor aus drei Orten. Er simste sie Kennedy, dann nahm er sich wieder das erste Notizbuch vor.

Als Kennedy um elf Uhr zweiundzwanzig zurückrief, waren Hunters Augen rot vor Müdigkeit und vom vielen Lesen.

»Ich dachte mir, Sie wollen bestimmt Bescheid wissen«, begann Kennedy. »Wir haben insgesamt fünfzehn Orte in fünfzehn verschiedenen Bundesstaaten gefunden. FBI- und SWAT-Teams machen sich gerade bereit. In einer, vielleicht anderthalb Stunden müsste alles für den Simultanzugriff fertig sein.«

»Klingt gut«, sagte Hunter.

»Wie kommen Sie mit der zweiten Liste voran?«

»Ist so gut wie vollständig. Geben Sie mir noch eine halbe Stunde. Wie sieht's bei Ihrem Team aus?«

»Total erschöpft und überarbeitet. Sie werden nur noch von starkem schwarzen Kaffee am Leben gehalten. Die Leute hier nennen sie die Rotaugen-Truppe.«

»Das kann ich gut nachfühlen.«

»Innerhalb der nächsten Stunde müssten sie fertig sein. Wie geht es Madeleine?«

»Nach wie vor ohne Bewusstsein.«

»Tut mir leid, das zu hören.«

»Sie wird es schon schaffen«, sagte Hunter. »Sie ist eine starke Frau.«

Kennedy konnte Hunter für seinen Optimismus nur bewundern.

»Sobald die neue Liste steht, wissen Sie, was zu tun ist, oder?«

»Natürlich.«

Sie legten auf.

Hunter ging zu Madeleine zurück. Vierundzwanzig Minuten später war auch die neue Liste vollständig. Diesmal hatte er vier Einträge gefunden. Wieder simste er sie Kennedy, und binnen fünf Sekunden kam die Antwort:

»*Beginnen Operation, sobald komplette Liste vorliegt. Zugriff in t-53 min. Melde mich mit aktuellen Informationen.*«

## 109

Hunter erhielt die nächste SMS von Kennedy genau dreiundfünfzig Minuten später.

»*Zugriff gestartet. Halte Sie auf dem Laufenden. Zweite Liste mittlerweile fertig – notwendige Maßnahmen eingeleitet.*«

Jetzt hieß es warten. Hunter massierte sich kurz den Nacken. Die Erschöpfung hatte sich in seinem Schädel, in sämtlichen Gelenken und Muskeln eingenistet. Bei jeder Bewegung spürte er das Ziehen der Sehnen im ganzen Körper, als wären sie bis zum Zerreißen gespannt. Er schloss für einen kurzen Moment die Augen, und das Nächste, was er mitbekam, war das Vibrieren des Handys in seiner Brusttasche.

Hunter hatte vierundachtzig Minuten geschlafen. Ihm kam es so vor, als wären es nur wenige Sekunden gewesen. Rasch verließ er das Krankenzimmer, um Kennedys Anruf entgegenzunehmen.

»Die Aktion war erfolglos, Robert«, meldete Kennedy. »Keine Spur von Lucien.« Er klang niedergeschlagen und frustriert. »So wie es aussieht, war er seit Wochen in keinem seiner Schlupfwinkel mehr. Die Teams haben mir Fotos geschickt, denen zufolge waren diese Verstecke ein Paradies für Sadisten, wahre Schlachthäuser. Sie glauben gar nicht, was für Folterinstrumente dort gefunden wurden.«

Und wie Hunter das glaubte!

»Die Spurensicherung wird Wochen, vielleicht sogar Monate brauchen, um alle fünfzehn Tatorte zu untersuchen, und wenn wir Pech haben, bringt uns das trotzdem keinen Hinweis auf Luciens gegenwärtigen Aufenthaltsort ein. Ich denke, die Aufzeichnungen sind unsere beste Chance ... falls wir überhaupt noch eine Chance haben. Aber sie müssen im Detail studiert werden, das wird viel Zeit in Anspruch nehmen.« Ohne es zu merken, stieß Kennedy einen betrübten Seufzer aus. Für ihn gab es keinen Zweifel: Bis sie das gesamte Material aus Luciens Hinterlassenschaft analysiert hatten, wäre dieser längst untergetaucht, für immer von der Bildfläche verschwunden. Seine Prophezeiung würde eintreffen: Sie würden ihn nie wiedersehen.

# 110

Als Hunter in Madeleines Krankenzimmer zurückkam, blieb er abrupt stehen. Sämtliche Nackenhaare stellten sich ihm auf. Madeleine lag nach wie vor reglos auf dem Rücken, doch sie hatte die Augen geöffnet – oder zumindest versuchte sie gerade, die Augen zu öffnen. Sie konnte kaum ihre schweren Lider heben.

Mit einem Schritt war Hunter an ihrem Bett.

»Madeleine?«

Sie blinzelte benommen.

Sachte berührte Hunter ihre Hand. »Madeleine, wissen Sie noch, wer ich bin?«

Sie blinzelte noch einmal, dann fand ihr Blick sein Gesicht. Sie sagte kein Wort. Ihre Lippen verzogen sich zu einem schwachen, doch ganz und gar aufrichtigen Lächeln.

Hunter lächelte zurück. »Ich wusste, dass Sie es schaffen«, flüsterte er. »Ich hole schnell einen Arzt. Bin gleich wieder da.«

Sie drückte ganz leicht seine Hand.

Hunter eilte aus ihrem Zimmer und kam in weniger als einer Minute mit einem kleinen, korpulenten Arzt zurück, der sich mit einer Schwerfälligkeit bewegte, als trüge er sein Körpergewicht als Strafe für seine Sünden mit sich herum. Als er auf Madeleines Bett zutrat, spürte Hunter schon wieder das Handy in seiner Brusttasche vibrieren. Er entschuldigte sich und ging nach draußen auf den Flur.

»Robert«, sagte Kennedy, kaum dass Hunter abgenommen hatte. »Die zweite Liste – Ihre Idee?«

»Was ist damit?«

»Sie werden es nicht glauben.«

## 111

*Sieben Stunden später*
*John F. Kennedy Flughafen, New York*

»Hätten Sie gerne etwas zu trinken, während wir warten, bis die restlichen Passagiere eingestiegen sind, Mr Tailor-Cotton?«, erkundigte sich die junge Flugbegleiterin mit einem strahlenden Lächeln. Sie hatte sich die blonden Haare zu einem perfekt sitzenden Knoten frisiert, und ihr mit viel Sorgfalt aufgetragenes Make-up akzentuierte ihre

Gesichtszüge optimal. »Champagner vielleicht? Oder lieber einen Cocktail?«, bot sie an.

Champagner und Cocktails waren nur zwei der vielen Vorzüge, wenn man erste Klasse flog.

Der Passagier riss seinen Blick vom Kabinenfenster los und sah in das hübsche Gesicht der Flugbegleiterin. KATE stand auf dem Namensschild an ihrer Bluse.

Er erwiderte ihr Lächeln. »Champagner wäre wunderbar.« Er hatte eine weiche Stimme mit einem leichten kanadischen Akzent. Seine dunkelgrünen Augen blickten intensiv und wissend.

Die Flugbegleiterin strahlte weiterhin. Sie fand, dass Mr Tailor-Cotton einen gewissen geheimnisvollen Charme versprühte, und das gefiel ihr.

»Ausgezeichnete Wahl«, sagte sie. »Ich bringe Ihnen sofort ein Glas.«

»Entschuldigen Sie bitte, Kate«, rief er ihr nach, als sie sich bereits umgedreht hatte. »Wie lange dauert es noch, bis wir starten?«

»Wir sind heute voll belegt«, antwortete sie. »Und das Boarding der übrigen Klassen hat gerade erst begonnen. Wenn niemand zu spät kommt, müssten wir in höchstens zwanzig oder dreißig Minuten auf dem Weg zur Startbahn sein.«

»Ah, sehr gut. Herzlichen Dank.«

»Wenn ich irgendwas tun kann, um Ihnen die kurze Wartezeit angenehmer zu machen, sagen Sie mir ruhig Bescheid.« Ihr Lächeln bekam eine kokette Note.

Mr Tailor-Cotton nickte und lächelte auf dieselbe Art und Weise zurück. »Das werde ich tun.«

Er sah ihr nach, wie sie durch den schmalen Gang davonging. Als sie hinter dem Trennvorhang verschwunden war, richtete er den Blick wieder aus dem Fenster. Er war noch nie in Brasilien gewesen, hatte aber viel Positives über das Land gehört und freute sich schon darauf, ein paar angenehme Wochen dort zu verbringen. Es wäre eine höchst willkommene Luftveränderung.

»Ich habe mir sagen lassen, die Strände in Brasilien sind ein absoluter Traum«, meinte plötzlich der Passagier direkt hinter ihm und beugte sich nach vorn. »Ich selbst war ja noch nie da, aber angeblich sollen sie geradezu paradiesisch sein.«

Für den Bruchteil einer Sekunde blieb Mr Tailor-Cotton fast das Herz stehen, doch dann schmunzelte er sein Spiegelbild in der Scheibe des Kabinenfensters an.

Diese Stimme hätte er überall wiedererkannt.

Der Passagier hinter ihm stand auf, kam nach vorn und lehnte sich entspannt gegen die Armlehne des Einzelsitzes auf der gegenüberliegenden Seite des Ganges.

»Hallo, Robert«, sagte Lucien und wandte den Kopf, um Hunter anzusehen.

»Hallo, Lucien«, antwortete Hunter ruhig.

»Du siehst furchtbar aus«, meinte Lucien.

»Ich weiß«, erwiderte Hunter. »Im Gegensatz zu dir. Du hast wirklich ganze Arbeit geleistet. Neue Haarfarbe, Kontaktlinsen, der Bart abrasiert – sogar die Narbe ist weg. Und das alles in wenigen Stunden.«

Lucien machte ein Gesicht, als hätte er ein Kompliment bekommen.

»Schminke und ein bisschen Silikon können wahre Wunder bewirken, sofern man damit umzugehen weiß.«

»Und der kanadische Akzent gelingt dir auch in Vollendung«, sagte Hunter. »Nova Scotia?«

Lucien lächelte. »Du hast immer noch ein ausgezeichnetes Gehör, Robert. Stimmt genau. Halifax. Ich beherrsche eine ganze Palette von Akzenten. Möchtest du ein paar davon hören?«

Das Letzte sagte er in makellosem Midwestern-Dialekt – Minnesota, um genau zu sein.

»Im Moment eher nicht«, lehnte Hunter ab.

Lucien betrachtete gleichmütig seine Fingernägel. »Wie geht es Madeleine?«

»Sie lebt. Sie wird wieder ganz gesund.«

Lucien sah zu Hunter auf. »Körperlich, meinst du wohl. Seelisch hat sie vermutlich einen Schaden fürs Leben.«

Hunters Blick verhärtete sich. Lucien hatte recht, und er wusste es. Das Trauma, das Madeleine durchlitten hatte, würde sie nie wieder loslassen. Das wahre Ausmaß der psychischen Folgen würde sich erst im Laufe vieler Jahre offenbaren.

Eine lange Pause trat ein.

»Wie hast du mich gefunden?«, erkundigte sich Lucien schließlich.

»Deine Aufzeichnungen«, sagte Hunter. »Dein Lebenswerk. Dein ›Geschenk‹ an uns, wie du es genannt hast. Oder besser noch: deine Enzyklopädie.«

Luciens Blick verriet Neugier.

»Ja«, sagte Hunter. »Ich kann mich noch an den Tag damals in Stanford erinnern, als du die Idee zum ersten Mal erwähnt hast.«

Lucien schmunzelte. »Damals fandst du sie verrückt.«

Hunter nickte. »Das tue ich nach wie vor.«

»Tja, aber die verrückte Idee ist Wirklichkeit geworden, Robert. Und die Informationen aus meinen Büchern werden für immer die Art und Weise verändern, wie das FBI, das NCAVC, die Einheit für Verhaltensanalyse und jede Polizeibehörde im Land, vielleicht sogar auf der ganzen Welt, sadistische und gewalttätige Serientäter betrachten. Jetzt könnt ihr Dinge begreifen, die bislang niemand begriffen hat und die ohne meine Arbeit auch niemand je begreifen *würde*. Intime Einblicke und Gedanken, die nie zuvor offen dargelegt wurden. Informationen, die eure Chancen, künftig solche Täter zu fassen, exponentiell erhöhen. Das ist mein Geschenk an euch und an diese beschissene, kranke

Welt. Meine Arbeit und meine Bücher werden von allen nachfolgenden Generationen studiert und zitiert werden.« Er zuckte die Achseln. »Was macht es da schon, wenn ich im Namen der Forschung ein paar Menschen umgebracht habe? Wissen hat seinen Preis, Robert. Und manches Wissen ist eben teurer als anderes.«

Hunter nickte und zog die Augenbrauen hoch. »Du weißt so viel über Psychologie und Kriminologie, aber deine eigene Psychose hast du nicht erkannt. Du bist kein Forscher, Lucien, und schon gar kein Wissenschaftler. Du bist einfach nur ein hundsgewöhnlicher Mörder, der, um seine Taten zu rechtfertigen und seine soziopathischen Neigungen zu befriedigen, in dem Irrglauben Zuflucht sucht, er handle im Namen einer guten Sache. Wenn man es genau betrachtet, ist das erbärmlich, denn es ist nicht mal originell. So was hat es schon hundertmal gegeben.«

»Nichts von dem, was ich getan habe, hat es schon hundertmal gegeben, Robert«, brauste Lucien auf.

Hunter zuckte gleichmütig mit den Schultern. »Ich bin nicht dein Psychologe, Lucien. Ich bin nicht gekommen, um dir zu helfen, und das hier ist auch keine Therapiesitzung. Von mir aus kannst du dich deinen Wahnvorstellungen hingeben, so lange du willst, das interessiert kein Schwein. Das wirklich Gute an deinen Büchern ist, dass du freundlich genug warst, absolut alles über deine Experimente minutiös zu protokollieren – Orte, Vorgehensweisen, Namen der Opfer und noch vieles, vieles mehr. Ich habe letzte Nacht eine Menge gelesen.«

»Du hast in einer Nacht dreiundfünfzig Bücher durchgelesen?«

»Nein, aber ich habe acht von ihnen überflogen. Und dabei hat mir der Zufall in die Hände gespielt – zu deinem Pech.«

Lucien machte ein interessiertes Gesicht.

»In einem Buch bin ich über den Namen eines deiner

Opfer gestolpert. Ich wusste, ich hatte ihn irgendwo schon mal gehört – Liam Shaw.«

Luciens Blick wurde kalt.

»Es hat ein bisschen gedauert«, fügte Hunter hinzu, »aber irgendwann ist es mir wieder eingefallen. Das war der Name, unter dem man dich in Wyoming festgenommen hat.«

Lucien sagte nichts.

»Außerdem warst du so zuvorkommend, das Äußere deiner Opfer sehr detailreich zu beschreiben«, fuhr Hunter fort. »Und da ist mir aufgefallen, dass Liam Shaw einige körperliche Attribute mit dir gemeinsam hatte: Größe, Figur, Hautton, Gesichtsform, einschließlich der Form von Augen, Nase und Mund – alles ähnlich. Und ihr seid ungefähr im gleichen Alter.«

Noch immer Schweigen.

»Dann ist mir noch was anderes eingefallen, was du während einer der Vernehmungen erwähnt hast. Courtney gegenüber hast du behauptet, das FBI könne sich deine Verhaftung nicht auf die Fahnen schreiben. Sie hätten weder gegen dich noch gegen eins deiner Pseudonyme ermittelt.«

Lucien wurde ein wenig unruhig.

»Tja, das hat mich ins Grübeln gebracht, also habe ich noch mal zurückgeblättert und mir alle männlichen Opfer angeschaut, die du in deinen Büchern beschrieben hast. Es waren nicht besonders viele, aber alle von ihnen sahen dir ähnlich.«

Lucien kratzte sich am Kinn.

Hunter steckte die Hände in die Hosentaschen. »Und genau deshalb hast du sie ausgesucht. Nicht um sie in deine Enzyklopädie der Folter und des Tötens aufzunehmen, sondern weil du dir eine Reihe falscher Identitäten schaffen wolltest, auf die du jederzeit zurückgreifen konntest.«

Luciens Blick schweifte zurück zum Fenster und der Dunkelheit draußen.

»Einige deiner männlichen Opfer waren Stricher«, fuhr Hunter fort. »Einige waren verkrachte Existenzen, aber alle hatten eins gemeinsam: Sie waren allein. Missverstanden, von ihren Familien und Freunden verstoßen. Leute, die ihr altes Leben hinter sich gelassen hatten, um in einer anderen Stadt neu anzufangen. Menschen ohne Bindungen. Wegen denen keiner zur Polizei geht. Die Alleingelassenen. Die, die niemand vermisst.«

»Die sind immer die besten Opfer.« Lucien klang noch immer unbesorgt.

»Und weil sie dir so ähnlich sahen, war es nicht weiter schwer, ihren Platz einzunehmen – ein bisschen Schminke, eine andere Haarfarbe, vielleicht Kontaktlinsen, ein neuer Akzent, und schon hieß es: auf Wiedersehen, Lucien Folter, hallo, neue Identität. In diesem Fall: Anthony Tailor-Cotton aus Halifax in Kanada.«

Endlich hatte Lucien begriffen, worauf Hunters Erklärungen hinausliefen. »Soll das heißen, du und das FBI habt die ganze Nacht wie die Verrückten in meinen Büchern gelesen und die Namen aller meiner männlichen Opfer herausgesucht?«

Hunter nickte. »Jeder Name, den wir gefunden haben, wurde landesweit zur Fahndung ausgeschrieben. Allerdings muss ich zugeben, dass wir uns nicht viel davon erhofft haben. Bestenfalls, dachten wir, würde vielleicht in ein paar Jahren irgendwo einer der Namen im Rahmen einer Kreditkartentransaktion auftauchen und uns den Hauch eines Anhaltspunktes darauf geben, wo du stecken könntest. Stell dir demnach unser Erstaunen vor, als uns gemeldet wurde, ein gewisser Anthony Tailor-Cotton, kanadischer Staatsbürger wie eins der von dir beschriebenen Opfer, hätte ein Ticket für einen Flug nach Brasilien gekauft.«

»Ich hätte wohl eine frühere Maschine nehmen sollen«, stellte Lucien fest.

Hunter konnte die Logik dieser Bemerkung nachvollziehen. Ursprünglich hatte Lucien zwei Möglichkeiten gehabt. Entweder er hätte in den USA bleiben und für eine gewisse Zeit untertauchen können ... eine sehr lange Zeit, außerdem hätte er währenddessen vermutlich unter falscher Identität leben müssen. Sein Name hätte ganz oben auf der Liste der zehn meistgesuchten Verbrecher des FBI gestanden, und sein Foto wäre an alle Polizeidienststellen und Sheriffbüros im ganzen Land verteilt worden. Lucien Folter war nicht länger das Phantom, das er einmal gewesen war.

Möglichkeit Nummer zwei hätte darin bestanden, sofort zu verschwinden, vorzugsweise ins Ausland. Hunter wusste, dass Lucien das FBI keineswegs unterschätzte. Ihm war klar gewesen, dass seine Enzyklopädie bis in die letzte Einzelheit analysiert werden würde – genau das hatte er ja gewollt. Folglich hatte er auch damit gerechnet, dass das FBI irgendwann den Namen eines seiner Opfer mit dem Pseudonym in Verbindung bringen würde, das er bei seiner Verhaftung angegeben hatte, und dass man in einem nächsten Schritt die äußerlichen Ähnlichkeiten zwischen all seinen männlichen Opfern und ihm selbst feststellen würde. Wenn sich Lucien allerdings rechtzeitig ins Ausland absetzte, wären all diese Erkenntnisse wertlos, weil das FBI dann nicht mehr an ihn herankäme. All diese Dinge hatte er vorausgesehen – nur nicht, dass das FBI es innerhalb weniger Stunden herausfinden würde.

»Ja, vielleicht«, sagte Hunter. »Wie gesagt, diesmal hatte ich einfach Glück, und du hattest Pech. Der Name Liam Shaw ist rein zufällig in einem der acht Bücher aufgetaucht, die ich zum Lesen mitgenommen hatte. Andernfalls hätte das FBI wahrscheinlich Monate gebraucht, um den Zusammenhang herzustellen. Zu dem Zeitpunkt wärst du längst über alle Berge gewesen.«

Endlich riss Hunter den Blick von Lucien los und schaute nach vorne zum Vorhang. Der wurde plötzlich beiseitegezogen, und Direktor Adrian Kennedy, begleitet von vier FBI-Agenten, nahm Kurs auf sie. Am anderen Ende des Ganges waren zwischenzeitlich vier bewaffnete Mitglieder eines SWAT-Teams des NYPD aufgetaucht, die ebenfalls in ihre Richtung kamen.

Zum ersten Mal zeigte Lucien aufrichtiges Erstaunen.

»Du lieferst mich ans FBI aus?«

Hunter antwortete nicht.

»Ich bin bitter enttäuscht von dir, Robert. Ich dachte, du stehst zu deinem Wort. Ich dachte, du hättest nicht nur dir, sondern auch dem Gedächtnis deiner ermordeten Verlobten geschworen, denjenigen zu finden und zu töten, der sie dir auf so brutale Art und Weise genommen hat? Darauf hast du doch die letzten zwanzig Jahre gewartet, oder etwa nicht? Auf die Gelegenheit, Jessicas Tod zu rächen. Nun, hier bin ich, alter Freund. Du musst nichts weiter tun, als mir eine Kugel in den Kopf zu jagen, und deine zwanzig Jahre während Suche hat ein Ende. Du kannst stolz auf dich sein.« Rasch spähte Lucien in beide Richtungen den Gang hinab. »Komm schon, Robert. Ich befinde mich hier praktisch auf dem Präsentierteller. Ich schwöre dir auch, ich bleibe ganz still sitzen. Das wird ein kinderleichter Schuss.«

Hunter trat von einem Fuß auf den anderen.

Kennedy und die anderen kamen immer näher.

»Hast du nicht gesagt, dass Jessica Gerechtigkeit verdient hat? Willst du jetzt allen Ernstes dein Versprechen brechen, Robert? Die Erinnerung an die einzige Frau beschmutzen, die du je geliebt hast? Die Frau, die du heiraten wolltest? Die Frau, die dein Kind erwartet hat?«

Hunter erstarrte.

Lucien sah die Qual in seinem Gesicht. Er setzte noch einmal nach.

»Ja, ich weiß, dass sie schwanger war. Das hat sie mir gesagt, als sie mich angefleht hat, sie am Leben zu lassen. Ich habe sie trotzdem getötet. Und wusstest du, dass das letzte

Wort, das ihr über die Lippen kam, bevor ich ihr den Hals aufgeschlitzt habe, bevor ich sie und dein Kind umgebracht habe, dein Name war?«

In Hunter brodelte glühend heiß der Zorn. Er sah rot. Die Gedanken in seinem Kopf ergaben nicht länger einen Sinn. Was er tat, hatte nichts mehr mit Logik oder Vernunft zu tun, nur noch mit blankem Hass. Seine Hand zitterte, als er nach seinem Holster griff.

Kennedy sah den Ausdruck in Hunters Augen. Er war noch mehrere Schritte von ihm entfernt.

»ROBERT, TUN SIE ES NICHT!«, schrie er.

Zu spät.

# 112

Hunter war blitzschnell. Im Bruchteil einer Sekunde war seine Hand am Holster.

Lucien zuckte zusammen. Hunter sah, wie sein ganzer Körper sich versteifte, doch nicht vor Angst – sondern aus Befriedigung. Lucien triumphierte, weil er genau das erreicht hatte, was er erreichen wollte.

Allerdings war dieser Triumph nur von kurzer Dauer.

Hunter ließ ein Paar Handschellen in Luciens Schoß fallen.

Verdattert blickte dieser zu ihm auf. Hunter hatte keine Waffe in der Hand.

»Du hast recht«, sagte Hunter. »Jessica hat Gerechtigkeit verdient. Mein ungeborenes Kind hat Gerechtigkeit verdient. Und ich verdiene Gerechtigkeit für das, was du mir angetan hast. Nichts könnte mir größere Genugtuung verschaffen, als dir jetzt und hier eine Kugel zu verpassen. Aber wir sind nicht die Einzigen, die Gerechtigkeit für deine

Taten verdient haben, Lucien. Die Eltern, die Familien und Freunde jedes einzelnen Opfers, das du im Laufe der Jahre gefoltert und ermordet hast – sie alle haben Gerechtigkeit verdient. Sie haben ein Recht darauf, zu erfahren, was mit ihren Angehörigen geschehen ist, denn wahrscheinlich glauben oder hoffen die meisten nach wie vor, dass sie noch am Leben sind. Sie haben ein Recht darauf, zu wissen, wo die Leichen liegen. Sie haben ein Recht darauf, sie in Würde und nach ihrem Glauben zu bestatten. Aber vor allem haben sie ein Recht auf die Gewissheit, dass das Monster, das ihre Liebsten getötet hat, nie wieder töten wird.«

Hunter sah kurz zu Kennedy, der inzwischen fast bei ihnen angelangt war. Dann richtete er sich wieder an Lucien.

»Insofern hast du recht. Aus diesen Gründen breche ich das Versprechen, das ich mir und Jessica gegeben habe. Und diesmal wird es keine Gespräche, keine netten Plaudereien mehr zwischen uns geben. Du hast kein Druckmittel mehr in der Hand, denn wir haben deine Bücher, und darin steht alles, was wir wissen müssen, auch die Stellen, an denen du deine Opfer vergraben hast. Die Sache ist hier und jetzt für dich zu Ende.«

Hunter nickte den SWAT-Leuten zu seiner Linken zu. »Ihr könnt ihn mitnehmen.«


# 113


Trotz seiner Schlafprobleme und des Gedankenkarussells, das sich unaufhörlich in seinem Kopf drehte, war Hunter so übermüdet, dass er vier Stunden durchschlief.

Nach Luciens Festnahme war er zurück nach Quantico geflogen. Er war nach wie vor ans FBI »ausgeliehen«, wie

Kennedy es bezeichnet hatte, deshalb musste er noch einen letzten Bericht schreiben. Spätnachts war auch das erledigt.

Bereits vor Sonnenaufgang war Hunter schon wieder auf den Beinen. Kennedy hatte veranlasst, dass ein FBI-Jet ihn frühmorgens zurück nach Los Angeles brachte. Hunter konnte es gar nicht erwarten, nach Hause zu kommen. Er begriff immer noch nicht ganz, was passiert war. Vor ein paar Tagen hätte er in eine Maschine nach Hawaii steigen sollen – sein erster Urlaub seit Gott weiß wie langer Zeit. Stattdessen hatte man ihn Hals über Kopf zur Einheit für Verhaltensforschung nach Quantico geflogen, wo er in einen höllischen Alptraum hineingerissen worden war. Die Ereignisse hatten sich förmlich überschlagen, und er hatte immer noch das Gefühl, das Chaos in seinem Kopf würde sich niemals lichten.

Hunter war reisefertig. Er hatte seine paar Habseligkeiten in den Rucksack gepackt, jetzt wartete er nur noch darauf, dass der Fahrer ihn abholen kam. Er trat ans Fenster und stellte seine Kaffeetasse aufs Fensterbrett. Draußen hatten trotz der Dunkelheit einige FBI-Anwärter bereits mit ihrem mörderischen Trainingsprogramm begonnen.

Hunter sah in den von Sternen übersäten Himmel. Er holte seine Brieftasche hervor und entnahm ihr ein zwanzig Jahre altes Foto. Die Farben waren ein wenig verblasst, doch abgesehen davon war es gut erhalten.

Hunter hatte das Foto selbst aufgenommen, am Tag nach ihrer Verlobung. Jessica stand am Santa Monica Pier und lachte in die Kamera. Aus ihren Augen strahlte eine überbordende Freude. Als Hunter das Foto betrachtete, war sein Herz plötzlich von einer Vielzahl alter und ganz neuer Emotionen erfüllt. Er spürte einen Kloß in der Kehle, doch dann fiel ihm wieder ein, was Direktor Kennedy in den frühen Morgenstunden zu ihm gesagt hatte.

»Ehe Sie gehen, Robert, möchte ich noch, dass Sie eins begreifen. Ich werde nicht so tun, als wüsste ich Bescheid.

In Wahrheit kann ich mir nicht mal ansatzweise vorstellen, was Ihnen jetzt gerade durch den Kopf geht. Aber so viel kann ich Ihnen sagen: Was auch immer geschieht, Sie können stolz auf sich sein, denn Ihnen haben wir es zu verdanken, dass schätzungsweise achtzig Familien in den Vereinigten Staaten endlich Frieden oder wenigstens Gewissheit gefunden haben. Luciens fünfundzwanzig Jahre andauernde Mordserie ist zu Ende. Sie haben ihr ein Ende gemacht. Vergessen Sie das niemals.«

Hunter wusste, er würde es nie vergessen.

# Danksagung

Die Schriftstellerei gilt ja gemeinhin als einsame Tätigkeit; ich allerdings habe die Erfahrung gemacht, dass ein Roman, selbst wenn er von nur einer Person geschrieben wird, niemals das Werk eines Einzelnen ist.

Mein aufrichtiger Dank gilt all den großartigen Menschen bei Simon & Schuster UK und meiner Lektorin Jo Dickinson, deren unschätzbares Input und wertvolle Ratschläge Geschichte und Figuren in diesem Buch erst richtig lebendig gemacht haben. Ebenso meinem Copy Editor Ian Allen für seine tolle Arbeit und beeindruckende Genauigkeit.

Worte vermögen nicht auszudrücken, wie dankbar ich dem leidenschaftlichsten und außergewöhnlichsten Agenten bin, den an seiner Seite zu haben sich ein Autor jemals wünschen könnte – Darley Anderson.

Auch dem fantastischen, unermüdlichen Team der Darley Anderson Literary Agency schulde ich ewigen Dank.

Danke auch an meine Leser und an alle da draußen, die mir und meinen Romanen von Anfang an die Treue gehalten haben. Ohne eure Unterstützung würde ich nicht schreiben.

*Chris Carter*

# Der Totschläger

Thriller.
Aus dem Englischen von
Sybille Uplegger.
Taschenbuch.
Auch als E-Book erhältlich.
www.ullstein-buchverlage.de

*Er sagt, du hast keine Wahl.*
*Er sagt, du kannst nur zusehen.*
*Es liegt nicht in deiner Macht, die Morde zu verhin-*
*dern.*

Ein anonymer Anrufer befiehlt Detective Robert Hunter, eine Website aufzusuchen. Auf der Seite: eine Live Show. Hunter muss hilflos mit ansehen, wie ein Mensch brutal gefoltert und ermordet wird. Bevor Hunter und sein Kollege Garcia vom LAPD auch nur ahnen, mit wem sie es zu tun haben, setzt der Unbekannte sein krankes Spiel fort: Ein weiterer brutaler Mord vor laufender Kamera. Und dieses Mal hat der Anrufer Hunter und Garcia eine ganz eigene Rolle zugedacht. Doch Hunter und Garcia lassen sich so einfach nicht manipulieren ...

ullstein

*Stefan Ahnhem*

# Und morgen du

Kriminalroman.
Aus dem Schwedischen von
Katrin Frey.
Taschenbuch.
Auch als E-Book erhältlich.
www.list-taschenbuch.de

**Ein Klassenfoto, drei Tote – wer wird der Nächste
sein?**

Helsingborg, Südschweden. Kommissar Fabian Risk ist
gerade in sein idyllisches Heimatstädtchen zurückgekehrt. Er möchte endlich mehr Zeit mit seiner Familie
verbringen. Doch dann wird in seiner alten Schule eine
brutal zugerichtete Leiche gefunden. Daneben liegt ein
Klassenfoto. Darauf abgebildet ist Risks alte Klasse, das
Gesicht des Mordopfers mit einem Kreuz markiert. Und
das ist erst der Beginn einer Mordserie, bei der der Mörder Risk und seiner Familie immer näher kommt.

*»Ein Krimi, der einen nicht mehr loslässt. Fesselnd von
der ersten bis zur letzten Seite.«*
Hjorth & Rosenfeldt

**List**